GW01607199

Dejé de pronunciar tu nombre

LUIS HERRERO

Dejé de pronunciar tu nombre

La vida prohibida
de Carmen Díez de Rivera

la esfera de los libros

Primera edición: agosto de 2017

Avenida de San Luis, 25
28033 Madrid
Tel.: 91 296 02 00
www.esferalibros.com

ISBN: 978-84-9164-100-1
Depósito legal: M. 17.627-2017
Fotocomposición: J. A. Diseño Editorial, S.L.
Impresión: Anzos
Encuadernación: Méndez
Impreso en España-*Printed in Spain*

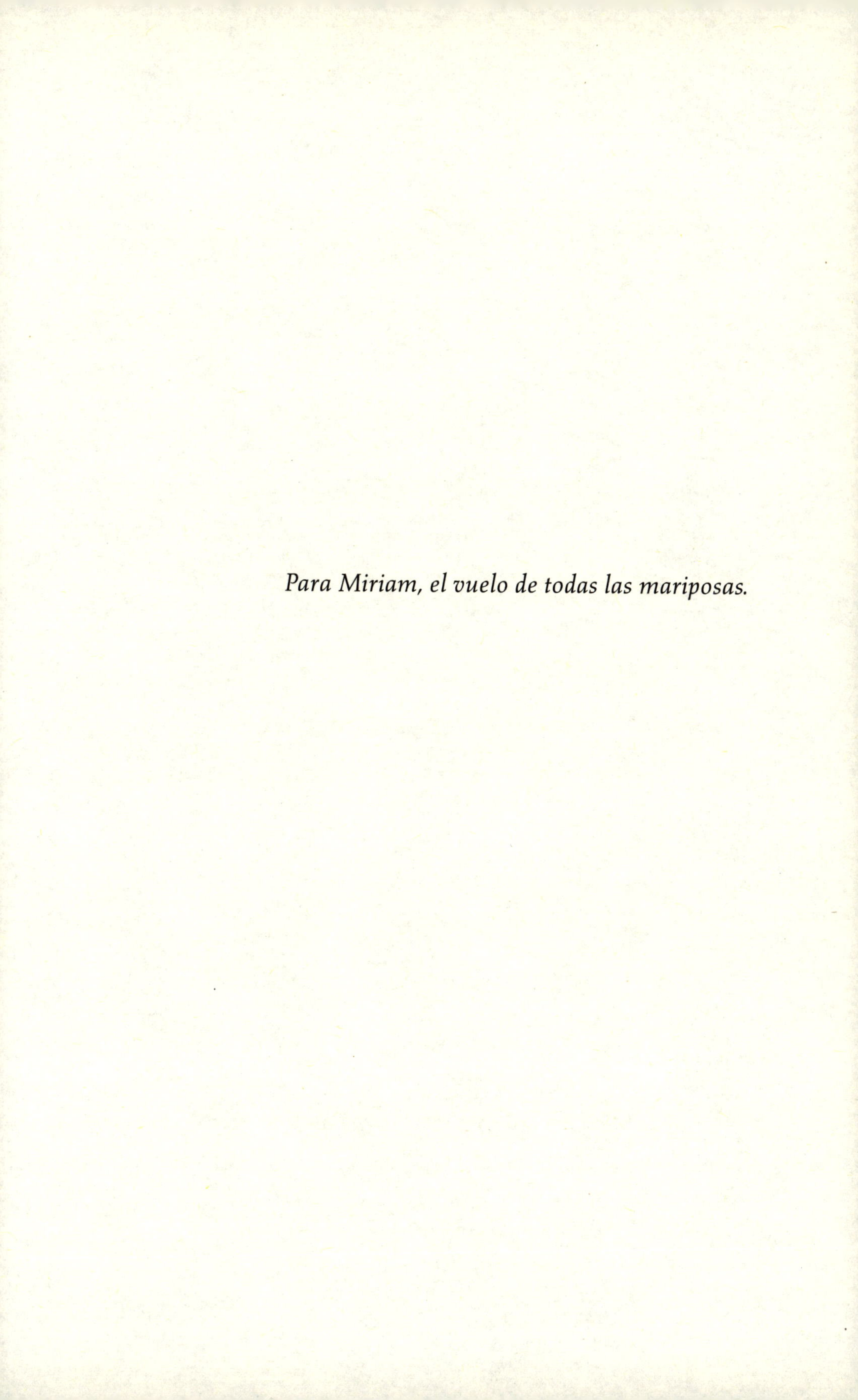

Para Miriam, el vuelo de todas las mariposas.

«Hay pocas vidas coherentes. Hay muchas vidas aburridas, eso sí. Pero la coherencia de la vida de cada uno es un cielo constante de luces que tiemblan o restallan, de noches claras o negras, de días encapotados o de lluvia, de tormentas, siembras y cosechas. De simas y abismos. De decisiones a veces feroces y traumáticas. De sufrimientos ajenos o propios, de errores de calendario, de pasiones o de oquedades. Qué sé yo. YO, eso. Los demás me llamáis TÚ o ELLA. De pequeña, Carmencita. Eso, Carmencita».

Carmen Díez de Rivera

I

Madrid, miércoles, 21 de julio de 1976

Antes de bajar del taxi, cuando el portero del Ritz abrió la puerta y la saludó con una sutil inclinación de cabeza, Carmen tuvo que recordarse a sí misma que estaba allí para rendirle homenaje al amigo húngaro que le enseñó a sonreír en los momentos difíciles. Por ninguna otra razón se hubiera vuelto a poner de tiros largos, y aún menos a mezclarse con aquel rebaño de modelos exclusivos de alta costura que había devorado los peores pastos de su infancia. Cruzó la glorieta alfombrada de la recepción del hotel y se detuvo en el umbral de la puerta del salón real.

Los hombres, todos ellos de riguroso esmoquin, paseaban distraídamente en pequeños grupos de edades homogéneas, y las mujeres lucían elegantes vestidos de raso con el dobladillo a diferentes alturas, en función de la libertad de espíritu que le cabía a cada una. Algunas sexagenarias lo llevaban por la parte superior del muslo y un buen puñado de cuarentonas lo habían situado en el ecuador de las pantorrillas. De modo que distintas maneras de encarar los nuevos tiempos, desde el entusiasmo a la insurgencia, se contoneaban a la vez, encaramadas a vertiginosos tacones de aguja, entre aquellas lujosas paredes de color canela.

Invisibles a cualquier matiz distintivo de edad o educación, camareros uniformados con chaquetilla blanca de un solo botón servían canapés de ahumados y copas de cava en bandejas de alpaca. De repente, una joven achispada, que Carmen no reconoció a pesar de que se desenvolvía en el ambiente con ceremonia de veterana, tropezó con uno de ellos y estuvo a punto de hacerle caer. Las copas bailaron en la bandeja, que zozobró sobre la palma de su mano antes de recuperar milagrosamente la estabilidad en el último instante. La joven no se disculpó. Y nadie le dio importancia. Un cierto punto de transgresión, incluso en el índice de alcohol en sangre, había llegado a considerarse aceptable en la alta sociedad de mediados de los setenta. El asunto estaba bastante claro: o los viejos salones de la España distinguida eran capaces de aclimatarse a la llegada de las nuevas camadas salidas del cambio, o se convertirían en salones vacíos.

Así que muchos estaban ebrios en cierta medida. Ya no necesitaban esconderse en habitaciones oscuras con los cónyuges de los demás para agarrar una borrachera, fanfarronear en privado como gallos de cresta colorada, y luego, a la mañana siguiente, satisfechos y enardecidos, volver a sus escritorios de madera maciza para dirigir desde allí los designios del país. Ahora podían hablar a voz en grito de un lado a otro de los manteles de hilo y dejarse ver junto a sus jóvenes y descaradas amantes.

Cuando Carmen entró en el salón, después de respirar hondo para llevar suficiente oxígeno a sus pulmones, tal como hubiera hecho si estuviera a punto de sumergir la cabeza debajo del agua, el centro de atención basculó hacia ella, y Juan Gyenes se quedó durante un largo rato suspendido en el vacío. Cerca de los sesenta y cinco, tan enjuto que apenas era capaz de llenar su propio esmoquin, el fotógrafo magiar que había llegado a Madrid en 1940 aún conservaba en el centro de la barbilla ese marcado hoyuelo vertical que Carmen solía inspeccionar, siendo niña, con la yema de su dedo índice. El paso del tiempo había convertido el mechón de su flequillo en un ralo recuerdo capilar, una especie de istmo oscuro que dividía en dos bahías simétricas las profundas entradas de su cabeza ovalada. Ese día, el autor de la primera foto oficial de los reyes de España volvía a estar en la cima.

Primero fueron bruscos giros de cuello, ojos que la perseguían como cañones de luz sobre el escenario. Luego, miradas furtivas que la acechaban con disimulo entre susurros sibilantes que ella no podía percibir a distancia. Ni falta que hacía. La obviedad los volvía transparentes.

«Miradla, la pequeña Díez de Rivera ha venido a pavonearse delante de nosotros».

«Miradla. Después de todo no es tan distinta a todo lo que desprecia».

«Miradla, ¿acaso no es peor alardear del cargo político que has conseguido en la alcoba de tu amante que presumir de un Dior financiado por tu marido?».

«Miradla, la hija de Sonsoles de Icaza quiere que sepamos que el poder va a cambiar de bando».

Siempre atenta a cuanto la rodeaba, Sonsoles de Icaza, la marquesa de Llanzol, le hizo señas para que se acercase. Carmen le devolvió el saludo con una sonrisa forzada y fue a besarle la mejilla.

—Hola, querida. Estás divina con esa blusa de gasa.

—Hola, madre —respondió Carmen—. Espero que sea lo suficientemente transparente.

—No te apures por eso. Es muy atrevida, desde luego.

—Me alegro. Se trataba justo de eso: los tiempos cambian y ya no es necesario disimular.

—No sufras. Disimular nunca ha sido tu fuerte, hija. Gracias por venir. Juan te lo agradecerá eternamente. Ven, vamos a saludarle.

Las dos mujeres avanzaron hacia el sillón esquinado, al fondo de la sala, donde Juan Gyenes aceptaba cumplidos de una camarilla de admiradores. Muchos habían posado para él y otros se morían de ganas por hacerlo. Carmen rechazó el brazo de marquesa que le brindó su madre y juntos pero sin rozarse, el uno al lado del otro, el Balenciaga gris perla de la madre y el Eisa negro de la hija comenzaron a sortear a un ritmo pausado los gloriosos estandartes de los dioses de la confección.

Ahí estaba el Pertegaz de la condesa de Quintanilla, Lucila Domecq, tan dorado y festivo como una copa de champán. Y el Berhanyer de su suegra, María Aline Griffith, la espía americana, de intenso verde esmeralda.

Ahí un Yves Saint Laurent blanco, de manga corta con ribetes de seda, sobre la legendaria encarnadura de Bibi Salisachs.

Ahí el Óscar de la Renta azul marino de Margarita Gómez-Acebo.

Y ahí, rosa palo, un Valentino ceñido a las curvas magníficamente moldeadas de Conchita de la Lastra.

—Pasan los años, pero no las tallas —comentó Carmen a media voz—. Son las mismas caras, fuera de su época.

A su madre no le dio tiempo a contestar. Juan Gyenes, al ver que Carmen se acercaba hacia él, se levantó como un resorte de la butaca y abrió los brazos en señal de bienvenida.

—¡Carmen!

Ella reclinó su cabeza sobre el hombro de él y se dejó abrazar con la energía de un verdadero húngaro.

—Enhorabuena, Juan —dijo al verse libre del achuchón de su amigo—. Ya ves cuánta gente te quiere.

—No todos han venido por mí —respondió él, acercándose confidencialmente al oído de Carmen mientras ocultaba los labios tras la palma de su mano.

—¿Ah, no?

—Ya sabes que no. Cualquier excusa es buena para exhibir el fondo de armario. Y tienen que darse prisa, Carmen, esto se acaba.

—¡Por fin alguien que se da cuenta!

El goteo de saludos al fotógrafo cesó cuando los invitados que se estaban acercando a felicitarle se percataron de que su conversación con Carmen iba a durar más de la cuenta.

La marquesa de Llanzol se dejó rescatar por Meye Allende de Maier y su prima Victoria Ybarra, que pasaron por su lado en el momento oportuno.

—¡No! —refutó Gyenes sin borrar la sonrisa del rostro—. ¡No voy por donde tú imaginas! Aquí no habrá un cambio brusco, ya lo verás. La España de hoy no es un país de rupturas. Las cosas irán despacio, a ritmo americano. Pero a estos pobres, tú ya me entiendes, se les acaba el suministro. La mayoría de las firmas de alta costura no sobrevivirán al impuesto de lujo que ha impuesto el Gobierno. Muchos talleres han cerrado ya y otros están con el agua al cuello. Lo exclusivo cederá terreno al *prêt-à-porter*. Estas fiestas, querida, están boqueando.

—No lloraré por ellas —dijo Carmen—. Pero espero que te equivoques en lo del ritmo americano.

—No creo que me equivoque.

—Hablas como un político, Juan.

—No seas tan dura conmigo.

—Ellos creen que conocen al pueblo. Pero no es verdad. La gente va por delante de ellos, tiene más hambre de cambio de lo que creen. Ya verás cómo empujan con fuerza y aceleran el ritmo de las cosas.

Juan Gyenes se encogió de hombros.

—¡Sigues siendo la misma Carmen impaciente de siempre! —dijo.

—Las personas mejoran, pero no cambian.

—No discutiré contigo de política. De eso sabes tú mucho más que yo.

—No hay mucho que saber. En política, como en el fútbol, todo es opinable.

—Pero no es lo mismo mi opinión que la tuya. ¡Eres la jefa de gabinete del presidente del Gobierno!

—Lo cual, por cierto, no significa demasiado.

—Os conozco bien a los dos. Lleváis la política en la sangre. Pero a Suárez le sale la sonrisa de manera natural, Carmen. Y a ti no. A ti hay que arrancártela de dentro.

—Tú supiste hacerlo.

—Tú permitiste que lo hiciera. ¿Cuánto tiempo ha pasado ya desde que tuvimos aquella sesión fotográfica?

—Casi diez años. Yo acababa de volver de África.

Carmen tenía veinticinco años cuando volvió de África, de modo que era lo bastante mayor como para dar por cerradas sus heridas y empezar a forjar una nueva vida. Sus sueños pugnaban por alzarse de la lona. El tiempo de la rendición había quedado atrás. África llevó a su ánimo un ahogado suspiro de alivio y a partir de entonces recuperó el entusiasmo. Se encendieron las luces. Volvieron las ganas de vivir. Los viejos fantasmas guardaron sus cadenas y las pesadillas se dirigieron en silencio hacia la puerta.

En África, los vientos que habían marcado el rumbo de sus intereses rotaron hacia el polvo de los desposeídos de Daloa. De repente, tenía sus negros vagabundos, harapientos y desnutridos, recorriendo descalzos la auténtica Costa de Marfil por delante de hogueras encendidas en bidones, por delante de chabolas y camastros de mala muerte, bajo las ramas de los árboles, reclamando silenciosamente su propio derecho a la redención. Pobreza e impotencia. Hambre y desesperanza. Esa fue la lucha que empezó a infundirle nuevo brío a sus pasos.

Luego, el contraste con la Marbella acharolada de los años del *boom* económico le hundió un rejón de tristeza en el costado. El lino de las sábanas sustituyó a la arpillera. La barbacoa del porche al fuego de la hoguera. El salpicón de marisco al alloco con pimiento. Y el césped recién cortado a la espesura de la maleza.

Gyenes, diez años más joven, se lo dijo al verla:

—Sácala fuera, niña.

—¿Qué es lo que tengo que sacar fuera?

El obturador de la Olympus compacta de treinta y cinco milímetros sonó un par de veces, *crap, crap,* y Carmen, con el pelo húmedo y ensortijado, aclarado por el sol y tan rubio como el trigo, se quedó mirando hacia el objetivo sin mover un músculo de la cara. El sonido del disparador de la Olympus le recordó al de la Yashica de la cafetería Manila que había inmortalizado, diecisiete años atrás, la promesa de su sueño imposible. Ese recuerdo la paralizó. De repente se convirtió en una talla de jade, tan blanca, tan impávida, tan triste...

Llevaba puesta una camiseta de algodón con la palabra «hippy» a la altura del pecho escrita entre números, copas de naipe y racimos de cerezas, con letras inspiradas en la caligrafía del pop. Un collar de malla, con eslabones dorados, le rodeaba el cuello y le caía hasta la cintura.

—Saca fuera la sonrisa que escondes. La que no dejas ver. La verdadera Díez de Rivera.

—¿Has dicho verdadera? ¿Has dicho eso, Juan?

—¿Prefieres que diga auténtica?

—Prefiero que digas mi nombre, Llanzol.

—Te llamaré como quieras.

—¡Sí, Llanzol!

—Pues esa no es una cara Llanzol. Conozco la cara Llanzol como la palma de mi mano.

Crap, crap...

—¿Qué ves en mi cara?

—Una máscara.

—¡Entonces ves la cara de un Icaza!

Crap, crap, crap...

Los ojos claros no cierran del todo las ventanas del cuerpo. La casa interior de quienes los poseen siempre está expuesta a que haya espectadores escudriñando su aspecto. Los ojos claros son una invitación a escrutar el interior del alma de sus dueños. Los ojos de Carmen eran llamativamente claros. Azules y transparentes como aguamarinas turquesas.

—Te sienta bien el contorno de ojos —le dijo Juan—. Pone límites a tu difuminada forma de mirar.

—No me lo pongo por eso.

—¿Por qué, entonces?

—Me hace felina, peligrosa. Y eso me gusta.

—¿Te gusta dar miedo?

—¡Me gusta hacerme respetar!

Por primera vez, un movimiento imperceptible de la piel a la altura de sus sienes dio paso a una expresión distinta. *Crap, crap*. Algo de dentro comenzó a asomarse fuera.

—Para vestir no hace falta tener gusto —explicó el fotógrafo—, basta con elegir a un buen modisto. Una mujer no necesita ser perfecta o bella para llevar un vestido, el vestido lo hace todo por ella. Pero para posar no basta un buen fotógrafo. La foto no da la vida, solo la capta. No la presta, la toma prestada. Y tú, Carmen, esta mañana me la tienes que prestar para que la inmortalice. Así que te lo vuelvo a decir: sácala fuera, niña. Saca fuera la sonrisa que escondes.

—No puedo, Juan. Si te la doy me quedaré sin nada.

—No he dicho que me la des, solo que me la prestes.

—Me sentiré hueca, sin algo auténtico que solo me pertenezca a mí.

—Solo déjame que la vea. Solo eso.

Crap, crap, crap, crap...

—¿Qué quieres encontrar?

—Ya he visto lo que la vida ha hecho contigo. Llevo malgastado un carrete para ver eso. Ahora quiero ver lo que tú vas a hacerle a ella. Quiero ver tu firme determinación de transformar la vida en un sitio mejor. Más justo, más libre, más feliz...

Y entonces, *crap, crap, crap*, la tímida epifanía de una sonrisa, *crap, crap, crap, crap*, se le asomó al rostro y lo llenó de luz.

Nueve años después, aquella luz esquiva aún permanecía agazapada en el interior de Carmen aguardando a que alguien supiera hacerla salir de nuevo.

Unos pasos por delante de ellos, un joven disfrutaba de la fiesta del Ritz. No tendría más de veinticinco años. Cada rostro conocido parecía depararle una grata sorpresa, como si estuviera dentro del retablo viviente de *Las Meninas* y pudiera ver de cerca, por primera vez, en carne y hueso, a la princesa Margarita de Austria rodeada de sus sirvientes. Gyenes le miró con curiosidad. Su ignorante belleza le colmó de envidia.

—Es un corresponsal extranjero recién llegado a Madrid —dijo Carmen al darse cuenta del interés con que le observaba su interlocutor—. Norteamericano. Trabaja en la UPI.

—¡Ah —exclamó Gyenes, en un arranque de nostalgia—, entonces está empezando a descubrir el mundo! ¡Tal vez conozca a una española y se quede aquí para siempre!

Juan Gyenes también había sido corresponsal de prensa en un país extranjero. A los veintisiete años trabajó en El Cairo para el *New York Times* mientras huía, amedrentado por el auge del nazismo, hacia la costa oeste de los Estados Unidos. Llevaba el origen judío esculpido en la cara y buscaba refugio y promoción profesional en la meca gloriosa de Hollywood, donde otros judíos como él se habían apoderado de la industria del cine. En 1939, durante el rodaje de *Las cuatro plumas,* Alexander Korda le había descubierto en Sudán ese arte nuevo y extraño de fotografías sucesivas en movimiento continuo. Llegó a Madrid de paso. Y, sin embargo, se quedó para siempre. Lo que le retuvo no fue la luz velazqueña, desde luego. Ni la cordialidad de los *gatos,* ni el clima benévolo del otoño, ni el cocido de Lhardy. Lo que de verdad le retuvo fue su encuentro con Sofía.

La invocación de Gyenes al amor de su vida atrajo a la sala del Ritz al acompañante del corresponsal americano. Se había quedado rezagado, mientras hablaba amistosamente con viejos amigos, y entró de golpe en el campo visual de Carmen. A ella le desapareció el color de las mejillas. Su cara se ensabanó en un instante. Toda ella se hizo de yeso, o de sal, como les sucede a las mujeres cuando giran la cara para mirar al pasado. Sus ojos, en cambio, se mantuvieron alerta. Miraban directamente hacia él a través de un desfiladero de recuerdos que fueron poblando una memoria de tres décadas.

—¡Ramón! —musitó con un hilo de voz apenas audible.

Cuando Carmen y Ramón empezaron a salir apenas tenían trece y quince años y ninguno de los dos se había perdido un solo día de la infancia del otro.

A los seis años jugaban juntos.

A los siete comenzaron a escindirse del grupo.

A los ocho ya correteaban solos por el campo.

Siempre ellos dos, Carmen y Ramón, el uno para el otro, como dos destinos trazados con un mismo fin.

A los diez años se tumbaban en el suelo a contar estrellas, saltaban olas en la orilla del mar y se adentraban de la mano en la espesura del bosque. Cuando él tuvo la fuerza suficiente para mantener el equilibrio de la bicicleta subió a Carmen a la barra. Con sus dos piernitas de calcetines blancos y bailarinas blancas volcadas hacia el mismo lado, emprendió el viaje al mundo propio que la curiosidad cernía ante ellos.

Poco a poco, la naturaleza fue abriéndose paso a través de extraños deseos que el candor de la adolescencia no acababa de entender. Carmen creía que las mujeres se embarazaban por el pecho. Tuvieron que rellenar con respuestas propias los escrupulosos silencios de sus mayores: la primera erección, la primera regla, el primer beso.

Hasta trenzar un amor insustituible, todo en ellos comenzó a despertarse al mismo tiempo: la sensualidad, el afecto, la ternura y la inteligencia. Y entonces, ¡qué gran paradoja!, a medida que el amor de otros agonizaba en secreto, el de ellos dos se hacía cada vez más fuerte. La pasión de quienes les habían unido sin pretenderlo se apagaba poco a poco, mientras la suya, pública y manifiesta, iba ocupando su sitio.

Sus miradas no llegaron a cruzarse. Gyenes pasó el brazo por debajo del suyo y comenzaron a avanzar lentamente. Dedicaron el minuto de rigor a saludar a la siguiente marquesa, luego a la siguiente, y a la otra. Pero ahora sus caras pasaban por delante como las de los desconocidos en un concurrido paso de peatones. Apenas se fijaba en ellas.

Media hora antes, cuando cruzó la puerta giratoria del Ritz, Carmen habría declarado bajo juramento que su vida había alcanzado un equilibrio perfecto. Las heridas de «la tragedia familiar», como a ella le gustaba denominarlo, habían mejorado con los primeros auxilios del hospital de campaña y ahora estaban a la espera de que el influjo sanatorio del tiempo acabara de cicatrizarlas. Ya ganaba el dinero suficiente para no tener que malvivir en apartamentos prestados, influía en las decisiones del rey y, por si fuera poco, el nuevo presidente del Gobierno acabada de nombrarla jefa de su gabinete. De los veinticuatro nombramientos que la mañana anterior había publicado el Boletín Oficial del Estado, ella era la única mujer, la persona más joven y, de acuerdo al criterio periodístico de *El País*, la de biografía más extensa. Diez líneas del periódico.

> Estudió ciencias políticas y sociológicas y efectuó un curso de estudios hispánicos. Inició su actividad profesional en la *Revista de Occidente*. En 1965 fue enviada por la Administración francesa a dar clases a Costa de Marfil, donde estuvo tres años. En 1970 ingresó en RTVE como jefe de sección, pasando después a dirigir la secretaría de despacho del director general de Radiodifusión. En 1973 pasó al servicio de relaciones internacionales de RTVE, que llegó a dirigir. Consejera por España de la Unión Europea de

Radiodifusión y Televisión. En enero de 1975 solicitó la excedencia y se incorporó a la Telefónica. En las primeras semanas de este año se dedicó a organizar y estructurar el gabinete del ministro secretario general y, después, a asesorar desde el punto de vista cultural en la Delegación Nacional de Cultura, ocupación que desempeñaba en la actualidad.

A los treinta y cuatro años era la mujer más poderosa de la Administración española, y aunque eso no significara demasiado en un mundo dominado por hombres, estaba dispuesta a utilizar ese poder, mucho o poco, para conseguir que el cambio abriera un cauce político por donde pudieran transitar, sin exclusiones de ninguna clase, todas las ideas pacíficas. Incluso las ideas comunistas. Acababa de doblar el primer recodo de un brillante futuro. Y, aun así, ahora se encontraba con que sus pensamientos se remontaban al pasado.

Más que cualquier otra cosa, quería estar sola. Quería apartarse del resplandor de sus propias circunstancias. Quería salir de allí, de aquellas paredes lujosas del Ritz, quitarse el Eisa negro de gasa, ponerse unos tejanos viejos, calzarse unas deportivas blancas y salir a tomar una copa a una terraza de Rosales. O mejor todavía, perderse en el parque del Oeste y buscar la sombra de un cedro del Himalaya por primera vez en quién sabe cuántos años.

De pronto tuvo la sensación de que todas las personas del salón real la estaban mirando. Los fantasmas de los cotillones en casa de la marquesa de Elda se habían puesto en pie y examinaban su rostro queriendo encontrar en él señales del temblor que le hervía por dentro.

—Vamos, te acompaño a la puerta —le dijo Gyenes.

Carmen levantó la vista y le devolvió como pudo la sonrisa de complicidad que le había aflorado en la comisura de los labios.

—Si el tiempo es tan buen autor como algunos dicen, aún tiene que encontrarle a esto el final perfecto. —Comentó, y añadió—: Ya hablaremos otro día, cuando no haya tanto jaleo alrededor.

—De acuerdo.

El centro del salón estaba abarrotado, así que rodearon a la concurrencia y fueron ciñéndose a los pasillos laterales. Las miradas aún le taladraban la cara, como escáneres que quisieran traspasarle la piel y fotografiar la arquitectura muscular de sus emociones. Se sentía interpelada por ellas como si pudieran hablar y le dijesen: «¿Adónde crees que vas?». Y entonces, justo antes de llegar a la salida, una de ellas hizo que se detuviera en seco.

Era él otra vez.

Pero ahora, en la distancia, la estaba contemplando en silencio.

Vestía un esmoquin de solapa estrecha y de los ojales de la greca de perlé asomaban botones esféricos bañados en oro. Una paloma de Afrodita de nácar, ensartada sobre un sello de cuarzo, adornaba cada uno de los puños de la camisa. Eran los mismos gemelos que ella le regaló cuando decidieron que iban a casarse, tan solo unas horas antes de que les arrebataran el sueño que habían tejido juntos.

Cuando sus miradas se cruzaron, una corriente magnética las fusionó hasta formar un chorro de luz negra, solo visible en su longitud de onda, y en ese instante ambos quedaron a merced de la ingrávida enajenación de los recuerdos.

II

Madrid, miércoles, 21 de julio de 1976

—*I've seen him again, your majesty. After all this time, this evening I've seen Ramón again* —le dijo Carmen al rey.

Muchas noches, Carmen y Juan Carlos mantenían largas conversaciones telefónicas en inglés. Lo hacían así por algo más que el respeto a un convenio excéntrico. Carmen siempre estuvo convencida de que los policías de El Pardo tenían pinchado el teléfono del príncipe y decidió hacer lo posible para ponerles las cosas difíciles. Estaba segura de que la paupérrima infraestructura de la Administración española, tras cuarenta años de vetusto franquismo, no tendría recursos suficientes para espiar las llamadas que se hicieran en otro idioma que no fuera el del imperio. Luego, el hábito se convirtió en costumbre y cuando el príncipe accedió al trono, Carmen ya le había cogido el gusto a practicar un idioma al que la vida social española no daba demasiadas oportunidades. El inglés de salón de la mayoría de las jóvenes aristócratas solía limitarse a expresiones de estricta cortesía, aunque, eso sí, pronunciadas con un acento impecable.

How do you do?

Nice to meet you.

Have a nice day.

Aunque Carmen no acostumbraba a hablar de su vida íntima en aquellas conversaciones nocturnas, por mucho que Juan Carlos tratara a menudo de torcer su voluntad con incisivos y sofisticados requiebros de cazador de trofeos, esa noche sentía la imperiosa necesidad de compartir con alguien el impacto emocional que le había supuesto volver a ver a Ramón tanto tiempo después de la ruptura. El rey estaba en el secreto de lo que había detrás de la historia que a Carmen le partió el alma. No era una información de dominio público, aunque algunos peces gordos del mundo político y financiero supieron leer entrelíneas el opúsculo teatral que años atrás había publicado el periodista Emilio Romero. Se titulaba «Solo Dios puede juzgarme» y en él disimulaba pistas suficientes para que los más avisados pudieran atar cabos.

Emilio Romero era uno de los periodistas más temidos de Madrid. Tenía bula para llevar la crítica al poder algo más lejos que otros colegas. Había dirigido durante muchos años el diario *Pueblo*, un vespertino que se miraba en el espejo británico de los tabloides sensacionalistas.

Recientemente, Carmen había coincidido con él en un cóctel en los salones del hotel Villa Magna. Nada más verle se acercó al corrillo que le hacía la corte y se sumó al grupo en calidad de observadora. Él sujetaba un vaso de tubo con la mano derecha y guardaba la izquierda en el bolsillo. Parecía un gallo rodeado de gallinas revoltosas. Saltaba a la vista que le gustaba ser el centro de atención de los demás invitados, que celebraban sus agudas ocurrencias con signos de admiración y risitas zalameras. La voz de Carmen se impuso con autoridad y las acalló de golpe:

—¿Es usted el padre putativo de Chon Altozano? —le preguntó a bocajarro.

Romero ladeó la cabeza, atraído por el descaro de la pregunta. Chon Altozano era el nombre ficticio que él había utilizado en la alegoría teatral para referirse a Carmen. Su flácida papada se balanceó por el giro del cuello. Ajustó las gafas de gruesa montura sobre el puente de su nariz aguileña, y durante un largo rato la miró con fijeza. No había impostura en su asombro. Su indudable vanidad era mucho más susceptible a la provocación dialéctica que a la sumisión con que solían tratarle las marquesas, los futbolistas, los embajadores, los toreros, las bailaoras, las actrices de moda, los banqueros, los poetas malditos y los reporteros de fama que se disputaban su amistad y demandaban su influencia.

—Putativo es una palabra equívoca, señorita —respondió al fin, aceptando el reto.

—¿Por qué? ¿Porque recuerda a puta?

—Porque significa que alguien es tenido por algo que no es en realidad.

—Por eso mismo se lo pregunto. ¿Chon Altozano, insisto, es producto de su fértil imaginación o solo pasa por serlo sin serlo en realidad?

—La imaginación no existe, señorita. El arte imita a la vida. Y yo siempre estoy atento a lo que ocurre en la vida de mis semejantes. Esa es la esencia de mi oficio.

—¿Y cuenta usted lo que ve con sus propios ojos o se fía de las confidencias que le hacen sus amantes en el sofá rojo que hay en su despacho?

—Eso es secreto profesional.

—Yo también tengo confidentes que me cuentan cosas sobre usted.

—¿Y qué le cuentan de mí sus confidentes, aparte de que tengo un sofá rojo en mi despacho?

—No olvide a las amantes que se sientan en él, Romero. Ese sofá rojo no sería lo mismo sin ellas. Si las olvida, sus carreras artísticas podrían caer en picado al perder a su mejor avalista.

—Eso son simples adornos de una leyenda injustamente merecida, para mi desgracia —respondió el periodista, dando las primeras señales de fastidio por el cariz que iba tomando la conversación—. Solo son amantes putativas, señorita

—Cuidado con esa palabra. Como usted ha dicho, es una palabra equívoca. Hay quien la confunde con puta.

—Eso último lo ha dicho usted, no yo.

La expectación que había creado el duelo dialéctico hizo que los espectadores que se arremolinaban alrededor de ellos guardaran un escrupuloso silencio.

—¿Sabe que tiene fama de ser autoritario y egocéntrico y de practicar como nadie el arte del nepotismo? —le dijo Carmen, taladrándole la cara con sus ojos de acero.

—La fama viaja a veces a lomos de las serpientes.

—En eso tiene usted toda la razón. ¡A ver si se aplica el cuento!

Dio media vuelta y se apartó del corrillo sin dar tiempo a que Emilio Romero formulara la réplica.

Mientras se alejaba, los testigos la despidieron con gestos de admiración.

Cuando el rey tuvo noticia del incidente le dijo a Carmen que debía seleccionar mejor a sus enemigos, pero ella le explicó que los enemigos que de verdad le inquietaban no eran las momias añosas como Romero, sino los aguafiestas que trataban de obstaculizar el camino hacia el futuro. Esa era, le dijo al rey, su única inquietud: salir cuanto antes del sarcófago de la dictadura de Franco y ganar para todos la batalla de la libertad.

Sin embargo, no hablaba con toda franqueza. También le inquietaban otras cosas. Por ejemplo, dejar atrás las sombras de su propio pasado y averiguar de una vez por todas cuál era su lugar en el mundo. Necesitaba descubrir en qué clase de persona quería convertirse. La vida no se lo había puesto fácil.

Sabía lo que era el concepto de infancia, eso sí. La recordaba feliz. Pero luego las cosas se complicaron. Nunca quiso acomodarse al modelo de hija que su madre había programado. ¿Una joven de batista blanca educada para embaucar a un duque, darle hijos, acompañarle a los bailes, dilapidar su fortuna y calentarle la cama para acabar después en brazos de un amante con quien compartir a tiempo parcial un poco de vida auténtica? Ni hablar de eso. Solo el hecho de pensarlo le producía escalofríos.

En la adolescencia se enamoró de verdad y ese amor abrió la caja de Pandora del dolor y de la rebeldía.

Se negaba a aceptar el papel que el destino le tenía reservado. Ni en lo público ni en lo privado, dos ámbitos teóricamente distintos que en aquella España de vidas uniformadas, sin embargo, tendían a confundirse en exceso. En el fondo no había tanta diferencia entre las guerreras falangistas y los vestidos de París que trajeaban sus recreos. Ambos eran atavíos propios del rebaño dominante. Tampoco era muy distinto bailar un vals en una fiesta que cantar el «Cara al sol» en el colegio. Ni asistir a una puesta de largo que a una procesión del Corpus. Ni escuchar la homilía del domingo que el diario hablado de Radio Nacional de España. Casa y patria eran dos perchas gemelas dentro de la misma jaula. Y Carmen no solo huía de una, huía de las dos.

Las alas se le quebraron cuando el destino abatió al hombre que vino a liberarla.

—Hoy he vuelto a verle, majestad. Después de tanto tiempo, he vuelto a ver a Ramón.

Juan Carlos escuchaba a Carmen sentado tras la mesa de haya de su despacho, en el palacio de La Zarzuela, bajo la atenta mirada del cuarto hijo de Felipe V.

—El destino te ha puesto a prueba —le dijo el rey—. Demuéstrale que eres fuerte.

—Pero no lo soy —repuso ella.

Carmen hablaba con Juan Carlos recostada sobre un sofá de tela rijosa, en el estudio que le había prestado una amiga, bajo la estricta vigilancia del Che Guevara.

—¿No me habías dicho que estos días andabas enamorada? Un clavo quita otro clavo.

—Estoy enamorada, sí. Pero no como lo estuve de él. Creo que no podré enamorarme nunca con aquella globalidad. Ahora me puedo enamorar físicamente. Hay hombres que me gustan. O intelectualmente. Hay hombres que me interesan. Pero no hay nadie que reúna esos dos requisitos a la vez. No ha vuelto a aparecer en mi vida alguien tan excepcional. Y, francamente, no espero que suceda.

—Yo aún no pierdo la esperanza de conseguirlo...

Carmen hizo como si no hubiera oído el comentario. Dando una larga cambiada, le preguntó:

—¿Y cómo anda el rey de fortaleza?

—¡Sobrado! Sigo sin aceptar un no por respuesta, ya lo sabes.

—¿Y eso lo saben Fraga y Areilza?

La malvada pregunta puso al rey en serios apuros. De los requiebros tuvo que pasar a las excusas defensivas.

—No son conscientes del error que han cometido. Antes o después se arrepentirán de haberme desobedecido.

Era de dominio público que las dos personalidades políticas más poderosas del tardofranquismo, los dos ministros más aclamados del primer Gobierno de la monarquía, los principales candidatos a sustituir a Arias Navarro en la presidencia del Gobierno, habían rehusado sumarse al gabinete de Adolfo Suárez a pesar de la petición explícita del rey. Ninguno de los dos aceptó de buen grado que un chiquilicuatre del régimen, un alevín del Movimiento, un don nadie de la política, les hubiera madrugado un puesto que, a juicio de cualquier persona con dos dedos de frente, ellos merecían mucho más que él.

—¡Y pensar que Areilza y Fraga sí podían colaborar con el Carnicerito de Málaga y no con Suárez! —comentó Carmen con maliciosa causticidad—. Desde luego, ha quedado patente su lealtad a la Corona.

A Carlos Arias se le conocía como el Carnicerito de Málaga desde que, en 1937, dirigió la represión franquista en esa ciudad andaluza tras la ocupación de las tropas de Franco.

A Suárez no le importó la negativa de Fraga. Eran agua y aceite. Si estaba dispuesto a ofrecerle un puesto en el Gobierno era solo por complacer el deseo del rey. El desplante de Areilza le dolió mucho más. Y, por encima de eso, la intensa campaña que desplegó a continuación para que ninguno de los políticos que le rendían obediencia se sumara al proyecto político que él encabezaba. A Marcelino Oreja, un diplomático de adscripción democristiana que había sido su número dos en Asuntos Exteriores durante el primer Gobierno de la monarquía, le prohibió terminantemente que aceptara la invitación a formar parte del nuevo Consejo de Ministros. El joven Oreja, después de dudarlo mucho, desoyó la prohibición de su mentor y se sumó al carro suarista por indicación regia.

—Un rey no olvida estas cosas —dijo Juan Carlos, rememorando el desaire de Areilza.

—Del rey se olvidarán todos en un santiamén si deja de serlo —le respondió Carmen—, y dejará de serlo si fracasa en su intento de ser el rey de todos los españoles. Y de todos, majestad, significa de todos. La mejor lección que podemos darle a Fraga, a Areilza y a todos los que arden en deseos de que esto salga mal por no haber contado con ellos es el de acelerar la reforma y entrar en contacto con toda la oposición. Hay que hacerlo sin perder un minuto.

—Ojalá fueras tan apasionada en todo, Carmen —le dijo el rey con ánimo de llevar de nuevo la conversación al terreno de la distancia corta.

—Y ojalá fuera el rey tan audaz en todo lo demás. Ya puestos, debería serlo a la hora de decretar la amnistía y legalizar al Partido Comunista.

—¿De verdad quieres que los militares me pongan tan pronto de patitas en la calle? ¡Pero si solo acabo de llegar!

—Lo que quiero es que un capitán general cuadre a sus tenientes generales, por muy gallitos que sean.

—¡Todo se andará! —dijo el rey animosamente—. Zamora no se conquistó en una hora.

—Sí, pero al camarón que se alela se lo lleva la corriente.

—Ya, pero no por mucho madrugar amanece más temprano.

La justa refranera puso en evidencia el buen humor del monarca.

—Me alegra ver que el rey está animado...

—Animado, no. ¡Animadísimo! Si no fueras tan esquiva...

—Me alegro —dijo Carmen, fingiendo no haber oído la insinuación del rey—. Pero el ánimo no basta. Para llegar a tiempo, además de estar animado hay que acelerar. Olvide lo que le dijo Kissinger, majestad. Si vamos tan lentos como quieren los americanos acabaremos pareciéndonos a los monigotes con pies de piedra que pinta Antonio Mingote.

—¿Te fías más de un humorista de *ABC* que del secretario de Estado de los Estados Unidos?

—No le quepa duda. Estados Unidos no quiere comunistas en Europa y hará todo lo posible para que en España no se les legalice.

—Esa decisión le corresponde al presidente del Gobierno.

—¡Suárez hará lo que usted le diga! —atajó Carmen con vehemencia.

—¿Por qué siempre le llamas Suárez y no Adolfo?

—Por la misma razón que a usted le llamo majestad y no Juan Carlos.

—Ah, en ese caso no puedo censurarle a Adolfo su buen gusto.

En el Madrid de los enredos se daba por cierto que Carmen y Adolfo Suárez tenían una aventura amorosa. Los jefes de seguridad de los bancos y las grandes empresas se lo decían a sus jefes, los jefes de los bancos y las grandes empresas se lo decían a los políticos, los políticos se lo decían a los periodistas y los periodistas se lo decían a sus amigos de barra después del segundo whisky. A partir de ahí, la leyenda se abría camino a campo abierto. De boca a oreja, cada nueva versión del rumor adornaba el idilio con detalles pintorescos. Había quien afirmaba que los amantes se veían a escondidas en el hotel Fénix, situado frente a la sede de la Presidencia del Gobierno, ayudados por la complicidad de un conserje que había conocido a Suárez cuando ambos porteaban maletas en la estación de Atocha a finales de los cincuenta. Según otros, su nido de amor no era un hotel, sino el apartamento que el general Fernández Campo tenía en el Centro Colón, en la plaza de la Villa de París, frente al Palacio de Justicia. El militar, a quien todo el mundo conocía por su nombre de pila, Sabino a secas, acababa de ser nombrado subsecretario de Presidencia y gozaba de la protección del secretario de la Casa del Rey, el general Alfonso Armada, casado con Francisca Díez de Rivera, prima hermana de Carmen. De acuerdo a otras versiones, el alcahuete de la pareja era el abogado José Mario Armero, un especialista en derecho internacional, presidente de la agencia de noticias Europa Press, tildado a la vez de pertenecer al Opus Dei, a la CIA, al KGB, al partido comunista y a la masonería. Armero era propietario de una finca en Pozuelo de Alarcón, discreta y apartada, ideal para cobijar el ronroneo de tórtolos enamorados.

En lo que coincidían todas aquellas historias era en pintar a Carmen como a una suripanta adiestrada en burdeles extranjeros, una devoradora de hombres audaz y desinhibida con habilidad suficiente para sortear cualquier dificultad que obstaculizara su romance presidencial.

Corría la especie de que, en una ocasión, para distraer la atención del guardaespaldas de Suárez que vigilaba el acceso lateral del hotel donde se habían citado, se metió la mano por debajo de la blusa y se quitó el sujetador. Luego avanzó con sigilo por la callejuela desierta hasta una camioneta de reparto que estaba aparcada en la acera de enfrente, justo delante de la puerta, y enganchó el sostén en el espejo retrovisor del lateral que daba a la calzada. En un momento dado, el escolta salió del hotel para fumarse un pitillo al aire libre, lo encendió y exhaló el humo con la satisfacción del adicto que mitiga por fin el síndrome de abstinencia. Le llevó tres caladas reparar en la pieza de lencería. Primero la contempló a distancia, miró a izquierda y derecha para ver si detectaba movimientos sospechosos y lanzó el cigarro contra el suelo de la acera. Luego se acercó al señuelo, lo examinó de cerca y a continuación se lo llevó a la cara. Carmen, entonces, se coló por la puerta del hotel con la agilidad de un gato.

Naturalmente, de aquello no pudo haber testigos. Por eso resultaba asombroso que el relato de la escena circulara entre algunos cenáculos del Madrid chismoso con tanto lujo de detalles. Solo Carmen podía haberlo contado y quienes la conocían sabían perfectamente que ella jamás hubiera hecho algo así. Ni lo uno ni lo otro. Pero eso, por desgracia, no importaba demasiado. Harían falta razones muy poderosas para retirar de la circulación un rumor tan morboso. Y razones más poderosas aún para que el peso de la culpa, en el planteamiento imaginario de la leyenda urbana, se trasladara de la mujer al hombre. No era la típica historia del depredador que acecha a su presa indefensa. Aquí la protagonista era una vampiresa casquivana dispuesta a medrar abriéndose de piernas. En una ocasión, una amiga le preguntó si el rumor era cierto. Carmen le respondió: «Yo sé lo que todo el mundo dice de mí a mis espaldas, pero no es verdad. Nunca he tenido nada que ver con un hombre casado. Eso no quiere decir que ellos no lo hayan intentado. ¡Ah, claro! Pero eso es problema suyo, no mío. La derecha, que es machista, siempre me achaca el problema a mí, pero el problema lo tienen otros».

El hecho de que también el rey estuviera dispuesto a darle pábulo al cotilleo hizo que Carmen saltara como una fiera.

—Jamás ha habido nada de eso —le dijo—. Como el rey sabe muy bien, ni se me pasa por la cabeza tener el más mínimo flirteo con alguien que tenga entre manos una tarea tan complicada como la de hacer la Transición de la dictadura a la democracia sin que haya derramamiento de sangre. Jamás. Creo que el rey me conoce lo suficiente como para saber que en eso soy inflexible. Nunca he tenido nada que ver con una persona casada. Nunca. Y más, viniendo de donde vengo. Con personas separadas, ya es otro rollo. Yo no pastoreo en corral ajeno. Siempre he dicho que no. El rey lo sabe. Y lo demás es pura fantasía.

Después del desahogo vino el silencio. Juan Carlos calló porque sabía que Carmen decía la verdad y tenía motivos para estar furiosa. Carmen calló porque sabía que el propio temperamento, frente a un rey, no admite explosiones incontroladas. Ambos callaron porque aún estaba reciente el recuerdo de su última discusión acalorada, cuya marca afloró de golpe en el espacio intangible de la confidencia telefónica y trasladó a su ánimo resabios de indignación y remordimiento. El rey le había dicho a Carmen a mediados de junio: «Después de todo, soy un hombre antes de ser lo que soy. Sencillamente, te adoro». «¡Qué indignación», le había respondido ella. Y tres días después, más de lo mismo: «Nadie me da calabazas como tú me das». «De eso estoy segura».

—¿Cómo va tu desembarco en Presidencia? —preguntó Juan Carlos para darle a la conversación una vía de salida.

—Trabajo todas las horas del día, fumo sin parar y estoy siempre agotada. Me llama todo tipo de gente. Menos mal que también recibo llamadas pensantes de Zubiri. Me estimulan entre tanto jaleo.

—¿Cómo está el profesor?

—Acaba de finalizar un ensayo sobre el tiempo. Sigo creyendo que es el mejor filósofo vivo que hay ahora mismo en España. ¿Sabe el rey que cuando él nació el médico le dijo a su madre que gracias a Dios no viviría demasiado porque de hacerlo se quedaría tonto?

—No lo sabía —admitió Juan Carlos sin explayarse en la respuesta para no alimentar una conversación que no le interesaba en absoluto.

Pero a Carmen el desinterés del rey le daba lo mismo.

—Siempre me he sentido próxima a él. Creo que en su vida y en la mía hay experiencias parecidas. Cuando se ordenó sacerdote era un hombre sin fe. Lo hizo para agradar a su familia, para seguir el proyecto vital que le habían programado sus maestros y para evitar que le llamaran a filas en la guerra de África. Pensaba que la ordenación sacerdotal acabaría con su angustia espiritual. Y cuando se dio cuenta de que esa vida no iba con él, trató de perseverar para no disgustar a sus padres. Tenía pánico al repudio social y a las posibles represalias académicas. Estaba convencido de que, desprestigiado y solo, dejaría de contar con el apoyo de Ortega. Al final, por fortuna, se rebeló y rompió con todo eso.

—Ya sabes —dijo el rey, dejando claros sus intereses— que la filosofía y los filósofos no son mi fuerte.

—Pues hará falta pensar mucho y bien para que la Transición política no descarrile.

—Por eso necesitamos tiempo. No podemos hacer las cosas a tontas y a locas. Hay mucha gente aguardando a que demos un paso en falso para sacarnos de la vía por lo civil o por lo militar. Las hienas están pendientes de nosotros.

La frase del rey resonó en la cabeza de Carmen como un aldabonazo y despertó en ella el recuerdo del hombre que, según creía, la estaba vigilando desde hacía unos días. Lo había vuelto a ver esa misma mañana, apoyado en el tronco de un árbol del bulevar de la Castellana desde la ventanilla de su R-5 de color naranja con el que iba a trabajar todos los días al palacete de Presidencia. Llevaba colgada del cuello una cámara de fotos y fingía utilizarla, o eso pensaba Carmen, para sacar instantáneas de la estatua de Cristóbal Colón. Debía rondar los cincuenta. Iba vestido con unos pantalones grises y una camisa caqui de manga corta. Tenía el rostro marchito, barba de una semana y bigote con guías hacia abajo. Sus ojos eran tan negros que parecían escarabajos. Se fijó en él porque le recordaba vagamente al Che Guevara que miraba al horizonte desde el póster que estaba colgado en el salón de su casa.

La primera vez que Carmen se sintió observada, mientras aguardaba a que el semáforo del cruce con Alcalá Galiano se pusiera en verde, fue al día siguiente de ir a Presidencia por primera vez. De eso hacía diez días. Notó la misteriosa presión de una mirada en la nuca y la urgencia de esa sensación incómoda hizo que volteara la cabeza. Con poca naturalidad, el Che cincuentón vestido de caqui se escondió detrás de la máquina de fotos al verse descubierto. La escena se había vuelto a repetir en dos ocasiones más. La última, aquella misma mañana. Carmen aún no se lo había dicho a nadie. Tuvo la tentación de decírselo al rey, pero desistió.

—Las hienas son cobardes. Si les plantas cara, huyen.

—Pensaré en lo que me dices.

—Sí, pero no se eternice, majestad. Hay que pasar de las musas al teatro si queremos que la obra se estrene alguna vez.

—Ni pronto ni tarde. Las cosas hay que hacerlas en el momento justo.

—¿Y cómo sabremos que es el momento justo?

—El destino nos pone a prueba —respondió el rey con solemnidad filosófica—. Hay que dejarse guiar por el instinto.

Ese consejo, pensó Carmen, llegaba demasiado tarde. Si ella se hubiera dejado guiar por el instinto doce años atrás, el dolor, el sufrimiento, el abandono, y la lucha titánica por superarlo, no le habrían llevado hasta allí y su vida sería completamente distinta.

III
Marina de la Torre, Mojácar, 30 de julio de 1960

Carmen y su amiga Catali Garrigues habían decidido pasar juntas los tres meses de verano en el palacete que tenía la familia de Catali entre Mojácar y Garrucha, en la provincia de Almería, en medio de un paisaje desértico, «como de la Palestina de la Biblia», decía Carmen, pero cercano al mar. La finca se llamaba Marina de la Torre. Allí se movían a su antojo, iban y venían de un lado a otro, como seres libres, sin madres dominantes ni damas de compañía que pusieran plomo a sus alas adolescentes. A veces pasaban el día entero tumbadas en la arena de la playa, bajo un sol de justicia, y otras veces se adentraban en la espesura de sierra Cabrera, todavía virgen, para ver si avistaban tejones o garduñas entre los matorrales.

Lo habitual era que Carmen decidiera el plan, pero aquella noche Catali la arrastró hasta El Barril, un bar de marineros situado frente a los amarres de pesca del puerto de Garrucha. La escasa clientela parecía casi tan alicaída como el corpulento acordeonista que debía atraerla, aunque en rigor aún faltaban unas cuantas horas para que comenzara la temporada alta.

Había algunas parejas dispersas, pero ni rastro de romanticismo. Cualquiera que dispusiese de verdadero amor o suficiente dinero tenía mejores opciones entre los locales de la zona deportiva, junto al pantalán de los yates de recreo, que en esa parte del muelle donde el olor a morralla era más fuerte que el de la lejía con que las brigadas de limpieza del puerto trataban de enmascararlo. Carmen y Catali no andaban mal de dinero pero habían puesto la idea del amor en cuarentena.

El plan era que una de las dos pudiera contar sus cosas y que la otra estuviera en condiciones de escucharla. El Barril reunía las condiciones idóneas para eso. Las voces de una confidencia son como banderas a media asta, tristes y bajas, y allí no había bullicio que sofocara la intimidad de la conversación. Además, las redes que colgaban del techo, las ruedas de timón, las anclas y los faroles de barco que vestían las paredes ayudaban a crear una atmósfera propicia para adentrarse en aguas profundas y disertar sobre la dureza de la vida.

Carmen y Catali se habían conocido ocho meses antes, en el otoño de 1959, en la puerta del ascensor de la *Revista de Occidente*. Al principio se miraron con recelo. Después de examinarla de arriba abajo, Carmen dio un paso al frente y le preguntó:

—¿A qué piso vas?

—Al tercero —respondió Catali.

—Entonces vamos al mismo sitio —concluyó Carmen mientras apretaba el botón correspondiente.

La editora de la publicación, Soledad Ortega, las había citado el mismo día y a la misma hora para hacerles una entrevista de trabajo que no podía resultar especialmente comprometida para ninguna de las dos, dado que ambas llegaban a ella con cartas de recomendación irrechazables. A Carmen la respaldaba la buena amistad que unía a su madre con Ortega y Gasset, el fundador de la revista, y Catali era hija de uno de sus patronos, Emilio Garrigues, hermano pequeño del abogado más influyente de Madrid.

La conexión entre ellas surgió de manera natural, sin ningún esfuerzo. Enseguida se hicieron amigas.

El gigantón afligido que tocaba la concertina se fijó en Carmen nada más verla. A Catali no le molestó. Estaba acostumbrada a sentirse transparente cuando la acompañaba a lugares de concurrencia masculina.

—Hola, diosa, la mujer de celofán te saluda —solía decirle con socarrona ironía cuando se daba cuenta de que las miradas de todos los hombres del local donde entraban juntas pasaban a través de su cuerpo invisible y se detenían en el de Carmen.

—Hola, mortal —solía contestarle Carmen, con bienhumorada coquetería mientras se ahuecaba las puntas del pelo y separaba la barbilla del cuello para exhibir con descaro su cara ante la concurrencia.

Carmen era una de esas sorprendentes bellezas de melena rubia, ojos claros y nariz respingona que parecían reservadas para criaturas venidas del norte de Europa. Pero no era el caso. Ella había nacido en Madrid un caluroso 29 de agosto de 1942, cuando España encaraba los primeros años de la posguerra.

—¿Te gusta que los chicos se fijen en ti? —le preguntó Catali al percatarse de que el gigante afligido del acordeón seguía sin quitarle la vista de encima.

—Si no saben quién soy, sí.

Catali puso cara de no entenderla.

—Si ignoran que he nacido en el seno de una familia noble, monárquica y de derechas —aclaró—, me gusta que me miren porque eso me singulariza. Pero si me tienen fichada, lo aborrezco. Para los españoles, las chicas de mi clase, los cachorros de la aristocracia, carecemos de identidad. Todas les parecemos iguales. Es algo muy parecido a lo que nos pasa a nosotros cuando miramos a los chinos.

—O a los japoneses.

—Cuando me miran sabiendo quién soy, en realidad no me miran a mí. Solo miran a otro ejemplar de mi especie.

—¿Entonces, no te gusta ser aristócrata?

—No me lo planteo —respondió Carmen después de meditarlo—. Lo soy por pura casualidad. Tampoco me planteo si me gusta ser de Madrid. Nací en Madrid por accidente. No tiene sentido preguntarse si nos gusta o no nos gusta lo que ya no tiene remedio.

—A mí no me importaría serlo —dijo Catali con franqueza—. De hecho, si puedo, algún día me casaré con un Lord británico que sea mayor que yo.

—Ten cuidado con lo que deseas —le advirtió Carmen rigurosamente en serio.

—Todos solemos desear lo que no tenemos.

—En este mundo, lo importante no es quién eres, sino lo que eres. Yo solo soy la hija de la marquesa de Llanzol. Lo que eso signifique, en términos de dimensión humana, a la gente le trae sin cuidado.

No pudo ocultar un gesto de amargura.

—¿Por qué dices que eres hija de la marquesa de Llanzol?

—¡Porque lo soy! Es de las pocas cosas que sé de mí a ciencia cierta.

—Pero lo normal —observó Catali— es que dijeras que eres hija del marqués de Llanzol... Siempre solemos citar primero al padre.

Entonces, la cabeza de Carmen evocó con ternura la figura de su padre Llanzol, un distinguido militar con el grado de teniente coronel de caballería que había luchado en el bando nacional y que todavía se estaba recuperando del tifus contraído en el frente. Siempre llevaba una foto suya consigo. La sacó del bolso y se la enseñó. Se le veía muy joven. En la dedicatoria se podía leer: «Para mi querida Carmecita, de papi».

—¡Papá sí que es papá! —exclamó mientras besaba la foto.

—¿Le quieres mucho?

—Desde luego. Es un hombre bueno y cabal. Se ve en esa mirada transparente de la foto, fíjate bien: es un ser puro, translúcido, decente. Un padre cargado de ternura. De caballería, es cierto, pero un hombre bueno. Es capaz de hacer cualquier cosa por darnos satisfacción a cualquiera de sus cuatro hijos. Yo soy la última de mi casa y siempre he sido su niña mimada.

—¡Además, eras tan mona y rubita! —comentó Catali al ver la foto familiar que ocupaba la parte trasera del portarretratos.

—Es demasiado bueno. Buenísimo. Un santo varón, una ternura. Me cogía en brazos y se pasaba las horas jugando conmigo al caballito y al tren sentado en su butaca.

—¿No es duro? Los militares de caballería tienen fama de serlo.

—Hacemos con él lo que nos da la gana. No es nada arrogante. Mi madre lo torea con una mano. Lo lleva donde quiere y donde no quiere. A veces me lo encuentro en el salón de casa vestido de esmoquin y me dice: «¡Y pensar que ahora me lleva tu madre a una cena a oír tonterías!».

—En eso has salido a él.

—Almas gemelas. A las señoras que les toca sentarse a su lado no les da conversación porque no sabe de qué hablarles. El golf y esa clase de mamarrachadas no le interesan para nada, así que el pobre no abre la boca en toda la noche, excepto para comerse las croquetas, eso sí, porque le encantan. ¡Se las come todas!

—En lo de las croquetas no os parecéis. En lo demás, sí —opinó Catali—. Tú también eres tímida y no soportas los bailes de la nobleza.

—Pero, desde luego, no soy ni la mitad de buena persona que él. ¡Y soy mucho más arrogante!

—Eso es cierto —corroboró su amiga con jovialidad.

—Pero yo no lo he elegido, que conste. ¡Me han educado así! Uno nace sin elegir a los padres, ni el entorno, ni el país, ni tan siquiera la propia vida. Ya lo decía Unamuno: «El delito no es nacer, sino hacer nacer». Y a mí me han nacido así. Y después de nacerme así, me han educado así: con institutrices extranjeras casi desde el mismo día en que vine al mundo.

—¿No fuiste al colegio?

—¡Sí! Al Jesús María de la calle Juan Bravo. Un colegio duro. Nos hacían estudiar en serio. El colegio fino era el de la Asunción, en la calle Velázquez, pero allí solo educan a señoritas sin demasiadas inquietudes intelectuales. Algunas de ellas, todo lo más, estudian después secretariado.

—¿Y no lo hubieras preferido?

—No.

—A mí no me parece tan grave.

—Mi madre proviene de un ambiente ilustrado y piensa que las mujeres, al menos, debemos tener el bachillerato para saber leer y escribir correctamente. En su casa había libros. Su padre, mi abuelo materno, era un poeta mejicano. Aunque no destacó mucho fue amigo de Juan Ramón, de Rubén Darío, de Ortega y de Amado Nervo. Mi madre mamó ese ambiente. Y mi tía Carmen, mi madrina, una de las hermanas de mi madre, escribe novelas de amor y lujo que no están mal.

—¿Hiciste buenas amigas?

—No había mucho donde elegir. Éramos muy pocas. En sexto y reválida, solo diez.

Aunque las palabras de Carmen transportaban su infancia a la atmósfera de una casa señorial en la calle Hermosilla, entre Serrano y Claudio Coello, Catali sabía muy bien que su amiga no era la clásica niña melindrosa de la alta sociedad madrileña que había crecido rodeada de ayas alemanas y sirvientas con cofia y delantal almidonado. En la *Revista de Occidente* trabajaba a destajo. Estaba claro que trataba de abrirse camino por ella misma.

A los pocos días de llegar a la redacción, mientras se sentaba frente al escritorio, Carmen volcó sin querer un tintero sobre el vestido de Catali. Su jefa, Soledad Ortega, la hija de Ortega y Gasset, les dijo que lo mejor para la mancha era empaparla en vino dulce. De modo que abrió el mueble bar, sacó una botella de moscatel y las mandó a las dos al cuarto de baño. Echaron un poquito de vino sobre el vestido entintado y el resto se lo bebieron sentadas en el suelo con la espalda apoyada en la pared. «Yo no soy tan ingenua de pensar que el título de una carrera universitaria va a abrirme camino en la vida —le dijo Carmen después del segundo trago—. Tengo que hincar el codo y hacer muchas cosas más si quiero alejarme de esa sociedad que no me gusta. Ellos se hacen llamar *la* sociedad, ¡como si no existiera otra! Pero yo no tengo vocación de pertenecer a eso. Yo no tengo las mínimas aptitudes para llevar una casa, para estar muy peinada en una cena o para sonreírle a los socios de tu marido, jijí, jajá, y hablar con ellos de estupideces que no me interesan en absoluto. Yo no tengo vocación para eso, Catali».

Desde ese día, Catali y ella se hicieron inseparables.

Pero a comienzos de 1960, de la noche a la mañana, el carácter de Carmen cambió radicalmente. Toda la viveza, la vitalidad y la energía que guardaba dentro de sí desaparecieron de golpe. El torbellino de su personalidad se aquietó de un día para otro. La ilimitada capacidad de revolucionar su mundo circundante se disolvió en medio de una niebla espesa y extraña que nubló el brillo de sus ojos y la convirtió en un recuerdo borroso de la mujer que era.

Catali le preguntó muchas veces por el motivo de ese cambio.

«Dime qué te pasa, Carmen».

«Déjame que te ayude, Carmen».

«No puedes seguir así, Carmen».

Pero Carmen fingía que no pasaba nada y forzaba sonrisas de compromiso para cambiar de conversación. A los pocos meses, Soledad Ortega llegó a la oficina y comentó la noticia que acababan de contarle: «Menudo drama familiar hay en casa de los Díez de Rivera», dijo. Y relató una historia que a Catali le heló la sangre. De repente, sin saberlo, su jefa descorrió ante sus ojos adolescentes la cortina del escenario donde transcurre la vida real y, por vez primera, contempló parte el horror y el sufrimiento que cabía en ella.

Catali trató de imaginar por un instante el impacto que le hubiera supuesto tener que soportar algo parecido. Pero no pudo. Le dolió tanto el mero hecho de intentarlo que cerró los ojos con fuerza. Los pómulos casi le rozaron las cejas. Durante el resto del día luchó por reponerse. Llevó el cubo del pozo hasta el fondo de su conciencia para baldear el dolor, procuró llenar su cabeza de otros pensamientos, hojeó libros, miró la televisión, intentó dormir. Y todo fue inútil. Por la noche se limitó a ocupar un espacio inerte en la penumbra de su dormitorio hasta que el sollozo rindió su cuerpo exhausto.

Al amanecer, cuando sus músculos empezaron a desentumecerse, la imagen de Carmen comenzó a cobrar nitidez en su cerebro. Se levantó, se vistió, fue a la *Revista de Occidente* y la abrazó con la fuerza desesperada con que se abraza un juguete de infancia rescatado de un incendio. Si Carmen entendió su significado, no dijo nada. Las dos permanecieron calladas. Catali sabía que Carmen se lo contaría cuando estuviera preparada.

Meses después, en el puerto de Garrucha, el momento estaba a punto de llegar.

Aunque inicialmente habían decidido quedarse en El Barril el tiempo que hiciese falta mientras la conversación fluyera sin contratiempos, el gigante afligido de la concertina, resignado a no despertar en Carmen el interés que buscaba, había comenzado a explorar sus heridas emocionales con melodías cada vez más tristes y el ambiente era tan deprimente que costaba respirar. Decidieron salir a que les diera el aire.

—Busquemos un poco de brisa nocturna, mediterránea y vivificante —dijo Carmen, tirando de su amiga.

Pasearon por el muelle y mientras Catali fumaba más de lo aconsejable saludaron con desmayada naturalidad a algunas parejas que se comían a besos en medio de la noche.

—Si las monjas de mi colegio viesen esto —comentó Catali—, echarían a las mujeres al mar para remojarles el calentón.

—¿Y qué harían con los hombres?

—Les cortarían los huevos.

—¿Tan duras eran tus monjas? —preguntó Carmen, después de reír con franqueza la respuesta de su amiga.

—Mucho.

—Las mías, no tanto. Bueno, a veces. Pero solo lo normal. Cuando me veían con manga corta me decían que era objeto de deseo. Yo, honestamente, no entendía por qué mi antebrazo era tan seductor. Pero fuera de estas tonterías no recuerdo una presión tremenda. Yo creo que la sociedad es más represiva que mi colegio.

Poco a poco, los vaivenes de la conversación allanaron el terreno para que Carmen se sincerara. De la represión de la sociedad pasaron a hablar de su dureza de juicio.

—Me molesta que me juzguen —dijo Carmen.

—Y a mí.

—¡No tienen derecho a juzgarnos!

—No.

Después hablaron del rigor implacable de sus sentencias.

—¿Sabes lo que es la muerte civil?

—No.

—Algo que te convierte en zombi. ¿Sabes lo que es un zombi?

—Sí.

—Un muerto que se mueve, que respira, que oye, que ve, que comprende… Y por eso sabe que es un muerto.

—Sí.

Por último hablaron de la brutalidad de algunas condenas.

—¿Sabes lo que es vivir sin querer vivir?

—No.

—Pues eso es lo que a mí me pasa.

Y entonces le contó su historia.

Nunca antes se la había contado a nadie en voz alta. Sus palabras brotaron con la fuerza de un torrente, como un salto de agua furiosa que devasta las compuertas que la retenían.

—¡A los diecisiete años, Catali! —le dijo—. ¡A la edad de los sueños!

Luego hilvanó el soliloquio que llevaba tiempo rumiando en su intimidad.

—Yo ya tenía mis sueños marcados. Estaba enamorada. Y, de repente, las cosas se descabalaron. Todo se fue al garete. De un manotazo. De golpe. Sin previo aviso. ¡Zas! En un instante nuestras vidas, nuestros planes, nuestros sueños, ya te lo he dicho, saltaron por los aires.

Nuestras familias, también. La situación familiar se convirtió en extraña.

Hay cosas que el mundo no perdona, supongo que ya lo sabes. Si cruzas ciertas líneas no puedes fingir que no ha pasado nada. ¡Claro que ha pasado! ¡Ya lo creo que sí! Y eso tiene consecuencias. Para mí, para él, para todo el mundo. Es el orbe entero de la tierra el que se pone en pie y te grita que has infringido sus leyes, las leyes que preservan el orden natural de las cosas, y que no tienes derecho a rebelarte. Que debes agachar la cabeza y arrancarte de raíz todo aquello que te sujeta a la vida. Y que debes hacerlo sin rechistar. No tienes derecho a cuestionarte nada. Nada. Porque las cosas son como son y no está en nuestra mano cambiarlas. Sencillamente, son así. Y como son así, así hay que aceptarlas. No puedes no hacerlo. No está permitido hacer las cosas que el mundo no entiende. Y hay muchas cosas que no entiende. Que ni entiende, ni perdona.

No hay perdón en la tierra para esas conductas. Si quieres el perdón tienes que abrirte en canal, en carne viva, y sacar de dentro todas las ilusiones que te definen, que marcan tu razón de ser, y echarlas a la basura como si fueran las células de un cáncer. Y encima debes seguir respirando. ¡A los diecisiete años, Catali!

Todo el mundo espera que lo hagas sin más, con un simple chasquido de los dedos. O, en el peor de los casos, que te obliguen a hacerlo. ¡Porque ay de quien pretenda ser tu cómplice! ¡Ay de tu familia si mira hacia otro lado! Por eso toda nuestra relación familiar se hizo extraña, difícil. ¡Habíamos cruzado el límite!

¿Pero cuál es el límite, Catali? ¿Quién lo marca?

¿Quién tiene derecho a trazar la frontera entre el bien y el mal? ¿Y con qué criterios lo hace? ¿Alguna vez han estado ellos en mi piel, han vivido lo que yo he vivido, han sentido lo que yo siento? ¿Entonces quién me juzga? ¿Y por qué me juzgan?

¿Quién puede juzgar el amor? El amor no se juzga, Catali. ¡El amor no se puede juzgar! Me da igual lo que diga el manual de instrucciones de la sociedad, de la cultura, de la religión... La teoría está tan alejada de la vida como lo está un acuario del fondo marino. ¿De qué soy culpable? ¿De qué tengo que sentirme culpable? ¿De amar? ¿De haber amado sin conciencia de culpa? ¿De haberme dejado llevar por la fuerza arrasadora de un amor inevitable que ha pulverizado todos los diques de la cordura? ¿Es eso pecado? ¿Acaso amar es pecado? ¡Nefando pecado!

¿Y qué pasa si no me arrepiento? ¿Iré al infierno por eso, Catali? ¿El motor de la virtud tiene que ser el miedo? ¿Es el miedo lo que nos obliga a ser buenas personas? ¡Arderé en las llamas del infierno por haber amado! ¿Pero acaso no es el amor la llave que abre las puertas del cielo?

¡He llorado tanto! ¡He derramado tantas lágrimas! Lágrimas de sal, Catali, de las que escuecen en las mejillas por culpa de un dolor que trasciende el umbral de la resistencia humana...

Poco a poco, el peso de la confesión de Carmen fue abrumando a Catali de tal modo que tuvo que sentarse en un noray para no caer al suelo. Aunque ella ya conocía los detalles de la historia desde que Soledad Ortega la contó, la visión del dolor que producía en su amiga volvió a helarle la sangre. Los pómulos se rozaron de nuevo con las cejas porque sus ojos se cerraron con la vehemencia de quien no puede soportar lo que tiene a la vista.

—*I can't cope with it* —dijo Carmen en inglés para darle más énfasis a su sentimiento.

Catali se tapó los oídos con las manos y hundió los codos entre sus rodillas. Luego trató de hablar. Quiso decirle a Carmen que estaba más hermosa que nunca porque el dolor embellece a las personas capaces de soportarlo con valentía. Le hubiera gustado decirle que se sentía orgullosa de ser su amiga. Que lo sería siempre. Que por nada del mundo dejaría de serlo. Pero no había palabras en su voz. Ni siquiera había aliento en su garganta.

—Yo noté que algo se me había roto dentro —siguió diciendo Carmen—. Algo tremendo hizo crac. Noté ese ruido. Yo noté que algo se me había roto para toda la vida. Fue un dolor muy profundo. Se me partió el alma.

Catali tragó saliva y volvió a bajar la mirada hacia la punta de sus zapatos de lona.

—Se apagó la luz, Catali. La farola de *El principito* en el planeta. —El cabeceo de los barcos amarrados al muelle hacía que sus palos chocaran entre sí, provocando chasquidos intermitentes que sonaban como pasos sueltos de claqué—. A veces estoy tan desesperada —dijo Carmen después de un largo silencio— que no tengo ganas de seguir viviendo. No puedo más. No sé cómo asimilar todo esto. No sé cómo voy a manejarme, no sé qué hacer. Me supera por todas partes. Lo intento todos los días, pero no puedo. No puedo de verdad. Estoy rota por dentro. De repente, me he quedado sin una sola raíz.

Después de otro prolongado silencio comenzaron a caminar de nuevo a paso lento, como si formaran parte de un cortejo fúnebre. Sin cruzar palabra llegaron hasta las luces encendidas de una barca que se encontraba al fondo del pantalán. Cuando llegaron a su altura distinguieron la figura de un marinero joven, muy erguido, que estaba tan quieto como el mascarón de proa del tajamar de un buque. Las lámparas de las bordas proyectaban la luz hacia la superficie del agua. Catali miró de soslayo a Carmen mientras aceleraba el ritmo y observó con sorpresa que ella se había detenido frente a él. Cruzaban miradas interpelantes, cargadas de recíproca curiosidad. Carmen le preguntó:

—¿Para qué sirven esas luces?

—Para atraer a los calamares —respondió el marinero, sin quitarle la vista de encima.

Carmen se había sacudido el dolor y volvía a ser el torbellino de siempre.

—¿Esperas a alguien?

—A mi hermano —respondió él.

—¿Podemos subir?

El marinero se encogió de hombros y Carmen interpretó el gesto como un sí. Cogió del brazo a Catali y tiró de ella con fuerza. Catali se resistió cuanto pudo. Le costaba admitir que la misma mujer que cinco minutos antes parecía el pecio de un naufragio pudiera tener ganas de subirse a un barco de pesca en mitad de la noche. Le asombraba y le gustaba al mismo tiempo.

—Yo soy Carmen. Y ella, Catalina. Sus amigos la llamamos Catali.

—Yo soy Damián —dijo el hombre, tendiéndoles la mano con intención de estrechar las de ellas.

Pero Carmen ignoró su mano y le besó en las mejillas. Catali se vio forzada a imitar el gesto de su amiga.

En un tono agradable y cortés, Damián les explicó que los domingos por la noche solía salir a la pesca del calamar con su hermano Gustavo, dos años menor que él. Si hoy fallaba, les dijo, sería porque probablemente andaba pasado de alcohol tratando de olvidar a una novia que acababa de partirle el corazón. Catali pensó que en todas partes cuecen habas y miró a Carmen de soslayo, pero ella seguía pendiente de Damián. Con voz neutra, le preguntó:

—¿Se cruzó otro hombre?

Damián arqueó las cejas y arrugó los labios. Y cuando parecía que esa iba a ser toda su respuesta, añadió:

—Me temo que más de uno.

—¿Una lagarta? —preguntó Catali, terciando por primera vez en la conversación.

—Una interesada, más bien —respondió Damián con tranquilidad—. Una de esas golfas que cambia de caña a medida que avista peces más gordos. La tía tiene buen ojo. Sobre todo, para el dinero. No se conforma con lo que tiene y está dispuesta a lo que haga falta para conseguir más.

—Bonita forma de buscar la felicidad —opinó Catali.

—¿No dice el refrán que las penas con pan son menos? Supongo que ella se agarra a eso —respondió Damián.

—¿Nos dejas acompañarte a pescar esta noche? —le preguntó Carmen con la firme resolución de salirse con la suya.

—¿Qué dices? ¿Estáis seguras de que queréis venir?

A Catali le parecía que la única respuesta sensata a esa pregunta era decir que no, pero sabía a ciencia cierta que no habría forma humana de convencer a su amiga para que cambiara de idea. Si no se plegaba a su voluntad, como hacen las espigas cuando sopla un viento dominante, su amistad se quebraría como una caña seca. Y eso no podía pasar. Sería una catástrofe que pasara.

—El mar —dijo Carmen— es una de mis mayores pasiones. Quizás sea por la sangre que corre por mis venas, pero yo me siento mediterránea. Desde niña me ha gustado el mar. Es, para mí, el elemento más hermoso de todos. El mar me devuelve físicamente la ausencia de las personas que me importan. Cuando estoy en el mar me siento plenamente acompañada, me siento feliz. A lo largo de mi vida intentaré recorrer muchos mares distintos. Me gustaría morir en el mar.

—Espero sinceramente que eso no suceda esta noche —dijo Damián mientras encendía el motor del barco—. Suelta el través de proa —le ordenó con voz enérgica—. Y tú el de popa, Catali.

—¿Perdón? ¿Que quite el qué? —preguntaron ambas al mismo tiempo.

Pasado un rato, con la barca ya fuera de la dársena, mientras enfilaban el mar abierto, Damián sacó tres botellas de cerveza de una caja de plástico, les quitó la chapa con los dientes y las repartió.

—La pesca es un engaño —filosofó Catali, más atraída que Carmen por las expertas maniobras de Damián con el sedal.

—Como cualquier otro arte de seducción —respondió el marinero—. Si lo miras bien, la conquista amorosa entre seres humanos no es muy distinta.

Quedó en el aire si el razonamiento de Damián iba a ser más extenso, porque, de golpe, cambió el tono de voz y dijo con la emoción de quien comparte una buena noticia:

—¡Ya ha picado uno! Yo diría que pesa más de medio kilo por la fuerza que hace el muy cabrón para soltarse. Cuando saque la cabeza del agua será mejor que no os asoméis. ¡Ahí está, miradlo!

Carmen y Catali desobedecieron el consejo de no asomarse por encima de la borda y se inclinaron en dirección al calamar para verlo de cerca. En ese momento, a modo de ingrato saludo, un escupitajo de agua y tinta les bañó la cara y les ensució la pechera de los vestidos. Damián rio abiertamente al ver el gesto de asco que se dibujó en sus semblantes. Ellas dieron un respingo y gargajearon saliva como si quisieran expulsar veneno de su boca. Él agarró al calamar con la mano, entre el tubo y la cabeza, y lo exhibió como un trofeo.

—¡Ven con papá, hijo de puta!

Carmen extrajo de la escena su propia moraleja:

—Estoy dispuesta a acabar donde sea, menos en el puño de nadie.

Al cabo de un rato, la claridad de la primera luz del día comenzó a perfilar la silueta irregular de la costa. El barco dejó de ser un objeto oscuro y, poco a poco, como una ofrenda al nuevo día, el color azul claro de la pintura del casco emergió del reino de las sombras. Del pasamanos amarillo de la borda colgaban negros neumáticos de camioneta.

Carmen llevó la voz cantante durante el camino de vuelta. «Ha sido una experiencia alucinante», dijo. «Pero no me gusta darle al mar un sentido utilitario —añadió—. Entiendo un poco más lo de salir a pescar, pero no entiendo en absoluto eso de estar con la moto acuática todo el día para arriba y para abajo. O con el yate, dejando aceite por todas partes. El mar no es una autopista. Detesto todo lo que sean deportes marinos y me aburre ir en barco porque la gente de barco nunca hace nada. Tener el mar y no poder hacer nada más que surcarlo me parece un desperdicio. A mí me gusta estar dentro».

A Catali le reconfortaba escucharla. Cuando Carmen hablaba del mar hablaba de vida, de diversión, de placer, de futuro... No se le iba de la cabeza lo que le había dicho mientras caminaban por el muelle: «No puedo más, no tengo ganas de seguir viviendo».

Entonces, la premura de Carmen la sacó bruscamente de sus pensamientos:

—Damián —dijo—, lo siento pero ya no puedo aguantar más. ¿Aquí como diablos hace pis una chica?

—Si no te importa darle al mar un concepto utilitario —respondió él con una sonrisa bondadosa bailándole en los labios—, ha llegado la hora de que te des ese baño.

IV

Madrid, jueves, 22 de julio de 1976

Dos días después de que el Boletín Oficial del Estado hubiera publicado el nombramiento de Carmen como jefa del gabinete del presidente del Gobierno, los guardias civiles que custodiaban el edificio de la Presidencia comenzaron a cuadrarse con más reciedumbre marcial cuando ella pasaba ante ellos. Hasta el día anterior la saludaban sin demasiado entusiasmo, por cortesía militar, sin saber muy bien ni quién era ni qué diablos pintaba en aquel recinto acorazado, sala de máquinas de la política española, habitado y dirigido por hombres desde que pasó a ser propiedad del Estado a principios de siglo.

Ni las secretarias ni las mujeres del servicio de intendencia entraban y salían por la puerta principal. Tampoco se movían dentro del palacete con el remango con que ella lo hacía. Y, desde luego, no iban vestidas con pantalones vaqueros con los bajos bordados de flores. Muchos de los guardias la miraban con extrañeza. Algunos, con desdén. Que una rubia treintañera llevara diez días por allí dándose tanta importancia era algo que no les cabía en la cabeza. El espectáculo les parecía lamentable y, desde luego, inédito. Desde antes de la guerra, ninguna mujer había formado parte del equipo de asesores del presidente del Gobierno. Carmen era la primera.

Carmina Díaz, una de sus dos secretarias, la estaba esperando en la puerta del ascensor, en la segunda planta, y le dijo al verla:

—Aurelio te aguarda en su despacho.

Aurelio Delgado, además de ser el marido de la única hermana de Suárez, también era el jefe de su secretaría particular. Todos le llamaban Lito.

Cuando tenía diez años, Lito apareció subido en una bicicleta azul recién estrenada y se topó con el grupo que lideraba su futuro cuñado. Suárez, cuatro años mayor que él, le dio el alto.

—¿Dónde vas? —le preguntó.

—A dar un paseo para probar la bicicleta que me acaban de regalar.

—Pues de aquí no pasas.

Era la versión infantil del «conmigo o contra mí» que Suárez perfeccionaría después con técnicas más depuradas y no siempre tan fructíferas. Lito no tuvo más remedio que aceptar el liderazgo de aquel chico fibroso, atlético, pendenciero, de piel ligeramente cetrina y facciones agraciadas, que a su corta edad ya conocía los rudimentos del boxeo gracias a las clases que le daba su tío Paco y que se había ganado el título de jefe de la manada jugando al fútbol mejor que nadie. A los pocos días, Lito le propuso un partido contra los de Burgohondo, su pueblo natal, y la experiencia estuvo a punto de acabar en la enfermería. Los de Burgohondo eran peores que ellos pero les sacaban dos años de diferencia y llevaban muy mal que un equipo liderado por un mocoso de Cebreros les mojara la oreja, de modo que hicieron valer la ley del más fuerte a patada limpia. Cuando las cosas se pusieron feas, Suárez calculó que sus rudimentos de boxeo no bastaban para equilibrar las fuerzas y ordenó a los suyos salir por piernas antes de que alguna de ellas se echara a perder en la refriega.

—¿Pero a dónde nos has traído? —le preguntó a Lito en mitad de la carrera.

Aquel bautismo de sangre les unió para siempre.

Cuando Carmen entró en el despacho de Aurelio Delgado vio que no estaba solo. Un hombre ancho, pero no gordo, con barba y bigote pulcramente recortados, estaba sentado a su lado. Tenía los ojos de color avellana. Carmen calculó que rondaba los cuarenta.

La voz de Lito era áspera. Pero se trataba de una aspereza gutural, no de mala persona.

—Te presento a Javier González de Vega —le dijo a Carmen después de darle los buenos días.

Detrás del aspecto de aparente rudeza que es propia de los hombres que se han criado en el campo, en Lito sobresalían dos rasgos de su personalidad que le ayudaban a caer simpático: un espíritu servicial fuera de lo común, que además se transformaba enseguida en capacidad de iniciativa, y un aguante casi ilimitado para soportar los malos humores ajenos. Físicamente, su piel estaba surcada por más arrugas de las habituales en un hombre de su edad y en el pelo de la cabeza, fuerte y difícil de domeñar, comenzaban a blanquear algunas canas. Consciente de su apariencia poco refinada, Lito procuraba imprimirle a sus gestos una ceremonia de exagerado respeto.

—Encantada —respondió Carmen.

—El placer es mío.

—Ya le he dicho a Javier que el presidente quiere que se ocupe del protocolo de Presidencia, pero él me dice que tiene dudas —explicó Lito, con una jovialidad que daba a entender que las dudas de su amigo tenían poca consistencia y que no tardarían en desaparecer.

—Sería una lástima que declinaras su ofrecimiento sin haber hablado antes con él —dijo Carmen—. ¿De dónde eres?

—Nació en Granada pero creció en Ávila —respondió Lito, como si fuera algo de lo que alardear.

Carmen le ofreció un cigarrillo, pero González de Vega lo rechazó. Sin embargo, cuando el pitillo estuvo en los labios de ella, él ya tenía listo un encendedor para darle fuego.

—No hablas mucho, ¿verdad? —le preguntó Carmen mientras exhalaba la primera bocanada de humo.

—Aún no sé qué decir —respondió el hombre de la barba recortada.

—Estaría muy bien que contaras algo de ti.

Por miedo a que alguien pudiera pensar que trataba de exagerar sus méritos, González de Vega atendió la petición huyendo de los adornos.

—Soy licenciado en derecho, titulado en relaciones públicas y protocolo y pertenezco a la Asociación Madrileña de Críticos de Arte. Y debe quedar claro que no pertenezco a la carrera diplomática.

De sus modales exquisitos asomaba cierta afectación que le hacía parecer un tipo blando.

—¿Y por qué me dices eso? —preguntó Carmen.

—Porque yo creo que ese puesto debe ocuparlo un diplomático.

Lito resopló en señal de desacuerdo.

—Suárez sabe lo que quiere —dijo Carmen—. No siempre es mejor un diplomático porque los diplomáticos suelen caer en la tentación de mantener informado a su ministro. Y aquí, Javier, valoramos mucho la discreción.

—Ya entiendo.

—¿Cuál crees que es tu mejor virtud?

—El buen gusto —dijo él tras pensárselo un momento.

—En tal caso —ordenó Carmen aplastando la colilla de su cigarro en un cenicero de cristal tallado—, acompáñame a recorrer este horror de casa. Necesita mucho de eso.

Javier miró a Lito y este asintió con la cabeza.

—El presidente tardará en llegar —le dijo—. Todavía sigue en Zarzuela. No vendría mal que le echaras un vistazo a este sitio.

Al cabo de unos minutos, Carmen y su acompañante ya estaban inspeccionando las principales estancias del palacete, escoltados por el oficial mayor de Presidencia, un sexagenario de panza oronda y rostro bondadoso, y un bedel enjuto y encogido, tan canijo como un niño que no ha terminado de crecer.

—Haga el favor de enseñarnos el despacho donde trabajaba don Manuel Azaña —le ordenó Carmen al bedel con voz imperativa.

—¿Quién?

El oficial mayor terció en la conversación:

—¿No prefiere que le enseñemos la alcoba donde dormía su tío abuelo?

Aunque no era un dato muy conocido, Pedro Díez de Rivera, conde de Almodóvar, fue uno de los herederos del edificio tras la muerte de su suegro, el marqués de Villamejor, que lo mandó construir a finales del siglo XIX. El solar pertenecía a un francés incauto que creyó ver en el Madrid del entre siglo un hambre de modernidad que en realidad no existía y levantó una atracción de vistas panorámicas tan poco exitosa que acabó por arruinarle. Al marqués de Villamejor apenas le dio tiempo a disfrutar del palacete. Murió de repente en 1899. Su viuda, la marquesa de Tovar, lo hizo en 1905, a los setenta y cuatro años, después de un lustro de desconsolada y achacosa tristeza. Desde ese momento, Pedro Díez de Rivera, marido de una de las huérfanas herederas, fue copropietario del edificio y lo habitó durante un par de años. En 1907 lo compró Carlos de Borbón-Dos Sicilias, abuelo materno del rey Juan Carlos.

—No me consta que mi antepasado hiciera gran cosa por mejorar la vida de este país. ¿A usted sí?

El oficial mayor, que era persona afable y bien educada, forzó una mueca sonriente, se frotó la bruñida calva con la palma de la mano y siguió caminando como si no hubiera escuchado la impertinencia.

—Este es el palacete de los Orleans —insistió Carmen, dando a entender que no quería saber nada de la época en que estuvo vinculado a su tío abuelo—. De aquí salió doña María de las Mercedes para casarse con don Juan.

—Querrás decir que fue aquí donde nació —le corrigió Javier González de Vega mientras recorrían el salón azul, que se utilizaba como sala de visitas.

Carmen le fulminó con una mirada que parecía querer decir: «¿Quién te crees que eres para llevarme la contraria en cuestión de acontecimientos vinculados con la nobleza?». Javier sintió en su piel la quemazón de la mirada y contuvo la réplica para orillar el conflicto. Le hubiera gustado decir que doña María de las Mercedes no pudo salir de allí para casarse por la sencilla razón de que su boda se celebró en 1935 y el palacete dejó de pertenecer a la familia Borbón-Dos Sicilias veinte años antes, cuando su padre se lo vendió al Gobierno de Alfonso XIII. Además, doña María no se casó en Madrid, sino en Roma. Lo sabía muy bien porque la figura de la madre del rey siempre le había interesado de manera especial y tenía el firme propósito de escribir una larga monografía sobre ella. Sin embargo, no dijo en voz alta nada de eso. Al darse cuenta de que Carmen había incorporado a su temperamento todas las reacciones autoritarias de su clase social y de su educación, juzgó más oportuno guardar silencio. A cambio, se limitó a decir:

—Es urgente sustituir las telas de este salón. Están infectadas.

Un poco más adelante, el grupo se detuvo ante los lienzos de cuatro desnudos dieciochescos, dos femeninos y dos masculinos, que a Javier le gustaron especialmente.

—Son pinturas atribuidas a Tiépolo —informó el oficial mayor, al percatarse del interés que habían despertado en el crítico de arte.

Javier torció el gesto en señal de duda.

—¿Qué representan? —preguntó Carmen.

—No está claro. Creemos que las cuatro estaciones del año.

—Yo me inclino a pensar que son representaciones de dioses olímpicos —opinó Javier.

Fantasmales y provectos conserjes circulaban en silencio sobre las espesas alfombras, apagando una luz tras otra a medida que Carmen y sus acompañantes avanzaban en su recorrido. La consigna parecía ser ahorro y oscuridad.

—Si Goethe estuviera aquí —dijo Carmen— gritaría: ¡Luz! ¡Más luz!

—Ya hemos llegado al salón de tapices, señorita —anunció el oficial mayor justo a tiempo—. Aquí es donde Azaña presidía los Consejos de Ministros.

Carmen miró la estancia como si se tratara de un museo.

—La historia nos contempla, señores —dijo con solemnidad.

—Azaña estuvo viniendo aquí durante año y medio como ministro de Guerra y dos años más como presidente del Consejo de Ministros. Antes que él lo hicieron otros muchos. Eduardo Dato, que fue el primero, en 1914. Luego vinieron el conde de Romanones, García Prieto, Antonio Maura, Sánchez de Toca, Allendesalazar, Bugallal, Sánchez Guerra, Primo de Rivera, Berenguer, Aznar-Cabañas y Alcalá Zamora. De todos ellos, como ve, hay retratos colgados en las paredes.

Javier González de Vega se dio cuenta de que Carmen miraba al cicerone con la misma irritación con que antes le había mirado a él y se apresuró a hacer de cortafuegos:

—Creo que es imprescindible darle un aire nuevo a estos espléndidos salones. Parecen sacados del rodaje de *Pequeñeces*. Pienso que un cambio de color realzaría los muebles, que son buenísimos, fernandinos, de caoba y oro. Los cuadros son interesantes.

Carmen llevó más lejos su particular balance de la inspección.

—¡A mí todo esto me parece estremecedor! ¡Pobre país! ¡Pobre rey! ¡Qué horror! Este sitio tiene aspecto de opereta de barrio. Al verlo entiendo mejor que nunca la miseria humana de Franco y lo inexplicable de la duración del franquismo. ¡Qué impresión tan horrenda! ¡Qué vetustez! ¡Qué falta de instrumentos de trabajo! Lo que hemos visto es más elocuente que cualquier libro de El Ruedo Ibérico. Aquí, la miseria intelectual y humana del entorno del dictador es patente.

Al oír el comentario de Carmen, el conserje canijo que les acompañaba se estremeció y aún se hizo más pequeño bajo la casaca de su librea.

Desde aquel día, todos los bedeles comenzaron a esquivarla. Su fama de mujer arrogante se extendió como la espuma y pronto se convirtió en el ser humano más impopular del recinto. Los guardias civiles sumaron al pliego de cargos los delitos de altivez superlativa y desprecio a los subalternos. Pero a Carmen no parecía importarle. Se decía a sí misma que defenderse del machismo que rezumaban los modos de aquellos hombres uniformados, ya fuera con ropa civil o militar, era una manera de defender sus propios derechos y, por añadidura, el de todas las mujeres españolas.

Y aunque en el fondo tenía parte de razón, la mezcla explosiva que había en ella de timidez temperamental y de tiesura mamada desde la cuna no le ayudaba en absoluto a que sus reacciones fueran percibidas de esa forma. Pocos llegaban a comprender que se trataba de un puro mecanismo de defensa. Tampoco ayudaba el hecho de que le gustara dar su opinión prescindiendo por completo del azúcar. Que sus juicios gustaran mucho o poco era algo que le traía al fresco. Y más si la opinión venía de señores con tricornio. No se fiaba en absoluto de los servicios de seguridad. Los seguía considerando franquistas.

Cuando ya desandaban sus pasos en dirección al despacho de Lito, otro bedel de edad avanzada se acercó a ellos y les dijo que el presidente estaba llegando. Apresuraron el paso y aún le vieron subir por la escalera, escalando los peldaños de dos en dos, desde la planta baja, con agilidad atlética. El conserje que le había abierto la puerta del ascensor se quedó con la mano en el pomo y le vio pasar a su lado como una exhalación.

Carmen giró sobre sus talones y se encaminó a su propio despacho mientras el oficial mayor acompañaba a Javier González de Vega al de Lito.

El despacho de Carmen era pequeño y ella había tratado de aprovechar mejor los espacios cambiando la distribución de los muebles. Al arrimar la mesa hasta el marco de la ventana ganaba luz, un bien escaso en aquella casa oscura y antigua, y dejaba sitio para que cupiera una mesa circular rodeada por cuatro sillas. El cuarto no daba para más. Aunque en principio le habían adjudicado un despacho más grande, Carmen lo rechazó porque, según dijo, no necesitaba una estancia repleta de bronces, relojes y cristales decimonónicos para hacer su trabajo. «La ostentación solo es fuente de distracciones», le explicó a Lito cuando discutieron el asunto.

Nada más llegar le pidió a Carmina Díaz que llamara a Carlos Arias Navarro, el presidente del Gobierno anterior, y a la corresponsal de la agencia alemana de noticias DPA, Elizabeth Guth, y se los pusiera el teléfono. A Carmina le extrañó el interés de Carmen por hablar con Arias, a quien siempre se refería despectivamente como el Carnicerito de Málaga, pero no hizo ningún comentario. Carmen leyó la extrañeza en su cara y comentó:

—Es lo mínimo que puedo hacer. Por educación y por coherencia. No olvides que Arias ha sido presidente del Gobierno con el rey y esto no es una ruptura.

Arias no estaba en casa pero la persona que descolgó el teléfono dijo que tomaba nota de la llamada y que la devolvería lo antes posible. Elizabeth Guth, en cambio, respondió a la primera. Carmen y ella quedaron para comer en el restaurante Jockey.

Al rato, Carmina entró en el despacho para decirle:

—Ha llegado el vicepresidente primero, sin previo aviso, diciendo que necesita hablar urgentemente con el presidente.

Suárez le ha dicho a Lito que lo siente en el salón azul y que lo retenga allí durante un buen rato hasta que se le bajen los humos. Si quieres mi opinión, el asunto tiene una pinta bastante regular.

El teniente general Fernando de Santiago y Díaz de Mendívil le debía la vicepresidencia del Gobierno para Asuntos de la Defensa a su doble militancia monárquica y franquista. Arias Navarro le ofreció el puesto en noviembre de 1975, con el cadáver de Franco de cuerpo presente, porque sabía que el rey no le pondría bola negra y porque estaba seguro de que su prestigio castrense le resultaría muy útil a la hora de mantener a raya a los nostálgicos que trataban de *bunkerizar* el régimen. A medida que pasaban los meses, sin embargo, la tímida apertura política impulsada por el nuevo Gobierno hizo que en las salas de banderas de algunos cuarteles comenzara a escucharse un preocupante ruido de sables. Los mandos militares, erigidos en custodios de la ley que el franquismo había forjado a sangre y fuego, le exigían que hiciera valer su autoridad para frenar la deriva liberal de los acontecimientos. Desde entonces, en el ánimo del confuso general, la ferocidad franquista comenzó a imponerse, poco a poco, a la templanza monárquica. Jekyll devoraba a Hyde. De Santiago se estaba convirtiendo en el perro guardián de la herencia del pasado. A pesar de ello, Suárez le mantuvo en su puesto para no intranquilizar al Ejército.

Carmen sorprendió a Lito escudriñando el salón azul desde el resquicio de la puerta.

—¿Se puede saber qué haces? —le susurró al oído.

Lito se la llevó al pasillo, para preservar la discreción del cuchicheo, y le dijo:

—¡Me lo ha vuelto a hacer!

—¿Qué te han hecho? ¿Quién? ¿De qué hablas?

—Me la ha vuelto a jugar, como hizo el otro día cuando vino Botín.

Emilio Botín, presidente del Banco de Santander, era el decano del club de los siete grandes y el músculo financiero más poderoso de la derecha.

—¿Hablamos de Suárez?

—Sí.

—¿Qué te obligó a hacerle a Botín?

—Me pidió que le diera conversación durante más de una hora porque quería hacerle esperar. ¡Yo ya no sabía de qué hablarle! ¡No sabes lo difícil que es conversar con un banquero! Y más si al banquero se lo llevan los demonios. Jamás le habían hecho esperar. No ya una hora, ¡ni siquiera un minuto!

—¿Y te ha pedido que hagas lo mismo con De Santiago?

—Correcto.

—Menudo marrón.

—La única ventaja es que este no padece de gota.

—¿Y Botín sí?

—Pasada la hora de penitencia, el presidente entró en el salón y vio que Botín tenía la pierna encima de la mesa. «¿Quién le ha dado a usted permiso para poner la pierna encima de la mesa?», le preguntó. Y el pobre hombre se excusó diciendo que padecía de gota. Pero no le sirvió de nada. El presidente le dijo que en la Presidencia del Gobierno, con gota o sin ella, nadie ponía los pies encima de la mesa. Yo no sabía dónde meterme. Quería dejarle claro que no aceptaba poderes fácticos por encima del suyo y te aseguro que el mensaje quedó muy claro.

—Y después de los banqueros, ahora es el turno de los militares.

—Eso creo.

—¿No estará prevista la visita de algún cardenal en los próximos días, verdad?

—Espero que no. Aunque los curas se me dan mejor que los banqueros y los soldados.

—No te preocupes, Aurelio, a este le entretengo yo.

Y, sin dar opción a que Lito protestara, abrió la puerta y entró en la habitación.

El vicepresidente del Gobierno era un hombre grandote, ancho de hombros y de tórax, pero las hechuras del uniforme, engalanado con insignias, cíngulos y escarapelas, aún le hacían parecer más imponente. Las palas de las hombreras, en el plano horizontal, y en el vertical la caída sin talle de la guerrera, formaban un rectángulo casi perfecto del que sobresalía una cabeza alargada y blanca que Carmen intuía hueca del todo.

Al verla entrar en la habitación y dirigirse hacia él, el teniente general propulsó hacia arriba su corpachón condecorado y se colocó en posición de firmes.

—Buenos días, mi general —le saludó Carmen mientras le tendía la mano.

—Buenos días.

—Lamento la espera. No teníamos anotada su visita en la agenda de hoy. ¿Qué le trae por aquí?

—Lo sé y lo comprendo —dijo él a modo de disculpa—, pero no me molesta esperar. Es importante que hoy hable con el presidente de un asunto delicado.

—¿Tan grave es?

—Delicado. Dejémoslo ahí. Esa palabra me gusta más.

Carmen se sentó en un sillón lateral del tresillo y el general hizo lo propio en un extremo del sofá.

—¿Acaso está yendo a más la inquietud entre los jefes del Ejército?

De Santiago sacó a relucir el gesto que utilizaba para fulminar la insolencia de sus subordinados. Luego se atusó el bigote blanco desde la base de la nariz hasta las comisuras de los labios y refrenando el primer impulso preguntó con forzada amabilidad:

—¿Siempre es usted así de directa, señorita?

—No olvide, mi general —dijo ella con voz melosa—, que soy hija del cuerpo de caballería.

—Conocí a su padre. Un hombre de honor. Un caballero.

—Y también un hombre comprensivo. ¡Y leal al rey!

—Aquí la lealtad al rey no se cuestiona, señorita.

Carmen sabía, por lo que le había comentado Suárez, que en el último Consejo de Ministros el general De Santiago quiso suprimir de la declaración programática del Gobierno el compromiso de devolverle la soberanía al pueblo español. Forcejeó hasta pasadas las doce y media de la noche.

—¿A qué rey se refiere, mi general, al que desciende de Franco o al rey de todos los españoles?

—¿Acaso hay alguna diferencia?

—Yo creo que sí.

—Señorita —dijo De Santiago con voz de general tronante—, no creo que esta sea una conversación adecuada.

—¿Por qué? ¿Porque soy una mujer?

—¡Porque soy el vicepresidente primero del Gobierno!

—Y yo la jefa de gabinete del presidente de ese Gobierno.

—¡Pero yo no he venido a hablar con usted! ¡Y menos de estas cosas!

—¿Por qué? ¿Porque son cosas de hombres que una mujer no puede entender?

—Le ruego que no sigamos por ahí...

—Va usted a perdonar mi atrevimiento, mi general, pero no llevo bien ciertos tics totalitarios.

—Le insisto en que no sigamos por ahí, se lo suplico.

—Y yo le suplico a usted que me escuche durante un minuto. ¿No es usted un ferviente partidario de prohibir la licitud de quienes propongan implantar un sistema totalitario? Pues, con todo respeto, mi general, a lo mejor no estaría de más que se aplicara el cuento.

De esa forma, Carmen llevó la conversación al terreno que quería. Solo tres días antes, el 19 de julio, las Cortes habían aprobado la reforma del código penal y, con ella, la redacción de un nuevo artículo que podría servir, llegado el caso, para legalizar por la puerta de atrás a los comunistas. Para limitar ese riesgo, la ponencia propuso durante el debate parlamentario que fueran ilegales las asociaciones políticas que, estando sometidas a una disciplina internacional, quisieran implantar un sistema totalitario. Pero al general De Santiago, y a otros muchos padres de la patria, esa cautela les parecía insuficiente y proponían endurecer el texto haciendo que figurara en él una mención explícita a la ilicitud perpetua del Partido Comunista. El debate fue muy intenso.

«Desaparecido el nazismo y el fascismo italiano —decían unos—, el único totalitarismo que queda es el comunista, no hace falta ser más concreto».

«¿Pero qué es el totalitarismo?», preguntaban otros.

«Proponer la implantación de un régimen que niegue el pluralismo», respondió un procurador.

«Implantar un sistema de partido único o no democrático», opinó otro procurador.

«Negar un orden constitucional democrático y libre», defendió un tercero.

«Impedir la participación de los ciudadanos en la política mediante el sufragio activo y pasivo», dijo uno más...

Y así se pasaron dos días proponiendo distintas definiciones de totalitarismo. A Carmen le parecía que cualquiera de ellas hubiera servido para declarar ilegal el franquismo con carácter retroactivo y por eso siguió el debate con cierto desinterés.

Al final quedó establecido este criterio para definir a las formaciones ilegales:

> *Las que por su objeto, programa, actuación o circunstancias, atenten a la dignidad o a la libertad humana o sean contrarias al pluralismo asociativo como medio para la participación política.*

Un coladero, vaya. El general De Santiago montó en cólera y amenazó con dimitir.

Y a eso es a lo que había ido a Presidencia aquella mañana: a decirle a Suárez que si no suavizaba su política aperturista, se iría del Gobierno. Carmen estaba segura de que había ido a decirle eso.

—¡Señorita, usted no hizo la guerra y no sabe de lo que habla!

—General, usted la ganó y no sabe lo que es perderla.

El tono de las voces fue creciendo en intensidad.

—O sale usted de la sala o salgo yo, lo que usted decida…

—Ya salgo yo, mi general. Que no se diga que una mujer le ha hecho batirse en retirada.

Se puso en pie y salió del salón azul con la majestad de una campeona olímpica.

Suárez, naturalmente, tuvo cumplida información del incidente y cuando habló con Carmen, poco antes de la hora de comer, sacó a pasear sus malas pulgas. No era hombre de arrebatos temperamentales y rara vez levantaba la voz para imponer su autoridad. Su técnica consistía en clavar una mirada de reproche como si fuera una vara de castigo y esperar a que el reprendido diera muestras de pesadumbre. Pero Carmen no las daba y a Suárez no le quedó más remedio que exigirle un esfuerzo suplementario a su capacidad pulmonar:

—Has de saber —dijo con un énfasis poco habitual en él— que el vicepresidente me ha pedido tu cabeza.

—¿Y se la has dado?

—Se supone, Carmen, que estás aquí para ayudarme, no para ponerme las cosas más difíciles.

—Y se supone, presidente, que ambos estamos aquí para doblegar a los obtusos que impiden avanzar hacia la democracia, no para hacer que se sientan cómodos…

—Ese es mi papel, no el tuyo. Te di la oportunidad de ser directora general de televisión y, si hubieras aceptado mi oferta, allí habrías tenido un cierto margen de autonomía para tomar tus propias decisiones, pero decidiste quedarte a mi lado y doy por supuesto que sabías lo que eso significaba.

—Sí, presidente.

—Que sabías a lo que venías…

—Sí, presidente.

—Que la batuta solo la lleva el director de orquesta…

—Sí, presidente.

—Y que aquí el único director de orquesta soy yo…

—Sí, presidente.

—¡Y deja de decir «Sí, presidente» de una maldita vez!

—Sí, presidente.

—¡Carmen!

—¿No es eso lo que buscas? ¿Que todo el mundo diga: «Sí, presidente»? ¿Que te den la razón sin cuestionarla? ¿Que todos te digamos lo que le decía el espejito mágico a la madrastra antes de que apareciera Blancanieves?

Suárez no replicó. Bajó los ojos y volvió a fijar la vista en los papeles que había sobre su mesa. Era una mesa de madera de raíz de cerezo. La superficie, forrada de cuero, había sido el lecho amoroso en el que Isabel II, según contaba la tradición oral de la casa, había seducido al general bonito y a otro par de presidentes del Consejo de Ministros.

Estaba claro que la conversación había terminado.

Carmen se levantó y salió del despacho. Era la única persona que entraba en él sin llamar a la puerta y la única que se iba sin pedir permiso.

Antes de acudir a la cita con Elizabeth Guth, Carmina Díaz le puso al teléfono a Arias Navarro.

—Solo quería saber cómo estaba y si hay algo que podamos hacer por usted —le dijo Carmen.

—Es usted muy amable, señorita, le agradezco el gesto de todo corazón —le respondió Arias, emocionado—. Tengo oído por mis colaboradores que usted le dice la verdad a un presidente, y eso es muy importante. Yo no lo he tenido.

V

Madrid, jueves, 22 de julio de 1976

Hacía tanto calor que la temperatura ambiente hubiera bastado para asar una patata con solo dejarla reposar en el alféizar de la ventana. El anticiclón había traído a la península una masa de aire sahariano que, al respirar, provocaba en el gaznate la misma sensación que un sorbo de cazalla. Pero Carmen soportó el trago con el estoicismo del animal de piel ignífuga en que se había convertido tras la metamorfosis de África. Incluso llevaba una rebeca de punto doblada sobre el brazo para prevenir la agresión refrigerada del aparato de aire acondicionado que, con toda seguridad, le aguardaba a todo gas en el comedor de Jockey. Carmen odiaba el aire acondicionado.

Lo primero que ocurrió, una vez que hubo pisado la acera de la Castellana, es que pilló desprevenido al sosias del Che Guevara. El hombre seguía ocultando su chapucera labor de vigilancia tras una cámara de fotos. Esta vez, Carmen sujetó con su mirada la mirada del otro y quedó patente que los dos se vieron sin ambages, como prismáticos que se cruzan de frente. Al sentirse descubierto, el tipo echó a correr en dirección a la calle Génova con la presteza de un prófugo al que le van pisando los talones.

Carmen decidió cambiar de planes. En lugar de ir a la izquierda para tomar la calle Alcalá Galiano y subir hasta Amador de los Ríos, donde estaba el restaurante, siguió los pasos de su vigía para dar la vuelta a la manzana, llegar por Génova hasta Monte Esquinza, girar a la derecha por Alcalá Galiano y llegar al mismo cruce con Amador de los Ríos por el camino más largo. Que el falso fotógrafo era un desastre en el arte del camuflaje había quedado patente, pero faltaba por ver si su torpeza como fugitivo estaba a la misma altura. Y lo estaba. Carmen aún pudo verle subiéndose a un coche que le aguardaba aparcado frente a la puerta de una compañía de seguros. Distinguió la marca, el modelo y la matrícula: un Seat 131, M-4578N. Lo anotó en la libreta que siempre llevaba en el bolso y siguió su camino sin dejar de considerar lo paradójico que resultaba que con unos secretas tan poco profesionales, la policía franquista hubiera podido mantener a raya durante tanto tiempo a los adversarios del régimen.

El portero del restaurante, vestido con uniforme verde y gorra de jockey, trataba de ceñirse a la pequeña isla de sombra que proyectaba la marquesina de la entrada sobre el suelo resplandeciente. Cuando vio a Carmen, le brindó una amable sonrisa de bienvenida pero no hizo ademán de empujar la puerta para franquearle el acceso al interior del local. En lugar de eso, con tono respetuoso, le dijo que las normas de etiqueta del restaurante eran muy estrictas y que no estaba permitido entrar con pantalones vaqueros. Carmen le respondió con una mueca de desdén.

—Avise al *maître*. Quiero hablar con él.

Y sin pedir permiso, entró en el recibidor del restaurante, dobló inmediatamente a la derecha y se acomodó frente a una pequeña mesa circular de poca altura, en una de las butacas tapizadas de pana verde donde los clientes aliviaban la tardanza de sus compañeros de mesa.

Cuando llegó el *maître*, ella siguió sentada.

—¿Sabe quién soy? —le preguntó con provocadora insolencia.

—Naturalmente que sí, señorita Díez de Rivera —dijo él, extremando una inclinación de cabeza—, y le aseguro que vamos a solventar esta situación sin ningún problema.

—He quedado aquí con una corresponsal de prensa alemana muy prestigiosa y no me gustaría que quedáramos mal ni ustedes ni yo.

—Estamos preparando un pequeño reservado en el piso de arriba. Las normas de etiqueta solo rigen en el comedor principal. Si tiene la bondad de esperar unos minutos, en cuanto la mesa esté montada, un camarero la acompañará enseguida a la sala siete. Es la que nos queda libre. ¿Quiere tomar algo mientras tanto?

—Una copa de vino blanco. Gracias.

El *maître* se dio la vuelta después de andar un par de pasos hacia atrás, empujó la puerta batiente que conducía al comedor principal y se perdió tras ella. Carmen cogió un ejemplar de *El País* que estaba sobre la mesa. Aún no había tenido tiempo de leerlo con calma. El titular de un recuadro en primera página llamó su atención: «Carrillo habló en Madrid con Felipe González». El texto decía lo siguiente:

> Anoche, en el transcurso de una cena organizada por la Federación Socialista de Cataluña, integrada en el Partido Socialista Obrero Español (PSOE), Joaquín Jou, secretario de prensa de la mencionada federación, manifestó a un nutrido grupo de periodistas y en presencia de otros dirigentes socialistas catalanes, que Santiago Carrillo, secretario general del Partido Comunista Español, y Felipe González, primer secretario del PSOE, habían mantenido largas conversaciones en Madrid la primavera pasada. El señor Jou añadió que, según sus informaciones, Santiago Carrillo también se habría entrevistado con Manuel Fraga.

Llegó el camarero con la copa de vino. Carmen le dio un sorbo y se la devolvió con un gesto de desaprobación.

—Está caliente —le dijo, antes de volver a la lectura del periódico.

Entonces, de la puerta de la calle llegó un sobresalto. Alguien la había abierto de un empellón y se abría camino con zancadas rotundas y basculantes mientras comentaba a gran velocidad, con voz poderosa, que «el calor, mi querido amigo, *rrite* la *beza* y la sesera». En realidad, quería decir que el calor derrite la cabeza y la sesera, pero el hombrón tenía tendencia a zamparse la mitad de las palabras. Su «querido amigo», por el contrario, era un hombre templado, elegante, de gestos tan escuetos como los de un mayordomo inglés, que aguantaba el chaparrón verborreico de su acompañante con ademán impasible.

Carmen hundió la cara detrás del periódico para que no la vieran. De esa guisa la sorprendió el camarero cuando llegó hasta ella con la segunda ronda de vino blanco. Adelantó tímidamente la bandeja, invitándola a coger la copa, pero ella, asida al periódico con ambas manos, le dio a entender con un gesto de la cara que la pusiera sobre la mesa. Los dos recién llegados pasaron al comedor y Carmen, más distendida, probó un sorbo del Albariño que, esta vez sí, se encontraba a la temperatura adecuada. Enseguida, otro camarero le pidió que le acompañara hasta el reservado que ya estaba preparado en la planta superior.

El número siete, el último y más pequeño de todos, era uno de los pocos reservados que Carmen no conocía porque, dado su tamaño, solía utilizarse en comidas de naturaleza romántica. Se estremeció al darse cuenta de que fue probablemente allí, en aquel mismo saloncito de paredes de *boiserie* decoradas con grabados de caballos y amueblado al gusto de Marc du Plantier, el decorador francés de las mejores casas de la aristocracia madrileña, donde Antonio el Bailarín le había dicho a su madre: «Eres la Torre Eiffel hecha mujer». El propio Antonio, diez años antes, se lo había confesado con la sencillez de un niño grande: «Yo amé a tu madre», le dijo. Carmen aún recordaba sus cejas tan altas, curvadas sobre la cavidad de los ojos como arcos de medio punto, cuando le contó la historia.

Entonces acarició con la mano el dintel de mármol negro de la pequeña chimenea que ocupaba toda una pared de la habitación, como si aún buscara el calor de sus dedos o el rastro de su mirada en la superficie. De algún modo, sentía su presencia. Y, mentalmente, se puso a hablar con él: «Después de pedirme que me casara contigo y que te diera el hijo que tanto deseabas —le dijo—, me confesaste que antes que a mí habías amado a mi madre y que un día la llevaste a comer al reservado más pequeño de Jockey para hacerte perdonar que hubiera descubierto, pobre mamá, que también amabas a otras. Mi madre no te perdonó, Antonio, pero yo sí que te perdono porque el amor no se juzga y tú amabas la vida, y todo lo que hay en ella de amable, con la misma pasión sin medida con que tu cuerpo ama el baile cuando tus piernas enloquecen y dan sentido a tu existencia».

La llegada de Elizabeth Guth la sacó de su ensueño. Era una mujer rubia, menuda, inquieta, que rondaba los cuarenta y vestía como si fuera diez años mayor. Llevaba unos pantalones de lino blanco muy arrugados y una blusa de color calabaza.

—¡No me digas que llego tarde! —dijo la alemana a modo de saludo.

—¿Qué hora es? —le preguntó Carmen mientras la besaba en la mejilla.

—Las dos y veintinueve —respondió la periodista después de consultar su reloj de pulsera.

—Entonces llegas a tiempo. Sigues siendo tan puntual como Kant. Algún día te aburrirás de ser tan previsible, te lo prometo.

—No lo creo. No me gusta hacer esperar porque detesto que lo hagan conmigo.

—No me has hecho esperar. Me he adelantado yo porque he tenido un altercado con mi señorito y quería salir cuanto antes de aquel mausoleo.

—¿Ah, sí? ¡Cuenta, cuenta! —dijo Elizabeth mientras se sentaba a la mesa en la silla más alejada de la chimenea.

Carmen permanecía de pie.

—No tan deprisa, querida. Si quieres información, gánatela. *Quid pro quo.*

—Está bien. Te diré algo que no sabes: en el comedor comparten mesa, ahora mismo, Fraga y Areilza.

—¡Menuda primicia tan lamentable! Lo sé. Les he visto entrar. Quieren que todo el mundo les vea en público para dar la sensación de que aún cortan el bacalao. Ya sabes lo que se dice de Jockey: si las cosas te van bien tienes que venir aquí una vez a la semana. Y si te van mal, dos veces.

—¿Y es la segunda vez que vienen?

—Probablemente vienen a diario. Areilza está arrepentido de haberse quitado de en medio durante la formación del nuevo Gobierno y ahora no deja de enviar recados pidiendo por favor que le tengamos en cuenta. Dice que si hubiera sabido desde el principio que Suárez iba a jugar en serio a traer la democracia habría aceptado el ministerio que le ofrecimos.

—¿Y le vais a perdonar?

—Ni de broma. Ya conoces el refrán: el que se fue a Sevilla perdió su silla.

—Lo que se cuenta por ahí —dijo la periodista, imprimiendo a su voz un sesgo confidencial— es que andan dándole vueltas a la formación de un gran partido político de derechas.

—Fraga, sí. Areilza no creo que se sume al carro porque no quiere ser cola de león. Y si Fraga está cerca, ya se sabe quién ruge.

—Me gustaría estar en el comedor de abajo para cotillear lo que dicen. Como las mesas están tan juntas, se oye todo.

—Estarán diciendo bravuconadas para que todos las oigan y crean que el mundo les necesita. Fraga dijo anoche, en una cena, que el Gobierno está apadrinado por banqueros y militares y que durará lo que tarden los españoles en volver de vacaciones. «En otoño —dijo textualmente—, caerá como una hoja seca».

—Detalles así inspirarían una gran crónica. Ver a dos faisanes reales en público siempre es un gran espectáculo.

—Lamento haberte privado de él. La idea era comer allí, pero al parecer mis pantalones vaqueros no eran dignos de pasearse por esa horrible moqueta estampada que parece sacada del pub inglés más hortera de Oxford.

—Bueno —dijo Elisabeth, encogiéndose de hombros con resignación—, tampoco está tan mal venir a uno de estos reservados tan exclusivos donde seguro que han pasado cosas excitantes. ¿Te imaginas los relatos que escucharíamos si las paredes hablaran?

—Me hago una ligera idea —dijo Carmen, tratando de conjurar el recuerdo de Antonio el Bailarín diciéndole a su madre que era la Torre Eiffel hecha mujer.

En ese momento entró el camarero para tomar nota de la comanda. Elisabeth pidió *vichyssoise* y huevos estrellados sobre habas peladas. Carmen prefirió crema senegalesa con curry y *quenelles* de bogavante.

—¿Eso qué es? —preguntó la periodista.

—Albóndigas de pescado en rollitos —explicó Carmen.

El camarero salió del reservado y ellas entraron en materia sin esperar a que llegara la comida.

—¿Cómo van las cosas?

—Lentas —dijo Carmen.

—¿Pero hay motivos para ser optimistas?

—Objetivamente, no.

Las malas noticias, en efecto, se acumulaban. La prensa, sobre todo la internacional, seguía fustigando al rey por la elección de Suárez como piloto de la Transición. El dosier que Carmen había ojeado por la mañana en su despacho era más que elocuente. Era directamente ensordecedor:

Le Figaro: «Estupefacción, decepción, indignación... Juan Carlos ha cambiado un caballo tuerto por otro ciego».

The Times: «La elección de Suárez representa una victoria del ala derecha de los reformistas deseosos de ir al desmantelamiento de la dictadura pero manteniendo fuertes lazos con el pasado».

The Observer: «Suárez carece de todas las cualidades que se creía estaba buscando el rey cuando decidió desafiar al búnker franquista».

En la España testicular, los militares que ganaron la guerra, de común acuerdo con los hurones que habitaban las madrigueras del búnker, jugaban a ser los brazos de la tenaza que debía cascar como una nuez la cabeza de Suárez.

En el frente interno, los comensales de abajo, Fraga y Areilza, más el resto de los budas que se creían llamados a oficiar como sumos sacerdotes la ceremonia del cambio, se negaban a ser monaguillos del chamán que el rey se había sacado de la manga para ahuyentar a los demonios de la dictadura.

Fuera del sistema, la oposición democrática seguía atónita y descorazonada por las decisiones que había adoptado Juan Carlos durante los primeros meses de su reinado. Ni Santiago Carrillo ni Felipe González se tomaban en serio las promesas de Suárez. De ahí la importancia de los encuentros que, según la noticia de portada de *El País*, ambos habían protagonizado en Madrid. Los dos reclamaban una ruptura con el pasado que diera paso a un proceso constituyente desconectado de la legitimidad heredada de Franco. No tenían ninguna intención de darle un voto de confianza a la declaración programática aprobada por el Gobierno:

Legalización de los partidos.

Amnistía de los delitos políticos.

Regreso a España de los exiliados.

Celebración de elecciones libres.

Cuando Elizabeth Guth terminó de escuchar la detallada exposición que Carmen le había hecho de la situación política resopló como un alpinista que mira a la cima del Himalaya desde la falda de la montaña.

—¿Eso es todo? —preguntó con sarcástica naturalidad.

—No, no lo es —dijo Carmen.

—¿Qué otras calamidades urgentes pueden dinamitar la reforma?

—No nos podemos olvidar de ETA. El terrorismo vasco es una amenaza letal. Y no solo por el daño que hace, por las vidas que siega. Suárez está convencido de que la Unión Soviética maneja a su antojo a los etarras con el único propósito de desestabilizar la Transición. Dice que el Partido Comunista lo sabe y lo tolera. Y, eso, claro, hace muy difícil que se plantee en serio el asunto de su legalización.

—Y aun así —concluyó Elizabeth—, aquí estás tú, tan campante, comiéndote una albóndiga alargada de almirante...

—De bogavante —la corrigió Carmen.

—De lo que sea. Después de todo, ambos son bichos de mar, ¿no?

—Unos más bichos que otros —concedió Carmen, celebrando la broma con una discreta carcajada.

—¿Y Suárez qué dice?

—¿Textualmente?

—Sí.

—Que vamos a hacer una obra política que asombrará al mundo.

—¿Y te lo crees?

—Sí.

A partir de ese momento, Suárez se convirtió en Adolfo y acaparó el resto de la conversación.

Adolfo era un buen chico, de misa diaria, explicó Carmen. Tuvo una niñez de monaguillo. En Cebreros, su pueblo natal, tierra de celtas, su madre regentaba una bodega de alcoholes. Su padre era un abogado simpático, sociable, aficionado al póquer y a las señoras, hijo de padres divorciados, que un buen día se fue a Cuba en busca de fortuna y regresó sin haberla encontrado al lugar donde su padre, gallego y republicano, se encontraba destinado como secretario del juzgado. Ese lugar era Ávila. Su padre se llamaba Hipólito, aunque casi todos le llamaban Polo, y su madre Herminia.

En Ávila, la familia tiraba como podía. Adolfo era el mayor de cinco hermanos y el más formal de todos, lo que no es mucho decir, en parte por la exigencia que conlleva ser el primogénito de una familia donde no sobra de nada y, en parte, todo hay que decirlo, por la benéfica influencia del rector del seminario, don Baldomero Jiménez Roque, que le metió en la cabeza la idea de hacerse cura.

Algunas noches, cuando la cogorza se pasaba de la raya, Hipólito se quedaba dormido en la barra de un bar que olía a chorizos pringados con manteca, torreznos crujientes y cortezas de cerdo, y Adolfo le ayudaba a llegar a casa sin perder el equilibrio. Un buen día, después de dormir la mona, Hipólito cayó en la cuenta de que Ávila se le había quedado pequeña y, huyendo vete tú a saber de qué, se fue a Madrid y dejó a su familia en la estacada. Adolfo tuvo que dar un paso al frente y abandonó la idea de la sotana para llenar el vacío paterno.

El gobernador civil de la provincia, Fernando Herrero, que luego se convertiría en su mentor, le contrató para que trabajara de ayudante en su secretaría y Adolfo, que siempre ha sido un seductor de primera, se metió en el bolsillo a la mujer de Herrero, que se llama Joaquina y es una mujer adorable. Adolfo y ella se cruzaban todas las mañanas al salir de misa y él se bajaba de la acera para cederle el paso. «Buenos días». «Buenos días». Luego él se iba al Gobierno Civil y ella a comprar yemas de Santa Teresa.

En las capeas de la plaza del pueblo era el más valiente, el que más se arrimaba a las astas de las vaquillas. Las chicas le aplaudían como locas desde el tendido. Pero él no era ligón. En eso no salió a su padre. Las chicas le gustaban, claro, pero sabía comportarse. Tuvo una novia formal, la hija de un pastelero muy reputado de Ávila, y estuvo a punto de tener otra, a los dieciséis años, que salía con un mocito de El Tiemblo. El gañán casi le saca un ojo por galantear con su chica. Adolfo, en legítima defensa, le pegó una paliza y al final acabaron a pedradas. Era una chica muy mona, hija de alemán y de española.

Estudió derecho, por libre, en la Universidad de Salamanca. Expediente ramplón: muchos aprobados por los pelos en la convocatoria de septiembre, escasos notables y solo un sobresaliente en derecho romano. Estudiaba de memoria. Por las bravas. Fiel a su estilo en todo lo demás. Cuando acabó la carrera decidió irse a vivir a Madrid para avanzar en su carrera profesional y recomponer la relación con su padre. Padre e hijo trabajaron juntos durante algunos meses. Adolfo vivía en una pensión que olía a orín y a pintura húmeda. Había cacerolas en el suelo para recoger el agua de las goteras y del techo colgaban tiras de plástico con un pringue dulzón donde las moscas se quedaban pegadas como doncellas ante un escaparate de Dior.

Para pagar la pensión trabajaba de maletero en la estación de Atocha. Algunos amigos le prestaron dinero para que pudiera sobrevivir. Su cuñado Lito fue uno de ellos. Lito le dijo que a Fernando Herrero, el antiguo gobernador civil de Ávila, le acababan de ascender a un puesto de postín en la Secretaría General del Movimiento y le sugirió que fuera a pedirle trabajo. Adolfo no se atrevía porque tenía agujeros en las suelas de los zapatos y no quería causar mala impresión. Al final subió a verle y Fernando Herrero le contrató enseguida. No solo eso. También le ayudó a salir de aquella pensión de mala muerte moviendo los hilos para que pudiera vivir en el colegio mayor Francisco Franco a pesar de que ya no era estudiante universitario.

El rector del colegio era Eduardo Navarro, el mismo que aún le escribe los discursos. Se hicieron amigos. Es un falangista inteligente injustamente maltratado desde el día en que le llevaron a Franco una cinta magnetofónica en la que parodiaba, junto a otros amigos, un hipotético asalto de las masas a la Secretaría General del Movimiento. La narración incluía imitaciones de la manera de hablar de algunos ministros de la época. Franco, después de escuchar la cinta, calificó la broma como «una grave falta de estilo».

Aquel verano de 1958, durante una tarde de fiesta en los toros, Adolfo conoció a Amparo. Amparo era la joya de la corona, la reina de corazones, la chica que dejaba sin respiración a todos los mocitos de la zona. Había estudiado en Londres, hablaba inglés, tenía permiso de conducir y manejaba un Seat 1400 nuevo y brillante como el charol. Adolfo ganó la justa y se llevó el trofeo. Cuando Adolfo fue a pedirle la mano a su padre, militar y vasco, le prometió que convertiría a su hija en la mujer del hombre más importante de España. Le explicó todo lo que se proponía ser: gobernador civil, director general, subsecretario, ministro y presidente del Gobierno antes de cumplir los cincuenta. Ángel Illana llamó a su hija y le dijo que no se oponía a la boda, pero le dejó claro que se había enamorado de un chiflado.

Amparo es una mujer acogedora, hospitalaria y honrada a carta cabal. Y aunque debe tener mucho genio, sabe dominarlo y nadie recuerda haberla visto explotar en público. Como hija de vasco, le encanta comer bien. Cocina como los ángeles. No es infrecuente que a la hora de merendar sustituya el café con leche por una copa de cava. Le apasiona el teatro y el baile. Suele decir que la fusión de esas dos pasiones debería haberla llevado a ganarse la vida como corista. También sabe mucho de cine. Recita de memoria los repartos completos de sus películas favoritas.

—Cuentan algunos —comentó Elizabeth Guth con idea de tomar el relevo de la conversación para que Carmen pudiera atacar las albóndigas alargadas que se le enfriaban en el plato— que hay problemas en el matrimonio porque a ella no le gustan las decisiones políticas de su marido.

Carmen orilló las *quenelles* con el tenedor, dando a entender que no tenía ninguna intención de comérselas, y volvió a tomar el mando narrativo.

Lo que Amparo llevaba mal, aclaró Carmen, era la actitud de algunos amigos de toda la vida. Disconformes con la línea del Gobierno, les habían vuelto la espalda. Peor aún. Algunos habían llegado a negarles la ofrenda de la paz durante la celebración de la misa. Era normal que a Amparo ese tipo de bajezas le produjeran bajones anímicos.

Siempre decía que daría cualquier cosa para volver a la época más feliz de su vida, que fue la de Segovia.

Llegaron allí en 1968 porque a Adolfo, que ya le había caído en gracia a Carrero Blanco, lo nombraron gobernador civil de la provincia. Fue un hecho determinante en su biografía, el seis de los dados de la suerte. Lo hizo bien, llamó la atención de los jefazos del régimen y, sobre todo, tuvo la oportunidad de hacerse amigo de los príncipes Juan Carlos y Sofía. Durante un viaje que estos hicieron a Segovia en compañía de los reyes de Grecia, Adolfo llevó a los dos matrimonios a comer a Casa Cándido. Allí empezó todo.

El duque de la Torre, preceptor de don Juan Carlos, había obtenido del Ministerio de Educación un refugio en Guadarrama, la Casita de Arriba, donde el príncipe se hacía acompañar por algunos amigos los fines de semana. Era un palacete del siglo XVIII que utilizó un hijo de Carlos III como lugar de recreo. Franco lo hizo acondicionar por si necesitaba refugiarse durante la Segunda Guerra Mundial. No era en absoluto un búnker, no te creas, era una especie de casa de muñecas muy cerca de El Escorial, a cincuenta kilómetros de Madrid. Un salón, un comedor, tres dormitorios y un despacho. Eso era todo. Pero la Casita tenía una red de comunicaciones ultramodernas. Después de la comida en Cándido, Adolfo acudió al refugio en varias ocasiones. El príncipe y él se hicieron buenos amigos. Hasta el punto de que fue el propio Juan

Carlos, en noviembre de 1969, quien apoyó decididamente su nombramiento como director general de Televisión. Allí fue donde yo le conocí.

Hubo un silencio. Uno muy largo. Luego Carmen preguntó, cambiando la inflexión de la voz:

—Bueno, ¿nos ayudarás?

De la modorra del pasado había pasado a la vigilia del presente con la presteza de una pantera que se despereza de la siesta.

—¿Cómo puedo ayudaros? —preguntó la periodista.

—Quiero organizar una comida con los principales corresponsales extranjeros en Madrid para explicarles los planes del Gobierno. Necesito que se crean que Adolfo va en serio. Hemos de cambiar el clima de opinión para conseguir que nos apoyen los Gobiernos europeos o todo este tinglado de la Transición se irá a hacer puñetas.

—No tan deprisa, querida. Si quieres ayuda, gánatela. *Quid pro quo*. ¿No has fijado tú ese criterio al inicio del almuerzo? —Carmen la miró con extrañeza—. Hoy me has contado —prosiguió ella— cómo conociste a Suárez. Prométeme que otro día me contarás cómo conociste al rey.

Los ojos de la pantera se iluminaron por dentro y proyectaron una luz amarillenta, color sepia, como el de las fotos antiguas, que convirtió la estancia en el sombrío anaquel de un montón de viejos recuerdos.

—Lo conocí muy joven, siendo niños. Pero comencé a tratarle a la vuelta de mi estancia en África. Es una larga historia...

VI

Madrid, septiembre de 1967

Carmen llegó a Zarzuela con media hora de retraso.

Aunque le costaba reconocerlo, se había quedado bloqueada frente al armario ropero a la hora de decidir el modelo que debía ponerse para la cena. Solo disponía de vestidos prácticos y pocos vistosos. Al repasarlos uno a uno, todos le parecieron tan insulsos como las batas de batalla de las enfermeras de Daloa.

—¿Cuál crees que debo ponerme? —le preguntó a su hermana Sonsoles.

—¿Me preguntas cuál creo que debes ponerte o cuál creo que te vas a poner? —respondió ella con irónica beligerancia.

—¿Crees que hay alguna diferencia?

—Creo que elegirás el que menos se parezca al que yo llevo puesto.

—¿Y eso por qué? ¿Acaso piensas que me siento eclipsada por mi hermana mayor y trato de defender mi singularidad?

—A lo primero respondo que no. A lo segundo, que sí. Somos muy distintas y no hay riesgo de que nos confundan. Pero a ti siempre te ha gustado ser distinta y te esfuerzas para que se note. Por eso elegirás el traje que menos se parezca al mío. Y será más atrevido, más transgresor y, desde luego, también mucho más feo. Creo que elegirás este azul marino —dijo al fin, entresacando uno de los que colgaban del perchero.

—¿Este? —dijo Carmen mientras lo descolgaba para mirarlo de cerca.

—Sí. Es muy tuyo. Escote generoso, sin mangas, liviano…

—¡Y larguísimo! Tendría que cogerle el dobladillo por lo menos cuatro o cinco dedos.

Se lo pegó al cuerpo sin quitarlo de la percha.

—No es tan largo —opinó Sonsoles, al ver que no le quedaba muy por debajo de la rodilla.

—¿No te parece que está un poco pasado de moda?

—Todo tu armario lo está, hermanita. Estos trajes son de antes de que te fueras a África.

—¿Me da tiempo a cogerle el bajo?

—Si pretendes venir con nosotros, no. Eduardo no soporta que le haga esperar y ya está bastante nervioso con la cena. Es mejor no darle motivos para que se ponga furioso.

—¿No le gustan las cenas?

—Cuando son de tanta alcurnia, como él dice, no. Le da miedo no estar a la altura de las circunstancias.

—Pero ya habéis ido otras veces, ¿no es así?

—Y no siempre ha salido bien. Por eso está nervioso. Cuando Juan se pone a ligar con sus invitadas, a Eduardo se lo llevan los demonios.

—¿Y lo hace mucho?

—¿Ligar?

—Sí.

—Ya le conoces —se limitó a comentar Sonsoles con un gesto de resignación.

—No tanto, en realidad —replicó Carmen—. Nos perdimos de vista hace muchos años.

—Pues sí. Lo hace cada vez que puede. Por eso te desaconsejo que vayas demasiado corta.

—Lo siento por Sofía.

—Y yo. No se lo merece. Es evidente que lo está pasando mal. Cada vez abusa más del chocolate.

—¿Sofía abusa del chocolate? —preguntó Carmen sinceramente intrigada.

—Sin parar —respondió su hermana—. Lleva depre una temporada.

—¿Hablas con ella?

—A veces. El otro día me dijo que debería haber sido peluquera.

—¿Peluquera?

—Al parecer es lo que quería ser cuando era pequeña. Eso es lo que nos dijo a María Francisca y a mí.

—Puede ser que el embarazo la tenga un poco baja.

—No, no es el embarazo. Es Juan. Cuando la veas esta noche, fíjate en sus pendientes.

—¿Por qué tengo que hacer eso?

—Porque ha cogido la costumbre de ponerse siempre los mismos. Son espectaculares. Diamantes engarzados en aros de plata.

—¿Y qué pasa? Se los pueden permitir, desde luego. ¿O es que se los ha regalado un admirador secreto?

—No se los ha regalado nadie —susurró Sonsoles, haciendo el ademán de estar compartiendo una confidencia—. Eso es lo más revelador del asunto. Los encontró en la valija del viaje que hicieron a Estados Unidos en el mes de enero. Estaban entre los objetos personales de Juan.

—¡Igual se los pensaba regalar en Cabo Cañaveral!

—¿Y al vérselos puestos no dice nada? Sofía se los pone desde que los encontró en todas las ocasiones que puede.

—¿Y si no eran para Sofía, para quién eran?

—Ese es el gran misterio.

Carmen sonrió con amargura. Mientras trataba de calibrar la trascendencia del descubrimiento, un silencio incómodo se apoderó de la escena.

—Bueno, está claro que allí no le servían de nada a nadie —dijo al cabo de unos segundos—. Ahora son suyos.

—De eso no tengas duda.

—¿Y entre Eduardo y tú cómo van las cosas? —preguntó Carmen, dándole un giro a la conversación.

Sonsoles miró a su hermana con asombro.

—¿Me preguntas si he descubierto unos pendientes ocultos entre las cosas de mi marido?

—No seas suspicaz. Te pregunto si eres feliz con tu marido. Llevas diez años casada, eres mi hermana y lo normal es que me interese por tu felicidad.

Sonsoles estuvo a punto de replicar que ninguna de las dos se había interesado demasiado por la felicidad de la otra en los últimos años. Eran hermanas, sí, pero cortadas por patrones distintos. Ella formaba parte del clan, lo defendía con uñas y dientes, pasaba por alto las imperfecciones de su madre y procuraba que los mirones y las cotorras del exterior no tuvieran acceso a una intimidad que no les incumbía en absoluto. Carmen era otra cosa. Estaba a disgusto en todas partes: en la familia, en la nobleza, en España, en la sociedad y en su propia piel. Había querido romper con todo. Se llevaba mal con su madre, renegaba de la aristocracia, se había ido a África, no aceptaba su pasado y a veces se comportaba con una excentricidad que ponía en riesgo la discreción familiar. Ella era conservadora. Carmen, inconformista. Ella daba gracias todos los días por lo que la vida había puesto a su alcance: bienestar, salud, seguridad, influencia, exclusividad. Si el precio que debía pagar para conservarlo era una cierta sumisión, lo pagaba de mil amores. Carmen, no. La sumisión no iba con ella. Ni el dinero, ni el título, ni el confort ni la tradición le hacían agachar la cabeza. Esa era la diferencia sustancial que envenenaba su relación. Sonsoles sabía que tras la altivez de su hermana se escondía un atisbo de desprecio hacia ella y hacia todos los que, como ella, jugaban a mantener las cosas tal como estaban para evitar que los cambios pudieran perjudicarles. Sonsoles notaba ese desprecio sutil en el brillo azulado de las miradas de Carmen. Pero también ella podía reprocharle muchas cosas. No todo ese mundo desclasado al que quería pertenecer era como pretendía pintarlo. Despegarse de los privilegios del dinero o de la condición social no significaba alejarse del mundo exclusivo, de vínculos con el poder, al que Carmen seguía aferrada con uñas y dientes. ¿Por qué, si no, iba a haber aceptado la invitación de los príncipes a cenar en La Zarzuela? Era más fácil mirar con displicencia el mundo de Balenciagas y perlas desde el palco de los Llanzol que desde el gallinero.

—¿Por qué estás tan segura de que matrimonio y felicidad tienen que ser telas del mismo traje?

—Porque de lo contrario el matrimonio está condenado a fracasar.

—¿No crees que pueda hacerse llevadero si se ponderan los pros de conservarlo y los contras de perderlo?

—No.

Sonsoles pensó en su madre y tuvo la tentación de ponerla como ejemplo. Pero la desechó inmediatamente.

—Para tu tranquilidad te diré que las cosas entre Eduardo y yo van de maravilla —mintió.

—Me alegro.

—¿Y qué me cuentas de ti, hermanita? ¿Cómo van las cosas por casa?

—De mal en peor —respondió Carmen—. La convivencia con mamá es cada día más difícil. Ni ella aprueba mi estilo de vida ni yo el suyo. Y, además, no le perdono lo que me hizo.

—¿Cómo llevas eso?

—Lo sobrellevo. El tiempo ayuda. África me ha sentado bien. Pero vivir ahora con ella me está haciendo daño. No es solo que no nos entendamos. Es algo todavía peor. La quiero mucho, ya lo sabes, pero vivir a su lado es como volver al lugar del crimen y mirar a la cara a los criminales que me hicieron tanto daño. Intento no juzgarla, pero es difícil. Jamás entenderé por qué actuó de esa manera.

—¿Ella qué te dice?

—Nada. No hablamos del asunto. Las dos fingimos que no ha sucedido. Tampoco hablamos de otras cosas, en realidad. Tenemos poco que ver. Su mundo y el mío están cada vez más alejados. Además, económicamente las cosas ya no son lo que eran. No deja de repetírmelo.

—¿Estás pensando en independizarte?

—¡Ojalá fuera una posibilidad! Me muero de ganas de poder hacerlo, pero mi sueldo es de diez mil pesetas. Ya me dirás qué puedo hacer con esa miseria. Me lo gastaría todo en el alquiler de un piso pequeño en un barrio barato. Podría irme debajo de un puente, a vivir una de esas vidas duras que ahora tienen tan buena reputación. Pero yo no creo en las durezas. Ya me conoces. La vida es mucho mejor sin tanto drama.

—Si te vas de casa, ¿tienes adónde ir?

—No.

—Entonces, no te vayas.

Una doncella llamó a la puerta del dormitorio de Carmen y dirigiéndose a Sonsoles, dijo:

—Su marido acaba de llegar. Me ha pedido que le diga que la espera en el *hall*.

—¡Huy! Será mejor que baje cuanto antes. No podemos esperarte, Carmen. Se nos haría tardísimo.

—No importa. Yo iré en mi coche. Así seré libre de volver cuando quiera.

Las dos hermanas se despidieron con un beso en la mejilla y Sonsoles salió escopeteada de la habitación.

Mientras la veía irse, Carmen dio gracias al cielo por no estar sometida a la tiranía de tener que complacer a un marido puntilloso. Era mucho mejor estar sola que domesticada.

Finalmente eligió el vestido de color azul marino pasado de moda y se pasó veinte minutos acortándole el dobladillo.

La entrada a La Zarzuela por Somontes, apenas a unos kilómetros de El Pardo, estaba protegida por un destacamento de la Guardia Civil que filtraba discretamente a los visitantes. Por pura formalidad, dado que el nombre de Carmen estaba en la lista de invitados y sabían perfectamente que no se trataba de una impostora, revisaron su carné de identidad y le inspeccionaron el bolso. Después, un agente levantó la frágil barrera que impedía el acceso a la finca, la saludó militarmente y dejó que se adentrara, al volante del R-5 color naranja, en la magnífica finca de varios centenares de hectáreas, repleta de alcornoques y olivos, por donde retozaban en plena libertad jabalíes, ciervos y corzos.

Cuando llegó al edificio principal de palacio, la princesa Sofía la estaba esperando en el vestíbulo.

—¡Bienvenida!

Después de besarla, la princesa tomó las manos de Carmen entre las suyas, retrocedió un paso y la miró con atención de arriba abajo.

—Estás estupenda —dijo en español con un acento demasiado gutural, de inequívoca influencia germana.

—No te rías de mí. Tú sí que estás deslumbrante.

Enseguida reparó en los pendientes que llevaba puestos. Diamantes engarzados en aros de plata. Verdaderamente eran espectaculares.

—Parezco un oso marino —dijo Sofía, acariciándose la tripa de embarazada.

—¿De cuánto estás ya?

—De cinco meses.

—Si tú te ves como un oso marino, a mí debes verme como a una hucha del Domund con la palabra «África» escrita en el pedestal.

Sofía entornó los ojos y sonrió.

—¡De eso nada! ¡De verdad que estás estupenda!

Y en verdad lo estaba. En Daloa, el cabello se le había aclarado mucho y ese detalle realzaba aún más la tersura de su aspecto. Los daños de la tragedia familiar habían quedado atrás y sus ojos volvían a llamear junto al altar de la vida. Además, llevaba puesta una gargantilla de jade blanco que contrastaba sobre el bronceado oscuro y uniforme de su piel.

Sofía la llevó al salón.

Juan Carlos estaba de pie, en una esquina de la sala, comentando con el coronel Alfonso Armada el nerviosismo con que don Juan seguía desde Estoril las noticias sobre la salud de Franco. Esa misma mañana, el Generalísimo se había desplomado sin conocimiento mientras cazaba en la sierra de Cazorla. Inmediatamente después le trasladaron al hospital Gómez Ulla de Madrid para mantenerlo en observación.

Sofía le interrumpió cogiéndole de la mano.

—Mira quién ha venido —dijo.

Él también lucía un aspecto impecable. Había adoptado la costumbre de prescindir de la corbata durante las cenas informales y por el cuello abierto de la camisa se le veía el pecho bien torneado. A Carmen le llamó la atención que uno de los puños de la camisa estuviera desabrochado. En el otro llevaba un gemelo con el escudo de armas de la casa de Borbón esmaltado sobre una superficie circular con el borde dorado. Sin soltar del todo la mano de su mujer, Juan Carlos se inclinó y besó a Carmen en la mejilla.

—¡Caramba, Carmen! ¡Qué cambiada te veo! ¡Estás guapísima! —le dijo.

—Gracias, Juan.

Carmen utilizaba su nombre de pila. A veces también le llamaba SAR. Sabía que algunos cadetes, en la Academia Militar de Zaragoza, le habían llamado de esa manera. Ella tomó prestada la idea para alejarse aún más de la férrea rigidez del protocolo. Si se atenía a las normas estrictas debía dirigirse a él como alteza real.

—Siempre has sido una belleza, pero ahora estás despampanante.

—No exageres.

—¿Cuánto tiempo hace que no nos veíamos?

—Mucho. Desde el encuentro en Lausana en el hotel Beau Rivage. Allí me presentaste a Sofía.

—Lo recuerdo, sí. Fue antes de la boda. Tú acababas de salir de una cura de sueño. Estabas muy delgaducha.

—¿Ya no?

—Para nada. Ahora estás perfecta.

—Siento el retraso.

—No te preocupes, llegas a tiempo. Solo te has perdido una copa.

El resto de los invitados la saludaron a distancia, con la familiaridad con que suelen hacerlo los amigos que se reúnen con frecuencia. Su retraso no pareció molestar a nadie.

Había cinco invitados más.

Alfonso Armada, ahijado de bautismo de la reina María Cristina, era el mayor de los diez vástagos del general de división que escoltaba a Alfonso XIII el día que se proclamó la República en abril de 1931. Por lo visto, había tenido buena mano a la hora de preparar a Juan Carlos para su ingreso en la Academia Militar. Ahora ocupaba la jefatura de la secretaría del príncipe y se había convertido en uno de sus asesores más influyentes. Educado y prudente, aunque no tan listo como pretendía aparentar, resultaba mucho más interesante que su esposa.

María Francisca Díez de Rivera, la mujer de Armada, era prima hermana de Carmen. Con el pelo recogido parecía tan apocada y modosa como una alumna descolgada del resto de la clase. Abnegada madre de siete hijos, y abierta aún a los designios de la divina providencia, contemplaba el mundo desde el balcón de su casa familiar con nostalgia y resignación cristiana.

La otra mujer invitada a la cena era su hermana Sonsoles. La primogénita de la familia había sido educada para ser la réplica mejorada, es decir, políglota y universitaria, de la marquesa de Llanzol. Respondió bien a la primera demanda: aprendió inglés, francés, italiano y alemán. Sin embargo, se negó a satisfacer la segunda. La universidad, para su gusto, estaba demasiado alejada del mundo de la moda. Tampoco siguió el consejo materno de casarse con un duque. En lugar de eso se enamoró de un ingeniero industrial aficionado a la cría de caballos.

Eduardo Fernández de Araoz, su marido desde hacía diez años, era un plebeyo bien acomodado, lejanamente emparentado con la familia del príncipe. Para encontrar el parentesco había que recorrer, eso sí, un sinuoso laberinto genealógico: era tío de la hermana del marido de la hermana de Juan Carlos. Dicho de otro modo, su sobrino Alejandro estaba recién casado con Isabel Gómez-Acebo, cuñada de la infanta Pilar. Al hombre aún le faltaban tablas en los ambientes palaciegos y, en efecto, parecía abrumado por la presión de estar a la altura de las circunstancias, tal como le había dicho su hermana frente al vestidor de su dormitorio. Eduardo encaraba la cena con pies de plomo y sed de champán. Y a juzgar por su aspecto no era una sed fácil de saciar.

Emilio Alonso Manglano, soltero y sin compromiso, había sido seleccionado ex profeso por los anfitriones de la velada para que fuera la pareja de Carmen aquella noche, y quién sabe si muchas más a partir de entonces. Aún no había superado que ella rechazara la oferta de matrimonio que le hizo seis años antes para evitar que huyera de Madrid abatida por el dolor de su amor roto. Era un capitán de Estado Mayor de cuarenta y un años, monárquico y liberal, paracaidista en la guerra de Ifni, amigo personal del príncipe Juan Carlos. De hecho, fue uno de los pocos militares que asistió a su boda en Atenas. Tenía la cabeza con forma de huevo, entradas pronunciadas, orejas grandes y un par de ojos atentos a todo lo que sucedía a su alrededor. A todo, menos a Carmen.

Cuando se sentaron a la mesa, los comensales se pusieron a hablar del macho montés.

Las noticias que manejaban Armada y Manglano coincidían en que a Franco le había dado la lipotimia en Cazorla mientras apuntaba a un ejemplar que llevaba recechando día y medio.

—Demasiado tute para un anciano de setenta y siete años —opinó Armada.

—Depende de lo viejo que fuera el bicho, y, naturalmente, de la ayuda que tuviera el Caudillo. Seguro que no le dejarían ir solo con el guarda del coto.

—¿Y por qué deberían dejarle ir solo con él? —preguntó Sonsoles.

—Porque si van en grupo, el ruido espanta al animal —se apresuró a aclarar su marido antes de que alguien le usurpara la posibilidad de meter baza en una materia que sí dominaba.

—¿Cómo es la piel del macho montés? —preguntó María Francisca.

—Muy resistente, pero absolutamente inservible para la alta costura —dijo Alfonso Armada, interpretando acertadamente el sentido de la pregunta que acababa de formular su mujer.

—O sea, que no es como el lince.

—Para nada.

A María Francisca Díez de Rivera se le puso cara de no entender por qué se mataban animales cuyas pieles carecían de valor. Estaba a punto de decirlo en voz alta, pero su prima Sonsoles le arrebató el turno de palabra:

—¡No me habléis de la piel de lince! El otro día no se me ocurrió mejor idea que cogerle a mi madre un abrigo de linces siberianos blancos con pelo larguísimo y ponerme a conducir. ¡Imposible! Es un abrigo para ir con chófer. Como no tenía bolsillos, no encontraba las llaves. Luego, cada vez que cambiaba de marcha le arrancaba un mechón de pelo.

A Carmen la conversación no le interesaba en absoluto y llevó sus pensamientos lejos de allí. En África cazaban para comer. En África pasaban hambre. Con el menú de aquella cena podría sobrevivir una familia africana durante una semana entera. De repente se percató de que alguien le estaba preguntando algo. Era Sofía.

—¿Cómo dices? —se excusó mientras volvía a concentrarse en la conversación.

—¿Alguna vez fuiste de caza, Carmen? En África, me refiero...

—Nunca he ido de caza en ninguna parte. No me gusta matar animales.

Sofía le dedicó una tímida sonrisa de aprobación, pero no se atrevió a exteriorizarla abiertamente.

—Es un buen deporte —dijo Juan Carlos—. El año que viene tendrás que acompañarnos.

Carmen se volvió hacia el príncipe.

—¿Cazas todos los años?

—Religiosamente. Aunque no tanto como a mí me gustaría.

—No te recordaba tan depredador.

—¡Huy, sí! —dijo Sonsoles—. A Juan siempre le ha gustado la caza. Y además caza de todo, ¿verdad?

La pregunta de Sonsoles sonó como la pedrada inesperada que se cuela, de rebote, en la ventana equivocada. Era tan patente que podía dar lugar a interpretaciones de doble sentido, a pesar de la ingenuidad con que había sido formulada, que un silencio expectante aguardó a que se produjera la respuesta.

Sofía aprovechó la circunstancia.

—Demasiado —dijo—. No discrimina: le gusta la mayor y la menor.

La tensión se hizo incómoda.

—¡Mujer, dicho así suena fatal! —dijo Juan Carlos, antes de soltar una sonora risotada.

Todos se echaron a reír menos Armada, que trató de cambiar de conversación.

—Si lo de Franco va a más y se muere, un avión militar irá a Estoril a recoger a don Juan para que presida el funeral. Y, al día siguiente, los mandos del Ejército le proclamarán rey de España.

—¿Cómo sabes eso? —preguntó Emilio Alonso Manglano.

Armada iba a contestar, pero la entrada en el comedor de dos camareros dispuestos a servir la sopa le frenó en seco.

—¿Cuándo sales de cuentas, Sofía? —preguntó María Francisca para conjurar el súbito silencio que se apoderó de la estancia.

—A finales de enero. ¡Y esta vez será chico!

—¿Qué nombre le vais a poner? —quiso saber Sonsoles.

—Felipe —dijo Juan Carlos.

Sirvieron la sopa. Era consomé de carne con una cucharada de jerez.

—¿Y a ti, Carmen, te gusta cocinar? —preguntó Sofía.

—Lo denigro.

Alonso Manglano se irguió en su asiento.

—¿Cómo? —preguntó asombrado Fernández de Araoz.

—¿No sabes cocinar? —remachó Armada.

—Ni siquiera sé cómo se hace un huevo pasado por agua —explicó Carmen con toda naturalidad.

—¿Entonces, qué haces?

—Le hago un agujero y me lo tomo crudo.

—¿Nunca pisas la cocina? —le preguntó otra vez Fernández de Araoz, más asombrado todavía.

—Muchas veces, Eduardo. Pero no para que me enseñen a guisar. Por suerte para ti, Sonsoles es todo lo contrario. Plancha y encañona divinamente. Y es una repostera excepcional.

—Lo sé, lo sé —dijo Eduardo, como si quisiera desmentir que tuviera alguna duda.

—Tampoco sé tirarme en paracaídas. Ni montar a caballo. Si me dieran a elegir, preferiría aprender cualquiera de esas dos cosas antes que trufar perdices recién cazadas por mi marido.

—¿Montar a caballo? Bueno, eso está al alcance de cualquiera —la animó Fernández de Araoz—. No tiene ningún secreto.

—Montar bien no es tan fácil —opinó Juan Carlos.

—Lo dice alguien —aclaró Armada— que estuvo a punto de ser miembro del equipo olímpico de salto.

—¿Cómo fue eso? —preguntó María Francisca.

—Ordovás, nuestro gran jinete, me pidió que formara parte del equipo español de *jumping* —respondió el príncipe—. El ofrecimiento me entusiasmó y fui a pedirle permiso a Franco. Él me miró en silencio largo rato y me dijo que no era posible. Muy decepcionado, le pregunté por qué. Yo montaba a caballo perfectamente y no iba a desentonar en el equipo español. Me interrumpió con un gesto y me dijo: «Si ganáis se dirá que es porque sois príncipe, y si perdéis será muy malo para la imagen de España».

—¡Qué cruel! —exclamó Sonsoles.

—Si lo piensas bien —refutó Juan Carlos—, Franco tenía toda la razón. De modo que no formé parte del equipo.

—El salto de caballo no es lo que más me atrae —dijo Carmen—. Si te caes encima de un obstáculo, te haces polvo.

—Pues imagínate cómo te quedas si no se abre el paracaídas —terció Sofía.

—El que más sabe de tirarse en paracaídas es Emilio. Que, por cierto, está muy callado esta noche —advirtió el príncipe.

Alonso Manglano estaba trazando un círculo en el mantel de lino con la punta de la cucharilla de postre.

—Prefiero escuchar, alteza —se excusó.

—Le he visto tirarse de un avión a tres mil metros y caer en una marca de cincuenta centímetros.

Carmen miró a su amigo con simpatía.

—Lo sé. Yo misma le felicité cuando logró esa proeza.

—Si —repuso él con timidez—, y ya te dije cuando lo hiciste que, en realidad, tuve mucha suerte.

—Mi padre dice que, de todo su entorno de Estoril, tú eres el que menos importancia se da a sí mismo —dijo el príncipe.

—¿Cómo está don Juan? —preguntó Carmen.

—Ha pasado todo el día muy inquieto —respondió Juan Carlos—. Desde que el almirante inglés que estaba en Cazorla cazando con Franco le ha llamado por teléfono a Villa Giralda para contarle lo de la lipotimia, no para de preguntar por la salud del Caudillo.

—¿Quién te ha dicho eso que ibas a contar hace un rato de que hay un avión militar preparado para ir a recoger a don Juan si Franco fallece? —le preguntó Alonso Manglano a Alfonso Armada.

—Una fuente segura.

—Pues dile a tu fuente que no malgasten combustible teniendo los motores del avión en marcha. Lo de Franco no reviste gravedad.

—¿Cómo lo sabes?

—Una fuente segura.

—¿Has quedado en llamar a tu fuente más tarde, verdad? —intervino el príncipe.

—A las doce de la noche. Es cuando cambia el turno en el Gómez Ulla. Recopilarán toda la información para dársela a los médicos que entran de guardia.

—Entonces aún no podemos decir que haya pasado el peligro —dijo Armada.

—Fíate de Emilio —le dijo el príncipe—. Si su fuente le ha dicho que no es grave, no lo es. Tiene un don para averiguar todos los secretos. Sería un espía formidable.

—Yo no valdría para espía —intervino Sonsoles—. Sería incapaz de tener la boca cerrada. Si sabes una cosa interesante de alguien y no la puedes contar, ¿de qué sirve saberlo?

—Yo tampoco serviría para eso —dijo María Francisca—. No sabría distinguir una verdad de una mentira.

—Yo para lo que no serviría —añadió Carmen— es para ser militar. No me gusta que me den órdenes.

—A nadie le gusta —ratificó Sofía.

—Yo, en cambio, para lo que no serviría es para hacer negocios —indicó Juan Carlos.

—¿Por qué? —preguntó Armada.

—Porque se me dan fatal. Cuando tenía cinco o seis años hice el primer mal negocio de mi vida. Fue en Lausana. Un español que había venido a visitar a mi padre me regaló una pluma de oro. Justo delante del hotel Royal, donde vivíamos, había una tienda a la que íbamos a comprar caramelos y chocolate. Como no tenía un céntimo en el bolsillo tuve la luminosa idea de ir a ver al portero del hotel para enseñarle mi pluma. «Es de oro —le expliqué—. ¿Cuánto me da por ella?». El portero me ofreció cinco francos. Le di mi pluma y me precipité a la tienda para comprarme unos caramelos. En cuanto mi padre se enteró fue a ver al portero, le dio diez francos y recuperó la pluma. Me dijo muy severo: «Me has hecho perder cinco francos».

Con el segundo plato sirvieron dos botellas más de Rioja. Eduardo Fernández de Araoz, ya bastante animado, empezó a contar la noticia que había hecho circular entre sus compañeros de trabajo un periodista amigo que trabajaba como cronista de sucesos en *ABC*: un mozo de la localidad extremeña de Oliva quería estrenar con su novia la moto de segunda mano que se acaba de comprar. La novia, que era una joven cristiana educada en el seno de una familia de derechas de toda la vida, le pidió permiso a su madre antes de complacer al novio, y la madre se lo concedió. La chica se sentó en el traspontín y, recatadamente, se puso un pañuelo por encima de las rodillas. Cuando ya estaba lista, le dijo al novio: «¡Emilio, cuando quieras!». Él hizo gruñir el carburador de la moto con acelerones cortos para llamar la atención de la concurrencia y después de pavonearse dando un par de vueltas a la plaza del pueblo enfiló la carretera hasta un lugar solitario. Apagó el motor, se bajó de la moto, la aparcó junto a un árbol y, por fin, le dijo a su novia: «Purita, hoy no te salva ni Franco». El abuso acabó en los juzgados y el acusado, en su defensa, le dijo al juez que su novia había dado el consentimiento porque en la plaza del pueblo, delante de todo el mundo, le había dicho: «Emilio, cuando quieras»...

Sonsoles carraspeó y le advirtió a su marido con voz avergonzada:

—Eduardo, querido, cada vez arrastras más las palabras.

—¿Y qué dijo el juez? —preguntó Juan Carlos sin darle importancia al comentario de Sonsoles.

—¡Condenó al mozo por abusos deshonestos y ofensas al jefe del Estado!

Las risas se generalizaron.

María Francisca ayudó a su prima a sacar la conversación del pantanoso terreno en el que se estaba adentrando.

—¿Entonces Franco no se va a morir? —preguntó.

—No lo creo en absoluto —dijo Juan Carlos—. Tiene una salud de hierro.

—No, no se muere —corroboró Alonso Manglano—. Y en Estoril se están poniendo nerviosos. Con Franco vivo, don Juan tiene muy difícil el acceso al trono.

—Yo creo que la salud de Franco es buena —terció Carmen— porque nadie le hace la vida difícil. Los españoles somos como borregos. Tenemos a un dictador en el poder y no hacemos nada para remediarlo.

En ese momento, un camarero trajo la noticia de que el café se servía en el salón.

Cumpliendo una promesa previa, Sofía invitó a Sonsoles y a Eduardo a recorrer el interior del palacio. Carmen se unió a la comitiva. Armada se quedó en el salón presionando a Alonso Manglano para que aceptara la invitación del ayuntamiento de Alcira a sucederle como mantenedor de las fiestas de San Bernardo. Juan Carlos permaneció junto a María Francisca.

Cuando Sofía les enseñó a sus acompañantes el dormitorio de invitados, a Carmen le bastó un pequeño vistazo para percatarse de que el príncipe estaba durmiendo en él. En la mesilla había un mazo de revistas políticas recientes y en el vacía bolsillos de la cómoda estaba el gemelo que hacía juego con el que llevaba puesto esa noche.

Eduardo no se sentía bien. El exceso de alcohol se le había subido a la cabeza, que había empezado a dolerle mucho. Pidió permiso para entrar en el cuarto de baño y las tres mujeres se quedaron esperándole en mitad del pasillo.

Sofía les guiñó un ojo, se recogió el vestido y se sentó en un taburete de respeto.

—Bueno, ¿qué tal tu encuentro con Emilio? —le preguntó a Carmen.

—Aún no me ha perdonado que rechazara su oferta de matrimonio. Se fija en todos, menos en mí. Y no me importa en absoluto. No tengo ninguna necesidad de hombres en mi vida.

—Te equivocas —repuso su hermana—. No te hace caso porque le aterra que le sorprendas mirándote a escondidas. Si hubieras dejado de interesarle no te quitaría ojo en toda la noche. Es lo que hace con las demás, si te fijas.

—Sonsoles tiene razón —opinó la princesa.

—Da igual. No estoy para hombres, ya os lo he dicho. Vivir sola no es ningún drama griego.

—¡No le hables de dramas griegos a una griega! —bromeó Sofía.

—Mejor sola que mal acompañada, eso está claro —dijo Sonsoles.

—De eso no hay duda —corroboró Sofía con cierta languidez.

El tono de su voz era una prueba más, pensó Carmen, de que las cosas en su matrimonio no eran de color de rosa.

El regreso de Eduardo evitó que la conversación sobre los hombres se prolongara.

—¿Cómo te encuentras? —le preguntó la princesa.

—La verdad es que no muy bien. Todo me da vueltas.

Sofía puso cara de anfitriona preocupada, se llevó las manos a la cabeza y preguntó con determinación:

—¿Podemos hacer algo?

—Bajad vosotras —dijo Sonsoles—. Ya me quedo yo con él en el baño durante unos minutos. A ver si mojándole la cabeza se le pasa.

Sofía y Carmen emprendieron el camino de regreso al salón.

—¿Ves cómo hago bien en seguir soltera?

—Cuando llegué a España me advirtieron que las dos aficiones preferidas de los hombres españoles son el vino y las mujeres —le respondió la princesa—. Manolo Escobar acaba de grabar una canción sobre eso mismo.

—El vino les gusta a casi todos —puntualizó Carmen—, en lo de las mujeres no hay excepción.

—Todos los hombres tienen una mujer en el pensamiento. Los casados, además, tienen otra en casa.

La indisposición de Fernández de Araoz cambió el rumbo de la cena.

Alfonso Armada ofreció su coche para llevarle a casa mientras María Francisca acompañaba a Sonsoles en el coche de su prima. «Conducid con mucho cuidado», les dijo el príncipe a las dos mujeres cuando los cuatro supervivientes de la velada salieron a despedirlas.

Luego, ya sentados de nuevo en el salón, Juan Carlos les contó a Carmen y a Emilio Alonso Manglano que ese mismo día, por la mañana, había golpeado a un coche sin querer al cambiar de carril. «La cara que se le ha puesto al conductor cuando he ido a pedirle disculpas ha sido digna de una foto».

—¿Pero quién conducía el coche? —preguntó Carmen llena de extrañeza.

—¡Por supuesto que yo! Cuando Franco baja a Madrid por razones que no tienen nada de oficial, abandona El Pardo en medio de una caravana de ocho automóviles precedida por motoristas que circulan a toda velocidad. En las calles por las que debe pasar el cortejo se prohíbe la circulación con horas de anterioridad, lo que provoca embotellamientos gigantescos. Un día, yo mismo me encontré atrapado al volante de mi automóvil porque el general y su comitiva iban a pasar de camino a no sé dónde. Vi la cara que ponían a mi alrededor los demás automovilistas y adiviné sin esfuerzo lo que pensaban. Y me dije: conmigo, esto tiene que cambiar. Así que si quiero ir a tal o cual sitio como uno más, me pongo al volante de mi coche y hago como todo el mundo. En fin, desgraciadamente no como todo el mundo, porque ya sabes que siempre estoy bajo vigilancia. Pero en todo caso, me paro en los semáforos y nadie se encuentra bloqueado en su coche porque el príncipe de España vaya al sastre o a cenar a casa de su hermana en Puerta de Hierro.

Durante un buen rato intercambiaron anécdotas relacionadas con Franco.

Alonso Manglano contó que la primera vez que fue a saludar al Caudillo le intrigó que la insignia de la Falange que llevaba en la pechera del uniforme fuera de metal oscuro. Le preguntó a un ayudante cuál era el motivo de esa singularidad, y el ayudante le contestó: «Se la ha mandado hacer con el plomo de los proyectiles que extraen a los soldados heridos».

—Eso no deja de ser un signo de lealtad con sus compañeros de armas —dijo la princesa Sofía.

—El problema —refutó Alonso Manglano— es que Franco no tiene nada de falangista. Hubiera entendido que lo hiciera con la medalla al mérito militar, pero no con la orden imperial del yugo y las flechas.

—Para un pavo real, todas las plumas son importantes —dijo Carmen con acidez—. Está claro que a Franco le gusta la pompa y la circunstancia.

—No creas que tanto —terció el príncipe—. Es austero en su manera de vivir y no se rodea de lujos en su despacho. Cuando fui a verle al palacio de El Pardo para tener con él la primera entrevista no pude dejar de mirar a un ratón que se paseaba entre las patas de las sillas, como si tuviera la costumbre de hacerlo desde hacía tiempo. Para un niño como yo, un ratón tan valiente era mucho más interesante que aquel señor demasiado amable que me preguntaba por la lista de los reyes godos que se sabía de memoria.

—¿Se la sabía de memoria? —preguntó Carmen, extrañada.

—Desde Ataúlfo hasta Rodrigo —confirmó Juan Carlos.

—¡Qué pobre memoria es aquella que solo funciona hacia atrás! —recitó Carmen.

—¿Quién dijo eso? —preguntó el príncipe.

—Lewis Carroll. *Alicia en el País de las Maravillas.*

—Franco suele utilizar una cita de Napoleón: «Una cabeza sin memoria es como una fortaleza sin guarnición».

En ese momento apareció en el salón la infanta Elena. Iba en camisón y estaba descalza. Con el dorso de la mano derecha se restregaba los ojos. De la mano izquierda colgaba un conejo de peluche. La pequeña lo llevaba cogido de las orejas.

—¡Tengo miedo, mamá! —dijo con voz asustada.

La princesa Sofía se apresuró a tomarla en brazos.

—¡No te asustes, Elena! —le dijo con ternura—. Mamá está aquí para protegerte.

Luego, mirando a su marido, dijo en voz alta: «Enseguida vuelvo. Voy a conseguir que se duerma».

Emilio Alonso Manglano aprovechó la circunstancia para levantarse de su asiento.

—Ya son casi las doce. Voy a hablar con mi fuente en el Gómez Ulla. Luego llamaré a Estoril para informar de lo que me diga.

—Ven conmigo —dijo la princesa—. De camino al dormitorio de Elena te llevaré al despacho del ayudante.

Cuando se quedaron solos, el príncipe se cambió al diván donde estaba Carmen y ella se echó a un lado dejando mucho espacio libre entre los dos. Juan Carlos miró la distancia que Carmen había establecido entre ambos como un homenaje al macho ibérico del que habían hablado durante la cena y decidió, en su fuero interno, que esta vez ninguna lipotimia impediría que el rececho acabara con éxito.

—Ha sido un detalle que hayas venido —dijo, tanteando el terreno.

—Me alegra que volvamos a vernos después de tanto tiempo —respondió Carmen—, aunque el esfuerzo de aguantar a tres Díez de Rivera al mismo tiempo tal vez haya resultado excesivo.

—Sonsoles y María Francisca vienen mucho por aquí. Eras tú la que andabas despistada —dijo el príncipe mientras se arrellanaba de nuevo en el diván, tratando de acortar en varios centímetros la distancia que le separaba de Carmen.

—Parece que los dos hemos encontrado lo que andábamos buscando. Yo veo un poco de luz al final del túnel y tú tienes una familia estupenda. He visto a Sofía feliz.

—Los que trabajan con ella insisten en la alegría de su carácter y en su agudo sentido del humor. A menudo suelta una risa contagiosa que pone alegres a todos los que la rodean. Se nota que es una mujer que ha tenido una infancia feliz.

—No debe ser fácil para ella vivir en un país extranjero.

—La princesa es una gran profesional. Lleva la realeza en la sangre. No olvides que es hija de rey y hermana de rey. En su árbol genealógico hay dos emperadores alemanes, ocho reyes de Dinamarca, cinco reyes de Suecia, siete zares de Rusia, un rey de Noruega, una reina de Inglaterra y cinco reyes de Grecia.

—¿Te sabes toda esa lista de memoria?

—Es más fácil que la de los reyes godos.

—De todas formas, por muchos ancestros reales que cuelguen de su árbol genealógico, no envidio su falta de libertad para poder hacer lo que quiera.

—¿Sabes qué fue lo que más le sorprendió cuando llegó a España? El hecho de que personas de nuestro rango pudieran llevar una vida más o menos normal, ir al cine, salir a cenar a un restaurante con algunos amigos. Eso no lo podía hacer en Atenas.

—Has tenido mucha suerte con ella. ¡Y ahora, además, te va a dar un heredero!

La estrategia de hablar de Sofía y del hijo que estaba en camino surtió el efecto que Carmen deseaba. Una barrera invisible se interpuso entre ellos y Juan Carlos interrumpió la maniobra de aproximación que había puesto en marcha desde que se quedaron solos.

—De eso no podemos estar completamente seguros. Nadie nos garantiza que vaya a ser un varón.

—Si ella está segura de que es un varón, es que es un varón. A la tercera va la vencida. Por fin, un heredero.

—¿Un heredero? A veces esa palabra significa muy poco. Mi padre es un heredero que nunca heredó nada. Y yo, si accedo a la Corona, no lo haré por ser el heredero de mi padre, sino por una graciosa concesión del general que ganó la guerra.

—Lo importante es que seas rey. Ahora mismo no importa demasiado el cómo. Eso significará que se ha terminado la dictadura. ¿Me prometes que acabarás con la dictadura?

—Te lo prometo.

—¿Y que impedirás que las mujeres tengan menos derechos dinásticos que los hombres?

—Te lo prometo.

—Y que…

—¡Carmen, para! —la cortó Juan Carlos con una jovialidad que no había exhibido en toda la noche—. Si sigo prometiéndote cosas acabaré creyendo que soy uno de los Reyes Magos.

Carmen sonrió y Juan Carlos, animado por esa señal propicia, se acercó un poco más a ella.

—Contagias optimismo —le dijo mientras se arrimaba.

—Eso sí que es una novedad —se levantó, y siguió la conversación de pie, dejando entre ambos una prudente tierra de nadie—. Que me identifiquen con el optimismo casi me desconcierta tanto como tus ganas de coquetear.

Juan Carlos soltó una carcajada, en parte para restarle violencia a la situación creada y en parte porque el comentario de Carmen, tan directo, le hizo gracia. Nadie le hablaba con ese desparpajo.

—La mayoría de las personas —dijo después con gesto serio— tienden a pensar que los reyes y los príncipes ni sienten ni padecen. Toda nuestra vida está planificada por terceras personas. Ellos deciden dónde vivimos, cómo vestimos, dónde estudiamos, qué amigos nos convienen, con quién nos casamos, qué decimos en público y cómo nos divertimos… Y todo por un bien superior que ni siquiera sabemos si será posible. Cuando nos impacientamos nos reclaman paciencia, cuando nos rebelamos nos reclaman docilidad, cuando nos desmoralizamos nos reclaman esperanza, y cuando sentimos la necesidad de ser hombres, hombres sin más, hombres con sentimientos de hombres, con pasión de hombres, nos piden prudencia y castidad sin darnos una maldita dosis de bromuro, como hacen en los cuarteles con la tropa.

—¿Y cuál es mi papel en ese discurso? ¿Qué debo hacer, aplaudir y desabrocharme la blusa?

Juan Carlos ensombreció el semblante con un gesto que equidistaba entre la decepción y el arrepentimiento. Tras unos segundos de lucha interior, el arrepentimiento se alzó con la victoria.

—¿Estás enfadada? —le preguntó con cara de niño avergonzado.

—No.

No lo estaba. Se hacía cargo de su estado de ánimo. La sangre borbónica, los amores comprimidos y la concupiscencia del poder eran factores afrodisiacos de sólida reputación. Pero también la infelicidad y la necesidad de afecto. Parecía bastante claro que Sofía y Juan Carlos estaban sucumbiendo al inexorable aburrimiento del matrimonio de conveniencia. Ambos tenían derecho a buscar su propia felicidad. La rutina no les mantendría unidos para siempre. Una de las leyes de Newton establece que los cuerpos en movimiento mantienen su trayectoria a menos que choquen con una fuerza externa que les haga cambiar de dirección. Era evidente que el príncipe estaba aguardando a que apareciese una fuerza semejante que cambiara el rumbo amoroso de su vida. Carmen tenía muy claro que no iba a ser ella.

—No estoy acostumbrado a tanta franqueza —reconoció el príncipe.

—Pues ahí tienes un problema más que añadir a la vida planificada de los príncipes: solo escucháis lo que la gente se atreve a deciros. Si quieres llegar a ser un buen rey debes ver la realidad tal como es, no como te la presentan los cortesanos que te rodean. Huye de las sombras de la caverna. Mantén los oídos abiertos a lo que te digan los hombres que vienen del lado oculto de la luna y que saben lo que pasa donde tus sirvientes ni ven ni oyen. Y no los conviertas en los protagonistas del cuento más corto y más sabio que existe.

—¿Y qué cuento es ese?

—Dadme el caballo más veloz que tengáis: acabo de contarle la verdad al rey.

—¿Dónde encontraré a esas personas?

—A una la tienes delante.

Esa noche, mientras recordaba los detalles de la cena tendida en la cama, aún vio salir de dentro de los espejos imágenes deslavazadas de su infancia feliz. Las veía recorrer los mismos lugares por donde ahora se paseaban las sombras. Cuando el reflejo de Ramón parpadeó ante ella, sintió la tentación de atraparlo y llevarlo junto a su almohada para contarle al oído, como en los buenos tiempos, hasta el último detalle de lo que había sucedido.

VII

Madrid, viernes, 23 de julio de 1976

El R-5 color naranja de Carmen era un desafío a la negritud despampanante de los coches oficiales que circulaban por el palacete de Castellana, 3. Los había de modelos y tamaños distintos, desde el Dodge 3700 GT del presidente del Gobierno hasta los Seat 1500 de los directores generales. Todos estaban lustrosos, impecables, con carrocerías incólumes y abrillantadas dispuestas a chispear al mínimo roce del sol. En todas sus matrículas aparecían las letras PMM seguidas de un número de cuatro cifras. El acrónimo servía para identificarlos como unidades del Parque Móvil Ministerial, pero el ingenio ciudadano jugaba con las siglas para atribuirles significados distintos. Carmen sostenía que en realidad querían decir Para Mi Mujer, porque las esposas de sus ilustres usuarios los usaban para ir de paseo una vez que los maridos se habían instalado en sus pretenciosos despachos. Entonces, los conductores enfundaban el banderín con los colores de la enseña nacional que iba sujeto al alerón derecho y las llevaban a hacer la compra a una mantequería de *delicatessen*, a cardarse el pelo en su salón de belleza habitual o a recorrer las *boutiques* más caras de la calle Serrano.

Aquella mañana, Carmen llegó más temprano que de costumbre, estacionó su desafío naranja junto al Dodge Dart negro del subsecretario de Presidencia y se dirigió a buen ritmo hacia la pequeña escalinata del acceso principal. Antes de entrar reparó con extrañeza en la presencia de un coche con matrícula del Ejército de Tierra. Al verlo le vino a la memoria la conversación del día anterior con el general De Santiago y un súbito escalofrío le recorrió la espalda. Le dio por pensar que tal vez la hubieran despedido y que los militares querían asegurarse de que abandonaba el palacete sin ningún reloj Luis XVI escondido en el bolso.

Carmina Díaz salió a su encuentro para devolverla a la realidad. A Carmen le seguía sorprendiendo la capacidad de su secretaria para responder a las preguntas que aún no habían sido formuladas, como si pudiera penetrar en los pensamientos de las personas que tenía delante.

—Es el director de operaciones de los servicios de inteligencia —le dijo sin más rodeos—. Está en el despacho del presidente desde hace quince minutos.

Carmen conocía al teniente coronel Andrés Cassinello, un militar de ideas liberales que no comulgaba en absoluto con las querencias franquistas de muchos de sus colegas uniformados. Suárez había coincidido con su hermano José, también jefe del Ejército, durante el servicio militar en Melilla.

—¿Sabemos a qué ha venido? —le preguntó Carmen a su secretaria mientras subía los peldaños de la escalinata.

—Le he oído comentar al subsecretario que está preocupado por la seguridad del presidente. Hay rumores de que los terroristas están preparando el secuestro de algún alto cargo del Gobierno.

—¿Te lo ha dicho a ti?

—Se lo ha dicho a Lito, pero yo estaba lo bastante cerca como para escucharlo. No lo ha susurrado en secreto.

El subsecretario se llamaba Manuel Ortiz. Era un joven abogado de cuna andaluza y crianza catalana que había sabido empaparse de las mejores influencias de ambos territorios, de modo que reunía la cordialidad del sur y la seriedad del noreste. A esas credenciales sumaba después, por su cuenta y riesgo, un hermético sentido de la lealtad que no dejaba espacio a la existencia de ideas propias.

Carmen hizo uso de su derecho consuetudinario a entrar en el despacho de Suárez sin llamar a la puerta y se aproximó a los dos hombres que lo ocupaban con la tranquilidad de saber que, en caso de que estorbara, su jefe se encargaría de hacérselo saber. Pero Suárez no dijo nada.

Andrés Cassinello había sacado de una cartera de mano de color burdeos varios álbumes de fotos y los había esparcido por el escritorio del presidente. Suárez cogió uno de ellos y se lo tendió a Carmen para que le echara un vistazo. El álbum contenía una veintena de fotografías de excelente calidad técnica, cada una de ellas del tamaño aproximado de un folio, donde se veía al presidente sentado en el asiento posterior de su coche oficial o saliendo del portal de su domicilio particular en la calle San Martín de Porres. Para darle mayor fuerza dramática a la colección fotográfica, todas las instantáneas incorporaban la sobreimpresión de una diana de tiro al blanco. Cuando Carmen terminó de examinarlas dejó el álbum sobre la mesa.

—Me explica Cassinello —le dijo Suárez— que los autores de ese trabajo carecían de signos de identificación externos y que han utilizado cámaras normales y automóviles particulares.

—Y eso significa —añadió el militar— que lo hubiera podido hacer cualquiera. De haber llevado un arma de fuego encima, el fotógrafo podría haber disparado contra el presidente al menos en veinte ocasiones distintas.

—¿Y esto adónde nos lleva? —preguntó Carmen, en vista de que ninguno de los dos llegaba a alguna conclusión concreta.

—A que debemos irnos de aquí cuanto antes —respondió Cassinello—. Necesitamos encontrar un edificio que sirva, a la vez, de lugar de trabajo y de residencia particular del presidente del Gobierno. Este trabajo fotográfico demuestra que si tiene que seguir haciendo desplazamientos diarios está expuesto a que le peguen un tiro en la cabeza. No olvidemos lo que le pasó a Carrero.

Carmen buscó en el rostro de Suárez alguna reacción a la propuesta de Cassinello.

—Creo que tiene razón —dijo—. Le diremos a Manolo Ortiz que se ponga a buscar alternativas.

Como si la mención de su nombre hubiera surtido efectos inmediatos, Ortiz llamó tímidamente a la puerta, asomó su cabeza deforestada por la rendija del vano y anunció con voz ceremoniosa:

—Ya han llegado todos los ministros.

Como cada viernes, el Consejo de Ministros había sido convocado para las diez de la mañana.

Suárez se levantó del sillón con presteza atlética, entresacó de las mangas de la chaqueta los puños de la camisa, mordisqueó suavemente el labio inferior con la punta de los dientes y avanzó hacia la puerta con largas zancadas que evidenciaban una inequívoca determinación. Nadie podía decir de él que no fuera un hombre que pisaba fuerte.

Cuando se quedaron a solas, Carmen le preguntó a Cassinello:

—¿Qué hay de cierto en los rumores de un posible secuestro?

El militar no esperaba la pregunta. Enarcó las cejas, demasiado ralas para convertirse en signos de extrañeza, y dirigió la mirada de sus ojos, redondos y pequeños, hacia el rostro inexpresivo de Carmen. Se estuvieron observando durante algunos segundos. Ella procuraba ocultar sus emociones y él trataba de entender cómo era posible que manejara una información tan precisa. Cuando creyó haber dado con la respuesta correcta, respondió:

—Son rumores que tienen fundamento.

—¿ETA? —quiso saber Carmen.

—Nunca hay que descartarlo. Pero esta vez la preocupación predominante viene de otro lado.

Cassinello no dijo de dónde y Carmen no quiso llevar más lejos el interrogatorio porque sabía que el esfuerzo resultaría inútil.

Estaba segura de que el militar no se lo diría por mucho que ella insistiera. Además, desde que había visto la colección de primeros planos del presidente del Gobierno tras la cruz de una diana no se le iba de la cabeza el recuerdo del Che apócrifo que llevaba vigilándola durante varios días.

Cassinello escuchó con atención los detalles de la historia y después de sopesarla en silencio durante un buen rato dijo sin estar demasiado convencido:

—Tal vez sea uno de nuestros hombres. Lo averiguaré y hoy mismo te diré algo. ¿Estás segura de que el bigote no era postizo?

—¿Y cómo diablos quieres que esté segura de algo así? ¿Acaso también eres de los que creen que soy una espía del Este acostumbrada a distinguir a distancia a los agentes occidentales que me vigilan?

—No. Ya sé que no lo eres.

Escamada por la ausencia de humor en la inflexión de la respuesta, Carmen le preguntó:

—¿Por qué lo dices tan convencido?

—Porque lo hemos investigado —respondió el militar con sencillez.

Carmen se quedó boquiabierta. Luego, consecutivamente, alzó las manos al cielo, se mesó la melena, frunció el ceño, afiló la mirada y giró en redondo hecha una furia. El portazo retumbó como una descarga de artillería.

Una hora más tarde, el rey la llamó por teléfono.

—¿Ya se te ha pasado el enfado?

Ella tardó en comprender que se refería al incidente con Andrés Cassinello. Se inquietó. ¿Cómo era posible que el rey lo supiera? Una conversación sin testigos celebrada en el despacho del presidente del Gobierno no podía haberse filtrado así como así. A no ser, claro está, que uno de sus protagonistas se hubiera ido de la lengua. Cassinello era un hombre discreto, pero no lo suficiente como para hurtarle información al jefe del Estado si este se la requería.

—¿Qué le ha dicho el jefe de los espías, señor?

—Nada que yo no supiera. Que tienes muy malas pulgas.

—¿Pero cómo pueden haberse creído esa patraña de que soy una agente soviética?

—No se la han creído —matizó Juan Carlos—. Solo han investigado si era verdad.

—¡Y eso quiere decir que les parecía verosímil! Si corriera el rumor de que soy marciana y no terrícola, ¿también lo habrían investigado?

—No lo descartes —bromeó el rey.

—¡Yo no doy el perfil de agente soviética! ¡Pero si soy más ingenua que un cubo!

—En eso te equivocas. Eres una aristócrata rebelde que hizo la tesina sobre la juventud de Pasionaria, corrió delante de los grises, vivió muchos años fuera de España, habla cuatro idiomas, tiene amigos en la oposición clandestina y se pasa el día clamando por la legalización del Partido Comunista. Lo extraño, con ese currículum, es que no seas una agente soviética.

—Y eso, naturalmente, por no hablar de mis ojos azules y de mi fama de Mata Hari con doscientos amantes poderosísimos esperándome en la cama.

—No me atrevía a decirlo, pero ya que lo mencionas…

—El rey ya se ha burlado de mí lo suficiente. ¿Era ese el único motivo de la llamada?

—No. Te llamo para contarte lo que Andrés Cassinello no ha querido que supieras hace un rato. El Servicio Central de Documentación tiene motivos para sospechar que hay grupúsculos de ultraderecha, tal vez en conexión con organizaciones terroristas de la extrema izquierda, que están planeando el secuestro de alguna personalidad destacada del Gobierno. Y como es posible que alguien te esté siguiendo, debes tomártelo en serio.

—¿Los ultras y la extrema izquierda colaboran juntos? —preguntó Carmen con extrañeza.

—Les une el interés común de dinamitar el cambio político. Ninguno de los dos grupos quiere el triunfo de la democracia. Unos quieren la dictadura fascista y los otros la dictadura marxista.

Carmen ponderó la consideración del rey antes de seguir hablando. Los extremos se tocan, estaba claro. El principio de polaridad. El cuarto axioma del *Kybalión,* el tratado fundacional de la filosofía hermética: nada hay más misterioso, incógnito e inextricable que la expansión silenciosa del mal.

—¿Y es posible desenmascarar esa sociedad de intereses?

—En eso están —respondió Juan Carlos—. Pero no es fácil. Los infiltrados hacen lo que pueden.

—¿Hay infiltrados en los dos sitios?

—Sí. Pero más en la extrema derecha que en la extrema izquierda.

—O sea, que es más fácil pararle los pies a Fuerza Nueva que al GRAPO —concluyó Carmen.

—Contra el inmovilismo del búnker hay antídoto político. Contra el terrorismo solo cabe la eficacia policial.

—¿Tenemos un antídoto contra el inmovilismo?

—Sí. Se llama referéndum.

—No lo pillo, majestad —confesó Carmen después de meditarlo un instante.

—Si los inmovilistas se negaran a aprobar en las Cortes las reformas legislativas que exige el cambio político —le explicó Juan Carlos—, las Leyes Fundamentales de Franco me conceden la prerrogativa de convocar un referéndum para que sean los españoles quienes decidan libremente si quieren seguir como hasta ahora o prefieren vivir en democracia. Y si es necesario, no dudaré en hacerlo.

—Eso son palabras mayores.

—Cuando tienes buenas cartas y te echan un órdago, estás obligado a verlo.

—Yo no sé jugar al mus, majestad.

—Pues deberías.

Después de eso, la conversación acabó entre bromas.

A Carmen le gustaba comprobar que el rey no perdía el sentido del humor en medio de las dificultades. Ella no estaba hecha de la misma pasta. Podía encarar con razonable serenidad la desgracia inevitable, la que no admite vuelta de hoja, pero era incapaz de aceptar resignadamente las consecuencias de la estupidez humana.

Manuel Ortiz acudió al despacho de Carmen pasadas las siete de la tarde y le dijo:

—El presidente sigue en el Consejo pero nos pide que no nos vayamos sin verle.

—¿A quiénes?

—A todos.

Todos eran cinco. «Los famosos cinco», solía decir Carmen. Los colaboradores más cercanos a Suárez.

La reunión empezó a las diez y cuarto de la noche. El Consejo había terminado a las diez. Había durado doce horas justas. A Suárez se le veía cansado, con ojeras de búho, y tenía las mejillas pálidas y el pelo ligeramente revuelto. A pesar del visible desgaste que le había producido un día demasiado largo, habló con la cadencia aquilatada de siempre, imprimiéndole a su voz el tono persuasivo de quien prefiere convencer a dar órdenes tajantes.

—El Consejo de Ministros de hoy ha sido interminable —les dijo— y cualquiera pensaría que hemos estado arreglando problemas trascendentales. Pero no es verdad. Hemos hablado de cosas absurdas. El apasionante cultivo de la pera limonera, por ejemplo, nos ha entretenido más de media hora. Y luego hemos pasado revista, uno a uno, a todos los problemas de la huerta mediterránea. Esto no puede seguir así. No podemos permitirnos el lujo de perder el tiempo de esta manera. Es un derroche inaceptable. Pensaremos algo para que la gestión del día a día se haga con el rigor necesario. Estudiaremos a fondo cada problema. Pero aquí no estamos para eso. Aquí hemos venido a hacer política. Po-lí-ti-ca.

Lo recalcó desgranando las sílabas.

Carmen escuchaba desde el fondo del despacho, con el cuerpo ligeramente ladeado y el hombro apoyado en la pared. Estaba de pie, con los brazos cruzados, más atenta al comportamiento de los cuatro secuaces que escuchaban el discurso que al cabecilla del grupo que lo pronunciaba. Así era como ella veía la escena: como la arenga de un jefe de pandilla tratando de conseguir que sus compinches respetaran su autoridad. Más o menos, como cuando obligó a Lito, siendo niño, a bajarse de su bicicleta azul recién estrenada. Solo que ahora no tenía diez años ni defendía su liderazgo infantil. Ahora era todo un presidente del Gobierno dirigiéndose al equipo de colaboradores que debía ayudarle a mantener a pleno rendimiento la sala de máquinas del poder político.

—No quiero ni un solo papel sobre la mesa —siguió diciendo Suárez en voz alta—. No somos burócratas. Repito: aquí hemos venido a hacer política.

La atmósfera de la reunión no se parecía en nada, desde luego, a la que imperaba en los actos de la Sociedad de Estudios y Programas que financiaba el Banco Urquijo, ni a los que organizaba la *Revista de Occidente*, a los que Carmen acudía con una devoción intelectual casi religiosa.

De allí no podía salir un Ortega reivindicándose a sí mismo como una de las «veinte cabezas sensatas, veinte filósofos, nada más que veinte, que podrían salvar al mundo». En el auditorio no estaban Xavier Zubiri, Ramón Carande o Julián Marías.

Allí lo que estaba era el trío de la tierra de Santa Teresa.

En primera fila, Aurelio Delgado. Lito. De Burgohondo. El cuñado fiel. El amigo de infancia.

A su derecha, Aurelio Sánchez Tadeo. Tadeo el feo. De la capital. También amigo de pantalón corto en las calles de Ávila.

Y a su izquierda, Javier González de Vega. El chico fino. Abulense adoptivo. Inimaginable sin las perneras del pantalón por debajo de los tobillos.

Manuel Ortiz era el único que se salvaba de llevar la telúrica marca teresiana en su biografía.

Ni siquiera Carmen estaba exenta de ella. Su madre nació en Ávila porque se le ocurrió nacer en verano y era allí donde veraneaba la familia. El nombre de Sonsoles le vino en honor de la patrona.

La reunión acabó sin que ninguno de los presentes abriera la boca. Sánchez Tadeo, que era con diferencia el más hablador de todos, estaba mudo de emoción por tener el privilegio de formar parte de la cuadrilla del hombre que más admiraba en el mundo. No sabía muy bien cómo complacer la petición que les había formulado el presidente pero estaba decidido a discutirlo más tarde con Lito para improvisar algún remedio. El que hiciera falta con tal de seguir perteneciendo al club de los Cebedeos.

Cuando ya salían todos del despacho, Suárez le dijo a Carmen que se quedara con él para que pudieran hablar de un último asunto. Ella pensó que le iba a leer la cartilla por haber marcado distancias con el resto del grupo. Era patente que no se sentía una más de los «famosos cinco», aunque dudaba que Suárez hubiera leído a Enid Blyton y supiera lo que eso significaba. Pero, en todo caso, se equivocó. La conversación no fue por esos derroteros.

—Cassinello me ha contado lo de tu extraño perseguidor —le dijo con amabilidad.

—Yo creo que no deberíamos darle tanta importancia —repuso ella.

—También me ha dicho el rey que habéis hablado de las amenazas de los ultras.

Aunque Carmen sabía que los miembros del Consejo de Ministros entraban y salían de la sala con bastante frecuencia, le sorprendía que Suárez hubiera tenido una actividad telefónica tan intensa durante la reunión. Empezaba a dudar que hubiera atendido con tanto interés a los problemas que amenazaban el cultivo de la pera limonera. Sin embargo, no se lo dijo. En lugar de eso, le preguntó:

—¿Es verdad que los fascistas y los marxistas colaboran para cargarse la Transición?

—Esa es una de las hipótesis, sí. La otra es que los inmovilistas puedan estar difundiendo rumores falsos con el único propósito de infundirnos miedo y obligarnos así a ir con los pies de plomo, sin poder imprimirle a los cambios la ambición y la presteza que requieren para que sean eficaces.

A Carmen le gustó que Suárez hablara de presteza y de ambición al referirse a su gestión política.

—¿Crees que lo que quieren es que pensemos que están planificando secuestros de personalidades próximas al Gobierno solo para obligarte a ser más prudente?

—Esa es la otra hipótesis, sí. Pero la prudencia no consiste siempre en conducir despacio. A veces, el prudente es el que acelera. Y eso es lo que tenemos que hacer. Si me dejo amedrentar por sus amenazas y refreno el ritmo de las reformas, lo único que conseguiremos es darle pábulo a quienes ponen en duda la sinceridad democrática del Gobierno. Me refiero a la prensa internacional, a un sector no pequeño de nuestra opinión pública y, desde luego, a los líderes de la oposición. Y eso no lo puedo permitir bajo ningún concepto. Estoy dispuesto a hacer lo que sea necesario para taparles la boca y dejar claro que voy en serio y que eso de ganar la democracia para el pueblo español no es un cuento chino. Si el riesgo que debo correr es que los del búnker se pongan nerviosos, estoy dispuesto a correrlo.

—Yo misma —dijo Carmen sinceramente comprometida con el discurso de su jefe— no lo hubiera explicado mejor.

Suárez se levantó de la silla y comenzó a andar por la habitación. Necesitaba liberar la tensión acumulada y, de paso, ordenar sus ideas para que la parte final de la conversación transcurriera sin asperezas. No iba a ser fácil. A Suárez se le daba mejor pensar en movimiento y por eso daba vueltas alrededor del despacho de la misma forma que Aristóteles rodeaba el templo de Apolo en la antigua Grecia.

Carmen estaba adquiriendo demasiado protagonismo, su nombramiento había llamado la atención de la prensa y los analistas políticos la habían convertido en objeto de observación. A Suárez le preocupaba que su perfil pudiera adquirir demasiada notoriedad, y no solo por el riesgo de que eso eclipsara en parte su propio mérito, sino también porque conocía la tendencia asilvestrada de Carmen a ponerse el mundo por montera y no quería que sus opiniones particulares, si trascendían a los medios de comunicación, pudieran comprometer las posiciones del Gobierno.

En los últimos días habían aparecido varios artículos hablando de ella.

La Gaceta Ilustrada:

> Auténtico impacto ha tenido el nombramiento de esta atractiva mujer para un alto cargo en el actual Gobierno. La nueva directora de gabinete del presidente Suárez demuestra tener experiencia en temas internacionales y una mentalidad abierta. Estas cualidades, unidas a su juventud, hacen presagiar una fructífera labor en la nada fácil tarea que le ha sido encomendada.

Cuadernos para el Diálogo:

> Carmen «*for president*». 34 años. Aristócrata. Licenciada en ciencias políticas.

La Hoja del Lunes:

> Alta, esbelta como un junco, con extraños ojos rasgados, plateados, que arrojan cataratas de luz. Así es el nuevo jefe de gabinete del presidente del Gobierno, Carmen Díez de Rivera Icaza.

—Debes tener cuidado con la sobreexposición a los medios —le dijo Suárez con cautela.

Carmen enarcó las cejas.

Suárez supo que había comenzado a caminar sobre un suelo de cristales rotos.

—¿Te refieres a la sesión de fotos de *Blanco y Negro*? —preguntó Carmen a ciegas.

A primera hora de la tarde, un fotógrafo de la revista de Prensa Española había ido a hacerle un reportaje gráfico a Castellana, 3. Luego accedió a responder por teléfono a algunas preguntas informales para que pudieran redactar los pies de foto. Suárez no puso buena cara mientras Carmen se lo contaba, pero evitó cualquier comentario de censura.

—Me refiero —explicó, midiendo bien sus palabras— a que la prensa hará cualquier cosa por enredar y sería una torpeza por nuestra parte ponerles las cosas demasiado fáciles. Esto es como nos explican las películas americanas: cualquier cosa que digas, que digamos cualquiera de nosotros, podrá ser utilizada en nuestra contra. En boca cerrada, no entran moscas.

—¿Y no sería bueno que nombraras de una vez por todas a un portavoz que canalice la política informativa del Gobierno? Alguien debe pastorear a los periodistas. Ellos necesitan información para hacer bien su trabajo.

—¿Un portavoz? ¿Para qué? ¿Para darle a los plumillas más de lo que exige su función profesional? De eso, nada. Ni habrá portavoz ni habrá ruedas de prensa después de los Consejos de Ministros. En ningún país ocurre que el ministro de turno tenga que responder a todas las curiosidades de los periodistas.

—Pues yo creo que te equivocas. Si, como dices, quieres evitar que se establezcan entre los ministros carreras personales de promoción personal lo mejor que podrías hacer es nombrar a un portavoz. Mientras no lo haya, todos querrán llenar ese vacío —insistió Carmen, dando a entender que habían llegado a un punto de discrepancia que no admitía componendas.

—No solo me refiero a las carreras personales de promoción personal de los ministros, Carmen…

Y entonces Carmen captó el mensaje. Supo que el aviso también iba para ella, que los celos habían comenzado a hacer de las suyas y que antes o después la desconfianza acabaría invadiendo, como un tumor maligno, su relación profesional. En ese momento tuvo la certeza intuitiva de que, a partir de ese día, Suárez le atribuiría la responsabilidad de cualquier filtración informativa que se produjera. También supo que daba igual lo que hiciera para evitarlo porque no había fuerza motriz sobre la faz de la tierra capaz de desviar el meteorito que extinguió a los dinosaurios. Y el dinosaurio, en este caso, era ella.

—¿Y para qué querría yo una carrera de promoción personal? —preguntó sin esperanza de que el razonamiento surtiera efecto—. Te recuerdo por segunda vez en dos días que yo me negué a aceptar tu oferta y que mi compromiso de permanecer en el cargo expira en el mismo momento en que se celebren elecciones democráticas. No busco ningún protagonismo, entre otras cosas, porque no tengo ninguna intención de perpetuarme en la política. Yo estaré aquí el tiempo justo que tardes tú en habilitar las urnas. Y te recuerdo, por si lo has olvidado, que además me prometiste que nos iríamos juntos para impedir que la limpieza del proceso electoral se viera empañada por la falta de neutralidad del Gobierno. ¿O es que te desdices ya de la palabra dada?

A Suárez le incomodó la pregunta y a Carmen le incomodó el silencio que se abrió paso tras ella.

Como ya hizo el día anterior, dio media vuelta y abandonó la habitación sin pedir permiso.

Cuando acudió a su despacho para recoger las llaves del R-5 color naranja se encontró sobre la mesa una nota de su secretaria: «Llama a Cassinello antes de irte. Dice que es urgente».

A continuación aparecía escrito el número de teléfono.

La voz que respondió a la llamada era la del propio Cassinello:

—No hay nadie en este centro que atienda a la descripción que me has dado —le dijo—. La persona que te vigila no es de los nuestros. Mañana daré la orden de que te adjudiquen un servicio de escolta.

—¡Ni se te ocurra! —bramó Carmen hecha una furia.

—Yo mando. Tú obedeces —dijo el militar.

Y colgó el teléfono.

VIII

Marbella, sábado, 30 de julio de 1976

Carmen creía que tomarse unos días de vacaciones era la mejor manera de rentabilizar el esfuerzo. Siempre le había parecido especialmente aleccionadora la escena de *Centauros del desierto* en la que Ethan Edwards obligaba a descansar a los caballos durante la galopada hacia el rancho de su hermano Aaron, donde los comanches habían secuestrado a Debbie y pasado a cuchillo a los demás miembros de la familia. Gracias a eso llegó antes que los demás al lugar de la masacre. Y aunque no le sirvió de mucho, al menos pudo decirse a sí mismo que había actuado de la manera correcta. Muchas veces, pensaba Carmen, la vida se reducía a eso: tan solo a hacer lo posible, a obrar con inteligencia. Que sirviera para algo ya no era una cuestión optativa. A Suárez le habló en términos parecidos.

—Si no descansas unos días, te desfondarás y los comanches te cortarán la cabellera.

Suárez se encogió de hombros y siguió a lo suyo.

Ella decidió irse a Marbella. Habló con Renfe y exigió un departamento de coche-cama donde no hubiera aire acondicionado. Javier González de Vega escuchó la conversación. Carmen no pedía un favor. Daba una orden. Si era necesario apagar el aire acondicionado de todo el tren, peor para la gente calurosa que viajara en él. No era su problema. Lo dijo así:

—Ese no es mi problema.

Javier González de Vega se quedó impresionado por el despliegue imperativo de su actitud, que le pareció idéntico al de esas estrellas del espectáculo que, en la cresta de la fama, exigen un ramo diario de rosas frescas en su camerino.

Al saber que Carmen iba a pasar unos días con su madre, Javier removió algunos rescoldos del entusiasmo adolescente que sentía por ella y comentó en voz alta:

—En Granada, en festivales, ver llegar a la marquesa de Llanzol, tan extraordinariamente elegante, era todo un acontecimiento.

Carmen le miró con sus ojos de mercurio y respondió:

—Dale recuerdos de mi parte al presidente de Luxemburgo cuando le veas.

Luego se fue a casa a hacer las maletas.

En Marbella, su madre la recibió con una alegría inusual.

—¿Cómo está la mujer más poderosa de España? —le dijo nada más verla mientras marcaba con los brazos abiertos el primer tiempo de un abrazo.

Pero Carmen dio un paso atrás.

Leve, casi imperceptible.

El orgullo malo, el que memoriza el dolor de las heridas profundas, pudo más que el de la recompensa por el trabajo bien hecho. Y una mueca de rencor afloró a sus labios.

Tenue, casi invisible.

Algunos pensamientos amargos se agitaron en su cabeza. Ella tardó unos segundos en espantarlos. Fue solo un instante.

Breve, casi inapreciable.

Pero Sonsoles de Icaza sentía lo imperceptible, veía lo invisible y medía lo inapreciable. Siempre lo hacía. Dejó caer los brazos como si se hubieran desplomado, y ladeó la cara ofreciendo su mejilla con altivez para que Carmen la besara.

Ante la provocación, Carmen no se reprimió:

—Hola, madre. ¿Tan pronto se disipa el influjo de mi poder en tu casa?

—Hola, hija. ¿Tanto te cuesta quererme?

Era una buena pregunta que Carmen se había hecho a sí misma muchas veces.

Amaba a aquella mujer, desde luego. Le fascinaba su forma elegante y firme de transitar por la vida. Admiraba la valentía y la determinación con que había desafiado la hipocresía puritana de su época. Le maravillaba la pasmosa seguridad con la que era capaz de distinguir lo que quería ser de lo que no quería.

No quería ser el apéndice de nadie.

No quería tener una identidad vicaria a la sombra de otra más poderosa.

No quería renunciar a la ambición de tener un proyecto exclusivo.

Le deslumbraba su magnetismo: esa extraña capacidad para atraer la excelencia que orbitaba a su alrededor, para llamar la atención de los poderosos, de los creadores, de los intelectuales. Le entusiasmaba su osadía para buscar un mundo propio, más allá de los límites convencionales y llenarlo de libros, de viajes, de búsquedas. Y, desde luego, también le asombraba su éxito de hermosa ricahembra. Porque, de haber sido hombre, hubiera admirado sin más su indudable belleza, la sensualidad de sus gestos y sus senos en punta.

Amaba a la mujer, pero echaba de menos a la madre. El testimonio de la belleza de la vida.

La ternura.

La entrega.

La fuerza moral.

Le vino a la cabeza el recuerdo de cuando la llevaba de la mano a los cabarés de París para estar con Balenciaga. Era pequeña y se moría de sueño. La llevaban con ellos como si fuera mayor.

Rememoró la soledad de los días de colegio, en la calle Juan Bravo, a quinientos metros de su casa de Hermosilla. Y recordó también, claro está, su clamorosa ausencia en el momento en que la hoja de la guillotina se le vino encima y la partió por la mitad. Ese era el peor recuerdo de todos: la angustia con la que buscaba en vano la mano materna para asirse a una vida que se le escapaba a chorros.

¿Por qué no estabas allí cuando más te necesitaba, mamá? ¿Por qué dejaste que el amor llegara tan lejos?

¿Por vergüenza? ¿Fue por eso?

¿Y por qué dejaste que tu propia vergüenza prevaleciera, mamá? ¿Por qué permitiste que el rubor de tu propio pecado pesara más que la necesidad de prevenir el mío?

¿Por qué no evitaste mi dolor a costa de afrontar el tuyo? ¿Acaso creíste que iba a juzgarte?

El amor no se juzga, mamá. Yo no soy quién para juzgar el amor de nadie.

¿Por qué dejaste que todo llegara tan lejos? ¿Por qué no me avisaste a tiempo, mamá?

¿Por qué me hiciste tanto daño?

Y la cabeza comenzó a darle vueltas.

El bochorno húmedo del verano de Marbella era pegajoso y despiadado. Siempre que se dejaba notar, Carmen sentía cierta nostalgia de Daloa. Se ponía un caftán de seda, preparaba un batido de cacao y recordaba alguna leyenda *baulé* que le hiciera apreciar el culto a los antepasados. Su ventana tenía vistas a una franja de mar, lejana pero reconfortante, que se alzaba sobre los tejados y pinos de primera línea y dividía el horizonte en dos planos asimétricos. El de arriba, más amplio, era completamente azul.

Los faldones de los visillos se contoneaban con el vaivén de la brisa.

Entonces, una llamada a la puerta separó a Carmen de su abrazo imaginario con los espíritus de la naturaleza.

Era su madre, vestida con pantalones blancos y una blusa amarilla.

—Hola, hija.

—Hola, madre.

Sonrió.

—Supongo que me lo merezco.

—¿A qué debo el placer de que vengas a mi habitación a la una de la tarde?

—Bueno, detesto reconocerlo, pero en algún momento todos buscamos el perdón de alguien. Y en este momento creo que estoy buscando el tuyo. Hace un rato te puse en la tesitura de hacer el papel de hija ideal, cosa que una madre como yo no debería hacerle a una hija como tú. ¿Puedo pasar?

—Claro —dijo Carmen—. Pero estaremos mejor en la terraza. Me apetece tomar un *gin-tonic*.

Mientras descendían por las escaleras, Carmen pensó que su madre no había hecho con ella nada que no hubiera hecho con los demás. Educada desde pequeña para huir de las estrecheces, había identificado una necesidad y luego había actuado para satisfacerla. A su manera perversa, adquirir un título nobiliario mediante un matrimonio de conveniencia, a sabiendas de que no podría pagar con verdadero amor el amor sincero de su marido, encajaba perfectamente en ese autodominio abrumador que la hacía tan impresionante. Pensó entonces en su padre. En lo difícil que tendría que haber sido para él amar a alguien para quien su amor solo significaba protección y bienestar material. Poca cosa. ¡Pobre papá!

Cuando llegaron a la terraza y se sentaron en los sillones de enea, bajo un enorme ventilador de techo, un mayordomo les llevó en una bandeja una botella de ginebra y dos botellines de tónica. La cubitera del hielo y los posavasos eran de plata.

Mientras su madre preparaba los *gin-tonics,* Carmen se dedicó a contemplar el jardín. Trataba de identificar los cambios introducidos desde el verano anterior. Vio un arriate de plantas violetas y amarillas que inventarió como novedoso. Las hiedras, las palmeras y las bunganvillas las recordaba como estaban ahora. La ornamentación botánica de aquel parterre se parecía mucho, por lo que podía recordar, al del lujoso parque del Marbella Club.

El lujo hurgó en su memoria.

—Cuando era niña y veraneábamos en San Sebastián —dijo Carmen al cabo de un rato—, quise escaparme de casa para irme con los niños pobres.

La madre no pudo disimular su sorpresa.

—¿Ah, sí?

—¿Te asombra?

—No exactamente —respondió Sonsoles—, pero daba por sentado que no te molestaba ser rica.

—Y así era. Pero una tarde, cuando tenía seis años, fui de paseo con una niñera al barrio de Bidebieta. Supongo que la pobre tendría un novio que vivía por allí porque anduvimos dando vueltas por lugares destartalados que no se parecían a nada de lo que yo hubiera visto antes. Al final, no le encontró. Me pidió que no le dijera a nadie por dónde habíamos estado. Dijo que sería nuestro secreto. Esa tarde vi a una niña de mi edad con un vestido roto, la cara sucia y los ojos muy tristes, como si estuviera a punto de echarse a llorar. Pensé en ella aquella noche. Creía que estaba triste porque no tenía amigas con quien jugar. Y decidí irme con ella porque no me parecía justo que yo tuviera tantas cosas y ella tan pocas. Sin embargo, no me atreví. Me dio miedo. Al cabo de unos días se lo conté a papá. ¿Y sabes lo que me dijo? ¡Que debería haberlo hecho!

Su madre sonrió.

—No me extraña —dijo—. El palo y la astilla. ¡Lo que habría dado él porque me pareciera a su familia!

Guardaron silencio un momento. Luego, la nostalgia de Daloa que había traído el bochorno húmedo hizo que Carmen recordara a aquellos niños de cabeza grande y ojos redondos, con las marcas de las costillas a flor de piel, que caminaban descalzos por las calles de tierra de Yamusukro.

—Recuerdo la mañana en que fui con dos amigas a los barrios dejados de la mano de Dios que hay a las afueras de la capital de Costa de Marfil —rememoró ante la mirada vacía de su madre—. Íbamos en un carruaje con un baúl repleto de ropa. La calle estaba llena de vendedores de plátanos y tabernas ruinosas. Al ver lo contentos que se ponían los niños cuando les dábamos la ropa, la mitad de la cual no iba a servirles para nada, prometimos que iríamos allí al menos una vez al mes para repetir la experiencia. Pero ya no volvimos. No he vuelto a Yamusukro desde entonces. Me da la impresión de que, al final, siempre le fallo a la gente pobre que me necesita.

—Creo —dijo Sonsoles, dando un hondo suspiro— que no debería haberte dejado leer a Dickens siendo tan pequeña. ¿Te acuerdas de aquel viaje que hicimos juntas a París? Llevabas una novela suya. Era un viejo ejemplar de *Grandes esperanzas*. Lo leíste en solo tres días.

Carmen se dio cuenta de que su madre se impacientaba.

—¿De qué querías que habláramos, mamá?

Antes de responder, Sonsoles de Icaza tragó saliva.

—El caso es que en la casa de Madrid, en la casa de Hermosilla me refiero, hay mucho sitio desaprovechado —dijo, tanteando cuidadosamente las palabras—. ¿Por qué no te vienes otra vez a vivir conmigo?

La respuesta de Carmen fue inmediata:

—Oh. No podría, madre. Ya lo intentamos y fue un desastre.

—¿Por qué no lo intentamos de nuevo? Hagamos la prueba durante un año. Esta vez saldrá bien, hija. Ya lo verás. Pondré todo de mi parte.

—Gracias, madre. Pero estoy feliz donde estoy.

Su madre metió la mano en el bolsillo del pantalón y sacó una llave.

—Toma. Por si cambias de idea.

Con su buen gusto de siempre, la llave pendía de un colgante de plata en forma de C. La dejó encima de la mesa, junto a la botella de ginebra. Luego levantó la mano para atajar cualquier protesta.

—Piénsatelo. Probemos a ver qué tal nos sienta vivir juntas otra vez.

Carmen no pudo reprimir una sonrisa amarga. Aunque valoraba el esfuerzo que estaba haciendo su madre para acercarse a ella, no se le iba de la cabeza el recuerdo del día en que la echó de la misma casa que ahora le estaba ofreciendo como un tributo de paz.

—Volveríamos a tropezar dos veces con la misma piedra —dijo sin flaquear.

—Ahora ya no somos las mismas, Carmencita. Las dos somos más fuertes que hace siete años.

—Tú siempre has sido fuerte, madre.

—¡Y tú! Eres dura como el pedernal. Nueve de cada diez mujeres que hubieran pasado por lo que tú has pasado estarían ahora mismo en un psiquiátrico mirando pececitos de colores en una pecera. Dudo que tengas la menor idea de lo fuerte que eres.

Carmen no estaba para elogios. Incómoda por la situación, se levantó de golpe de su silla de enea. Su madre la imitó. Carmen miraba al suelo. Cuando alzó la mirada, su madre la besó en la mejilla. Tenía los labios pintados. Carmen notó la fricción de la superficie cerosa en su piel. Cuando la madre se volvía para marcharse, la hija la sujetó por el codo. Hizo que se volviera. Tomó su mano, la abrió suavemente extendiéndole los dedos y le devolvió la llave.

Después de aquello, Carmen se fue a bucear. Siempre que podía, cuando la cabeza se le nublaba con pensamientos borrascosos, se metía en el mar y buscaba la cercanía de los peces. Le gustaba estar sumergida en el agua. Solía decir, recordando a Pablo Neruda, que era un animal de fondo marino. Bucear le fascinaba. No sabía nadar con la cabeza fuera. Era la sensación más hermosa, inmensa y limpia que le había deparado la vida.

Perdió la noción del tiempo. No comió. Estuvo en el mar hasta el atardecer. Cuando el cielo comenzó a drenar reflejos violáceos y anaranjados en la parte baja del horizonte, regresó a casa. El mayordomo le dijo que la habían estado llamando sin parar desde su despacho en Madrid. Miró el reloj. Eran las nueve de la noche, pero estaba segura de que aún localizaría a Carmina Díaz en el despacho.

—Te llevo buscando toda la tarde —le dijo su secretaria con voz excitada.

—He estado buceando todo el día.

—¿Has visto la canallada de *Blanco y Negro*?

—No —respondió Carmen, sorprendida por el tono de la pregunta.

Carmina le leyó los titulares de la supuesta entrevista que había concedido antes de irse a Marbella:

> Si el capital no cambia de manos, todo seguirá igual.
>
> Lo peor que nos podría pasar es que nos llegara otro Pinochet.
>
> Yo siempre he dicho que tengo cara de espía rusa.
>
> No conocemos a los que de verdad manejan el país, y esos son los más peligrosos. Ahí es donde está el verdadero peligro de la ruptura, no en la izquierda.
>
> La derecha en España, a través de su historia, ha sido siempre irracional. Yo no creo que haya cambiado precisamente ahora.
>
> Yo he sido una rebelde desde que nací, siempre he sido una iconoclasta y no dejo nunca de buscar.

Carmen comprendió, por la literalidad de las citas entrecomilladas, que el periodista de *Blanco y Negro* que habló con ella tras la sesión fotográfica le había grabado la conversación. Lo que ella planteó como una charla informal, *off the record*, se había convertido en una entrevista convencional publicitada a todo trapo en la portada del semanario.

—¿Cómo han podido hacer una barbaridad así? ¡El trato era que venían a hacerme solo unas fotos! —le dijo Carmen a su secretaria.

—Ese era el trato, sí —confirmó Carmina.

—¡Quedó claro que la conversación telefónica con el periodista era para no publicar!

—Así es.

—Nunca más volverán a hacerme algo así, Carmina. Es la primera y la última vez que me hacen una jugada como esta.

—No sabes el alboroto que se ha montado con esto —le explicó la secretaria—. Acaban de llamar de la embajada de Chile pidiendo una rectificación inmediata.

—De eso nada. Yo no rectifico. Lo único que puedo decir honestamente es que se trataba de unas declaraciones para no publicar. Pero no rectifico porque yo pienso así y no pienso retractarme.

—También hay llamadas de militares. El vicepresidente De Santiago te la tiene jurada…

—¿Qué dice de mí ese gran patriota?

—Dice que te vayas a zurcir medias.

—¿Perdón?

—Eso es, literalmente, lo que le ha dicho un ayudante militar del vicepresidente a Manolo Ortiz esta tarde.

—¿Y cómo está el presidente?

—Sigue en La Coruña. Que sepamos, no ha dicho nada. Al menos en público. Pero quiere hablar contigo por teléfono. Por eso te llamo. Quería que estuvieras sobre aviso.

La conversación telefónica fue mucho más pacífica de lo que ella esperaba. A Carmen le sorprendió la comprensión con que Suárez acogió sus explicaciones. Después de la advertencia que le hizo la semana anterior sobre el riesgo que entrañaba la sobreexposición a la prensa pensaba que iba a subir el tono de la reprimenda. Pero no lo hizo. Tampoco recurrió al «ya te lo dije» ni una sola vez. En cambio sí le contó, sin signos apreciables de inquietud, lo que Carmina ya le había adelantado minutos antes: las protestas de la embajada de Chile y el enojo de los militares. Añadió como novedad que el presidente de la CEOE también había expresado su profundo malestar por la solicitud de que el capital cambiara de manos. Sin embargo, su voz no denotaba una especial contrariedad. Ya había demostrado otras veces que resistía bien las amenazas exteriores. Haría falta algo más que una protesta diplomática o un par de reproches telefónicos, ya fueran militares o empresariales, para doblarle el brazo. Suárez estaba mentalmente preparado para soportar acometidas más fuertes.

El Consejo de Ministros, reunido en La Coruña bajo la presidencia del rey, había aprobado esa mañana el decreto de amnistía para los delitos y faltas administrativas de intencionalidad política, rebelión y sedición militar. Aunque se trataba de una amnistía incompleta, porque no afectaba a los condenados por delitos de sangre, contrabando o infracciones tributarias, su aprobación ponía de manifiesto que el Gobierno se había tomado en serio el objetivo de restablecer las libertades democráticas.

Suárez sabía que los líderes de la oposición habían comenzado a saludarla con cierta simpatía. Horas antes, desde París, Santiago Carrillo había declarado: «Me parece un paso hacia la reconciliación de los españoles. Pienso que puede crear condiciones favorables para una negociación que abra el camino de la democracia, dentro de la paz y la convivencia civil».

Frente al peso indudable de esa buena noticia, que había llenado de optimismo al presidente del Gobierno, la jugarreta de mal estilo de *Blanco y Negro* no desequilibraba el balance positivo de los acontecimientos del día.

—Cuídate, Carmen. Queda mucho camino por recorrer. Aún no ha llegado lo más difícil —le dijo Suárez, antes de colgar el teléfono.

Al día siguiente, los medios de comunicación vinculados a la derecha cargaron contra ella con especial virulencia por haber denigrado al régimen de Pinochet. La revista *Fuerza Nueva* y el diario *El Alcázar*, máximos exponentes de las ideas reaccionarias de la caverna política, pedían su destitución inmediata:

> Insultar deliberada y estúpidamente al Ejército español en la forma de una referencia a un amigo extranjero de España es causa suficiente para mandar a esta señorita a zurcir medias.

—¡Y dale con eso de zurcir medias! —exclamó Carmen en voz alta al leer este párrafo del editorial.

El hecho de que el entorno del general De Santiago y los editorialistas del búnker hubieran utilizado la misma expresión machista y rancia para despachar las declaraciones de Carmen demostraba que había lóbregas conexiones entre un sector del Gobierno y las redacciones de los periódicos que trataban de dinamitar las reformas democráticas. Ya no se trataba de una sospecha. Se trataba de una certeza.

El *International Herald Tribune* se hizo eco del rifirrafe. La crónica periodística situaba en un rincón del ring imaginario a «los ultraconservadores de España» y en el otro a «la única mujer que integra el gabinete de Gobierno», a la que describía como una rubia de ojos azules, hija de un marqués, que solía vestir blusas descotadas y que a sus treinta y tres años había sido vendedora de libros, corredora de seguros y estudiante de políticas. El autor del artículo, Peter Uebersax, afirmaba que Carmen había posado para fotografías de prensa en sus oficinas de la Presidencia de la nación con una falda confeccionada con tela de *blue jeans* y con algunos botones desabrochados en el escote de su blusa de cuello en V.

Calificaba las fotos como «las más personales que hayan salido jamás de la Presidencia del Gobierno español».

Animado por la refrescante descripción de Uebersax, Francisco Umbral, el columnista español de más renombre, escribió al día siguiente en su columna de *El País*:

> Carmen Díez de Rivera es el único funcionario guapo que ha tenido el régimen desde los tiempos del desaparecido Correa Veglison. Es algo así como el *sex symbol* del Gobierno. Los niños de derechas que vivimos aquel trauma infantil de aquellos inspectores de abastos con bigote de la Gestapo y gafas negras, miramos a la señorita Díez de Rivera y no acabamos de creérnoslo.

Carmen sorprendió a su madre leyendo el artículo de Umbral mientras desayunaba aquel domingo de sol rotundo en el porche que daba a la piscina. Mientras lo leía, la marquesa de Llanzol, instintivamente, volvía a sentir el abrigo del poder sobre sus hombros. Esa sensación de protección, de espalda guarecida, le hacía mirar hacia adelante como si la vida le diera la oportunidad de prolongar su gallardía en los salones donde comenzaba a emerger una nueva aristocracia: jóvenes sin trajes de etiqueta, sin títulos, sin apellidos ilustres, que no recibían el bastón de mando por ser hijos de sus padres sino por decisión caprichosa de los hombres corrientes. No era esa, desde luego, la idea del futuro que más le reconfortaba, pero se trataba al menos de una idea de futuro.

La perspectiva de tener que mirar permanentemente hacia atrás, ya fuera para contemplar la cola de su propio resplandor, ya casi extinguido, o para prevenir la amenaza del cambio que se les echaba encima, no era mejor alternativa. Su hija Carmen era un salvoconducto para moverse sin miedo en ese nuevo e inquietante mundo de reglas desconocidas.

Envuelta en un *déshabillé* negro de Balenciaga, con gesto desafiante y la barbilla alta, parecía decirle al mundo: «Yo soy la madre de la única mujer que hay en el gabinete del presidente del Gobierno, la que viste *blue jeans* y camisas descotadas. Yo la engendré. Ese *sex symbol* que ha venido a desabrochar algunos botones del cuello en V de este nuevo país nació de mis entrañas. Así que hagan el favor de franquearme la entrada a los salones exclusivos de esa España renovada y dejen de mirarme como si fuera la momia de Tutankamón».

Carmen la miraba desde la distancia con emociones contradictorias. Por una parte le gustaba la idea de ser árbol de sombra, de proporcionarle a su madre la protección que necesitaba. Era una manera de devolverle una parte de lo mucho que había recibido de ella. Por otra parte, sin embargo, le entristecía el trasfondo egoísta de su actitud. ¿Por qué no podía sentirse, sin más, orgullosa de su hija? ¿Por qué tenía que buscar en el motivo de ese orgullo una ventaja personal de la que sacar provecho? ¿Por qué permitía que su ambición lastimara tanto a las personas que vivían a su alrededor?

Y la figura de su padre, en la casa Llanzol, se apoderó de repente del fondo marino de su memoria.

IX

Madrid, jueves, 30 de octubre de 1969

No fue un buen recibimiento.

—¿Se puede saber de dónde vienes? —le dijo su madre al verla entrar en casa con la camiseta desgarrada, el pelo revuelto y un moratón en la frente del tamaño de un puño.

—De correr delante de los grises —dijo Carmen después de dirigirle a su madre una mirada de combate.

—¡Carmencita! ¿Cuántas veces te he dicho que no…?

—¡Represores de mierda! ¡Cerdos fascistas! ¡Ojalá se pudran en el infierno!

—¡No hables así en mi casa!

—Déjate de idioteces, madre —respondió Carmen con sequedad.

—¡No me cortes!

—¡No me chilles!

Estaban la una frente a la otra, la hija frente a la madre, la fiera frente a la fiera. Del roce de las miradas saltaban chispas.

—Vete a la cocina a que te miren la herida. Tienes sangre —dijo Sonsoles de Icaza.

—¿No quieres curármela tú, como una buena madre? ¿O temes que la sangre de tu sangre te eche a perder esa camisa de seda?

—¡No seas insolente! No te consiento que me hables así. Te recuerdo que estás en mi casa.

—Pues échame de tu casa.

—Desde luego, te lo estás ganando a pulso.

Carmen venía de desafiar a policías que disparaban pelotas de goma con pistolas de aire comprimido y hundían sus cachiporras contra las espaldas de los estudiantes universitarios. Si su madre pensaba que la iba a amilanar con palabras de amenaza es que no andaba bien de la cabeza.

A principios de año, el 20 de enero, un estudiante de quinto de derecho, militante del Frente de Liberación Popular, había perdido la vida mientras le custodiaban los agentes de la Brigada Político Social que le habían detenido. La versión oficial era que se había suicidado lanzándose desde el séptimo piso de un edificio situado en la calle General Mola, pero sus compañeros, y buena parte de sus profesores, estaban convencidos de que los policías lo arrojaron por la ventana. Miles de estudiantes se lanzaron a la calle para protestar.

El Gobierno, «para luchar contra las acciones minoritarias dirigidas a alterar la paz española y evitar que se arrastre a la juventud a una orgía de nihilismo y anarquía», según la declaración oficial del ministro Fraga, declaró el estado de excepción. Algo inédito desde la guerra. Aquello fue como tirar gasolina al fuego. Todas las universidades españolas, y en especial la Universidad Complutense de Madrid, donde Carmen estaba haciendo un curso de estudios hispánicos, se habían convertido en campos de batalla.

Diariamente, después de aguardar en actitud vigilante durante dos o tres horas, los grises salían de sus coches a la una de la tarde, cuando acababan las clases, y arremetían contra los estudiantes. «¡Libertad!», gritaban los jóvenes antes de echar a correr. «¡Muera Franco!», coreaban los más audaces. Entonces empezaba la persecución. La policía utilizaba perros adiestrados, que derribaban a los manifestantes con las patas delanteras y luego abrían la boca y rozaban con su lengua la cara de los caídos.

Esa mañana, Carmen se encontraba en medio del tumulto estudiantil desafiando a los represores. Un Seat 600 se detuvo junto a ella. La mujer que lo conducía abrió la puerta del copiloto y le gritó:

—¡Suba! ¡Suba!

Carmen vaciló. Pero al reconocer a la conductora se acercó a la ventanilla para hablar con ella. Era Elena Catena, doctora en filosofía, profesora de literatura española y una de las feministas más activas y respetadas del campus.

—¡Deje que me detengan! —le pidió Carmen.

—De eso nada. Le he dicho que suba. —Y Carmen, no de muy buena gana, obedeció. Cuando el coche dejó atrás la zona de la refriega, Elena Catena le preguntó—: ¿Qué hace una de mis mejores alumnas en medio de este follón?

—Plantarle cara a la dictadura —respondió Carmen tranquilamente.

—Muy bien, señorita, no le faltarán ocasiones para seguir haciéndolo. Pero hoy la dejaré en su casa. ¿Dónde vive?

—En la calle Hermosilla.

La profesora puso cara de asombro, como si un bedel acabara de pedirle *El discurso del método*.

—¿Y qué hace una niña bien del barrio de Salamanca plantándole cara a la dictadura?

—Demostrar que no todas somos iguales.

Y eso era, precisamente, lo que su madre le echaba en cara.

—¿Por qué no puedes ser una chica como las demás? —le preguntó mientras la cogía de la muñeca y la arrastraba a la cocina para que le curaran la herida de la frente.

—¡Porque yo no soy fascista!

—Diciendo esas cosas nos comprometes a todos.

—Me importa un pimiento —dijo Carmen.

Y de un seco tirón liberó la muñeca de la mano de su madre, dio media vuelta y puso rumbo a su dormitorio. Antes de llegar oyó la voz débil de su padre:

—¡Carmencita! ¡Carmencita!

Sonaba agónica, como el eco de un lamento en la distancia. Carmen se asomó a la puerta de su dormitorio y lo vio con los ojos abiertos. No era lo habitual. La enfermedad, cerca ya de ultimar su macabro trabajo, apenas permitía que el marqués de Llanzol tuviera dos o tres momentos de lucidez a la semana. Ya era muy poca la vida que le cabía en el cuerpo. A Carmen le gustaba aprovecharlos para estar junto a él y contarle anécdotas divertidas de su estancia en África o de sus valerosas carreras universitarias. «¿Qué carrera has hecho hoy, Carmencita, la de filosofía?». «No, papá, la de doscientos metros vallas delante de los grises», contestaba ella echándose a reír. Su padre esbozaba una sonrisa y Carmen sentía la íntima satisfacción de haber llevado a su vida, durante ese breve instante, un poco de felicidad.

—¿Qué pasaba ahí fuera? —le preguntó su padre, haciendo un ímprobo esfuerzo para que Carmen le entendiera.

—Nada, papá. No debes preocuparte. Lo de siempre: que mamá y yo tenemos un genio insoportable y nuestras maneras de entender la vida se parecen como un huevo a una castaña.

—No discutáis... —Respiró hondo para tomar aliento y acabó la frase después de una pausa reparadora—: No sirve de nada.

A Carmen le hubiera gustado decirle que tampoco servía de nada fingir que las cosas entre ellas tenían arreglo. Por muy madre e hija que fueran, por mucha ayuda que les brindara la inercia de ese amor umbilical que sella la ley de la naturaleza, estaban condenadas a no entenderse jamás. Hasta hace poco creía que al menos podrían respetarse, pero últimamente estaba llegando a la convicción de que ni siquiera eso sería posible. Que ambas lo terminaran de aceptar era solo cuestión de tiempo.

Si aún vivía en aquella casa, al menos en parte, era para que su padre no se llevara el disgusto de verla marchar dando un portazo. Ella era la pequeña, su niña mimada, su sol, Carmencita. No podía alejarse otra vez de su lado, y menos aún en medio de una reyerta familiar que volviera a constatar el fracaso del proyecto de tribu feliz que él había trazado cuando se casó. Ya le habían despojado de casi todo: de la comida, de su cuarto, del tabaco, de su despacho, de conducir, de los salones, de los sofás, de sus ronquidos... Ahora languidecía, moribundo, en una habitación de la casa, de su propia casa, que no era la suya. Comía purés insulsos, dormitaba todo el día en una cama de hospital y respiraba con la ayuda de una bombona de oxígeno. Después de aquello, Carmen no quería despojarle de nada más. A veces pensaba que el tifus que contrajo durante la guerra, el origen de la neumonía, la insuficiencia renal y el deterioro del sistema nervioso que ahora le tenían al borde de la muerte, no se lo había contagiado el piojo verde que saltó de un cuerpo malherido al suyo saludable en una trinchera de Gandesa, sino la falta de ternura que imperaba en aquella casa de huéspedes egoístas. A lo peor, se decía a sí misma, no fueron los ojos de albahaca de la copla de Rafael de León, «verdes como el trigo verde», quienes inspiraron el nombre de la enfermedad de su padre, sino sus propios ojos azules de amor furtivo los que llevaron a su sangre la vasculitis que inseminó la muerte en su organismo.

Mirando la cara consumida de su padre recordó un pasaje de la copla «Ojos verdes»: «*Pa* mí ya no hay soles, luceros ni luna». Le cogió la mano, la estrechó entre las suyas, la acercó a sus labios y la besó.

—Tienes razón, papá. Discutir no sirve de nada —le dijo suavemente.

En la mesilla, bajo el crucifijo modesto sobre fondo negro al que su padre le rezaba cada noche, había un álbum de fotografías con las tapas de piel. Aunque se lo sabía de memoria, Carmen lo puso en su regazo y lo abrió con el cuidado que merecen las reliquias. En la primera hoja, de cartulina oscura, estaba pegado el recorte de la página del diario *ABC* que, el 13 de febrero de 1936, reseñó la boda de sus padres.

> Ayer mañana, en la iglesia parroquial de la Concepción, se celebró la boda de la bellísima señorita Sonsoles Icaza y León con el marqués de Llanzol.
>
> Con esta boda se enlazan dos ilustres familias: la novia es hija de D. Francisco A. de Icaza, escritor, poeta y diplomático, y el novio, D. Francisco de Paula Díez de Rivera, capitán de caballería, pertenece a la noble familia de los Díez de Rivera, que tiene su solar en Valencia y cuyo jefe actual es el conde de Almodóvar, marqués de Someruelos.
>
> Los numerosos amigos de ambas familias llenaban por completo la amplia nave de la iglesia.
>
> La señorita de Icaza entró a los acordes de la marcha de *Lohengrin*, del brazo de su padrino, el marqués de Huétor de Santillán, hermano del novio. Vestía traje de raso blanco y velo de tul, sin más adorno que su belleza y su juventud, y en la mano, un ramo de liliums.
>
> Con uniforme de gala del arma de caballería, iba detrás el marqués de Llanzol, ofreciendo su brazo a la madrina, doña Beatriz de León, viuda de Icaza, madre de la novia.
>
> Ante el altar que corona a la imagen de la Purísima Concepción, recibieron los prometidos la bendición nupcial, que dio el párroco, D. Jesús de Torres Losada, muy elocuente y oportuno luego en la breve plática que dirigió a los recién casados.
>
> Terminado el acto religioso, los nuevos esposos y sus amigos pasaron a los salones de la misma iglesia, donde los concurrentes fueron obsequiados con un espléndido lunch. Allí fueron felicitados los marqueses de Llanzol por sus amistades aristocráticas. También, al salir de la iglesia, lo fueron por otras clases humildes

que habían asistido invitadas a la ceremonia: los obreros de la casa en construcción del marqués de Llanzol, que habían regalado el ramo de la novia y que fueran obsequiados después por el novio con una gran merienda. Al homenaje de los obreros siguió otro, no menos popular: el del público congregado en la calle para presenciar el paso de la nueva marquesa de Llanzol. Esta, con su esposo, fue después a la iglesia del colegio de Jesús y María, donde se educó, para depositar a los pies de la Virgen el ramo de liliums.

Más tarde, en casa de la señora viuda de Icaza, se celebró, en la mayor intimidad, un almuerzo de familia. Inmediatamente después salieron los recién casados, en automóvil, para Andalucía. Y desde allí emprenderán un largo viaje por diversas poblaciones del extranjero, pasando una temporada en Berlín con sus hermanos, los señores de Icaza.

A los votos que por su eterna ventura hicieron hoy sus amigos, unimos los nuestros muy cariñosos y efusivos.

Carmen había leído la reseña muchas veces y cada vez que lo hacía experimentaba la misma sensación de asombro. Imaginar a su madre con un simple traje de raso sin más adornos que un velo de tul y un ramo de azucenas regalado por los obreros que construían su casa no era una tarea sencilla. ¿Su madre merendando con albañiles? ¿La marquesa de Llanzol confundida entre la gente corriente?

No, no era fácil de imaginar.

Sabía que su abuela, tras quedarse viuda en 1925, se había traslado a vivir al barrio de Salamanca porque estaba convencida de que allí sería más fácil encontrar buenos partidos para sus hijas. Beatriz y Ana María fallecieron demasiado pronto. Carmen se casó con un teniente coronel de caballería. Ana María con un médico pediatra y Sonsoles con el marqués de Llanzol.

«¿Qué viste en ella, papá?». Carmen forcejeó en su interior para que la pregunta sonara en voz alta, pero la piedad pudo más que el deseo y no llegó a traducirse en palabras.

—La quieres mucho, ¿verdad? —dijo a cambio.

Su padre la miró con desconcierto.

Carmen podía entender que su padre se sintiera atraído por esa hambre insaciable que empujaba a su madre a rebañar la vida sin dejar sobras en el plato, pero le causaba asombro que pudiera convivir, sin torcer el gesto, con la descarada altivez con que ella se asomaba al mundo. La rotundidad que empleaba en todo cuanto hacía o decía, y sobre todo su prodigiosa capacidad para marcar diferencias entre el yo y los demás, le conferían unos aires de suficiencia arrogante, de superioridad insoportable, que le hacían parecerse peligrosamente a Cruella de Vil. Ella no mataba dálmatas para hacerse abrigos, tal vez porque aspiraba a pieles de mayor calidad, pero también confundía, como la criatura literaria de Dodie Smith, su voluntad con el bien, su opinión con la verdad y su deseo con la justicia. Carmen trataba de aceptarlo como un hecho, sin entrar a valorarlo, pero no podía dejar de pensar que posiblemente, de haber nacido en otra época y en otro país, su madre podría haber aportado algo más sólido y constructivo a la sociedad que la simple belleza inútil. Vitalidad y talento tenía de sobra.

—Me refiero a mamá. La quieres mucho, ¿verdad?

Su padre asintió con la cabeza. Luego fijó la mirada en el álbum de fotografías. Carmen interpretó el gesto como una invitación a que describiera en voz alta, como ya había hecho en ocasiones anteriores, las escenas familiares que aparecían inmortalizadas en ellas.

—Aquí está Carmencita —dijo para satisfacer el deseo de su padre—, sentada con sus tres hermanos y sus padres en la moqueta del dormitorio generoso de mamá. La verdad es que, sobre la foto, Carmencita es la más mona de todos, tan rubita y mofletuda como una muñeca de porcelana…

El pecho de su padre se agitó. Tenía ganas de reír. Una tímida carcajada trató de abrirse camino hasta la garganta, pero en el último instante una tos seca ocupó su lugar.

—Y aquí está papá —dijo pasando a la siguiente foto—, cuando aún era joven, con fajín, sable, condecoraciones, banda, estrellas en las bocamangas, la cruz de caballero calatravo bordada en el pecho y no sé cuántas cosas más.

Hizo una pausa y miró hacia la cama. Su padre, con ojos radiantes, la animó a que siguiera.

—En esta foto estamos todos finamente vestidos de blanco, con clase. Seguro que los tejidos serían franceses. Los zapatitos también son blancos. Ya se sabe que los niños ricos siempre íbamos de blanco. ¿De qué color vestirían los niños pobres?

La tos se detuvo de golpe y la felicidad de la risa dio paso a un gesto de contrariedad.

Carmen se arrepintió enseguida de haberse portado como una tonta. No tenía derecho a mortificar a su padre.

Solo era una *enfant terrible* que, enfadada con Dios, se revolvía contra la mano que le había dado de comer por el simple hecho de que la comida había sido demasiado buena. Cuando ella nació, España era gris, gris, gris. En ciertos ambientes y clases sociales, totalmente negra. A ella la llevaban vestida de blanco al parque del Retiro y no la dejaban jugar en la arena. Hubiera preferido mil veces que la vistieran con tela de saco si a cambio le hubieran dejado trepar a las copas de los árboles. Quería decirlo en voz alta, pero se mordió la lengua. Arrepentida de su maldad, pasó a la página siguiente y se fijó en otra foto.

—Aquí están, sentados en el suelo, mi padre y mi madre con sus cuatro hijos. Estamos en la posguerra. Debe ser el año 1944. Los niños tienen las piernitas cruzadas. Y Carmencita, horror, se está chupando, satisfecha y oronda, el dedo pulgar…

El rostro de su padre volvió a iluminarse, como si a través de la voz de Carmen hubiera regresado al instante feliz en que aún no había cicatrices en la piel de ninguno de sus hijos y la vida se abría ante ellos como un gozoso regalo de Navidad.

En la siguiente fotografía, Carmen aparecía con una cestita vacía en las manos.

Ahora fue ella quien viajó al pasado.

Era una de las cestitas que repartían cada año en el baile de Nochevieja en casa de los condes de Elda. Su padre iba a la fiesta por puro amor a su madre. Después de las doce campanadas, él guardaba cuatro cestas, ya sin las uvas, y se las daba a sus hijos al día siguiente. Cuando Carmen se percató de que nadie más en toda la casa hubiera sido capaz de hacer algo así por los demás, se le saltaron las lágrimas.

—¿Me perdonas, papá? —le preguntó, después de inclinarse sobre él y besarle en la frente.

Su padre enarcó las cejas.

—Recuerdo que cuando venías a buscarme a la salida del colegio —explicó ella—, las compañeras de clase pensaban que eras mi abuelo y yo, tonta del bote, no me atrevía a desmentirlo. ¿Me perdonas, papá? ¡Por favor, perdóname!

Su padre apretó con fuerza la mano de Carmen, tiró de ella levemente y volvió a susurrarle al oído:

—No discutáis…

Luego, cansado por el esfuerzo, cerró los ojos y se quedó dormido.

Tres días más tarde, las escenas de las carreras por el campus delante de los grises volvieron a repetirse. A la una de la tarde, los antidisturbios salieron de sus furgones acorazados y cargaron contra los estudiantes que alzaban el puño y coreaban consignas antifranquistas.

—¡Muera Franco!

—¡Amnistía, libertad!

—¡Justicia, justicia!

El grupo de Carmen aceleró el *sprint* cuando uno de los caballos de la policía montada se puso de manos delante de sus narices. Una cosa era dejarse detener y otra muy distinta acabar en la sala de urgencias de la Concha, así que corrieron sin parar hasta el arco del triunfo. Cuando llegaron allí, con el hígado en la boca, algunos decidieron reponer fuerzas en los bares de Moncloa y otros subieron a los autobuses de línea o bajaron al metro para poner distancia con sus perseguidores. Carmen, harta de aglomeraciones humanas, paró un taxi y le pidió al conductor que le llevara a la calle López de Hoyos.

Su amiga Gabriela Sánchez Ferlosio tenía allí un pequeño apartamento donde se reunía de vez en cuando con jóvenes estudiantes interesados en adaptar obras de Strindberg. Después de retocar el texto para hacerlo todavía más intenso, los estudiantes las representaban en casa de sus amigos. Esas funciones de teatro, en otro tiempo, llegaron a ser míticas y sirvieron para que algunos de los autores noveles de porvenir más brillante en la narrativa española dejaran constancia de sus coqueteos con el mundo de la interpretación dramática.

Gabriela había convocado antes de comer a los actores de la próxima función, inspirada en la *Gertrud* de Söderberg. Gabriela quería que Carmen aceptara el papel de la protagonista, una cantante famosa que cuando decide abandonar a su marido descubre que su amante le es infiel y se ve obligada a comenzar una vida en solitario decepcionada por la oquedad del amor que impera en los ambientes burgueses.

—Yo no puedo meterme en el papel de esa mujer —le había dicho Carmen a Gabriela— porque no me identifico para nada con esa forma de ver las cosas. El amor, o es amor o no lo es. Y, si lo es, puede serlo en la burguesía y en el proletariado, a los sesenta, a los cuarenta o a los diecisiete. En Madrid, en Niza o en Pernambuco. Eso de creer en las convenciones amorosas es una solemne estupidez.

—Ahí está lo bueno: que Gertrud piensa como tú. Por eso, en un ambiente burgués en el que predominan las relaciones frías y las convenciones sociales, ella se convierte en una nota discordante, casi obscena, cuyas ansias de amor y verdad suponen una rebelión en un mundo en el que no hay lugar para los sentimientos.

—Bueno, ya veremos.

Y a eso iba precisamente: a ver.

Cuando llegó, la casa estaba atestada de gente. No tanto porque la concurrencia llegara a ser multitud, sino más bien porque el espacio era diminuto. Había chicas de origen humilde, que no dejaban de mascar chicle, mezcladas con tipos de apellidos ilustres que durante el día eran jóvenes contestatarios y por la noche poetas y dramaturgos. Dos de ellos estaban a merced de una morena de melenita corta que no paraba de recitar poemas de Rafael Alberti. Las ventanas estaban abiertas y los más espabilados se habían acodado en el alféizar para respirar un poco de aire sin olor a tabaco. Carmen se quedó de piedra al ver la pared del salón decorada con un póster del Che Guevara.

En consonancia con el ambiente de lucha contra la oligarquía, la única bebida alcohólica disponible parecía ser la cerveza. Pero Carmen no encontraba más que botellas vacías, que rodaban por el suelo como bolos derribados por los puntapiés de la concurrencia. Entonces, procedente del pequeño pasillo que conducía a la cocina, apareció una rubia que sostenía en alto, como si fuera una trucha recién pescada después de un largo forcejeo, una botella llena.

En un extremo de la cocina, un profesor y una alumna estaban sentados rodilla con rodilla riéndose entre dientes de asuntos personales. Carmen se acercó a la nevera. Gabriela bloqueaba la puerta.

—¿Me dejas?

Gabriela Sánchez Ferlosio se hizo a un lado, pero anunció con voz compungida:

—Me temo que llegas tarde. Se acaban de llevar la última.

Carmen se encogió de hombros.

—Casi mejor. Si sigo sobria será más fácil que no me convenzas para que acepte el papel de Gertrud.

—No pienso insistir. Presionar a la gente va contra mis principios.

—¿Tampoco presionabas a Juan Benet y a García Hortelano para que subieran al escenario?

—¿Los conoces? ¿Acaso los has leído? —preguntó Gabriela con un punto de admiración.

—He leído *Volverás a Región*. Pero el realismo mágico no va conmigo. Debo de ser una de las pocas que no se ha muerto de placer leyendo *Cien años de soledad*.

—Benet tiene talento y escribirá cosas mejores. Ya lo verás.

—De García Hortelano estoy leyendo *Gente de Madrid* —dijo Carmen.

—Es magnífico —opinó Gabriela.

—A ver si confirman la alternativa con su siguiente libro.

—Será más fácil que triunfen como novelistas que como actores. Ninguno era Clark Gable, pero se lo pasaban bien. Y tú también te lo pasarías bien si aceptaras mi oferta. El papel de chica rebelde que va contracorriente y se enfrenta a las convenciones sociales te encaja como anillo al dedo.

—Demasiado bien, me temo —concedió Carmen—. Por eso me da pereza: al final no sabría distinguir la ficción de la realidad. Si me das un papel que me permita encarnar a una chica pobre perdidamente enamorada de un hombre honrado, guapo y listísimo que la hace feliz como una perdiz, te digo que sí sin pensarlo.

—¡Qué horror! Eso no sería teatro de la crueldad, sería una abominación alienante.

Ambas rieron con ganas.

El profesor y la alumna que cuchicheaban confidencias personales se levantaron y se fueron al salón. Después de un breve silencio, Gabriela preguntó:

—¿Cómo van las cosas por tu casa?

—De mal en peor —respondió Carmen.

—¿Sigues pensando en independizarte?

—A todas horas.

—Ya sabes que mantengo mi oferta. Si lo necesitas, este apartamento es tuyo durante el tiempo que quieras.

—¿Aunque no acepte el papel de Gertrud? —bromeó Carmen.

—¡Para que veas lo buena amiga que soy!

—¿Y qué harías con tus actores? ¿Dónde tendríais vuestras reuniones Stanislavski?

—En algún sitio donde quepamos. Ya ves que el camarote de los Marx, al lado de esto, sería un palacio imperial.

—Algo tiene de marxista este sitio, desde luego. ¡He visto al Che colgado de la pared!

—¡Chsss! Si te oyen los del TOP nos llevarán a un apartamento aún más pequeño que este.

—¡Viva Franco! —dijo Carmen, poniéndose firme y parodiando un saludo militar.

—¿Ves cómo sí tienes talento para el teatro? —señaló Gabriela con voz triunfante—. Ahora ya no puedes decir que no.

Extendió su mano invitándola a cerrar el acuerdo y Carmen, después de cavilar durante unos segundos, se la estrechó. El trato estaba cerrado.

Cuando llegó a casa y comentó la noticia durante la cena, a su madre casi le dio un soponcio.

—¿Que vas a hacer de quién? —le preguntó horrorizada.

—De Gertrud.

Sonsoles de Icaza se quedó mirando a su hija tratando de averiguar si hablaba en serio o le tomaba el pelo. Ladeó la cabeza para buscar otra perspectiva de su cara, como si escrutara el significado de un cuadro abstracto, y se tomó su tiempo antes de decir con cierto desdén:

—No das el papel. En la película, la protagonista es bastante mayor que tú.

Carmen no respondió. Las cenas con su madre se habían convertido, de un tiempo a esa parte, en liturgias silenciosas donde solo se escuchaba el sonido de los cubiertos sobre los platos. A veces hacían el esfuerzo de intercambiar frases cortas, que rara vez llegaban a prender en conversaciones hilvanadas, pero con sumo cuidado de no pisar alguna de las minas que cada una de ellas había sembrado, como medida de protección, alrededor de su orgullo. Sus gestos eran carteles de advertencia donde se avisaba del peligro. En condiciones normales, Carmen no hubiera pasado por alto el comentario desdeñoso de su madre, porque en toda guerra fría rige el principio de la respuesta proporcional, pero recordó la promesa de no discutir que le había hecho a su padre tres días antes. Su maniobra de contención no pasó inadvertida.

—¿Estás bien, Carmencita? Te noto rara.

Carmen sabía que su madre solo la llamaba Carmencita cuando buscaba pelea. Hacía mucho tiempo que no se dirigía a ella con el diminutivo de su nombre de pila. A Carmen no le gustaba que jugara el papel de madre conmovida por el recuerdo infantil de sus hijos. «No te va ese papel —le decía—. Hace mucho tiempo que dejó de tener sentido que me llames así».

—Estoy bien, sí. Tal vez un poco cansada.

—¿De estudiar o de correr delante de los guardias?

Carmen permaneció en la postura que tenía cuando su madre le formuló la pregunta, como si un extraño sortilegio acabara de convertirla en un plano congelado. Contó hasta diez mentalmente y, para su propio asombro, fue capaz de contener la réplica beligerante que ya había ingeniado su cerebro.

—No quiero discutir, mamá.

Si la estuviera viendo, su padre se sentiría orgulloso de ella.

—Pues no discutamos. Pero tenemos que hablar.

—¿De qué?

—De dinero.

Esa era la palabra maldita, el hacha de guerra que llamaba a la sangre.

Las rentas estaban mermando y la patente proximidad de la muerte del cabeza de familia, con los problemas hereditarios que eso podía acarrear, habían despertado en la marquesa de Llanzol una profunda inquietud por el futuro de su tren de vida. Había que extremar las precauciones presupuestarias. Carmen estaba segura de que su madre lo haría recortando los gastos que afectaban a los demás. De hecho, ya había despedido a dos de las siete personas de servicio y amenazaba con prescindir de la enfermera que por las noches cuidaba de su marido. Ese había sido el motivo de la última gran bronca entre madre e hija, en la que ambas acabaron a grito limpio.

—¿Quieres que hablemos de dinero?

—Sí.

—¿Del dinero de papá, quieres decir?

La guerra había comenzado.

—Me gustaría que entendieras que no puedes seguir siendo una carga económica para esta casa...

—¿Y eso qué significa?

—Que tienes que contribuir a los gastos. No puedes seguir viviendo a la sopa boba.

—Creía que ese era el estilo familiar —dijo Carmen.

—¿Y desde cuándo te ha importado a ti el estilo familiar? ¿Acaso esta familia es de izquierdas, se manifiesta contra Franco, viste *blue jeans* y ha dejado de ir a misa?

—¿Estás orgullosa de ir a misa, mamá? ¿Crees que eso te hace una buena cristiana?

—¿Ahora vas a ser tú quien reparta títulos de cristiandad?

—No creo que esos títulos te interesen. A ti te van más otra clase de títulos. Pero ser marquesa es caro, ¿verdad? ¿Cuántos sombreros tienes en tu vestidor? ¿Doscientos? ¿Y cuántos Balenciaga? ¿Medio centenar? Véndelos, dale el dinero a los pobres y tendrás un tesoro en el cielo. ¿O tenerlo allí te parece demasiado lejos? Tú prefieres el tesoro en la tierra, ¿me equivoco? Y crees que te estás quedando sin él porque papá agoniza y, al parecer, yo devoro la comida como si fuera un regimiento de caballería.

Su madre jugaba nerviosa con el collar de perlas que llevaba alrededor del cuello. En los momentos de mayor tensión tiraba de él hacia abajo, como si fuera el cuello de su camisa y tratara de aliviar la presión de la tráquea para respirar mejor.

—Nunca he consentido que nadie me hable así —dijo con voz afilada—, y no voy a hacer una excepción contigo. Esto no es una negociación, hija. Si quieres seguir viviendo en esta casa tendrás que contribuir a mantener sus gastos. O lo tomas o lo dejas. ¿Ha quedado claro?

Carmen tuvo la tentación de repetir el gesto teatral que había escenificado ante Gabriela Sánchez Ferlosio de ponerse firme y vitorear a Franco, pero se abstuvo de hacerlo porque sabía que ese desplante no provocaría en su madre ningún efecto doloroso. Las burlas a Franco le traían sin cuidado. Desde que en 1942 sustituyó al guapísimo Serrano Suñer como ministro de Asuntos Exteriores por el bajito y orejón Gómez-Jordana, un militar tan pródigo que murió sin blanca, el dictador no era sujeto de adoración materna en aquella casa.

—¿Me extenderás un recibo todos los meses para que pueda desgravar la aportación que me pides en mi declaración de impuestos?

—¡Qué tonterías dices!

—No son tonterías, mamá. Si no hay recibo, no hay aportación. Como tú dirías, o lo tomas o lo dejas.

Cuando dos orgullos del mismo acero cruzan sus hojas afiladas, la forja más antigua siempre tiende a acortar el lance y busca la estocada definitiva.

—¿Entonces, cuándo dices que te vas? —preguntó la madre.

—Ahora mismo, si quieres —respondió la hija.

Carmen se puso en pie como si un resorte la hubiera catapultado de la silla.

—Sabía que dirías eso. Eres demasiado previsible, hija. En el recibidor hay un sobre a tu nombre. Dentro verás un cheque de un millón de pesetas. Confío en que sea suficiente para que encuentres un sitio donde instalarte.

—No hace falta que me lo des, madre. Guarda ese dinero para el entierro de papá. Así no tendrás que buscar la funeraria más barata. Que tenga al menos una caja confortable. No sería justo que, después de muerto, siguieras privándole de todas sus comodidades, como has venido haciendo de un tiempo a esta parte.

Su madre le dio un violento tirón al collar y las perlas salieron rodando por el suelo. Las siguió con la mirada como si tratara de memorizar el recorrido de cada una para evitar que se extraviaran.

Cuando alzó de nuevo la vista, su hija había desaparecido.

X

Marbella, martes, 10 de agosto de 1976

El mayordomo de la marquesa no movió un solo músculo de la cara cuando vio a Carmen, en mitad de la escalera principal de la casa, vestida de Caperucita Roja. Llevaba puesta una peluca rubia con tirabuzones, top negro con pechera de encaje blanco, falda encarnada por encima de las rodillas, delantal rosa, calcetines de perlé hasta los tobillos, bailarinas de tacón bajo con lengüeta a la altura del empeine y, por supuesto, cubriéndole la cabeza, con caída hasta el largo de la falda, una capa tan roja como la túnica de un cardenal.

Como si verla vestida de esa manera fuera la cosa más normal del mundo, el mayordomo, muy serio, se dirigió a ella y le anunció:

—Tiene usted una llamada en la biblioteca, señorita.

La biblioteca no era mucho más que una simple habitación del tamaño de un dormitorio con estanterías de techo a suelo en las cuatro paredes y un tresillo Chester de color tabaco colocado en el centro. El teléfono, modelo góndola, estaba sobre una de las mesitas auxiliares que flanqueaban el sofá. Quien llamaba era Carmina Díaz. Carmen hablaba con ella dos veces al día a la misma hora: a las once de la mañana, después de desayunar, y a las nueve de la noche, antes de la cena.

—Te confirmo que el presidente está en casa de Joaquín Abril con Felipe González. Tu información era correcta —le dijo su secretaria.

—Es lo que tiene manejar buenas fuentes —respondió Carmen, jugueteando con uno de los tirabuzones de la peluca de su disfraz.

Su fuente había sido Raúl Morodo, destacado dirigente del Partido Socialista Popular y mano derecha de Tierno Galván. Una semana antes, Morodo se había reunido con Suárez en Castellana, 3, para hablar del cambio constitucional. Durante la entrevista, Suárez le dijo que ya había tenido un primer encuentro con el secretario general del PSOE, delante de más gente, y que los dos habían quedado en reunirse a solas lo antes posible. Morodo se lo secreteó a Carmen por teléfono, creyendo que ella estaría al tanto de los planes de su jefe, y Carmen, desde entonces, había desplegado sus mejores habilidades para averiguar el día y el sitio de la reunión.

Joaquín Abril era hermano del ministro de Agricultura, Fernando Abril, amigo íntimo de Suárez desde su paso por el Gobierno Civil de Segovia. La piscina de la residencia del gobernador llevaba años sin poder utilizarse porque el jardín que la rodeaba estaba infestado por una horrible plaga de bichos inextinguibles. A Suárez, que le gustaba nadar, le recomendaron que hablara con un joven ingeniero agrónomo, con fama de ser muy listo, para ver si él podía encontrarle una solución al problema. Abril hizo honor a su reputación y halló el motivo del extraño fenómeno zoológico: unos líquenes que crecían en los troncos de algunos árboles enfermos hacían las delicias de los insectos, que acudían en tropel en busca de su alimento favorito. Una vez subsanado el mal arbóreo, la plaga desapareció y el gobernador pudo disfrutar de la piscina. Desde entonces, los Suárez y los Abril se hicieron parejas inseparables.

La idea de que Suárez y Felipe González se vieran en casa de Joaquín Abril, un ingeniero sin vínculos con la política, fue de su hermano Fernando. Muy pocos estaban en el secreto. Carmen supo deducirlo.

Cuando le preguntó por su primer encuentro con Felipe González, Suárez se sorprendió:

—¿Cómo te has enterado?

Detrás de la pregunta latía el temor de que alguno de los pocos fieles que estaban informados del encuentro se hubiera ido de la lengua. Ya era visible en él, desde hacía días, una obsesión casi patológica por sellar a su alrededor un mundo estanco donde nada de lo que hiciera o dijera se filtrara al exterior. A Carmen no dejaba de llamarle la atención que un hombre que había tenido fama de correveidile durante buena parte de su carrera política se hubiera vuelto un paranoico del hermetismo, pero para evitar que sus sospechas pudieran perjudicar a personas inocentes, le aclaró:

—Me lo han dicho fuentes socialistas.

Y, en el fondo, era la pura verdad. Raúl Morodo, aunque no era miembro del PSOE, sí lo era del PSP, y por lo tanto era una fuente socialista con todas las de la ley. Con su respuesta engañosa, Carmen consiguió que Suárez creyera que el chivatazo le había llegado del entorno de Felipe González. No era descabellado. Si Suárez la había nombrado jefe de su gabinete había sido, entre otras razones, por la buena relación que mantenía con muchos prohombres de la oposición democrática. Suárez se relajó al saber que no le habían traicionado los suyos y le contó con detalle los pormenores de la entrevista, que se había producido pocos días antes en casa de Rafael Ansón, director general de Televisión Española.

Lo primero que le dijo fue que para que el encuentro pudiera celebrarse hubo que llevar en secreto a Felipe González y a su acompañante, Javier Solana, hasta la urbanización Las Lomas, en Boadilla del Monte. Manuel Ortiz se encargó de recogerles. «¿Está usted seguro de que el señor Suárez acudirá a la cita?», le preguntó Felipe González a Ortiz antes de subir al coche. «No le quepa a usted ninguna duda», respondió el subsecretario. González y Solana iban sentados en el asiento de atrás. Ortiz, en el del copiloto, daba instrucciones al conductor para indicarle el camino. Y para que nadie pudiera seguirles, ni los policías al servicio de intereses espurios ni los miembros del aparato de la seguridad del PSOE, le hizo dar tantas vueltas y revueltas que Suárez, que aguardaba impaciente en casa de Rafael Ansón, le comentó a Rodolfo Martín Villa, ministro de la Gobernación, que temía que los socialistas se hubieran arrepentido de acudir a la cita.

—Cuando Manolo Ortiz me contó el rodeo que habían dado, casi le mato —le dijo Suárez a Carmen.

—¿Pero qué sentido tenía despistarles? ¿Acaso no sabían dónde iban?

—Por supuesto que no. Imagínate lo que hubiera sucedido si llegan a filtrarse detalles del encuentro. No podíamos arriesgarnos a que alguien hiciera fotos.

—¿Qué tal se portaron?

—Bien. Mejor de lo que yo esperaba. «Gracias por venir», les dije nada más saludarles en la puerta, «no estaba seguro de que aceptaran la invitación». Y ellos me respondieron: «Nosotros tampoco estábamos seguros de encontrarle aquí».

—¿Os hablabais de usted? —preguntó Carmen con sorpresa.

—Yo intenté tutearles, pero ellos no me apearon del usted en ningún momento. Mostraban un recelo tremendo. Y eso que, para limar asperezas, Ansón, que ya sabes que es un gourmet muy fino, descorchó un vino francés que tiene fama de ser el más caro del mundo.

—¿Romanèe-Conti?

—¡Ese! —respondió Suárez al reconocer el nombre.

—Pues debes saber que cada botella cuesta más de cien mil pesetas —le dijo Carmen, sinceramente impresionada por el alarde.

Suárez silbó escandalizado. «Menudo desperdicio», musitó.

Durante los primeros sorbos al borgoña cambiaron impresiones sobre lo difícil que resultaba la conciliación de la vida familiar con la actividad política. Felipe González, según dijo, ni siquiera pudo acudir a su propia boda porque los socialistas europeos convocaron una reunión en Burdeos el día de la ceremonia y tuvo que casarse por poderes.

A cambio de la confidencia, Suárez reconoció que cuando su mujer se enfadaba con él por el poco tiempo que pasaba con sus hijos estaba dos días sin dirigirle la palabra. «Es vasca y además hija de militar», explicó para que entendieran mejor el molde temperamental en el que se había forjado su carácter.

El trasteo introductorio se prolongó durante un buen rato. Luego entraron en materia.

—Lo que le interesaba saber —le dijo Suárez a Carmen— era si yo estaba dispuesto a convocar elecciones libres por sufragio universal a un parlamento constituyente. Y cuando le dije que sí, que ese era el objetivo de la reforma, se relajó. A mí lo que me interesaba no era tanto que habláramos en profundidad de las cosas importantes de la agenda política, sino que estableciéramos una buena sintonía personal. Si somos capaces de llevarnos bien, de fiarnos el uno del otro, todo lo demás será mucho más fácil. Ya tendremos ocasión de hablar mano a mano de los asuntos de fondo, y cuando eso suceda quiero que los problemas que puedan surgir no guarden relación con antipatías personales.

La referencia explícita al encuentro «mano a mano» puso a Carmen en guardia. No le dijo, como a Morodo, que pensaba tenerlo cuanto antes, pero ella conocía a Suárez lo suficientemente bien como para saber que no tardaría en materializarse.

—¿Te lo metiste en el bote? —preguntó Carmen.

—Me quedé bastante contento, sí. Y además tuve la precaución de no caer en la trampa que me tendieron.

—¿Y qué trampa fue esa?

Javier Solana se había dejado olvidada en casa de Ansón una carpeta azul, de gomas en las esquinas, y la tesis de Suárez era que lo hizo a propósito para poner a prueba la fiabilidad del Gobierno. El propio Ansón le llamó por teléfono de madrugada para decirle que la acababa de encontrar en una mesa del salón. «¿Qué quieres que haga con ella?», le preguntó. «Ni se te ocurra abrirla», fue la respuesta. Al día siguiente, Manuel Ortiz se la envió a Javier Solana a su despacho. Si Felipe González ocultó algún procedimiento para comprobar si la carpeta había sido abierta, tuvo la oportunidad de comprobar que el presidente del Gobierno estaba dispuesto a jugar la partida del cambio sin cartas marcadas.

—Creo que nos hemos caído bien el uno al otro —concluyó Suárez.

Estaba convencido de que su primer acercamiento personal al célebre Isidoro, el nombre que utilizaba Felipe González en la clandestinidad, había resultado un éxito.

—No me extraña —dijo Carmen—. Sois muy parecidos. Tal para cual.

—Pronto sabremos si tienes razón.

Otra pista más: había dicho «pronto». Un adverbio revelador. Suárez, en efecto, no quería que se enfriara el ambiente de cordialidad alcanzado después del primer contacto y estaba decidido a dar el siguiente paso sin pérdida de tiempo.

¿Pero dónde se verían?

Carmen tenía claro que Suárez no iba a arriesgarse a citar a Felipe González en dependencias oficiales o en lugares públicos. Eso descartaba hoteles, restaurantes y cafeterías. Lo lógico era pensar en el domicilio particular de alguna persona de confianza. El primer nombre que le vino a la cabeza fue el de Fernando Abril.

Para salir de dudas, le llamó por teléfono.

—¿Por qué no convences a tu amigo de que se coja unos días de vacaciones? —le dijo—. O recarga pilas o se quedará más tieso que la mojama.

—Nos vamos juntos a Almería a mediados de mes —respondió Abril.

—¿Seguro?

—No te quepa duda. Mi familia me mata si les obligo a quedarse en Madrid.

Carmen se puso en guardia. ¿Su familia aún estaba en Madrid? Mala señal. Para que Suárez pudiera recibir allí a Felipe González, Fernando Abril tendría que echar a su mujer y a sus hijos de casa.

—Inconvenientes del matrimonio —bromeó Carmen—. Siempre hay alguien dispuesto a matarte.

—Eso mismo dice mi hermano Joaquín. ¡Cómo se nota que vivís solos!

De repente, las piezas encajaron en su sitio. Joaquín Abril tenía un piso en el barrio de Salamanca y estaba vacío. Ya no necesitaba saber mucho más.

Cuando Carmina Díaz le confirmó que su deducción había dado en el clavo, Carmen se sintió orgullosa de sí misma. Podría llamar a Suárez por la noche y restregarle en la cara que había descubierto el secreto que trataba de mantener oculto. Por supuesto, le imputaría la filtración a su imaginaria fuente socialista.

—También te llamo para decirte otra cosa —dijo Carmina Díaz con un tono de voz de no preludiaba buenas noticias.

—Dispara —dijo Carmen.

—Está comenzando a circular el bulo por las capitanías generales de que una agente marxista ha sido nombrada director del gabinete de Suárez. Lo consignará mañana el boletín de situación del SECED.

—¡Que les zurzan! ¿No les gusta tanto mandarme a zurcir? ¡Pues que-les-zur-zan! ¿Eso es todo o hay algo más?

—Sí lo hay —respondió Carmina con pesadumbre—. Hoy han seguido llegando anónimos. Y creo que debes tomar precauciones, Carmen. Algunos tienen muy mala pinta.

Desde que *Blanco y Negro* publicó la presunta entrevista que tanto jaleo provocó en las salas de banderas y en la embajada de Chile, el despacho de Carmen se había inundado de anónimos para todos los gustos. Entre los infamantes abundaban los que la tildaban de roja, zorra, bastarda, marxista, espía y traidora. Entre los intimidatorios, las amenazas de violación triplicaban las amenazas de muerte.

—Léeme algunos —pidió Carmen.

—No te van a gustar —advirtió Carmina.

—Da igual.

Uno de los más procaces había llegado junto a la fotografía de un hombre negro, completamente desnudo, dotado con un pene de veinte centímetros. «Has venido a África a chupársela», decía el texto escrito a mano. Carmen se imaginó a Caperucita en semejante trance y se estremeció.

—¡Cuánto enfermo! ¡Cuánta maldad! Para esta gente todo es una cuestión sexual —dijo Carmen con amargura.

—Hay otro que ha llegado esta tarde y que me preocupa más porque el remitente sabe que estás en Marbella. Dice que te ve bucear por las mañanas y que, cuando menos te lo esperes, te violará. Firma Jaws.

—Es el título original de *Tiburón* —comentó Carmen—, la película de Spielberg que está alejando a mucha gente de la playa este verano. ¡Bah! Seguro que es uno de esos locos que guarda los correajes falangistas en el cajón del dormitorio y que lleva un tatuaje con el yugo y las flechas en el bíceps. Yo no le daría más importancia.

—De todas formas, cuídate —le pidió Carmina—. ¿Vas a salir esta noche?

—Voy a llevarle a mi abuelita un pastel y una botella de vino —bromeó Carmen.

—¿Que bobada es esa?

—Es que me pillas vestida de Caperucita Roja y trato de meterme en el papel. Voy al baile de disfraces que organiza todos los años la bisnieta del Canciller de Hierro. Es la fiesta más glamurosa de toda Marbella.

—¿Que vas dónde, vestida de qué? —preguntó Carmina sin poder salir de su asombro.

—Ya te lo explicaré con calma —dijo Carmen, muerta de risa por la reacción de su secretaria—. Ya te imaginas que no me apetece nada, pero Cayetana se ha empeñado en que la acompañe y no le he podido decir que no. Dice que nos lo pasaremos bien. Ella va a ir disfrazada de vampiresa. Y yo, como ya te he dicho… ¡voy de roja!

—¡Menuda pareja!

—Mejor la duquesa de Alba que alguno de los idiotas que abundan por aquí.

—Pasadlo bien, Carmen. Pero, por el amor de Dios, ten mucho cuidado. ¿Me lo prometes?

—Te lo prometo.

La fiesta que organizaba todos los años Gunilla von Bismarck, recién bautizada por la prensa como la reina sin trono de Marbella, era el acto estelar de una cuidada selección de ricos y famosos, generalmente ambas cosas a la vez, que acudían a la Costa del Sol atraídos por el lujo de las mansiones, el ambiente festivo de la vida veraniega y la benévola temperatura de su legendario microclima.

La anfitriona convocaba a sus invitados la noche más propicia para la contemplación de la lluvia de Perseidas y les exigía que acudieran disfrazados para darle a la etiqueta un realce exótico que se alejara de las convenciones sociales del invierno.

Caperucita Díez de Rivera y la vampiresa Fitz-James Stuart se adentraron cogidas del brazo por un camino de lajas distribuidas irregularmente sobre el césped del jardín. Una hilera de velas a ras de suelo iluminaba el camino. A su izquierda, camareros tiesos como estacas ofrecían champán francés en tulipas de cristal. Al fondo, los invitados se arracimaban en corros de distintos tamaños que llenaban el recinto casi por completo. El chirrido de los grillos mitigaba el rumor de los murmullos y las risotadas que emergían de ellos a borbotones. La finca entera olía a jazmín y a pradera húmeda.

—Que no te inquiete la multitud, Carmen —le dijo la duquesa de Alba—. Ya verás que en cinco minutos seremos el centro de atención de la fiesta y todos vendrán a saludarnos sin necesidad de que nos movamos de nuestro sitio.

—Aquí no hay más grande de España que tú, Cayetana —respondió Carmen— y la reverencia te la harán a ti. No a mí. Y si no se inclinan ante el título deberían hacerlo ante el disfraz. Llevas el mejor de toda la fiesta.

Era verdad. Vestía una falda polisón de color morado con grecas negras, un top del mismo color rematado en el borde del escote por un encaje de seda blanca y una chaquetilla en forma de V con hombreras abombadas y mangas por encima de los codos. Alrededor del cuello llevaba un collarín de tela, a juego con el vestido, que emulaba las alas de un murciélago.

—Llevo viuda cuatro años. Ya es hora de hacerse notar.

—¡No andarás buscando marido...!

—Ya veremos.

Gunilla von Bismarck y Alfonso de Hohenlohe, cogidos del brazo, salieron a su encuentro. Ella, con porte marcial y complexión atlética, lucía un disfraz de Wilma Picapiedra. Él, más ancho y menos erguido que su acompañante, llevaba un traje de luces de color verde oliva. Juntos formaban la pareja que había abierto las puertas de Marbella a buena parte de la aristocracia europea. Su proselitismo entre la alta sociedad alemana, francesa, sueca, monegasca, árabe y española se tradujo en la llegada, escalonada primero y luego en tropel, de apellidos egregios, fortunas acaudaladas, rostros populares y, desde luego, ambiciosos soñadores que aspiraban a codearse con la crema de la notoriedad. Aquella noche había ejemplares de todas las especies pendoneando por el jardín.

—¡Qué gran placer tenerte entre nosotros! —le dijo Hohenlohe a Cayetana.

—¿Lo dices porque voy a ser la suegra de tu hermana?

—¡Oh, no! Lo digo porque eres la dama más bella de la fiesta.

A Carmen le dolió el ninguneo. Gunilla von Bismarck lo advirtió, la cogió del brazo y le dijo:

—Eres toda una inspiración para mí, Carmen. Y no solo porque seas la mujer de moda, sino porque veo en ti a la pionera que marca el camino para que las mujeres vayamos ocupándonos de la política. Te admiro mucho por ello.

—Si yo fuera el lobo —dijo la duquesa de Alba—, no me atrevería a cruzarme en el bosque con esta Caperucita Roja. Sus dientes están mucho más afilados que los de cualquier fiera de cuatro patas…

Hohenlohe se paró ante Carmen, le tomó la mano y llevó los nudillos hasta sus labios. Antes de besarlos hizo una inclinación de cabeza tan enérgica que la montera que le cubría la cabeza salió despedida como un proyectil. A Carmen no le dio tiempo a evitar que se estrellara contra su cara.

—¡Oh, lo siento muchísimo! —se disculpó el príncipe alemán, visiblemente turbado por el accidente.

Un invitado que observaba al grupo desde cerca se inclinó para recoger la montera del suelo y se la tendió a Hohenlohe sin pronunciar palabra. Iba vestido con un esmoquin de chaquetilla blanca y su único disfraz era un gorro con forma de tiburón. Los dientes de plexiglás le rodeaban la frente por encima de las cejas como si fuera una guirnalda de pequeños triángulos blancos con el vértice hacia abajo. El mordisco de plástico abarcaba todo el diámetro de la cabeza. Al verlo, Carmen se acordó de la firma del anónimo que le había leído su secretaria antes de acudir a la fiesta y no pudo evitar dar un respingo hacia atrás. Miró a la cara al desconocido, que le devolvió el gesto con descaro retador.

—¿Y usted es...? —le preguntó.

—Un admirador —respondió él, antes de alejarse sin dar pie a ninguna otra pregunta.

Al insinuar una pequeña reverencia de despedida, la aleta del tiburón emergió del lomo del sombrero y apuntó hacia la cara de Carmen como una sutil amenaza.

—¿Quién era? —le preguntó Gunilla a Hohenlohe.

—Ni idea.

Carmen estuvo inquieta el resto de la noche. Al cabo de un rato se cruzó con Aline Griffith, vestida de Cleopatra, que paseaba del brazo con Beatrice von Hardenberg, duquesa de Sevilla, disfrazada de rana.

A pesar de que la falda egipcia solo le llegaba hasta la rodilla y de que el top gris de su disfraz le dejaba el vientre al descubierto, la condesa de Romanones, como buena americana, había roto a sudar.

—¿No te achicharras dentro de ese embozo de tela? —le preguntó a su acompañante.

—Es una tela muy liviana —respondió la duquesa de Sevilla—, y ya sabes que adoro las ranas. Tengo el salón de mi casa de Madrid atestado de figuritas de ranas.

Carmen se unió a la pareja.

—¿Te puedo contratar como espía? —le preguntó a Aline sin preámbulos.

—Puedes, pero te advierto que Marbella se me da fatal. Cuando vine aquí por primera vez, a los veintiún años, tenía que pasarle un microfilm a un agente de África. Los de la OSS pensaron que nadie sospecharía de mí, pero lo cierto es que me metieron en la cárcel de Málaga y tuve que llamar al vicecónsul de Estados Unidos para que me sacara.

—Ahora no se trata de pasar un microfilm —le aclaró Carmen.

—¿De qué se trata?

—De pescar un tiburón.

A medida que la fiesta avanzaba, Carmen se iba aburriendo cada vez más. Los invitados habían comenzado a bailar al ritmo de la música que tocaba un cuarteto de jóvenes de buena familia, guapos y simpáticos, que bajo el nombre artístico de Los Choris llevaba algún tiempo siendo la atracción inevitable de las fiestas nocturnas de Marbella. Uno de los cantantes hacía ojitos con Gunilla. Se llamaba Luis y su desfachatez no parecía tener demasiados límites. Lo más llamativo de todo era que a la bisnieta del Canciller de Hierro no parecían incomodarle sus requiebros.

A Sean Connery tampoco parecía divertirle el baile. Iba vestido con un sobrepelliz que le llegaba hasta los talones con un ojo, una escuadra y un compás bordados a la altura del pecho. Llevaba la cabeza coronada por un cetro de latón dorado y lucía gruesas patillas unidas por un gran mostacho con forma de puente. Carmen se presentó y Connery pareció encantado de tener compañía femenina. Le explicó que iba vestido de rey de Kafiristán con el atuendo que había utilizado para el rodaje de su última película. Pasearon durante un buen rato por la parte más alejada y oscura del jardín.

El actor explicitó ante Carmen la devoción que sentía por Marbella y por la manera en que los españoles sabían disfrutar de la vida. Era patente que Connery conocía la geografía festiva de la zona como la palma de su mano. Su presencia en el Marbella Club, la Suite del Mar o Trocadero estaba muy solicitada y, naturalmente, no pagaba ninguna consumición cuando accedía a dejarse ver por sus instalaciones. Pero él, según le confesó a Carmen aquella noche, prefería el ambiente menos sofisticado del Ocean Club, el Nikki Beach o el hotel don Carlos, donde había piscinas con agua de mar, camas redondas y bikinis diminutos. A Carmen le hubiera gustado contarle que no todos los españoles podían divertirse en lugares tan exclusivos y disparatadamente caros, pero desistió de hacerlo porque consideró que un discurso de contenido social, con un vaso de whisky de doce años en la mano y algunas de las mayores fortunas europeas a su alrededor, no pegaba demasiado. Mientras conversaban, Carmen buscaba entre los invitados al hombre del sombrero con forma de tiburón.

En el mismo corro, Julio Iglesias y Danny Daniel, vestidos de sí mismos, conversaban con Isabel Preysler, que iba de india cheyenne, y Marcia Bell, con atuendo de Betty Boop. Al verles llegar hacia ellos, los cuatro acogieron con júbilo la compañía de Sean Connery. Carmen aprovechó el relevo para alejarse del grupo y dirigirse al interior de la casa en busca de un teléfono. Eran cerca de las doce de la noche. Estaba segura de que la entrevista en casa de Joaquín Abril ya habría terminado y que Suárez aún estaría despierto.

—¿Cómo ha ido? —le preguntó cuando se puso al aparato.

—¿Cómo ha ido el qué? —respondió Suárez, sinceramente sorprendido por la pregunta de Carmen.

—Que tú no me cuentes las cosas importantes no significa que otros no me informen de ellas. Sabes perfectamente a qué me refiero. No te hagas el tonto. ¿Le ha gustado a Felipe la casa de Joaquín Abril?

Suárez tuvo la tentación de preguntarle cómo se había enterado de algo tan confidencial pero dio por hecho que habrían sido de nuevo sus amigos del PSOE, los mismos que le filtraron la entrevista en casa de Rafael Ansón, quienes se habían ido de la lengua y cambió el sentido de su respuesta.

—Cuéntame tú, ya que lo sabes todo, qué impresión ha sacado él.

—Mi información aún no da para tanto —le dijo Carmen, quitándose importancia—, pero estoy segura de que le has caído de cine. Sois muy parecidos, ya te lo he dicho.

—¡Cuando le he abierto la puerta me ha llamado excelencia! —comenzó a detallarle Suárez.

—¿Tanto le impresionas?

—Al principio estaba muy receloso. No dejaba de mirar con los ojos extraviados en todas direcciones. Parecía muy tenso. Al darme cuenta de que buscaba micrófonos ocultos le he dicho para tranquilizarle que era la primera vez que estaba en esa casa y que, si se quedaba más tranquilo, la registrábamos juntos.

—¿Y la habéis registrado?

—De arriba abajo.

—¿Y luego?

—Luego hemos hablado con calma. Y creo que ha habido muy buena sintonía. Se ha ido relajando poco a poco y hemos podido tratar los temas con profundidad. Es un hombre inteligente. Y además creo que es un buen patriota.

—¿Lo ves? —dijo Carmen con voz triunfante—. ¡Te he dicho muchas veces que no solo la derecha es patriota!

—Sí. Pero está demasiado obsesionado por el poder —continuó Suárez.

—¿Qué quieres decir?

—Que tiene demasiada prisa por llegar al Gobierno. Lo ve en un horizonte muy cercano. Yo he tratado de sacarle de su error. Le he dicho: «Mira, Felipe, ni siquiera sé si podré concluir el proceso que hemos puesto en marcha. Las resistencias del sistema son muy fuertes. Si a mí me boicotean y me odian de esa manera, ¡imagínate a ti!». Pero no le he convencido.

—¿Por qué lo crees?

—Porque él piensa que los apoyos que tiene en el exterior, sobre todo en Alemania, convencerán a los poderes fácticos, como él los llama, de que deben dejarle gobernar sin problemas cuando gane las elecciones. Y está seguro de que las va a ganar.

—Yo también lo creo.

—Pues te equivocas.

—Si las elecciones son neutrales, las ganará la izquierda. La gente quiere cambio y el cambio no es que siga la derecha.

A Suárez no le gustaban esos brotes de sinceridad de Carmen, por mucho que los aceptara resignadamente. Excedían con creces el ámbito de su competencia. Su misión consistía en cambiar el malísimo concepto que la prensa extranjera tenía de él. Sus buenos modales, su cultura, sus idiomas, su apertura de mente, y desde luego su belleza, la convertían en la persona idónea para ese cometido. También le pedía que tendiera puentes con la oposición democrática aprovechando la buena relación personal que mantenía con algunos de sus líderes. Los análisis políticos de fondo, sin embargo, no eran cosa suya. Y menos aún si servían para llegar a conclusiones tan pesimistas.

Suárez ya le había oído muchas veces la misma reflexión y conocía de sobra cuál era su línea argumental: para conseguir un cambio político creíble que obtuviera el respaldo de todos los agentes democráticos, dentro y fuera de España, era preciso garantizar la neutralidad del proceso electoral, aunque ello supusiera la victoria de la izquierda. Y para conseguirlo, el Gobierno que iba a convocar las primeras elecciones libres en cuarenta años tenía que comprometerse a no participar en ellas. Una vez terminado su trabajo tenía la obligación de irse a su casa. En términos generales, Suárez estaba de acuerdo con esa idea, pero le gustaba muy poco que se la recordaran. La expectativa de una vida alejada del poder político le daba vértigo.

—Ya hablaremos de eso —dijo Suárez con voz sombría.

Antes de que colgaran el teléfono, Carmen escuchó la versión completa del resumen de la entrevista.

Suárez le dijo a Felipe González que la reforma tenía que hacerse a partir de la legalidad vigente para cambiar esa propia legalidad. «De la ley a la ley», era la frase que había acuñado el presidente de las Cortes, Torcuato Fernández-Miranda, y que Suárez ya había hecho suya. Eso significaba que para acabar con la dictadura franquista era necesario que los propios procuradores franquistas, previo informe favorable del Consejo Nacional del Movimiento, aprobaran las nuevas leyes democráticas.

Felipe González le escuchó estremecido. No sabía si su interlocutor estaba hablando en serio o le tomaba el pelo. «Eso es imposible», le dijo.

Suárez respondió que no.

González repitió que sí.

«El franquismo no se hará el haraquiri», opinó el secretario general del PSOE. «Franco ha muerto en la cama y sus secuaces aspiran a hacer lo mismo», insistió.

«Si se resisten a cambiar el marco normativo —argumentó el presidente del Gobierno—, el rey utilizará los poderes que le atribuyen las Leyes Fundamentales, todavía vigentes, y convocará un referéndum. Don Juan Carlos está decidido a establecer una monarquía parlamentaria con todas sus consecuencias y eso pasa por obtener una legitimidad democrática que solo puede otorgarle la soberanía nacional».

Felipe González seguía sin salir de su asombro. «Esa reforma es inviable. La única solución es la ruptura con la legalidad franquista», sentenció.

El tira y afloja duró más de dos horas.

«Solo te pido un voto de confianza —argumentó Suárez al final— porque la ruptura que tú propones nos expondría a un baño de sangre que ambos queremos evitar. Este país ya ha sufrido bastante. Déjame intentarlo. Ayúdame a intentarlo. El Consejo de Ministros de hoy ha comenzado a estudiar una ley puente que haga posible eso que tú llamas el haraquiri franquista: la Ley para la Reforma Política. Será breve, clara y sencilla. Te garantizo que funcionará».

El líder socialista no le comprometió el voto de confianza que le pedía Suárez, pero tampoco le dio un portazo en las narices. «Ese razonamiento peca de optimismo —le dijo—. Ya volveremos a hablar cuando se agote su propia lógica».

A pesar de todo, el presidente abandonó la reunión convencido de que las cosas habían ido razonablemente bien. Quedaba margen para la negociación y ambos habían sido capaces de romper barreras y de entrarse el uno al otro con confianza.

Cumplido el objetivo que se había marcado, Carmen se despidió de Suárez y regresó al jardín.

—Por fin te encuentro —le dijo Aline Griffith cuando se cruzó con ella en el porche.

—Estaba hablando por teléfono —se disculpó Carmen.

—Tengo noticias sobre el tipo del sombrero de tiburón.

—¿Sigue por aquí? Llevo un buen rato tratando de localizarlo.

—Eso es lo raro: que hace tiempo que ha desaparecido —explicó, extrañada, la condesa de Romanones.

—¿Por qué es raro? —preguntó Carmen.

—Porque es policía. Es uno de esos agentes de incógnito que se mueven por aquí sin llamar la atención para evitar que nos pase algo malo. Pero difícilmente puede garantizarlo si se ha ido, ¿no te parece?

La lógica de la condesa resultaba aplastante. No tenía ningún sentido que un policía de servicio abandonara su puesto sin más. Carmen pensó en los anónimos, en el hecho de que la vieran bucear por las mañanas, en el Che de la plaza de Colón, en la suspicacia con que la trataban los guardias civiles de Presidencia, en la insistencia de los militares para que se fuera a zurcir medias, en su enfrentamiento con el general De Santiago... ¿Y si los ultras que la insultaban por carta eran compinches de quienes difundían el bulo por los cuarteles de que era una agente marxista? ¿Y si estuviera siendo acosada por los servicios policiales más refractarios a la apertura democrática? ¿Y si el búnker la hubiera elegido a ella como cabeza de turco para dar un escarmiento a los partidarios del cambio? ¿Y si...?

Su cabeza no paraba de trenzar hipótesis truculentas. Le dio las gracias a Aline Griffith por la información que le había facilitado y decidió irse a casa para poner en orden sus ideas lejos del trajín ruidoso de la fiesta.

Buscó con la mirada a la duquesa de Alba y la vio al fondo, en la zona de la pradera que hacía las veces de pista de baile, contoneándose al ritmo de la música de Los Choris, rodeada de senadores romanos, astronautas, mujeres vikingas, cowboys y coristas de can-can. No era probable que abandonara la juerga hasta que hubiera amanecido y los pies le dolieran lo suficiente como para exigirle una tregua. Juzgó que lo más prudente era largarse de allí sin despedirse y enfiló un discreto mutis a la francesa por el camino de lajas que llevaba a la puerta de hierro de la finca.

Las velas en el suelo aún seguían encendidas pero los camareros con las bandejas de champán habían desaparecido.

Cerca del portón, al pie de un sauce, las ramas de un macizo de adelfas se agitaron cuando ella pasó a su altura. Carmen se sobresaltó. Fijó la mirada en el arbusto y después de escrutarlo detenidamente vislumbró en la oscuridad, entre las hojas, inmóvil e inexpresivo, el rostro del policía misterioso. Sin el sombrero con forma de tiburón, el pelo negro le daba un aspecto siniestro.

—¿Quién diablos es usted? ¡Salga de ahí ahora mismo! —gritó Carmen con toda la fuerza que el miedo imprimió a sus pulmones.

Las adelfas se removieron de nuevo y el rostro del policía desapareció. Carmen, durante un instante fugaz, vio la espalda del esmoquin blanco antes de que se perdiera entre las sombras.

—¡Oiga...!

Enseguida comprendió que le estaba hablando a una planta. El hombre ya no estaba allí. Sin moverse de su sitio, se tomó unos segundos para recuperarse del sobresalto. Aún tenía la respiración agitada y unas cuantas gotas de sudor frío le perlaban la frente. Abrió el bolso de mano para sacar un pañuelo con el que secarlas y cuando las dos piezas del cierre metálico se hubieron separado asomó de dentro un trozo de papel doblado en cuatro partes. Extrañada, tiró de él y desplegó las dobladuras. Se trataba de una nota manuscrita. Una amenaza en toda regla: «Zorra, dile a tus amigos comunistas que no dejaremos que violéis nuestras leyes. La única violación será la tuya, puta bastarda».

Aquella misma noche, al llegar a casa, despertó a su secretaria por teléfono y le pidió que al día siguiente le hiciera llegar todos los aerosoles antivioladores que pudiera.

Si pretendían asustarla, lo habían conseguido.

XI

Madrid, miércoles, 8 de septiembre de 1976

Aquella noche, la conversación telefónica con el rey duró hasta bien entrada la madrugada. Carmen estaba muy molesta porque Suárez seguía manteniéndola apartada de las maquinaciones más interesantes del cambio político. Estaba claro que no se fiaba de ella. En realidad, Suárez no se fiaba ni del cuello de su camisa, pero a Carmen le resultaba humillante ser una más y verse convertida en un simple objeto decorativo, sin otro cometido que el de darle un punto de distinción a las estancias donde otros jugaban papeles decisivos. Su genio laminador, de cortadora de césped, se sentía urgido a reivindicar la igualdad de trato con toda la furia que atesoraba su afición por el combate. Además, tenía que admitirlo, también llevaba muy mal el hecho de estar desinformada. Le gustaba estar al tanto de todo y nunca paraba hasta lograrlo por muchas dificultades que surgieran en el camino, como la espía que duerme a desgana con su confidente o la portera que horada tabiques demasiado gruesos en su comunidad de vecinos.

Por la mañana, el palacete de Castellana, 3, se había poblado de coches oficiales recién salidos de fábrica, bruñidos y relucientes como botas de charol. Uno a uno se fueron bajando de ellos los veintinueve militares de graduación más alta de todo el país. En pocos minutos, la gran mesa del vestíbulo principal se convirtió en una pirámide de gorras de plato llenas de oro. Suárez quería explicarles su proyecto de reforma política. No aspiraba a conseguir que la apoyaran, desde luego, pero trataba de comprometer su neutralidad durante el proceso. No era tarea fácil. De los veintinueve generales y almirantes convocados a la reunión, todos menos uno habían participado en el alzamiento del 18 de julio. Y para más inri, casi todos los de tierra y los del aire habían sido alumnos de Franco en la Academia General Militar de Zaragoza. En la cumbre no había una sola alma que dudara de la legitimidad de la Guerra Civil o que viera con simpatía el desmontaje del régimen político que surgió de ella.

Desde el piso de arriba, Carmen y Lito seguían el desarrollo de los acontecimientos a través de las noticias que les trasladaba Javier González de Vega, ceremonioso guardián del protocolo. Una vez que toda la concurrencia uniformada estuvo dentro de la sala, González de Vega acompañó al general De Santiago hasta la puerta del ascensor para aguardar la llegada de Suárez. Cuando la cabina se detuvo ante la reja, la puerta se abrió y salió de dentro, para asombro del general, un anónimo funcionario de la casa. El pobre hombre se quedó de piedra al ver la mirada que le taladraba la cara. El vicepresidente montó en cólera, llamó al ujier más próximo y dio la orden taxativa de que, en lo sucesivo, los funcionarios tuvieran prohibido el uso del ascensor.

Al rato, Suárez apareció por las escaleras bajando los peldaños a la carrera, le dio una cariñosa palmada en la espalda al jefe de protocolo y tras guiñarle un ojo le pidió que les condujera hasta el lugar de la reunión. De Santiago cruzó el vestíbulo a su derecha. Suárez le dijo: «Anúnciame». El teniente general exclamó con voz potente: «¡El señor presidente del Gobierno!». Como un solo hombre, los jefes de las Fuerzas Armadas se levantaron de sus asientos, aparentemente movidos por un mismo resorte, y se pusieron en posición de firmes. Cuando la puerta se cerró, Carmen y Lito afinaron el oído para tratar de escuchar las voces del otro lado. Apenas llegaban ecos indescifrables. En un momento dado sonó una carcajada unánime seguida de aplausos. Carmen se tranquilizó y subió más animada a su despacho.

Hasta el día anterior no supo que la reunión iba a celebrarse. Se lo contó un periodista de *El País* cuando la llamó para confirmar la noticia. «¿Estás seguro de eso? Yo no he oído nada de una reunión con militares», respondió ella desconcertada. «No puedo revelarte la fuente, pero la filtración procede de Presidencia». Por la mañana, el diario lo había publicado en portada:

> Parece definitivo que el próximo fin de semana el presidente Suárez presentará la reforma política ante las cámaras de televisión, si el Consejo de Ministros del viernes la aprueba. A este respecto, el presidente ha multiplicado sus contactos de todo género en los últimos días y se asegura que hoy mismo se reunirá con altos mandos militares a fin de informarles de su contenido.

A Suárez no le gustó la filtración. Y a Carmen, aunque por motivos bien distintos, tampoco. Que otros chisgarabís menos cualificados y más arrogantes que ella estuvieran mejor informados sobre lo que se horneaba en la cocina del poder era un insulto a su inteligencia que no estaba dispuesta a tolerar por más tiempo. La queja del presidente era otra: que cualquier chisgarabís de indiscreción fácil fuera contando por ahí lo que se horneaba en la cocina del poder era un atentado a la prudencia que no estaba dispuesto a tolerar por más tiempo.

Por eso estaba decidido a declarar secretas todas las deliberaciones sobre la Ley para la Reforma Política. A Carmen, la idea le pareció un disparate.

—¡Esa idea es una barbaridad! —le dijo al rey cuando la temperatura de la conversación admitió las primeras protestas.

—¿Y por qué te parece mal, si puede saberse? —le preguntó Juan Carlos, sin acabar de entender el motivo de la queja.

—Porque para persuadir a la gente de que esto va en serio hay que explicar lo que estamos haciendo. El secretismo exige actos de fe y la fe nace de la confianza. Este Gobierno no inspira confianza democrática. Tiene que ganársela a base de acciones concretas. Acciones claras, transparentes, que todo el mundo conozca y entienda.

—¡Pero hay que tener cuidado con la prensa! —replicó el rey—. El exceso de información a veces anticipa debates peligrosos e innecesarios. Y otras veces, no lo olvides, hay periodistas que se inventan las cosas. Recuerda lo que te pasó a ti con *Blanco y Negro* o lo que le ha pasado a Adolfo con *Paris Match*.

A mediados de agosto, tres reporteros de la revista francesa *Paris Match* le habían hecho una entrevista a Suárez en su despacho de la Presidencia del Gobierno antes de viajar a Almería para pasar el fin de semana. Javier González de Vega, ayudado por Michel Bamberger, el único de los reporteros franceses que hablaba español, hizo de intérprete. Y aunque González de Vega sugirió que se grabara la conversación en cinta magnetofónica para salvar las dudas que pudieran surgir durante la traducción, Suárez se negó en redondo. No quería dar la impresión de que desconfiaba de los periodistas. «Haré la entrevista con todas sus consecuencias», dijo.

Carmen habló con González de Vega desde Marbella para ver cómo había ido la sesión. El jefe de protocolo, que tenía la irritante costumbre de referirse a Suárez por el nombre de pila de Alejandro Magno, le respondió: «Alejandro ha estado inteligente, distendido, y creo que los franceses han sido víctimas de su seducción. Como después les he tenido que acompañar a Barajas para que le hicieran unas fotos en el Mystère, he aprovechado el trayecto para contarles indiscreciones muy medidas sobre el personaje. Espero que el reportaje salga bien. Han quedado en que volverán a verse en Almería para tomar algunas fotos familiares».

Pero el reportaje, que se publicó el 28 de agosto, no salió todo lo bien que González de Vega esperaba. De hecho, a Carmen le pareció un engendro empalagoso. En una de las fotos, Suárez aparecía en bañador, con el torso desnudo, y en el pie se explicaba que Suárez no era un *playboy*, aunque sabía sonreír y hablar a la vez, y no tenía michelines. El titular de portada elegido por la revista fue el siguiente:

> Sensacional entrevista con el primer ministro español: «Franco me dijo antes de morir: prepárese para restablecer la democracia española».

En páginas interiores, el texto reproducía esta conversación:

> —Usted, de alguna forma, es hijo del Movimiento y del Opus Dei. El Movimiento es igual a la Falange…
>
> —Y la Falange es como los nazis. Lo sé.
>
> —¿Qué es el Movimiento?
>
> —No va usted a creerme. El Movimiento fue para mí siempre una organización de carácter social. Intercambiamos ideas. Había círculos de jóvenes muy libres, y nada más.
>
> —¿Regresarán a España Santiago Carrillo y la Pasionaria?
>
> —Se trata de gente muy mayor. Pertenecen a una época pasada. Ellos ya no tienen nada que ver con la España moderna. ¿Oficializar su regreso? No. Para nosotros, eso supondría graves problemas técnicos de seguridad.
>
> —Entonces, ¿el Partido Comunista no es un partido democrático?
>
> —En nuestro pueblo, el pueblo español, el Partido Comunista todavía no es creíble. Todavía no ha demostrado que es un partido democrático. Es así.

—Y el poder, señor presidente, ¿qué es para usted?

—¿El poder? ¡Me encanta! ¡Me encanta presidir el destino de mi país!

—¿Cómo será posible la democracia?

—Siempre gracias a Franco y al desarrollo.

—¿Y los vascos?

—Un gran problema que no será resuelto nunca con medidas de orden público. Nunca. Yo veo muy bien que los vascos, los catalanes y los gallegos tengan su propia bandera.

—¿Y su lengua?

—Y su lengua...

—¿Habrá bachillerato en vasco o en catalán?

—Su pregunta, perdóneme, es idiota. Encuentre usted profesores que sean capaces de enseñar química nuclear en vasco y en catalán. Seamos serios...

Aquellas palabras, ampliamente reproducidas por la prensa catalana, soliviantaron a los sectores nacionalistas. El Institut d'Estudis Catalans, la Assamblea de Catalunya, Òmnium Cultural y el mundo de la educación reaccionaron con airada indignación. La polémica llegó a tal punto que el Gobierno tuvo que tomar cartas en el asunto con un comunicado de Presidencia que aclaraba que *Paris Match* solo había solicitado un reportaje fotográfico y que había sido una conversación *off the record,* «con algunas afirmaciones que en absoluto se produjeron durante la citada entrevista».

En Marbella, Carmen se llevó las manos a la cabeza cuando leyó el *Paris Match.* No se le ocurrió otra cosa que meter la cabeza bajo el agua y bucear. Después llamó a Suárez para decirle que nunca más volviera a hablar con un corresponsal extranjero sin consultárselo antes.

—El artículo fue una horterada —le dijo Carmen al rey—, y esas fotos de Suárez en bañador con el torso desnudo, en plan guaperas español, me parecieron un espanto. Fue una metedura de pata increíble y entiendo el malestar que causó en Cataluña.

—Pero la cuestión no es esa, Carmen. La cuestión es que, como te pasó a ti a finales de julio, pusieron en su boca cosas que él no había dicho. Él no habló en ningún momento del catalán.

Carmen sabía que el rey tenía razón. Conocía a Bamberger, corresponsal del *Paris Match* en Madrid, desde sus tiempos de Televisión Española. En vista del lío monumental que se había organizado con la entrevista, le llamó por teléfono desde Marbella y le preguntó si la transcripción se ajustaba fielmente a lo que Suárez les había dicho. Bamberger le reconoció que no y le hizo un detallado resumen de cómo había transcurrido la conversación: «Yo acompañé a Philippe Garnier-Raymond, que es quien finalmente firmó el artículo, y al fotógrafo Jack Garofalo. Los tres llegamos en coche desde Almería y lo primero que nos sorprendió fue la poca seguridad que había en los alrededores de la finca. Aún no han pasado ni tres años del asesinato de Carrero Blanco, Carmen, y en la puerta solo había dos guardias civiles en un Citroën Dos Caballos y un *walkie-talkie* colgando de la rama de un árbol. Suárez nos recibió al estilo norteamericano, feliz y rodeado de su familia. Empezamos por las fotos. Garofalo realizó una extensa sesión —ya sabes que en *Paris Match* prima la imagen por encima del texto— para la cual Suárez se prestó con predisposición absoluta a jugar al tenis e incluso a posar en traje de baño. Tras las fotos empezó la charla. Suárez no hablaba francés y Garnier-Raymond no sabía español, así que un periodista español que estaba por allí, Emilio Contreras, y yo mismo, tuvimos que ejercer de traductores simultáneos. Suárez hablaba relativamente rápido. Para nuestra sorpresa, sin que nadie le preguntara por eso, empezó a contar sus planes al frente del Gobierno. ¡Nos estaba concediendo una entrevista política que no habíamos pactado! Habló de la oposición política, de la posible legalización del Partido Comunista y del referéndum de la Constitución. Emilio Contreras y yo traducíamos y Garnier-Raymond tomaba notas. Como no esperábamos ese tipo de declaraciones, no habíamos llevado grabadora. Poco a poco, se fue animando. Era la primera vez que recibía a la prensa internacional y, a diferencia de la española, con nosotros podía hablar libremente. Se le notaba relajado. Entre la sesión fotográfica y la entrevista estuvimos casi cuatro horas en un ambiente distendido. Cuando salimos de allí nos encerramos en un bar para recordar lo más interesante de la charla. Empezamos a reconstruir la conversación tan bien como pudimos. Pero te aseguro, Carmen, que Suárez nunca se refirió al catalán, solo al euskera. No sé por qué Philippe lo puso así, quizás porque simpatiza con los vascos, sobre todo con ETA, y no quiso que la respuesta se limitara al euskera. La cuestión es que incluyó algo que Suárez jamás dijo».

Cuando el rey escuchó de labios de Carmen la versión del periodista francés, dijo:

—¿No te das cuenta de que Adolfo tiene razón cuando dice que la prensa puede hacernos mucho daño?

Pero Carmen no estaba dispuesta a rendirse.

—¡Y también puede ayudarnos una barbaridad! —exclamó indignada—. Si nos alejamos de la prensa perderemos a uno de nuestros aliados más necesarios. El camino no es ampararse en el secreto, sino todo lo contrario. Debemos ser transparentes para que los españoles vean que no ocultamos nada y que nuestro propósito de ir a la democracia es completamente sincero…

—¡Pues convence a Adolfo! —protestó el rey—. Si estás tan convencida, vete y díselo a él. Le ves todos los días y tienes tu despacho junto al suyo… ¿Por qué me lo cuentas a mí?

—¡Porque al rey le hará más caso!

Carmen no decía toda la verdad. Si no le había dicho a Suárez lo que pensaba sobre su política informativa no era solo por temor a que no la tuviera en cuenta. Lo cierto es que ni siquiera había tenido la oportunidad de hacerlo. Las conversaciones entre ellos dos nunca solían profundizar en los asuntos relevantes, y aunque ella daba su opinión a menudo sin que Suárez se lo pidiera, sabía que no podía abusar de ese privilegio si aspiraba a conservarlo.

Ante el rey, sin embargo, trató de disimular. Era mejor que creyera que Suárez discrepaba de sus puntos de vista a que supiera que ni siquiera los escuchaba. De otro modo, Juan Carlos descubriría que le estaba utilizando como fuente de información alternativa.

—A mí me parece, Carmen, que la transparencia no está reñida con la prudencia —dijo el rey—. Hay mucha gente que se alegraría al conocer el alcance de la reforma que prepara el Gobierno y mucha otra gente que se movilizaría para cortarle las alas.

—¿Hablamos del Ejército?

—Sabes muy bien que sí.

El rey había asumido que las Fuerzas Armadas eran la única institución del Estado con capacidad para bloquear cualquier proceso de cambio que se pusiera en marcha y que, por tanto, era necesario neutralizar su capacidad para intervenir corporativamente en el proceso político. Y sabía algo más. Sabía que no se trataba solo de una capacidad teórica. Algunos jefes del Ejército, jaleados por exministros de Franco, llevaban tiempo tratando de ejercitarla.

Solo tres meses después de la coronación, a principios de marzo, siendo aún Arias Navarro el presidente del Gobierno, un general con tres estrellas en la bocamanga de la guerrera y la insignia del yugo y las flechas en la solapa de la americana redactó en nombre de varios de sus colegas un escrito solicitando la rectificación inmediata de la línea política del Gobierno. De Santiago se la llevó al rey, que la recibió con cajas destempladas. «Aténgase a sus competencias, general, y no se entrometa en las del presidente del Gobierno», le dijo. Arias Navarro aún fue más duro. Durante el siguiente Consejo de Ministros se dirigió a su vicepresidente con voz de pocos amigos y le instó en público a que tomara el poder de una vez por todas si tenía el valor necesario para hacerlo. Visiblemente nervioso, De Santiago respondió que las Fuerzas Armadas jamás aceptarían hacerse cargo del poder y Arias apostilló con dureza: «Eso es lo peor de todo. Ustedes no quieren gobernar directamente, solo tutelar la acción del Gobierno».

Arias tenía razón. El rey y Suárez lo sabían. Pocos días antes, el subsecretario de Información y Turismo, Sabino Fernández Campo, un general culto, monárquico, de mente abierta y con inmejorables fuentes de información dada su condición de antiguo secretario de despacho del ministro del Ejército, les hizo saber que el teniente general De Santiago estaba planificando una reunión con altos mandos militares muy críticos con la deriva política del Gobierno. Suárez decidió ganarle por la mano y convocó en Presidencia a los veintinueve almirantes y generales que tupían de entorchados, galones con coca, bastones sobre sables y estrellas de cuatro puntas la cúpula de las Fuerzas Armadas españolas.

Los días previos a la reunión, el rey tuvo noticias que le inquietaron.

El almirante Pita da Veiga, ministro de Marina, fue a verle a La Zarzuela para ponerle al tanto de la conversación que había mantenido en su despacho con el exministro de Obras Públicas, Gonzalo Fernández de la Mora, uno de los políticos de más talla intelectual del régimen, monárquico convencido y contrarrevolucionario a carta cabal. Mientras hablaban de la cumbre militar convocada en Presidencia, el exministro le dijo al almirante: «Suárez quiere obtener de vosotros la aprobación, tácita o expresa, a su propósito de desmantelar el régimen de Franco». Pita da Veiga le miró sorprendido. «Conozco bien a Suárez —insistió Fernández de la Mora— y sé que ha aceptado esa misión liquidadora. Estoy seguro de que tratará de venderos su estampita al modo gitano». El marino le aconsejó que se lo dijera al general De Santiago y se ofreció a gestionarle una entrevista con él para el día siguiente.

De Santiago fue más receptivo que Pita. «Si hay enfrentamiento no me gustaría tener que sacar a relucir los tanques», dijo el vicepresidente del Gobierno. El exministro le interrumpió. «Nada de eso. Será suficiente —le dijo— con que pronuncie con suavidad tres académicas e inofensivas palabras: no soy partidario. Con eso, que es bien poco, bastará». El general le pidió que le redactara una nota para que pudiera leerla ante sus colegas durante la reunión en Castellana, 3, y se despidió de él con un cálido abrazo y una firme promesa: «Yo nunca traicionaré a los que cayeron».

Por la mañana, el teniente general Coloma Gallegos, antiguo ministro del Ejército, fue a ver a De Santiago para decirle que había decidido pedir la palabra durante la reunión y le leyó el texto de la breve intervención que llevaba preparada. De Santiago la escuchó con agrado. Era concisa y contundente. Después le confesó que él también había preparado un discurso muy parecido. Le contó la conversación con Fernández de la Mora y ambos se pusieron de acuerdo para actuar coordinadamente. Ya en Presidencia, Coloma se lo cuchicheó a Sabino Fernández Campo, que había sido subordinado suyo. «Este muchacho nos va a oír», le dijo. Sabino, habilidoso auriga de lealtades divididas, llamó por teléfono al rey y le puso en antecedentes.

Carmen escuchó el relato del monarca sin perder detalle. Luego le preguntó:

—¿Y ha sido para tanto?

—A medias. Coloma ha leído su papel, pero De Santiago, gracias a Dios, se ha arrugado en el último minuto.

—¿Ha sido un discurso duro?

—Aquí tengo la transcripción literal —dijo el rey.

Y la leyó en voz alta:

Aun reconociendo que toda obra necesita adaptarse al tiempo que vive, tengo mis dudas sobre el rumbo que pretende darse a la política de nuestra patria. Alguien dijo que «el pueblo que olvida su pasado se ve condenado a repetirlo». Y los partidos políticos, el separatismo, la lucha de clases, la inseguridad en las calles y las huelgas salvajes que paralizan la economía nos trajeron una cruenta guerra civil. El régimen que la ganó y corrigió aquellos errores nos ha dado cuarenta años de paz y colocado como décima potencia industrial del mundo. Yo creo que sería injusto desechar sus principios y Leyes Fundamentales y volver a meternos en un callejón incierto.

—¡Menudo cretino! —musitó Carmen.

—No olvides que la mayoría piensa como él.

—¿Y cómo la ha encajado el presidente?

—Por lo que me han contado varios asistentes, francamente bien. Adolfo es un dechado de audacia y simpatía, ya lo sabes. Ha mantenido la calma y ha estado persuasivo y firme. Les ha garantizado que el cambio político respetará escrupulosamente la Corona, la unidad de España y la bandera bicolor. Y como el ministro del Ejército acababa de leer unas cuartillas explicando que las tres grandes preocupaciones de las Fuerzas Armadas son el terrorismo, el orden público y la unidad nacional, Adolfo ha prometido que hacía suyas esas prioridades. Ha recibido vítores y aplausos.

—Sí, lo he oído —corroboró Carmen.

—Menos mal que el vicepresidente se ha quedado sentado. La imagen de división que hubiera dado el Gobierno si llega a leer el papel que le había escrito Fernández de la Mora hubiera sido mortal de necesidad.

—¿Sabemos por dónde iban los tiros? —preguntó Carmen, sin haber premeditado la idoneidad de la metáfora.

—Al parecer invocaba el artículo 37 de la Ley Orgánica del Estado, que le encomienda a las Fuerzas Armadas la tarea de garantizar la unidad de España, la seguridad nacional y el orden institucional.

—Ya. La cantinela de siempre: «Después de Franco, las instituciones».

—Adolfo les ha garantizado que no habrá ruptura, que se respetarán las leyes y que el cambio se hará con el visto bueno de las Cortes, el Consejo Nacional y el Consejo del Reino. Eso les ha dejado bastante tranquilos.

—¿No les ha hablado de las elecciones libres y los partidos políticos?

—Eso ha sido después. Al acabar la reunión se ha servido un vino español y en ese ambiente mucho más informal ha salido a relucir el asunto de la legalización de los partidos. El momento más delicado ha sido cuando le han preguntado directamente si pensaba legalizar al Partido Comunista.

—¿Y qué ha dicho él?

—La cuestión no es lo que ha dicho él, sino lo que los militares han entendido que ha dicho.

—¿Y no es lo mismo? —preguntó Carmen.

—De hecho, no lo es. Según Adolfo, lo que les ha dicho es que mientras el Partido Comunista mantenga una actitud revolucionaria y no cambie sus estatutos no puede ser legalizado. Pero los militares no parecen haber captado el matiz condicional. Creen que les ha dado garantías de que a los comunistas no se les legalizará en ningún caso. Uno de los asistentes me ha dicho que la frase textual que ha utilizado ha sido: «A las elecciones que se celebren tras la aprobación de la Ley de Reforma Política no acudirá un Partido Comunista legalizado por muchas presiones que yo reciba en este sentido». Todos parecen haber entendido el mismo mensaje: partidos políticos, sí; Partido Comunista, no. Estaban tan contentos que uno de ellos le ha dicho al acabar: «Presidente, ¡viva la madre que te parió!». Adolfo está preocupado y a través de un intermediario le ha hecho llegar un recado a Carrillo esta misma tarde para que no de pábulo a rumores excluyentes.

—El rey ya sabe mi opinión —dijo Carmen—. ¡Hay que legalizar a los comunistas cuanto antes!

—Y tú ya conoces la mía. Hay que ir con pies de plomo porque el asunto de la legalización del Partido Comunista es, para todos los que tienen interés en romper el proceso democrático español, un maná caído del cielo. Sacarán a relucir el tenebroso asunto de Paracuellos del Jarama y tratarán de culpar a Carrillo de haber cometido crímenes contra la humanidad. Ese debate provocaría una atmósfera de preguerra civil. Esa es su gran idea, Carmen. Una idea que comparten en su fuero interno algunas de las vacas sagradas de la política.

—Pero el pueblo español es sabio, majestad, y no se dejará arrastrar a un clima de enfrentamiento.

—Aunque sea así, hay que minimizar los riesgos. No sabemos si será posible legalizar a tiempo a los comunistas, pero tampoco podemos descartarlo tajantemente. Tenemos que obrar sin herir la susceptibilidad de los militares. No podemos darles la impresión de que maniobramos a sus espaldas. Los conozco bien, Carmen. Detestan las sorpresas, los subterfugios y los pequeños misterios, y en ningún caso admiten la mentira. Cuando llegue el momento habrá que ponerles al corriente de nuestras intenciones. Tendremos que decirles: «Señores, ha llegado el momento de legalizar a los partidos políticos, incluido el Partido Comunista, porque nos interesa que los españoles sepan que el Partido Comunista es un partido minoritario, sin apenas seguidores, cuyo prestigio no haríamos más que incrementar manteniéndolo en la clandestinidad. No tendremos nada que temer de los comunistas a partir del momento en que actúen dando la cara».

—¿Y por qué no hacerlo ya?

—Porque ahora aún no nos creerían.

—¡Pero es la verdad! ¡Son pocos y más patriotas que muchos bravucones de la derecha!

—Lo sé mejor que tú, Carmen. Lo sé desde hace tiempo. Cuando todavía era príncipe de España comprendí que, en cuanto fuera rey, el Gobierno tendría que legalizar los partidos políticos si queríamos conseguir democracia. Sabía que era impensable excluir al Partido Comunista. Por eso necesitaba cuanto antes averiguar todo lo posible sobre los comunistas y sus intenciones de futuro. ¿Cuántos eran? ¿Cuál era su verdadera fuerza? ¿Qué harían los dirigentes comunistas tras la muerte del general? ¿Cuál sería su actitud respecto a la monarquía? Mi problema consistía en hallar la manera de tomar contacto con Carrillo. Tenía que ser, desde luego, por medio de una tercera persona. ¿Pero quién? Finalmente, un día recordé que, cuando fui invitado a las fiestas conmemorativas del sha de Irán en Persépolis, allí, en una especie de sector reservado a los jefes de Estado y a las personalidades, me habían presentado a Ceaucescu, un megalómano, en mi opinión completamente loco, con quien tuve una breve conversación. Recordé que Ceaucescu me había dicho que conocía muy bien a Santiago Carrillo, quien tenía la costumbre de pasar sus vacaciones en Rumanía. Rememorando aquella conversación, me dije: voy a saber lo que bulle en la cabeza de Carrillo a través de Ceaucescu. Y entonces convoqué a Manolo Prado y Colón de Carvajal, un amigo muy íntimo, y le dije: «Tienes que ir a Rumanía». Por la cara que puso me di cuenta de que el viaje no le apetecía en absoluto. Le expliqué que era el único en quien podía depositar mi confianza. El mensaje que quería hacer llegar a Ceaucescu debía ser transmitido verbalmente, porque temía que cualquier paso en falso desencadenara un escándalo del que no se hubiera salvado nadie, y yo menos que cualquiera. Nuestro amigo voló a París o a Zúrich, no recuerdo bien, y de ahí a Bucarest. Allí, a pesar de mi carta de presentación, lo encerraron durante dos días en una especie de entresuelo donde solo podía ver la luz a través de un ventanuco con un par de barrotes. El ventanuco se encontraba a la altura de la acera, y nuestro amigo veía pasar los pies de los transeúntes que, demasiadas veces para su gusto, estaban calzados con botas militares, lo cual le hizo pensar que le habían encerrado en un cuartel. El pobre lo pasó muy mal, pues en aquel país y en aquella época, ya sabes... Durante todo el tiempo que lo tuvieron encerrado en aquel entresuelo le pasaron vídeos en honor y gloria de Ceaucescu. De vez en cuando, nuestro amigo se rebelaba: «He venido a Rumanía para entregar un mensaje del futuro rey de España a vuestro presidente». Sus guardianes se encogían de hombros y le decían que tuviera paciencia. «Hubo momentos en que creía que no volvería a ver mi patria ni a mi familia», me confesó más tarde. Al fin, Ceaucescu lo recibió. El mensaje que yo quería que transmitiera de viva voz al presidente rumano consistía, más o menos, en pedirle que comunicara a su amigo Carrillo que don Juan Carlos de Borbón, futuro rey de España, tenía la intención de reconocer, en cuanto accediera al trono, al Partido Comunista, así como a los demás partidos políticos. Ceaucescu también debía pedir a Carrillo que tuviera confianza en don Juan Carlos. Si él estaba de acuerdo, todo saldría bien. Esperé una respuesta durante quince largos días. Finalmente, nuestro amigo regresó de Rumanía y me dijo que había transmitido mi mensaje a Ceaucescu, quien había prometido ocuparse de ello lo más rápidamente posible.

—¿Cuándo ocurrió eso?

—Un mes o dos antes de que yo fuera nombrado jefe de Estado interino por segunda vez. Un buen día, anunciaron a nuestro amigo que un ministro rumano había llegado a Madrid y deseaba verse con el príncipe. Naturalmente, en el Gobierno nadie se había enterado de esa visita. En cuanto me encontré frente al ministro le pregunté: «¿Cómo ha hecho para entrar en España sin que las autoridades competentes hayan sido advertidas?». El hombre me sonrió y murmuró: «Tenemos los contactos necesarios». Evidentemente, solo podían ser contactos con los comunistas españoles. Gente muy eficaz. La respuesta de Ceaucescu a mi mensaje era la siguiente: «Carrillo no moverá un dedo hasta que seáis rey. Después habrá que concertar un plazo, no demasiado largo, para que sea efectiva vuestra promesa de legalización». Respiré tranquilo por primera vez desde hacía tiempo. Carrillo no lanzaría a su gente a la calle, así que podríamos trabajar con calma y serenidad. Le di las gracias al ministro rumano, que se marchó tal como había venido.

—¿Y cuánto durará la paciencia de Carrillo, señor? ¿Hasta dónde llega ese plazo no demasiado largo?

—En eso estamos, Carmen. Justamente en eso. Es lo que estamos tratando de averiguar.

—¿Quién está tratando de averiguarlo?

—¿Acaso no lo sabes? ¡Tu joven fascista, por supuesto!

XII

Madrid, sábado, 29 de noviembre de 1969

¿Cómo usted tan joven puede ser fascista?

—¿Es verdad que le dijiste eso?

—Sí. Eso fue lo primero que le dije —le respondió Carmen al príncipe—. Me salió del alma. Y tengo que reconocer que no se escandalizó ni me echó de su despacho. A cada uno lo suyo. No me lo recriminó, la verdad. Pero yo no salía de mi asombro. Miraba el cuadro de Franco que presidía la habitación y luego, atónita, volvía a mirarle a él. Estaba impresionada. ¡Es que me chocó tanto que una persona tan joven pudiera estar allí, debajo de aquel cuadro tan horrible...! Yo pensaba que esto de la dictadura era una cosa de gente mayor. Él no me dijo nada. «Eso no es así, no es así». Me gustó su reacción. Estuvo muy amable, muy simpático. Encajó el golpe como un buen fajador. Perfiló una sonrisa de circunstancias y me dijo: «Eso no es así, no es así». Yo le comenté que necesitaba el dinero pero que era antidictadura. Él me respondió que no me preocupara por eso, que no tendría que hacer nada que fuera contra mis convicciones. Me ofreció ser jefe de su secretaría. Me dijo que me pagaría veinticinco mil pesetas. ¡Me pareció *Bienvenido Mr. Marshall*! Jajaja... Me sentía una millonaria. Pero aceptar su oferta no me apetecía nada, la verdad, y le dije que me lo tenía que pensar.

Mientras escuchaba el relato de Carmen, el príncipe se levantó de la silla, rodeó su mesa de conteras doradas, llegó hasta el mueble auxiliar donde guardaba los puros, sacó una caja de Cohiba, eligió uno, lo encendió y aspiró el humo con evidente satisfacción. Nunca fumaba en público por respeto a los principios de Sofía. Era un placer que solo se permitía en la intimidad de su despacho.

—Te advierto que es inevitable que os crucéis esta tarde porque él es uno de los invitados al concierto que ha organizado Sofi. ¿Sabes ya lo que vas a decirle? —le preguntó Juan Carlos mientras paseaba por la gran sala rectangular que dejaba entrar a chorros la luz de la sierra por un ventanal de doble batiente, a la francesa, que partía del suelo hasta tocar el techo.

—¡No lo sé! Zubiri me recomienda que acepte el trabajo porque tengo que comer. Dice que no puedo seguir como hasta ahora, que esas durezas le parecen muy bien para un drama griego, pero que en la vida hay que ser mucho más suave y que ya está bien de durezas de madrastra.

—Y tiene razón —convino el príncipe—. Además, Adolfo es de fiar. Es una de las personas con las que cuento para el futuro. El ministro de Información no le quería como nuevo director general de Televisión pero yo hablé con Carrero Blanco cuando vino a este mismo despacho a informarme de la composición del nuevo Gobierno y le convencí para que impusiera su nombramiento. Estoy seguro de que Adolfo me ayudará. Si le ayudas a él, me ayudarás a mí.

—El problema es que no me siento capaz de adaptarme a ese ambiente. Ya solo ese edificio gris, enorme, echa para atrás. Me recuerda los diseños de Albert Speer, el arquitecto nazi de la *Welthauptstadt,* la gran capital de la superlativa Germania. Y luego está esa gente tan rara... Hay gente muy siniestra por allí... Cuando llegué a la oficina de Suárez, un señor viscoso, que no paraba de frotarse las manos, me decía una y otra vez: «¿A usted dónde la han citado?» Yo me sentía una pigmea. Apoyé el bloc de notas en las rodillas para protegerme de su mirada. Me hacía sentir sucia. Era una sensación muy extraña. Estuve a punto de levantarme y de irme, pero entonces llegó él como una exhalación, muy jovencito, muy decidido, y me dijo: «Pase usted». ¡Si llega un minuto más tarde ya me hubiera ido!

El príncipe sonrió.

—No olvides que te ofrece el trabajo porque yo se lo he pedido —le dijo a Carmen—. Ninguno de los dos estaréis cómodos al principio. Él te contrata porque quiere labrarse una carrera política y no le conviene desairarme y tú necesitas que te contrate porque tu madre te acaba de echar de casa y necesitas comer.

El príncipe tenía razón. Los dos estaban en proceso de búsqueda. Suárez buscaba hacer méritos para ascender y Carmen buscaba ayuda material para sobrevivir. El poder y la necesidad se miraban a la cara, aunque cualquiera hubiera dicho, viendo las cosas desde fuera, que lo hacían con los papeles cambiados.

Durante la entrevista que mantuvieron cinco días antes, Carmen habló como si tratara de imponer las condiciones del acuerdo. «Todo lo que veo en este despacho me parece fascista», dijo. Suárez respondió como si tuviera necesidad de ceder: «No harás nada que te incomode». A Carmen le gustó. Era un hombre atractivo, no demasiado alto, pero fibroso, moreno, vital. Aunque todavía se le notaba un cierto aire pueblerino, lo compensaba con su arrolladora simpatía. Esa atracción temperamental hacía que sus dudas se acrecentaran.

—He pedido que me suban el sueldo en la Sociedad de Estudios y Publicaciones —le explicó al príncipe—, pero me han dicho que no es posible. Apenas tengo dinero para hacer la compra y eso, desde luego, me complica mucho la vida. En el apartamento en el que vivo solo hay un sofá azul que rasca. Me parece que no tengo escapatoria…

El príncipe volvió a sentarse detrás de su hermosa mesa de escritorio de conteras doradas. A su espalda, la pared entera estaba recubierta por un tapiz de la Real Fábrica con las armas de España.

—Vuelvo a decirte, Carmen, que si le ayudas a él, no solo te ayudarás a ti misma, también me ayudarás a mí.

—¡Pero yo puedo ayudar sin necesidad de trabajar en ese nicho de la dictadura!

—¿Cómo crees que me ayudarías?

—Ya te lo dije en la cena que tuvimos hace dos años. Alguien tiene que venir aquí a contar lo que pasa en la calle, lo que piensa la gente de España...

—¿Crees que no sé lo que piensa la gente de España?

—Creo que aquí solo llegan algunos ecos lejanos...

—Me confundes con mi padre. Cuando mi padre me habla de España lo hace de una España que forma parte de su memoria histórica, de su nostalgia, lo que me cuenta es un puro reflejo de su espíritu. Esa España de la que me habla mi padre ya no existe. Ha cambiado. Los hombres y las mujeres que ahora viven aquí ya no se parecen en nada a los que mi padre conoció a los dieciocho años, cuando comenzó su interminable exilio. Pero a mí no me pasa lo mismo, Carmen. Yo sé perfectamente cómo es el país en el que vivo...

—¿Lo sabes o crees que lo sabes? Solo lo sabrás de verdad si tienes gente sensata que venga a contártelo. Desde la burbuja de un palacio no se distingue la verdadera voz de la calle. Necesitas una amiga que te diga la verdad.

—En España empleamos la palabra amigo con demasiada ligereza, Carmen. Al final termina por no querer decir nada... La amistad es mucho más que venir aquí a contarme lo que oyes en la calle.

—¿Eso qué significa? ¿Tratas de decirme que no somos amigos?

—Mi opinión es que la amistad debe ser el resultado de una larga relación de confianza y de fidelidad. Es una prueba difícil y de fondo.

—¿Y eso exactamente qué quiere decir?

El príncipe puso cara de extrañeza.

—¿Qué parte no entiendes?

—Te diré la parte que entiendo. Lo que entiendo es que, al parecer, para que surja entre los dos esa confianza de la que hablas no tengo más remedio que ceder a tus insinuaciones. ¿No es eso lo que quieres decir?

—Lo que quiero decir —le cortó Juan Carlos con gesto sombrío— es que el hecho de que te vayas a trabajar con Adolfo no invalida tu condición de ciudadana de la calle que vive en una realidad que cree que desconozco y viene a contármela de vez en cuando. Podrás seguir dándome esa ayuda que te parece tan interesante aunque trabajes con él. La diferencia es que, si aceptas el trabajo, me ayudarás por partida doble. Además de ser mi observatorio en tu España real, le serás útil a alguien en quien confío y cuyo apoyo voy a necesitar durante los próximos años. Si de verdad quisieras ser mi amiga, lo verías desde este punto de vista.

—¿Y si no lo veo desde ese punto de vista no merezco el título de amiga? ¿Y entonces, en qué me convierto? ¿En una cortesana?

—No siempre es fácil distinguir entre un cortesano y un amigo. Pero raras veces me equivoco a este respecto.

—¿Y yo qué soy?

—La cuestión es: ¿tú qué quieres ser?

—¡No! —objetó Carmen con vehemencia—. La cuestión no es esa. Lo que yo quiero ser está más claro que el agua. La cuestión es cuál es la prueba difícil y de fondo que debo superar para merecer el título de verdadera amiga. ¿Qué se me pide? ¿Que deje que te metas en mi cama?

—Tal vez no entiendas…

Pero Carmen interrumpió la réplica.

—¡No entiendo por qué hay que someter la amistad a pruebas de fuego!

No muy lejos, colgado sobre la chimenea con marco de madera encerada, había un boceto del rey Alfonso XIII, cubierto con casco de punta a la prusiana y vestido con el dolmán azul cielo del arma de caballería. El príncipe miró hacia él y luego le dijo a Carmen:

—Mi padre me contó a menudo lo que sucedió en la noche del 14 de abril de 1931 en el palacio de Oriente, en Madrid, cuando don Alfonso XIII se disponía a salir hacia el exilio. Un ayudante de campo hizo saber al monarca que en el salón llamado del duque de Génova le esperaban unas cincuenta personas para decirle adiós. El rostro del rey se iluminó. Con la voz ronca por una repentina emoción, exclamó sorprendido: «¡Cruzar en estos momentos la plaza de Oriente para decirme adiós...! ¡Son gente verdaderamente valiente!». Mi padre entró con el rey en el salón donde, de pie, inmóviles bajo las grandes lámparas de cristal de Bohemia, esperaban hombres de mirada crispada, mujeres sollozando, incluso niños agarrados a las faldas de sus madres, para despedir a don Alfonso. Pero ninguno había tenido que desafiar la cólera de la muchedumbre que rodeaba el palacio, porque todos vivían en él. Eran los empleados de la Casa del Rey, lacayos, camareras, chóferes, cocineros, cocheros, y también algunos alabarderos que se habían vestido de uniforme de gala. Desconcertado, Alfonso XIII los miró a todos en silencio durante largo rato. Su labio inferior se había puesto a temblar. Volviéndose ligeramente hacia mi padre, don Alfonso le dijo en una voz apenas audible: «No veo aquí a ninguno de mis grandes..., a ninguno de los que jugaban al polo conmigo..., a ninguno de los que me pedían cargos y honores...». Los grandes, los que se jactaban de jugar al polo y de cazar con el rey, los que obtienen de él favores y prebendas, no son sus amigos. No son más que cortesanos.

La conversación acabó pocos minutos después, cuando el ayudante militar del príncipe entró en el despacho y anunció que el ministro del Movimiento, Torcuato Fernández-Miranda, acababa de cruzar el control de Somontes y estaba a punto de llegar a palacio.

—Viene a instruirme —explicó Juan Carlos—. Normalmente nos veíamos en la Casita de Arriba, en El Escorial, pero ahora no tenemos más remedio que reunirnos en Zarzuela para no llamar la atención de El Pardo. Desde que le han hecho ministro ha perdido margen de maniobra para moverse con libertad.

—¿Un ministro del Movimiento debe instruir al príncipe? —preguntó Carmen sin disimular un gesto de reprobación.

—La camisa azul no le sienta bien. Pero él no es un fascista. Es un hombre de una inteligencia fascinante. Se sienta delante de mí, sin papeles, sin notas, y me habla durante horas. Yo le digo: «¿Pero quién va a ponerme al corriente de todas estas cosas? ¿Quién va a ayudarme?». Y él me contesta: «Nadie. Tendréis que hacer como los trapecistas que trabajan sin red».

—¿Sin red? —preguntó Carmen.

—Sin red. Eso dice él. Tiene un extraño sentido del humor. Muy frío, muy difícil de coger, porque sonríe muy raras veces. No deja de repetirme que lo mismo podemos ver a gente que viene a ofrecerme la corona sobre un cojín que a la Guardia Civil con orden de arrestarme.

—¿Y qué tipo de cosas te enseña?

—A tener paciencia, serenidad, y, sobre todo, a ver las cosas como son, sin hacerme ilusiones y sin fiarme demasiado de las apariencias.

—¿Y ya está?

—Siempre le digo que mi gran preocupación, cuando muera Franco, es saber qué tengo que hacer para instaurar la democracia. Y su respuesta siempre es la misma: «No os angustiéis. Será más fácil de lo que imagináis. Cuando la gente vea que en lugar de Franco hay un rey comprenderá, sin que haya necesidad de explicárselo, que las cosas no pueden continuar como antes».

—¡Eso es una bobada!

—¿Por qué?

—Porque no bastará con lo que la gente comprenda o deje de comprender. Las dictaduras no escuchan los deseos de la gente. Instaurar la democracia exigirá sacar del poder a quienes lo ocupan, y eso no sucederá en ningún caso con la naturalidad que predice Fernández-Miranda. Hará falta algo más que paciencia y serenidad. Si eso es todo lo que te enseña, pierdes el tiempo con él. Yo pensaba que era más listo.

—Pues más vale que lo sea, porque es el más importante de mis valedores.

—¡Y un hijo de la dictadura! ¡No olvides que echó a Tierno Galván de la cátedra!

—Eso no es cierto y lo sabes. A él le tocó el mal trago de comunicarle de decisión que había tomado Franco. Estoy seguro de que si le conocieses te gustaría. ¿Quieres que te lo presente?

—¡Ni hablar! —dijo Carmen, poniéndose de pie como un resorte.

Y sin más trámite avanzó hacia la puerta y salió del despacho. Estaba enfadada y no pensaba hacer nada para disimularlo.

Poco después ya circulaba como una invitada más entre los salones por donde se arracimaban los invitados al concierto de cámara que había organizado en el palacio de La Zarzuela la princesa Sofía.

La parte posterior del palacio se extendía ante ellos como el ramal de una dehesa. A través de las exquisitas celosías de las contraventanas, las arañas y los candelabros proyectaban un cálido resplandor amarillo sobre la terraza, donde un pequeño grupo de personas desafiaba con aire elegante el rigor gélido del otoño. Solo interrumpían la conversación el tiempo justo para dar una calada al cigarro que sujetaban entre los dedos de una mano o para llevarse a los labios la copa que sostenían con la otra. Carmen los observaba con envidia desde dentro, con la espalda apoyada contra la barra portátil del bar que suministraba los cócteles de la fiesta. Sin embargo, sus ganas de fumar no sobrepujaban el rechazo al frío. La mayoría de los hombres que había en aquella terraza ya habían perdido sus atributos juveniles. Eran talludos con las mejillas flácidas, las cabezas ralas y las miradas cansadas. Las mujeres, ataviadas con vestidos largos hasta el suelo, llevaban joyas y las lucían con buen gusto.

Suárez se unió al grupo con jovialidad. Estrechó las manos de los hombres, besó los nudillos de las mujeres, sacó del bolsillo de la chaqueta un paquete de Coronas y encendió un pitillo. Carmen, desde su confortable observatorio interior, no podía escuchar lo que decía pero comprendió enseguida que se había apoderado de la conversación. Sus compañeros de corro le escuchaban con agrado y reían sus observaciones con espontánea naturalidad. En un momento dado se quitó la americana y la puso sobre los hombros de una mujer. Ella le agradeció el gesto, tras una tentativa de rechazo poco convincente, y él se quedó en mangas de camisa sin dar muestras de estar incómodo.

—No veo a nadie que yo conozca —dijo una voz a la espalda de Carmen.

—Tal vez te hayas equivocado de fiesta —respondió ella, sin darse la vuelta.

Emilio Alonso Manglano, vestido con el uniforme de gala de teniente coronel del Ejército, bordeó la barra del bar, besó a Carmen en la mejilla y se colocó a su lado.

—¿No te alegras de verme?

Carmen asintió mientras mordisqueaba un tallo de apio.

—Mucho.

—¿Qué miras con tanto interés?

—A Suárez. No hay duda de que tiene don de gentes —dijo ella, sin dejar de mirar al grupo de fumadores que, al otro lado del ventanal, desafiaba el frío de noviembre en la terraza.

—¿Vas a aceptar su oferta de trabajo?

—Me parece que sí. La alternativa es que me muera de hambre.

—Ya sabes que esa no es la única alternativa que tienes...

Carmen separó su espalda de la barra portátil y una vez erguida comenzó a caminar muy despacio para que su amigo entendiera que le invitaba a pasear junto a ella. Al pasar un camarero, cogió una copa de champán. Emilio Alonso Manglano la imitó. Todas las puertas correderas de los salones contiguos estaban abiertas de par en par y los invitados pasaban de una estancia a otra manteniendo instintivamente el equilibrio de gente en todas ellas.

—¿Por qué no conozco a casi nadie? —preguntó el hombre, después de echar otra ojeada a los invitados.

—Porque no es el público habitual de esta clase de fiestas. Casi todos son miembros de orquestas europeas. ¿Ves a aquellas cuatro rubias en el extremo del sofá? —dijo Carmen señalando con la barbilla hacia adelante.

—Parecen cuervos en un cable telefónico conspirando contra los invitados —respondió él.

—Son violinistas alemanas.

—¡Ah!

—Y ese joven tan ancho de hombros que está a la derecha, el que no le hace ni caso a la chica que tiene a su lado, ¿lo ves?

—¿El que está junto a la mesa de los jamones asados?

—Ese mismo.

—Sí, lo veo. Tiene pinta de aburrirse como una mona.

—Se llama Daniel Barenboim. A los veinticinco años ya dirigió la Orquesta Filarmónica de Londres.

—¿Tan joven? ¿Cuántos años tiene ahora?

—Veintisiete. La que está a su lado es su mujer. Una celista muy prometedora que se llama Jacqueline du Pré. Se casaron hace dos años.

—¿Cómo sabes tanto? —preguntó el militar sin necesidad de fingir asombro.

—Porque hay una vida maravillosa más allá del uniforme que llevas. ¡Y te la estás perdiendo!

Emilio Alonso Manglano no saludó la respuesta de Carmen con simpatía. Endureció el gesto y apretó los labios. Sabía cuál era el significado exacto de esas palabras, lo que expresaban en realidad. Cuando le pidió matrimonio por segunda vez, seis años después de la primera, Carmen le dio esperanzas pero le impuso como condición que abandonara la carrera militar. «Yo no podría vivir rodeada de soldados por todas partes», le dijo. «No saben hablar nada más que de guerras, de medallas y de cuestiones de honor. Y además, la mayoría son un atajo de franquistas. Ese ambiente me enfermaría. ¿Tú quieres hacerme feliz o llevarme a la tumba?». Las palabras de Carmen le hicieron pensar y durante unos días estuvo considerando seriamente la posibilidad de colgar el uniforme para casarse con ella. Estaba enamorado de esa mujer de palabra ácida, curiosidad omnívora y mente despierta. Le gustaban su firmeza, su rebeldía y su determinación. Pero, sobre todo, le conmovía la infinita necesidad de afecto que dejaba entrever en las raras ocasiones en que abría su intimidad y, como un animal herido, permitía que su mano le acariciara la cabeza. La amaba, sí. ¿Pero más de lo que amaba su carrera, su mundo de nobles ideales, de servicio a España, de camaradas, de disciplina, de lealtad a sus convicciones más íntimas? Se había esforzado por hacerle entender que el mundo de la milicia no era esa caricatura de bravatas machistas, ideas reaccionarias y palabras grandilocuentes que ella había forjado en su imaginación. Pero fue en vano. No era fácil que Carmen cambiara de idea cuando estaba firmemente convencida de tener la razón, lo que, por otra parte, sucedía bastante a menudo. Se encontraban en una disyuntiva que no admitía soluciones intermedias. Él tampoco podría ser feliz en ese mundo de vanguardias, teorías progres y querencias iconoclastas en el que Carmen se movía como pez en el agua. El plazo que se dieron para tomar una decisión había expirado días atrás, pero ninguno de ellos se atrevía a pronunciar la palabra «no» que debía deshojar el último pétalo de la margarita. Ni él abandonaría el Ejército ni Carmen se casaría con un militar en activo. Ambos lo sabían. Ninguno quería elevarlo a definitivo.

—¿Quieres que busquemos un lugar apartado del bullicio y lo hablemos con calma? —preguntó Emilio después de pensarlo detenidamente.

—No sé si este es el momento y el lugar indicado...

—Llevamos días posponiendo el momento, Carmen. Nunca encontraremos el lugar indicado.

—El concierto empezará enseguida...

—¿Y qué pasa si nos lo perdemos? ¿Crees que alguien se dará cuenta?

—Creo que debemos hacer lo que hemos venido a hacer. Esa conversación puede esperar.

—Yo creo que no, Carmen.

Llegaron al *hall* del recibidor, donde una chica con traje de noche había comenzado a quitarse un guante que le llegaba hasta el codo, como si tratara de imitar la escena más famosa de *Gilda*. Se movía con impostada sensualidad. Dos hombres se desternillaban de risa y salpicaban champán de sus copas.

—¿Salimos a dar un paseo? —le preguntó Emilio a Carmen, señalándole la puerta.

La voz del príncipe acudió en su ayuda en el momento oportuno.

—¡Carmen!

La pareja se volvió al escuchar su llamada. Juan Carlos avanzaba hacia ellos y llevaba a Suárez cogido de su brazo. Los dos parecían estar enfrascados en una conversación distendida y hacían gala de su buen humor con risas esporádicas. A los ojos de alguien bisoño eran muy parecidos: exhibían el aplomo característico de la juventud y el rango. Pero la avidez y la prisa, la predestinación y la suficiencia seguramente también estaban a la vista para el que supiera mirar.

En el salón principal, la orquesta empezaba a afinar sus instrumentos con acordes desordenados. Gilda y sus risueños admiradores abandonaron el *hall* a toda velocidad como si hubieran oído un toque de corneta. Emilio Alonso Manglano saludó al príncipe con una marcial inclinación de cabeza.

—¡Alteza! —saludó con solemnidad.

—Te andaba buscando. ¿Me lo prestas un momento? —preguntó dirigiéndose a Carmen.

—Del todo.

El príncipe tiró del militar poniendo su brazo sobre un hombro y se lo llevó al salón contiguo con el único y descarado motivo de favorecer la oportunidad de que Carmen y Suárez pudieran hablar a solas.

—Me alegra volver a verte —le dijo Suárez.

—Y a mí —respondió Carmen—. Tenía intención de llamarte.

La orquesta seguía calentando sus instrumentos. Los tañidos de las cuerdas parecían lamentos entrecortados en una reunión de tartamudos.

—Aquí hay mucho ruido. ¿Qué tal si salimos?

En el patio, Suárez repitió la gallarda exhibición de inmunidad al frío. Se quitó la americana y se la colocó a Carmen por encima de los hombros.

—Gracias —dijo ella, sin hacer ademán de rechazarla.

—Los de Ávila estamos acostumbrados a las bajas temperaturas.

—Mi madre nació en Ávila y es bastante friolera.

Suárez aceptó de buena gana el desafío.

—¿Siempre te gusta llevar la contraria?

—Solo cuando hay motivo.

—¿Y lo hay para que no vengas a trabajar conmigo? ¿Aún sigues dándole vueltas?

—Lo he pensado mucho, pero sigo sin verlo claro. ¿Cómo voy a trabajar con un fascista?

Carmen trataba de poner a prueba la calidad temperamental de Suárez. El tic autoritario de un verdadero fascista no sería capaz de resistir la insistencia provocativa de sus insolencias. Necesitaba averiguar cómo era en realidad el hombre que tenía delante, si representaba un papel o si su aparente tolerancia a la crítica era en verdad auténtica. No le bastaba el aval del príncipe. Tenía que forjarse un criterio propio.

Suárez superó la prueba. Aunque no pudo evitar que se le notara el fastidio que le produjo la observación de Carmen, respondió:

—Claro, claro. Lo entiendo. Pero ya te he dicho que no tendrás que hacer nada de eso. Solo tendrás que ocuparte de mi agenda, de mis papeles…

—¡Yo eso no lo he hecho en mi vida!

—Lo sé. Ya me lo dijiste.

Carmen se estaba quedando sin argumentos. A la desesperada, se jugó entonces el último resto.

—Si me prometes que descolgarás el cuadro de Franco que hay en la pared de tu despacho y lo esconderás donde no pueda verlo, aceptaré tu oferta.

Suárez se detuvo en seco abrumado por la desfachatez del requerimiento. Carmen le adelantó, giró sobre sus talones y se encaró frente a él. Ambos se miraron a los ojos. El desafío duró unos segundos. Luego, Suárez asintió con la cabeza y dijo:

—Trato hecho. ¿Si lo meto en la ducha del baño será suficiente?

Y extendió el brazo para que un apretón de manos sellara el acuerdo. Carmen le dio la suya y mientras las palmas se estrechaban, dijo:

—Será suficiente. ¡Pero te aseguro que en cuanto me hagas hacer una cosa de esas, me iré!

—Eso ya lo has dejado claro.

A paso más vivo, regresaron a la puerta principal del palacio y entraron de nuevo en el *hall*. Carmen le devolvió la chaqueta.

Cuando giraron a la izquierda para acudir a la sala donde se iba a celebrar el concierto se encontraron de bruces con Emilio Alonso Manglano, que aguardaba su regreso con estoicidad marcial. Al verlos, abandonó el hieratismo de su posición de centinela y se abalanzó sobre Carmen.

—Lamento interrumpir —dijo, al tiempo que la tomaba por un brazo—, pero ¿no ibas a enseñarme la biblioteca?

Ella no se inmutó.

—La biblioteca es espléndida —dijo, alardeando de estar familiarizada con las estancias de Zarzuela—, pero ahora no podemos ir. Está a punto de comenzar el concierto...

Suárez se despidió de ellos con un movimiento de cabeza, sin hacer ningún amago de terciar en la conversación, y mientras se ponía la americana siguió su camino hacia el improvisado auditorio donde la orquesta de cámara aguardaba la señal para que diera comienzo la audición. Cuando estuvieron solos, Emilio le dijo a Carmen:

—No hemos tenido ocasión de hablar.

Su tono sugería falta de resignación, como si estuviera dispuesto a aprovechar a toda costa una oportunidad que tal vez no se repitiera. Carmen no pudo reprimir una sonrisa por la urgencia que demostraba la actitud de su amigo. Le apretó el antebrazo en un gesto de aliento.

—En otro momento, Emilio.

Después hizo ademán de echar a andar, pero él la cogió por la muñeca y la atrajo hacia sí. Y entonces, como si pronunciara en voz alta unas palabras que había conjuntado mil veces en el interior de su mente, le preguntó con mecánica impersonalidad:

—¿Vas a casarte conmigo?

Ella se quedó paralizada. «No lo digas, Carmen. Por el amor de Dios, no lo rechaces. Mueve el culo y dale un beso a este insensato. Dile que sí y no volváis a hablar nunca más del asunto».

—No.

«No» era la palabra que podía haber traído la paz al mundo. La que Eva debió pronunciar ante la serpiente, o Helena ante Paris, o Chamberlain ante Hitler. La palabra de la fortaleza, de la reafirmación, de la valiente renuncia. Pero en el contexto de aquella conversación representaba veneno.

Carmen alcanzó a notar que algo moría en el interior de Emilio. La imagen que tenía de ella, incondicional, llena de esperanza, plenamente deseable, se había difuminado de golpe.

—Bueno —dijo.

No pronunció una palabra más.

Sus hombros se derrumbaron.

Por encima de sus cabezas, los ángeles de alas negras daban vueltas como aves del desierto.

XIII

Madrid, viernes, 10 de septiembre de 1976

Por la tarde, una unidad móvil de Televisión Española se había desplazado a Castellana, 3, había llenado de cables y de focos el despacho del presidente del Gobierno y había grabado de un tirón el mensaje de quince minutos en el que Suárez iba a comunicarle al país, aquella misma noche, su firme propósito de convocar, por primera vez en cuarenta años, unas elecciones democráticas.

El improvisado plató se convirtió durante un par de horas en un pandemónium de voces histéricas, carreras desenfrenadas y accidentes domésticos que ejemplificaban bien a las claras la dificultad de modernizar las viejas estructuras del pasado. Hubo que llevar generadores autónomos porque no había suficiente potencia eléctrica para soportar la tensión de los cañones. Los plomos se fundieron un par de veces.

Javier González de Vega se empeñó en cubrir con sábanas los tapices de las paredes para preservarlos de la quemazón de la luz. Luego pidió que enrollaran las alfombras de la Real Fábrica porque el trípode de la cámara, de un enganchón, había deshebrado el borde de una de ellas.

Finalmente, todo quedó dispuesto a gusto del realizador, que estaba especializado en retransmisiones deportivas, y llamaron a Suárez para que ocupara su sitio tras la mesa de su despacho.

El director general de Televisión, Rafael Ansón, no puso reparos a la puesta en escena, a pesar de que Carmen exteriorizó en voz alta algunas observaciones que parecían cargadas de sentido común. El cuadro era tan austero que carecía de vida. No había ni adornos ni fotos y la bandera que cerraba el encuadre por la izquierda, al verse en blanco y negro en la pantalla del receptor, parecía la caída de una cortina gris. Sobre el escritorio solo había un vaso de agua y dos micrófonos metálicos, uno a la derecha y otro a la izquierda, dispuestos en posición oblicua. Si la cámara cerraba el plano parecían las astas de un toro amenazante a punto de embestir a su víctima. Para colmo, la moldura del friso de la pared del fondo quedaba a la altura de las sienes de Suárez, de tal manera que la mitad de su cara quedaba sobre fondo claro y la mitad más alta sobre fondo oscuro. La frente, mal iluminada y salpicada de brillos, resaltaba sobre el fondo oscuro como un espejo de latón.

—¡Pareces un torero muerto de miedo contra las tablas del burladero! —dijo Carmen, tras echar un vistazo por el visor de la cámara.

El realizador, muerto de miedo, miró alternativamente a derecha e izquierda, a Ansón y a Suárez, para calibrar en sus gestos el impacto del comentario. Respiró aliviado al comprobar que caía en saco roto. Ansón le dirigió a Suárez una mirada interrogativa y este le devolvió un gesto de indiferencia que dio por zanjada la cuestión.

Pocos minutos después, el regidor pidió silencio a todos los presentes, entre los que se encontraban los colaboradores más cercanos al presidente, funcionarios de la casa, algunas secretarias y un par de bedeles atraídos por la curiosidad, y dio comienzo la grabación. Atento a la señal, a Suárez aún se le vio llevar la mirada desde el lado de su izquierda hasta el centro del objetivo. Empezó a hablar demasiado pronto. Estaba nervioso.

Buenas noches. Me presento ante todos ustedes para darles cuenta del proyecto de Ley para la Reforma Política...

A Carmen se la llevaban los demonios. El texto no estaba mal pero Suárez lo leía sin la pulcritud inmaculada que la ocasión requería. Era la primera vez desde la guerra que un presidente del Gobierno español se refería a la necesidad de que el pueblo construyera su propio futuro a través de unas elecciones democráticas y lo menos que se le podía pedir, en ese momento trascendental, es que no le temblara la voz. ¡Y le estaba temblado! ¡Claro que le estaba temblado!

«No puedes tragar saliva y levantar la cabeza como si trataras de avizorar algún peligro después de haber dicho que hay que conseguir que el pueblo hable cuanto antes. Es como si dieras a entender que temes que alguien vaya a leerte la cartilla por haber cometido un sacrilegio».

Por un instante, Carmen temió que el pensamiento se transfiriera a su voz y que fuera incapaz de reprimir el impulso de rasgar el silencio con un grito de protesta.

Ha llegado el momento de clarificar la situación política y el pueblo español debe legitimar con su voto a quienes, en virtud del nuevo pluralismo surgido en España, aspiran a ser sus intérpretes y representantes. Hay que conseguir que el pueblo hable cuanto antes...

«¡Coño, Adolfo, no tragues saliva! ¡No arrugues la frente al levantar la cabeza después de esa frase! Pareces asustado por atreverte a decirlo. Da la impresión de que no te lo crees, de que dudas de ti mismo. Tienes que esforzarte por transmitir mucha más convicción».

El proyecto de Ley para la Reforma Política pretende quitarle dramatismo y ficción a la política por medio de unas elecciones.

He dicho la palabra elecciones y, efectivamente, esta es la clave del proyecto.

«¡Por el amor de Dios, no carraspees ahora! Te falla la voz cada vez que citas la palabra elecciones. ¿No te llega la camisa al cuello o qué diablos te pasa?».

Esta ley permitirá que las Cortes, compuestas por Congreso y Senado, sean elegidas por sufragio universal, directo y secreto lo antes posible, y en todo caso antes de junio de 1977.

«¡Noooo! No bebas agua ahora. Acabas de anunciar algo histórico. No puedes demostrar que tienes la garganta seca. Solo llevas tres minutos y medio de intervención. ¡Deja el vaso en paz, no lo toques! Tienes que demostrarle a todo el mundo que dominas la situación y hasta ahora parece todo lo contrario. Joder, Adolfo, no te aclares la voz. No dejes que te falle ahora. ¡Pídele aplomo! Ahora es cuando más lo necesitas».

Cualquier otro planteamiento significaría el debilitamiento del papel del pueblo, cuando no su marginación. La libre voluntad de los españoles correría el grave riesgo de ser sustituida por acuerdos de presuntas representaciones que solo pueden ser verificadas a través de las urnas.

«¿Y ahora te llevas el puño a la boca para disimular otro carraspeo? ¡Serás capaz! ¿Pero qué te pasa con la palabra *urnas*? ¡Pareces alérgico a la democracia, Adolfo! ¿No te das cuenta?».

No se pretende hacer borrón y cuenta nueva. Solo se modifican aspectos concretos de la ley para hacer viable el propósito de la Corona de que el pueblo español sea el dueño de sus destinos.

Cuando este pueblo haga oír su voz se podrán resolver otros grandes problemas políticos con la autoridad que da la representatividad electoral. Entonces se podrán abordar con rigor...

«¿Qué haces? ¿Otro carraspeo? ¿Pero por qué te echas para atrás y coges aire?».

... Entonces se podrán abordar con rigor...

«¡No repitas la frase! ¡Estás releyendo la misma línea como si te hubieras perdido! ¡No puedes hacer eso! ¡No puedes perderte! ¡No puedes perderte!».

No tenemos por qué tenerle miedo a nada. El único miedo racional que nos debe asaltar es el miedo al miedo mismo. El futuro no está escrito, porque solo el pueblo puede escribirlo. Para ello tiene la palabra. El Gobierno que presido ha preparado los instrumentos para que esa palabra pueda expresarse con autenticidad. Para garantizar, en definitiva, su soberanía. La soberanía del pueblo español. Buenas noches.

—¡Muy bien! Ahí fundiremos a negro —dijo el realizador para oficializar el fin de la grabación.

—¿Cómo ha ido? —preguntó Suárez, mirando al tendido.

—¡Yo lo he visto bien! —respondió la voz de Rafael Ansón saliendo de la oscuridad.

—¿No ha quedado un poco accidentado? Tengo la garganta irritada y a veces se me quiebra la voz.

—Hay que hacerlo del tirón porque cualquier corte se notaría —aconsejó el realizador—. No tenemos planos recurso para editar los empalmes. Si quieres repetirlo tendríamos que volver al principio. Ha habido algunos carraspeos, pero yo creo que eso le da naturalidad y te acerca a la gente...

Nada más oír ese comentario, Carmen dio media vuelta y salió del despacho para no montar el lío padre. Si era la única cuerda en aquella casa de locos, ¿qué otra cosa podía hacer? ¿Enfrentarse otra vez ella sola al mundo entero? ¿Explicar lo que en ningún otro sitio donde hubiera gente sensata necesitaría ser explicado? ¡Todos esos inútiles no eran más que una panda de aficionados! ¿Y con esos bueyes había que arar la Transición? Solo un milagro podía hacer que saliera bien. Y los milagros no existen. Hacía tiempo que había dejado de creer en ellos.

Aún faltaban dos horas para la cita con Elizabeth Guth, la periodista alemana que le ayudaba a tender puentes con los corresponsales extranjeros. Como su amiga le había dicho que tenía una reunión en la agencia EFE, en la calle Ayala cerca de la esquina con Serrano, decidieron quedar en el bar Roma a las ocho de la tarde. A esa hora, la clientela aún era sensata y el ambiente del local seguía siendo razonablemente apacible.

A partir de las diez, a medida que el humo del tabaco se hacía más denso y el consumo de alcohol subía de graduación, el tono de las conversaciones se volvía más bronco. Los bravos ejemplares de la España racial, los cachorros de los hijos de Franco, los defensores de la tradición trinitaria de Dios, la patria y el rey, es decir, los falangistas y los pollos pera de la zona nacional, delimitada al norte por la calle Goya, al sur por Alcalá, al este por General Mola y al oeste por Serrano, iban allí a tomarse *la espuela*. Después de haber empinado el codo les gustaba levantar el brazo y cantar el «Cara al sol» antes de irse a la cama, borrachos como cubas.

A veces, no pocas, la escena acababa en pelea. Si alguno de los clientes se negaba a sumarse al coro durante el cántico, aquellos bizarros gallitos, que aún conservaban fuerza suficiente para imponerse a la tremenda, le propinaban una paliza ejemplar. Había veces que Constante, el sereno de la calle Ayala, llegaba a tiempo de subir las escaleras que daban a la barra y decretaba la paz ayudado por el chuzo que llevaba en la mano. Luego sacaba a los inconscientes y los sentaba en el suelo, frente al Ministerio de Comercio, a tomar la fresca o a dormir la mona. Otras veces la refriega acababa en el hospital.

Carmen llegó en su coche, desde la Gran Vía, a la calle Alcalá. Giró en Velázquez a la izquierda, luego en Goya, y tomó Claudio Coello hasta llegar a casa de su madre, en la esquina con Hermosilla. Aparcó el coche en el garaje y caminó hasta Serrano. La temperatura era agradable, ya sin el rabioso calor de la parte central del verano, y la luz limpia de un sol todavía muy alto invitaba a pasear. La idea terapéutica de airearse la cabeza mirando escaparates le animó a aminorar el paso. Era más fluido el tráfico rodado de la calle que el trasiego peatonal de la acera. Serrano casi siempre hervía de animación. En cuanto dobló la esquina se topó con un tenderete donde dos jóvenes vestidos con camisa azul vendían insignias, llaveros, revistas y libros editados por Fuerza Nueva: «Compren, señores, compren *Almas ardiendo,* de León Degrelle, o la *Biografía apasionada de José Antonio* o *La Rusia que yo conocí,* o, si no, la gran obra de Blas Piñar: *La España irredenta. Y* así, señoras y señores, solamente así, se darán cuenta de que nuestra patria se ha convertido en un nido de traidores, en un solar devastado por los secuaces de la democracia y por las mil cabezas de la hidra marxista. Así, y afiliándose a nuestro partido, evitaremos que la ira de Dios caiga sobre nosotros y empujaremos a todos los comunistas a los infiernos, que es donde deben estar».

Al llegar a su altura, Carmen, instintivamente, se abrazó al bolso y lo palpó con fuerza para asegurarse de que llevaba el espray antiviolación. Aquel ingrato encontronazo le quitó las ganas de pasear. Pasó de largo, sin dirigirle la mirada a ninguno de los dos vendedores piñaristas, y decidió adelantar su llegada al bar Roma para aguardar la llegada de Elizabeth Guth mientras leía el libro de poemas que llevaba consigo.

La entrada al local por la esquina de Serrano daba paso a unas cortinas verdosas, a modo de cortafrío, que colgaban de una barra semicircular fijada al techo. Más allá se distinguían tres ambientes diferentes: mesas adosadas a los ventanales de guillotina, que se abrían con el buen tiempo. Bancos corridos y veladores chapados de formica blanca en la plataforma del centro. Y al fondo, paralela a la calle Ayala, la larga barra de roble, con pasamanos de latón dorado y reposapiés a juego frente a la base de los taburetes giratorios. Los mullidos de los respaldos y de los asientos de las sillas eran de color granate. El suelo era de mármol artificial, con vetas de tonos diferentes. El conjunto aún conservaba el influjo modernista que imperaba en el momento de su apertura, allá por los años treinta.

Carmen se sentó en una de las pocas mesas que estaban libres, en la parte elevada del centro del bar, pidió un té muy cargado y sacó del bolso el ejemplar de *Reinventar el amor*, del poeta chileno Roberto Bolaño, que le había regalado dos días antes su amigo Antonio de Senillosa. Al abrirlo se reencontró, en la página de cortesía, con la dedicatoria que él le había escrito en el momento de regalárselo:

> *Le quieres, eso es lo que te pasa. Por eso no puedes expresar con palabras lo que siente tu corazón. Añoras el susurro que sale de sus labios. Tal vez estas palabras te ayuden a cubrir su vacío.*

Carmen sonrió al releer el texto. Sí, le había confesado que estaba enamorada. Al fin, se había vuelto a enamorar. No podía estar mucho tiempo sin que nadie la quisiera. Necesitaba sentirse querida. «Ha habido mucha frialdad en mi vida. Demasiada», le dijo. Antonio de Senillosa tenía la extraña capacidad de arrancarle todos sus secretos. Carmen se sentía a gusto cuando hablaba con él.

Quienes querían presumir de su amistad le llamaban Seni. Sus verdaderos amigos le llamaban Antonio. Carmen le adoraba. Era tan visible su buena relación, y tan sospechosa, que muchos espectadores de sus animadas y chispeantes conversaciones creyeron que ocultaban un idilio. Algunos lo creían todavía. Pero Antonio estaba casado y Carmen no cazaba en corral ajeno. En otras circunstancias quién sabe lo que hubiera pasado. Ambos compartían muchas cosas: origen aristocrático, repulsión al franquismo, amistad con el rey, sensibilidad artística y un espíritu libre que les empujaba a rebelarse ante cualquier atisbo de disciplina. Antonio tenía, además, una extraña capacidad, de la que Carmen carecía, para enfrentarse a los problemas con un sentido del humor que desactivaba su carga pesarosa y los hacía parecer intrascendentes. Si Carmen era la tragedia, Antonio era la comedia.

Senillosa había estudiado en la facultad de derecho de la Universidad de Barcelona, donde estaban también Jaime Gil de Biedma, Carlos Barral y José Agustín Goytisolo. Era monárquico antifranquista. Iba a las manifestaciones estudiantiles vestido con macferlán, bastón y sombrero. A principios de los sesenta participó en el contubernio de Múnich, la mayor concentración de opositores al régimen, y eso le valió un destierro en Fuerteventura. Como secretario político de don Juan, y miembro de su consejo privado, trataba de establecer nexos de acercamiento con la izquierda. Carmen le ayudaba. Con cierta frecuencia, ambos se reunían con miembros de la oposición, socialistas y comunistas, en la buhardilla que él había alquilado junto a la Taberna de la Bola, en la calle Guillermo Rolland, conocida aún por su antiguo nombre de calle de las Rejas. La buhardilla estaba decorada de tal forma que a cualquiera que entraba allí le resultaba imposible imaginar que estaba en casa de un señor de derechas. Carmen se lo tomaba a guasa:

—Por mucho que trates de disimularlo, Antonio, nunca podrás parecer un progre. Aunque la mona se vista de seda, mona se queda. Y tú eres más de derechas que el palo de la bandera.

—Eso de las izquierdas y las derechas —replicaba él— es algo que dentro de un tiempo hará reír a la gente. Siempre se ha dicho que a la derecha le gusta más el orden y a la izquierda, la libertad. Pero, en realidad, en los países donde gobierna la izquierda hay menos libertad y más orden, y en cambio, en los países donde gobierna la derecha pasa justo lo contrario.

A Carmen le sojuzgaba su condición de gran conversador, de cultivador de la amistad, su ingenio, su alegría de vivir y su culta tolerancia.

Sí, de no haber estado casado, quién sabe lo que hubiera podido pasar…

A veces la veo caminar
sobre las montañas: es el ángel guardián
de nuestras plegarias.
Es el sueño que regresa
con la promesa y el silbido.
El silbido que nos llama
y que nos pierde.
En sus ojos veo los rostros
de todos mis amores perdidos.
Ah, Musa, protégeme,
le digo, en los días terribles
de la aventura incesante.

Metida en la lectura del poemario, Carmen perdió la noción del tiempo. Al cabo de un rato, la voz del camarero la sacó de su ensimismamiento.

—Ya ha llegado el primero, señorita —le dijo en tono confidencial mientras señalaba disimuladamente hacia la barra.

Carmen alzó la vista: barba de tres días, pelo engominado, entradas pronunciadas, nariz aplastada, labios finos y ojos pequeños y oscuros, brillantes como trozos de vidrio. Una cicatriz bajo el labio inferior fijaba en su expresión una mueca de desprecio.

—¿Quién es? —preguntó Carmen.

—Le llaman Mauricio Cara de Vicio —respondió el camarero—. Es por la cicatriz de la barbilla, creo.

—¿Y qué hace?

—Cuando se emborracha, y eso sucede invariablemente todas las noches, insulta a todos los de la barra hasta que acaba a golpes con alguno. No es pandillero. Siempre va solo. Es franquista, pero no de los de Fuerza Nueva. Tiene mal vino, eso es todo.

—Gracias, Antonio. Avísame cuando lleguen más. No quiero que el lío me pille en medio.

—De nada, señorita. La avisaré con mucho gusto.

Aunque Carmen no era cliente habitual del Roma, los dos camareros que atendían las mesas sabían quién era desde el día en que apareció acompañada de su madre. La hija de la marquesa de Llanzol. Ahí es nada. Ninguno de los dos perdía ripio de lo que pasaba en el local. Antonio, con chaquetilla blanca y pajarita negra, tenía empaque de noble antiguo. Sus modales eran refinados. Poli, en cambio, era de gestos más bruscos. Medía peor las distancias. Le gustaba hablar con los clientes sin reparar en quiénes eran o lo cómodos que pudieran sentirse. Su conversación preferida era Ajofrín, su pueblo natal, en la provincia de Toledo, donde a su juicio se hacían los mejores mazapanes del mundo.

Carmen sabía que el discurso de Suárez, que iba a ser televisado a las nueve de la noche, encendería los ánimos de los ultras y exacerbaría su agresividad reaccionaria. No quería estar allí cuando eso ocurriera. Por eso le había pedido a Antonio que la avisara cuando comenzaran a llegar al bar los elementos más peligrosos de la bandada de ultras que coloreaban el barrio. De momento, el lugar estaba tranquilo. Dos mesas más allá, a su derecha, un chico joven, probablemente estudiante de arquitectura a juzgar por los libros de texto que acarreaba, hacía dibujos a lápiz sobre el velador y luego humedecía las yemas de los dedos en los restos del café para completarlos a modo de aguada.

Elizabeth Guth llegó puntual a la hora convenida. Rápidamente, las dos amigas se pusieron al día. Carmen contó cuál era el ambiente que se respiraba en Castellana, 3, el optimismo de Suárez tras la reunión con la cúpula militar, la disparatada idea de mantener a la prensa alejada de todo lo que tuviera que ver con la Ley para la Reforma Política, la grabación del discurso que iba a emitirse aquella noche…

—¿Tan mal ha salido? —preguntó la corresponsal alemana después de escuchar el relato de su amiga.

—Buen texto, mala interpretación —resumió Carmen.

—Pero a Suárez le quiere la cámara…

—Y gracias a eso no ha sido un desastre total. Con otro muñeco en la pantalla hoy se habría acabado la Transición.

—¿No eres demasiado dura con él?

—Tal vez —concedió Carmen, después de sopesar la respuesta durante un instante—. Pero no soporto verle rodeado por una panda de inútiles que le dicen a todo que sí. ¡Y lo peor es que a él le gusta! Empieza a comportarse como el clásico señorito. He empezado a llamarle así. Cada vez que me refiero a él le llamo el señorito.

—¿Qué es un *señorito*? —quiso saber la alemana.

—Alguien a quien todos sirven y obedecen sin chistar.

—¿Por miedo?

—Por miedo, por reverencia, por peloteo, por ignorancia… Hoy alguien tendría que haberle obligado a repetir el mensaje televisivo. ¿Crees que a alguien se le ha cruzado por la cabeza? ¡Ni hablar!

—¿Por qué no lo has intentado tú?

—Porque para algunos soy una chalada, para otros una espía, para otros una snob y para la mayoría una mujer que solo debería ocuparme de las labores propias de mi sexo…

—Sí, leí el artículo que te dedicaron anteayer tus amigos de la caverna —dijo Elizabeth Guth.

La alusión hacía referencia a una columna periodística que *El Alcázar*, dos días antes, le había dedicado a Carmen bajo el título de «Impertinente declaración». Tomando como pretexto la entrevista de *Blanco y Negro* de finales de julio, el autor escribió:

> Tampoco nos va a extrañar, en vista de la época de confusionismo que estamos viviendo, que haya mujeres que considerando vejación dedicarse a las labores propias de su sexo, salgan al ruedo político a expresar sus ideas.

Luego el articulista elogiaba su belleza física, aunque dejando bien claro que Carmen no tenía en ella ni arte ni parte, y consideraba sus ideas indignas de la hija de un militar que prestó grandes servicios a España.

—El machismo no es solo cosa de fachas —dijo Carmen—. Si me hubiera atrevido a abrir la boca después de la grabación del mensaje televisivo, Rafael Ansón me la habría cerrado con alguno de sus comentarios de homínido de clase superior. Todavía me acuerdo de la cara que puso el día que vino al despacho de Suárez en la dirección general de Televisión, a los pocos días de que yo comenzara a trabajar allí, y sorprendió a Carmina Díaz, la que ahora es mi secretaria, leyendo un libro. Le preguntó: «¿Qué lees?». Y ella le respondió: «*La Guerra Civil*, de Hugh Thomas». ¡Casi se desmaya!

El recuerdo de aquella etapa profesional en Televisión Española siempre le provocaba tristeza. Fue entonces cuando dejó de ponerse faldas y comenzó a vestir con pantalones. Los hombres aminoraban el paso, cuando ella subía las escaleras, para alargar la distancia y mejorar desde abajo la perspectiva oblicua de sus muslos. Cuanto más vertical, más profundidad de campo. El premio gordo era distinguir el color de sus bragas. Las miradas lascivas de los hombres la hacían sentirse sucia. Una secretaria denunció el pellizco de un superior y acabó en la calle. Las demás lo interpretaron como un aviso. El acoso estaba a la orden del día y las chicas no tenían más remedio que agachar la cabeza y guardar silencio. Carmen sorprendió a una compañera llorando de impotencia en el baño. «Esta vez ha sido algo más que un pellizco, Carmen», le dijo. «¿Por qué no le paras los pies?», le preguntó ella. «Porque tengo que comer, ya sabes lo que me pasará si monto el espectáculo», fue la respuesta. El sexo era un sexto sentido. Carmen creía que era por culpa de la represión de la dictadura. A ella le puso a salvo el rumor, que enseguida se extendió como una mancha de aceite, de que era la amante de Suárez. Todo el mundo lo daba por hecho. El chisme no hablaba bien de su virtud, pero, al menos, la resguardaba de roces fingidamente accidentales, palmadas en el culo o insinuaciones soeces. Su supuesta condición de *amiguita* del jefe la convertía en intocable. Enseguida empezaron a llegar anónimos denunciando su relación adúltera con el joven protegido del príncipe. Al ministro Sánchez Bella no paraban de calentarle la cabeza.

—En EFE —dijo Elizabeth Guth al conjuro del apellido Ansón— dan por hecho que Luis María, el hermano de Rafael, va a ser el nuevo pope de la agencia. ¿Es eso verdad?

—Sí, lo es —confirmó Carmen—. Un Ansón es poco Ansón, hacen falta más Ansones…

En la barra, Valiente, el barman de melena blanca, había dejado de agitar la coctelera para pedirle con educación a un cliente pasado de copas que abandonara el local. El hombre obedeció sin rechistar. Pagó su consumición, se apeó del taburete giratorio, donde llevaba un buen rato dando vueltas como una peonza, y se abrió camino como pudo hasta la puerta que daba a la calle Serrano. Antes de salir se plantó ante la atenta mirada de un hombre de edad avanzada que estaba sentado en una de las mesas cercanas a la puerta. Su cabeza pequeña, con poco pelo, calva brillante y bigote tintado de negro, emergía del cuello de una impecable americana Príncipe de Gales. Miró al borracho fijamente durante unos segundos y este, con ojos de espanto, se estremeció de los pies a la cabeza y salió del bar a la velocidad del rayo.

—¿Qué le ha dicho Valiente a ese hombre para que se vaya sin decir ni pío? —le preguntó Carmen a Antonio.

—Que el Gafe le iba a echar mal de ojo —respondió el camarero.

—¿Quién es el Gafe? —intervino Elizabeth Guth.

—Ese señor vestido con el Príncipe de Gales que está en la mesa cerca de la entrada —dijo mientras señalaba vagamente al cliente con quien el borracho había mantenido el breve duelo visual.

—¿Y cuál es el truco? —intervino Carmen.

—Todo el mundo en este local conoce la reputación de gafe de ese señor. Él lo sabe. A veces se entretiene mirando con fijeza a algún cliente molesto. Por miedo al mal fario, los borrachos le amenazan con el puño para que deje de mirarles. Si no lo hacen se van de aquí como almas que lleva el diablo.

—¡Qué raros sois los españoles! —dijo Elizabeth, ahogando una risita de asombro.

Carmen cambió de conversación.

—¿Cómo vamos de afluencia patriótica? —le preguntó al camarero.

—Aún no hay peligro —respondió Antonio—. De los peces peligrosos solo ha llegado uno.

Y dirigió la mirada hacia un hombre corpulento que se había acodado en un extremo de la barra. Lucía un costurón sobre la ceja, sonrisa soez y mirada torva. Un hambre insaciable de desafío le bailaba en los ojos. Su pensamiento más benévolo, pensó Carmen, infringiría varios artículos del código penal.

—¿Quién es? —preguntó Elizabeth.

—Le llaman el Centurión porque, al parecer, es pariente de un jefe de centuria que estuvo a punto de ser fusilado en los años cuarenta. Dicen que hubo un lío enorme con los carlistas, creo que en Bilbao, que estuvo a punto de costarle la vida a un general amigo de Franco. Sus amigos falangistas le salvaron del paredón.

Carmen se irguió en el asiento como si la información del camarero la hubiera puesto en estado de alerta.

—¿Cómo se llama?

—Le apellidan Calleja —respondió el camarero.

Elizabeth esperaba que su amiga reaccionara de alguna forma ante la respuesta de Antonio, pero al ver que se quedaba callada, procesando misteriosos pensamientos que la hacían parecer ausente, dijo en voz alta:

—No tiene pinta de ser uno de esos niños de Serrano que piden fuego diciendo «acelérame el cáncer» o «incinérame el *pilinguín*».

Antonio soltó una carcajada.

—El *cilindrín* —corrigió—. El *pilinguín* es otra cosa. Y, de esa otra cosa, el rufián de Calleja anda sobrado.

—Ah, ya entiendo —dijo la alemana sin dar muestras de azoramiento.

—No es un niño pera —admitió el camarero—, pero es uno de los matones de su tribu.

—Un guerrillero de Cristo Rey —terció Carmen, saliendo de su mutismo misterioso.

—Ah, ya entiendo —repitió Elizabeth.

—Son de tipos como esos de los que hemos de mantenernos a salvo. Sobre todo, esta noche. El discurso del señorito les va a sentar como una patada en el estómago y no descarto que monten una buena.

Antonio se encogió de hombros, como si la perspectiva de la bronca que Carmen pronosticaba le produjera escalofríos, y se fue a atender a un cliente que llamaba su atención desde otra mesa.

Entonces, una pregunta en alemán dejó a Carmen de una pieza:

—*Und wenn wir hier sehen?*

—¿Estás completamente loca? ¿Quieres que nos quedemos aquí a ver el mensaje?

—Soy periodista, Carmen. Sería una crónica estupenda. Piénsalo bien: podría contar cómo acoge la España más reacia a la Transición democrática el anuncio del presidente del Gobierno de que va a haber elecciones libres por primera vez en cuarenta años…

—¿Y no prefieres escribir la crónica de cómo dos chicas insensatas acaban en el hospital, con la cabeza abierta, por haber estado en el lugar equivocado en el momento equivocado?

—¡Venga, Carmen, no seas ceniza! Ver, oír y callar. No diremos nada, no haremos nada. Nos quedamos aquí como si fuéramos estatuas.

—¡No sabes lo que dices, Elizabeth!

XIV

Madrid, viernes, 10 de septiembre de 1976, poco después...

Un individuo renegrido de manos y cara, vestido con un polo de manga corta de color verde caqui, pantalones color tabaco y alpargatas de lona se acodó junto a Centurión, dejó en el suelo la bolsa de plástico que transportaba y pidió una pinta de cerveza negra. Los dos hombres intercambiaron un breve saludo, exento de manifestaciones efusivas, y entablaron una conversación que, a juzgar por las apariencias, parecía bastante animada.

—¿De qué crees que están hablando? —le preguntó Elizabeth a Carmen, al ver el interés con que esta les observaba.

—De lealtades hasta la muerte, de ajustar cuentas con los traidores, de salvar a la patria de las hordas marxistas... Esas son sus bravuconadas favoritas.

No se equivocaba. En aquel momento, Calleja presumía ante su colega de conocer al dedillo los códigos de conducta del mundo en que se movía. Se consideraba a sí mismo uno de esos camaradas a la vieja usanza para quienes compartir un mismo espacio político equivalía a establecer un vínculo imperecedero. Y, por supuesto, acababa de decir, él era capaz de distinguir a un confidente policial en una centuria uniformada y en formación. Mientras le escuchaba, el tipo del polo color caqui daba sorbos a su vaso de cerveza, muy seguidos y muy cortos, como si estuviera programado para repetir los mismos movimientos de forma mecánica y compulsiva. Su agitación resultaba irritante. En un momento dado, cogió la bolsa de plástico que había dejado junto a sus pies y vació sobre la barra del bar su contenido. Se trataba de una variada colección de revistas. Algunas cabeceras quedaron a la vista.

Elizabeth Guth distinguió las de *Sábado Gráfico*, *Cuadernos para el Diálogo*, *Triunfo* y *Posible*. Primero asomó a su rostro un gesto de extrañeza —era evidente que aquellos dos falangistas no formaban parte del público objetivo de ninguna de esas cuatro publicaciones, todas ellas de carácter progresista—, y luego la extrañeza dio paso a la preocupación. Desde el inicio del verano habían comenzado a llegar, a la redacción de esas y de otras publicaciones de oposición al franquismo, amenazas de muerte. El texto siempre era el mismo:

> *Ya hemos visto de qué color es ese periódico y, como estamos ya hartos de izquierdistas y memócratas, les decimos que tienen una semana para marcharse de España y, si no obedecieran, les mataremos. Además de que les mataremos, también volaremos los locales del periódico, pero no por la noche cuando no haya nadie, sino a pleno día, cuando esté todo el mundo.*

La periodista alemana pensó que podía estar frente a los autores de las amenazas. Se lo dijo a Carmen.

—Tal vez tengas razón —respondió ella—, pero poco podemos hacer nosotras en estas circunstancias. Llevar encima esas revistas no demuestra nada. Y, desde luego, no es un delito.

—Pero tal vez, si avisáramos a la policía, podrían seguirles y averiguar quién está detrás de las amenazas.

—La policía sabe perfectamente quién está detrás de las amenazas. Los ultras han bautizado la campaña con el nombre en clave de «otoño azul». Según los informes que el SECED manda a Presidencia todas las mañanas, la situación está bajo control. Yo no descarto que haya policías detrás de todo esto.

—¿Policías infiltrados?

—¡Policías cómplices! —la corrigió Carmen—. Una buena parte de esas bandas actúa con protección policial. Y a veces con algo más que la mera protección. A veces actúan directamente bajo sus órdenes.

La periodista alemana se estremeció solo de pensarlo. Como buena corresponsal, conocía la filiación teórica de todos los grupos que habían estado sobre el tablero político durante el franquismo. La nómina completa incluía a falangistas, carlistas, monárquicos juanistas, católicos de la Asociación Nacional de Propagandistas, tecnócratas y franquistas puros. Estos últimos se caracterizaban por ser católicos integristas y autoritarios, pero al mismo tiempo eran pragmáticos y en teoría se mostraban favorables a la instauración monárquica tras la muerte de Franco, aunque no en la persona de Juan Carlos. Los grupos ultras más radicales habían salido de las fauces de ese sector.

Fuerza Nueva, fundada a mediados de los años sesenta, era su estandarte más representativo. Ahora, otro grupúsculo radical aún más violento, el de los Guerrilleros de Cristo Rey, operaba también a plena luz del día. Según la propaganda oficialista, se trataba de un grupo de «incontrolados» —ese era el término definitorio más recurrente— que habían decidido hacer la guerra por su cuenta. Dirigían sus acciones, sobre todo, contra librerías y sacristías, dos ámbitos crecientemente dominados, según ellos, por los apóstoles del marxismo. Sin embargo, Elizabeth Guth sabía que las explicaciones oficialistas no reflejaban la verdad. Los Guerrilleros de Cristo Rey eran marionetas manejadas por las fuerzas de la seguridad del Estado para poder llegar a donde a ellas les estaba prohibido. Nada tenían de «incontrolados». Era justo al revés.

—Puedo entender que la policía reclutara matones para hacer trabajos sucios en defensa del régimen y evitar así que este se manchara las manos —dijo la periodista, dando rienda suelta a su confusión—, pero ahora esos matones no defienden al régimen. ¡Lo atacan! ¡No son sus cómplices, son sus enemigos!

—Te equivocas —respondió Carmen—. Para ellos, el régimen sigue siendo el de Franco. La policía no quiere la democracia, quiere perpetuar la dictadura. Hasta hace poco solo combatían a los marxistas porque creían que eran los enemigos reales del franquismo, pero ahora combaten a todos los demócratas, sean marxistas o no, porque quieren torpedear la Transición y hacernos regresar al tiempo de las cavernas. Claro que defienden al régimen... ¡A su único régimen!

—¿Y el Gobierno no puede actuar contra ellos?

—Lo intenta, pero el Gobierno está lleno de timoratos. Suárez, el primero. Como sabe que aún no controla la situación y que hay muchos resortes del régimen que van por libre, se ha propuesto ir poco a poco. A veces me recuerda al rey que aparece en *El principito,* que para evitar que le desobedecieran solo daba órdenes razonables. Al sol le ordenaba que saliera a su hora y se pusiera a su hora... ¡Y siempre era obedecido! Pero nunca le ordenó a un general que se convirtiera en ave marina.

—Porque el general no hubiera tenido más remedio que desobedecerle —dedujo Elizabeth.

—Exacto. Pero esa es una lógica perversa. Solo con órdenes razonables nunca llegaremos a la democracia. A un general hay que ordenarle que se convierta en demócrata. Y a un policía. Y a un obispo. Y a un banquero. Y si no te obedecen, no tienes más remedio que deshacerte de ellos porque lo que está claro es que nunca te obedecerán. Ir poco a poco es la mejor manera de no avanzar. ¡Me desespera la lentitud! Hay que actuar ya, dar un golpe de autoridad.

—¿Y te parece poco golpe de autoridad que Suárez, que solo lleva dos meses en el poder, vaya a anunciar esta noche la inmediata convocatoria de unas elecciones libres?

—¡Claro que no me parece poco! —dijo Carmen, elevando el tono de voz—. ¡Pero sigue sin parecerme suficiente! ¿De qué elecciones estamos hablando? ¿Se podrán presentar todos los partidos políticos? ¿Podrá presentarse el Partido Comunista?

Los clientes del bar que estaban más cerca de ella volvieron sus cabezas y la miraron con interés. Elizabeth distinguió varios ceños de mal augurio.

—¡Baja la voz! —susurró a su amiga mientras hundía su cabeza entre los hombros para tratar de pasar inadvertida.

Carmen echó un vistazo al extremo de la barra para comprobar si los dos falangistas, Calleja y su amigo, participaban de la inquietud de sus vecinos de mesa. Negativo. Ambos seguían a lo suyo.

—Hay algo que no me cuadra —dijo por fin, cuando la curiosidad circundante dio muestras de haber desaparecido.

—¿A qué te refieres?

—Las amenazas de muerte a los periodistas son obra de unos fantoches que se hacen llamar Sexto Comando Adolfo Hitler del Orden Nuevo. Se supone que son una rama de los Guerrilleros de Cristo Rey. Yo creía que los falangistas no estaban en ese ajo. Ellos son idealistas fanáticos, pero no elementos parapoliciales.

—Mujer, habrá de todo —se limitó a decir Elizabeth Guth.

El supuesto cabecilla del grupo de los Guerrilleros de Cristo Rey era un químico de cincuenta y ocho años que durante la Guerra Civil estuvo preso en la zona republicana y, posteriormente, participó en la División Azul, donde ganó el Emblema de Asalto de Infantería y la Cruz de Hierro por su valor en combate. Para sus seguidores era todo un héroe. Para la mayor parte de la opinión pública, un exaltado. Su primera acción, en diciembre de 1970, consistió en ordenar el apaleamiento de dos curas progresistas de la localidad vizcaína de Ondárroa. Tres años después fue detenido como responsable jerárquico del grupo que atacó a varios asistentes a una misa organizada por los Movimientos Apostólicos Obreros de Madrid. Los falangistas no solían implicarse en ese tipo de operaciones. Entre unos y otros, guerrilleros y falangistas, había muchas complicidades, sin duda, pero no existía unidad de acción.

—A no ser —dedujo Carmen tras sopesar la cuestión— que no sean falangistas los dos. Es seguro que el tal Calleja lo es, eso está claro, ¿pero qué sabemos del otro?

—Que está bastante borracho, a juzgar por los esfuerzos que hace para no caerse del taburete —respondió la periodista.

—Pues prepárate —avisó Carmen—, porque creo que vienen hacia aquí.

Una mesa situada al lado de la que ocupaban las dos amigas acababa de quedarse vacía y los dos ultras se disponían a ocuparla. El del polo color caqui caminaba con evidente dificultad. La cerveza negra había aportado una dosis de alcohol a su torrente sanguíneo, que ya debía estar tocado del ala por consumiciones anteriores, superior a su capacidad de tolerancia. «Pues si que estamos buenos —decía el hombre mientras se abría paso entre las sillas del bar, tambaleándose—. Ahora Gloria no va a querer ni mirarme. Me verá llegar así, se callará, se dará la vuelta y se pondrá a preparar la cena. Otra vez croquetas de pollo y tortilla de patatas. ¡No la aguanto! Si tiene algo que decirme, que me lo diga a la cara de una vez y que no empiece con sus juegos mujeriles de pasar de mí hasta que yo me disculpe. ¡Un hombre bebe lo que quiere! ¿O no es así, camarada?».

Finalmente se sentaron el uno frente al otro. Una vaharada de cerveza llegó hasta Carmen, que se revolvió incómoda en su asiento y levantó la mano para pedirle la cuenta al camarero. Tenía prisa por irse de allí. Elizabeth, sin embargo, le dirigió un gesto de tranquilidad. Su curiosidad profesional podía más que el fastidio de la compañía. Además, como buena alemana, estaba más acostumbrada que Carmen al olor de la *Schwarzbier*. En otras palabras, estaba decidida a espiar su conversación.

—Yo no soy tu camarada —respondió Calleja, una vez que se hubo acomodado en su silla.

La teoría de Carmen comenzaba a cobrar sentido.

Su compañero de mesa hizo como si no le hubiera oído y siguió a lo suyo:

—¡Siempre la misma cantinela! Que esta no es manera de llegar a casa, que me ponga a buscar un buen trabajo, que ya soy mayorcito para ser un mantenido, que ella ya está harta... ¡Qué cojones! ¡Como si encontrar trabajo fuera tan fácil! Con esta gentuza que nos gobierna, con esta caterva de traidores a España todo se está yendo a la mierda y aquí ya no encuentra trabajo ni San José Obrero...

Cerró los ojos y guardó silencio durante un buen rato. Su amigo se entretuvo mirando las portadas de las revistas que había en la bolsa de plástico. La más llamativa era la de *Triunfo,* que sobre un fondo raso de color azul marino, con grandes letras amarillas, anunciaba: «La hora de la verdad».

—¿Qué crees que significa este titular? —preguntó Calleja.

—Significa que los rojos animan a sus títeres en el Gobierno a que se carguen la obra del Caudillo sin demora...

Calleja le dirigió a su interlocutor una mirada cargada de respeto. Le había parecido una explicación plausible, incluso brillante, impropia del borrachín que tenía enfrente.

—¿Quién te enseña a interpretar estas cosas así de bien? —preguntó.

—Mi mujer. Es una tocapelotas, sí. Pero una tocapelotas muy lista. A veces me espera en casa a que yo llegue... Subo las escaleras con mucho cuidado para no hacer ruido, tardo en meter la llave en la cerradura porque voy con una tajada monumental, difícilmente me tengo de pie en el umbral de la puerta y cuando por fin enciendo la luz, me la encuentro delante de mí, con los brazos cruzados, caminando de un lado al otro del recibidor. Entonces tenso los carrillos a la espera del bofetón, y en lugar de cruzarme la cara me cuenta lo que ha oído en el telediario. Desde que murió el Generalísimo está muy preocupada por el futuro que nos aguarda. Dice que el bienestar que hemos tenido desde la guerra, la paz y el progreso económico que tantas alegrías le ha traído a su familia, se va a ir a tomar por culo, aunque ella no lo dice con estas palabras, claro, por culpa de los blandengues que están desmantelando el régimen. Dice que el Gobierno de Suárez, el gran traidor a la obra de Franco, va a legalizar a los partidos políticos, que nos arrastraron a la Guerra Civil, y que las elecciones nos devolverán al horror de los años treinta…

—Ya veo que tu mujer dice muchas cosas —dijo Calleja, con ánimo de atajar el acceso verborreico de su amigo.

—¿Y tú? ¿Qué dices tú?

Había un punto de desafío en el tono de la pregunta.

—Yo digo que no puedo mostrar lealtad hacia alguien que quiere convertir España en una democracia de estilo europeo.

—¡Bien dicho! Hay que impedirlo a toda costa. Si tiene que ser a tiros, que sea a tiros…

Carmen volvió a removerse en su asiento. Hizo ademán de encararse con el matón de caqui, pero Elizabeth Guth la contuvo a tiempo. «¿Quieres que nos abran la cabeza?», susurró. Carmen comprendió que su amiga tenía razón. Estaban sentadas junto a un barril de pólvora y si alguien encendía una cerilla la explosión sería inevitable.

—A tiros, no, muchacho. A tiros, no. A hostias, vale. Pero a tiros, no…

—¿Qué pasa, que te asustan los tiros? Nosotros creemos que el uso de la violencia no es algo malo. Naturalmente que la violencia por la violencia no es buena, pero la violencia al servicio de una causa justa, cuando ya se han agotado las demás vías, es buena. Es inevitable. Y si queremos acabar con los comunistas no creo que tengamos otra salida…

—Todo el mundo habla de los comunistas como si fueran millares y tuvieran capacidad de prenderle mecha al país —dijo Calleja con un gesto de desprecio—. El peligro no son los comunistas. El peligro son los topos, los traidores de dentro. A esos es a los que hay que darles una buena manta de hostias. Ya verías qué pronto se acababa el problema. Los comunistas son cuatro gatos. ¿Tú los has visto? ¿Alguien los ha visto?

—¡Claro que los he visto! Todo el mundo que tiene ojos en la cara sabe dónde están. Se esconden en los despachos de los abogados laboralistas y en las asociaciones de vecinos. Yo lo sé, tú lo sabes, el Gobierno lo sabe, todo el mundo lo sabe. Pero el problema es que nadie actúa…

—No, yo no lo sé —dijo Calleja con sequedad.

—Será que estás ciego.

—O que tú eres un cazafantasmas.

—Te aseguro que no. Los fantasmas no sangran, ¿verdad? Pues los comunistas, sí. Lo sé porque lo he visto. ¡Pum! Un disparo en la pierna y sangre a borbotones, sangre por todas partes, charcos y charcos de sangre roja. Tan roja como su alma demoníaca.

—¿Tú les has disparado alguna vez?

—¡Más de una! Y si se presenta la situación, incluso estaría dispuesto a matar sin demasiados escrúpulos al servicio de la patria.

—Los guerrilleros siempre habéis sido de gatillo fácil.

—Y a los falangistas os asusta la acción.

—No sabes lo que dices, muchacho… No me cabrees porque te meto una hostia y te vuelvo del revés.

—¡Los flechas y sus bravuconadas!

Calleja miró a su interlocutor con ojos de ira, pero se agarró fuertemente a los bordes de la mesa y contuvo el impulso de agredirle. El otro, tan tenso que había comenzado a temblar, sacó un cigarrillo del bolsillo y trató de encenderlo. Una, dos, tres veces lo intentó. Cerró los ojos, apretó los párpados y lanzó un resoplido.

El falangista, más tranquilo, encendió otro cigarro y le dio una calada profunda. Al cabo de un rato, se levantó y dijo:

—Creo que será mejor que me vaya.

—Sí, eso creo. Será mejor que te vayas.

—No quiero pegar a un borracho —dijo Calleja, adoptando un tono superior de perdonavidas.

—¿Es por eso o es que acaso te has dado cuenta de que en la barra hay dos de los míos que no te quitan ojo? ¿Tienes miedo, gallina?

Un destello de rabia asomó al rostro de Calleja. El tipo que vestía de caqui se había levantado y se aproximó a él hasta colocar la punta de su nariz contra la suya. Las dos exhalaban aire y odio. El reto fue largo y tenso, como el de dos púgiles que se tantean en busca de un resquicio de debilidad antes de asestar el primer golpe. El falangista sujetaba el cigarro encendido entre los dedos índice y corazón de su mano derecha. Sopesaba lanzárselo a su adversario a la cara y rematar la ofensiva con un rodillazo en la entrepierna. Cabeza contra cabeza, él llevaba las de perder. Su oponente era cabezudo. Un testarazo lo dejaría fuera de combate.

Carmen y Elizabeth, como el resto de los clientes que se sentaban en las mesas cercanas al duelo, se levantaron de sus asientos y, sin proponérselo, entre todos delimitaron el perímetro del improvisado ring. En el centro, los dos luchadores seguían observándose. Por un momento pareció que todo iba a quedar en ese desplante de gallos. Solo miradas de desprecio y fin de la escena.

—Tú eres una niñita mimada —dijo el falangista—. Muy valiente cuando te guardan la espalda, pero incapaz de cuidar de ti mismo sin niñeras. Eres un saco de mierda. Todos los tuyos lo sois.

Se sabía más ágil y más certero con los puños que su oponente. Menos bruto, tal vez. De menor tonelaje. Pero más ducho en la pelea.

El guerrillero no dejaba de mirarle por encima de los hombros, como si aguardara expectante la llegada de refuerzos. Y eso es exactamente lo que sucedió. Con una sonrisa triunfal saludó a los dos hombres que observaban la escena desde la barra. Ambos eran de los suyos y venían dispuestos a desequilibrar el combate.

Calleja intuyó lo que pasaba y, por instinto, se dio bruscamente la vuelta y lanzó a ciegas una patada contra la sombra que se le venía encima. El golpetazo arrancó un aullido de dolor. Luego embistió al hombre que se acercaba por la izquierda y lo tiró al suelo. Se sucedieron patadas y puñetazos. Unos, dos, tres, todos seguidos. Metió la mano derecha en el bolsillo del pantalón en busca de su navaja. Apretó un resorte y la hoja emergió del puño como la lengua de una víbora. Esgrimió el arma como una amenaza para ahuyentar a los recién llegados, pero unos brazos se acercaron por detrás y se le echaron encima, rodeándole el cuello. Era el guerrillero del polo de color caqui. Calleja se debatió con violencia, agitando los pies en el aire. Plantó un pie en el borde de una mesa y haciendo palanca en él logró que ambos cayeran al suelo. No dio tiempo a más. Los otros dos se agarraron a su cuerpo y lo sujetaron con firmeza por los brazos y el cuello.

—¡Estate quieto, cabrón! —masculló una voz áspera.

El falangista hizo ademán de rendirse. Dejó de hacer fuerza. Sus agresores cayeron en la trampa y aflojaron también la presión de sus brazos, lo suficiente para que él, con una violenta y repentina sacudida, liberase una mano y lanzara un puñetazo sobre el rostro del hombre que tenía más próximo. Resonó el impacto de sus nudillos sobre la mandíbula del otro.

—¡Hijo de puta! —exclamó de dolor el agredido—. ¡Me has partido el labio!

La sangre caía sobre la ropa de Calleja.

De debajo de la melé se había zafado el de caqui mientras sus colegas sujetaban al falangista.

—¡Tres contra uno! ¡Qué valientes sois! —acertó a decir Calleja, antes de que la punta del zapato del cabezudo se hundiera en su mejilla.

De la oscuridad de sus ojos cerrados salían manchas blanquecinas que se movían en todas direcciones. Le ardía el pómulo. Lo notaba hinchado como un huevo. El dolor era tan intenso que bloqueaba cualquier movimiento de su cuerpo. Se quedó inmóvil, mudo, sin respiración, como la imagen de un eccehomo de carne y hueso. Pero no se rindió. A los pocos segundos, sobreponiéndose como pudo al dolor, lanzó otro puñetazo al aire que esta vez no obtuvo recompensa. Uno de los dos amigos del tipo del polo de color caqui le sujetó los brazos y el otro incrementó la presión alrededor de su cuello. En un instante, la cara de Calleja enrojeció como un ascua. No podía respirar. Pensó que moriría de asfixia. Boqueó en busca de aire. Se agitaba como un poseso para liberar sus brazos pero estaba inmovilizado por completo. Esta vez, la puntera del zapato se estrechó contra su pecho.

—Falangista hijo de puta... Dale otra vez, joder. Dale fuerte.

Carmen no resistió más y salió de allí escopeteada. Elizabeth la alcanzó en la acera de la calle Serrano.

—¿Adónde vas? —le preguntó inquieta.

—¡A avisar a la policía! ¡Le van a matar!

—Te acompaño.

No hizo falta avisar a nadie, sin embargo, porque un coche patrulla, con la sirena a pleno volumen, aparcó en la puerta del bar pocos segundos más tarde. «Ahora ya has visto en toda su crudeza cómo es esta España bronca y dramática. Pasamos de cantar saetas a lanzarnos las ideas a la cabeza como si fueran guijarros», comentó Carmen en voz alta mientras se alejaban del Roma en dirección a la puerta de Alcalá. Lo único positivo del incidente que acababa de presenciar era que a su amiga se le habían quitado las ganas de ver en directo la reacción de los franquistas recalcitrantes al mensaje de Suárez.

—¿Son todos iguales? —preguntó Elizabeth.

—Digamos que responden al mismo patrón...

Carmen interrumpió la respuesta de golpe, sobresaltada. En la distancia, en la acera de enfrente, le pareció ver por un instante al Che de la plaza de Colón. Trató de afinar la mirada pero enseguida le perdió de vista, confundido entre los peatones que abarrotaban la entrada de Cortefiel.

—¿Qué ocurre?

—Nada —dijo Carmen—, me había parecido ver a un fantasma, pero, si era él, se lo ha tragado la multitud.

—Antes, cuando estábamos en el bar, has puesto la misma cara mientras mirabas a ese tal Calleja. ¿Acaso lo conoces de algo?

Carmen negó con la cabeza.

—De nada.

Era verdad. Nunca antes lo había visto en toda su vida. Sin embargo, cuando el camarero les contó el origen de su apodo, el Centurión, le vinieron a la cabeza recuerdos familiares. El lío entre carlistas y falangistas que estuvo a punto de costarle la vida a un general amigo de Franco al que se había referido Antonio minutos antes, y en el que estuvo implicado el pariente de Calleja, era el atentado de Begoña, el trágico incidente que en agosto de 1942 le costó la carrera política a Ramón Serrano Suñer. La imagen de tío Ramón se hizo nítida en su recuerdo.

A Carmen le fascinaba Serrano. Y, sobre todo, su mirada. Magnética, azul, penetrante. A veces implacable, otras ensimismada, y en alguna ocasión doliente y lejana. También era, a veces, una mirada de mando. Sobre todo cuando aparecía uniformado con aquella chaquetilla blanca, con gorra y águilas, que tanto la deslumbraba de niña y que tanto denostó al hacerse mayor. ¿Cómo era posible que un jurista doctorado en Bolonia, hijo del ingeniero jefe del puerto de Castellón, de hermanos ingenieros de caminos, canales y puertos hubiera podido compartir letra y gestos con lo peor del franquismo?

Era un hombre muy elegante. Le recordaba impecable: la camisa, la corbata negra, el traje sin arrugas, un pañuelo asomando en el bolsillo de la chaqueta, los zapatos bien lustrados y el pelo peinado hacia atrás. Lo que más le gustaba de él era la frente despejada, de persona inteligente, la mirada profunda, bajo unas cejas rectas y bien trazadas. Su imagen era viscontiniana. También admiraba en él su talento intelectual. Era fascista, pero ilustrado. Rápido como un cuchillo en palabras y hechos. No hacía mucho, revisando las fotos de infancia que guardaba en una caja de latón que en su día contuvo carne de membrillo, Carmen encontró una foto de Serrano. La miró con distancia, pero un afecto fatal absolutamente inevitable se abrió camino en su estado de ánimo. Llevada por un impulso incontenible, escribió en su diario:

> *¿Quién es este señor tan guapo? Guapísimo. ¿Pero quién es? ¿Y por qué tiene ese aire hermosamente doliente, casi melancólico? ¿Y por qué anda rodeado de señores con fajines, bigotes y uniformes?*

XV

San Sebastián, jueves, 29 de agosto de 1957

Por la mañana, una tormenta furiosa anegó la playa de la Concha y dejó todos los árboles y los aleros de los caseríos chorreando agua. Luego, una luz untuosa abrillantó las hojas y también la superficie de los tejados y el entramado de las verjas. Los veraneantes, con impermeables de plástico y botas de agua, saltaban los charcos o cogían caracoles entre los arbustos. La brisa ya no era tibia, como en los primeros días del verano, sino prematuramente fresca, casi cortante. El hecho desafortunado de haber nacido a finales de agosto había acostumbrado a Carmen a celebrar sus cumpleaños en medio de la atmósfera crepuscular que decretaba el fin del verano.

El otoño estaba a la vuelta.

La tormenta había llevado hasta la orilla del mar olas altas de color verde.

Ramón propuso aprovechar la circunstancia para explorar, por fin, la cresta del monte Ulía. Carmen y él habían ido posponiendo el plan desde que lo idearon, a principios de julio, y ya les quedaba poco margen para poder cumplirlo antes de que tuvieran que volver a Madrid. Irían desde la playa de Zurriola hasta el puerto de Pasajes. Dos horas de paseo. Si se daban prisa estarían de vuelta antes de la hora de comer. Carmen aceptó sin pensárselo dos veces.

Se acercaron a la casa Oquendo, en la playa de Gros, y acometieron las escaleras que conducen hasta la plataforma del tranvía que sube hasta el monte. Ramón llevaba una pequeña mochila al hombro y vestía vaqueros y una camisa blanca de manga larga con los puños doblados por encima de las muñecas. Carmen, también con pantalones vaqueros, llevaba puesto un suéter de algodón de color rosa. A medida que iban subiendo, la conversación se tornó intermitente como la luz del sol a través del ramaje. Las ardillas huían a su paso entre los troncos de los árboles y unos pájaros con antifaz negro en los ojos y cola grisácea saltaban raudos de rama en rama. El aire olía a pinocha y a endrino.

Carmen empezó a pensar que tal vez le iban las excursiones.

Sin embargo, la cuesta se hizo cada vez más empinada, y luego más, y después aún más, hasta adquirir la inclinación de una pirámide cerca del vértice. Transcurrido un cuarto de hora, tenía la sensación de que las zapatillas habían encogido un número y notaba los talones en carne viva. Los dos iban en fila india, en silencio. Ella tropezó y cayó al suelo de rodillas. Se hizo rozaduras en los pantalones. Se levantó sin rechistar. El sudor le humedecía la camisa bajo el suéter de algodón de color rosa. Estaba a punto de preguntar como quien no quiere la cosa, de manera casual y despreocupada, cuánto faltaba para llegar arriba, cuando notó que los árboles empezaban a ralear y la pendiente se hacía menos pronunciada.

Llegaron a un falso llano. Carmen pidió árnica para recuperar el resuello.

La vista de la bahía de la Concha, con la isla de Santa Clara en el centro, era hermosa.

—He ahí la Bella Easo —dijo Ramón con ceremonia pomposa.

—Estoy demasiado agitada para recrearme con la belleza del paisaje —respondió Carmen, inclinada hacia adelante, mientras apoyaba las palmas de sus manos sobre sus rodillas.

—Lo que estás es demasiado delgada —dijo Ramón—. De hecho estás en los huesos. Así no hay organismo humano que carbure como Dios manda. ¿Crees que aguantarás o volvemos a la base?

—De eso, ni hablar. Retroceder es de cobardes. ¿Pero va a ser todo el camino igual de empinado?

—No, Carmencita, no. Lo más difícil ya está hecho. Ahora iremos a la izquierda, por un sendero de tierra, y llegaremos a un pinar frondoso. Antes de cruzarlo buscaremos un tronco que nos guste y grabaré en él, con la punta de mi navaja, la fecha de hoy y nuestras iniciales.

—¿Y eso por qué? —preguntó Carmen, jadeante.

—No te apures. Lo haremos sin la flecha que atraviesa el clásico corazón que dibujan los enamorados.

—No. Ni corazoncito, ni flecha, ni iniciales. No grabaremos nada en el tronco de un árbol. Ñoñerías, las justas. Eso ya lo sabes.

—Pero algo hemos de hacer para recordar este día...

—¿Qué tiene de especial?

—Es tu cumpleaños.

—Eso sucede todos los 29 de agosto desde que nací y seguirá sucediendo hasta que me muera.

—Pero hoy cumples quince.

—¿Y?

—Esa es la edad del tránsito, jovencita. La epifanía a la vida adulta. El comienzo de la aventura. Si vivieras en la selva africana y fueras un chico, te desnudarían, te pintarían de blanco el cuerpo entero y te dejarían en la espesura con una lanza en la mano hasta que la pintura desapareciera de tu piel. Tardaría meses en suceder. Si pasado ese tiempo regresaras con vida al poblado de la tribu, harían una gran fiesta en tu honor y te aceptarían como guerrero.

—¿Y si no regresara?

—Significaría que estás muerta y te harían un funeral muy sentido. Por la noche bailarían en torno a una gran hoguera y entonarían canciones mustias para pedirle a Bumba que acogiera tu espíritu.

—¿Y no podría haber escapado para establecerme por mi cuenta?

—No. Entre los swazi no se concibe la emancipación.

—Y, si eres mujer, entre los españoles de hoy en día, tampoco.

—Poco a poco, Carmencita. Poco a poco. La paciencia no es una de tus virtudes más acrisoladas.

—Calla y camina —dijo Carmen, cuando normalizó el ritmo de su respiración—. No tengo ninguna intención de irme a vivir a la selva africana y aún me apetece menos que me desnuden y me pinten de blanco.

Durante la siguiente media hora, Carmen y Ramón caminaron a buen paso por una pendiente suave y gradual al amparo de la sombra. Se adentraron en el pinar y después de cruzarlo en diagonal llegaron a las ruinas del fuerte de Monpás, construido en 1898, en plena guerra de Cuba, para defender la ciudad de un posible ataque de la marina de Estados Unidos. Por fortuna para los donostiarras, el ataque no se produjo.

—No hubieran podido defenderse —explicó Ramón— porque la dotación artillera, cuatro cañones de quince centímetros, no llegó hasta diez años después, una vez que el conflicto hubo finalizado.

—Ya se ve que en España siempre llegamos tarde a todos sitios. ¿Quién te ha contado esa historia?

—El folleto turístico que me he empollado antes de venir. ¿Por qué crees que conozco el camino?

—¿Y no nos perderemos?

—Eso jamás.

—¿Cuál es la siguiente atracción del recorrido?

—La fuente de Kutralla. Tiene probadas cualidades curativas.

—Pues hala, pongamos a prueba su fama —dijo mientras renqueaba.

El rumor lejano de las batidas del mar sobre el acantilado se fundía con el graznido ronco y bisílabo de las gaviotas.

—A partir de la fuente todo es cuesta abajo.

—¿Estás seguro?

—Del todo. El folleto lo explica estupendamente: primero iremos por una calzada antigua que pasa bajo unas grandes rocas y luego un sendero nos conducirá hasta el faro de la Plata. Todo cuesta abajo.

—¿Seguro?

—Sí.

—¿Tratas de animarme?

—Sí.

—¿Tan mal me ves?

—Sí.

—¿Lo dices en serio?

—Sí.

—¡Podrías mentirme!

—Sí. Pero no va conmigo.

—Sería una mentira piadosa.

—Da igual. A ti no te gustan las mentiras. Ni las piadosas ni las impías.

—En este momento me encantaría oír alguna. Miénteme y dime que ya hemos llegado. Llevo un buen rato tratando de no quejarme pero lo cierto es que ya no puedo ni con mi alma.

—Te lo digo en serio, Carmencita, no puedes seguir así de delgada. No te quedan fuerzas ni para insultarme.

—¿Y por qué debería insultarte?

—Por haberte obligado a subir hasta aquí, por ejemplo.

—Sí, ese es un buen motivo. Ramón, ¡eres un cretino!

—Lo soy.

—¿Ves cómo sí que me quedan fuerzas para insultarte?

—Eso no es un insulto, Carmencita, es una cursilada.

—Pues eres un gilipollas.

—Eso está mucho mejor.

—Dame otro motivo y te diré cosas peores.

—Tal vez debieras insultarme por ser el culpable de tu raquitismo.

—¿Lo eres?

—Empiezo a pensar que mi compañía te produce ansiedad.

—Ahora hablas como un tonto del culo. Si sigues diciendo idioteces dejaré de insultarte y te tiraré por el precipicio.

Ramón aminoró el ritmo de la marcha para impedir que el paso renqueante de Carmen la rezagara. En el cielo se estaban abriendo algunos claros y el sol intermitente comenzaba a escocer más de la cuenta.

—Sé que algo te preocupa y por alguna razón no te atreves a decirme qué es.

—¿Por qué dices eso? —preguntó Carmen entre resoplidos.

—Desde hace una temporada hay un velo extraño en tus ojos. ¿Sabes a lo que me refiero?

—No.

—No te hagas la tonta. Es como si miraras sin ver. Antes, cuando estábamos juntos, esa sensación desaparecía. ¿Acaso te has cansando de mí?

—No digas estupideces.

—Entonces, ¿qué te ocurre?

Carmen llevaba varios días tratando de encontrar el momento idóneo para contarle el motivo de su pesadumbre. Pero el momento nunca llegaba. Por una razón o por otra, siempre lo posponía. Ahora tenía claro que no hallaría otro momento mejor que aquel para decírselo. Sin pomposidad, restándole importancia, tal vez la noticia sonara menos desgarradora.

—Mi madre quiere que este curso me vaya a París.

Ramón se quedó callado. Se detuvo en seco, como si las palabras de su amiga hubieran atorado sus articulaciones. El gesto risueño que había lucido hasta entonces le desapareció del semblante. Llevó la mirada al suelo y luego buscó el rostro de Carmen, que mostraba signos de arrepentimiento por no habérselo dicho hasta entonces.

—¿Por qué no me lo habías dicho?

—Porque sabía que nos pondríamos tristes.

Hubo un largo silencio. Luego, Ramón reemprendió la marcha a ritmo lento.

—¿Y para qué tienes que ir a París? ¡Ya hablas un francés casi perfecto!

—*Ma mère veut laver sa conscience coupable…*

—¿Y eso por qué, Carmencita? ¿Por qué tiene tu madre conciencia de culpa?

—Le preocupa mi delgadez, como a ti. Y quiere que vaya a París para que me sometan a un tratamiento que me ponga a tono. Buscar soluciones caras a problemas que le crean mala conciencia es una de sus especialidades. *C'est tout.*

—¿No mejora vuestra relación?

—¡Lleva dos años culpándome de todo! Me trata como si yo tuviera que pagar los desaires que le causan los demás. No es feliz. Algo le pasa. Y me hace sentir como si yo fuera la culpable de su desgracia. ¡Es un ser egoísta!

—No seas tan dura con ella.

—No, no debo serlo. Tienes razón. Es mi madre…

—¿Crees que quiere mantenerte alejada de ella? ¿Por eso te manda a París?

—En parte, sí. Y te juro que no me importaría en absoluto si no fuera porque también me aleja de ti. París me encanta. Lo sabes. Allí las mujeres son libres. Van con el pelo suelto. No lo llevan cardado y lleno de laca como aquí. Yo quiero ser joven y libre, como ellas. ¿Entiendes lo que trato de decirte?

—Lo entiendo perfectamente.

Decía la verdad. Una de las cosas que Ramón más valoraba en Carmen era su condición de pieza única. En eso radicaba gran parte de su belleza: en que era distinta a todas las demás. Fría en la superficie, volcánica en el hondón de la coraza y exclusiva en la forma de pensar. Tenía el don de zafarse de la convención, de la respuesta obvia, de la reacción previsible, de la factura en serie. Casi podía decirse que pertenecía a otro tiempo y a otro lugar. No desentonaba en su entorno, pero era incapaz de encajar en él. Ni con su madre, ni con sus amigos, ni con las costumbres de su ambiente, ni con los valores de su generación. No hablaba como el resto de las chicas de su edad. No razonaba como ellas. No se conformaba con lo que estaba a su alcance. Necesitaba algo más. Algo diferente. Un mundo al que pertenecer sin sentirse como una extraña en tierra extranjera.

—No te preocupes por la distancia geográfica que pueda haber entre nosotros, Carmencita —dijo Ramón, después de cavilar durante un rato—. No hay suficientes kilómetros en el perímetro de la tierra que puedan alejarme de ti. Iré a verte a París.

—Eso espero.

—Y, además, volverás pronto. En cuanto ganes unos kilos tu madre te traerá de vuelta…

—No entiendo la manía que os ha entrado a todos con que estoy delgada. ¡No lo estoy! Las gordas de Rubens son del siglo XVI.

Ramón no replicó. Avivó el ritmo de la marcha y a los pocos minutos llegaron a una explanada sombría, bajo una cúpula de abedules, donde había un estanque rectangular excavado en la tierra. Sus paredes de piedra estaban recubiertas de verdín, helechos y enredaderas.

—La fuente de Kutralla —dijo Ramón mientras se quitaba la mochila del hombro y la dejaba caer a tierra.

—¿Y qué pretendes que hagamos aquí? —preguntó Carmen.

—Reponer fuerzas.

Se acuclilló junto a la mochila, descorrió la cremallera y extrajo de su interior un tarro de *foie*, una bolsa de biscotes, una botella de champán, tamaño benjamín, y dos copas de plástico. Carmen contempló la maniobra de avituallamiento de su amigo con una mezcla de asombro y agradecimiento, pero no parecía demasiado atraída por la idea de ponerse a comer. A Ramón pareció importarle muy poco y respondió a su gesto de saciedad con otro de indiferencia.

—No tengo hambre —oficializó ella.

—Eso no es relevante —sentenció él.

Se sentaron en el suelo, con las piernas entrelazadas al estilo de los indios americanos, y durante un buen rato permanecieron en silencio. La brisa oreó el sudor de sus caras. De vez en cuando, Ramón untaba un poco de *foie* sobre un biscote con la hoja de su navaja y se lo pasaba con la orden imperativa, muda pero elocuente, de que se lo comiera. Ella lo mordisqueaba con parsimonia desesperante.

—Me gusta la naturaleza —dijo Ramón al cabo de un rato.

—¿Por qué? —preguntó Carmen.

—Porque se abre camino al margen de las leyes que dictan los seres humanos. Va por donde debe, no por donde le mandan que vaya.

—¿Y qué pasa con los jardines?

—También adquieren vida propia. Antes o después, desobedecen a los jardineros.

Entonces, Ramón le habló del jardín del palacio de Ayete, donde Franco pasaba buena parte del verano. Cuando iban a visitar a su tía Carmen, la hermana de su madre, él corría por los senderos de los parterres y exploraba los palomares, las cuevas y los puentes mientras jugaba con sus hermanos. Todos iban vestidos con los trajes que su madre les había comprado para la ocasión. Llevaban días esperando usarlos y al poco de llegar ya estaban manchados de tierra. «La naturaleza no se deja domesticar

—dijo—, es como las fieras. Puedes encerrarlas en una jaula, pero si metes la mano entre los barrotes te la arrancan de cuajo».

—¿Ayete es bonito? —quiso saber Carmen.

—No mucho. A mí me parece un palacio viejo y poco acogedor. Y además, no me trae muy buenos recuerdos.

—¿Por qué?

—Porque cada vez que vamos mi padre se pone de malas pulgas. De hecho, no suele acompañarnos.

Era un secreto a voces que Franco y Serrano Suñer, a pesar de ser cuñados, apenas se trataban desde el verano de 1942.

Carmen le había oído contar a su madre, muchas veces, la historia del distanciamiento entre tío Ramón y el Caudillo.

El 15 de agosto de 1942, al grito de «Muera Franco», «Abajo el socialismo de Estado» y «Viva el rey», un grupo de falangistas lanzó dos granadas contra el gentío que salía de la misa que se había celebrado en la basílica de Nuestra Señora de Begoña, en Bilbao, en honor a los combatientes carlistas caídos durante la Guerra Civil. Habían presidido la ceremonia los generales José Enrique Varela, ministro del Ejército, y Valentín Galarza, ministro del Interior. Las bombas causaron varios heridos y estuvieron a punto de alcanzar al general Varela. Los altos mandos militares consideraron el atentado como un ataque al Ejército por parte de la Falange y exigieron la destitución de Serrano Suñer, presidente de la Junta Política del partido y ministro de Asuntos Exteriores. Franco zanjó la disputa con estricta fidelidad a su estilo salomónico de mitad y mitad y sacó del Gobierno, de la misma tacada, a Varela, a Galarza y a su cuñado. A los autores materiales del atentado, dos falangistas de la División Azul, recién llegados del frente ruso, los condenaron a muerte. Uno de ellos, Hernando Calleja, fue indultado. El otro, Juan José Domínguez, murió ante el pelotón de fusilamiento.

—Nunca he entendido —dijo Carmen— por qué Franco se enfadó tanto con tu padre. A mí me parece que la acción de un grupo de falangistas jóvenes, por muy temeraria y alocada que fuera, no justifica lo que pasó entre ellos. Después de todo, son cuñados. Y Franco es un dictador. Nadie le hubiera discutido una decisión distinta.

—Creo que quiso demostrar que los lazos familiares no interferían en sus decisiones políticas —respondió Ramón—. Y es probable que influyeran otras cosas.

—¿Qué cosas?

—Según mi madre, algunos generales estaban celosos del poder que acumulaba mi padre en el Gobierno, y más siendo cuñado de Franco. Ella dice que eso desató las intrigas que acabaron con su destitución.

—¿No te ha contado más?

—No. Es un tema tabú. Tengo la impresión de que a mi madre le afectó más que a mi padre porque la tía Carmen se separó mucho de ella desde entonces. Hasta ese momento habían estado muy unidas.

—¿Nunca has tenido curiosidad por preguntarle a tu padre qué es lo que pasó en realidad?

—Mi padre es una persona hermética, Carmencita. Ya lo conoces. Nunca manifiesta sus emociones y no da pie a ese tipo de conversaciones íntimas. Pero una vez, hace cosa de un año, me vio leyendo un tebeo antiguo que a mí me gustaba mucho, *Flechas y Pelayos,* y me lo cogió de las manos para echarle un vistazo. Me preguntó de dónde lo había sacado y le dije que de un altillo de mi dormitorio. «No sabía que guardáramos estas reliquias franquistas», comentó en voz alta. Y luego añadió que falangistas y carlistas eran como agua y aceite y que Franco se equivocó al tratar de unificarlos a todos. «Por culpa de ese error caímos en desgracia», me dijo. Y luego añadió: «¡Menuda batalla de celos!». Esa exclamación la recuerdo perfectamente. Me explicó que todos querían mandar y, si no lo conseguían, trataban de evitar que mandaran los otros. De aquella conversación se me quedaron grabadas dos frases. En un momento dado me miró fijamente con esos ojos que tiene, tan azules y tan profundos, muy parecidos a los tuyos, y me dijo: «Empezaron a decirle a Franco que tenía que prescindir de mí para que nadie pudiera pensar que yo mandaba más que él en España». No es textual, pero casi. Y al final, mientras se iba, recitó una frase de Lope de Vega que le gusta mucho y repite con bastante frecuencia: «Celos son hijos del amor, mas son bastardos, te confieso».

Carmen calibró en silencio las palabras de Ramón. Absorta en sus pensamientos, no escuchó la pregunta que le hacía su amigo...

—¡Carmen!

Ella volvió en sí al conjuro de su nombre.

—Perdona —dijo—, ¿qué me decías?

—Que por qué te interesa tanto esa historia...

Carmen no se atrevía a confesarle que el verdadero motivo de su curiosidad eran los misteriosos comentarios que en más de una ocasión, delante de ella, se le habían escapado a su tía Pura.

Purificación Huétor, la mujer de Ramón Díez de Rivera, hermano de su padre y jefe de la casa civil de Franco, era la mejor amiga de Carmen Polo. Según solía decirle su madre, tenía fama de ser «la mujer más cotilla del mundo». España entera pasaba por el tamiz murmurador de sus labios. A Ramón Serrano Suñer lo tenía crucificado.

«Como es guapito y le llaman Jamón Serrano, se cree que todas las mujeres están a su alcance».

«A pesar de los disgustos que le han ocasionado los líos de faldas, no escarmienta».

«Si hubiera mantenido la bragueta cerrada aún seguiría siendo ministro».

No eran comentarios que prodigara alegremente, por supuesto. Cuando se percataba de que Carmen o alguno de sus hermanos estaban escuchando, cambiaba el tercio. No era una conversación para todos los públicos. Un día, Carmen oyó cómo su padre le paraba los pies con cajas destempladas. «¡Ni una palabra más!», dijo terminantemente. A su tía Pura le sentó mal el desaire.

Carmen tenía su propia opinión sobre el fondo del asunto. Que Serrano era un hombre guapo estaba fuera de duda. Y que se le daban bien las mujeres, también. Ella misma se sentía atraída por su personalidad. Y estaba segura de que a su hermana Sonsoles le sucedía lo mismo. Igual que a su madre. Las tres se sentían fascinadas por su indudable atractivo. Era un hombre enigmático. Una aplomada y misteriosa templanza le confería a su forma de mirar la vida un cierto carácter de larga distancia, a medio camino entre la frialdad y la calma. Se rumoreaba que había sido amante de Concha Piquer. Tal vez las aviesas murmuraciones de su tía Pura Huétor hicieran referencia a ese cotilleo, y aunque a Carmen le costaba pensar en tío Ramón desde esa perspectiva de infidelidad conyugal, lo cierto es que no le parecía inverosímil que la Piquer, o cualquier otro icono del flamante universo femenino de la época, hubiera caído rendida en sus brazos.

A Carmen, por supuesto, no le atraía de ese modo. Le gustaba estar cerca de él porque se sentía extrañamente protegida. Tal vez se debiera a que la salud precaria y la edad avanzada de su padre transmitían una cierta imagen de fragilidad. La amistad con los Serrano Suñer, el clima de confianza íntima que imperaba entre ambas familias, contribuía sin duda a que los Díez de Rivera, sobre todo las mujeres, se sintieran a salvo.

Carmen no podía olvidar aquella ocasión en que su madre mandó despertarla a medianoche para que llamara al tío Ramón y le preguntara que cuándo iba a ir a verles porque le echaban mucho de menos. Ella solo tenía ocho años y cumplió el encargo disciplinadamente.

En ocasiones, el tío Ramón también se preocupaba por su delgadez. Cuando tenía doce años, su madre la llevó al médico. El diagnóstico fue anorexia preadolescente.

«No hay por qué preocuparse. Son cosas típicas de la edad, la clásica búsqueda del propio yo a costa de matar al padre. En este caso, a la madre. Es un termómetro que, tratándose de una mujer, mide la calidad de la relación madre-hija en el momento más crítico de la autoafirmación de un adolescente. Freud capítulo uno. No suele darse de forma tan llamativa, pero no es algo excepcional», dijo el galeno tratando de herir lo menos posible la sensibilidad de la marquesa de Llanzol.

Sonsoles de Icaza puso cara de circunstancias al escuchar el diagnóstico. Trató de procesarlo como si se tratara de una información que pudiera desvincularse de su conducta personal, como si no supusiera un alegato de culpa hacia el modo en que había ejercido el rol materno. Entre los dos se estableció ese acuerdo tácito de elegancia formal, tan frecuente entre personas de educación esmerada: ella huía de los golpes de pecho para no ponerse en evidencia, ni ante ella misma ni ante los demás, y el médico, sabedor de que ya le había dicho lo suficiente como para que se hiciera cargo del problema, le ahorraba los detalles más enojosos de la explicación patológica de la enfermedad: que solía ser el síntoma más común de un trastorno asociado al rechazo a lo materno, a lo que tiene el mandato natural de alimentar y dar vida, entre jóvenes donde predomina un fuerte sentimiento de hijas no deseadas.

—¿Algún consejo, doctor? —preguntó la marquesa antes de abandonar la consulta.

—Procure prestarle atención, estrechar los lazos afectivos con ella —respondió el médico, midiendo sus palabras para no herir su susceptibilidad.

—Naturalmente.

El médico codificó enseguida la sequedad cortante de la respuesta como «mensaje recibido». Sonsoles de Icaza ya había captado el trasfondo psicológico del problema y no tenía ningún interés en prolongar esa parte de la conversación. Lo que a ella le interesaba saber era si tenía que tomar alguna medida terapéutica concreta.

—El aire puro, los paseos por el campo, le sentarán bien.

—Algunas amigas me han hablado de la quina Santa Catalina. Dicen que es un remedio eficaz para abrir el apetito.

—Daño no le hará —dijo el galeno prudentemente—, pero no desdeñe el aire libre…

A raíz de la prescripción médica, los Díez de Rivera y los Serrano Suñer programaron varias excursiones por la sierra.

Durante las excursiones, el tío Ramón se mostraba especialmente cariñoso con Carmen.

—Tienes que comer, Carmencita —le dijo en una ocasión en que se quedaron a solas a la sombra de un enebro—. Tu madre está muy preocupada por ti, ¿no te das cuenta?

A Carmen le hubiera gustado corregir aquella observación para decirle que la palabra correcta no era preocupada, sino amargada, y que la causa, desde luego, no era su delgadez, sino su carácter rebelde y contestatario.

—La saco de quicio. Solo soy un estorbo en su vida. Me culpa de todo…

Serrano enarcó las cejas. Llevó una gran bocanada de aire a sus pulmones y luego suspiró prolongadamente mientras buscaba la respuesta adecuada. Tardó en responder:

—Eso no es así. No seas tan dura con ella. Lo que pasa es que te estás haciendo una mujer, ya no eres una pequeñaja, y empiezas a tener un mundo propio que choca con el suyo. Es algo muy normal. En eso consiste la adolescencia ¿Cuántos años tienes?

—Doce para trece —respondió Carmen, emulando voz de adulta.

—¿Lo ves? ¡Ya eres toda una personita! A los padres nos cuesta aceptar que nuestros hijos se vayan separando de nosotros, que crezcan tan deprisa, que cada vez nos necesiten menos, que tengan sus propias opiniones y que estas se vayan alejando cada vez más de las nuestras.

—No es eso, tío Ramón —dijo ella—. A mi madre mis opiniones le importan un pito. A lo mejor no te das cuenta porque últimamente vienes menos a vernos, pero está insoportable. Desde hace una larga temporada ya no es la misma. Antes me ignoraba, y eso era casi mejor, pero ahora me riñe a todas horas, me machaca con sus reproches, no me deja en paz ni a sol ni a sombra. Es como si le molestara mi presencia. Es verdad que con otros también se lleva mal, no creas que no me doy cuenta... Me he fijado en que contigo también está mucho más chinchosa que antes. Y con papá. Y con el mundo entero. ¡Pero conmigo es peor! A mí no me da respiro...

A Serrano pareció causarle honda impresión el desahogo de Carmen. No dejó de mirarla mientras ella se enjugaba las lágrimas con los dorsos de las manos. Buscó un pañuelo en el bolsillo y, al sacarlo, extrajo también de su interior un gorrito blanco hecho un gurruño. Primero le tendió el pañuelo. Luego alisó el gorrito y le dijo:

—Es para ti. Se me había olvidado dártelo. Te protegerá de este sol tan justiciero. Te están saliendo pecas en el cuello...

Carmen se lo puso y, en señal de agradecimiento, le brindó una pose teatral de niña presumida, con gesto sonriente y un ligero ladeo de la cabeza hacia el lado derecho.

—Te pareces mucho a tu madre —dijo Serrano sin afectación.

—Ella dice que le recuerdo a ti. Me imagino que se refiere al color de los ojos...

Serrano se turbó.

—No. Lo dice porque yo también le llevo la contraria en algunas cosas. No le gusta que la contraríen. Pero se le pasará. Ya verás cómo ese mal genio de estos días desaparece pronto...

—¿Es por eso por lo que últimamente vienes menos a vernos? ¿Porque siempre está de mal genio?

—No, Carmencita —dijo él—. Voy menos a veros porque tengo más trabajo y, por desgracia, menos tiempo para los amigos.

Y ahora —añadió mientras se ponía en pie—, prométeme que comerás bien y te pondrás fuerte...

Ella asintió con la cabeza.

—Te lo prometo.

—Muy bien, pues levántate y sonríe, que voy a hacerte una foto para que la posteridad te recuerde con ese gorrito blanco, que, por cierto, te sienta de maravilla...

Y ella, delgaducha y sonriente, se levantó, llevó las manos a su espalda, elevó la barbilla y miró hacia el objetivo de la cámara con pompa de estrella de cine.

Una vez que los recuerdos se hubieron alejado de la fuente de Kutralla, Carmen le preguntó a Ramón:

—¿Quieres saber por qué me interesa el motivo de la caída en desgracia de tu padre?

—Sí. Nunca me habías preguntado antes por esa historia. Me gustaría saber a qué viene ese interés repentino.

Carmen se deshizo del último biscote untado de *foie* lanzándolo entre los arbustos y se tumbó en el suelo apoyando la cabeza sobre la mochila de Ramón.

—Me han venido a la cabeza viejas murmuraciones familiares, eso es todo —dijo con entonación neutra.

—¿Qué clase de murmuraciones?

—De vieja cotorra. Cosas de faldas, ya sabes a qué me refiero.

—¿En relación con mi padre?

—Son tonterías, Ramón. Dejémoslo estar.

Él se puso a romper ramas y a arrojarlas contra un pequeño lecho de musgo.

—¿Crees que pudieron destituirle por haber tenido una conducta inmoral?

—Ni lo sé ni me importa —dijo ella, con ánimo de zanjar la cuestión—. A mí la única conducta inmoral que me preocuparía sería la tuya si te diera por irte con otras...

—¡Eso nunca!

—¿Me lo prometes?

—Te lo prometo.

—¿Amor para siempre?

—¡Hasta el último suspiro de la eternidad!

—¿Pase lo que pase?

—¡Aunque nos cueste el infierno!

A lo lejos reapareció una masa de nubarrones grises y la temperatura empezó a descender.

—Tengo frío —dijo Carmen.

Ramón sacó un jersey de hilo color mostaza del interior de su mochila y, en cuclillas, se lo acercó alargando el brazo. Pero Carmen se desentendió del jersey, sujetó a su amigo por la muñeca y tiro suavemente de él hasta hacerle perder el equilibrio. Después de chocar, los dos cuerpos rodaron entre risas hasta un macizo de hortensias. Ramón hincó los codos en la tierra para que el peso de su cuerpo no recayera sobre el de ella. Con las palmas de las manos abiertas sujetó la cabeza de Carmen por ambas mejillas y con los labios entreabiertos buscó el beso que andaba anhelando durante toda la mañana. Su saliva le supo a *foie* y a champán francés.

Y entonces comprendió en qué consistía el placer de los dioses.

XVI

Madrid, miércoles, 10 de noviembre de 1976

Era la segunda vez en cinco días que Carmen sacaba del armario sus mejores galas y se sentaba frente al espejo de su coqueta para pintarse los ojos.

Cinco días antes, el viernes 5, eligió un modelo marrón oscuro para ir a cenar a casa de Javier González de Vega, el jefe de protocolo de Presidencia, con Enrique Tierno Galván y su mujer. Iba a ser su primer encuentro con el Viejo Profesor y se propuso impresionarle. Luego supo que lo había conseguido. El anfitrión le llamó al día siguiente por teléfono para decirle que a don Enrique no solo le había parecido una mujer bellísima, sino además inteligente y refinada. «Lo que más le llamó la atención —le dijo— fue tu espíritu crítico y tu independencia». Lo que González de Vega no le contó, sin embargo, fue el comentario que hizo Encarnita, la mujer de Tierno, cuando Carmen se fue a su casa: «Esa mujer me gusta mucho, pero me parece que está falta de cariño y de protección». Los hombres se mostraron de acuerdo. Tierno añadió: «Es rígida como una carmelita. Siento que tenga problemas de fe». Carmen había aparecido en la cena con un ejemplar del libro *Qué es ser agnóstico* y le pidió al autor que se lo dedicara. Tierno escribió:

Para Carmen Rivera, con agradecimiento de un español preocupado por España. Con afecto del Viejo Profesor.

Antes de sentarse a cenar, Tierno desenvolvió un paquete y les mostró un eccehomo bastante antiguo y en mal estado que habitualmente, según les dijo, colgaba de una pared de su dormitorio. Le preguntó a Javier González de Vega si conocía a alguien que pudiera restaurarlo. Javier, después de examinarlo con detenimiento, le respondió que el esfuerzo no merecía la pena porque la pintura no tenía ningún valor artístico. Don Enrique, con gesto triste, le contestó: «Es cierto, pero mi padre y mi madre se murieron mirando ese cuadro». A Carmen se le puso la carne de gallina.

Luego, en la sobremesa, hablaron de política en profundidad.

El líder socialista alabó la idoneidad temperamental de Adolfo Suárez para hacer frente a la situación a la que se enfrentaba el país. «Me parece un hombre con mucha capacidad de relación, simpático, avispado, que escucha con interés y aguanta a pie firme los ataques. Además, es más pragmático que utópico y eso le ayudará a tener una postura flexible que le permita ir adaptándose a los hechos». Pero Carmen no pareció muy convencida de que esa fuera la mejor actitud para encarar los problemas que acuciaban al Gobierno y respondió sin contemplaciones: «Yo creo que hay que pedir cabezas y exigir responsabilidades a quienes están torpedeando los cambios». Don Enrique sonrió benévolo: «Lo importante es la meta: devolver la soberanía a los españoles sin alentar rencillas ni represalias. Los españoles somos extremosos y es mejor no polarizarse».

Carmen sabía que su jefe llevaba semanas tratando de convencer a los procuradores franquistas y a los miembros del Consejo Nacional del Movimiento para que aprobaran la Ley para la Reforma Política. Raro era el día en que no desayunara, almorzara, merendara o cenara con uno o con varios de ellos. Durante esos encuentros desplegaba toda su capacidad de seducción y trataba de hacerles ver la inviabilidad de una posición regresiva. Luego les pintaba un futuro halagüeño para sus ambiciones políticas. Dado que muchos de ellos se consideraban auténticamente representativos de sus provincias, les animaba a presentarse a las futuras elecciones y les daba a entender, con palabras equívocas, que contarían con el apoyo del Gobierno durante la campaña.

Carmen no siempre estaba de acuerdo con esa técnica persuasiva pero Suárez le replicaba que había que jugar con el conocimiento de las personas, que en realidad era una manera eufemística de decir que había que saber halagar las vanidades humanas. Esa era su especialidad. Y si no bastaba con eso, siempre cabía el recurso de otras técnicas menos sutiles. Diecisiete procuradores y sus respectivas esposas, por ejemplo, acudieron a un congreso sindical en Panamá a bordo de un crucero de lujo con todos los gastos pagados. Otros, menos vulnerables a la molicie, fueron amenazados con escándalos de tipo económico o sexual. Dado que muchos percibían sueldos de empresas vinculadas al Estado, a menudo bastaba con recordarles el origen de sus ingresos. Menos acostarse con ellos, como solía decir el ministro Martín Villa, valía casi todo con tal de conseguir que no torpedearan la aprobación de la ley que tenía que hacer posible la Transición a la democracia.

Aun así todavía había una porción de irreductibles que se negaba a colaborar. «Con Franco vivíamos mejor. La paz de Franco no necesita reformas», le dijo a Suárez uno de los procuradores más recalcitrantes antes de abandonar su despacho dando un sonoro portazo. Eran ese tipo de conductas las que despertaban en Carmen el ansia de cortar cabezas y exigir responsabilidades. En el fuero interno de los franquistas, democracia y debilidad eran dos caras de la misma moneda. Sin mano dura iba a ser imposible mantener la paz y el orden público. La escalada de las acciones terroristas lo demostraba. Desde la muerte del Generalísimo, ETA había asesinado a diecinueve personas en trece atentados terroristas. El 4 de octubre cayó abatido en San Sebastián al presidente de la Diputación Provincial de Guipúzcoa, Juan María Araluce, a la sazón procurador en Cortes y miembro del Consejo del Reino.

Toda la prensa reprodujo con detalle los pormenores del atentado. Araluce había salido de su despacho un poco más tarde de lo acostumbrado. A las dos y veinte subió a su coche oficial, un Seat 132, y el vehículo recorrió los ochocientos metros que separaban el edificio de la Diputación Provincial de su domicilio particular, en la avenida de España, en menos de dos minutos. Le siguió el coche de escolta, un R-12 de color verde, en el que viajaban el conductor y dos subinspectores de policía. Cuando el vehículo llegó a su destino, tres individuos jóvenes que se encontraban bajo la marquesina de una parada de autobús vaciaron los cargadores de sus metralletas. En total hicieron un centenar de disparos. Araluce recibió siete impactos de bala, uno en la pierna y seis en el abdomen y el tórax. El conductor de su automóvil, José María Elícegui, de veinticinco años, recibió dos impactos en la cabeza. En el otro automóvil, el chófer resultó muerto en el acto. Los dos subinspectores quedaron mortalmente heridos. Los autores de los disparos salieron corriendo hacia un Simca 1200, de color blanco, que les aguardaba en la esquina más próxima con el motor encendido. Al escuchar los disparos, la mujer y los hijos de Araluce, que se hallaban comiendo, se asomaron a la ventana y vieron el final del tiroteo. Los dos mayores bajaron a la carrera los cinco pisos que les separaban de la calle para auxiliar a su padre. Aún vivía. Uno de ellos se puso al volante del propio coche oficial ametrallado y condujo hasta la residencia sanitaria de la Seguridad Social Nuestra Señora de Aránzazu. El político vasco murió en el quirófano una hora más tarde.

La reacción política de los sectores que se oponían al cambio político fue estremecedora. Las calles se llenaron de pintadas tildando a Suárez y al rey de traidores a la patria, los cuarteles hicieron sonar toques de generala, los periódicos del búnker enardecieron aún más sus diatribas contra la reforma y los grupos violentos sacaron a pasear sus nudilleras de acero. Tierno invocó ese precedente para ilustrar su tesis sobre el carácter extremoso de los españoles. «No hay que alimentar rencillas y represalias —repitió—, es mejor no polarizarse». Pero Carmen, fiel a su «rigidez carmelita», mantuvo el criterio de que a las murallas no las derriba la paciencia, sino la acción demoledora de los arietes.

Tras haber defendido esa postura durante su primer encuentro con Tierno Galván, Carmen se disponía a hacer lo propio, cinco días después, ante un grupo de ilustres principales de la oligarquía del poder.

Su amiga Pilar de Borbón la había invitado a una cena en su casa de Puerta de Hierro a la que iban a acudir sus padres, don Juan y doña María de las Mercedes; su hermano Juan Carlos y su cuñada Sofía; Elena Kirby, hermanastra de la cabeza de la casa Romanov —María Vladimirovana Romanova—; y el abogado José Mario Armero. El rey le había pedido en secreto que, durante la cena, se declarara partidaria de la legalización del Partido Comunista. Ella le respondió: «Solo una insensata o una imbécil aceptaría ese encargo». Pero el rey le replicó: «A ti nunca te ha importado demasiado lo que la gente piense de ti. Lo que te preocupa es la libertad del pueblo español, así que tú suéltalo, a ver qué pasa». Después de pensarlo, Carmen aceptó el encargo pero subió la apuesta. «Entonces —dijo— también trataré de convencer a don Juan de la necesidad de que abdique de sus derechos dinásticos. Puestos a ver qué pasa, hagamos el experimento completo».

Para la ocasión eligió un *strapless* dorado de talle alto con bordes como pétalos de flor y falda asimétrica de color crema. Estaba radiante. Al verla entrar, todos los presentes se quedaron boquiabiertos.

Durante la cena estuvieron hablando un buen rato del mundo del circo. La infanta Pilar quiso saber cómo se domaba un león y José Mario Armero le explicó la diferencia que existía entre domar y entrenar a los animales salvajes.

—Los leones no pueden domarse, pero pueden ser entrenados para que hagan trucos. Un domador puede dominarles, enseñarles a ser tolerantes con los seres humanos que están cerca de ellos y a responder a sus órdenes, a reconocer su voz.

Elena Kirby, hija de la princesa de Georgia Leonida Georgievna y del magnate de Pensilvania Summer Moore Kirby, puntualizó la observación de Armero.

—En mi país —dijo—, los *skomoroji*, los artistas ambulantes que introdujeron la tradición del circo en el siglo XI, creían que era posible convertir especies exóticas en mascotas. Hace quince años, un genetista ruso llevó ciento treinta zorros plateados a una granja cercana a Novosibirsk. De cada generación solo permitió que se reprodujesen los ejemplares más mansos. Al poco tiempo, algunos de los zorros empezaron a menear la cola. Después de ocho generaciones, las orejas se volvieron blandas, las colas se acortaron y los cráneos se ensancharon. Por lo que sé, le falta muy poco para crear el zorro doméstico.

—Eso no significa mucho —repuso José Mario Armero—. También *El principito* de Saint-Exupéry fue capaz de amaestrar a un zorro. Pero a los leones no se les ha encontrado el gen de la mansedumbre. Uno de los domadores rusos más famosos de la historia, Anatoly Durov, estuvo a punto de ser devorado por uno.

Carmen seguía el debate con interés.

—José Mario es un gran aficionado al circo —le explicó el rey—. En su casa de Pozuelo tiene la mejor colección de carteles circenses que hay en el mundo.

—Naturalmente, esa es una exageración muy generosa por parte del rey —dijo Armero, complacido por el cumplido.

—No quiero ser aguafiestas —intervino Carmen—, pero no simpatizo mucho con el trato que reciben los animales por parte de sus domadores. No me gustan los látigos y las actitudes de dominio…

La voz categórica de don Juan de Borbón tronó como una exhalación apocalíptica:

—¡Bobadas! El hombre, que es el rey de la creación, tiene el mandato divino de someter a todas las criaturas…

—Esa es una visión demasiado monárquica de la vida —repuso, diplomática, María de las Mercedes de Borbón y Orleans.

—Es la visión del Creador, que ha impuesto el orden de la naturaleza —sentenció don Juan sin darle importancia a la observación de su mujer.

La reina Sofía aprovechó el silencio que había impuesto la jactanciosa afirmación de su suegro para decir con voz suave:

—Yo me inclino por darle la razón a Carmen. No hay por qué maltratar a los animales…

El marido de doña Pilar, Luis Gómez-Acebo, a quien Carmen llamaba Luis Deleitosa en honor al marquesado de su padre, trató de llevar la conversación a un terreno menos espinoso.

—Pues yo solo advierto, en mi condición de anfitrión, que las perdices que nos estamos zampando esta noche las ha cazado don Juan…

—¡Y a mucha honra! —recalcó el aludido.

—He de decir —le dijo el rey Juan Carlos a su hermana— que nadie las prepara como tú. En casa no salen igual de buenas.

—No es por la receta —se disculpó la reina Sofía—, sin duda es por la mano de la cocinera…

—Muchas horas de práctica —señaló la infanta.

—¡Como debe ser! —intervino don Juan.

A Carmen no le gustó el comentario. Torció el gesto y comentó en son de guerra:

—Menos mal que a la mujer se le quiebra la pata para que se quede en casa. Si se le quebrara el brazo, los hombres se morirían de hambre.

Don Juan acusó el golpe. José Mario Armero, que conocía el temperamento del conde de Barcelona y su dificultad para encajar los desplantes femeninos, salió al quite antes de que la réplica destemplada del padre del rey elevara la temperatura de la sobremesa.

—Carmen —dijo con voz amable— escribió un artículo muy brillante hace unos días sobre la descolonización psicológica de la mujer en la revista *Blanco y Negro*. Y yo estoy completamente de acuerdo con ella. Hay que favorecer la integración paritaria de la mujer en la sociedad, como están tratando de hacer otros países de Europa.

—¡Desde luego! —dijo Pilar de Borbón.

—Naturalmente —corroboró la reina Sofía.

Elena Kirby era la única mujer de la mesa que aún no se había pronunciado. Al percatarse de que todas las miradas se dirigían hacia ella, tiró de la sisa de su vestido para eliminar las arrugas de la escotadura, cuyo vértice llegaba casi hasta la cintura. Un corpiño de color malva con bordados más claros le protegía el busto a modo de peto. Las mangas por debajo de los codos recordaban los diseños de Balenciaga. La elegancia del modelo solo admitía parangón con el de Carmen. Las dos mujeres más vistosas de la cena intercambiaron una mirada de inteligencia. Finalmente, la condesa georgiana dijo:

—Antes de que me traten como mujer, prefiero que lo hagan como persona.

—Si escribí el artículo —dijo Carmen—, fue para darles una respuesta a quienes me mandan continuamente a zurcir medias.

—¿Quién hacen tal cosa? —preguntó Luis Gómez-Acebo.

—Los editorialistas de *El Alcázar*, algunos militares rancios y, por lo que sé, el propio general De Santiago.

—En el castigo lleva la penitencia —dijo la reina Sofía—. ¡Mira cómo ha acabado el pobre hombre!

Un mes y medio antes, el 22 de septiembre, el general De Santiago había presentado su dimisión como vicepresidente del Gobierno en señal de protesta por la decisión de Suárez de autorizar la libertad sindical.

De Santiago se plantó en el despacho del presidente y le dijo que sus tragaderas ya no soportaban más traiciones a la obra del Caudillo. Había transigido con la modificación del código penal que, de hecho, allanaba el camino para la legalización del Partido Comunista y con la convocatoria de elecciones libres. Pero ya estaba ahíto de tragar tanto sapo. No tenía estómago para otro más. La legalización de los sindicatos era un contradiós que no pesaría sobre su conciencia. «Tú eres joven —le dijo a Suárez— y no viste la guerra. Yo no pido que los partidos y los sindicatos, cuando se manifiesten, lo hagan rezando el rosario; lo único que pido es que garanticen que no nos van a llevar otra vez a la subversión y al enfrentamiento». Suárez, sin perder la compostura, le respondió: «No lo harán, Fernando. No seas tan pesimista». Pero De Santiago insistió: «Quisiera equivocarme pero estás arriesgando demasiado». Suárez tiró de galones: «Yo soy el presidente del Gobierno y asumo los riesgos que estimo oportunos para conseguir la reconciliación de todos los españoles». A partir de ahí, la conversación fue subiendo de tono y desembocó en un duelo de faroles. «Te recuerdo, presidente, que en este país ya ha habido más de un golpe de Estado», dijo el militar. Y el presidente del Gobierno le respondió: «Y yo te recuerdo, general, que en España sigue existiendo la pena de muerte».

El general dimitió de su cargo y se fue a su casa para seguir conspirando con otros generales. Uno de ellos, el general Iniesta Cano, publicó cuatro días después, en el diario *El Alcázar*, una carta abierta apoyando a su amigo por haber abandonado el Gobierno:

> *En nada podía extrañarnos tu firme decisión de renunciar al elevado cargo que ocupabas cuando llegó un momento en el que*

continuar hubiera sido incompatible con la seria promesa y el sagrado juramento que prestaste cuando accediste a él. Tu lección es impagable. Una vez más, has sabido demostrar que eres un militar de los pies a la cabeza.

A los pocos días, el Consejo de Ministros expedientó a los dos militares y les envió a la reserva.

—¡De Santiago ha acabado donde merecía! —dijo don Juan—. Ha sido una gran decepción para mí. Se suponía que era uno de los militares monárquicos con los que podíamos contar tras la muerte de Franco.

—No solo es él quien flaquea —explicó el rey Juan Carlos—. El almirante Pita da Veiga, tal vez porque pensaba que iba a ser el sucesor de Fernando de Santiago, vino a verme a mi despacho para denigrar la elección del general Gutiérrez Mellado como nuevo vicepresidente del Gobierno. Me dijo que le faltaba antigüedad para ocupar el puesto y, de paso, deslizó que no sería capaz de contener el descontento de las Fuerzas Armadas porque no era un militar suficientemente respetado entre sus compañeros de armas.

—¡Y eso que Pita es uno de los jefes militares más monárquicos de todos! —se lamentó don Juan.

Entonces, Carmen vio el cielo abierto para lanzar la primera de las cargas de profundidad que guardada en la bodega. Dirigiéndose a don Juan, dijo con inopinada vehemencia:

—Y eso demuestra, señor, que los militares monárquicos están confusos. Piensan que las cosas serían distintas si en lugar de su hijo fuese usted quien ocupara el trono. Algunos creen que el rey está dejando que el Gobierno llegue más lejos de lo que usted permitiría. Es urgente que comprendan que eso no es verdad. Tienen que saber que padre e hijo comparten el mismo proyecto. España no es monárquica, es juancarlista. Y si el cambio que impulsa don Juan Carlos fracasa, ya puede usted olvidarse de la monarquía por los siglos de los siglos...

Don Juan movió instintivamente la cabeza hacia atrás, como si la impulsiva reacción de Carmen le hubiera obligado a ponerse en guardia.

—¿Y eso a qué diablos viene, si puede saberse? —preguntó, sorprendido y malhumorado, el padre del rey.

Carmen se tentó la ropa y contó mentalmente hasta diez. Luego siguió adelante. No estaba dispuesta a desaprovechar la oportunidad de decir lo que pensaba.

—Lo que trato de decirle, señor, es que sería estupendo que usted abdicara de sus derechos dinásticos.

José Mario Armero comenzó a esponjarse el sudor con la servilleta.

—¡Lo que hay que oír! —exclamó don Juan, desplomándose en la silla.

Un silencio glacial se adueñó de la escena. Carmen también comenzó a sudar y maldijo la ocurrencia de haberse pintado tanto los ojos. Pensó que se le iba a correr el rímel y que, además de comportarse como tal, acabaría pareciendo una bruja ante aquel auditorio de miradas atónitas. Creyó entender que doña María de las Mercedes decía entre dientes «Esta mujer es un horror», y contuvo la respiración para mantener la calma. Si lo que quería era averiguar qué pasaba después de soltar la bomba, la respuesta saltaba a la vista: la tensión era tan densa que pesaba como un fardo.

—Carmen, conozco bien a tu padre —dijo don Juan— y creo que en este momento no estaría demasiado orgulloso de su hija.

Carmen tuvo que respirar muy hondo para reprimir la respuesta que le pedía el cuerpo. No soportaba el machismo viniera de quien viniera. Pasó por alto la provocación y a pesar del clima de máxima tensión que se había creado en la mesa, dijo en voz alta:

—Tendría muy poca gracia que el rey hubiera llegado al trono, a pesar de las maniobras del búnker para que Franco le sustituyera por un Dampierre, y que ahora fuera su propio padre quien pusiera en riesgo la consolidación de la dinastía.

La observación de Carmen tenía un fundamento histórico indiscutible.

Al vizconde de Dampierre, duque pontificio de San Lorenzo Nuevo, y a su primera esposa, la princesa italiana Vittoria Ruspoli, les deslumbró la idea de casar a su hija Victoria Juana Emanuela Josefina Petra María, más conocida como Emanuela a secas, con el segundo hijo de Alfonso XIII y Victoria Eugenia de Battenberg, Jaime de Borbón, que había renunciado a sus derechos dinásticos al trono de España tras quedarse sordo y mudo a los cuatro años. La boda se celebró en la iglesia de San Ignacio de Loyola de Roma el 4 de marzo de 1935. Durante el viaje de novios, Emanuela comprobó que la sordera o la mudez no eran las peculiaridades físicas más inquietantes de su esposo. Los apetitos sexuales del infante eran de tal magnitud que la pobre quedó espantada y tuvo que correr a enclaustrarse en sus apartamentos privados para pedir socorro telefónico.

Después de dar a luz a sus hijos Alfonso y Gonzalo en los dos primeros años de matrimonio decidió que ya había cumplido sobradamente con sus deberes conyugales y se recluyó en otra ala de la casa familiar. Alejada de su marido, inició un romance secreto, también íntimo pero mucho más sosegado, con el hijo de un agente de la bolsa de Milán. Al poco tiempo obtuvo el divorcio y se fue a vivir con él.

En 1949, Jaime de Borbón se encaprichó de Carlota Tiedemann, una prusiana alcohólica, cantante de cabaré, que tan pronto como se vio casada con un miembro de la realeza se autoproclamó duquesa de Segovia. El matrimonio transcurrió entre riñas y reconciliaciones. Un día, don Jaime sorprendió a su mujer en la cama con un amante oriental y la echó de casa. A los pocos días la readmitió tras darse cuenta de que, si no lo hacía, nadie cuidaría de él. Abandonaron la casa que compartían en Rueil-Malmaison porque las estrecheces económicas no les permitían pagar el alquiler y se instalaron en el piso de la hija de Carlota, Helga Büchler, a la que el infante don Jaime, su padrastro, apreciaba mucho. En esas condiciones de penuria personal y económica, el 6 de marzo de 1954 le escribió a Franco una carta en la que le decía:

> *Tengo el honor de dirigirme a V. E. a fin de informarle que, desde el año 1949, a través de varias declaraciones, he anulado la renuncia a mis derechos al trono de España que había efectuado en favor de mi hermano Juan, conde de Barcelona. Renuevo aquí solemnemente ante V. E. esa anulación y reivindico mis derechos a la Corona de España, en mi calidad de hijo mayor de mi difunto padre, S. M. el rey don Alfonso XIII.*

Don Jaime exhaló su último suspiro el 20 de marzo de 1975, en extrañas circunstancias, en el hospital suizo de Saint-Gall. Unos días antes, en París, en el curso de una violenta discusión con Carlota, el infante se había caído y se había herido en la cabeza. El médico que le prestó los primeros auxilios no halló ni fractura del cráneo ni hemorragia cerebral, pero recomendó reposo absoluto durante varios días. Pero Carlota acababa de reservar habitaciones en el hospital helvético donde debía someterse a una cura de desintoxicación y decidió que el infante era perfectamente capaz de soportar el viaje en automóvil. Tan pronto como llegó a Saint-Gall, don Jaime se acostó presa de una gran fatiga. Falleció aquella misma noche, víctima de un derrame cerebral.

Nada de todo ello hubiera tenido gran importancia si no fuera porque tres años antes, el 8 de marzo de 1972, Alfonso de Borbón Dampierre, el hijo primogénito del infante don Jaime, se había casado en la capilla de El Pardo con María del Carmen Martínez-Bordiu, hija de los marqueses de Villaverde y nieta predilecta de Franco. Con ocasión de aquel matrimonio muchas lealtades cambiaron de partido y Alfonso de Borbón se convirtió en una espada de Damocles suspendida sobre la cabeza de Juan Carlos. Al final de sus días, Franco estuvo tentado en más de una ocasión de cambiar de apuesta sucesoria. Los miembros de su familia, y muy especialmente su yerno, le empujaban a destituir al príncipe y a nombrar en su lugar a su primo. Los Franco contemplaron muy en serio el proyecto de instaurar en España una nueva dinastía, la de Borbón y Martínez. En aquellas circunstancias, Juan Carlos comprendió que su padre no tenía ninguna opción de ser rey y que la única posibilidad de que la monarquía perpetuara la dinastía legítima de la casa de Borbón pasaba por aprovechar la oportunidad que le brindaban las previsiones sucesorias de Franco.

Don Juan, en el fondo, sabía que su hijo había hecho lo correcto.

Su idea era abdicar, sí, pero solo cuando estuviera seguro de que su hijo se había consolidado en el trono. Hacerlo antes suponía apostar la causa dinástica a una carta demasiado peligrosa. Si la involución se imponía, o si la izquierda hacía fracasar el cambio, el conde de Barcelona siempre podría decir que su hijo llevaba la corona por decisión de Franco y jugar la baza legitimista en beneficio propio para darle una segunda oportunidad a la salida democrática.

Sin embargo, no lo dijo en voz alta y dejó sin respuesta la observación de Carmen. No podía admitir que dudaba del éxito de los planes de Suárez. En lugar de replicar a Carmen miró a José Mario Armero y le preguntó:

—¿Y tú no vas a decir nada?

La habilidad de Armero para salir airoso de situaciones embarazosas gozaba de una fama proverbial. Los que conocían bien su trayectoria le habían apodado como «la Pantera Rosa del poder» porque entraba con la misma desenvoltura en los despachos influyentes de la derecha y en los de la izquierda. Abogado de grandes empresas americanas, presidente de la agencia de noticias Europa Press, negociador de gran talento, se comentaba que el propio

Franco dijo de él: «Si Armero hubiese ido a Múnich en lugar de Chamberlain, no hubiera habido Segunda Guerra Mundial». Ahora tenía la oportunidad de acreditar la fama que le precedía.

—Yo no soy monárquico —dijo—, no he sido programado para ser monárquico. Ni yo, ni casi ninguno de los jóvenes de mi generación. No somos monárquicos ni por educación ni por tradición. La mayoría de nosotros jamás hemos vivido entre monárquicos. Ni en nuestra familia, ni en el colegio, ni en la universidad. Más aún: hemos crecido en una atmósfera de franca hostilidad a la monarquía, una hostilidad alimentada, incluso provocada, por el régimen franquista. Hace años fui a visitar a tres grandes banqueros madrileños de la época para pedirles que financiaran un viaje de su hijo, que entonces era príncipe de España. Todos me respondieron lo mismo: «¡Ni un duro! ¿Quién le dice que ese muchacho será rey algún día?».

—¿Puedo saber quiénes eran esos banqueros? —preguntó don Juan.

—No. Yo no soy ni el Zorro ni el Conde de Montecristo. Pero estaba claro que esos banqueros no creían en el porvenir real de don Juan Carlos. Así que entiendo muy bien a quienes tienen dudas sobre el éxito de la solución juancarlista. Poner todos los huevos en esa cesta puede resultar peligroso. Pero también coincido con Carmen en que si esta apuesta no sale bien, la monarquía no tendrá una segunda oportunidad.

Carmen miró con simpatía a aquel hombre de cejas arqueadas y frente amplia que se las había apañado para salir airoso del trance en que le había colocado el padre del rey. Lo que se deducía de su razonamiento era que la abdicación resultaba la opción más ventajosa. Iba a decirlo cuando el marido de la infanta Pilar la dejó con la palabra en la boca. Dirigiéndose a Armero, Luis Gómez-Acebo preguntó:

—¿Y crees que el buen fin de la Transición corre verdadero peligro?

José Mario Armero extendió los labios, ampliando la longitud de su sonrisa, y respondió sin perder la jovialidad:

—Yo, gracias a Dios, soy optimista por naturaleza. Pero es muy importante que las elecciones generales se celebren cuanto antes y que puedan presentarse a ellas todos los partidos políticos.

¡Por fin! La conversación había llegado al punto que Carmen quería. Ahora podría completar el encargo del rey.

—¡Por eso es tan importante legalizar al Partido Comunista! —dijo con vehemencia.

—Los militares no lo aceptarán —replicó Pilar de Borbón.

—¡Pues que se fastidien! Es un grave error tratar con paños calientes a esa gente tan cerril. Jamás aceptarán el cambio político voluntariamente. Lo único que se puede hacer con ellos es darles órdenes y exigirles que las obedezcan.

Don Juan Carlos, que no había dejado de observar el rostro de su padre desde hacía un buen rato, juzgó que había llegado el momento de salir en ayuda de su comisionada.

—Adolfo se ha comprometido a convocar elecciones libres antes del verano y hay que conseguir que la oposición las acepte si queremos legitimar ante los ojos del mundo el cambio político en España. No va a ser fácil. Los comunistas y los socialistas, primero por separado y luego a través de Coordinación Democrática, han dicho que no quieren saber nada de esas elecciones. Llevan varias semanas emitiendo notas de rechazo al proyecto del Gobierno.

—¡Pero Coordinación Democrática ya no pinta nada! El tiempo de esa Platajunta ya ha pasado —afirmó Carmen.

—Por la información de la que dispongo —dijo José Mario Armero—, no hay que darle demasiada importancia a las declaraciones públicas de socialistas y comunistas. Es verdad que los comunistas no ayudarán mientras no tengan la seguridad de que van a ser legalizados, pero lo harán en cuanto la obtengan. Respecto a los socialistas, estoy seguro de que hablan con la boca pequeña. No quieren dar la impresión de que dejan tirados a los comunistas, pero lo cierto es que el cuerpo les pide participar en las elecciones, con el PC o sin el PC. Están convencidos de que pueden ganar y tienen prisa por hacerlo.

Juan Carlos volvió a tomar la palabra:

—El otro día vino a verme el embajador de Francia y me dijo: «Lo más importante con los comunistas es tenerlos contabilizados, saber cuántos son. En Portugal, el partido de Álvaro Cunhal fue una amenaza constante para el Gobierno hasta que hubo elecciones y el Partido Comunista obtuvo el 14,6 por ciento de los votos. Gracias a las elecciones se supo que el 84,4 por ciento de los portugueses no apoyaba sus ideas. Eso es lo que hay que hacer en España». El embajador Deniau no cree que el Partido Comunista de España pueda obtener un gran éxito en las urnas y en cambio está convencido de que su exclusión electoral nos acarrearía graves inconvenientes. «Todos los observadores y toda la prensa internacional os dirían que vuestras elecciones no son verdaderas elecciones y que vuestra democracia no es una verdadera democracia», me dijo.

—Tal vez esté en lo cierto —admitió don Juan—, pero también hay que valorar los riesgos. El Ejército no se quedará cruzado de brazos.

—Es curioso —dijo Carmen—, yo misma le dije algo parecido a Tierno Galván hace cinco días: «No es posible hablar con los comunistas porque el Ejército no se quedaría quieto». Creo que le decepcioné. Probablemente pensaba que el Gobierno iba a ser más valiente. Para no ofenderme, fingió comprensión. Prometió que trataría de hacérselo entender a los demás, pero sugirió que el trono, eso fue lo que dijo, el trono, debía hacer lo mismo a través de alguien de su total confianza. Le garanticé que trasmitiría el mensaje. Y como ven, ya lo he hecho.

—Si te tranquiliza saberlo —le dijo el rey—, te confirmo que el trono, como diría Tierno, ya se ha puesto en contacto con ellos a través de una persona de su absoluta confianza.

Y, de soslayo, le dirigió una mirada a José Mario Armero que Carmen no supo cómo interpretar.

Elena Kirby, una vez que la tensión de los peores momentos se hubo disipado, resopló aliviada.

—Para alguien emparentada con los Romanov —dijo—, oír hablar de zozobras dinásticas en medio de cambios políticos es como volver al horror del pasado.

—¡Pues hablemos de cosas más divertidas! —sugirió Pilar de Borbón.

A Carmen se le abrieron las carnes. Tener que darle conversación a una condesita era la peor de sus pesadillas.

XVII

Madrid, miércoles, 31 de diciembre de 1958

—Yo te protegeré, no te preocupes. No tendrás que darle conversación a ninguna condesita —le dijo Ramón a Carmen en el guardarropa, después de retirarle el abrigo de los hombros con un movimiento parecido a una verónica.

Ella le devolvió la gentileza con una sonrisa que aún afiló más la punta de su nariz respingona.

—¿Me prometes que nos iremos pronto? —le preguntó mientras daba media vuelta para encararse con él.

Ramón ganó distancia para admirar su belleza. Llevaba un vestido de organdí blanco, bordado en perlas, y un chal de tul sobre los hombros sujeto por una lazada de seda a la altura del escote.

—Estás bellísima —dijo, tras contemplarla un largo rato—. Y sí, te prometo que nos iremos pronto.

La fiesta de Nochevieja en casa de los condes de Elda se había convertido en el acto social más importante del año para las familias aristocráticas de Madrid. No solo para los ostentadores de los títulos, también para sus jóvenes cachorros. Era la ocasión que generalmente escogían las madres para presentar en sociedad a sus hijas. No cabía imaginar mejor escenario. La mansión se engalanaba cada año de manera distinta, de acuerdo a los diseños de los decoradores de moda. En aquella ocasión, Vicente Viudes había dispuesto, sobre los dinteles de las puertas, grandes hojas de vid mezcladas con cintas doradas. Varios relojes, hechos con papel de purpurina, pendían de las paredes y sobre la chimenea destacaban unos grandes candelabros con originales velas con flores de cera.

La bienvenida a 1959 había reunido a más invitados jóvenes de lo habitual porque una de las debutantes iba a ser la sobrina de los anfitriones, Silvia Martín Alonso, hija de los marqueses de Villatorcas. La fiesta se hacía en su honor. Junto a ella se vestían de largo otras cinco chicas de la alta sociedad madrileña, entre las que se encontraba Pilar Serrano-Suñer y Polo, hermana de Ramón.

—¿Me ves más guapa que a tu hermana? —preguntó Carmen con malicia.

—Un chico nunca ve guapas a sus hermanas —respondió él—. A ti, en cambio, te veo radiante.

Tiró de ella y se zambulleron entre la concurrencia. La elegancia de las indumentarias era más que evidente. Las mujeres lucían vestidos de seda de regios colores y gargantillas de perlas. Carmen se hacía la remolona, yendo a remolque de los tirones de Ramón, para dar a entender que no tenía ninguna intención de disfrutar de la fiesta. En uno de los zigzags entre los corros se encontraron con Teresa Hoyos, una buena amiga de Carmen, que lucía la misma cara de estar allí a regañadientes. También ella era de familia aristócrata y poco dada a los rigodones de tiros largos. Sus padres, los duques de Almodóvar, habían engendrado nueve hijos, dos varones y siete mujeres. Teresa era la menos encopetada de todas.

—¿Adónde vais? —les preguntó cuando Carmen y Ramón llegaron a su altura.

—A algún lugar donde el aire no huela a Chanel —respondió Carmen.

—¿Puedo unirme a vosotros?

—¡Claro! —respondió Ramón, tendiéndole la mano que tenía libre.

Al rato, los tres acabaron encontrando acomodo en una esquina del vestíbulo de la casa, sentados sobre la alfombra de la Real Fábrica de la escalinata, bajo la atenta mirada de un Alfonso XIII esculpido en bronce que presidía la estancia con gesto de altiva indiferencia.

De vez en cuando, un camarero de chaquetilla blanca les acercaba una bandeja repleta de copas de Moët & Chandon y cestitas con doce uvas verdes envueltas en celofán oscuro —como las que el padre de Carmen llevaba a casa cuando era solo una niña—, pero ellos rechazaban el ofrecimiento sistemáticamente. Aunque faltaban pocos minutos para la medianoche, ninguno de los tres tenía la menor intención de unirse al brindis por el nuevo año.

—¿No os sentís afortunadas? —preguntó Ramón a sus dos acompañantes—. Todas las quinceañeras de Madrid se morirían por estar aquí.

—Yo quisiera llegar a mi casa, quitarme estos zapatos, subir a mi habitación y leer una buena novela —dijo Carmen.

—Y yo acostarme y dormir durante una semana seguida, hasta que todo este rollo de celebraciones navideñas y tacones de aguja se haya acabado —apostilló Teresa.

—¿Y qué he hecho yo para acabar siendo el guardaespaldas de las dos chicas más raras de toda España?

—¡Nosotras no somos raras! —protestó Carmen.

—Un poco, sí —admitió Teresa.

—Más tímidas que raras.

—Las dos cosas, me parece a mí.

A Ramón le divertía el pequeño forcejeo que se estableció entre ellas.

—No creo que seáis tímidas —terció él—. Las tímidas lo son en cualquier circunstancia, siempre tratan de pasar inadvertidas. Vosotras dos sois tímidas aquí, en este ambiente, porque no sabéis de qué hablar con el resto de los invitados. El mundo en el que ellos se mueven, las cosas que les preocupan, sus temas de conversación os aburren soberanamente. No tiene nada que ver con vosotras. Pero si en lugar de hablar de sus modelitos, de los títulos de sus padres o de sus casas de veraneo hablaran de las pinturas negras de Goya o de la última película de Stanley Donen, seguro que no estaríais aquí, apartadas del mundanal ruido, sentadas al pie de una escalera. Estaríais felices, yendo de un lado a otro, sin asomo de timidez, luciendo vuestros preciosos vestidos... que, por cierto, Teresa, no son precisamente los que llevaría una chica tímida.

Su vestido era un modelito de raso amarillo pálido con escote pronunciado. Teresa se debía haber puesto su mejor sujetador con realce, porque las cimas de sus senos habrían podido apreciarse a veinte metros en medio de la niebla.

—Sí, profesor —dijo Carmen, caricaturizando el gesto de su cara hasta convertirlo en el sesudo remedo de una intelectual que hunde la barbilla entre los dedos que la sujetan—. Me gustó mucho el trabajo de Stanley Donen en *Una cara con ángel...*

—¡Y eso que la protagonista era vuestra antítesis! —dijo Ramón, entrando al juego—. Una filósofa aficionada, vendedora de libros, que acaba siendo modelo en el mundo frívolo de la moda...

—¡Perdona —objetó Teresa—, pero al final es ella la que le convierte a él en una persona decente!

En ese momento, el sonido lejano de un gong comenzó a alertar de la proximidad de la medianoche. En unos instantes daría comienzo la ceremonia de las doce campanadas y todos los invitados tratarían de observar la exactitud reglamentaria de engullir una uva en cada tañido. Solo los más entusiastas de la tradición lo lograrían. Luego, los compases del himno nacional darían paso al brindis. Y más tarde, después de los aplausos, comenzaría el ansiado baile...

—Propongo una acción de protesta —dijo Carmen antes de que sonara la primera campanada—. Aguantemos sin respirar mientras la gente se toma las uvas.

—¿Y durante el himno? —preguntó Teresa.

—¡Una pedorreta!

—¡Eso no! —exclamó Ramón.

—¿Por patriotismo?

—¡Y también por urbanidad!

—En eso estoy con Ramón —dijo Teresa—, podemos ser raras, pero no dejamos de ser unas señoritas muy españolas y bien educadas.

Cuando sonó la primera campanada, los tres llenaron de aire sus pulmones y cerraron la boca hinchando los mofletes como globos. Los murmullos de los parabienes les llegaron como ecos de un mundo pretendidamente feliz del que se negaban a formar parte.

Aún aguantaron sin respirar los compases del himno nacional, aunque al final Teresa y Carmen ya se contorsionaban como espigas zarandeadas por el viento tratando de prolongar la apnea sin despegar los labios de la boca. Cuando no aguantaron más, las carcajadas de los tres rubricaron el fin del desafío.

—Y ahora, si me permitís —dijo Ramón con jovialidad—, debo ir a ver cómo se bandea mi hermana Pilar en su primera danza de los lanceros.

Carmen y Teresa le acompañaron hasta el salón de baile, cuyos muros, decorados con madroños, estaban moteados de volutas de algodón que simulaban copos de nieve. La lámpara central, igual que los apliques Luis XVI, se había adornado con cintas y uvas blancas. Los tres amigos se abrieron hueco en la última fila del grupo de espectadores, entre los padres de los bailarines, y se dispusieron a disfrutar del espectáculo.

Con el codo en la cintura y la mano a la altura del hombro, cada lancero fue recogiendo a su pareja. La estrella del baile, Silvia

Villatorcas, tomó la mano de su primo, el marqués de Melín. Tras ella, Pili Serrano-Suñer se emparejó con el príncipe Fernando de Baviera. Luego, las demás: Isabel Deleitosa, con Miguel Primo de Rivera; Noel Ciria, con Enrique Motrico; Paloma Peche, con Fernando Las Claras; Belén Santovenia, con Ignacio Bolarque; Margarita Argüelles, con Juan Manuel Urquijo y Paloma Beamonte, con José Serrano-Suñer.

Al ver a José, Carmen le dijo a Ramón:

—¡Tienes dos hermanos en la pista! ¿No serás tú el raro de la pareja?

Ramón se llevó la yema del índice a los labios en petición de silencio.

Los acordes de la orquesta comenzaron a sonar y todos los varones, vestidos de esmoquin, inclinaron la cabeza a la vez, como un solo hombre, mientras las bailarinas, a modo de reverencia, flexionaban ligeramente las rodillas manteniendo la espalda rígida. Durante la danza, cada padre y cada madre observaban con atención los movimientos de sus hijos. A Carmen le sorprendió ver a su madre a la derecha del padre de Ramón, que contemplaba la escena con gesto adusto, como si en vez de un baile estuviera pasando revista a un desfile militar. Hacía mucho tiempo que no los veía juntos. Llevaban tres o cuatro años sin tratarse apenas. A su izquierda estaba su mujer, Zita Polo, más sonriente que su marido, aunque señalada en el rostro por una ligera contracción de amargura. De quien Carmen no vio ni rastro fue de su padre, a quien imaginó sentado en algún sofá apartado del comedor, aguardando con paciencia a que acabara la fiesta. En su recuerdo, esbozó una tierna sonrisa.

El baile, por supuesto, resultó un éxito sin mácula coreográfica alguna y fue saludado por una calurosa ovación de toda la sala. Después de abrazar a sus padres, Pili Serrano-Suñer vino hasta donde estaba su hermano Ramón, se le colgó al cuello y le dio un sonoro beso en la mejilla. Estaba radiante. Al ver a Carmen, la abrazó y le dijo:

—Contigo en la pista el baile hubiera quedado más lucido.

—¡Pero si yo bailo como un pato! —protestó Carmen.

—Nosotras somos los patos. Tú eres el cisne.

Y luego se fue a repartir más abrazos.

Lo normal hubiera sido, de acuerdo a las reglas tradicionales de otros años, que la danza de los lanceros hubiera ido a continuación del rigodón de honor de los adultos. En esta ocasión se invirtió el orden para dar más realce a la puesta de largo de la sobrina de los anfitriones. A partir de ahí regresó la liturgia que marcaba la costumbre: la condesa de Elda tomó del brazo al conde de Orleans y el conde de Elda le ofreció el suyo a la duquesa de Montpensier. El resto de los invitados buscaron los emparejamientos habituales. La madre de Carmen, un año más, comenzó el baile con el duque de Algeciras, tío paterno de Teresa.

—No forman mala pareja, ¿verdad? —dijo la amiga de Carmen cuando ambos comenzaron a deslizarse por la pista.

—La tía Sonsoles —dijo Ramón— haría buena pareja con cualquiera. Incluso con el Caudillo, que es gordo y bajito, si se atreviera a sacarla a bailar.

—¡Mi padre también es gordo y bajito, bocazas! —protestó Carmen, dándole un codazo amistoso en el riñón.

—Me parece que hay muchos gordos bajitos en la pista —observó Teresa.

—Y además de eso, morenos, ignorantes y con ridículos bigotitos —añadió Carmen—. Se creen tocados por el dedo de Dios porque han nacido con un privilegio de clase. Pero todo Madrid sabe que Dios no está muy contento con ellos. La mayoría no solo cambia de pareja en el rigodón, por mucho que ellas vayan a misa con mantilla y ellos ejerzan el rol de ejemplares padres de familia…

—Creo que ya hemos criticado bastante a los mayores —dijo Ramón—, volvamos a nuestra escalera del vestíbulo y dejemos que cada oveja encuentre su pareja en este santuario de la nobleza.

Al instante, de nuevo bajo la altiva mirada de cobre de Alfonso XIII, los tres amigos volvieron a su tertulia particular.

Ramón propuso jugar al juego de la verdad.

—¿Qué os daba miedo cuando erais niñas? —preguntó primero—. A mí, la oscuridad.

Carmen respondió que las brujas. Teresa, que la vejez.

Carmen meditó un instante la siguiente pregunta.

—Si pudierais ser otra persona por un día, ¿quién os gustaría ser?

—Yo, Dwight Eisenhower —respondió Ramón.

—Yo, Mata Hari —eligió Teresa.

En vista de que Carmen callaba, Ramón urgió su respuesta:

—¿Y tú?

—Golda Meir —dijo por fin.

—¿Quién es esa? —preguntó Teresa.

Ramón se encogió de hombros.

—Es la ministra de Exteriores de Israel, ignorantes —aclaró Carmen.

—Me toca —reclamó Teresa—. ¿Si pudierais volver a vivir un año de vuestra vida, cuál sería? El mío, el que acaba de terminar. Si pudiera, retrasaría el calendario trescientos sesenta y cinco días.

—Yo elijo —dijo Carmen— el que acaba de comenzar. Este año será el mejor de mi vida.

—Pues yo me quedo con el año en que cumplí quince años, cuando aprendí a distinguir la amistad del amor…

A Carmen le molestó que Ramón hubiera hecho en voz alta una referencia particular al vínculo que les unía, pero enseguida se dio cuenta de que fuera de contexto, sin las claves íntimas que solo ellos dos manejaban, nadie podía deducir que la frase la señalaba a ella en particular. Ese pensamiento la tranquilizó. Levantó la mano y llamó a uno de los camareros que abastecía de champán a los invitados. Cada uno cogió una copa y Carmen alzó la suya.

—Propongo un brindis —dijo.

Teresa y Ramón levantaron también sus copas en signo de aprobación.

—¡Por perder la timidez! —anunció con solemnidad.

—¡Por perder la timidez! —respondieron a coro sus dos amigos.

—¿Qué dirán de nosotros cuando seamos famosos? —preguntó Ramón.

—Los periodistas investigarán nuestras vidas —respondió Teresa— y buscarán a las personas con las que crecimos para que cuenten cómo éramos cuando el mundo aún no nos conocía. ¿Conocía usted a Carmen Díez de Rivera?, me preguntarán a mí. Y yo responderé: ¡ya lo creo! Éramos muy buenas amigas. Ella era una niña muy guapa, rubia y con unos preciosos ojos azules. Solamente por el físico llamaba la atención. ¿Qué es exactamente lo que quiere saber de ella?

Ramón aceptó el juego dando muestras de estar divirtiéndose y asumió el papel del periodista imaginario.

—¿Era buena estudiante?

—¡Nooooo! —dijo Carmen antes de que Teresa pudiera responder.

Teresa corrigió la negación:

—Era la primera de clase. Siempre sacaba sobresalientes.

Carmen lo refutó abiertamente haciendo gestos con la cabeza. Y luego dijo:

—Hasta los trece años sacaba notas regulares porque le gustaba leer cosas distintas a las que explicaban en clase.

Teresa hizo como si no la hubiera oído:

—Estudiaba mucho, pero nunca dejaba que nadie le copiara en los exámenes.

—¿Quiere usted decir que era una niña odiosa, a la que sus compañeras tenían por estirada y egoísta?

—¡No se invente cosas, que yo no he dicho, señor reportero! Era inteligente, responsable y solidaria. Aunque también un poco tímida. No era de grandes grupos. Solía ir con una prima suya, que estaba en la misma clase, y con la niña más humilde de todas, a la que las monjas tenían becada para que pudiera estudiar. Ella la protegía y la ayudaba porque el resto de las niñas, como no era de su misma condición social, apenas le hacían caso. También recuerdo que venían a recogerla en uno de los pocos Bentley que circulaban por Madrid…

—¡No era un Bentley, era un Cadillac! —volvió a interrumpir Carmen.

—Bueno —prosiguió Teresa—, la marca es lo de menos. El caso es que todo el colegio se quedaba mirando el coche. Era un cochazo único, de los que había muy pocos en España. Cuando su padre se bajaba de él…

De nuevo, otra precisión:

—¡Las alumnas del colegio no sabían que era mi padre, creían que era mi abuelo!

—Eso no es importante —sentenció Ramón.

Pero Carmen impugnó la sentencia:

—Claro que lo es. Es un detalle importantísimo. Si yo fuera esa niña ejemplar que está describiendo mi amiga, no me hubiera avergonzado de él. Al verlo tan mayor, ellas creían que era mi abuelo y yo no me atrevía a desmentirlo por vergüenza. ¿Ve usted, señor reportero, que clase de bicho miserable era aquella mujer?

—¡No, no, señorita! Su alegato no me convence —dijo Ramón, acentuando la impostación de la voz—. Antes de hablar con la señorita Hoyos he estado charlando un rato con un hijo del señor Serrano Suñer, ya sabe, ese señor que fue tan importante en España después de la guerra, y ha coincidido en describirla a usted como inteligente, solidaria, responsable y guapa. Lo único que ha añadido, eso sí, es que era usted un poco rebelde…

—¡Un poco, no! Yo diría que mucho —añadió Teresa.

—¿Bueno, ya os habéis reído bastante a mi costa?

La voz de la duquesa de Almodóvar acudió en su ayuda. Reclamaba a su hija Teresa, a la que llevaba buscando por la casa desde hacía un buen rato.

—¿Cómo se me iba a ocurrir que pudierais estar en el recibidor de la casa? —dijo.

Al verla, Ramón se puso en pie en señal de respeto. Ella rodeó a Carmen, que continuó sentada al pie de la escalera junto a su amiga, y le tendió la mano. Él la besó educadamente.

Sin apenas huellas del paso del tiempo en su rostro, llevaba el pelo rubio recogido y tenía los rasgos refinados de una bailarina que hubiera crecido demasiado para dedicarse al ballet. Llevaba un magnífico vestido de raso verde esmeralda y se adornaba con collar y pendientes de esmeraldas y brillantes. Mientras hablaba, posó una mano maternal en el hombro de su hija.

—Hemos de irnos ya —le anunció—. Nos han llamado de casa. A tu hermana Genoveva le ha subido la fiebre y tu padre y yo queremos asegurarnos de que está bien.

—¡Pero mamá, si solo es una gripe! —protestó Teresa.

—Carmen, Ramón, acordaos bien de lo que os digo: cuando los hijos quieren ponérselo difícil a una madre son capaces de defender que los burros vuelan. Teresa no quería venir al baile ni a tiros y ahora resulta que no quiere irse...

Carmen y Ramón sonrieron. Teresa se las ingenió para esbozar una mueca cohibida. La presencia de su madre la estaba retrotrayendo a los doce años.

—De hecho, tu hija no está en el baile —dijo Carmen, saliendo en su defensa—. Ninguno de los tres lo estamos.

—Estábamos imaginando cómo serán nuestras vidas dentro de unos años —precisó Ramón.

—¡Huy, menudo entretenimiento más arriesgado! —exclamó la duquesa—. Si a mí me hubiera dado por imaginar mi futuro cuando tenía vuestra edad ni se me hubiera pasado por la cabeza que iba a ser madre de nueve hijos… Creedme, la vida siempre nos lleva a lugares insospechados.

Carmen escuchó aquellas palabras con asombro. Si algo conocía bien de las familias aristocráticas era su propensión a programar el futuro de sus hijos con meticuloso detalle. Sabían dónde estudiarían, donde harían la primera comunión, qué diseñador les haría su primer traje de largo, a qué duque heredero le echarían el ojo, cuánto duraría el noviazgo y cuál sería el nombre de pila de los primogénitos de cada sexo. No dejaban nada a la improvisación y, desde luego, no aceptaban de buen grado que la divina providencia cambiara sustancialmente el argumento del cuento de hadas que con tanto mimo habían ido escribiendo en su imaginación. ¿Admitir la posibilidad de que la vida pudiera sorprenderles con quiebros insospechados? ¡Ni hablar de eso! Llevaba demasiado tiempo tratando de zafarse de esa maldición determinista como para no conocer su lógica interna. Muchas veces se había preguntado a sí misma si se habría podido enamorar de Ramón en caso de que hubiera tenido un título nobiliario. En ese supuesto —solía responderse— Ramón no sería como es, porque los títulos cambian a las personas, y desde luego ella tenía muy claro que no se hubiera podido enamorar de un Ramón distinto. Lo de menos era su situación social o su atractivo físico, a pesar de que era el más guapo de los chicos que la rodeaban. Tampoco bastaba por sí solo ese extraño y fascinador mundo intelectual en el que se movían sus inquietudes, tan distinto al de la gente de su edad. Era la mezcla de esos aspectos, la combinación globalizadora de ambos, lo que la empujaba hacia él como la luna empuja la marea.

—Precisamente porque nos gusta la idea del rumbo imprevisible es por lo que no nos has encontrado en el salón de baile compartiendo el cotillón con la gente de la aldea nobiliaria —dijo Ramón con un tono de voz que restaba solemnidad a su razonamiento.

—¡Ah, ya comprendo...! —respondió la duquesa de Almodóvar en tono sardónico—. Pensáis lo mismo que Teresa: que si os juntáis con duques, condes y marqueses acabaréis casados con uno de ellos.

—Algo parecido —admitió Carmen.

—¿Y eso es necesariamente malo? La bondad o la maldad de la gente no depende de títulos o posesiones. Ser y tener son verbos distintos.

A Carmen le hubiera gustado replicar que era fácil hacer ese discurso cuando se mira el mundo desde el pináculo de la aristocracia: María Victoria Martínez de Irujo y Artazcoz, hija del duque de Sotomayor, consorte del duque de Almodóvar, cuñada de la duquesa de Alba... ¿Le gustaría que su hija se enamorara de un plebeyo, por muy buen chico que fuera? Y eso, las cosas como son, que tanto ella como su marido habían sido capaces de preservar en su estilo de vida, y en el de sus nueve hijos, una normalidad llamativamente infrecuente entre los de su clase. Su amiga Teresa era el ejemplo más claro. Y su hermana Genoveva, según decían quienes la conocían bien, también. Las dos tenían temperamentos idénticos.

Era curioso, pensó Carmen. Genoveva, rubia y de ojos azules, le recordaba a ella misma cuando tenía su edad.

—Si creéis que las chicas que han nacido en familias con título no son dignas de amores intensos, ¿qué pasa con vosotras dos? —siguió diciendo la duquesa—. ¿Estáis condenadas para siempre al desprecio de los hombres que busquen autenticidad en el matrimonio? Porque os recuerdo, por si lo habéis olvidado, que una de vosotras es Llanzol y la otra Almodóvar...

Se trataba, desde luego, de un argumento difícil de rebatir. Carmen se quedó pensativa. Ella era una Llanzol y creía que su hechura personal, su manera de ser, no pagaba un alto precio por ello.

¿Por qué había dado por sentado que Ramón sería distinto de haber nacido en el seno de una familia aristocrática?

¿Acaso era ella mejor que él?

¿Tendría Ramón que soportar el resto de su vida la sospecha generalizada de que se había enamorado de ella por el oropel de su linaje?

¿Y cómo aceptaría su madre que el novio de su hija no tuviera vínculo con la nobleza?

En una cosa tenía toda la razón la madre de Teresa: era una estupidez juzgar por las apariencias.

—Ser y parecer también son verbos distintos —dijo en voz alta.

—En eso sí que estamos de acuerdo —replicó la duquesa de Almodóvar mientras su hija la cogía del brazo y se la llevaba al guardarropa.

Cuando se quedaron solos, Ramón le preguntó a Carmen:

—¿En qué piensas?

—¿Crees que a mi madre le importará que tú no seas de la aristocracia?

—Si fuera así ya hubiera emitido alguna señal, ¿no crees? ¿O acaso piensas que es tan tonta que no sospecha nada? Yo no diría que ve con malos ojos que pasemos cada vez más tiempo juntos. ¿Tú has notado algo que te haga pensar lo contrario?

Carmen sopesó la respuesta durante unos segundos.

—No, la verdad es que no —dijo convencida.

—Pues no le des más vueltas.

Desde entonces, esa inquietud desapareció por completo de su cabeza.

XVIII

Madrid, miércoles, 8 de diciembre de 1976

El crucifijo que tenía delante no era como el que recordaba en el convento de Arenas de San Pedro. No mostraba a un Cristo doliente, de rodillas desolladas y sangre en el costado, sino a una figura estilizada, conceptual, de expresión artística moderna. El templo entero respondía al mismo criterio de *aggiornamento* arquitectónico con que la Iglesia trataba de acercarse al tiempo nuevo. Ni la imagen invitaba a la piedad ni Carmen sentía la necesidad de manifestarla. África le enseñó una manera distinta —más directa, le gustaba decir— de encarar la vida y de estar en ella. Se alejó de las ideas religiosas que la habían acompañado hasta entonces y sustituyó la fe por un agnosticismo comprometido con la causa de aquellos hombres que sienten amarrado su propio destino al de la humanidad entera, sin pretensiones trascendentales, con la firme convicción de que la vida empieza y termina aquí, en un momento preciso, en una coyuntura social determinada y ante una lucha concreta.

Elizabeth Guth llegó a la cita tan puntual como siempre y vio a Carmen sentada en el último banco de la iglesia. Acudió a su encuentro y se sentó a su lado.

—No sabía que fueras católica practicante —le dijo al oído.

—No lo soy —respondió Carmen, antes de saludar a su amiga con un beso en la mejilla. —Luego le preguntó—: ¿Me has traído lo que te he pedido?

La periodista alemana le tendió una bolsa de plástico.

—Aquí la tienes —dijo.

Carmen sacó de la bolsa una credencial periodística y una peluca morena. Llevaba el pelo recogido en un moño y se la puso sin dificultad.

—¿Qué tal estoy?

—Distinta. Pero te sienta bien. ¿No llevas ningún espejo en el bolso para verte?

—No. Descubrí hace años que se puede vivir sin espejos. Y te aseguro que es más difícil ponerse una toca que una peluca.

—¿Una toca? —inquirió Elizabeth Guth con extrañeza.

—Ya te lo explicaré luego. Vamos.

Sacó de su bolso de Gucci unas grandes gafas de sol, se las puso, y luego se levantó del banco y salió del templo. Su amiga la siguió sin rechistar. Cuando estuvieron fuera, Carmen dijo:

—Ahora ya puedo acompañarte sin miedo a que alguien me reconozca.

—¿Por eso me has citado en una iglesia? ¿Por miedo a que alguien pudiera reconocerte?

—Una iglesia —respondió Carmen— es uno de los pocos sitios donde no hay riesgo de encontrarse con jóvenes marxistas. Y si a alguno de los que van al Meliá Castilla le da por reconocerme, apaga y vámonos. Mi señorito me cuelga del palo mayor. Ya está muy mosca conmigo desde que hablo de lucha de clases en la prensa.

Esa mañana, a las doce en punto, iba a comenzar en el hotel Meliá Castilla la sesión de clausura del XXVII Congreso del PSOE, el primero que se celebraba en territorio nacional en cuarenta y cuatro años, a pesar de que el partido aún seguía sin inscribirse en el registro oficial del Ministerio de la Gobernación y por lo tanto, formalmente, se trataba una organización ilegal. Ese fue el pretexto que esgrimió el Gobierno para prohibir que la cumbre socialista se celebrara a principios de noviembre, tal y como pretendía Felipe González, en el Palacio de Congresos y Exposiciones del paseo de la Castellana. A Suárez, sin embargo, lo que de verdad de incomodaba no era tanto el detalle formal del registro como la fecha elegida por los dirigentes socialistas para celebrar su cónclave. La Ley para la Reforma Política no iba a ser aprobada por las Cortes hasta mediados de noviembre y al presidente le parecía que la celebración del congreso del PSOE no debía autorizarse hasta que esa norma hubiera cruzado el Rubicón parlamentario. Era un riesgo innecesario. A raíz de aquella decisión gubernativa, Felipe González entabló un duro tira y afloja con Suárez. Al final convinieron que el congreso tuviera lugar treinta días después en un lugar más discreto.

Aunque a Suárez no le acababa de gustar la idea de que un partido ilegal hiciera exhibición pública de musculatura política, no tenía más remedio que transigir porque no podía permitirse el lujo de enfrentarse abiertamente al partido que debía darle credibilidad a la reforma en vísperas de un referéndum trascendental, el del visto bueno a la Ley de la Reforma, que debía celebrarse antes de que finalizara el año. Felipe González, en cambio, sí podía jugar fuerte. Después de todo, como él mismo le dijo a Suárez durante la negociación: «Si nos dejamos de eufemismos, todo esto no es más que un juego de chantajes». Las relaciones entre ambos ya no eran tan buenas como al principio. Ahora los dos se veían como inmediatos adversarios electorales y en ese juego de intereses enfrentados no había demasiado espacio para la complicidad.

Los socialistas creían que podían ganar las elecciones. De hecho, Alfonso Guerra, el *alter ego* de Felipe González, organizó un congreso por todo lo alto con la vista puesta en catapultar la victoria en las urnas. Quería mostrarles a los españoles que el PSOE era el aliado natural de los mejores Gobiernos europeos, el único partido capaz de acabar de una vez por todas con el aislamiento internacional de España. Por eso invitó a algunas de las personalidades políticas más prestigiosas de Europa.

Carmen no quería perderse el espectáculo de la entronización de Felipe González como líder máximo de la izquierda española —con permiso de Santiago Carrillo— y por esa razón le había pedido a su amiga Elizabeth Guth que le consiguiera una acreditación falsa de la agencia de noticias alemana DPA y que le permitiera acompañarla, debidamente disfrazada, hasta el hotel donde se iba a celebrar el acto. Quedaron citadas en la parroquia de María Inmaculada, en la avenida de Brasil, a dos manzanas del Meliá.

Mientras caminaban por la calle Capitán Haya, en dirección a Sor Ángela de la Cruz, la periodista le dijo a Carmen:

—Hace un rato, en la iglesia, me pareció que estabas rezando...

—Antes rezaba a menudo. Estuve en un convento de clausura durante cuatro meses. Por eso he podido ponerme la peluca sin dificultad. Allí no había espejos en los que mirarse y tenía que ponerme la toca a tientas.

—¿Te incomoda hablar de esa parte de tu vida?

—En absoluto.

—¿Puedo preguntarte entonces qué te pasó? ¿Cómo es que tu vida ha seguido un rumbo tan distinto?

—Me di cuenta de que la resignada espera del más allá como panacea curativa de todo lo que nos van mal en la vida era una actitud equivocada. Me cansé de darle carácter trascendente a la libertad, a la opresión, a la felicidad y la angustia de la especie humana. Aprendí a afrontar esas cosas de manera más activa, como parte de una lucha transformadora. Asumí que la verdadera salvación del hombre es el otro, está en el otro, en los otros. No hay más lucha que la que se da en la tierra. No hay más vida que esta. La salvación del hombre no está en una vida distinta.

No era la primera vez que explicaba ese punto de vista sobre el sentido de la vida del hombre. A Carmen le vino a la memoria una ocasión en que le dijo lo mismo, casi con las mismas palabras, a un joven arquitecto francés que estaba enamorado de ella durante un paseo por la reserva tropical de Abiyán, en Costa de Marfil, nueve años antes.

Después de considerar las palabras de Carmen, Elizabeth concluyó:

—Así que tu nueva religión es la política. Has sustituido el credo católico por el credo socialista…

—Tal vez haya algo de eso.

En ese momento pasó por su lado un grupo de jóvenes socialistas con pancartas que decían «Socialismo es libertad» y banderas rojas.

—Estos van a su misa particular —dijo la periodista alemana.

—Espero que la policía sea capaz de controlar a los fachas para evitar que sea una misa sin enfrentamientos —añadió Carmen.

—De momento, los ultras están más tranquilos de lo que pensé. Después de lo que vimos tú y yo hace un par de meses en el bar Roma creí que iban a encajar peor la aprobación de la Ley para la Reforma Política.

—No les subestimes. A veces la calma precede a la tormenta.

A pesar de la cautela que reflejaba su comentario, a ella también le había sorprendido la aparente mansedumbre con que las fuerzas del búnker habían aceptado su derrota durante la sesión del pleno de las Cortes que, por el procedimiento de urgencia, había debatido durante tres días, del 16 al 18 de noviembre, la ley que disolvía el Parlamento franquista y autorizaba la convocatoria de elecciones libres. La labor de zapa que el Gobierno había ido haciendo procurador a procurador, con Suárez en persona a la cabeza, hizo posible que la votación final arrojara un resultado mucho mejor que el que vaticinaban las previsiones más optimistas.

Necesitaba el apoyo de dos tercios de la Cámara, 354 votos, y obtuvo 425, es decir, 71 más de los necesarios. 59 procuradores votaron en contra y 13 se abstuvieron.

La prensa internacional siguió el debate con gran interés. Elizabeth Guth, desde la tribuna de prensa, fue testigo de la inflamación de algunos discursos.

Blas Piñar, la cabeza visible del sector más reaccionario del franquismo, hizo lo posible para evitar que la ley saliera adelante. Con la pasión dialéctica que caracterizaba su estilo parlamentario, denostó que las leyes pudieran gozar de fuerza coercitiva y vinculante por el mero hecho de ser la expresión de la voluntad soberana del pueblo, manifestada a través del sufragio universal, y no por su acomodo con el derecho natural y con la ley divina. A su juicio, esa idea demencial se hallaba en conflicto con la filosofía del Estado que surgió de la cruzada y quebrantaba los principios fundamentales del Movimiento, que tal y como recordó en un arrebato de indignación sulfúrica, eran inalterables por su propia naturaleza. Fernando Suárez, ministro de Trabajo en el último Gobierno de Franco y referente aperturista del régimen, le replicó en nombre de la ponencia:

> *Si los principios son por su propia naturaleza permanentes e inalterables, no importará que las Cortes, primero, y después el pueblo español, mediante referéndum, los alteren o deroguen. Si son inalterables, lo serán siempre del mismo modo que no se puede alterar o modificar la existencia de los Pirineos, aunque el pueblo español aprobase que habían dejado de estar donde están.*

—Creí que a Piñar le iba a dar un síncope cuando el otro Suárez comparó los principios del Movimiento con los montes Pirineos —le dijo Elizabeth Guth a Carmen mientras se dirigían al hotel Meliá.

—El peligro del debate —le respondió Carmen— nunca estuvo en la colérica oposición de los piñaristas. Mi señorito ya se había encargado de dejarles sin aliados. Entre los cruceros de lujo a los jefes del sindicalismo vertical, las advertencias de recortes salariales a los que viven de sobresueldos públicos y las amenazas de publicitar determinados amoríos adúlteros, el número de procuradores inmovilistas dispuestos a votar contra el Gobierno había menguado considerablemente.

—Hay que ver la utilidad que tienen las amantes clandestinas para sacar de apuros a algunos políticos.

—¡Y para meter en líos a otros!

—Siempre me ha sorprendido el pacto no escrito que hay en la política española de no utilizar la cintura para abajo como elemento de confrontación. En Alemania, tan influida por el luteranismo, somos más puritanos...

—En España no siempre ha sido así —replicó Carmen—. Aquí ha habido sonados adulterios que han acabado con brillantes carreras políticas. Te lo aseguro.

—¿Por ejemplo, cuál?

—No te hagas la tonta.

Elizabeth Guth cayó en la cuenta de que se había metido sin querer en un pantano de arenas movedizas y se apresuró a cambiar de conversación.

—Si no fueron los piñaristas los más peligrosos durante el debate, ¿quiénes fueron? —preguntó.

La respuesta fue fulminante:

—Los títeres de Fraga.

Carmen tenía razón. Muchos procuradores reagrupados en torno al liderazgo de Manuel Fraga estaban convencidos de que seguirían llevando las riendas del país después de las nuevas elecciones. No podían imaginar que un partido con las mejores cabezas del régimen pudiera perder en las urnas.

El partido se llamaba Alianza Popular y se había presentado en sociedad el 21 de octubre en el hotel Mindanao de Madrid. Seis de sus siete promotores habían sido ministros de Franco. La prensa los llamaba «los Siete Magníficos». Parecían una apuesta segura. Según sus cálculos, la victoria electoral caería inexorablemente de su lado siempre que el cómputo de votos se hiciera siguiendo un sistema mayoritario puro. El problema radicaba en que la Ley para la Reforma Política apostaba por un sistema proporcional. La disputa se convirtió en *casus belli.* Le exigieron al Gobierno que lo cambiara. El Gobierno dijo que no.

La tensión fue máxima. Los procuradores vinculados al proyecto de Fraga amenazaron con abstenerse en la votación. Si lo hacían, la ley no saldría aprobada. La reforma política se iría al traste. No habría elecciones. Suárez tendría que dimitir. La oposición democrática se echaría al monte. Al rey le bailaría la corona. El futuro jugaría a la ruleta rusa. Nadie sabía lo que podría pasar. Nada bueno, desde luego.

Carmen no había visto sufrir tanto a Adolfo Suárez como en aquellas horas dramáticas. Para él fue algo peor que un dolor de muelas.

El jueves 18 de noviembre, poco antes de la votación final, el presidente de las Cortes, Torcuato Fernández-Miranda, tuvo que interrumpir el debate para que los negociadores tuvieran tiempo de alcanzar un acuerdo. En nombre de «los Siete Magníficos» llevaba la voz cantante Cruz Martínez Esteruelas, un hombre que lucía a pares sus mejores hitos biográficos: había aprobado dos oposiciones, la de abogado del Estado y la de letrado de las Cortes, y había sido dos veces ministro, primero de Planificación del Desarrollo y luego de Educación. Tenía fama de hombre razonable. Suárez y el propio Fernández-Miranda se reunieron con él. Fueron horas de angustia.

In extremis, los negociadores pactaron que para acceder al Congreso fuera necesario alcanzar un porcentaje mínimo de votos y que la circunscripción electoral fuera la provincia, aunque garantizando que todas ellas tuvieran también un número mínimo de diputados. Sobre esas bases, los de Alianza Popular aceptaron, a regañadientes, darle su apoyo a la reforma.

—Al final se consiguió el sí de las niñas —dijo Carmen para dar por finalizado el relato.

—Tú no le darás importancia —dijo Elizabeth Guth—, pero te aseguro que la habilidad que está demostrando tu señorito, como tú le llamas, para desmontar una dictadura que ha durado cuarenta años empieza a asombrar a los líderes europeos.

—Lo sé. Soy consciente de ambas cosas: de lo bueno que es mi señorito desmontando el franquismo y del asombro que despierta su trabajo en las cancillerías de Europa. Mi temor es que no se conforme solo con eso y que aspire también a convertirse en el constructor de la democracia. Lo primero está a su alcance porque nadie conoce como él la arquitectura del régimen y sabe dónde están los pilares que debe derribar. Le sobra audacia y capacidad para hacerlo bien. Yo también admiro esa parte de su trabajo. Pero si se empeña en ser el líder democrático que ponga en pie la democracia, fracasará. Él no sabe lo que es la democracia. No paro de repetírselo.

—¿Y crees que te hará caso?

—Él dice que sí, pero yo no estoy tan segura. La política le gusta a rabiar y se está emborrachando de éxito. El otro día, Willy Brandt se lo insinuó con toda claridad.

—¿Estuviste en la reunión?

—Claro que estuve. Suárez quería que hiciera de intérprete.

—¡Pero si Hans Matthöfer habla un español casi perfecto! —exclamó la periodista alemana.

—Sí, pero eso lo supimos después —dijo Carmen—. Al principio no lo sabíamos. Ellos no nos dijeron nada. Nos lo ocultaron a propósito. Querían examinarnos.

—¿Y qué tal os salió el examen?

—Hablamos sobre la situación política en España, sobre la necesidad de hacer un pacto con la oposición, sobre el pueblo español... Yo iba traduciendo, pensando que no nos entendían nada. Se dieron cuenta de que el Gobierno estaba haciendo todo lo posible por sacar adelante la Transición, que empezábamos a ser interesantes, que éramos algo más que un jefe de Gobierno falangista y su presunta querida.

—Si eso te tranquiliza —explicó Elizabeth Guth—, te diré que Brandt le dijo a Felipe González que había sacado muy buena impresión de Suárez y le animó a que el PSOE le ayudara en todo lo posible.

—Sí, nos habló de la conveniencia de ese pacto entre Suárez y el PSOE —ratificó Carmen.

—También te puedo decir —prosiguió la periodista— que tú les causaste una honda impresión. Les admiró que te atrevieras a interrumpir a Suárez, y a corregirle. Les maravilló que hablaras alemán y les pareciste bastante de izquierdas.

—Él a mí me pareció un buen burgués físicamente deteriorado.

—Eso es porque los socialistas españoles son mucho más radicales y tú aún estás influida por la mentalidad de mayo del sesenta y ocho. A ti no te asusta Carrillo. A ellos sí. De hecho, tienen miedo a que el Partido Comunista se cuele a través del PSP de Tierno Galván.

—Eso no será necesario. En España, el Partido Comunista será legal muy pronto y no necesitará ningún caballo de Troya para influir en política.

—Ya sé de sobra cuál es tu opinión. Y además leí la entrevista que te hicieron hace un par de semanas.

El 27 de noviembre, el periodista Rafael Fraguas publicó en las páginas de *El País* una entrevista que a Carmen estuvo a punto de costarle su puesto de trabajo. En el párrafo introductorio, el entrevistador dejó constancia de las dos tendencias contradictorias que pugnaron durante toda la conversación en el ánimo de la entrevistada:

> Carmen Díez de Rivera calibra el alcance de sus palabras y las expone ordenadamente de un modo sencillo, reñido con los cir-

> cunloquios; parece como si un férreo principio de autodisciplina tamizara previamente todas sus afirmaciones. Huye también de callar sus convicciones profundas con la misma intensidad que emplea para deshacer una aureola de enigma, colocada hasta hace muy poco a su alrededor. Atrás quedó su imagen de chica muy bien, educada para la pasividad y la sonrisa silenciosa.

La pugna entre tamizar todas sus afirmaciones y callar sus convicciones profundas fue ganada, una vez más, por la pulsión más fuerte. Aunque lo intentaba, Carmen era incapaz de medir sus palabras. «¿Podría autodefinir su carácter?», le preguntó el periodista. «Quizá las dos notas dominantes sean la sinceridad y el afán de libertad», respondió ella. Y, a continuación, actuó en consecuencia. Estaban hablando de la clase social de la que ella provenía: «Por nacimiento procedo de la aristocracia; por la manera que he desarrollado mi propia vida, del mundo del trabajo que vive y actúa desde un contrato salarial», había sido su respuesta. Entonces llegó el cebo: «¿Admite la existencia de la lucha de clases?». Carmen no se arredró: «Sin ninguna duda». Un poco más adelante surgió la segunda celada: «Si dependiera de usted, ¿legalizaría al Partido Comunista?». Y ahí vino la respuesta más impactante. «Si se sometiese a referéndum, votaría a favor de su legalización», dijo sin inmutarse.

Suárez, cuando leyó lo de la lucha de clases y lo del voto afirmativo a la legalización del Partido Comunista, puso el grito en el cielo.

—Todo el mundo me dice —le confesó Carmen a su amiga— que no me hago cargo del lugar en el que trabajo. Al parecer, debería ser muda, salvo para decir «Sí, *bwana*», agachar la cabeza y aplaudir con las orejas todo lo que hacen los demás.

—¿Es eso lo que Suárez te dijo que hicieras después de leer la entrevista?

—Más o menos. Nunca habíamos tenido una discusión tan subida de tono. Me dijo que la gente pensaría que era él quien me inspiraba esas ideas. Como ves, no hay nadie que me considere capaz de tener ideas propias. Todas tienen que estar inspiradas por otros…

—¿Qué le dijiste tú?

—Que algún día me lo agradecería y que se daría cuenta del favor que le estaba haciendo.

—¿Eso le dijiste?

—Eso fue lo que le dije, sí. Y, claro, ¡imagínate!… Se puso hecho una pantera. Está preocupado porque se da cuenta de que debería promover el diálogo con el Partido Comunista, pero aún no se atreve a hacerlo. Precisamente por eso hice esas declaraciones. Porque para él nunca es el momento.

—¿Y ya habéis hecho las paces?

—Todavía no. Al día siguiente vinieron los funcionarios de la casa a protestar por mis declaraciones. El ambiente está muy caldeado. Hay que dejar que se enfríen las cosas. Es evidente que molesto. Y también que despierto muchas envidias. ¡Puaff! Estoy harta del tema. Pero no me voy a rendir.

—¿Y eso qué significa?

—Esta tarde pienso ir a la recepción de Willy Brandt en la embajada alemana. Y además, sin peluca. Acudirán todos los dirigentes del PSOE. Y también muchos amigos del PC. Mi señorito volverá a ponerse histérico, pero me da igual. No tengo la menor duda de que para hacer creíble la democracia española más allá de nuestras fronteras es imprescindible la legalización del Partido Comunista y yo haré todo lo que pueda para favorecerla.

Poco antes de las doce, Carmen y Elizabeth Guth llegaron a la puerta del hotel Meliá Castilla. Se colgaron del cuello las credenciales de prensa para franquear los controles de seguridad y se adentraron entre la multitud.

—¿Crees que me reconocerán? —preguntó Carmen.

—Creo que no. Pero estoy segura de que pensarán que eres idiota.

Carmen la miró sorprendida.

—¿Por qué dices eso?

—¡Porque solo una idiota iría con gafas de sol, dentro de un hotel, en pleno mes de diciembre!

Los congresistas, cerca de dos mil, recibieron puño en alto a Felipe González, a Willy Brandt, a Olof Palme, a Pietro Nenni, a Michael Foot, a Hannes Androsch y a Nicolás Redondo.

Primero desfiló por la tribuna Carlos Altamirano, saludado con gritos antipinochetistas. A continuación lo hicieron representantes del Frente Polisario. Desfilaron también los palestinos, los comunistas de Yugoslavia y Rumanía y los cubanos, que fueron acogidos con un enorme entusiasmo.

En medio de un fervor desatado se leyó una carta de Santiago Carrillo recordando que socialistas y comunistas, por encima de las particularidades de cada partido, luchaban juntos por la democracia. Su lectura provocó gritos de «unidad, unidad».

La gran apoteosis sobrevino cuando tomó la palabra Felipe González.

El reelegido secretario general pronunció un discurso de hora y media de duración en el que explicó las tres fases de la Transición política deseada por su partido.

La primera, el tránsito de un Estado fascista a otro de libertades.

La segunda, la conquista de un Estado en el que la hegemonía correspondiera a la clase trabajadora.

Y la tercera, la construcción de una sociedad sin clases donde no cupiera la explotación del hombre por el hombre.

Durante su intervención fueron apareciendo, una a una, las principales propuestas programáticas de su ideario.

El PSOE promueve la superación del modo de producción capitalista y la toma del poder político y económico por parte de la clase trabajadora.

El PSOE rechaza cualquier camino de acomodación al capitalismo o a la simple reforma del sistema.

El PSOE preconiza la sociedad socialista autogestionaria.

El PSOE reafirma su carácter de partido de clases y, por tanto, de masas, marxista y democrático.

El PSOE contempla el Estado federal como la solución lógica a la cuestión de las regiones y las nacionalidades.

El PSOE denuncia la renovación de las bases militares norteamericanas que constituyen una agresión permanente del capitalismo imperialista.

El PSOE defiende la escuela pública.

El PSOE reclama el neutralismo en el orden internacional, con la condena explícita a la política de bloques dirigidos por las potencias imperialistas.

Una bandera republicana hizo aparición en la sala, al término del discurso, entre gritos de «España, mañana, será republicana». Otros corearon «España está de suerte, el PSOE es el más fuerte». De repente, el congreso entró en un periodo de entusiasmo contagioso. Se aclamó a Felipe González como líder indiscutible del partido. Aunque no todos sabían la letra, el canto de «La Internacional» prendió en el auditorio como si fuera un himno de combate.

—Hay algo de taumatúrgico en ese cántico —le dijo Carmen a Elizabeth Guth—. Como en «La Marsellesa». Al oírlo tienes la impresión de que el prodigio revolucionario cambiará la faz de la tierra.

—Toda religión necesita su liturgia —le respondió la periodista alemana—. ¿Qué te ha parecido Felipe González?

—Es más alto de lo que parece en las fotos. Tiene cabeza de héroe del Novecento, sonrisa contagiosa, manos expresivas y un premeditado dandismo de izquierdas. Tiene mucho gancho y lo sabe.

—Todo eso es verdad —dijo Elizabeth Guth—, pero sus ideas siguen siendo las de un socialista rancio.

—Mejor un socialista rancio que un dictador rancio, ¿no te parece?

—Mejor ninguna de las dos cosas. Si Felipe quiere ganar las elecciones algún día, tendrá que soltar mucho lastre marxista de su vademécum ideológico.

—Las ganará. Los españoles están hartos y quieren cambio. Luego, el propio ejercicio del poder irá limando las aristas más anacrónicas de su programa. Felipe y Suárez son igualitos: el pragmatismo les sale por los poros.

—Tú dices que ganará y yo digo que no lo hará inmediatamente.

—En algo estamos de acuerdo: en que, antes o después, será presidente del Gobierno. Hoy, aquí, ha nacido un líder. Ya lo era, pero se movía en las catacumbas. Hoy se ha dado a conocer.

—En eso también estamos de acuerdo.

—Es el segundo liderazgo que se forja ante mis ojos —dijo Carmen con acento melancólico—. La única diferencia es que el primero vino desde arriba, gracias el cabildeo de unos pocos, y este nace desde abajo gracias al apoyo de muchos.

—Pareces más atraída por el segundo que por el primero —replicó la periodista alemana.

—¿Te sorprende?

—Lo cierto es que sí. Porque entre los dos hay otra diferencia que no has dicho.

—¿Cuál?

—Que el primero se hizo con tu ayuda.

Carmen guardó silencio. Su amiga, desde luego, había dicho la verdad.

XIX

Madrid, sábado, 3 de julio de 1976

Carmen llegó a casa de Suárez, en la calle San Martín de Porres, a primera hora de la tarde. Le abrió la puerta el ama de llaves, María Elena Nombela, que la condujo sin retrasos protocolarios al cuarto de estar. Suárez, nervioso, se movía por la habitación como un artista debutante que aguarda el momento de salir al escenario.

—Hazte a la idea, Adolfo —le dijo Carmen a modo de saludo—: en unas horas serás el presidente del Gobierno.

Luego se desplomó sobre el sofá y se hizo polvo los riñones.

—¿Qué clase de sofá es este?

—Son cosas de Amparo para ahorrar.

—Pues dile que romperse el coxis sale más caro.

Amparo estaba en Ibiza. La versión oficial es que se había ido a pasar el fin de semana con un matrimonio amigo, pero la verdad íntegra era que Suárez la había animado a irse porque creía que era gafe y no quería tentar al destino. Muy pocos sabían lo que estaba en el horno: solo el rey y Torcuato Fernández-Miranda, por supuesto, un puñado de confidentes regios, el *staff* de La Zarzuela, Carmen y él. Nadie más. La prensa, por la mañana, había dado palos de ciego. «Gran expectación tras el cese de Arias», titulaba *El País*. El titular del diario *ABC* iba en la misma línea: «Compás de espera tras un día de gran expectación».

El Consejo del Reino, después de tres sesiones deliberativas, de jueves por la tarde a sábado por la mañana, había seleccionado a los tres únicos afortunados que podían aspirar al cargo de presidente del Gobierno. El rey debía escoger uno de esos tres nombres. Ese era el único margen de maniobra que le permitía la ley.

A las dos y cinco, Torcuato Fernández-Miranda, que en su calidad de presidente de las Cortes lo era también del Consejo del Reino, dio por finalizadas las deliberaciones, salió al pasillo y con gesto sonriente le dijo a los periodistas que se arracimaban alrededor del umbral de la puerta: «Estoy en condiciones de ofrecerle al rey lo que me ha pedido». Todo el mundo interpretó que se refería a la confección de la terna, pero el político asturiano, siempre amigo de las sutilezas, se refería a algo más concreto. Sus palabras significaban, para todo aquel que supiera entenderlas, que la terna de candidatos incluía el nombre que el rey le había pedido.

Ese nombre era el de Adolfo Suárez.

—¿Estás segura de que mi nombre está en la terna? —le preguntó Suárez a Carmen.

—Del todo, no. Pero casi. Torcuato ha hablado por teléfono con el rey a la una de la tarde, durante un receso de la reunión. Al parecer, Silva iba superando las votaciones de descarte con el respaldo de los quince consejeros y a Torcuato le preocupaba mucho que fuera el único miembro de la terna que obtuviera el apoyo unánime de todo el Consejo. A su juicio, en ese caso el rey estaría moralmente obligado a escogerle a él. Necesitaba que alguien dejara de votarle. Ha interrumpido la reunión poco antes de la una, con el pretexto de permitir un descanso para despejar la cabeza y estirar las piernas, y le ha pedido al rey que hablara con Miguel Primo de Rivera para que no votara a Silva en la última ronda. A esa hora ya solo estaban sobre la mesa seis nombres de los treinta y dos que entraron en liza. Dos azules: Rodríguez de Valcárcel y tú. Dos tecnócratas: López Bravo y Fernández de la Mora. Y dos democristianos: Silva y Álvarez de Miranda.

—Si quieren que en la terna haya uno de cada familia, y sabiendo lo que te ha dicho el rey de Federico Silva, está claro que él y López Bravo lo tienen muy fácil. López Bravo tiene más apoyos que Álvarez de Miranda porque Franco le adoraba y eso lo saben todos los consejeros. Yo soy quien lo tiene más complicado, Carmen.

—¡No seas cenizo, hombre!

—Yo tengo enfrente a la gente del Movimiento porque no he sido nunca falangista. No tengo formación azul de ninguna especie. No he formado parte de sus conspiraciones. Y, además, me negué a ayudar a Girón cuando vino a pedirme ayuda, a principios de enero, para que fuera precisamente Rodríguez de Valcárcel, mira tú qué terrible ironía del destino, quien sustituyera a Arias en la presidencia del Gobierno.

—¿Cuándo fue eso?

—A los pocos días de que el rey me nombrara ministro secretario del Movimiento. Durante los primeros días de enero, Girón me llevó a comer a Casa Mariano, en la carretera de La Coruña, y me dijo: «Arias no durará. Antes o después, el rey tendrá que nombrar otro presidente del Gobierno y yo vengo a pedirte tu ayuda para que apoyes a Alejandro Rodríguez de Valcárcel». Yo me negué. «Ni hablar de eso —le dije—. El presidente tiene que ser alguien que respete el Movimiento, pero que no esté tan identificado con él». Girón, con cara de pocos amigos, me preguntó si me estaba postulando para el cargo y yo le respondí que, desde luego, lucharía con todas mis fuerzas para conseguirlo. Fíjate la gran oportunidad que tiene ahora para vengarse de mí. Él es consejero del reino y hay varios más que comen en su mano. Dionisio Martín Sanz y Joaquín Viola harán lo que él les diga.

—Los dos han tratado de borrarte de la lista, sí —le confirmó Carmen—. Eso ha contado Torcuato a la una. Pero el rey le ha preguntado si tu nombre peligraba y él ha dicho que no. En el último momento pensaba decir que Valcárcel es demasiado mayor para desempeñar el trabajo de presidente del Gobierno con garantías. Su salud es demasiado delicada. Estaba seguro de que la mayoría de los consejeros respaldarían esa tesis. Lo tiene bien atado. ¿Tú no has hablado con él?

—Hoy, no —respondió Suárez—. Le llamé el jueves por la noche, después de la primera deliberación del Consejo, para preguntarle si aún veía opciones de incluirme en la terna.

—¿Y qué te respondió?

—Que hay tréboles de cuatro hojas.

—Típico de él.

—Le gusta ser florentino.

—¿No te dio detalles?

—Lo único que me dijo es que les había garantizado a todos los consejeros que no estarían sometidos a ninguna presión. Les prometió libertad absoluta.

—Pues les mintió. Hay más de uno con instrucciones concretas.

—El obispo Cantero quiso saber quién era el favorito del rey. Torcuato le dijo que no había favoritos...

—Hizo bien en decir eso. Si hubiera dado un nombre le hubiera condenado a no salir —observó Carmen.

—Uno a uno fueron diciendo en voz alta las características que, a su juicio, debían tener los candidatos.

—Una buena manera de saber por dónde iban sus predilecciones...

—A Torcuato, según me dijo, no le sirvió de mucho. Hubo muchas contradicciones. Unos dijeron que debía ser joven y otros que debía tener mucha experiencia. Los más carcas defendieron el antimonarquismo falangista, y el resto la lealtad a la Corona. Un grupo abogaba por una persona abierta e integradora, y otro por alguien afecto a lo que significó el 18 de julio. Hubo un consejero que pidió que fuera economista. En lo único que se pusieron de acuerdo es en que no debía ser militar.

En ese momento sonó el teléfono oficial. Suárez hizo ademán de ir a cogerlo, pero Carmen le disuadió de que lo hiciera.

—Será mejor que conteste yo —le dijo—. Si lo haces tú no te quedará más remedio que alargar la conversación y tendrás la línea bloqueada durante demasiado tiempo...

La idea estremecedora de que el teléfono pudiera estar ocupado cuando llamara el rey hizo que Suárez aceptara sin pestañear la sugerencia de Carmen.

—¿Diga...? —dijo ella sin identificarse cuando descolgó el auricular.

Suárez dedujo enseguida que la llamada no venía de Zarzuela y siguió caminando por la habitación, como una fiera en su jaula, mientras Carmen se deshacía del comunicante.

La misma escena se repitió varias veces en los minutos siguientes. El teléfono no paraba de sonar.

—Algo ha debido filtrarse —dijo Suárez—. No es normal que haya tanto trasiego.

Tras un movimiento de duda se acercó al teléfono particular, cuya actividad gestionaba el ama de llaves desde el terminal de la cocina, marcó el número de Luis Ángel de la Viuda, director del diario *Pueblo*, y le preguntó sin preámbulos si se sabía algo de la terna. La conversación apenas duró un par de minutos.

—¿Qué te ha dicho? —le preguntó Carmen.

—Que hay periodistas apostados en la puerta de casa de Areilza. Por lo visto, está reunido con sus colaboradores y les ha dicho que sabe de muy buena tinta que el presidente del Gobierno va a ser él.

Carmen tuvo la tentación de llamar a su amigo Antonio de Senillosa para averiguar si era verdad. De serlo, Senillosa estaría en casa de Areilza porque era uno de sus colaboradores más íntimos. Sentía ganas de decirle que abortara la fiesta. Quería ahorrarle el bochorno de la decepción. Tenía la certeza absoluta de que Areilza se equivocaba. Su nombre había caído en la segunda criba.

Torcuato se lo había explicado al rey con todo detalle. Primero, cada uno de los quince consejeros propuso libremente tres nombres. Una vez eliminadas las repeticiones, la lista inicial quedó compuesta por treinta y dos candidatos. Torcuato la leyó en voz alta y fue eliminando a todos aquellos que no obtuvieran un mínimo de dos votos favorables. Cayeron dieciséis y la lista se redujo a la mitad. Algunos ilustres como Solís Ruiz, Fernández Cuesta, Cabello de Alba o Ruiz Giménez no superaron el primer corte. Para hacer la siguiente criba Torcuato propuso eliminar a quienes no alcanzaran el apoyo de la mayoría absoluta de los consejeros. Para seguir en liza se necesitaban, por lo tanto, 8 votos a favor. Areilza y Fraga solo obtuvieron 5 y quedaron eliminados. Lo mismo les ocurrió a Martínez Esteruelas (6), Fernando Suárez (4), Licinio de la Fuente (4), Alfonso Osorio (3) y Fernando Castiella (2).

Luego, para reducir a seis el número de los nueve supervivientes, los consejeros tuvieron que escribir en una papeleta los seis nombres de su preferencia. Los más votados pasarían a la ronda final. García Hernández, López Rodó y Pérez de Bricio se quedaron en la cuneta. Ahí fue donde Fernández-Miranda se dio cuenta de que Silva había recibido el apoyo unánime de todos los consejeros. Hizo un receso y llamó al rey para ponerle en antecedentes. «Hay que evitar que Silva obtenga los 15 votos», le dijo. «Yo hablaré con Primo de Rivera, que hasta ahora me ha ayudado a salvar el nombre de Adolfo Suárez en cada votación, pero no estaría de más que usted le diera un telefonazo, señor».

El rey, antes de comer, le había contado a Carmen cómo estaba la situación. Solo faltaba que Adolfo Suárez superara la última criba. De acuerdo a la terminología franquista, todo parecía «atado, y bien atado». No había de qué preocuparse.

—¿Y si el rey cambia de idea? —le preguntó Suárez a Carmen mientras seguía moviéndose por el salón de su casa.

—Que no, estate tranquilo —le respondió ella.

—Ya sabes cómo es.

—Ya verás cómo no. Todo saldrá bien.

—Me preocupa López Bravo. El rey le tiene en alta estima y sería mejor recibido que yo por los santones del régimen...

—El rey no quiere que se pueda decir que el Opus está detrás del Gobierno. Así que no te preocupes: no le elegirá.

Suárez sabía que Carmen estaba en lo cierto. Durante las últimas audiencias con políticos de su confianza, el rey lo había dejado muy claro. El 9 de junio, mientras le explicaba por qué no podía premiar sus esfuerzos nombrándole presidente del Gobierno, le dijo a Laureano López Rodó, el gran valedor de su larga marcha hacia el trono: «El problema de los Gobiernos está en que nos digan que son del Opus Dei». Laureano era uno de los miembros de la Obra de mayor relevancia política. Suárez escuchó entonces la anécdota de labios de Torcuato Fernández-Miranda con la misma inquietud con que había escuchado ahora la observación de Carmen.

—¡Yo también lo soy! —dijo visiblemente nervioso.

—Pero muy pocos lo saben. Tú compites con el escudo de armas de los azules y a nadie le da por pensar que un hombre de ese sector pueda ser del Opus. Esa doble militancia es impensable, Adolfo. López Bravo, sin embargo, viene por el lado de los tecnócratas, que es la etiqueta oficial del Opus.

El teléfono volvió a sonar y Suárez se puso tenso como un centinela. Otra falsa alarma. Esta vez era Antonio Carro, uno de los íntimos amigos de Carlos Arias. Fue su ministro de la Presidencia hasta la muerte de Franco.

—Tomo nota de su llamada —dijo Carmen, con soniquete de secretaria profesional—. El señor Suárez le devolverá la llamada en cuanto pueda...

—¿Qué querría decirme Carro? —se preguntó Suárez en voz alta.

—Mandarte algún mensaje de Arias, supongo —respondió Carmen.

—No creo. Hablé con él el jueves por la tarde, después del Consejo de Ministros extraordinario. Si quisiera decirme algo me habría llamado él personalmente.

—¿Cómo se tomó el cese?

—Estaba sorprendido, más que molesto. No creía que el rey fuera capaz de tomar decisiones tan arriesgadas. Pocos días antes, a mediados de junio, tuvimos una larga conversación. No hizo nada por disimular el desprecio que sentía por él. Llegó a decirme: «Es como un niño pequeño. No dice nada más que tonterías». En su despacho tenía un pequeño retrato suyo y, justo enfrente, un retrato gigantesco de Franco, parecido al que me hiciste descolgar de mi despacho cuando nos conocimos. Cuando estaban juntos, no le dejaba hablar. No le escuchaba. Se mostraba engreído. Un día le dijo: «Sin mí, el poder estaría arrojado a la calle». Posiblemente guardaba, de su época como ministro de la Gobernación, la transcripción de algunas conversaciones telefónicas que don Juan Carlos había mantenido desde el palacio de La Zarzuela y las esgrimía como chantaje moral frente al rey. Se sentía a salvo. A los ministros solía decirnos: «Estoy atornillado a este sillón por ley, y contra esto nada puede el rey». Por eso la decisión del cese le pilló desprevenido.

—¡Pobre Arias! —resopló Carmen—. El rey tampoco le soportaba. Si le mantuvo en el cargo fue porque le parecía excesivo cambiar a la vez de presidente de las Cortes y de presidente del Gobierno. Pero la verdad es que no veía el momento de pedirle la dimisión...

Suárez estaba al cabo de la calle de los detalles. Sabía que Juan Carlos no se atrevía a pedirle a Arias que dimitiera. Por esa razón había entrado en una crisis de ansiedad. Apenas dormía, le dolía la cabeza, estaba irascible y, con frecuencia, devolvía la comida.

A mediados de abril, el propio rey le había confesado a Carmen: «El otro día grité a la reina delante de Mondéjar y Armada, y es que estoy dominado por una irritación terrible. No duermo. Por las noches me paseo por todo el palacio. Parezco un fantasma. Esto no puede seguir así. Y creo que lo que más me irrita es que pienso que Arias me puede. Y esto, cojones, no es así. Tú sabes que no es así».

Que Arias estaba más muerto que vivo, políticamente hablando, era de dominio público. Incapaz de entender que el terreno de juego había cambiado tras la muerte de Franco, cada día se alejaba un poco más de los planteamientos de la Corona. El Gobierno, acéfalo, aparecía dividido entre dos autoridades morales, la de Fraga y la de Areilza, que pugnaban por capitanear, cada uno con su proyecto propio, las reformas políticas que todo el mundo, menos los inmovilistas nostálgicos del franquismo, consideraban necesarias. Mientras tanto, la oposición se impacientaba y exigía la ruptura total.

El ambiente social se estaba caldeando extraordinariamente. España entera bullía en huelgas promovidas por la extrema izquierda y el Partido Comunista a través de Comisiones Obreras. A mediados de enero se paralizaron un buen número de servicios públicos: taxis, correos, metro, telefónica, Renfe... El Gobierno no tuvo más remedio que militarizar algunos de ellos. Era urgente darle un impulso nuevo a la acción del Gobierno.

Arias tenía que caer. Pero el rey dudaba. Ni se atrevía a asestarle el golpe definitivo, ni tenía claro quién debía ser su sustituto.

La lista de candidatos que barajaba incluía, por este orden, siete nombres: Areilza, Fraga, López de Letona, Pérez de Bricio, Federico Silva, López Bravo y Suárez. Torcuato Fernández-Miranda, el gran confidente regio durante esos meses, no perdía ocasión para tratar de convencerle de que borrara de la nómina a los cinco primeros. El candidato elegido debía reunir, a su juicio, dos condiciones indispensables: carencia de proyecto propio y gran capacidad de diálogo y de seducción. El sustituto de Arias tenía que ser, le decía al rey una y otra vez, «un leal servidor de un proyecto ajeno, dispuesto a ejecutar con disciplina las directrices recibidas». Alguien, aclaraba, «disponible y no cerrado, abierto a las indicaciones directivas». Saltaba la vista que el perfil no encajaba con cinco de los siete nombres: Areilza y Federico Silva incumplían la condición de no tener proyecto propio. López de Letona y Pérez de Bricio carecían de capacidad de seducción. Y Fraga, desde luego, incumplía las dos. A juicio de Torcuato solo se salvaban de la quema López Bravo y Suárez.

Y, de los dos, sus preferencias se inclinaban claramente por el segundo.

En el mes de febrero ya lo tenía bastante claro. Se lo dijo al rey sin ambages: «Un presidente disponible es mejor que un presidente cerrado desde su posición inicial». Juan Carlos le respondió: «Yo a Adolfo lo encuentro muy verde. Y sabes que le quiero mucho».

Cuando Juan Carlos le contaba estas confidencias a Carmen, ella trataba de inclinar la balanza del lado de Suárez, pero reservando la impresión de que lo veía tan claro como Torcuato.

Suárez supo a ciencia cierta que su nombre estaba en liza el día 8 de marzo. Durante una cena de los dos matrimonios, Torcuato hizo el primer sondeo. «¿A quién ves tú como presidente del Gobierno?», le preguntó. La respuesta fue automática: «A ti, desde luego. El único posible eres tú. No hay otro». Fernández-Miranda le mantuvo la mirada, y con ánimo exploratorio le replicó: «¿Por qué no tú?». Suárez no le hizo ascos a la idea. No dijo que no ni siquiera por cortesía. Torcuato, días más tarde, le confesó al rey: «Sigo creyendo que Suárez ofrece ventajas para la operación, pero no me gusta la facilidad con que acepta esa posible responsabilidad. No ha vuelto a decirme: "Tú eres el único" desde la escena en que mis palabras debieron sonarle como a las brujas de Macbeth».

A pesar de todo, el argumentario de Fernández-Miranda fue minando poco a poco las reticencias del rey. La primera semana de abril, Juan Carlos le dijo a Carmen que estaba sopesando la posibilidad de que Suárez fuera el presidente. Por la noche, Carmen escribió en su diario:

> *Le preocupa que hubiera sido vicesecretario general del Movimiento con Franco, incluso que se hubiera puesto la camisa azul, y su ministerio actual. Duda. Es obvio que Torcuato anda con este tema.*

A finales de abril, el deterioro de la relación del rey con el presidente Arias había alcanzado niveles insoportables. Los dolores de cabeza del monarca y sus episodios de insomnio eran casi permanentes. Sus confidentes le instaban a que tomara la decisión de prescindir de él antes de que la ansiedad le provocara un problema de salud más grave. Ante todos ellos, Juan Carlos repasaba una y otra vez la lista de posibles sustitutos. El día 22, ante los ministros Carlos Pérez de Bricio y Francisco Lozano, citó a Suárez por primera vez como uno de los nombres a tener seriamente en cuenta. «Me está siendo muy útil —les dijo—, y Torcuato cree que es la mejor opción. Yo no digo que no, pero aún no acabo de verlo claro del todo».

El 26 de abril, la revista *Newsweek* publicó unas declaraciones del rey al periodista belga Arnaud de Borchgrave. Aunque el semanario presentó las declaraciones como el resumen de una conversación privada, sin frases entrecomilladas, esa cautela no bastó para evitar que se desatara una tormenta de padre y muy señor mío en cuanto la transcripción del artículo llegó a España:

> Juan Carlos está seriamente preocupado con la resistencia de la derecha al cambio político. Él cree que la hora de la reforma ha llegado, pero el presidente Carlos Arias Navarro, un remanente

de los días de Franco, ha demostrado más inmovilidad que movilidad. En opinión del rey, Arias es un desastre sin paliativos porque se ha convertido en el estandarte del poderoso grupo de leales a Francisco Franco, conocido como el búnker.

Arias montó en cólera y estuvo varios días sin llamarle. A Suárez le dijo: «¿A qué juega el rey? ¿Se ha olvidado de su miedo cuando la muerte del Caudillo? Un día me canso y me voy, y entonces todo se vendrá abajo». Suárez se daba cuenta de que la situación del presidente del Gobierno era cada vez más precaria y sabía que debía jugar sus cartas con habilidad si quería estar en la escapada buena.

En mayo se le brindó la oportunidad de ser elegido miembro del distinguido club de «los Cuarenta de Ayete», algo así como el sanedrín del Consejo Nacional del Movimiento, la agrupación de consejeros que, con carácter vitalicio, debían velar por la continuidad del régimen. Los Cuarenta de Ayete eran los cancerberos de la ortodoxia, los elegidos de Franco. Cuando uno de ellos moría se elegía al sucesor por rigurosa votación de los otros treinta y nueve. En mayo había que proveer la vacante de José Antonio Elola Olaso, un legendario falangista que fundó el Frente de Juventudes y ocupó durante muchos años la Delegación Nacional de Educación Física y Deportes. El candidato mejor situado para hacerse con el puesto era el marqués de Villaverde, yerno de Franco, pero Suárez, inesperadamente, irrumpió en la competición. Sus amigos trataron de convencerle de que no diera esa batalla utilizando dos argumentos de aplastante sentido común: primero, que los consejeros de Ayete se decantarían por el yerno de su mentor antes que por un joven ministro sin pedigrí falangista. Y segundo, que significarse a estas alturas como miembro del sector más rancio del franquismo no solo no le iba ayudar a estar bien colocado de cara al futuro político inmediato, sino todo lo contrario. Suárez, en cambio, razonaba justo al revés. Dado que el sustituto de Arias tenía que ser preseleccionado por acendrados franquistas —todos los miembros del Consejo del Reino lo eran—, lo mejor que podía hacer era camuflarse entre los suyos para evitar recelos en el momento de la preselección. Carlos Arias le dijo: «No te presentes, Adolfo. Villaverde te gana seguro. Ha enviado telegramas a todos los consejeros invocando la memoria de su suegro y solicitándoles el voto. Eres ministro, y además del Movimiento; una derrota se interpretaría como una especie de moción de censura contra ti y a mí me colocaría en una situación incómoda». Suárez, en un arrebato de audacia, le respondió: «No te preocupes, Carlos. No voy a perder. Pero si pierdo, al día siguiente te presento la dimisión».

Y no perdió. Contra todo pronóstico sacó seis votos más que el marqués de Villaverde.

Por fin, tras la cuarentena punitiva impuesta por el presidente del Gobierno tras la entrevista de *Newsweek*, Arias y el rey hablaron en La Zarzuela el 29 de mayo. Ese día, Carmen escribió en su diario:

> *A Juan Carlos le duele la cabeza. Cena en Casa Pedro con sus compañeros de aviación. Tiene tal dolor de cabeza, tras la entrevista con Arias, que devuelve la cena.*

En vista de las ingratas consecuencias físicas de la conversación, el rey decidió por fin cortar por lo sano y, ese mismo día se juró a sí mismo que en el plazo máximo de un mes le pediría a Carlos Arias su dimisión como presidente del Gobierno.

El calendario regio favorecía los intereses de Suárez, que solo diez días después, el 9 de junio, debía defender en las Cortes la Ley de Asociaciones Políticas. Su discurso, descaradamente democrático, sorprendió a propios y extraños. Nadie esperaba que uno de los ministros de perfil más bajo del Gobierno, eclipsado por las sombras alargadas de los tres ministros apabullantes del

Gobierno —Fraga, Areilza y Garrigues—, hiciera un alegato tan valiente, abierto y comprometido a favor de la legalización de los partidos políticos. Ante unas Cortes boquiabiertas, en algunos casos por el enfado y en otros por el asombro, el ministro que se sentaba en el puente de mando del partido único reclamó un cambio sin riesgo, una reforma profunda y ordenada, el pluralismo político, una Cámara elegida por sufragio universal y las libertades públicas de expresión, reunión y manifestación. Explicó su propósito de interpretar lo que el país deseaba para acomodar el derecho a la realidad, haciendo posible la paz civil por el camino del diálogo. En sus últimas palabras, antes de citar a Machado, acuñó una frase que hizo fortuna y que enseguida se convirtió en el guión de su escudo de armas: «Hay que elevar a la categoría política de normal lo que a nivel de calle es simplemente normal».

El rey fue el primer sorprendido. La audacia de Suárez le retiró las escamas de los ojos y admitió en su fuero interno que Torcuato Fernández-Miranda estaba en lo cierto cuando le describía como el mejor candidato posible para sustituir a Arias. Una semana después del discurso, el 13 de junio, Juan Carlos le dijo a Carmen que ya había tomado la decisión. Carmen anotó en su diario:

> *8.15 de la noche. Me habla de la crisis. Suárez, candidato. Y me explica el cómo.*

Al día siguiente Carmen le dijo a Aurelio Delgado: «Ya sé quién va ser el nuevo presidente del Gobierno. No te lo puedo decir. Pero si me prometes que no lo abres hasta que el nombramiento sea oficial, te doy un sobre con su nombre escrito en un papel». Lito se avino al acuerdo y no abrió el sobre hasta el momento convenido.

El 24 de junio, Carmen escribió en su diario:

> *Ya está hecho que el señorito sea el director de orquesta.*

Y el día 25:

Llama Suárez, nervioso con su dirección de orquesta.

El 1 de julio era la fecha elegida para consumar el cese de Arias. Ese día, el rey y el presidente del Gobierno iban a coincidir en el Palacio Real durante la presentación de credenciales de los nuevos embajadores y por la tarde estaba prevista una reunión ordinaria del Consejo del Reino. Era la combinación perfecta. No harían falta convocatorias extraordinarias ni de Juan Carlos a Arias ni de Torcuato a los consejeros. Ni el uno ni los otros tendrían capacidad de reacción para preparar maniobras defensivas.

El rey vivió las horas previas a su encuentro con Arias sumido en una tensión interior desgarradora. Fernández-Miranda le ayudó a perfilar en La Zarzuela la estrategia de la conversación. Juan Carlos le dijo: «No sé cómo pedirle la dimisión. Continuamente dice que él es presidente porque así lo quiso el Caudillo, que él pensó dejarlo y que yo he sido quien le ha comprometido en una tarea que ahora ha de llevar hasta el final». El presidente de las Cortes le respondió: «Tenéis que pedirle la dimisión de modo claro y directo, de modo preciso, y dejarle sin salida». «¿Y si se niega? ¿Y si dice que él no dimite?», replicó el rey. Torcuato verbalizó una fórmula para evitar que eso sucediera. «Yo le diría algo así: tu labor ha llegado al fin de sus posibilidades. La nueva situación exige otro presidente del Gobierno. Espero de tu patriotismo que me presentes la dimisión. Es necesario. Lo he pensado muchas veces y es necesario». Juan Carlos no paraba de repetir: «No es fácil, no es fácil». Y Fernández-Miranda, insistía: «Cuando diga esto y lo otro, decid solo: lo comprendo, pero es necesario. Y por mucho que él diga, no salgáis de esto: sí, pero es necesario. Yo no saldría de un planteamiento así».

Sin embargo, Arias no se negó. El rey recibió a Arias con estas palabras a modo de saludo: «Me hace feliz que vengas a presentarme la dimisión». Y el presidente del Gobierno, según confesó después el propio Juan Carlos, «se portó como un caballero». No hubo tensión ni malos modos.

En casa de Suárez, conforme avanzaba la tarde, el número de llamadas crecía exponencialmente. La mayoría eran de políticos ávidos de información. Los únicos nombres que estaban en el candelero como posibles sustitutos de Arias eran los que los periódicos habían puesto en circulación por la mañana. *El País* había publicado una quiniela de cinco: José María de Areilza, ministro de Exteriores; Torcuato Fernández-Miranda, presidente de las Cortes; Manuel Fraga, ministro de la Gobernación, y los tenientes generales Gutiérrez Mellado, jefe del Estado Mayor Central, y Vega Rodríguez, capitán general de Madrid. *ABC*, por su parte, apostaba por seis posibles candidatos. En su quiniela también figuraban los nombres de Gutiérrez Mellado, Vega Rodríguez y José María de Areilza, pero se caían los de Fraga y Fernández-Miranda. Como novedades, aparecían los de Fernando Castiella, exministro de Asuntos Exteriores; Federico Silva, exministro de Obras Públicas, y... Adolfo Suárez. A Suárez no le gustó que su nombre apareciera en letras de molde. Sabía que su éxito dependía del factor sorpresa.

Entonces entró otra llamada. Cuando Carmen reconoció a su interlocutor, dijo:

—Señor...

Al oírlo, Suárez se lanzó sobre el auricular.

—Señor.

—¿Qué estás haciendo, Adolfo?

—Estoy mirando papeles y arreglando el despacho de casa. ¿Quiere algo de mí?

—En realidad, no. Solo quería saber cómo estabas —le dijo burlonamente el rey.

La conversación se terminó ahí. Nada más colgar, Suárez se quedó de piedra. Víctima del desconcierto, miró a Carmen con ojos descompuestos. Estaba a punto de decir que algún obstáculo inesperado debía haberse cruzado en su camino, pero el teléfono volvió a sonar antes de que pudiera hacerlo. Era de nuevo la voz del rey:

—¿Puedes venir a verme?

—Claro que sí, señor —respondió Adolfo, perplejo.

—Ven. Te espero en palacio.

Radiante como una novia, Suárez se volvió hacia Carmen y le dijo:

—¡Dice que vaya a verle! No quiero coger el Mercedes blanco porque habrá periodistas. Iré en el Seat 127 de Amparo. Espérame aquí hasta que vuelva.

—No —le replicó Carmen—. En cuanto corra la noticia vendrán todos los medios de comunicación y no es bueno que sepan que yo estoy aquí.

De madrugada, Suárez la llamó por teléfono para contarle lo que había pasado desde que se separaron. Llegó al palacio de La Zarzuela y el ayudante militar le pidió que esperara unos minutos. Al poco tiempo volvió para decirle que ya podía pasar. Entró. Pero en el despacho no parecía haber nadie. Se quedó paralizado. Y, de repente, de detrás de la puerta emergieron como fantasmas ruidosos Juan Carlos y Torcuato para darle un susto. Suárez se sobresaltó. El rey, aún entre risas, le dijo: «Te quiero pedir un favor». Suárez le confesó a Carmen: «Yo, en ese momento, pensé que me iba decir que no me enfadara por no ser presidente o algo así, que era muy joven y todas esas cosas. Pero enseguida me dijo: "El favor que quiero pedirte es que aceptes la presidencia del Gobierno". Y yo, en lugar de pronunciar una frase histórica, a la altura de las circunstancias, respondí: "¡Si no me lo pedís, os mato!"».

XX

Madrid, sábado, 11 de diciembre de 1976

—La única ventaja de que los problemas vengan en cascada es que el último hace palidecer al anterior —le dijo Carmen a su secretaria a las diez de la noche del 11 de diciembre.

Carmina Díaz no supo qué replicar y puso cara de circunstancias. No le parecía el día más indicado para filosofar sobre la palidez de las desgracias que se iban amontonando encima de la mesa. En todo caso, a ella le parecía que la fuerza de la cascada a la que había hecho referencia su jefa de manera metafórica era verdaderamente torrencial, y en medio del ímpetu sobrecogedor de los acontecimientos recientes, nada palidecía. Tanta intensidad no admitía matices cromáticos.

A las doce y media del mediodía, Aurelio Delgado había entrado como una exhalación en el despacho de Carmen y sin soltar el pomo de la puerta, asomando la mitad del cuerpo por la rendija, había gritado a pleno pulmón:

—¡Han secuestrado a Oriol! ¡Han secuestrado a Oriol!

Antonio Oriol era presidente del Consejo de Estado, además de exministro de Justicia, procurador en Cortes, figura clave de la línea tradicionalista del régimen y miembro de una de las familias con más tentáculos en el sector financiero del país. Reacio al cambio, aunque desprovisto de la aspereza temperamental de sus colegas de trinchera, veía la acción política de Suárez como un despropósito que traicionaba la obra del Caudillo. Fue uno de los 59 procuradores que votaron en contra de la Ley para la Reforma Política.

A las once y diez, dos individuos de entre treinta y treinta y cinco años llegaron a la sede de la Fundación Oriol y Urquijo, en la calle Montalbán, 14, y solicitaron ver a Antonio Oriol. Dijeron que iban de parte del cura de Las Rozas. Fue un error intrascendente. Los visitantes creían que la mansión de la familia estaba en ese término municipal y dedujeron que dada su notoria religiosidad conocería al párroco del pueblo. Se equivocaron en lo primero, porque la vivienda familiar no estaba en Las Rozas, sino en El Plantío, pero acertaron en lo segundo, que era la parte fundamental de la coartada. A los pocos minutos, Antonio Oriol accedió a recibirles.

En la puerta del despacho, un conserje hizo ademán de tomarles el maletín. No hubo modo. El cañón de una pistola se hundió en sus riñones y el hombre se quedó paralizado. Entraron y se acercaron al presidente del Consejo de Estado, a quien acompañaban su hijo Antonio y su secretaria. Los secuestradores les obligaron a tirarse al suelo. Oriol, al darse cuenta de lo que estaba pasando, se abalanzó sobre los intrusos y trató de golpearles y de arañarles en la cara. Mientras lo dominaban, uno de ellos le dijo para que se tranquilizara: «Esto se arregla con unos cuantos millones».

Entre los dos le llevaron en volandas hacia la puerta de coches de la fundación, en la calle Alfonso XII, donde se había metido marcha atrás, pese a la oposición del portero, el Seat 1430 que ocupaban los otros dos miembros del comando. El portero dejó de forcejear con ellos cuando vio aparecer a Oriol por la puerta del ascensor escoltado por dos hombres. Iba pálido y medio derrumbado. Creyéndole enfermo, se ofreció a llamar a un médico. Con voz desmayada, Oriol le respondió: «Solo la providencia puede ayudar». Justo en ese momento apareció el rector de la fundación, el padre Fulgencio Martín Lucas. Al reclamo de las voces acudieron también un repartidor de ultramarinos y una secretaria.

Del Seat 1430, metralleta en mano, salió uno de los secuestradores y obligó a los testigos a entrar en el ascensor y a tenderse en el suelo. Luego apretó el botón de la última planta y la cabina se perdió en las alturas. El terrorista llevaba barba y hablaba un castellano sin acento alguno. El coche, ya con el secuestrado dentro, emprendió la huida con toda tranquilidad, sin acelerones peliculeros y respeto a los semáforos de la calle.

—¿Y dónde estaban los escoltas? —preguntó Suárez cuando le hicieron el relato detallado de los hechos.

Nadie supo qué responder.

A principios de diciembre, Miguel Primo de Rivera, miembro del Consejo del Reino y yerno de Oriol, le había solicitado al subsecretario del Interior que aumentaran con urgencia la protección oficial de su suegro. Habían detectado movimientos extraños y sospechaban que pudieran estar siguiéndole. El subsecretario cursó la orden al director general de Seguridad pero las instrucciones no llegaron a ejecutarse.

—¿Y ahora qué le decimos a la familia? —preguntó Carmen en voz alta.

Le tiraba el parentesco. Una prima suya, Carmen de Icaza, estaba casada con un sobrino de Oriol.

Otro silencio sepulcral se apoderó de la sala. Habían fallado todos los mecanismos de seguridad. No solo el escolta se había ido a un bar cercano cuando dejó a su jefe en la fundación, sino que la policía tardó más de veinte minutos en llegar al lugar del secuestro.

—Creemos que ha sido ETA —aventuró el ministro del Interior—, pero no descartamos ninguna otra hipótesis. Desde luego, que la acción se haya producido cuando solo faltan cuatro días para la celebración del referéndum es un hecho muy significativo. Lo normal es que los terroristas traten de impedir que se celebre.

—En estas condiciones —dijo Suárez— no tengo más remedio que cancelar la entrevista con Tierno Galván que estaba fijada para mañana por la mañana. Sería un despropósito que se me viera de cháchara con la oposición mientras el presidente del Consejo de Estado está en manos de los terroristas.

La llamada «comisión de los nueve», que agrupaba a los líderes de todas las corrientes políticas del país partidarias de la democracia (socialistas, comunistas, socialdemócratas, liberales, democristianos y nacionalistas vascos, gallegos y catalanes), había redactado una carta con sus principales reivindicaciones políticas y había comisionado a Tierno Galván para que se la entregara en mano al presidente del Gobierno.

—¿Estás seguro de que es buena idea? —dijo Carmen a modo de tímida protesta—. Ninguno de los partidos democráticos tiene interés en boicotear el referéndum del próximo miércoles y su ayuda en estos momentos puede sernos muy útil.

—Ya lo sé, Carmen —respondió Suárez—, pero actuar como si el secuestro no se hubiera producido daría la impresión de que el mantenimiento del orden público no es una prioridad para el Gobierno. Ahora nuestro principal objetivo ha de ser el de localizar a Oriol y rescatarle con vida. Si no dejamos eso bien claro, le estaremos haciendo el juego a los secuestradores y a los extremistas que quieren boicotear el referéndum.

—La campaña contraria al referéndum —explicó Martín Villa— está siendo especialmente intensa en los últimos días tanto en el interior de la extrema izquierda como en el de la extrema derecha. El secuestro de Oriol favorece los intereses de ambos.

Los pasquines que estaban distribuyendo las organizaciones radicales de uno y de otro signo reflejaban que, en efecto, sus respectivos órganos de agitación y propaganda se habían movilizado para tratar de deslegitimar la consulta y convertirla en un fracaso.

Los fascistas maquinan un engaño monstruoso contra el pueblo. Y para colmo, de la forma más insultante: proponiéndole decidir ¡si quiere o no las libertades! ¡Y en un referéndum sin libertades previas, para redondear la afrenta! Es intolerable que el régimen fascista tome la iniciativa empleando solo en concepto de tropa auxiliar a los domesticados, a los socialfascistas, a quienes suministran legalina con cuentagotas. Las masas, en adelante, solo seguirán a quienes demuestren consecuencia con sus objetivos revolucionarios. Y la única forma de avanzar hacia ellos es la lucha armada. Así de sencillo. Debemos echar abajo el referéndum, no contentarnos con llamar al boicot a la manera de los que se comportan como simples concubinas, palanganeros y porta cencerros de los fascistas.

La extrema derecha, en sus diatribas volanderas, cambiaba los sujetos de las oraciones, pero utilizaba verbos parecidos y desde luego predicados idénticos:

Porque Franco está diciendo que no, votaremos no en el referéndum. El régimen de Franco no ha sido un paréntesis en nuestra historia. Levantamos nuestras banderas de la España eterna contra los traidores. Esta batalla no la ganará la chusma marxista. Contra la mística del marxismo no reconocemos más que la nuestra, la que hizo levantarse a los falangistas y a los requetés. Esta victoria la ganará Franco después de muerto, y ya hemos empezado a ganarla. ¡Votemos que no!

—¿Y si están actuando juntos unos y otros? ¿Y si ambos extremos han decidido coordinar esfuerzos en la búsqueda de un objetivo común? —conjeturó el teniente general Gutiérrez Mellado.

—Ya he dicho que no descartamos ninguna hipótesis —ratificó el ministro del Interior—, aunque los primeros datos señalan a ETA. Teníamos noticia de la presencia de un comando en Madrid. Creíamos que querían secuestrar a José Antonio Girón de Velasco.

La hipótesis de ETA, sin embargo, se vino abajo enseguida.

Por la tarde, el gobernador civil de Madrid, Juan José Rosón, llamó por teléfono a Martín Villa para decirle que acababa de hablar por teléfono con el director del diario *El País*. El corresponsal del periódico en Bilbao, con muy buenas fuentes en el conglomerado etarra, había estado en Biarritz horas antes y sus contactos le habían asegurado que ETA no tenía nada que ver con el secuestro. «No sabemos nada, no tenemos ni idea de dónde parte esto», le dijeron.

Martín Villa recibió la noticia con extrañeza. Pocos minutos antes, el hijo de Antonio Oriol, testigo ocular del secuestro de su padre, había reconocido a José Luis Echegaray Gaztearena, alias Koldo, como uno de los miembros del comando que había participado en la acción. Si el periodista estaba en lo cierto, la pista fundamental de la policía saltaba por los aires.

Hasta ese momento, los investigadores no habían logrado averiguar mucho más. Solo que el Seat 1430 utilizado durante el secuestro había aparecido por la tarde en el barrio madrileño de La Elipa, sin huellas de ninguna clase, y que un testigo vio cómo sus ocupantes, después de abandonarlo, se subían a otro vehículo. «A un señor mayor le sentaron en el asiento trasero, le pusieron una boina en la cabeza y le dieron a un bebé para que lo llevara en brazos», relató.

El *modus operandi*, convinieron los expertos, no era el típico de ETA. A continuación, varios confidentes policiales corroboraron que Echegaray Gaztearena no podía haber participado en el secuestro porque acababa de ser visto en San Juan de Luz.

Carmen entraba y salía del despacho de Suárez y se enteraba por entregas de las novedades de la investigación. Su tarea fundamental nada tenía que ver ni con el secuestro de Oriol ni con la evaluación de sus posibles consecuencias de cara al referéndum que estaba convocado para tres días después. Su cometido era el de coordinar los trabajos de la agencia francesa que Manuel Ortiz, el subsecretario de despacho de Suárez, había contratado para diseñar la campaña publicitaria de la consulta.

La última encuesta realizada por Sofemasa por encargo del Instituto de la Opinión Pública (IOP) acababa de llegar a su mesa. Era una encuesta de mil doscientas treinta entrevistas. El trabajo de campo se había realizado el 8 de diciembre. Según los datos, la victoria del sí a la Ley para la Reforma Política parecía asegurada. El 61 por ciento del electorado declaraba que apoyaría la propuesta del Gobierno y solo un 3 por ciento estaba firmemente decidido a votar en contra. Había un 18 por ciento de indecisos y un 16 por ciento de abstencionistas. Respecto a la dimensión política izquierda-derecha, los entrevistados se declaraban mayoritariamente centristas (43 por ciento) o centro-derechistas (13 por ciento). Y, naturalmente, había menos de izquierdas (16 por ciento) que de derechas (24 por ciento).

La gran duda, el día 11 de diciembre por la tarde, era el impacto que el secuestro del presidente del Consejo de Estado podía tener en la opinión pública.

A las nueve y media de la noche, el gobernador civil de Madrid, Juan José Rosón, volvió a recibir una llamada del director de *El País*. «Poco antes de las ocho y media hemos recibido una llamada telefónica en la redacción del periódico —le dijo—. Una voz masculina, con tono nervioso, leyó muy aprisa un comunicado reivindicando el atentado en nombre de los Grupos de Resistencia Antifascista Primero de Octubre, los GRAPO, y nos advirtió que en la cabina telefónica 448, en la calle Alcalá, cerca de Goya, podíamos recoger una copia manuscrita. He mandado a unos redactores y la tienen en su poder. Les ha costado encontrarla. Te la he enviado y ya va de camino».

El periodista que fue a buscar la nota le contó a su director que la cabina estaba sucia y repleta de anuncios, solicitudes de trabajo y panfletos políticos de todo signo. Después de una intensa búsqueda, y casi por chiripa, cuando ya estaba a punto de arrojar la toalla, la encontró en el suelo, al fondo de la cabina, bajo la repisa que sirve de apoyo a los usuarios del teléfono. Era una holandesa doblada por la mitad y pegada, a modo de lacre, con chicle de color blanco. El texto estaba escrito en letras mayúsculas con lápiz de color azul.

A las nueve y veinte, la misma persona que había llamado por teléfono para leer el comunicado se puso de nuevo en contacto con la redacción del diario para asegurarse de que habían recogido la nota. «¿Han recogido el papel?», preguntó. La respuesta fue monosilábica: «Sí». El comunicante, insistió: «¿Seguro?». «Sí, seguro que sí», ratificaron desde el periódico. «Pues entonces, nada más», se despidió la voz anónima. Antes de que la comunicación se interrumpiera, al periodista aún le dio tiempo a pedir: «Oye, llámanos de vez en cuando dándonos información». «Ya veremos», dijo con tranquilidad el hombre al otro lado del hilo telefónico. Y colgó.

El gabinete de crisis, en la sede de la Presidencia del Gobierno, recibió el comunicado pasadas las nueve y media de la noche:

> *Un comando de los Grupos de Resistencia Antifascista Primero de Octubre ha hecho prisionero al presidente del Consejo de Estado y consejero del reino Antonio María de Oriol y Urquijo.*
>
> *Mediante esta acción nuestra organización manifiesta su repulsa ante la farsa del referéndum fascista, y pone la siguiente condición para su liberación:*
>
> *Que sean liberados los siguientes prisioneros patriotas y antifascistas, y enviados a Argelia:*
>
> *Fernando Viqueira Sende, militante de los GRAPO; José María Sánchez Casas; Juan Carlos Delgado Delodes y José Balmón Caster, militantes del PCE (r); Javier lzko de la Iglesia; José María Dorronsoro Cebeiro; Mario Onaindía Nachiondo; Iñaki*

Múgica Arregui; J. Pérez Beotegui, y Garmendía, de ETA; Eva Forest y Antonio Durán; Manuel Blanco Chivite y Mayoral Rueda, del FRAP; y María Brañas, de la UPG.

La seguridad de Oriol depende de la actitud del Gobierno. Nuestra organización está preparada y dispuesta a todo.

G.R.A.P.O.

—¡Estos tíos son un instrumento de la ultraderecha rampante! —dijo el general Gutiérrez Mellado.

Martín Villa miró al vicepresidente del Gobierno con gesto de duda. Según sus informes, el GRAPO provenía de una escisión del Partido Comunista ocurrida en 1968. Era gente que había apostado por la insurrección armada para implantar la dictadura del proletariado. Captaban a sus militantes, sobre todo, en Sevilla, Cádiz, Córdoba, Galicia, Madrid y Barcelona. Cometieron su primer atentado el primero de octubre de 1975. De ahí su nombre. Ese día, en varias acciones sincronizadas, asesinaron a cuatro policías nacionales. Se trataba, desde luego, de una misteriosa y oscura organización. Según los rumores que circulaban por determinadas comisarías, entre sus filas podían haberse infiltrado confidentes del sector policial afecto al franquismo puro y duro. Pero no estaba confirmado. Gutiérrez Mellado lo tenía claro. Martín Villa no tanto.

—Desde luego —dijo Suárez—, la idea de atender a sus reclamaciones queda descartada. Hay que localizar a Oriol con vida y detener a sus captores sin pagar nada a cambio.

El general Campano López, director general de la Guardia Civil, sugirió la conveniencia de posponer el referéndum hasta que se hubiera producido la liberación del secuestrado. Lo prioritario, a su juicio, era preservar el orden público. Pensaba que los terroristas, al denunciar en el comunicado «la farsa del referéndum fascista» estaban dando a entender que iban a seguir actuando durante las horas siguientes. No descartaba que el cadáver de Oriol apareciera tirado en una cuneta o que se produjera algún otro secuestro. «El ambiente —advirtió— puede llegar a caldearse mucho. Hacer el referéndum en esas condiciones no es una buena idea».

A Carmen no le gustó el comentario. No tenía buena opinión del general Campano. Le había oído decir a Andrés Cassinello, director de operaciones de los servicios de inteligencia, que era uno de los militares más reacios al cambio político. Se rumoreaba que había dado la orden de infiltrar guardias civiles en la facción carlista agrupada en torno a Carlos Hugo de Borbón, cada vez más próximo a los postulados del socialismo autogestionario, con el único objetivo de socavar su liderazgo y favorecer el de su hermano Sixto, inequívocamente franquista. El tiroteo de Montejurra, en mayo pasado, pudo haber sido una estrategia premeditada por él y financiada, por cierto, por el propio Antonio Oriol.

Para evitar que las palabras del general hicieran mella en sus interlocutores, Carmen dijo enseguida:

—El secuestro, desde luego, ha sido una cosa muy dura. Pero lo que hay que hacer es seguir adelante con la reforma aún con más fuerza que antes. Si nos paramos ahora, ellos ganan.

El general quiso fulminarla con la mirada, pero Suárez salió en su ayuda:

—Si aplazáramos el referéndum ya estaríamos pagando un precio. Ya os he dicho que aquí no hay nada que negociar con los secuestradores. Hay que localizar a Oriol y rescatarlo con vida.

—Con todo mi respeto, presidente —dijo Campano—, después del gol que ayer nos metió Santiago Carrillo con su rueda de prensa en Atocha, la sensación en la calle es que no estamos sabiendo mantener el control de la situación. Si hay altercados cundirá el miedo.

—Pues ayude a que no los haya, general —dijo Suárez con voz firme.

El día anterior, en efecto, Santiago Carrillo había sorprendido a propios y a extraños al presentarse ante medio centenar de periodistas españoles y extranjeros que habían sido previamente conducidos en pequeños grupos por enlaces del Partido Comunista hasta el número 6, tercero izquierda, de la calle Atocha.

Cada expedición siguió un itinerario distinto, poniendo especial cuidado en que nadie les vigilara. Dieron largos rodeos, modularon la velocidad de los vehículos, a veces lenta y otras veces rápida, frenaron ante los semáforos en ámbar, y solo accedieron al lugar de la convocatoria cuando estuvieron completamente seguros de que nadie le había seguido.

Carrillo hizo acto de presencia a las doce y cuarto del mediodía, con la misma peluca que, según dijo, llevaba utilizando durante los últimos diez meses para pasearse libremente por Madrid. En concreto, desde el 7 de febrero. Un rumor de asombro saludó la revelación. ¿Era posible que el secretario general del Partido Comunista llevara tanto tiempo en el interior del país sin que el Gobierno lo supiera? Era una burla a la policía en toda regla.

La prensa, aquella mañana, había informado de la rueda de prensa del líder comunista con gran despliegue tipográfico. *ABC* le dedicó la portada con un titular poco neutral, «Carrillo rompe la baraja», y un texto combativo:

> El anciano militante comunista no quiere la democracia, quiere el poder. O todo o nada. Ayer, vestido de burgués para quitarle el miedo a los timoratos, apareció en Madrid, hizo su discursito, mintió y luego se fue por donde vino. Como su «entremés» careció de título, sugerimos el siguiente: «Entretenimiento de ingenuos o miente como quieras».

El diario *El País* fue más aséptico y bajo el título descriptivo «Rueda de prensa de Santiago Carrillo en el centro de Madrid», destacó algunas de las afirmaciones más destacadas del dirigente comunista durante su encuentro con la prensa:

Anunció que no piensa moverse de España mientras el Gobierno no le dé un pasaporte. Anunció también que se presentará candidato a las próximas elecciones, y que el PCE acudirá a ellas con listas propias, aunque no excluyó alianzas con otras fuerzas políticas. Negó que el problema para la legalización del PCE estuviera en las Fuerzas Armadas, y dijo que todos los partidos debían tener la oportunidad de celebrar sus congresos a la luz pública.

Durante la rueda de prensa, Carrillo arremetió duramente contra la reforma política que impulsaba el Gobierno Suárez. «La reforma —dijo— no es la democracia ni la soberanía del pueblo. Ya lo dice el eslogan con que nos abruma la televisión: "Solo se reforma lo que se quiere conservar". Tomándolo al pie de la letra: se reforma el franquismo para conservarlo. Y los demócratas no podemos decir que sí a eso. Por eso defendemos la abstención en el referéndum de la semana que viene. No podemos decir que sí, pero tampoco podemos decir que no para no confundirnos con la minoría ultra. Por otro lado, votar en blanco sería inhibirse. En consecuencia, la única actitud demostrativa de nuestra voluntad democrática es la abstención».

Carmen pensó, al leer estas declaraciones, que Suárez las acogería con inquietud. Por eso le sorprendió verle de tan buen humor por la mañana. Aún no se había producido el secuestro de Oriol. Fue a su despacho a primera hora para comentar con él la machada del líder comunista. En la puerta se cruzó con José Mario Armero.

—¿Vienes de domar a la fiera? —le preguntó.

—Nada de fiera —respondió el abogado—. Está suave como una malva.

—¡Pues Carrillo no le ha dado motivos!

—¿Tú crees?

—Lo que he leído no es agradable.

—No te creas todo lo que lees —dijo Armero enigmáticamente antes de seguir su camino.

Carmen no lo sabía, pero José Mario Armero, sí: el 23 de noviembre se había celebrado en España la primera reunión del Comité Central del PC desde 1939. En un viejo molino de la provincia de Guadalajara, Carrillo admitió la posibilidad de que los comunistas pudiesen participar en el referéndum y apoyar la Ley para la Reforma Política siempre que el Gobierno se comprometiera a tramitar su legalización. Sus palabras durante la rueda de prensa solo pretendían meter presión.

Suárez lo sabía. Por eso reaccionó de un modo parecido al de Armero cuando Carmen le preguntó su opinión sobre las palabras del secretario general del Partido Comunista.

—¡Ha dicho que entre los actuales gobernantes los hay que de verdad quieren el cambio! —respondió eufórico.

—Y ha añadido —replicó ella— que eso no basta para darle un voto en blanco al Gobierno…

—Así se juega al ajedrez.

—¿Sabías que la rueda de prensa se iba a celebrar?

—La verdad es que no —admitió Suárez.

—¿Qué clase de enlaces tienes con ellos? ¡Deberían haberlo sabido! ¿Te interesa mi opinión?

—Adelante.

—Creo que ha sido un golpe muy inteligente. Y lo que trata de decirte es que el tema está yendo muy lento…

—Ya. Y ahora me dirás, como haces casi a diario, que tengo que legalizar al Partido Comunista sin demora.

—Eso es.

—Pues ya que te interesa tanto la acción, tengo una oferta que hacerte.

—¿Cuál?

—Quiero que seas subsecretaria.

—¿Para qué, si voy a hacer lo mismo?

—No harás lo mismo. Lo que te ofrezco es un cargo ejecutivo. Y además ganarás más dinero.

—Me importa un pito.

—Serás la primera mujer subsecretaria.

—A mí nunca me ha gustado ser la primera en nada.

Carmen sabía que la oferta era una patada hacia arriba, un caramelo que Suárez se sacaba del bolsillo para que dejara de ser un adversativo con piernas. Pero era inútil. No pensaba aceptar ni loca.

Cerca de las diez de la noche, Carmina Díaz entró casi de puntillas en el despacho del presidente del Gobierno, buscó a Carmen, se acercó a ella y le susurró al oído que saliera a su despacho a atender una llamada urgente.

—El próximo secuestro puedes ser tú —le dijo una voz cavernosa antes de colgar.

Carmen se quedó de piedra, con el auricular telefónico en la mano, sin saber cómo reaccionar. Le preguntó a Carmina si sabía quién la había llamado. «Solo me dijo que tenía una información relevante sobre el secuestro de Oriol y que solo te la daría a ti», le contestó ella. Carmen repitió en voz alta el mensaje que acababa de recibir y su secretaria, al escucharlo, se llevó la palma de la mano delante de la boca para sofocar la exclamación de espanto.

Fue entonces cuando Carmen dijo:

—La única ventaja de que los problemas vengan en cascada es que el último hace palidecer al anterior.

Al instante, el teléfono volvió a sonar. Era Rafael Fraguas, el periodista de *El País* que días antes le había hecho la entrevista que tanto enfadó a Suárez.

—¿Estás bien? —le preguntó.

—Sí —respondió Carmen—, ¿por qué me lo preguntas?

—¡Porque corre el rumor de que te han secuestrado!

Aquella misma noche, Andrés Cassinello le puso un policía de escolta. Carmen trató de negarse, pero esta vez sus protestas cayeron en saco roto. Le vino a la cabeza la figura de su Che particular y tuvo la vaga sensación de que algunas piezas empezaban a encajar en el puzle.

XXI

París, marzo de 1961

A Carmen le gustaba ir a La Closerie des Lilas, en la rue Notre-Dame-des-Champs. Ya no era uno de los mejores cafés de París, pero a ella le gustaba imaginar a Hemingway sentado ante una de aquellas mesas de mármol, rodeado de señores viejos y barbudos, de ropas gastadas, con la cinta roja de la Legión de Honor en la solapa y una elegante mujer amarrada a su brazo.

La clientela ya no era la misma. Del mismo modo que Hemingway ya no coincidió con los poetas que colocaron el local en el itinerario de la fama, ella tampoco distinguía a su alrededor a los mutilados de guerra que, en vida del escritor, superaban con decorosa dignidad las dificultades debidas a los brazos o las piernas que les faltaban. La vida seguía su curso. A Carmen le resultaba fácil dejar que los recuerdos surgieran allí de forma torrencial, como si fueran ecos silenciosos que se mezclaban con los de otros recuerdos imaginarios inspirados por escritores atormentados. La realidad, así, se mezclaba con la ficción y se hacía menos dolorosa.

—¿Por qué vinimos a París? —le preguntó Carmen a su amiga Catali.

—Porque necesitábamos colorear nuestra vida.

Era verdad. Durante los primeros días de 1960, después del incidente familiar, Carmen vivió encerrada en un silencio glacial, despojada de las potencias racionales que distinguen al hombre de una fiera malherida. Su padre se ocupó de velar por ella. Rara vez se apartaba de su lecho, aunque saltaba a la vista que se sentía perdido. Ni el llanto ni la oración surgían de manera natural. Carmen no respondía a sus preguntas.

A las dos semanas comenzó a dar síntomas de recuperación. Cuando su prima Soledad, priora de un convento de carmelitas en Arenas de San Pedro, vino a visitarla a mediados de enero, Carmen empezaba a ser la versión más acerada de sí misma. Escuchaba a su prima sin apartar de ella una mirada gélida. Refutaba su lenguaje piadoso y proponía sustituir palabras como «cruz», «redención» y «prueba» por otras más descriptivas, como «crueldad» o «sadismo». Cuando comenzó a levantarse de la cama, su padre anunció que iba a llevársela a San Sebastián. Carmen se negó. Don Francisco intento razonar con ella. Le explicó que junto al mar recuperaría las fuerzas mucho más deprisa. Pero Carmen no se dejó convencer. Ni una sola palabra de su padre hizo mella en ella. Su madrina Carmen de Icaza, la hermana de su madre, sugirió entonces que se instalara durante unos días en su casa. Carmen aceptó. Si a Francisco Díez de Rivera le pareció que era una solución inadecuada, se lo calló. Empezaba a entender que ya no tenía ni voz ni voto en los asuntos de su hija.

Durante la primera semana, tía y sobrina cenaban juntas todas las noches. Se sentaban en el pequeño comedor contiguo a la cocina y tomaban comidas de tres platos que servían camareras vestidas con cofia y delantal. Después de cenar, su tía la acompañaba a la habitación. Se sentaba en el borde de la cama y le leía durante un rato las galeradas del libro que estaba a punto de publicar. Se titulaba *La casa de enfrente*. Tras arroparla, darle un beso y apagar la luz, cerraba la puerta con sigilo y regresaba a la sala de estar, donde con frecuencia el padre de Carmen la esperaba con inquietud. Se tomaban una copa y hablaban en voz baja de sus progresos.

«Parece que se está recuperando».

«Ya tiene más apetito».

«Está recobrando el color».

Una noche, después de que su tía la arropara y le diese un beso, Carmen la retuvo. «¿Por qué dejaste que pasara?», le preguntó. Su tía no supo qué contestar. «Supongo que preferí pensar que la cosa no iba en serio».

Ahora, en el café de París, mientras rememoraba la escena, Carmen recordó con absoluta nitidez cuáles fueron sus palabras exactas: «Nunca más le dirigiré la palabra a mi madre. Nunca más volveré a sonreír. Nunca más confiaré en nadie. Y, por supuesto, nunca me casaré».

Su tía trató de abrazarla pero ella interpuso sus manos y la frenó con firmeza. «No soy uno de los niños desvalidos de tus novelas que necesitan el cuidado de Auxilio Social —dijo—. Lucharé por ganarme un puesto digno en la vida sin que vengan a rescatarme cazadores vestidos de enfermeras. Prefiero dormir entre las tumbas de un cementerio en ruinas que en el seno de una familia que no es la mía». Carmen de Icaza dio un paso atrás, como el púgil que ha recibido un golpe limpio en la cara y trata de disimular el daño. «Esta es tu familia —dijo—, esta es tu casa». La respuesta fue implacable: «No, tía, esta es solo la casa de enfrente».

Esa misma tarde regresó a su trabajo en la *Revista de Occidente* y se instaló de nuevo en la casa familiar.

Durante los primeros días vivió encerrada en su dormitorio, en medio de un mutismo hermético, ignorando el continuo golpeteo de nudillos contra su puerta que pugnaba por romperlo. En poco tiempo aprendió a distinguir a quién pertenecía cada llamada.

Los golpes de su madre eran enérgicos, impacientes, propios de una autoridad que se cree con derecho a franquear el umbral de cualquier puerta sin necesidad de dar explicaciones.

Los de su hermana Sonsoles eran impersonales, mecánicos. Servirían para prevenir un incendio o para anunciar que la cena ya estaba servida en el comedor.

Los de sus hermanos Francisco y Antonio seguían el mismo patrón —pequeños impactos provocados con el premeditado propósito de no importunar—, aunque Antonio imprimía a los suyos una dosis extra de delicadeza.

Los de su padre, en cambio, siempre eran distintos. Alternaban la frecuencia y la intensidad como si respondieran a un código morse que tratara de comunicarse con el corazón de su hija. A Carmen le resultaba enternecedor el esfuerzo que hacía por encontrar la percusión adecuada.

Por las noches, él le subía la cena en una bandeja y después de fracasar en su intento de dársela en mano la dejaba en el suelo del pasillo. En una ocasión Carmen abrió la puerta para recogerla, creyendo que su padre ya se habría marchado, y le encontró de pie aguardando pacientemente la oportunidad de verle la cara. «¿Podemos hablar?», le preguntó. Ella, con los ojos enrojecidos, negó con la cabeza. Antes de irse, su padre le dijo con ternura: «¡Cuánto vas a sufrir, Carmencita!».

La primavera le trajo un soplo de vida y cuando llegó el verano ya hacía una vida casi normal. Tras los meses en Marina de la Torre con su amiga Catali, el transcurso del tiempo parecía haber hecho ya la mayor parte de su trabajo terapéutico.

París estaba radiante esa mañana de abril.

—¿Crees que hemos hecho bien en venir aquí? —le preguntó Carmen a su amiga.

—¿A París?

—A La Closerie des Lilas.

—Es un tributo fetichista. Siempre te ha gustado cazar fantasmas. Por aquí debe andar el de Hemingway.

—No busco el suyo, sino el mío.

—¿Aquí?

—Los fantasmas habitan donde quieren. Por eso son fantasmas.

—Pero suelen merodear por los lugares donde han vivido, ¿no?

—Por supuesto que no. Van a los lugares donde están las respuestas que necesitan.

—Los fantasmas no necesitan respuestas, Carmen. No delires.

—Las respuestas no las necesitan ellos, Catali. ¡Las necesitamos nosotros!

—¿Te ha sentado bien el vermú?

—Divinamente. Si no interpelamos a nuestros propios fantasmas nunca descubriremos el sentido de la existencia. Y para darnos las respuestas adecuadas, primero tienen que encontrarlas.

—¿Esa idiotez quién te la ha dicho?

—Eugene O'Neill.

Hacía un buen rato que tenía ese nombre en la cabeza. No tanto por la huella que le dejó en la memoria *Largo viaje hacia la noche,* su obra maestra, sino por lo que había sucedido la tarde que acudió a ver la función en el teatro Lara, seis meses antes, junto a su hermana Sonsoles.

Fue a finales de septiembre. El teatro estaba de bote en bote. Durante el primer acto, el viaje al pasado de los cuatro miembros de la familia Tyrone se había ido haciendo cada vez más oscuro, como la luz de aquel sol de agosto de 1912 a medida que se acercaba la noche. Los remordimientos y las frustraciones de padres e hijos iban del escenario al patio de butacas dejando en cada espectador un inevitable rastro de culpa. Mary acababa de decir: «Siempre nos hemos querido y siempre nos querremos. Más vale que recordemos eso y no tratemos de remediar las cosas que no tienen remedio, las cosas que nos ha hecho la vida y que no podemos explicar ni disculpar».

Sonsoles se removió en su butaca y mantuvo la mirada al frente para que no se cruzara con la de su hermana.

Enseguida cayó el telón del entreacto. Carmen se levantó para ir al baño. Sonsoles no quiso acompañarla. La idea de tener que comentar con ella la intimidad de los Tyrone, el modo en que sus mentiras y sus rencores habían combatido en escena durante una hora de reproches demasiado reconocibles era superior a sus fuerzas. Carmen hizo la cola de rigor. Había un silencio tenso en el ambiente. Las caras ponían de manifiesto que O'Neill había logrado zarandear las conciencias. Como él mismo le había explicado a su mujer en la dedicatoria del manuscrito, reproducida en el programa de mano, se trataba de «una obra de antiguo dolor escrita con sangre y lágrimas». Sonó el timbre anunciando que estaba a punto de comenzar el segundo acto y la gente que se arracimaba en el *hall* se apresuró a regresar a la platea. Poco a poco, los espacios se abrieron y la multitud se fue diluyendo como el montón de arena en el bulbo superior de un reloj.

Fue entonces cuando se vieron.

Ella aún permanecía inmóvil en el tercer peldaño de la escalera que subía al primer anfiteatro.

Él estaba sentado en un taburete de terciopelo granate junto a la puerta de medio punto que comunicaba con la galería del vestíbulo.

Los dos habían preferido hacerse los remolones para evitar el forcejeo de la aglomeración. Había nueve columnas de techo a suelo pintadas de rojo pero Carmen tuvo la sensación de que el artesonado se derrumbaba como la plancha de una prensa sobre su cabeza. Contuvo la respiración. Quiso moverse, pero no pudo. Fue capaz de verse a sí misma a vista de pájaro, como dicen que se ven los muertos cuando el alma se separa del cuerpo. El tiempo se detuvo. Luego, tras un intervalo imposible de medir, Ramón se levantó sin ninguna energía y avanzó un par de pasos para acortar la distancia. Ella le imitó y alcanzó la plataforma del suelo. No hubo palabras. Tímidamente, él alargó el brazo y extendió la palma de la mano para que se acercara a cogérsela. Carmen la miró con detenimiento antes de aceptar la invitación.

No vieron el segundo acto. Salieron a la calle, cogidos del brazo, y cuando el aire golpeó sus caras y supieron que estaban vivos, Ramón le susurró al oído una frase que Mary Tyrone había pronunciado minutos antes desde el centro del escenario: «No quiero ponerme triste ni que te pongas triste tú. Solo quiero recordar el pasado feliz…».

—¿En quién piensas? —preguntó Catali cuando quedó patente que Carmen se había extraviado en sus propios recuerdos.

—En viejos fantasmas.

—¿Te han descubierto ya el sentido de tu existencia?

—Aún no.

Las lágrimas le anegaron los ojos. Era un llanto apacible, que no revelaba dolor.

—¿Te encuentras bien? —quiso saber Catali.

—París me hace llorar —respondió Carmen, tratando de alejar a Ramón de su memoria—. No te asustes. Esta ciudad ha sido para mí, desde muy, muy joven, una emoción profunda.

—No sabía que te impresionara tanto.

—Cuando estoy en París me siento europea. En España, no. Mira la calle, Catali. Esa calle abigarrada, con color, con vida… ¡es pura libertad! Eso no se ve en nuestras calles, siempre tan ordenadas. La dictadura es ordenancista. La democracia es espontánea. Unas chicas jóvenes, unas adolescentes como nosotras, deberíamos mudarnos a esta ciudad. Yo quiero ser francesa. Desciendo de los ilustrados españoles del Siglo de las Luces. Cuando estoy aquí, me siento en casa. Mi cultura es afrancesada, a menudo pienso en francés, sueño en francés…

—¡Y lloras en francés! —dijo Catali, para romper el tono trascendente del soliloquio de su amiga.

—El llanto es un idioma internacional, idiota.

—¿Sabías que Lenin venía aquí a jugar al ajedrez?

—Sí.

—¡Qué miedo! A ver si su fantasma nos hace revolucionarias.

—Eso no sucederá aquí, amiga mía. Para eso hay que ir a Les Deux Magots. Ya he reservado mesa para mí, aprovechando que me dejas sola. Así no inhalarás la atmósfera reaccionaria que se respira en ese templo de hombres malditos.

—¡Siento no poder ir contigo, Carmen! Mi tío se ha empeñado en llevarme al Louvre. Aún estás a tiempo de cambiar de opinión, ¿de verdad que no te apetece acompañarnos?

—Ni hablar. No pienso pasar tres o cuatro horas recorriendo galerías abarrotadas de turistas mirando a muertos colgados de las paredes.

—¿No lo dirás en serio?

—Lo de los muertos, no. Lo de las galerías, desde luego. Quiero estar en la calle, Catali. Ver a la gente, empaparme de su libertad, de su espontaneidad. Meterme en medio de ese torbellino de vida auténtica. Ahora mismo voy a ir a Balenciaga, en la rue Saint Honoré, y me compraré un vestido que, por supuesto, pagará mi madre.

—¿No se enfadará?

—El que lo rompe, lo paga, ¿verdad?

Catali no supo qué contestar. Después de una pausa, preguntó:

—¿Puedo acompañarte?

—¿Te da tiempo?

—La rue Saint Honoré está pegada al Louvre. Si no tardas mucho en elegir el vestido…

—Pues entonces no perdamos tiempo —dijo Carmen mientras se levantaba de su asiento como una exhalación.

La señorita Villette las condujo hasta un mullido sofá y le hizo a Carmen algunas preguntas acerca de su talla, sus preferencias y sus actividades sociales. Luego se marchó y regresó enseguida con un surtido de tres vestidos colgando del brazo. Catali daba su opinión sobre cada uno de ellos mientras tomaba café a sorbos en una elegante taza de porcelana. Ninguno parecía gustarle. O era demasiado rosa o demasiado corto o demasiado escotado. A Carmen sus objeciones le parecían demasiado ñoñas pero se abstuvo de decirlo en voz alta. Al cabo de unos minutos, la señorita Villette regresó con un modelo blanco de manga corta con lunares azules.

—Es muy alegre —dijo Carmen nada más verlo.

—Y muy elegante —añadió la dependienta.

—¿No es muy campestre? —inquirió Catali.

—Al contrario —repuso Villette—. Este vestido ha sido diseñado para ser una bocanada de aire fresco en la ciudad. No es para la campiña.

Carmen le dio la razón:

—Al campo no le hace falta un vestido así. A nosotras, sí.

Lo cogió y se fue al probador. Cuando regresó con él puesto, Villette exclamó:

—Impresionante.

—¿Qué tal me sienta?

—La señorita tiene razón: estás radiante.

—Y eso que no llevo zapatos —dijo Carmen—. Mi madre dice que si un vestido te queda bien estando descalza tienes que comprarlo inexorablemente.

—Su madre tiene razón, *mademoiselle*.

Una hora después, Carmen llegó con su vestido nuevo a Les Deux Magots. Se trataba de un bistró parisino situado en un chaflán de place Saint-Germain-des-Prés. En la entrada había una terraza magnífica, con mesitas circulares y sillas de mimbre, bajo un gigantesco toldo de color verde. En el interior, una bancada corrida de polipiel, dispuesta de espaldas a la ventana, daba asiento a una hilera de mesas demasiado juntas. En la parte central, entre columnas con capiteles jónicos, estrechos aparadores de madera de raíz con barandillas doradas delimitaban las distintas áreas del comedor.

Carmen dio su nombre a la entrada y un *maître* la acompañó a una mesa situada bajo una de las figuras chinas que daban nombre al local. Le preguntó si quería tomar algo mientras esperaba.

—¿Mientras espero qué? —preguntó ella.

—¿No va a almorzar con alguien?

—No que yo sepa.

—Discúlpeme. ¿Le apetece una copa de champán?

—Solo si es seco.

—Naturalmente. ¿Le dejo la carta o ya sabe qué le apetece comer?

—¿Debería apetecerme algo en especial?

—Todo es altamente recomendable, pero hoy tenemos, como plato especial, *poussin* relleno a la trufa negra.

—Acepto encantada esa sugerencia.

Al rato, después de apurar la prometida copa de champán seco, Carmen reparó en que una pareja de mediana edad sentada a la mesita de enfrente le sonreía. Él era un hombre de cara ancha, con el labio superior ligeramente achatado, ataviado con traje de espiguilla y gafas de cristales redondos. Ella, de ojos achinados y pómulos altos, lucía un elegante vestido sin mangas y llevaba el pelo recogido con la raya en medio. Parecía una de esas mosquitas muertas que guardan en el liguero un látigo de domadora.

Después de la segunda copa empezó a notar que se había excedido. Devoró dos panecillos de manteca para ver si lograba contrarrestar a tiempo el efecto del alcohol pero enseguida se dio cuenta de que la precaución llegaba demasiado tarde. La cabeza comenzó a darle vueltas. Bajo la falda del mantel se quitó los zapatos y comenzó a estirar los dedos.

Cuando llegó el *poussin* relleno, Carmen miró el plato con desinterés. La ingesta de pan le había quitado el apetito.

—*Bon appétit* —dijo el camarero.

Carmen cogió el tenedor y comenzó a juguetear con la comida con desgana. Introdujo el pie izquierdo en el zapato correspondiente, pero no pudo hacer lo mismo con el pie derecho porque su pareja no aparecía por ninguna parte. Tanteó el suelo con la punta de los dedos, hundiéndose en el asiento a medida que alargaba la pierna para extender el área de búsqueda. Las piezas de cerámica del mosaico del suelo estaban frías.

—¿Me permite?

El caballero vestido con traje de espiguilla se puso de cuclillas y volvió a levantarse con el zapato en la mano.

—Muchísimas gracias. Ha sido una torpeza por mi parte —dijo Carmen con la cara encendida.

—Nada de eso —repuso él—. Tal vez ha sido nuestra culpa por haberla distraído. Mi mujer y yo no podíamos dejar de mirar esos espléndidos lunares.

Carmen le miró, desconcertada.

—¿Lunares?

—Los del vestido. ¡Es un diseño tan español!

—Es usted muy amable.

El hombre la saludó con una leve inclinación de cabeza y regresó a la mesa junto a su esposa.

Carmen cortó el pollo en trozos pequeños, pero después del segundo bocado supo que debía dejar el resto en el plato si no quería ponerse a devolver. La cabeza seguía dándole vueltas. Las paredes de color crema parecían de gelatina. Dejó unos billetes en el mantel y encaró la puerta procurando no tambalearse. Por el rabillo del ojo vio la figura china de la pared tocada por un *nón lá*. Al igual que ella, tenía la cara amarillenta.

Una vez que estuvo fuera se quedó inmóvil durante un buen rato procurando que el aire le refrescara el rostro. Alguien le puso la mano en el hombro.

—¿Se encuentra bien, querida?

Era la mujer del látigo de domadora en la liga. A una distancia de cortesía, su marido les observaba con ojos curiosos.

—Es posible que me haya pasado un poco de la raya con el champán —dijo Carmen.

—¿Quiere que la acompañemos a casa?

—Creo que ya me encuentro mejor. Gracias.

—Me llamo Simone de Beauvoir. Este es mi marido, Jean-Paul.

Al oírlo, Carmen estuvo a punto de caerse de espaldas.

—¡Te has vuelto loca! —le dijo Catali a la mañana siguiente tratando de evitar que su amiga llamara a la puerta del número 42 de la rue de Bonaparte.

—De eso, nada. Verás como todo sale bien. En la vida, cuando alguien quiere algo, va y lo consigue. Y yo, *mon amie*, voy a conseguir un rato de tertulia con el mismísimo Jean-Paul Sartre. Eso es lo que quiero y eso es lo que voy a conseguir.

—¡Pero yo no quiero eso!

—Tú, no, pero yo sí.

El timbre sonó como un salto al vacío.

—¿Quién es? —respondió desde el interior la voz de un hombre.

—¡Soy Carmen!

—¿Y quién es Carmen?

—Pues Carmen de España, Carmen de Madrid.

—¿Por quién pregunta?

—Soy la Carmen del traje de lunares. La que ayer perdió el zapato en Les Deux Magots.

La puerta se abrió y Jean-Paul Sartre exhibió una amplia sonrisa.

—¡Quién será esta Carmen tan osada que nos busca!

Al cabo de unos minutos, Carmen y Catali ya estaban acomodadas en un sofá de tela de color beige, en el apartamento del máximo exponente del existencialismo francés, en medio de un metódico desorden de libros apilados contra estanterías repletas de más libros, vasos usados, tazas vacías, botellas de licor, periódicos mal doblados y soportes para pipas.

—Tenía muchas ganas de conocerle…

—Ya nos conocíamos, jovencita —dijo él mientras la señalaba con un puro encendido sujeto entre los dedos de la mano.

—¡Es que tengo ganas de conocer algo vivo! Tengo ganas de conocer el pensamiento de la época en que he nacido. Por desgracia, en mi país, que es una dictadura, no tengo la posibilidad de hacerlo...

—Puede ser que haya tiempos y lugares más bonitos, Carmen de España, pero solo este tiempo es nuestro.

Carmen se adentró en la conversación sin tomar precauciones de ninguna clase. Habló sin parar, como si tuviera miedo a que un repentino silencio pudiera apagar la luz de aquel momento maravilloso. Sartre ponderó su dominio del francés. «Es el idioma de las emociones», dijo ella. Estaba convencida de que Francia sería un país decisorio en su existencia. Francia era un símbolo, un patrimonio común. Como «La Marsellesa»: «El himno más conmovedor que existe en la tierra», afirmó. Sartre le aconsejó que viajara cuanto pudiera y ella le contó que para las clases altas viajar era como ir a un gran almacén. Habló de su origen familiar, de la dureza de la adolescencia, de lo joven que se sentía y, por supuesto, del dolor...

—Tengo ganas de querer vivir. Hace poco pensé en el suicidio.

—Los suicidas —le dijo el escritor— son gente que juzga la vida, que piensa que esta tiene un propósito. Pero la vida es un hecho. No tiene ningún valor en sí misma. Ni siquiera es cuestión de aceptarla o de no aceptarla. Es, y punto. Aquellos que no son su propio proyecto parecen incapaces de comprenderlo.

Antes de irse, Carmen le besó en la mejilla y le dio un gran abrazo. Hacía tiempo que Catali no la veía tan llena de vida.

Tras la mejoría veraniega en Marina de la Torre, el encuentro con Ramón en el teatro Lara había vuelto a sumirla en un mar de lágrimas. Durante algunos meses volvió a encerrarse en su dormitorio sin querer ver a nadie. Catali iba a visitarla de vez en cuando con la esperanza de sacarla del pozo. Pasaba horas dándole conversación porque había leído que hablar era el mejor tratamiento antidepresivo.

—¿Qué tal lo llevas con tu madre? —le preguntó en una de aquellas visitas.

—No estoy para charlas intrascendentes, Catali.

—¿Eso te parece intrascendente?

—Bastante, sí. ¿No podrías irte a casa? Me encuentro perfectamente. Dentro de quince minutos estaré durmiendo a pierna suelta.

—No tengo nada mejor que hacer. Me quedaré lo suficiente para verte dormir. Veamos qué tal lo haces.

Carmen la miró con cansancio. No tenía ganas de forcejeos y decidió rendirse a la terquedad de su amiga.

—¿Por qué no me lees algo? —sugirió—. Eso haría mi tía Carmen.

—¿Tu tía te leía?

—Al principio me molestaba que lo hiciera. Era como si no tuviera valentía para conversar. Pero le he cogido el gusto.

—¿Te apetece que te lea?

—Sí.

—De acuerdo. ¿Qué libro prefieres?

—Da igual.

Había un montón de libros en la mesita de noche apilados desordenadamente. Catali cogió el de arriba del montón.

—¿Qué tal *París era una fiesta*, de Hemingway? —preguntó en voz alta tras identificar el título y el autor.

—Magnífica elección —respondió Carmen.

—¿Por dónde empiezo?

—Por donde decida el azar.

Catali abrió el libro por la página 32:

Cuando volvimos a París los días eran claros y fríos y de maravilla. La ciudad se había puesto en armonía con el invierno, vendían leña buena en la carbonería de enfrente, y muchos cafés buenos habían puesto los braseros fuera, de modo que podíamos sentarnos al calor de las terrazas. Teníamos el piso caliente y alegre. En la chimenea quemábamos «*boulets*», que eran polvo de carbón comprimido en forma de huevo, y por las calles era hermosura la luz de invierno. Ya nos habíamos acostumbrado a los árboles desnudos rayando el cielo, y paseábamos por la gravilla rociada por las sendas del Luxemburgo bajo el viento vivo y claro...

Carmen ahuecó el almohadón, se tendió y cerró los ojos. Al rato los abrió de golpe, como impulsada por el resorte de una idea luminosa, y exclamó llena de entusiasmo:

—¡Vámonos a París, Catali! Hagamos las maletas y huyamos de este país tan oscuro.

Catali le dijo que sí.

Los días que habían pasado juntas paseando por las orillas del Sena, moviéndose entre los cafés legendarios de las tertulias literarias y dejándose llevar por la marea de vida que sacudía las calles de Pigalle, Saint Michel y Saint-Germain-des-Prés fueron decididamente medicinales. A Carmen se le borró la arruga del ceño y volvió a reír como una muchacha radiante.

La tarde antes del regreso a Madrid, sin embargo, la felicidad volvió a evaporarse. Nada más ver el rostro de su amiga, Catali supo que algo había pasado.

—Cuéntamelo —le dijo.

Y Carmen, desarbolada, se lo contó: Ramón supo que estaba en París y había llamado uno por uno a todos los hoteles de la ciudad hasta dar con ella. Quería verla. Necesitaba verla, le había dicho.

—¿Y qué vas a hacer? —le preguntó Catali.

—No lo sé. Te prometo que no tengo la menor idea de lo que debo hacer.

Al día siguiente, el algodón húmedo del albornoz rezumó un olor cálido a lavanda.

—Si somos valientes nada se interpondrá entre nosotros —le dijo Ramón mientras la estrechaba en sus brazos.

—No es cuestión de valentía, Ramón —dijo ella—. La valentía es necesaria para hacer las cosas que nos cuestan. Lo valiente sería no hacer las cosas inevitables.

—Tienes razón, son inevitables.

—Lo he intentado, Ramón. Con todas mis fuerzas. He tratado de olvidarte. ¡No hay nada que pueda llenar el hueco que tú ocupas en mi vida!

—Te quiero con toda mi alma, Carmencita. Más de lo que temo la amenaza del infierno.

Y, una vez más, la furia de las llamas se apoderó de ellos.

XXII

Madrid, jueves, 30 de diciembre de 1976

La voz de Carmen sonó como un trueno.

—¡Es usted un perfecto cretino!

Pero el escolta, que se llamaba Pablo, no se amilanó. Siguió enfrente de ella, impertérrito como una roca, repitiendo una y otra vez el mismo argumento: «Los españoles —decía— no están preparados para la democracia». A Carmen se la llevaban los demonios. Sus réplicas eran cada vez airadas. Se abrieron algunas puertas y los dinteles se poblaron de curiosos.

—Los españoles no están preparados para la democracia.

—Pero vamos a ver, ¿el que me va a secuestrar es usted, o quién? Usted debe ser de Fuerza Nueva.

—A los españoles lo que les va es la mano dura, el palo.

—A mí el palo no me gusta nada, mire usted. Yo corría delante de los grises.

—Los grises fueron demasiado blandos.

—¡Es usted un perfecto cretino! —Dio un paso más, se metió en su despacho y antes de dar el portazo que iba a clausurar la discusión, añadió—: ¡Y un facha!

¡Zas! La hoja de madera retumbó en el marco y los curiosos se escabulleron de las rendijas por ensalmo.

Carmen dio un suspiro de alivio cuando se sintió a salvo en la intimidad de su despacho, pero al darse la vuelta advirtió que no estaba sola. Javier González de Vega, el jefe de protocolo de la Presidencia del Gobierno, estaba sentado ante la mesa de reuniones con cara de circunstancias.

—Me ha dicho Carmina que te esperara aquí —dijo a modo de disculpa.

Carmen avanzó hacia la mesa y se sentó en una silla enfrente de la suya.

—Se ha extendido el rumor de que el Consejo de Ministros va a poner en libertad a Santiago Carrillo —explicó sin acusar recibo del pretexto— y los nervios están a flor de piel entre los funcionarios de esta puñetera mazmorra.

—¿Pero es verdad lo de Carrillo? Yo ya no me creo nada de lo que me dicen desde lo que pasó el día 14.

Aquel día, poco antes de la hora de comer, llamaron por teléfono a González de Vega para asegurarle que acababan de asesinar a Carrillo y él corrió la voz por todo el edificio antes de confirmar que era un bulo. Durante el poco tiempo que duró la confusión, hubo funcionarios incapaces de disimular la alegría que les provocaba la noticia.

—¿Aún te atormentas por aquello?

—La verdad es que sí. Un poco.

—Pues no deberías. No fue el rumor más chusco que ese día se extendió por esta casa. ¿No te lo han contado?

—¿Qué deberían haberme contado?

Carmen le puso al corriente de que un grupo de familiares y amigos de Antonio Oriol se había reunido el martes 14 en el local donde tuvo lugar su secuestro. En plena noche, una comitiva de coches se puso en marcha con la intención de buscarle en un lugar junto a la carretera de Valencia, donde le situaban algunos rumores policiales. Al parecer, estaban dispuestos a dar un golpe de Estado si no aparecía. Determinadas fuentes de información transmitieron a Adolfo Suárez, que se encontraba reunido en su despacho con Manuel Gutiérrez Mellado, la peregrina idea de que aquella acción se había montado para asaltar la sede de la Presidencia de Gobierno, forzar a Suárez a dimitir y suspender el referéndum de la Ley para la Reforma Política. Andrés Cassinello y sus hombres, pocos por cierto, empuñaron sus pistolas y cerraron las puertas de Castellana, 3.

—Pero nadie vino —concluyó Carmen—, y todo quedó en una fantasía de opereta.

—No lo sabía —dijo González de Vega.

—Son días de mucha tensión. La gente está de los nervios.

—Sí. Ya he oído la discusión que has tenido con tu guardaespaldas...

—No hay que darle mucha importancia. Es un facha, sí, pero creo que no dudaría en arriesgar su vida para protegerme de un secuestro si se diera el caso...

—¿Lo de la liberación de Carrillo es verdad?

—Eso espero —respondió Carmen, con el premeditado propósito de dar una respuesta poco neutral.

El secretario general del PC llevaba ocho días detenido en la cárcel de Carabanchel.

El miércoles 22 de diciembre, después de una reunión del comité central de su partido, los *secretas* le habían echado el guante en la calle Jesús Ordóñez de Madrid. Llevaba casi un año moviéndose impunemente por toda España, para escarnio de la autoridad gubernativa, y su exhibición de fuerza del 10 de diciembre, cuando apareció por sorpresa en una rueda de prensa ante periodistas del mundo entero, colmó la paciencia del ministro de la Gobernación. Ese día, Martín Villa le pidió al jefe de la brigada político-social que le detuviera. El jefe de la brigada puso al frente de la operación al comisario Pastor. «Reúna un grupo policías jóvenes, hombres y mujeres que se hagan pasar por parejas de novios para camuflar bien la vigilancia, y ponga a su servicio coches y motos. Lo que haga falta. No escatime medios. Haga lo necesario para detener de una maldita vez a ese cabrón», le dijo. La policía no conocía a Carrillo. Una de las pocas referencias indumentarias que tenían de él es que el peluquero de Pablo Picasso le había confeccionado una peluca de pelo grisáceo y se la había dado en la villa que el empresario español Teodulfo Lagunero tenía en la Costa Azul. «No sé si mis hombres sabrán reconocerle», le advirtió el comisario Pastor a su jefe. La réplica fue terminante: «Detengan e interroguen a cualquier sospechoso. Me da igual que sea un general o una monja».

Pastor tardó menos de dos semanas en completar la misión. A las cinco de la madrugada del jueves 23 de diciembre, la Dirección General de Seguridad facilitó una nota oficial a los medios de comunicación dando cuenta de la detención de Carrillo.

> La Dirección General de Seguridad informa que a las 18.48 horas del día 22 del actual ha sido localizado, identificado y detenido en Madrid, por miembros del Cuerpo General de Policía, Santiago Carrillo Solares, secretario general del Partido Comunista de España, que fue inmediatamente trasladado a la Dirección General de Seguridad.
>
> Con esta acción se culminan las investigaciones que a este objeto se venían realizando por la policía, muy especialmente desde el pasado día 10, en que tuvo lugar su aparición ante los informadores en Madrid. Montados los adecuados servicios policiales para el descubrimiento y localización de su estancia en España, las investigaciones llevadas a efecto permitieron descubrir e identificar a la persona que resultó ser su secretario particular y llamarse Julio Aristizábal Cerezo.
>
> Lograda esta averiguación y establecido el correspondiente servicio, pudo comprobarse que Julio Aristizábal salía en la mañana del día 22 de su domicilio y se dirigía en su coche a la zona de López de Hoyos, en donde, después de aparcar el vehículo, y

tras realizar algunas maniobras de diversión para cerciorarse de que no era observado, se introdujo en la casa número 14 de la calle Jesús Ordóñez, a la que posteriormente acudieron significativos miembros del Partido Comunista de España.

Sobre las 18.40 horas se advirtió la salida de dicho inmueble de una persona con abundante cabellera larga de tono grisáceo, y con gafas, que infundió sospechas a los miembros del cuerpo general de policía. Inmediatamente, los inspectores procedieron a identificarla, al mismo tiempo que acreditaban su personalidad. En ese momento, Santiago Carrillo, sorprendido por haber sido descubierto, se despojó de la peluca que llevaba y sin oponer resistencia confesó su identidad.

«Tengo la impresión de que Carrillo quería que le detuviéramos», le confesó Martín Villa a Suárez cuando le hizo el relato de lo que había sucedido tras la detención.

Mientras lo conducían hacia la Puerta del Sol, a través de un Madrid iluminado por los adornos navideños, el viejo comunista no dejaba de bromear con sus captores. «Después del éxito que se han apuntado con mi detención se han ganado ustedes un ascenso seguro», les decía en tono socarrón.

A Suárez lo que más le preocupaba era la seguridad del detenido. Si a Carrillo le ocurría algo malo estando en manos de la policía, la credibilidad internacional del cambio político en España se vendría abajo de un plumazo. Las órdenes de tratar al preso con corrección habían sido terminantes.

Madrid, entretanto, se llenó de pintadas. Las de los comunistas pedían la liberación inmediata. Las de los ultras, su ejecución. El PC convocó para esa misma noche una manifestación de protesta ante el edificio de la Dirección General de Seguridad, en la Puerta del Sol. Para evitar disturbios, Martín Villa ordenó que trasladaran a Carrillo, con el máximo sigilo, a la comisaría de la calle de la Luna. En el trayecto, el comisario Pastor le pidió que se quitara las gafas para evitar que pudieran reconocerle desde fuera. Carrillo se negó. Sin gafas no veía nada. «Mis camaradas no van a venir a rescatarme a punta de pistola de manos de la policía», le dijo. Pero Pastor le aclaró que no le preocupaban sus camaradas, sino los guerrilleros ultras que reclamaban su muerte. El argumento le convenció y accedió a quitarse las gafas.

«Hemos de decidir qué hacemos con él —le dijo Martín Villa a Suárez—, porque no está claro que podamos imputarle algún delito. Ni siquiera el del paso ilegal de la frontera. Después de todo es un ciudadano que no ha renunciado jamás a la nacionalidad española». Suárez llevaba horas madurando la respuesta. Solo había tres opciones: o decretar su libertad, o ponerle a disposición del Tribunal de Orden Público, o trasladarle a algún país democrático que se mostrara dispuesto a acogerle de inmediato. El Gobierno de París estaba dispuesto a hacerlo. A su juicio, la mejor solución era la tercera. Gutiérrez Mellado estaba de acuerdo. Los dirigentes comunistas del interior, también. Así se lo había hecho saber Armando López Salinas a través de su enlace con el Gobierno: «Entre entregar a Carrillo al Tribunal de Orden Público o desterrarle a Francia, preferimos lo segundo».

Contra todo pronóstico, Carrillo opinó lo contrario. Poco después de medianoche, el comisario Pastor le dijo: «Todo está arreglado. El Gobierno ha hecho la gestión con las autoridades francesas, que están dispuestas a recibirle en París, y en el aeropuerto de Barajas nos espera un Mystère que le trasladará allí esta misma noche».

El líder comunista se negó en redondo a aceptar esa salida. «No tienen derecho a hacer eso —les dijo—, y les advierto que si me envían a Francia esta noche, dentro de tres días volveré a estar en Madrid, convocaré otra rueda de prensa y todo este lío empezará de nuevo. Dígale al Gobierno que me envíe a los tribunales y que estos resuelvan si me condenan o me absuelven. Es la única solución que acepto». El comisario le miró con asombro y antes de cumplir su encargo le dijo: «Acaba usted de legalizar su situación en España».

De vuelta a la Dirección General de Seguridad, Pastor instaló a Carrillo en su propio despacho y se marchó a su casa para descansar. Al rato, algunos policías exaltados comenzaron a gritar que había que aplicarle la ley de fugas. Tres de ellos lo trasladaron al sótano y lo desnudaron. La intervención de otros policías menos proclives a desobedecer las órdenes recibidas impidió que el incidente pasara a mayores.

Por la mañana, Martín Villa ordenó que le trasladaran a la enfermería de la cárcel de Carabanchel. «¿Ha pasado usted miedo?», le preguntó el comisario mientras iban hacia allí. Carrillo respondió: «Prefiero quedarme con la parte positiva de la experiencia. Lo que ha ocurrido en las últimas horas es un dato político que me confirma los propósitos de Suárez de democratizar el país, pues en otro caso la solución hubiera sido eliminarme».

Javier González de Vega sabía que Carmen era partidaria de la legalización de los comunistas. Todos los funcionarios de Castellana, 3, lo sabían. No obstante, aún le irritaba la parcialidad de su criterio y la apabullante seguridad con que lo hacía público. Si Carmen tuviera algo de tacto, pensaba él, procuraría no ofender la sensibilidad de los demás con manifestaciones tan comprometidas.

—¿Estás segura de que la liberación de Carrillo es lo que necesita Alejandro para que las cosas le salgan bien?

—¡Deja de llamarle Alejandro, por el amor de Dios! Su nombre es Adolfo. Se llama Adolfo. Y tú, Javier. Y yo, Carmen. A ver si, al final, nos vamos a volver todos locos...

—Yo admiro a ese hombre y creo que además de ser el más visionario, también es el más humano de todos nosotros. Llamarle Alejandro me ayuda a reforzar mi admiración por él.

—Pues si tanto le admiras —repuso Carmen—, ayúdale a no meterse en líos.

—No sé a qué te refieres —respondió González de Vega mientras se erguía instintivamente en un acto reflejo de dignidad corporal.

—Me refiero a que he visto la lista de los regalos de Navidad que han ido llegando a esta casa, Javier. Aquí se aceptan todos: desde un jamón a un reloj imperio. ¿No te das cuenta de que eso es un disparate? La gente que manda regalos es la que luego pide favores. ¡No podemos estar en deuda con todo el mundo! ¡Ni es ético, ni estético!

—No puedo estar más de acuerdo contigo, Carmen. Pero no entiendo por qué me lo dices a mí. El que recibe los regalos y redacta los agradecimientos es Aurelio Sánchez Tadeo.

—Ese hombre es un nazi y no tiene criterio propio. Hace lo que le dice Lito, que es su capataz. Yo con Lito no me llevo tan bien como tú, así que si he querido hablar contigo esta mañana es para pedirte que le hagas ver la inconveniencia de que sigamos actuando de un modo tan chapucero.

—Yo no creo que Lito se esté ocupando personalmente de ese asunto. Desde que se descartó el traslado de Presidencia a la casa de los Aguilar y se decidió una mudanza rápida al palacio de La Moncloa no tiene tiempo para otra cosa.

—¿Cuándo nos vamos allí?

—Quieren que todo el palacio esté operativo antes del día de Reyes. A mí me parece una locura. Si las cosas se hacen deprisa, salen mal. Sánchez Tadeo está yendo con Amparo a buscar los muebles a la Fundación del Generalísimo…

—¿A la Fundación del Generalísimo? —preguntó Carmen con cara de espanto.

—Lo que oyes. No me atrevo a pensar cómo van a mezclar esos horrores con los tesoros del Patrimonio Nacional que tiene el palacio. Todo habría sido más fácil si se hubiera impuesto la opción de trasladarnos a la casa de los Aguilar, en la calle Oquendo. Es una casa magnífica, lindando con el colegio de las irlandesas, y ya está suficientemente vestida con la colección de tesoros del mar y los dibujos antiguos que Carlos X de Francia, siendo conde de Artois, encargó que le hicieran los mejores artistas del momento.

—He oído que esa opción se descartó por motivos de seguridad.

—No. Eso no es cierto. De hecho, cuando se la enseñé a Andrés Cassinello, a él le pareció bien. Dijo que era fácil de proteger. Luego, alguien juzgó que era excesiva solo para residencia y no lo suficientemente grande para albergar la sede oficial de la Presidencia.

—¿Y tenía razón?

—Sospecho que sí. El plan B no está mal: Moncloa es un buen sitio.

—¿Cómo es?

—Es un palacio de ladrillo y piedra caliza con un atrio de columnas corintias a cinco peldaños del suelo en la entrada principal con cubiertas de pizarra en todo el edificio. Además, tiene unos jardines estupendos. No son los originales, pero no están nada mal: cedros, cipreses, chopos, acacias... Y paseos bordeados por plataneros frondosos para estirar las piernas y respirar aire puro. Créeme, no está mal. ¡Al menos no es esta cochambre!

La perspectiva de hablar durante un rato de algo distinto al temario habitual animó la curiosidad de Carmen por el recinto donde iba a trabajar a partir de la semana siguiente. Javier González de Vega parecía saberlo todo sobre el lugar. En su día, entre 1930 y 1936, gracias a un tranvía de la línea 22 que procedía de Embajadores, numerosos visitantes acudían a pasear por sus siete jardines, cada uno de ellos con dos fuentes distintas. La más famosa, la fuente del amor, aún existía. Era coloquialmente conocida como la fuente de Guiomar y Machado porque inspiró uno de los poemas que el poeta sevillano le dedicó a Pilar Valderrama, su amor prohibido. Manuel Azaña también iba mucho por allí. Sobre todo, en otoño. Dejó escrito que el otoño era su punto perfecto: finura, suavidad, grises admirables... Y una luz serena, cálida, que por la tarde se volvía melancólica. Confesó que fue allí donde había aprendido a emocionarse ante un paisaje. Mucho tiempo atrás, a finales del XVIII, el palacio perteneció a la duquesa de Alba y fue el escenario de multitud de fiestas: arañas de cristal de hasta cincuenta y cuatro mecheros de luz, frescos de Vicente López, vistas napolitanas de Fernando Brambilla, comedores estilo imperio, vajillas de Limoges, cuberterías de plata maciza, claves de pluma, camas de caoba con dosel tapizado de raso... La guerra acabó con todo eso. Las bombas lo arrasaron. El palacio se convirtió en un montón de escombros. Fue rehabilitado en 1955 y desde entonces se utilizaba como residencia de los mandatarios internacionales que visitaban España.

—¡Y ahora vamos nosotros a dejar nuestra impronta llenándolo de trastos de la Fundación del Generalísimo! —protestó Carmen—. ¡Qué decisión tan lamentable! ¿Por qué no hablas con Amparo para que se deje aconsejar por ti y no por el nazi de Sánchez Tadeo?

—Porque Amparo no me dirige la palabra desde que se publicó el reportaje de la revista *Semana* hace quince días. Ella cree que lo he inspirado yo.

—Sé que el reportaje no le gustó nada, es verdad —ratificó Carmen—. Le puso la cabeza como un bombo al señorito. Quiere pasar inadvertida y la verdad es que yo la entiendo...

A Javier González de Vega no le gustaba nada que Carmen se refiriera al presidente como el señorito, pero se abstuvo de afearle la conducta para no tensar la conversación. Se limitó a esbozar una mueca de desaprobación y guardó silencio.

—El texto no era muy afortunado —continuó Carmen—. El periodista no anduvo muy fino...

Por un momento, González de Vega estuvo tentado de contarle la verdad: el gran culpable del embrollo había sido Lito. Fue él quien tuvo la idea del artículo, fue él quien leyó el texto antes de que se publicara y fue él quien lo dio por bueno después de hacerle un par de retoques de menor cuantía. El periodista no había hecho otra cosa que seguir las instrucciones que le dieron. Podía atestiguarlo de primera mano porque había sido testigo de primera fila.

Cuando el periodista Santi Arriazu fue a verle a su despacho a principios de diciembre para decirle que estaban arreciando los rumores sobre la mala relación matrimonial entre el presidente Suárez y su mujer, él fue a ver a Lito inmediatamente y le sugirió la conveniencia de una entrevista con Amparo. Lito le contestó que no le parecía oportuno. Conocía bien a su concuñada y estaba seguro de que no querría hablar sobre el asunto. Propuso que en lugar de la entrevista se publicara un artículo y le pidió a él que le facilitara a Arriazu la información precisa. Por supuesto, cumplió las órdenes recibidas. Y Arriazu, también.

Sánchez Tadeo fue el primero en ver el reportaje, una vez publicado, y habló con Amparo. ¡Qué absurdas son las camarillas! Amparo montó en cólera, espoleada por Sánchez Tadeo, y Lito, para quitarse el muerto de encima, quiso echarle toda la culpa al periodista. ¡Qué actitud tan poco digna! Él, por supuesto, se negó. Ahora tenía que pechar con las consecuencias. Amparo le escribió una amarga carta, culpándole de todo, y él, después de leerla, estuvo a punto de dimitir.

Si González de Vega no quiso contarle a Carmen toda la verdad fue, en gran medida, porque el origen de las supuestas desavenencias conyugales del presidente partía del rumor de que estaba manteniendo un idilio con ella. ¿Podía ser verdad? Él, desde luego, pensaba que no. Mejor dicho: prefería pensar que no. De ahí a poner la mano en el fuego para defender lo contrario había un trecho demasiado largo. Carmen era una mujer tentadora, de encarnadura atractiva, aunque demasiado fría para su gusto, y carácter volcánico. Tenía un pronto temperamental de cuchillo carnicero que infundía algo más que respeto. La palabra exacta era miedo. Sus airados enfrentamientos con los funcionarios de la casa, a grito limpio en mitad de los pasillos, se habían convertido en la comidilla del Gobierno. El de aquella mañana con Pablo, el guardaespaldas que le había asignado Andrés Cassinello para su protección personal, había sido suave en comparación al que tuvo una semana antes —el jueves 23— con dos ordenanzas de Castellana, 3.

«Yo no sirvo a los comunistas, señorita», había respondido un ujier cuando Carmen le pidió que trajera café para los tres visitantes que tenía en su despacho. El otro se envalentonó y emuló a su compañero: «Yo tampoco», dijo. Y, naturalmente, a Carmen se le encabritaron las arterias. «¿Co-mo-di-cen-us-te-des?». Cada sílaba arrastraba una bocanada de napalm. Del hieratismo pasó a la combustión. Y luego, a la erupción arrojadiza. Las voces atronaron. «Si ustedes quieren seguir trabajando aquí, les traerán un café. ¿Ha quedado claro?». Naturalmente, les trajeron el café.

Luis Lucio Lobato, uno de los comunistas de la quinta del biberón que hicieron la guerra a los diecisiete años, preso desde 1953 hasta la amnistía que se había decretado cinco meses antes, comentó entre dientes, creyendo que Carmen no le oía: «Vaya cojones tiene esta tía». Los otros dos comunistas que se habían presentado en su despacho eran Francisco Romero Marín, más conocido como el Tanque, también inquilino reciente de la cárcel de Carabanchel, y Ramón Tamames, el más ruidoso de todos a pesar de que en su hoja de servicios no figuraba ningún percance penitenciario de envergadura. Los tres se habían plantado de improviso en el despacho de Carmen para urgir la liberación de Santiago Carrillo. Se presentaron en la puerta y preguntaron por ella en el control de seguridad. «¿Qué hacemos?», preguntó el guardia civil por el interfono. «Déjeles subir», fue la respuesta.

Tras el incidente del café, Carmina Díaz interrumpió la reunión para decirle a Carmen que el presidente del Gobierno preguntaba por ella. Desde el teléfono interior, Carmen le dijo: «Tengo a los comunistas en mi despacho». Suárez, que había abandonado por un instante la reunión del Consejo de Ministros, resopló. «¿Y cómo los has recibido? ¿Te has vuelto loca? ¿Qué voy a decir ahora si alguien me pregunta?». Ella se encogió de hombros. «Pues di que los tengo en mi despacho. Después de todo son ciudadanos como tú y como yo, solo que comunistas». Suárez colgó horrorizado: «Luego hablaremos, Carmen, pero las cosas no se hacen así».

A sus visitantes no les contó la verdadera reacción de Suárez. Solo les dijo que estaba tan preocupada como ellos por Santiago Carrillo y que sentía mucho que no pudieran hablar con una persona de mayor rango. «Lamento que la vida sea así —añadió—, pero tengan la seguridad de que haré todo lo que esté en mi mano. Su preocupación es la mía. Y estoy segura de que también es la del presidente Suárez. El único favor que les pido es que al salir de aquí no lancen las campanas al vuelo diciendo que la directora del gabinete de Suárez les ha recibido. No sería prudente». Pero su petición cayó en saco roto. «No sabemos lo que le ha costado el café, pero nos vamos tranquilos», le respondieron los comunistas antes de irse a redactar una nota para la prensa. No estaban dispuestos a silenciar la noticia.

Al día siguiente, los periódicos la publicaron a bombo y platillo:

> A las dos y cuarto de la tarde terminó la reunión que una delegación del comité ejecutivo del Partido Comunista de España ha mantenido con la directora del gabinete técnico del presidente del Gobierno, doña Carmen Díez de Rivera. Dicha delegación hizo entrega de una carta firmada por el comité ejecutivo del PCE. En la carta solicitan una entrevista con el presidente Suárez para pedir la libertad de Carrillo.

«¿Ves lo que has conseguido?», bramó Suárez al leer la prensa.

La interpretación general de los analistas políticos era que si la directora del gabinete del presidente había recibido a tres comunistas en su despacho era porque estaba autorizada para ello.

Todas las articulaciones del viejo régimen crujieron. Los teléfonos no pararon de sonar durante toda la mañana.

Suárez le dijo: «Estoy hasta los cojones de que vayas por libre, Carmen».

Ella se encogió de hombros y aguantó pacientemente a que amainara el chaparrón. Unamuno tenía razón, pensó: en España, los cojones se utilizaban para todo menos para su función natural.

A juzgar por el tamaño de las venas que tensaban el cuello de su jefe, en esta ocasión la sangre no iba a llegar al río. Conocía bien la gama de intensidades de sus reprimendas.

Tal vez no hubiera estado tan tranquila de haber sabido que, a finales de noviembre, Manuel Ortiz le había entregado a Suárez un dosier acusatorio contra ella elaborado por el alto Estado Mayor.

—¿No te preocupa lo que la gente piense de ti, Carmen? —le preguntó Javier González de Vega sin destapar el tarro de los rumores sobre su relación sentimental con Suárez.

—La verdad es que no —respondió ella—. No estoy aquí para hacer amigos. Lo único que quiero es que España sea cuanto antes un país democrático. Por eso es bueno que Carrillo salga de la cárcel. Después de la victoria del referéndum lo más importante es que a las elecciones se puedan presentar todos los partidos. Los comunistas, también.

—¿Crees que Suárez —iba a decir Alejandro, pero rectificó en el último instante— se atreverá a legalizarlos?

—Si no quiere que la oposición empiece a identificar al rey con un monarca autocrático, sí.

—¿Se atreverían a hacerlo?

—Desde luego.

Carmen sabía de lo que hablaba. El 27 de noviembre, a través de José María de Areilza, el rey había sondeado a los comunistas para saber si aceptarían presentarse a las elecciones con un nombre distinto. La respuesta que obtuvo fue terminante: si el Gobierno no les autorizaba a presentarse con sus siglas, su postura ya no sería antifranquista, sino de clara «oposición a la autocracia monárquica».

Juan Carlos captó el mensaje y se comprometió a hacer todo lo posible para que el PCE no quedara excluido de la cita electoral.

Gracias a ese compromiso, el referéndum de la Ley para la Reforma Política del 15 de diciembre contó con el respaldo efectivo, aunque no público, de toda la oposición. El 77,47 por ciento del censo electoral acudió a las urnas. El 94,2 por ciento de los votos fueron afirmativos.

—Espero que te equivoques —le dijo a Carmen González de Vega.

—Y yo espero que no tengamos la oportunidad de comprobarlo. Si el señorito no legaliza al PC, el esfuerzo de todos estos meses no habrá servido para nada. El primer paso hay que darlo hoy mismo poniendo en libertad a Carrillo. No puede seguir en Carabanchel ni un minuto más. Espero que el consejo de ministros no se amilane.

Y no lo hizo. A las dos menos veinte llegó a la cárcel de Carabanchel un oficio dando cuenta de la decisión del Gobierno de concederle a Santiago Carrillo la libertad provisional. A las tres de la tarde, el líder del PC ya estaba en su casa dando buena cuenta de la comida atrasada de Navidad.

XXIII
Arenas de San Pedro, abril de 1962

El Cristo enclavado en la cruz tenía las rodillas desolladas por las tres caídas de la subida al monte de la Calavera. De la herida que le abrió en el costado la lanzada de Longino manaban las últimas gotas de sangre. La frente estaba enrojecida, hinchada, mugrienta, coronada por un aro de espinas que le perforaba la piel hasta arañar el cráneo. Con la cabeza vencida hacia adelante, y ladeada hacia la derecha, apenas se le veía la cara. No había rastro de tensión en el gesto. El cuerpo colgaba de los clavos que le atravesaban las muñecas como un peso muerto, lacerado y lívido, vencido por la muerte después de un sufrimiento de crudeza insoportable.

Carmen clavaba la mirada en el crucifijo que pendía del techo, al otro lado de la forja de hierro que protegía el altar. Estaba sentada en la parte frontal de la sillería del oratorio. Era el único lugar donde encontraba la paz.

Cuatro meses antes había llegado al convento de Duruelo, en la provincia de Ávila, en busca de un Dios misericordioso que colmara de consuelo el vacío de su alma. Cuando le arrancaron a la fuerza el amor que Ramón le había prometido, el apego a la vida desapareció. Tenía que salir como fuera de esa historia de dolor que le quitaba el aire. El sufrimiento la estaba aniquilando.

Durante muchas horas suplicó en silencio, ante aquella imagen de un dolor mayor que el suyo, que el cielo le ayudara a aceptarlo.

Le reconfortaba pensar que Cristo, en la cruz, no había abrazado gozosamente la aceptación de su muerte. Él también se sintió abandonado. Sus palabras agónicas, cosido al madero, no dejaban de retumbar en su cabeza: *Elí, Elí, ¿lama sabactani?* Dios mío, Dios mío, ¿por qué me has abandonado? Él se sintió solo, como ahora lo estaba ella. Poco antes, en el Huerto de los Olivos, empapado en sudor de sangre, había ido en busca del calor humano de sus amigos y los encontró a todos dormidos.

Se enfrentó sin ayuda a la muerte.

Aceptó la voluntad de Dios, sí, pero sin la dicha jubilosa de los mártires: «Si puede ser, que pase de mí este cáliz…».

Abrió el misal por la página donde estaba la estampa de la Santa Faz que le había regalado, muchos años antes, una asistenta que cuidó de ella desde la infancia. «Me inspira mucha piedad —le dijo— porque el Señor no era una persona mayor y aquí tiene todo el aspecto de un anciano». La asistenta se llamaba Herminia, y Carmen grabó en algún lugar muy hondo de su memoria el recuerdo de aquellas palabras. Sí, el martirio convirtió a un hombre de treinta y tres años en un anciano, como si el peso de la pasión hubiera llevado a la piel, desde la última cena hasta la muerte en la cruz, el desgaste de una vida entera. Decenas de lustros cayeron a plomo sobre aquel cuerpo exhausto, descarnado a latigazos, abandonado y solo.

Una voz dulce, a su espalda, la sacó de sus pensamientos:

—No lo olvides, Carmen: «En la cruz está la vida y el consuelo, y ella sola es el camino para el cielo».

Carmen se volvió hacia su prima Soledad de Jesús Izaguirre y Díez de Rivera, priora del convento, y le dirigió una seña de amarga discrepancia:

—No estoy de acuerdo con Santa Teresa —dijo—. No encuentro consuelo en el calvario. Mi amor, en comparación con el suyo, es más pequeño que un grano de mostaza. Lo único que veo al pie de la cruz es la aflicción de alguien que, en los momentos más angustiosos de su vida, se sintió abandonado por los suyos.

—¿Entonces, por qué pasas tantas horas delante del crucificado?

—Porque creo que si mitigo su soledad, Él mitigará la mía.

—¿Y te funciona?

—No. Ni a mí ni a Él. Ni a mí se me va el dolor, ni mi presencia alivia su sufrimiento.

—¿Por qué piensas eso?

—Porque Él sabía que vendría, y aun así se sintió abandonado.

Soledad era hija de una hermana del padre de Carmen. Tenía los ojos oscuros y su cabello, bajo la toca carmelitana, era negro como el ébano. Ciñó el hábito a su cuerpo, para que no se enganchara en los brazos de la silla, y se sentó a su lado.

—El sentido de la cruz —le dijo— no es solo acompañar a quien sufre, sino sufrir con él.

—¿Acaso no ves mi sufrimiento?

—Día a día. Desde el mismo momento en que llegaste aquí... —Carmen no se pudo aclimatar a la dureza de Duruelo y a los dos meses pidió que la trasladaran al convento de la Inmaculada y San José, en Arenas de San Pedro, donde pudiera sentir el calor reconfortante de la compañía de su prima.

—¡Es un dolor que no se va, prima! ¡Es un dolor que no se va!

Soledad tomó la mano de Carmen y la apretó con cariño.

—Viniste aquí creyendo que el amor absoluto de Dios podría llenar tu existencia...

—¿No es eso lo que buscamos todas las hermanas en este convento?

—Pero no de la misma forma, Carmen. Tus hermanas no buscan el amor de Dios para sustituir un amor humano. Dios es único. Dios no es sustitutivo de nada...

Los ojos de Carmen se humedecieron.

Sabía que su prima tenía razón.

Pocos días antes de su ingreso en el convento, durante las Navidades de 1961, Emilio Alonso Manglano fue a visitarla a su casa de Hermosilla y le pidió que se casara con él. «No te metas monja —le dijo—, tú no has nacido para aislarte del mundo. Viajaremos juntos, descubriremos lugares nuevos, personas distintas, ideas renovadoras... No serás feliz si te apartas de todo eso, Carmen. Cásate conmigo. No permitiré que te entierres en vida».

Carmen rechazó la oferta. ¿Sustituir un amor por otro? ¿Rellenar con el amor de Emilio el hueco que había dejado el amor de Ramón? No podía hacerlo. Tenía claro que nunca sería feliz si cometía el error de aceptar la oferta de su amigo por compasión de sí misma.

Ahora comprendía que trataba de hacer con el amor de Dios lo que Emilio le propuso que hiciera con el suyo: utilizarlo como un amor sustitutivo.

Su prima Soledad tenía razón.

«Dios no es sustitutivo de nada».

—¿Qué voy a hacer, prima? ¿Qué puedo hacer?

—¿Cómo te sientes?

—Helada. Tengo mucho frío. Estoy helada por dentro y por fuera.

—Dentro de una semana acaba tu etapa como postulante. Si quieres ser novicia, Carmen, has de estar muy segura de tu vocación. No es nada fácil ser monja. No es una vida para refugiarse del mundo. En cierto modo es una vida contra la naturaleza. Los sacrificios que se requieren de nosotras son soportables únicamente si los hacemos con verdadero amor.

—Lo sé.

—Pero el amor abriga, Carmen. Es calor lo que deberías sentir dentro de ti, no frío...

—Cuando me tumbé en el suelo boca abajo, durante el rito de la postración, el frío de la piedra se me metió en el cuerpo y ya no he conseguido librarme de él en todo este tiempo.

—¿Y sabes lo que eso significa, verdad?

—Sí que lo sé.

—¿Entonces nos dejas?

—Hace días que tomé la decisión.

—¿Y por qué no viniste a decírmelo?

Las lágrimas que se habían asomado a los párpados de Carmen resbalaron por sus mejillas hasta caer al vacío. El hábito las empapaba cuando llegaban al fondo de su regazo de lana blanca.

—¡Porque no tengo adónde ir! —respondió ella, ahogando un sollozo desconsolado.

Dos meses antes, Catalina Garrigues había ido a visitarla al convento de Duruelo y se quedó impactada al verla tan pálida y delgada.

—¡Por Dios, Carmen —exclamó cuando estuvieron a solas—, ¿qué están haciendo contigo?! ¡Tienes que salir de aquí cuanto antes!

—No estoy tan mal…

—Mira, amiga mía, si he cruzado Castilla con un frío horroroso no es para que me mientas. Esas lanas espantosas te están haciendo rozaduras en la cara y en los brazos y vuelves a estar anoréxica perdida. Tienes aspecto de Virgen Dolorosa y la nieve es oscura al lado de tu piel. Tienes que salir de aquí cuanto antes, ¿me oyes?

—Te oigo, Catali. Ya me lo has dicho dos veces y ni siquiera llevamos ni un minuto de conversación.

—¿Has encontrado lo que viniste a buscar?

—No. La verdad es que no.

—Pues entonces no se hable más del asunto. Haz las maletas. Te vuelves a Madrid conmigo.

Carmen esbozó una débil sonrisa, una mueca casi imperceptible, y negó con la cabeza.

—Todavía no.

—¡Esto no tiene sentido! —bramó su amiga—. Tendría que callarme si te viera feliz, pero salta a la vista que no lo eres. ¿Es que no ves tu cara delante del espejo?

—No puedo verla. Aquí no hay espejos, Catali.

Catali hizo un movimiento de extrañeza. Por un instante, no supo qué decir. A Carmen pareció divertirle su reacción y esbozó una señal de regocijo. De repente se iluminó la oscuridad de su semblante. Fue solo un fogonazo, un parpadeo fugaz que enseguida se desvaneció.

No solo no había espejos, le contó Carmen a Catali, sino que además la costumbre era caminar ceñida a las paredes de los pasillos, sin ocupar el espacio central, como muestra de humildad. Apenas hablaba con las demás monjas porque la regla de Santa Teresa invitaba al silencio y al recogimiento y en el tiempo de recreo no encontraba demasiadas cosas que decirles. La edad media de las hermanas rondaba los setenta. Los toques de campana marcaban el orden de las actividades y había que obedecerlos como si fueran la voz de Dios. Pasaba la mayor parte del tiempo en la capilla y en la sala capitular. Solo se quedaba en su celda para hacer trabajos de artesanía, y los ratos más felices, cuando el sol hacía acto de presencia, eran aquellos en los que podía salir a dar un paseo por el olivar del convento. A veces se sentaba en un banco de granito y anotaba sus faltas en la libreta de hule que hacía las veces de guardián de su conciencia. Si el frío no era inclemente leía al aire libre las biografías de Teresa de Lisieux, Teresa de Ávila, Francisco de Asís y Charles de Foucauld, un místico contemplativo francés, nacido en el seno de una familia aristocrática, militar sin convicción y viajero infatigable, que perdió la fe, llevó una vida disoluta, convivió durante años con una actriz parisina, y a los veintiocho años se reencontró con Dios de la forma que menos esperaba. Carmen le resumió a su amiga la vida del converso.

—¡Qué jodidamente raro se me hace verte tan mística, Carmen! —le dijo Catali, sin ocultar la desaprobación que le provocaba ese descubrimiento—, tú siempre has sido hija de la razón, del Siglo de las Luces…

—Y Foucauld también. ¿Sabes lo que le acercó a Dios? El hecho de haber conocido a una persona inteligente y virtuosa. En su cabeza se forjó este pensamiento: puesto que esta alma es tan inteligente, la religión en la que cree no puede ser una locura. Estudiemos esa religión, se dijo. Tomemos un profesor, un sacerdote instruido, y veamos si hay que creer lo que dice.

—¿Y bastó con eso?

—El sacerdote a quien acudió le dijo: póngase de rodillas y creerá. Él se puso de rodillas y creyó. Luego estuvo seis años en la Trapa, ejerció el sacerdocio en Argelia, fundó los hermanitos de Jesús, se hizo amigo de los tuareg y murió asesinado por una banda de forajidos en el desierto. Era un hombre fascinante.

—No me opondría a que vivieras como él si es eso lo que quieres. Al menos habría aventura en tu vida: viajes, riesgo, emoción... Eso cuadra más con tu carácter que estar aquí, metida entre viejas, muerta de frío y mal alimentada.

—Es posible que tengas razón, Catali, pero dejemos de hablar de mí. Ya veremos qué pasa.

—Prométeme que no harás el noviciado si sigues con dudas.

—Ya veremos.

—Prométemelo, Carmen...

—Te lo prometo si, a cambio, me cuentas cosas de ese mundo loco que tanto te fascina.

Catali se animó al ver que a Carmen seguían interesándole las noticias del exterior.

—A Franco —le dijo después de sopesar detenidamente cuál era la noticia más destacada del momento— trataron de matarle en diciembre pasado manipulando los cartuchos de su escopeta de caza.

—Sería un accidente.

—No fue un accidente. Fue un atentado, créeme. Pero la detonación fue defectuosa y solo le hirió en el hombro. Al parecer, varios capitanes generales se mostraron dispuestos a avalar inmediatamente la coronación de don Juan de Borbón si a Franco le pasaba algo durante la operación a la que fue sometido en el hospital del Aire.

—Don Juan nunca será rey. Franco no quiere.

—Pero Franco se puede morir.

—Lo dudo. Mala yerba nunca muere. Es más fácil que reine Juan Carlos que don Juan.

—¡Juan Carlos se casa el mes que viene! ¿Lo sabías?

—¿Ya tienen fecha de boda? —respondió Carmen con súbito entusiasmo—. No, no tenía ni idea.

—Se casa en Atenas.

—Me gusta Sofía. ¿Sabes que la conocí horas antes de que Juan Carlos le pidiera matrimonio en Lausana? Yo estaba en Suiza, en uno de esos tratamientos de cura de sueño a los que me enviaba mi madre para que me repusiera de los efectos devastadores de la tragedia familiar. Fui a ver al príncipe al hotel Beau Rivage y me la presentó. Ella me pareció encantadora. Me contó que la segunda o la tercera vez que se vieron, en Nápoles, durante las pruebas de vela de los Juegos Olímpicos, Juan Carlos llevaba bigote y ella se lo afeitó con una navaja porque no le sentaba bien.

—La duquesa de Alba ha puesto en marcha, con la ayuda de algunos aristócratas, una cuestación popular para financiar un gran regalo de bodas. Han enviado cartas a más de cuatro mil destinatarios. En la lista hay un poco de todo: banqueros, artistas, empresarios, diplomáticos, catedráticos y productores y directores de cine.

—Grave error —dijo Carmen—. Esa gente no es monárquica.

—¡Eso mismo dice Belén de Arteaga!

—¿Quién es Belén de Arteaga?

—La marquesa de Távara.

—¿Y qué dice esa marquesa de Távara?

—Lo mismo que tú: que esa gente no es monárquica. Ella es miembro del comité organizador y está escandalizada por las pocas respuestas que tiene su petición. Además, se queja de que la prensa apenas les da publicidad por temor a que su iniciativa se pueda interpretar como un referéndum en favor de la restauración de la monarquía.

—Eso es una bobada. Si en España hubiera un referéndum sobre la monarquía, los monárquicos lo perderían por goleada.

—Eso mismo dijo Arteaga. En vista de lo poco que se estiran los empresarios no puede decirse que haya un gran fervor por los reyes. Al parecer, hay quienes, en lugar de dar dinero, han contribuido en especies: libros dedicados, poemas y trabajos de artesanía.

—No menosprecies la artesanía —dijo Carmen con sorna—, tiene un mérito tremendo. No sabes lo que cuesta hacer a mano un buen rosario. Te lo digo por experiencia.

—¿Ese es tu encargo? —preguntó Catali.

—No. Ese es el trabajo manual que hago en mi celda. El trabajo es uno de los pilares en la vida del Carmelo.

—¿Hay más?

—Dos más: la oración y la vida fraterna. Aquí se reza mucho. Una hora por la mañana, otra por la tarde, y aparte, claro, queda el rezo de los salmos en las horas tercia, sexta, nona, vísperas, oficio de lecturas y completas.

—No he entendido casi nada. Pero bueno, al menos ya sé que rezas y que haces rosarios artesanos…

—Hago más cosas. Aquí tenemos cada una encargo. La tañedora nos despierta a todas con las tablillas y se encarga de tocar la campana a sus horas, la hortelana se encarga de la huerta, la enfermera cuida de las más mayores…

—¿No hay cocinera? ¡Podrías ser su ayudante, a ver si aprendes al fin a freír un huevo!

—No, no hay cocinera. Lo siento. Las hermanas se turnan para hacer la comida. Y tampoco hay repostera. Hacemos de todo, menos repostería.

—Aún no me has dicho cuál es tu encargo.

—Si te lo digo, te burlarás.

—Prometo no hacerlo.

—Mi encargo es limpiar el refectorio.

—¡Pero Carmen, si no has empuñado una escoba en tu vida!

—Para todo hay una primera vez.

—¿De qué habláis entre vosotras?

—¡Ya me dirás de qué puedo hablar con mujeres tan mayores que llevan aquí casi toda su vida!

—¿Por qué no te das cuenta de que esto no es lo tuyo, Carmen? ¿Por qué sigues metida en un sitio que te está costando la salud y que, si nada cambia, te acabará matando?

—Eso no me importa demasiado. Se me han quitado las ganas de vivir.

—¡Claro! Solo tienen ganas de vivir los vivos. Los muertos no tienen ganas de vivir. Y aquí estás muerta, Carmen. Créeme. Tienes que salir de aquí cuanto antes.

—He pedido que me manden al convento de Arenas de San Pedro. La priora es mi prima Soledad. Mi prima es la persona que más quiero en esta vida. Yo no he tenido nunca mucha familia, ya sabes. Amigos y amigas sí tengo. Y buenos. Por ejemplo, tú. Pero familia, lo que se dice familia, yo creo que solo tengo a Soledad. A mi padre y, sobre todo, a Soledad. Su compañía me hará mucho bien.

—No bastará con que cambies de convento, Carmen. Tienes que volver al mundo al que perteneces.

—¿Y adónde iría, Catali? —dijo mientras las lágrimas le anegaban los ojos—. Este es mi único refugio.

—¡Pero tienes que enfrentarte a la vida! No puedes huir.

—A veces lo cobarde es no huir. Venir aquí fue un acto de heroísmo.

—No digo que esta vida de carmelita no sea para héroes. Pero tu heroicidad, Carmen, no va por este camino. Está claro que esto no es lo tuyo, y cuando no te va una cosa, el cuerpo lo rechaza… ¿No te das cuenta de que es eso lo que te está pasando?

—Aquí estoy a salvo.

—¿A salvo de quién?

—De mí misma.

—¿A salvo de ti o a salvo de él?

—Es lo mismo. No hay ninguna diferencia.

—No puedes seguir huyendo, Carmen. Lo que tienes que hacer es olvidar.

—¿Puedes olvidarte de una herida que duele? ¿Conoces a alguien que sea capaz de eso?

—Conozco a gente que se esfuerza por hacerlo. Hurgar en la herida no la mejora, la empeora.

—¿Y crees que estar en un convento de clausura no es suficiente esfuerzo?

—Es un esfuerzo inútil. Para olvidar hay que llenar la vida de cosas nuevas que sustituyan los malos recuerdos.

—No son malos recuerdos. No sabes con qué pavorosa lentitud gira la tierra cuando dejo de pensar en él.

—La nostalgia es un ácido que disuelve las ganas de vivir.

—La nostalgia es el único lugar en el que sigo viva. Sin él no tengo nada, Catali. Su ausencia me envía cada día nubes de piedra que arrasan cualquier esperanza de encontrarle sentido a la vida.

Catali se dio cuenta de que la hondura de la conversación solo servía para prolongar el sufrimiento de su amiga y no replicó.

Durante un par de minutos las dos amigas permanecieron en silencio. Carmen desinhibió por fin el sollozo que llevaba tratando de contener desde hacía un buen rato y Catali la abrazó con todas sus fuerzas. Luego, le preguntó:

—¿Lo que me has contado antes es verdad? ¿Sofía le afeitó el bigote a Juan Carlos con una navaja?

—Sí —respondió Carmen, enjugándose las lágrimas con el puño del hábito.

—Entonces es verdad lo que dicen de ella. Es una mujer de carácter.

—Está educada para ser reina.

—¡Pobrecita! ¿Y tú crees que lo será? Imagínate que se casa para ser reina y luego se queda sin trono… ¡y al lado de un hombre del que seguramente no está enamorada! Porque no creo que lo esté, Carmen. Estoy segura de que no se casa por amor. Los príncipes casi nunca se casan por amor. Suelen hacerlo por conveniencia.

—Ni trono, ni amor… Sería una verdadera desgracia, sí.

—Peor que una desgracia. Una condena.

—Pero eso aún le dejaría un margen de libertad.

—¿De libertad para qué?

—Para buscar un amor verdadero.

—¡Carmen, por Dios! —dijo Catali, fingiendo estar escandalizada—. No estarás haciendo apología del adulterio, ¿verdad?

—No es peor que seguir enganchada a un amor imposible.

—Pero es pecado, ¿no?

—Y lo otro también. Y más gordo todavía. ¿Aún no te has dado cuenta de que vine aquí huyendo de eso?

Cuando Catali se marchó, Carmen pasó el resto del día en su celda, sin atender a las órdenes de los toques de campana.

En la soledad de la habitación, su recuerdo la devolvió a la playa de aquel tiempo en que las aves comían en sus manos.

Aún pudo verle, machete en ristre, desbrozando espesos pasadizos que conducían a templos perdidos en medio de la selva. Templos que guardaban tesoros milenarios que el hombre moderno no había visto jamás y los escondían hasta que ella hubiera muerto.

«Me leías novelas de crímenes —le dijo sin exteriorizar las palabras—, escuchábamos canciones tristes cogidos de la cintura, nos mezclábamos la sangre hundiendo en la yema de los dedos la punta de un alfiler y jamás rompíamos un juramento. Eras el héroe de todas las historias de mi vida. Te mareaba el vértigo azul de mis ojos. Los grandes conceptos nos parecían patrañas: el honor, por ejemplo. Y todos aquellos que empujan al hombre a la tragedia. Pero los bosquimanos de Alberto Manzi, los jorobados de Notre Dame, las lenguas de fuego, el capitán Garfio y el señor Scrooge, nos redimían de las grandes decepciones. Aprendimos a hacer hogueras en el campo, a encaramarnos a las ramas de los árboles, a enterrar cápsulas del tiempo en las madrigueras de los conejos. Buscábamos nubes con forma de calavera bajo el cielo ceniciento de las tormentas secas, con un relámpago en el puño, como si fuera una jabalina, desafiando a los dioses de la furia... Y ahora que te has ido, mi amor, tú que eras el héroe de todas las historias de mi vida, ya no sé si podré olvidarte. Porque, si te olvido, moriré. No se puede vivir sin la memoria de lo que hemos sido. ¡Sin ti no tengo adónde ir!».

—¡No tengo adónde ir!

—¿En qué piensas, Carmen? —le preguntó la voz suave de su prima Soledad.

Carmen volvió a mirar el Cristo de las rodillas desolladas a través de las cuadrículas de la reja.

—En un mundo perfecto —respondió.

—No lo encontrarás en tus recuerdos. Los recuerdos colorean la verdad. Sigue adelante. Este claustro no es para ti, prima. Dios te aguarda en otra parte. Busca en los pasos de Foucauld —le dijo Soledad—. En la Asunción hay monjas francesas que buscan seglares jóvenes para mandarlos a las misiones. ¿Lo pensarás?

—Sí.

—De momento, es bastante. Ahora vete con la madre maestra para que te diga qué debes hacer.

—¡No, prima, con la madre maestra, no...!

—¿Qué te ocurre con ella?

—¡Que es fascista!

Soledad la reprendió con la mirada.

—No sabes de lo que hablas —le dijo—. Te contaré una historia. ¿Sabes por qué quiso ser monja?

—Claro que no. Por amor a Dios, supongo.

—Por una promesa de amor que le hizo a Dios, sí. Durante la guerra, en Alicante, los milicianos fueron a su casa y llamaron a la puerta. A su madre le temblaban las rodillas y no quería abrir porque sabía a lo que iban. Su tía, la hermana de su padre, era carmelita y se escondía allí de la persecución a los religiosos. Los milicianos entraron a la fuerza y cogieron a la monja. Su hermano, el padre de la madre maestra, trató de impedirlo y lo cogieron también. Se los llevaron a los dos. A la mañana siguiente, su madre fue por las calles levantando las cabezas de los muertos, que estaban hundidas en los charcos, para identificar a su marido y a su cuñada y poder enterrarlos en un recinto sagrado. La madre maestra la acompañó. Juntas encontraron los cuerpos sin vida de sus seres queridos. Y en ese instante, Carmen, la madre maestra, esa a la que tu llamas fascista y que solo es, como nosotras, una mujer que vivía en el lugar que le asignó la providencia, le prometió a Dios Nuestro Señor que se haría carmelita para ocupar el hueco de su tía asesinada.

Carmen escuchó el relato en silencio. Aquella noche, en su celda, sacó la libreta de hule donde anotaba sus faltas y escribió:

> *¡Qué tremenda guerra civil la española! ¡Qué tremenda! Hija de vencedores a la fuerza, de correajes y botas, de mentiras y falsas historias. Somos la generación nacida en la posguerra, hijos de vidas heridas, de cicatrices queloides, de tremendos y amputados silencios. El silencio es el sonido más vibrante del régimen negro. Jorobados y vencidos todos. Incluso hoy quedan largos y confusos silencios, más notorios con unos que con otros.*

Al cabo de un rato cerró la libreta y se durmió.

XXIV

Madrid, domingo, 23 de enero de 1977

Escribía con tanta furia que, en alguna ocasión, la punta del bolígrafo rasgó la superficie del papel. Uno a uno fue tachando los encabezamientos que le venían a la cabeza:

Querido Adolfo.
Querido presidente.
Presidente.

Para no encasquillarse en cuestiones formales, decidió prescindir del saludo inicial y pasar directamente a la redacción del texto de la carta. Estaba segura de que ahí no surgirían dudas ridículas que le hicieran perder el tiempo.

En la tensa conversación que mantuvimos el viernes quedó patente la quiebra de confianza que se ha producido en nuestra relación profesional. Por eso he decidido presentar mi dimisión como directora de tu gabinete. No tiene sentido que ocupe un puesto de confianza si no la merezco. Aunque mis actos solo tenían el objetivo de servir al país, está claro que se han interpretado de manera distinta. Yo creía que trabajábamos para hacer el cambio a la democracia y, francamente, me cuesta entender que un simple saludo a Santiago Carrillo pueda ser motivo de tanto escándalo. Desde luego, si estamos aquí para no legalizar el PCE, lo mejor que puedo hacer es irme. Si lo único que puedo hacer es obedecer y callar, no tiene sentido que me quede ni un minuto más.

Atentamente,

Carmen Díez de Rivera

Releyó la carta y la dio por buena.

Luego repasó los acontecimientos que la habían llevado a escribirla. ¿Cuándo había empezado todo? ¿Al hacerse la encontradiza con Carrillo en la fiesta del hotel Ritz de Barcelona?

No, antes.

¿Al contestar a las preguntas de la prensa sobre el aborto?

Antes todavía.

¿Al comentar con Suárez la cerrazón del canciller Helmut Schmidt sobre el papel que debía jugar el Partido Comunista en la Transición?

No exactamente.

Después de pensarlo detenidamente llegó a la conclusión de que, de no haber sido por la bronca del 11 de enero, nada de lo ocurrido los días anteriores hubiera tenido un impacto tan inusual.

Sí, ese fue el origen de todo.

No debió entrar en el despacho de Suárez y decirle a la cara que sabía que estaba tramando presentarse a las elecciones en contra de lo que le había prometido. Sin más ni más, puso las cartas boca arriba: los miembros de la ponencia de la oposición que analizaba los criterios y garantías del proceso electoral se habían reunido por la mañana en el despacho de Fernández Ordóñez y habían comentado, dándolo por cierto, que el presidente del Gobierno encabezaría la lista de la coalición electoral que se estaba fraguando a la sombra del poder. «No lo dirían con tanto desparpajo si no manejaran información fiable», le dijo Carmen. Suárez no lo negó. Tampoco dijo que fuera cierto. Solo puso cara de dolor de muelas y se escondió tras evasivas genéricas:

«Deberías dejar de prestarle atención a todo lo que te dicen tus amigos socialistas».

«Estás aquí para darme tu opinión, no para fijar las directrices políticas de la acción del Gobierno».

«No cuestiones mi trabajo. Tú no tienes todos los datos. No eres la única persona que quiere lo mejor para España».

En la refriega dialéctica de las réplicas y las discrepancias, la conversación fue subiendo de tono hasta alcanzar un tono desabrido que puso de mal humor a ambos contendientes. Carmen acabó yéndose de malos modos del despacho de Suárez. Al llegar al suyo, al otro lado del *hall* principal del palacio de La Moncloa, un funcionario del Ministerio de Información y Turismo pagó los platos rotos. Había llevado una remesa de libros para rellenar las estanterías vacías de la biblioteca. Apenas llevaba cinco minutos ordenándolos cuando llegó Carmen, furiosa, y le ordenó que se detuviera. ¡Era la colección, encuadernada en piel, de las obras completas de José Antonio Primo de Rivera! «Dígale al ministro de mi parte que se ha equivocado de despacho. Estas reliquias fascistas, posiblemente, son para su subsecretario», le dijo con vehemencia. Luego, para airear los malos humos, salió con su secretaria a dar un paseo por los jardines palaciegos.

Carmina Díaz aguantó sin pestañear el desahogo de su jefa: era preferible quedarse mirando aquellas estanterías blancas, asquerosas, con el filito de purpurina *kitsch* del estilo Carlos IV, que rellenarlas con esos libros nauseabundos. Ese era el ambiente, tipo Sevilla Films, en el que se estaba escribiendo el guión del cambio político: libros falangistas, muebles rancios, conductas réprobas, recelos autoritarios.

Fuertes de Villavicencio, el jefe de Patrimonio, se había llevado los libros pensando que los nuevos inquilinos eran unos pobres indocumentados. O peor aún: que eran unos rojos peligrosos. Sobre todo, ella. La agente marxista. Y eso que Fuertes había sido el número dos de su tío Ramón Díez de Rivera en la casa civil de Franco. Su señorito llevaba toda la vida metido en esa atmósfera de bolas de naftalina. ¿Cómo iba a ser capaz de liderar un régimen de libertades? ¡No era creíble! Por eso le había hecho prometer, al aceptar el cargo de jefa de gabinete, que ninguno de los dos se presentaría a las elecciones, que solo facilitarían el despegue de la Transición y luego dejarían el camino libre a otras personas con más pedigrí democrático. No tenía pruebas, pero cada vez era más intensa la sospecha de que él no iba a cumplir el acuerdo. Le daba en la nariz que el señorito quería seguir tras las elecciones. Ella no. Ella, por supuesto, cumpliría lo pactado. ¡Ya volvería algún día!

Poco a poco, el aire fresco que bajaba de la sierra de Madrid fue aplacando su mal humor. Era tan evidente que aquellos paseos al aire libre le sentaban bien que estaba promoviendo la costumbre de institucionalizar uno diario, a las once de la mañana, con sus dos secretarias. «Es mucho mejor estar rodeada de árboles que de funcionarios», solía repetirles nada más bajar los cinco peldaños del atrio de columnas de la entrada principal.

Ya estaban a punto de dar media vuelta para regresar al despacho cuando Carmen se detuvo ante un árbol que tenía una placa dorada clavada en la base del tronco. «¿Ves lo que te decía? —le dijo a Carmina Díaz—, aquí pone: "Árbol plantado por Haile Selassie, emperador de Etiopía. 1971". ¿Cómo va a ser posible que salga bien el cambio político en medio de este ambiente tan poco democrático?».

Tres días antes, el sábado día 8, le había dicho al canciller alemán todo lo contrario. Helmut Schmidt se quedó mirando su blusa de seda transparente durante un buen rato. Cuando por fin reaccionó, pasado el trance admirativo, le dijo a Carmen que no sabía que hubiera mujeres españolas desempeñando cargos políticos tan destacados como el de directora de gabinete del presidente del Gobierno. «En muchos aspectos, parecen ustedes más adelantados que en Alemania», añadió.

Carmen escrutó a su interlocutor de arriba a abajo. Parecía un hombre rápido, seguro, tremendamente coqueto y vanidoso, como la mayoría de los políticos. Hacía un instante había protagonizado una escena que ponía de relieve su sentido del humor. En el comedor había una lámpara antigua con una jaula y pájaros autómatas que cantan a una hora determinada. Cuando se puso en funcionamiento, para sorpresa de todos, Schmidt giró en redondo de manera cómica como si fuera un bailarín tirolés recién salido de un reloj de cuco. «Ya sé que quieren examinar nuestra sinceridad democrática —dijo Carmen después de meditar la réplica—. Pues sepan que vamos muy en serio. Por eso no debería sorprenderle que en España haya mujeres en puestos importantes de la política, aún tiene más mérito que además simpaticen con los comunistas».

La andanada provocó el efecto deseado. El político alemán tensó los músculos de la cara y miró de soslayo a un lado y a otro para saber si Suárez había escuchado el comentario de su colaboradora. Al darse cuenta de que estaba en un corrillo bastante apartado, dando conversación a su esposa, Loki Schmidt, con ayuda de la traductora, se atrevió a preguntar sin las cautelas diplomáticas que exige el protocolo: «¿No serán ustedes tan insensatos de legalizar a los comunistas, verdad?». Carmen sabía que para los alemanes, como para los norteamericanos, el Partido Comunista era la bestia negra, algo que no podían apoyar. «No tenga miedo, no representan ningún peligro —le respondió—, yo misma acabaré siendo comunista».

El canciller alemán no supo discernir si hablaba en serio o en broma. En la duda replicó con seriedad, aunque procurando darle a sus palabras un tono desenfadado: «Los comunistas han hecho casi en solitario la oposición a la dictadura. Son fuertes. No les subestimen». Carmen negó con la cabeza. «No son tan fuertes como ustedes creen, canciller Schmidt, hágame caso», dijo mirándole a los ojos. Pero a juzgar por los gestos del alemán, sus palabras cayeron en saco roto.

Durante la cena, Schmidt le preguntó a Suárez por su origen franquista. «¿Usted vistió la camisa azul de los falangistas, verdad?». La pregunta acalló los murmullos de los comensales. Todas las miradas se volvieron, expectantes, hacia el rostro impasible del anfitrión. Su voz horadó la espesura del silencio: «Y usted el uniforme nazi, según tengo entendido. ¿No acabó la guerra como teniente del ejército alemán?».

Cuando acabó la velada, Carmen se quedó un rato con Suárez. Ambos estaban de buen humor. La cena había sido un éxito. «Yo creo que en este examen hemos sacado un notable», dijo ella. Suárez sonrió. «¿Y qué nos ha faltado para llegar al sobresaliente?».

No debió ser tan impulsiva.

Hubiera sido mejor hablarlo en otro momento.

Le faltó tacto y sentido de la oportunidad.

Pero eso era fácil verlo a toro pasado. Tal vez la bronca del día 11 no se hubiera producido si ella no hubiera cargado la mano aquella noche, al hablar del examen de los alemanes. Pensó que la reticencia de Schmidt a la legalización del Partido Comunista podía influir en el ánimo de Suárez y se empleó a fondo para desbaratar sus argumentos. El intercambio se fue haciendo cada vez más duro. Carmen acabó urgiendo que tomara la decisión cuanto antes. «O legalizas al PC o todo lo que hemos hecho hasta ahora será inútil». «Hay que hacerlo». «El cambio no será creíble si no lo hacemos». «No podemos demorarlo más». «No puedes permitir que los militares marquen el ritmo de la reforma». «La Transición saltará por los aires».

El buen humor del principio fue dando paso a un clima de creciente crispación. Ya no había duda: Carmen se había convertido en un problema para Suárez. Un doloroso grano en el culo.

Esos fueron los antecedentes que contribuyeron a caldear el ambiente antes de que se montara el gran lío del Ritz. La chispa que provocó el incendio saltó el jueves 20 de enero. La revista *Mundo* le daba el premio «Español del Año» a Adolfo Suárez y otros de menor cuantía a Felipe González, Gutiérrez Mellado, Tierno Galván y Enrico Berlinguer, secretario general de los comunistas italianos. A Carmen le pareció sospechoso que los promotores del acto la llamaran sin parar para decirle que no podía faltar a la fiesta. «Va a ser algo muy especial», le repetían a diario. Tanta insistencia le escamó. Su olfato le dijo que algo raro se estaba cocinando, así que decidió guiarse por el instinto.

Aceptó la invitación, metió sus mejores galas en la maleta —otra vez la seda transparente que había encandilado a Helmut Schmidt—, y voló a Barcelona en compañía de Manuel Ortiz, subsecretario de Presidencia, comisionado por Suárez para recoger el premio en su nombre. Ortiz embarcó en primera clase a través de la sala de autoridades. Carmen lo hizo en clase turista por la puerta convencional. Eran dos modos distintos de entender el servicio público.

En Barcelona, cada uno siguió su camino. Ortiz se fue directamente al hotel y Carmen acudió a un almuerzo con la editora Rosa Regàs en el restaurante Il Giardinetto. Cuando le oyó decir a su amiga, nada más llegar, que Santiago Carrillo acudiría esa noche al hotel Ritz acompañando a Berlinguer, se quedó boquiabierta. «Tierra, trágame», se dijo a sí misma. Era urgente improvisar un plan. «Habla con tus amigos —le pidió a Regàs— y diles que mi único ruego es que no nos sienten juntos en la misma mesa».

Ortiz se puso nervioso cuando, más tarde, el gobernador civil de Barcelona le trasladó la misma información: Carrillo iba a estar en la entrega de premios. Carmen se hizo de nuevas cuando Ortiz se lo contó. «¿Y qué vamos a hacer?», le preguntó con cara de sorpresa. «He llamado al presidente para pedir doctrina —respondió el subsecretario—, y nos autoriza a ir a la cena, pero no a que hablemos con él». Ella le miró con sorna: «Menos mal que nos autorizan —le dijo—. Me quitas un gran peso de encima porque yo, como seguramente imaginas, ya había decidido ir de todas formas. Así me caerá una bronca menos».

Cuando entró en el hotel, estaba nerviosa. Iba vestida de negro, con un traje de gasa que tapaba lo justo. Además se había pintado mucho. Era la mujer más despampanante de la fiesta. Enseguida la rodeó una nube de fotógrafos. Del racimo de cámaras y micrófonos que se formó a su alrededor comenzaron a salir preguntas incómodas. «¿Sabe usted que el señor Carrillo acude a la fiesta?». «¿Cuál será su actitud si acude a saludarla?». «¿El presidente Suárez está informado de esta coincidencia?». «¿Van a legalizar al Partido Comunista?». «¿Qué opina usted de aborto?». «¿Y de la emancipación de la mujer española?».

Las últimas preguntas vinieron de una redactora de la revista *Vindicación Feminista*. Carmen se agarró a ellas como a un clavo ardiendo para desviar la atención sobre Carrillo. «El aborto —respondió— no me parece bien como método anticonceptivo, pero la sociedad debe legislar sobre las cosas que le gustan y las que no. En España hay cuarenta mil abortos clandestinos que se practican con grave riesgo para la vida de la madre. Debemos conseguir que se hagan con garantías médicas. Necesitamos proteger a las mujeres. No es justo que solo puedan abortar las hijas de los ricos en clínicas carísimas de Suiza o de Inglaterra. Soy partidaria de que el aborto se legalice en determinados supuestos, como por ejemplo el de violación, riesgo para la salud de la madre o malformaciones serias en el feto».

Mientras hablaba, Carmen se daba cuenta de que podía estar metiéndose en uno de esos líos que tanto enfadaban a su señorito, pero el olfato le aconsejaba seguir por ese camino, por pantanoso que fuera, antes que responder a las preguntas sobreabundantes sobre Santiago Carrillo.

La conversación se prolongó hasta convertirse en una improvisada rueda de prensa. Todos los medios querían meter baza. La siguiente pregunta la hizo un periodista de *Diario 16*. Quería saber si Suárez se presentaría a las elecciones. Ella la respondió sin calibrar las consecuencias.

Luego, el interrogatorio regresó otra vez al asunto Carrillo. Para salir del paso, Carmen repentizó una salida diplomática: «He querido estar en este acto, en el que se encuentran ciudadanos españoles de otras ideologías, para expresar así una firme voluntad de convivencia. Debo decir que estoy muy satisfecha del ambiente».

Después de eso se abrió camino hasta llegar a su mesa. Tenía la sensación de haber sobrevivido a un tercer grado de fiereza implacable. La actriz Nuria Espert le comentó cuando se sentó a su lado: «Parecías una estrella de cine en la alfombra roja». Carmen bromeó: «He venido de negro, sin nada rojo en la indumentaria, para evitar las suspicacias de la prensa. ¿No podríamos cambiar el color de la alfombra?». Luego se pusieron a hablar de bebidas alcohólicas. Enseguida llegaron a tres conclusiones: el whisky era una bebida snob, el vodka tenía connotaciones soviéticas y el chinchón era una bebida popular muy poco sospechosa.

Entonces, inopinadamente, un fogonazo las deslumbró. El fotógrafo que lo había provocado se acercó a Carmen y le dijo: «Soy Eduardo, el hijo mayor de Rosa Regàs. Mi madre me ha dado instrucciones para que viniera a hablar contigo cuando ya estuviera todo el mundo sentado en su sitio». Era parte del plan que habían urdido durante el almuerzo: que el hijo de Regàs le hiciera llegar un mensaje a Santiago Carrillo para que se levantara de su mesa en un momento dado y que Carmen pudiera hacerse la encontradiza con él sin levantar sospechas. Avisado de esa idea, el secretario general del PCE llevaba un buen rato saludando a ciegas a todas las rubias treintañeras que se cruzaban en su camino.

La secuencia funcionó a la perfección: Eduardo se acercó a Carrillo. «Levántese ahora», le dijo. Carrillo obedeció como un soldado y Carmen se topó con él en el momento justo. «Es un placer para mí conocerle». Carrillo, sonriente, le devolvió el saludo: «Lo mismo digo. Tengo mucha admiración por usted y estoy deseando poder hablar con Suárez». Cuando los reporteros gráficos se dieron cuenta de lo que estaba sucediendo, se arracimaron alrededor de ellos y comenzaron a disparar sus cámaras. La jefa de gabinete del presidente del Gobierno hablaba con el líder del Partido Comunista, cuarenta años después de su exilio, mientras los periodistas, atónitos, revoloteaban a su alrededor. Con una sola frase, el secretario general del PCE acababa de reconocer que la interlocución con el Gobierno a través de personas interpuestas iba demasiado lenta y que había llegado el momento de dar el paso decisivo. Carmen le respondió: «Comprenderá usted que ahora no es el momento más adecuado para seguir hablando de este asunto, pero dé por seguro que encontraremos otro». Carrillo le tomó la palabra: «Confío en que nos podamos ver con más tiempo. Que cene bien. Siento que no lo hagamos juntos». A modo de despedida, alzando un poco la voz para asegurarse de que llegaba a oídos de la prensa, Carmen pronunció entonces la frase que llevaba un buen rato ensayando para sus adentros: «A ver cuándo nos tomamos un chinchón». Pocas horas después, aquellas palabras dieron la vuelta al mundo.

Cuando regresó a su mesa, Nuria Espert quiso saber la impresión que le había causado Carrillo. Ella le respondió: «Me ha parecido encantador, cálido, sencillo, enormemente humano. Sus ojos están llenos de luz y no me cabe duda de que es un hombre tierno». La actriz le susurró: «Pues no lo vayas diciendo por ahí si no quieres que el mundo se te caiga encima». Carmen estaba a punto de decir que el consejo le parecía exagerado, pero en ese momento llegó un comensal rezagado y preguntó en voz alta:

«¿Es verdad que ha venido el asesino de Carrillo?». Y después, al darse cuenta del modo en que Carmen le miraba, añadió: «¿No se te ocurrirá ir a saludarle, verdad?». Carmen dijo que ya lo había hecho y luego rompió a sudar mientras el silencio se adueñaba de la escena.

A la mañana siguiente, la prensa echaba humo. La fotografía del encuentro con Carrillo aparecía en varias portadas y los columnistas glosaban las declaraciones de Carmen a su llegada al Ritz con comentarios para todos los gustos. A la postre fue casi peor lo segundo que lo primero.

Durante la conversación del viernes 21, la que movió a Carmen a escribir su carta de dimisión, salieron a relucir dos recortes de prensa, que Suárez esgrimió como pruebas de convicción para una sentencia condenatoria. El primero era un artículo de *Diario 16.* El párrafo subrayado decía lo siguiente:

> Carmen Díez de Rivera aseguró a *D16* que ni ella ni el presidente del Gobierno se presentarán a las primeras elecciones, las de junio, pues en ellas «la neutralidad del Gobierno ha de ser total».

El segundo era la columna que firmaba Cándido, seudónimo del periodista Carlos Luis Álvarez, en las páginas de *ABC*:

> Doña Carmen Díez de Rivera, que es jefe del gabinete de don Adolfo Suárez, ha contestado a unas preguntas acerca del aborto. En lo que se refiere a ese tema prefiere antes que nada los métodos anticonceptivos, luego la maternidad responsable y en último caso el aborto, bajo ciertas condiciones. ¿Qué condiciones? ¿Que le pongan un capuchón negro a la embarazada, como a Gary Gilmore? El aborto, bajo las condiciones que sean, es un juicio sintético *a priori,* como decimos Leibniz, Kant y otros amigos. Eso para empezar. Y para terminar, es aplicarle al «*nasciturus*» la ley de fugas dejándolo seco sin haberle oído.

Carmen llegó de muy malas pulgas al despacho de Suárez. Al entrar en La Moncloa, un guardia civil del servicio de vigilancia le apuntó con la metralleta y le preguntó: «¿Cuándo va a venir su amigo Carrillo?». Ella le fulminó con la mirada. Sin perderle la cara, replicó: «Cuando venga, que lo hará, usted será el último en saberlo. ¿Le importa darme su número de identificación?».

Aplacar a Suárez no fue tan fácil. De hecho, fue imposible. Esta vez, el presidente habló sin hacer preguntas, para dejar claro que no pretendía abrir una discusión. Se trataba de un ejercicio de autoridad. Y debía ser apabullante. Y, desde luego, lo fue.

—¿A qué has venido? —le preguntó Suárez cuando Carmen asomó por la puerta.

Ella se extrañó al verle leyendo un manojo de papeles en el sillón del tresillo azul donde solía recibir a las visitas, bajo el tapiz de Goya que decoraba la zona de estar de su despacho. Pensó que al ser domingo a mediodía estaría en la primera planta del palacio, acondicionada como residencia particular del presidente del Gobierno y su familia. Normalmente, un sacerdote amigo, el padre Manuel Justel Calabozo, acudía con un altar portátil a decir misa de doce.

—A presentarte mi carta de dimisión. Iba a dejarla encima de tu mesa.

—Pues ya puedes guardarla. No te la acepto.

Carmen se sentó en el sofá, en la plaza más alejada del sitio que ocupaba Suárez.

—Ya no te sirvo de nada —dijo—. Desde hace algún tiempo, todo lo que hago o digo, te irrita.

—Me irrita que actúes por tu cuenta. No acabas de entender la repercusión que tienen tus declaraciones. Todo el mundo piensa que las haces con mi autorización. Llevo toda la mañana atendiendo llamadas de queja.

A Carmen no le sorprendió el comentario de su jefe. Durante la discusión que mantuvieron dos días antes, él ya trató de escudarse en la cuestión del aborto para justificar su enojo. Era creíble que esas declaraciones le hubieran sentado mal, y que hubieran dado lugar a llamadas de protesta, pero no se tragaba que hubieran sido la razón fundamental de la zapatiesta. Suárez estaba tratando de desviar la atención. El único delito imperdonable que había cometido fue pararse a saludar a Santiago Carrillo. Estaba segura de eso.

—Soportas a diario quejas mucho más inquietantes —respondió, para darle a entender que no caería en su trampa.

—No acepto tu dimisión, pero no vuelvas a actuar por libre. Tú no eres quién para decir si me voy a presentar o no a las elecciones.

La cabeza de Carmen se iluminó de repente. Ahora lo veía claro: no fueron sus respuestas a *Vindicación Feminista,* sino a *Diario 16* las que habían enfurecido a su señorito.

—Teníamos un pacto.

—Ahora no es prioritario saber quién se presenta a las elecciones, sino conseguir que salgan bien.

—Las dos cosas van unidas —objetó ella—. Si te presentas tú, no serán neutrales. Si no se presenta Carrillo, no serán creíbles.

—Deja a Carrillo en paz —repuso Suárez de mala gana—. Tú no formas partes de las vías de interlocución que están abiertas con la gente del Partido Comunista.

—Esas vías de interlocución no funcionan. El propio Carrillo me lo dijo con toda claridad: está deseando hablar contigo sin intermediarios porque los enlaces no resuelven nada.

—Y yo hablaré con él cuando decida que es el momento oportuno, no cuando lo decidáis vosotros. ¿Eso te ha quedado claro?

—Lo que ha quedado claro es que lo único que puedo hacer es obedecer y callar.

—A veces, eso no deja de ser una manifestación de confianza.

—De confianza ciega, sí. De lealtad irracional. ¡Ya tienes mucho de eso a tu alrededor!

—Hay un término medio, Carmen. Una cosa es discrepar y otra muy distinta actuar sin autorización y hacer lo que te dé la gana.

—¿Qué democracia es esta en la que ni siquiera se puede saludar a un ciudadano español? Estoy aquí para ayudar a que todos los españoles podamos convivir, para ser normales. Quizá lo que ha ocurrido es que, al saludarnos, Carrillo y yo hemos dado una lección de convivencia a los que hicieron la guerra y a los que, sin haberla hecho, sufrimos sus terribles consecuencias intelectuales y morales.

—Preséntate a las elecciones, gánalas, y luego podrás tomar las decisiones que estimes oportunas y dar todas las lecciones que quieras. Pero mientras trabajes aquí, yo mando y tú obedeces. Ya sé que juzgas tu idealismo más puro que el de nadie en esta casa porque vienes de la lucha democrática en la calle y nosotros no. Pero te equivocas. Yo quiero un país libre tanto como tú. Si sigues yendo a tu aire, no me ayudarás a conseguirlo.

—Comprendo que si me fuera ahora sería el escándalo padre. Tal vez no sea el momento más oportuno para dimitir.

—Entonces, asunto zanjado —dijo el presidente del Gobierno antes de enfrascarse de nuevo en la lectura de los papeles que estaba despachando.

Carmen ya se había levantado de su asiento cuando llamó a la puerta el ayudante militar. Sin esperar respuesta, entró en el despacho y dijo:

—Acabamos de saber que ha fallecido un estudiante que participaba en una manifestación en la Gran Vía. Al parecer se ha producido una carga policial, ha sonado un disparo y el chico ha muerto en el acto. La información todavía es confusa.

—¿A qué hora ha sido?

—Poco antes del mediodía.

—¿El disparo lo ha hecho la policía?

—No lo sabemos. Pero lo lógico es pensar que sí. La carga estaba siendo muy dura.

—¡Lo que nos faltaba! —dijo Suárez, alzando la mirada al cielo—. Ponme enseguida con el ministro de la Gobernación.

Carmen comprendió que la conversación había terminado.

XXV

Madrid, lunes, 24 de enero de 1977

Palacio de La Moncloa, 8.30

A Carmen le sorprendió la convicción con que Suárez fijaba los criterios correctos:

—Hay que decir la verdad. Si nos cargamos la credibilidad de Televisión Española, pondremos en riesgo la nuestra. No quiero que nos callemos nada. Contemos las cosas con naturalidad, sin politizarlas ni sacarlas de contexto. Que nadie pueda decir que hemos ocultado los hechos.

Al otro lado del teléfono, Rafael Ansón se quejaba de la cerrazón de su ministro:

—Él me dice que haga lo contrario...

—¡Pues dile que la orden la he dado yo!

Cuando acabó la conversación, el subsecretario de Información y Turismo, Sabino Fernández Campo, explicó que en su ministerio todo el mundo daba por sentado que los comunistas estaban detrás de los disturbios del día anterior y que abogaban por difundirlo a los cuatro vientos para desenmascarar su entraña violenta. Madrid había amanecido lleno de pintadas llamando a la manifestación. En un lateral del Arco del Triunfo de Moncloa estaba escrito: «Amnistía Total», «Las paredes no estarán limpias mientras las cárceles estén llenas» y «España, mañana, será republicana». Solo el PC tenía musculatura suficiente para hacer ese alarde grafitero.

—Quieren cargarle el mochuelo a los hombres de Carrillo y desviar la atención de la extrema derecha —dijo Fernández Campo, desde uno de los confidentes que estaba frente a la mesa presidencial.

Carmen, que ocupaba el otro confidente, puso mala cara. Suárez le quitó las palabras de la boca:

—Nuestro enlace con el PC me asegura que los comunistas no secundaron la manifestación de ayer. Apenas quedan ya militantes suyos en las prisiones y Carrillo quiere desmarcarse claramente de esas acciones reivindicativas para que no podamos negarnos a su legalización.

—¿Y tú lo crees? —preguntó Fernández Campo.

—Sí.

Carmen suspiró aliviada. Por primera vez le vino a la cabeza un pensamiento amable sobre el enigmático enlace que hacía de mensajero entre el Gobierno y el Partido Comunista.

En ese momento se abrió la puerta. El ayudante militar anunció desde el umbral, con voz castrense:

—¡El ministro de la Gobernación, señor presidente!

Martín Villa entró en el despacho con una carpeta bajo el brazo. Suárez se levantó, fue a su encuentro y le estrechó la mano. La reunión se trasladó al tresillo de la zona de respeto. Sin más preámbulos, el ministro contó lo que sabía:

El fallecido se llamaba Arturo Ruiz García. Era un estudiante de diecinueve años, sin antecedentes penales, que trabajaba de albañil para costearse sus estudios de bachillerato. Los disturbios habían comenzado poco antes del mediodía, a raíz de las cargas policiales en la calle de la Princesa y en Callao para dispersar a los manifestantes. En la confluencia de las calles de Silva y la Estrella, junto a la Gran Vía, un grupo de ultras comenzaron a increpar a los que huían de las fuerzas del orden. Un hombre vestido con un loden de color verde efectuó un disparo al aire. A su lado, otro individuo más joven, de 1,70 de estatura, de complexión fuerte, con barba, que vestía atuendo deportivo, le arrebató la pistola, la empuñó con ambas manos y efectuó dos disparos. Arturo Ruiz cayó fulminado. Las dos balas le alcanzaron por la espalda. Una le atravesó el pulmón y la otra el corazón. La muerte fue instantánea.

Gracias al testimonio de los testigos, la identificación de los sospechosos había resultado relativamente sencilla. El autor del primer disparo al aire se llamaba Jorge Cesarky Goldstein. Se trataba un súbdito argentino de cincuenta años, agente de seguros, nacido en Buenos Aires el 8 de julio de 1927.

Cuando llegó a este punto, Martín Villa interrumpió el relato, se ajustó las gafas sobre el puente de la nariz y miró a Suárez con gesto preocupado.

—Suéltalo —dijo el presidente del Gobierno presintiendo que el ministro de la Gobernación iba a ser portador de malas noticias—. Sea lo que sea, quiero saberlo.

—Al parecer, Cesarky colabora con la Sección de Coordinación y Enlace del SECED. Después de los disturbios se refugió en su cuartel general, en la calle Rey Francisco. Le ha vendido seguros a muchos policías y es amigo de casi todos ellos. Afirma que estuvo hasta las seis de la mañana ayudándoles a localizar unos coches con matrícula falsa que el GRAPO ha distribuido por distintos puntos de Madrid. Hay intensos rumores de que preparan otro secuestro. Varios testigos corroboran su versión.

—¿Y qué hacía en la manifestación a las once y media de la mañana? —preguntó Suárez.

—Dice que tenían el chivatazo de que la extrema izquierda iba a matar policías y que estaba allí para ayudar a impedirlo.

—¿Y eso tiene sentido?

Martín Villa se encogió de hombros.

—Es evidente —terció Sabino Fernández Campo— que los agentes infiltrados en la extrema izquierda tienen noticia de que algo malo va a pasar en las próximas horas. Si Cesarky estuvo ayudando a localizar coches robados por los GRAPO es razonable pensar que también ayudara a dispersar la manifestación, sobre todo si es verdad que había vidas en juego.

—Los disparos no los hizo la extrema izquierda —dijo Martín Villa—. Vinieron del otro lado. El autor material de los disparos que acabaron con la vida del estudiante se llama José Ignacio Fernández Guaza. Es un hombre de treinta años, sin profesión conocida, militante activo de la extrema derecha. El día anterior estuvo reunido con neofascistas italianos y ultras españoles para preparar la acción. Por desgracia, no le hemos podido detener porque huyó anoche de su casa. En el registro policial se han encontrado algunos cartuchos, cierta cantidad de pólvora y dos fundas de pistola. Se cree que se llevó las armas en el momento de la huida.

—Eso demuestra una vez más —dijo Suárez— que un sector de la policía y la extrema derecha actúan cogidos de la mano.

—Cesarky afirma que no conocía a Fernández Guaza —aclaró el ministro de la Gobernación.

—¡Y qué otra cosa va a decir!

—Esto tiene mala pinta, señores —opinó Fernández Campo—. La extrema izquierda trama algo muy feo, la extrema derecha lo sabe y está dispuesta a tomarse la justicia por su mano.

Carmen, en su fuero interno, no podía estar más de acuerdo con el subsecretario de Información y Turismo. Saltaba a la vista que algo terrible se avecinaba.

Calle de los Coloreros, 8.45

Poco antes de las nueve de la mañana, en un bar de marineros cercano a la churrería de San Ginés, un hombre bajito era recibido con brazos en alto y gritos de «Arriba España» por los clientes que se acodaban en la barra. Necesitaba un par de tragos para sofocar el escozor que le subía por la garganta. Una pintada en la esquina de la calle clamando por la amnistía le había puesto de mal humor.

La bienvenida al modo falangista le reconcilió con la vida. Todavía quedaba gente valiosa en el país. Ahí estaban los verdaderos intelectuales, los defensores de la sensatez. Con tanta gente buena era imposible que las cosas terminaran de joderse. Por mucho político traidor que estuviera dispuesto a ceder ante el enemigo, aún era posible librar a España de la amenaza bolchevique. De todas las vidas posibles que desfilaban por su imaginación en los momentos solitarios, la de salvador de la patria era la única que le transportaba al cielo. La había catado un poco. No mucho. Lo justo para saber el sabor que dejaba en la boca. A veces aceptaba algunos trabajitos de encargo. Cosas de poca monta. No lo hacía por dinero. El dinero nunca venía mal, desde luego, pero no existía mejor retribución que sentirse útil a España plantando cara a sus enemigos. Cuando encarnaba ese papel, una incontenible sensación de euforia le inflamaba el pecho. Más que cuando se metía un chute de coca. Droga dura. Un subidón psicodélico.

Ahora estaba preparado para dar un paso adelante.

Buscó a Albadalejo con la mirada y le encontró sentado en una mesa del fondo.

—Buenos días, señor Albadalejo. ¿Le molesta si me siento? —dijo.

—Siéntate, hombre, te estaba esperando.

Albadalejo era alguien de fiar, bien relacionado. Trabajaba en la sección de transportes del Sindicato Vertical y en más de una ocasión le había brindado la oportunidad de trabajar para él. Sus «sobres», como llamaban por allí a los trabajos que encargaba, eran los más codiciados entre los jóvenes dispuestos a pelear.

—Te habrás enterado de lo último, ¿no? —dijo Albadalejo, yendo al grano.

—Algo he oído, señor. Dicen que tuvo que soportar a los comunistas en su propio despacho. Yo les habría pegado un tiro.

—Y casi lo hago, muchacho, casi lo hago. Pero esos cabrones no se merecen mis balas. —Aguardó unos segundos, ensimismado, y continuó—: Están muy crecidItos ahora que han conseguido colarse entre los enlaces del sindicato. No paran de dar por culo. Y, encima, ahora van y consiguen lo de la huelga. Eso son palabras mayores, chaval. Tenemos que pararles los pies.

—No me quiero imaginar lo inflados que deben estar. ¡Hijos de puta!

—El peor de todos es uno que no se achanta con facilidad. Se llama Joaquín Navarro. El otro día le amenacé con una pistola y el tipo no se arredró. Sabía que en público nadie podía hacerle daño. Ya veremos si es tan valiente cuando no haya testigos. El hijoputa no para de exigir. Es el mandamás de las Comisiones Obreras. Ha sido el promotor de la huelga. Si no fuera porque soy cabal, a ese sí que le metía un tiro... Uno limpio, en el entrecejo, y se quedaba seco en el acto. Se acabó dar por culo.

—Yo estoy dispuesto a todo, Albadalejo, si usted me lo pide...

—No. Ya te digo que no se merece mis balas. Pero un buen susto, sí. Uno de los grandes. A ese andaluz de las pequitas hay que bajarle los humos.

—¿Un buen susto? —preguntó el muchacho con voz de decepción.

Había olido la sangre y no quería soltar la presa de la boca.

—Sí, un buen susto. Algo que le haga entender con quién se juega los cuartos. ¿Lo copias?

—Lo copio.

—Hay que ponerle los huevos de corbata al puto rojo.

Albadalejo comenzó a reírse, satisfecho de sí mismo, y el muchacho le imitó al instante. Ambos se miraban y parecían entenderse.

—¿Ha pensado ya en algo en concreto?

—¿Le tienes ganas, eh? Tranquilo, que yo sé hacer mi trabajo. Claro que he pensado en algo. Llevo días perfilando un plan.

En una servilleta anotó una dirección, un nombre y una fecha. La dobló misteriosamente y se la metió en el bolsillo de la pechera.

—¿Qué es? —preguntó el falangista.

—Te he anotado la dirección a la que tenéis que ir. Es un nido clandestino de abogados comunistas, así que es mejor que vayáis armados por si las moscas. Llegad sobre las diez de la noche. A esa hora ya queda poca gente y no encontraréis resistencia. El hombre que nos interesa, acuérdate, se llama Joaquín Navarro. También te he apuntado el nombre para que no se te olvide. No suele irse antes de las once. Los rojos trabajan hasta tarde. Subís, preguntáis por él y le metéis el cañón del arma en la boca. Tenéis a favor el factor sorpresa. Si alguien se pone gallito le partís la cara y punto. Seguro que al ver las pipas se acojonan y se cagan por los pantalones. Esos cabrones ladran mucho pero, a la hora de la verdad, no tienen coraje. Cuando le hayáis dado el susto, os vais a toda leche y asunto concluido. ¿Lo tienes claro?

—Meridiano.

—Es pan comido.

—Seguro.

—Atente al plan y todo irá sobre ruedas.

—¿Busco yo la ayuda?

—No. Ya te la he buscado yo —dijo Albadalejo mientras cogía la copa de coñac y la acomodaba en la palma de su mano derecha—. Dos tipos de confianza se reunirán contigo, en este mismo bar, a las siete de la tarde. Tú estás al mando. Repasáis el plan y lo ponéis en marcha. Ellos sabrán hacer su trabajo. Espero que tú sepas hacer el tuyo.

—Descuide. Déjelo de mi mano.

Albadalejo apuró la copa de un sorbo, se puso en pie y palmeó la espalda del muchacho. Antes de irse le susurró al oído:

—Consigue que se cague encima, chaval. Que no le queden ganas de tocarme más las pelotas.

—Delo por hecho.

Cuando estuvo solo sacó la servilleta del bolsillo y leyó las anotaciones de Albadalejo. «Atocha, 55. Joaquín Navarro. 24 de enero, a las diez de la noche». Luego la rompió en mil pedazos. Mientras lo hacía no paraba de pensar en el cabronazo a quien debía fundirle las bielas. En realidad, no estaba haciendo trizas un trozo de papel, sino el cuerpo tembloroso de aquel capullo de mierda que quería poner a España de rodillas. Eran tiras de su piel lo que rasgaban sus dedos. Esa noche se iba a enterar de lo que valía un peine. ¿Un susto? ¿Nada más que eso? A la mierda, pensó. Ahora tocaba beber. Lo demás, a su debido tiempo.

Calle Alcalá, 9.00

El sedán negro se detuvo en un semáforo en la calle Alcalá a la altura de la boca del metro de Quintana.

—Si no te das prisa —urgió el copiloto, que vestía uniforme de capitán del Ejército de Tierra—, el anciano se habrá largado cuando lleguemos a su casa.

—¿Pero no ves que no puedo ir más deprisa, *carallo*? —respondió el conductor—. ¿Qué quieres, que me salte los semáforos, nos detenga la pasma y mandemos la operación a tomar por culo?

—Quiero que lleguemos a tiempo de pillarle antes de que suba a su coche. Debe ser una operación tan limpia como la de Oriol. Visto y no visto.

—Pues eso; entonces, no seamos cagaprisas. Ya viste lo que te pasó el otro día por ir follado. Todavía puede costarnos muy cara tu imprudencia.

—Aquel muchacho se metió bajo las ruedas del coche, coño. Fue un atropello inevitable. Tuve que quitarme de en medio cagando leches porque había testigos. Si me hubiera quedado allí me habría fichado el barrio entero.

—¿Y qué crees que habrán hecho con la documentación que había en la chaqueta que olvidaste en el asiento de atrás?

—Era falsa.

—Pero la fotografía no. Te identificaba por completo. Por eso supieron que andábamos robando coches. Anteayer los estuvieron buscando por todo Madrid. Si los hubieran localizado, ahora no podríamos ir a secuestrar a ese pájaro.

—¿Cómo lo sabes?

—¿El qué?

—Que estuvieron buscando los coches robados.

—Porque tengo amigos que son amigos de la pasma, ya lo sabes.

—Y tú ya sabes lo que te he dicho mil veces: que no te veas con ellos, joder. Se irán de la lengua. Nos meterán en un lío de mil pares de cojones. Y, si eso ocurre, no solo nos trincarán a unos cuantos, sino que además alimentará esa patraña de que somos un instrumento de la ultraderecha.

—No digas *caralladas*, Abelardo. ¡Eso no se lo cree nadie!

—Pareces bobo. ¿No lees los periódicos? ¡Eso es lo que piensa todo el mundo! ¿Por qué crees que aún retenemos a Oriol? Todo el mundo hubiera pensado, en caso de haberlo puesto en libertad, que al fallar el sabotaje al referéndum no habíamos tenido más remedio que descubrir la comedia: ¡no iba la ultraderecha a inmolar a un Oriol!

—Demasiado rebuscado —dijo el conductor mientras detenía el vehículo ante un semáforo en ámbar.

Su compañero le miró con desdén.

—Eres obtuso, tío. Moa tiene razón: no te habría venido nada mal pasar una temporada más larga en la escuela. ¿Cómo llamáis en Vigo a los que son tan toscos como tú?

—*Toxos.*

—Pues eso. ¿No te das cuenta de que la apariencia nos señala? Te diré lo que piensa la gente: ¿cómo es posible que esos tíos secuestren a un alto cargo del Estado, lo retengan semanas enteras evitando el despliegue policial y aún se permitan el lujo de empapelar los muros de Madrid con sus carteles? ¡Aquí hay gato encerrado! Tienen que estar protegidos desde las altas esferas...

—Pues es muy fácil, nos cargamos a Oriol y se acaba esa gilipollez. Mañana aparece con un disparo en la nuca y a otra cosa, mariposa. Ya nadie podrá decir ni que estamos protegiendo a los ultras, ni que somos sus protegidos.

—¿Y qué ganaríamos con eso?

—Vengar los viejos asesinatos de su bando y acabar con esas especulaciones que tanto te torturan. ¿Te parece poco?

—Lo que me parece es una grandísima idiotez. Si le matamos nos quedamos sin moneda de cambio. ¿Por qué le pusimos a la operación el nombre de Operación Cromo? ¿No era porque buscábamos un intercambio? Ellos sacan de la cárcel a los nuestros y nosotros les devolvemos a Oriol: cambio de cromos. Pero si nos quedamos sin cromo, ¿qué coño podríamos negociar?

—Pues matamos a Oriol después de secuestrar a Villaescusa. Así sabrán que vamos en serio y negociarán el cambio del segundo cromo cagados de miedo.

—¡Cuánta sed de sangre tienes, galopín! ¿De dónde coño sales, si puede saberse? Anda, conduce y calla. Como se nos escape el viejo por ir pisando huevos, te capo.

—¿Qué pasa, que ellos no matan o qué? —dijo el conductor, haciendo caso omiso de las palabras de su amigo.

—Este partido, de momento, lo vamos ganando. Y si hoy les metemos el segundo gol, de puta madre: aún podremos sacarle más partido a nuestra ventaja. De momento, ya estamos en el mapa. La gente sabe que existimos. Les damos miedo. De eso se trata. Y cuando vean a Oriol en *Interviú* aún les daremos más de qué hablar.

—¿Al final va a salir esa mierda?

—Sí, señor. La entrevista ya está hecha. Moa se vio con el periodista, ese tal Bayo, y llegaron a un acuerdo.

—¿Cuándo fue eso?

—Hace unos días, en la propia redacción de *Interviú*.

—Que conste que a mí me parece un error. Ahora solo falta que nos enrollemos con su porno política.

—¿Qué más da? ¿Acaso hay alguna publicación revolucionaria que sea legal? La que no es una porquería por un lado, lo es por el otro.

—Pues por eso mismo, joder. Si ese Bayo quiere la entrevista, que la publique en *Gaceta Roja*. Así, de paso, nos hace un poco de propaganda.

—Definitivamente, eres bobo del culo.

—Lo que tú digas. Espero que al menos hayamos conseguido que en el número en el que salga la entrevista se eliminen las tías en pelotas.

—¡Eso no lo aceptarían jamás!

—Pues nada, hombre... ¡Otra bajada de pantalones más! ¿Cómo no nos van a dar por el culo si siempre estamos con el calzón por los tobillos? Confío en que ese Bayo sea de confianza...

—En Barcelona nos dicen que es un tío honrado. Muy de izquierdas. Nadie le ha acusado nunca de provocador. Y si es una trampa, oye, se la haremos pagar cara. De momento tenemos la sartén por el mango.

—¿Y si le han seguido?

—Ya nos habríamos enterado.

—¿Y si es un traidor?

—¡Ya estamos otra vez con eso!

—Ya sé que te jode que te recuerde siempre lo de Caballo Salvaje, pero fuiste tú quien lo trajo con nosotros.

—Coño, era un tío de mi barrio. Y era legal. Al hombre no le iba la vida espartana que llevamos. Intentó robar por su cuenta y le salió mal. Le detuvieron. Tal vez le captaron entonces... O tal vez no, joder. A lo mejor le hemos juzgado demasiado pronto y no es ningún chivato.

—Déjate de leches, Abelardo. A ese rabudo hijo de puta de González Zazo le espera un tiro tan pronto se presente la ocasión. La policía maneja su nombre como sospechoso del secuestro para darle cobertura y que pensemos que no se ha pasado de bando. Eso está más claro que el agua.

—El de atrás te está poniendo las luces —interrumpió Abelardo.

—Sí, lo veo —respondió el piloto mirando por el retrovisor al Seat 1430 de color azul que les venía siguiendo—. Es porque ya estamos en O'Donnell y no quiere que pasemos de largo el número 49.

—¡Ojalá nos hubiéramos atrevido con el plan de secuestrar a Fraga! Así no habríamos tenido que ponernos estos ridículos uniformes.

—No te quejes. A ti, al menos, te ha tocado el de oficial.

—Pues a ver si sirve de algo y me obedeces. Cuando lleguemos haz lo que yo te diga, ¿de acuerdo?

—A sus órdenes, mi capitán.

Palacio de La Moncloa, 10.00

El ministro de la Gobernación aún estaba en el palacio de La Moncloa, despachando con el presidente Suárez, cuando llegó la noticia del secuestro del teniente general Emilio Villaescusa Quilis, presidente del Consejo Supremo de Justicia Militar. Los primeros datos eran todavía confusos. Según habían declarado los empleados de una sucursal bancaria situada frente al domicilio del militar, alrededor de las nueve y media de la mañana el automóvil del teniente general se encontraba en la puerta de su casa, en el número 49 de la calle O'Donnell, con el chófer dentro. Entonces llegaron dos automóviles. Uno se situó delante y el otro detrás. En el de delante, un sedán negro parecido a los vehículos oficiales, iban dos personas vestidas con ropas militares. En el otro, un Seat 1430 de color azul marino, iba una sola persona con chaquetón oscuro y pantalones vaqueros. Cuando Villaescusa salió a la calle, los tres individuos le rodearon y le obligaron a subir a su propio automóvil. Uno de los secuestradores uniformados se subió con ellos. Inmediatamente después, la comitiva formada por los tres coches emprendió la fuga.

—¿Se sabe algo de la autoría? —preguntó Suárez, visiblemente afectado por la noticia.

—Nadie lo ha reivindicado todavía —respondió Martín Villa—. Aún es muy pronto. Pero se trata, sin duda, de una acción de los GRAPO.

—¡Entonces era verdad que habían robado varios coches y que preparaban otro secuestro! Hay que hablar con el SECED para que nos cuente lo que sabe. Llama a Andrés Cassinello. Dile que venga tan pronto como le sea posible. Y tú, Rodolfo, por lo que más quieras, evita las machadas policiales. Por lo que ocurrió en la manifestación de ayer sabemos que hay grupos de la extrema derecha preparados para tomarse la justicia por su mano. Habrá policías dispuestos a ayudarles. Si no cortamos esa espiral, la situación se nos irá de las manos y la tensión social hará insostenible la reforma.

Martín Villa salió del despacho del presidente del Gobierno con la misma presteza con que había llegado. Sabino Fernández Campo se había marchado media hora antes. Carmen se quedó a solas con Suárez.

—Hay manifestaciones estudiantiles en casi todas las capitales de España —dijo ella— para protestar por la muerte de Ruiz García. Si los antidisturbios no actúan con prudencia, se montará un gran lío. Y me temo que tras la noticia del secuestro de Villaescusa no serán especialmente cautos…

—También espero —respondió Suárez— que los estudiantes y quienes mueven sus hilos se den cuenta de cuál es la situación en la que estamos y se comporten con sentido de la responsabilidad.

—Todo sería más fácil si el Partido Comunista hubiera movido las manifestaciones. Ellos saben cómo mantener la situación bajo control. Pero no es el caso, Adolfo. Ahora mismo no es el PC quien agita la calle.

—Lo sé.

A Carmen le sorprendió agradablemente la seguridad con que el presidente ratificó su tesis.

—Me alegro.

—Carrillo lleva una buena temporada jugando a distancia una partida de ajedrez conmigo. Movió la pieza de la agitación hasta saber si mi apuesta por el cambio era sincera. Luego hizo un movimiento de moderación para facilitar la legalización del PC. Ahora soy yo quien pone a prueba su sinceridad. No bastan las palabras, hacen falta hechos. Es fácil jugar de farol. Veremos si mantiene esa postura en estos momentos difíciles. Tiene que demostrarme que va en serio, como yo se lo demostré a él sacando adelante la Ley para la Reforma Política a pesar de la oposición de los militares y de los franquistas. Le toca mover pieza.

—Poco puede hacer en estos momentos —objetó Carmen—. No maneja las riendas la extrema izquierda.

—Pero sabe con quién hablar. Además, podrá hacer mucho si las cosas se complican. Y tal como está todo, mucho me temo que se complicarán.

—Sería más fácil si tuviera garantías de que su sentido de la responsabilidad obtendrá recompensa. Hazle saber que estás dispuesto a legalizar su partido si ayudan a mantener el orden público.

Como el gong que interrumpe el asalto en el momento justo, el teléfono que había en la mesa auxiliar del tresillo zanjó la discusión antes de que comenzara. Era Andrés Cassinello. Suárez le pidió a Carmen con un gesto que le dejara solo y ella obedeció sin rechistar.

Poco antes de la hora de comer, Carmina Díaz entró en su despacho con una pésima noticia. Una alumna de tercer curso de la facultad de ciencias políticas y sociología de la Complutense había ingresado en estado de coma en la clínica de la Concepción tras recibir el impacto de un bote de humo durante una manifestación en la Gran Vía.

—Solo tiene veinte años. Los médicos dicen que no pueden operarla. Su muerte es cuestión de horas.

—¿Se sabe cómo ha sido? —preguntó Carmen.

—La versión oficial es que la policía trataba de disolver la manifestación de protesta por la muerte de Arturo Ruiz y lanzó al aire varios botes de humo. Uno de ellos cayó en la cabeza de la pobre chica y le fracturó la bóveda del cráneo. Un estudiante la recogió en la esquina de la calle de los Libreros y la llevó directamente a la clínica.

—¿Cómo está el ambiente en la calle?

—Como una olla a presión sin válvula de escape.

—¡Y eso que aún no hemos llegado a la hora de comer! Ya veremos cómo está el patio a la hora de la cena.

Suárez pasó el resto del día encerrado en su despacho. Carmen apenas pudo verle un rato, a las siete de la tarde, para hacerle saber que Mari Luz Nájera, la estudiante herida en la manifestación mañanera de la Gran Vía, había fallecido a las cuatro y media de la tarde en la clínica de la Concepción. También le contó que el Comité Central del PC había cursado instrucciones a todos sus militantes para que no secundaran las algaradas callejeras que pudieran producirse a raíz de la noticia. Se lo acababa de contar por teléfono un buen amigo suyo, Aníbal González, que pertenecía al partido.

—Es la única buena noticia que me dan en todo el día —dijo Suárez.

—¿Ha habido alguna desgracia más?

—Se confirma lo que ya sospechábamos: el secuestro de Villaescusa ha sido obra del GRAPO.

El testimonio prestado ante la policía por el conductor del general secuestrado no dejaba lugar a dudas:

El general fue introducido violentamente en el automóvil por dos individuos a punta de pistola. Trató de resistirse y le gritó al conductor que le socorriese, pero este, intimidado por las armas, respondió: «Tranquilo, mi general, que la cosa está muy negra». Cuando llegaron a la calle Doce de Octubre trasladaron a Villaescusa al Seat 1430 de color azul que iba detrás de ellos y al conductor le subieron al asiento trasero de un Renault-12 familiar, robado el sábado anterior, que se dirigió a la calle del Bronce, en el barrio de Legazpi. Allí le abandonaron, amordazado y maniatado, con la advertencia de que no pidiera auxilio ni intentara huir hasta que hubieran transcurrido treinta minutos. Por las fotografías de la policía pudo identificar a Abelardo Collazo Araújo, directamente implicado en el secuestro de Oriol, como el hombre que vestía uniforme de capitán del Ejército de Tierra.

Calle de los Coloreros, 19.15

Ya era la hora y esos dos no llegaban. Empezaba a impacientarse. Se había sentado en un banco de la calle. Mientras se fumaba el quinto cigarrillo en una hora observaba la esquina por la que tendrían que aparecer tarde o temprano. Hacía frío. Se había subido la cremallera hasta el cuello y aun así le tiritaban los huesos. Durante la espera aún tuvo tiempo de repasar de nuevo el plan de acción. Albadalejo había sido claro. Lo único importante era dar con el tal Joaquín Navarro, acojonarle bien, callarle la boca, conseguir que no volviese por el despacho del sindicato dando guerra. Había sopesado una y otra vez las diferentes posibilidades. Tenía en la cabeza los posibles desenlaces. Nada podía salir mal... ¡Pero dónde coño se habrían metido esos dos!

Pasaron diez minutos y seguían sin aparecer. Se levantó del banco para estirar las piernas y encendió otro cigarrillo. Mientras lo hacía escuchó el ronquido de una moto que se acercaba. Levantó la vista y les vio. Aparcaron justo delante de él.

—¿Dónde cojones estabais? ¡Llevo aquí una hora!

—Lo siento, José, culpa mía —respondió el piloto—. Se me había olvidado decirle a este que teníamos que traer nuestra pistola. Hemos tenido que ir a su casa a cogerla.

El muchacho que iba en el sitio de atrás se tocó el bolsillo, indicando dónde la tenía guardada.

—¿Tienes pistola? ¿Tú?... ¿Pero cuántos años tienes?

—Es de mi padre.

—Ni siquiera tiene munición —añadió el otro—. La trae para acojonar. Nada más.

José se les quedó mirando. Se quedó inmóvil durante un buen rato escrutando sus rostros. Quería calibrar si estarían a la altura de las circunstancias. No iba a ser una trifulca cualquiera, una pelea más, una bravata de adolescentes. Esta vez era algo serio. Un trabajo de verdad, para tipos bragados. Con un par. No valían tonterías.

—¿Cómo te llamas? —le preguntó al muchacho.

—Fernando, señor.

José se rio.

—Carlos, joder, dile a tu amigo que no tengo cincuenta años. Que no me llame señor.

—Entendido —dijo el aludido.

—¿Tú traes lo nuestro? —preguntó a Carlos.

—Aquí lo tengo.

Abrió el maletero de la moto y sacó una mochila. Descorrió la cremallera y le enseñó a José lo que llevaba dentro.

—Bien. Vámonos. Aquí no podemos prepararnos.

Caminaron un par de manzanas y doblaron la esquina en un callejón oscuro y desangelado. Nadie les molestaría allí. Hicieron un corro y colocaron la mochila en el centro. De dentro sacaron un par de pasamontañas y dos pistolas cargadas. José cogió una y se la guardó en un bolsillo del anorak. Carlos se quedó con la otra.

—Perfecto. Aún tenemos tiempo —dijo José mientras miraba su reloj—. ¿Os apetece una cerveza?

Se metieron en el primer bar que les pareció decente. Se instalaron en la barra y pidieron tres cañas. Desperdigados por las mesas había unos cuantos parroquianos fumando puros y hablando de fútbol. El camarero era un viejo amigable, con la voz ronca, que no paraba de vocear los pedidos. Los tres pistoleros comenzaron a hablar de lo suyo. Al principio, entre susurros. Luego, a medida que el alcohol iba haciendo efecto, con menos disimulo. José les dijo que la gran prioridad era identificar a Joaquín Navarro. Él se encargaría de meterle el miedo en el cuerpo. Acordaron que Fernando, con el arma descargada, se quedaría en la entrada para prevenir cualquier complicación. Carlos sería el encargado de cortar el hilo de los teléfonos. Si había que improvisar, José decidiría.

—¿Está todo claro?

—¿Qué hacemos si se ponen farrucos? —quiso saber Carlos.

—Cortar el vuelo y mandar a alguien al dentista.

—¿Diez contra dos?

—¿Y las pipas no cuentan?

—¿De qué valen si no podemos utilizarlas?

—¿Quién ha dicho eso?

—Albadalejo no quiere fiambres.

—Pero si ha de haberlos, mejor ellos que nosotros, ¿no te parece?

—Me parece.

Siguieron pidiendo cervezas hasta que dieron las diez menos cuarto. Antes de despedirse, José dio un golpe en la mesa con el culo de su vaso y gritó con voz pastosa: «¡Viva Franco!». Sus compañeros le secundaron. «¡Viva Franco!», «¡Viva!». Cada vez más voces. «¡Arriba España!». Y casi todo el bar: «¡Arriba!». Cuando los tres pistoleros abandonaron el bar, los demás clientes volvieron a lo suyo. Apenas se miraron unos a otros. Los borrachos vocingleros eran el pan nuestro de cada día. Ni se quedaron con sus caras, ni conocieron sus nombres, ni imaginaron que se dirigían a un despacho de abogados de la calle Atocha a chinarle la jeta a un sindicalista vinculado al PC.

Llegaron al portal del número 55 pocos minutos antes de las diez. Las cervezas que llevaban encima les ayudaban a conservar la temperatura del cuerpo. Las bocanadas de vapor delataban la aceleración del ritmo cardiaco. Estaban nerviosos. Sus cuerpos danzaban en silencio. A veces encorvaban la cintura, palmeaban contra el frío, daban brincos sobre las suelas de los zapatos y giraban el cuello a derecha e izquierda, como si fueran periscopios que trataran de verificar la seguridad del perímetro. El tráfico de la calle era fluido, apenas quedaban peatones en las aceras, las luces parpadeaban en medio de una llovizna que difuminaba el foco de las formas, no había más ruidos que los estrictamente normales: neumáticos rodando sobre la calzada húmeda, avisos de claxon, ecos de voces, pisadas… José las escuchó acercarse y fijó la vista en el hombre que había salido del bar Brasilia y se dirigía hacia ellos con gesto distraído. Alargaba las zancadas cada vez más, como si estuviera a punto echar a correr para no darle tiempo a la lluvia a que le empapara la cabeza. «Buenas noches», dijo. Y, sin más, se adentró en el portal sin sospechar que era el camino que le conducía a la muerte. Subió rápidamente las escaleras. No supo que le seguían. Al llamar a la puerta escuchó la voz de Luis Javier Benavides: «¡Ya voy!». Unos pasos constantes y seguros resonaron en el pasillo antes de que se abriera la puerta.

—Joder, estás hecho una sopa.

—No sabes la que está cayendo.

—¿Qué haces aquí otra vez?

—He olvidado la cartera.

La puerta no llegó a cerrarse. Lo impidió el pie que alguien introdujo desde fuera cuando la hoja ya estaba a punto de ceñirse al marco.

—¿Quién es?

No hubo respuesta. La puerta se abatió de un empujón. Dos hombres salieron de golpe de la oscuridad y les apuntaron con sus pistolas.

—¿Qué es esto?

—¿Qué coño...?

La voz de José les interrumpió:

—Cerrad el pico si no queréis un balazo en el corazón.

—Esas manitas bien arriba —dijo el otro pistolero—, las quiero donde pueda verlas.

Los dos hombres obedecieron.

—¿Quién de vosotros es Joaquín Navarro?

—¿Quién? —fue la única contestación.

XXVI

Daloa, Costa de Marfil, 1967

Un buen día, a Carmen le dio por calcular las veces que había atravesado aquel camino de tierra, de polvo seco, acotado a la derecha por una tapia de ladrillo y a la izquierda por la orilla de un mar de bejucos y arbustos de khaya, de donde emergían de vez en cuando árboles de coronas muy ramificadas a diez o quince metros del suelo. A dos trayectos por día, el de ida y el de vuelta, durante más de treinta meses seguidos —exceptuando los domingos—, la cifra rondaba las ochocientas.

La mayoría de las veces, sobre todo al principio, solo arrastraba los pies deslizando las suelas de las sandalias por la superficie polvorienta y miraba sin ver los bultos del paisaje, como un animal en su jaula que automatiza los movimientos y los ejecuta sin pensar, siempre con el mismo patrón repetitivo. Poco a poco, a medida que el tiempo fue llevando algo de luz a sus ojos sombríos, la profundidad de campo le permitió discriminar pequeños detalles: los colores brillantes de las túnicas, la palidez terrosa de las matas más próximas a la cuneta, la verde espesura de la caoba africana, la liviandad de la bóveda celeste —casi siempre velada por una bruma blanquecina—, la hierática rigidez de los postes metálicos de la luz y, por fin, al final del camino, la silueta alargada y chata del barracón de la escuela. El color arenoso del adobe de sus paredes contrastaba con el tono oscuro de la madera de sus puertas y ventanas.

Las caras de los alumnos también fueron decantando a sus ojos, con el paso de los días, los rasgos distintivos que las singularizaban. Tras la identidad de los rostros distinguió el hondón de las personas. En la clase había hombres y mujeres de distintas edades. El mayor, Obama, tenía veinticinco años. Era hijo de una peluquera de la barriada de Zépréguhé, a más de una hora de la misión si el trayecto se hacía caminando, y del propietario de un puesto de comida callejera en el allocódromo de Cocody, en Abiyán, que se fue de casa cuando supo que iba a tener descendencia. Obama no conocía el nombre de su padre. El de su madre era Evelyne.

En una ocasión, Obama le puso a Carmen la mano en el culo y ella le cruzó la cara de un bofetón. Luego supo que no lo había hecho por desfachatez, sino para medir su tamaño.

—Mi madre quiere saber si su anchura es superior a un palmo.

Carmen se quedó petrificada.

—Me ha dicho que si es superior a un palmo —prosiguió Obama mientras mantenía la palma de la mano sobre la mejilla abofeteada—, necesitará dos frascos de *botcho*.

—¿Dos frascos de qué? —preguntó Carmen, completamente desconcertada.

Philipe, el médico de la misión, le explicó más tarde que el *botcho* era un ungüento hecho a base de hígado de bacalao, miel y manteca de karité que usaban las mujeres para su embellecimiento personal.

—En francés se llama *grossifesse* —le explicó.

Carmen entendió entonces que se trataba de un engorda nalgas.

—En este país —le explicó el médico—, una mujer ha de ser culona para gustar a los hombres. Un trasero prominente es signo de buena salud y garantía de maternidad gloriosa. Las mujeres esqueléticas como tú quedan radicalmente excluidas del cortejo masculino.

—¿Entonces debo agradecerle a Obama que me haya tocado el culo?

—Su madre quiere agradecerte que estés enseñando a leer y a escribir a su hijo, dándote el producto de belleza que más vende en su peluquería. Si vistieras como ella, probablemente te habría regalado una túnica con paños de relleno cosidos a la parte de atrás, pero la indumentaria occidental no admite ese *grossifesse* de trapillo.

La alumna predilecta de Carmen se llamaba Kwasi. Era la menor de la clase, una niña de trece años con la mente despierta, los ojos abiertos y esa rara jovialidad temperamental que permite desafiar las contrariedades de la vida con una sonrisa en los labios. Huérfana de padres, vivía en las afueras de Daloa con su tía Esi, en una choza construida al modo de los poblados ngueré: planta circular, paredes de barro y tejado cónico y puntiagudo confeccionado con hojas de palma.

En kawhu, uno de los dialectos autóctonos de Costa de Marfil, Kwasi era el nombre que solía asignarse a los bebés que nacían en domingo. Lo normal hubiera sido que con los años pasara a llamarse Esi, pero su tía prefirió mantenerle su nombre de recién nacida para evitar conflictos de identidades. La madre de Kwasi no sobrevivió al parto.

Su padre murió mientras trataba de evitar que un turista que se había caído al lago Caimán, en Yamusukro, fuera devorado por un cocodrilo que, indolente hasta entonces, se había ocultado bajo el limo de la orilla. Entre las vallas y el agua, a dos bocados del reptil, los operarios que se encargaban de la limpieza embutidos en sucios monos azules trataron en vano de salvarle la vida espantando al animal con palos y piedras. Esi se lo contó a Carmen el día que fue a comer a su choza, seis meses después de su llegada a Daloa como cooperante seglar a la congregación de las religiosas de la Asunción.

Historias como aquella ayudaron a Carmen a ir olvidando su propio dolor. Ese día, mientras las tres mujeres comían una especie de cuscús con pasta de banana y mandioca en el interior de la choza, fue la primera vez que sonrió desde su llegada a África. Esi creyó que era una manera de agradecerle su hospitalidad.

—¿Te gusta *le attieké*? —le preguntó.

—Lo que más me gusta —respondió ella— es la fuerza interior de Kwasi para labrarse un futuro mejor. Es la mejor alumna de mi clase.

—¿Has venido hasta tan lejos para ayudar a las niñas pobres a tener un futuro mejor?

Carmen miró a Esi con la inquietud con que se mira un espejo cuando de lo que se trata es de descubrir si han aparecido nuevas arrugas en la piel. ¿Qué podía contestarle? Una a una fueron desfilando por su cabeza posibles respuestas.

«Vine para olvidar».

«Vine para salir de un infierno».

«Vine para escapar de mí misma».

Ninguna opción incluía la idea de ayudar a las niñas pobres del África negra.

¿Para qué había venido en realidad?

Entonces, repentinamente, la verdadera razón de su viaje se abrió camino en su mente con pasmosa naturalidad. Nunca antes lo había visto tan claro:

«Vine para encontrar la muerte».

Pero las palabras que salieron de su boca no verbalizaron ese pensamiento.

—No hace mucho —dijo— estuve en un convento de monjas de clausura. Era una vida que no iba conmigo. Yo necesito estar en contacto con la naturaleza. No puedo vivir encerrada entre cuatro paredes. Cuando lo dejé, la madre superiora, una prima mía que había estudiado en el colegio de la Asunción de Madrid, me habló de la labor que hacían las religiosas francesas en muchas partes del mundo. Reclutaban seglares para atender las misiones. Decidí probar. Yo quería ir al Congo, a la parte más dura de la selva. Por suerte o por desgracia, las monjas me mandaron aquí...

Kwasi traducía al kawhu las palabras de Carmen. Esi hablaba francés con dificultad. Aun así, le respondió:

—*Les parents doivent être très fiers de vous...*

Carmen permaneció en silencio. La idea de que su madre pudiera estar orgullosa de ella era una amarga ironía. Acudió a su memoria la conversación que ambas mantuvieron en Burdeos la noche antes de partir hacia África.

«¿Pero qué locura vas a hacer, Carmencita? ¿Te das cuenta de dónde te estás metiendo, de la clase de vida que te espera en África? Tú no eres así, hija. No has nacido para vivir en medio de la selva. No aguantarás. No resistirás ni una semana. ¡Mira lo que te pasó en Arenas de San Pedro! Aunque no quieras admitirlo, eres la hija de los marqueses de Llanzol, has crecido en una familia de la aristocracia española, te han educado las mejores institutrices, has ido a los internados más caros de Europa, perteneces a un mundo que no tiene nada que ver con el de las misioneras. Ellas están hechas de otra pasta, hija. Pueden vivir privadas de todo. Tú, no. Eso acabará con tu salud. Serás desgraciada. Morirás...».

¿Ser desgraciada? ¿Vivir privada de todo? ¡Qué madre tan estúpida! ¡Era incapaz de darse cuenta de que era justamente de eso de lo que andaba huyendo! ¿Qué clase de terrible egoísmo le impedía entender que, al permitir lo que jamás debió permitir, la había condenado a la infelicidad y la privación de lo que más quería?

¿Morir, madre? —otra vez el mismo pensamiento regresó a su cabeza rememorando la conversación de Burdeos—, ¿de verdad lo que te preocupaba es que pudiera morir en África? ¿Acaso nunca supiste que era eso lo que buscaba? Vine aquí para encontrar la muerte.

Cuando Carmen decidió ponerse en contacto con las monjas misioneras francesas, después de una larga entrevista con su prima Soledad en el convento de Arenas de San Pedro, tuvo que eludir la negativa de su madre a darle el consentimiento legal —las mujeres alcanzaban la mayoría de edad a los veinticinco años— mediante procedimientos muy poco ortodoxos. Juntó el poco dinero que tenía guardado, le escribió una carta a su padre explicándole los motivos de su marcha, y desapareció sin más en medio de la noche. Se escapó de casa y se fue a París, a la rue du Bec, donde tenía su sede la organización laica Volontaires du Progrès, encargada de gestionar los acuerdos del Gobierno francés con los cooperantes. El colegio de la Asunción gestionaba todos sus convenios misionales desde allí.

Durante dos meses participó en los cursillos de preparación que impartían las monjas en París sin que su madre lo supiera. En teoría, a efectos maternos, había ido a Francia para recuperarse de una depresión reactiva. Cuando ya no fue posible mantener la ficción por más tiempo, cuarenta y ocho horas antes del viaje a África, Carmen habló por teléfono con su madre para contarle la verdad. Se iba a África, a un lugar ajeno a sus raíces, a su cultura, a su mundo, a sus costumbres y, sobre todo, a sus recuerdos. Ya tenía la maleta hecha. Se había comprado dos trajes con el dinero que le quedaba, uno de color verde y otro amarillo limón, y estaba preparada para enfrentarse a lo desconocido. Eso era todo lo que deseaba.

La marquesa de Llanzol se presentó en Burdeos cuando estaba a punto de zarpar el carguero que iba a llevar a su hija hasta Dakar.

«¿Quién te ha metido esta idea en la cabeza, hija? ¡Es el disparate padre! Y yo, desde luego, no seré cómplice de él. No pienso darte dinero. Ni un duro. ¡Que lo sepas! Vivirás del aire. Y, en tu estado, no aguantarás. Te lo garantizo. No soportarás la precariedad de esas condiciones de vida. Vas a un país peligroso, a una vida peligrosa, a un trabajo que requiere una fortaleza que no tienes... ¿Qué pretendes? ¿Qué clase de certeza crees que vas a encontrar allí? En la vida no existen las certezas, Carmencita. En esta vida nunca tenemos certeza de nada, y menos cuando, como te pasa a ti, estamos tan rotos por dentro...».

«Sí, madre. Estoy rota por dentro. ¿Por qué dejaste que pasara? Dímelo, por favor. ¿Por qué me hiciste tanto daño dejando que pasara? Sí, es verdad: estoy rota por dentro. Y nunca lo superaré si no me voy lejos. Nunca saldré de esa historia si me quedo aquí...».

«¿Crees que yo no sé lo que es eso, verdad? Es natural que pienses así. Pero te equivocas. ¿Acaso crees que yo no he sufrido? ¡He sufrido mucho más de lo que tú imaginas! No eres la única víctima de todo esto, hija mía. No solo tú has sufrido el desgarro de sentirte arrastrada hacia el dolor insoportable que produce la pérdida de un amor torrencial, devastador, incontenible, más fuerte que las convenciones, más fuerte que la religión, más fuerte que el daño que inflige a los seres queridos... No me perdones si no quieres. Castígame de por vida, si eso te ayuda a sentirte mejor. Pero, por favor, hija, no te castigues a ti misma obligándote a hacer cosas que no podrás resistir, que están fuera de tu alcance, que te llevan a un mundo desconocido donde solo encontrarás más soledad y más desesperación. No subas a ese barco, Carmencita. Te lo suplico. No subas a ese barco...».

«No, madre. Lo siento. Nunca saldré de esta historia si me quedo aquí...».

A su prima Soledad, en Arenas de San Pedro, le había dicho lo mismo: «Nunca saldré de esta historia si me quedo aquí».

Fue al convento porque no podía dejar de ver a Ramón desde que se encontraron en París y la historia volvió a repetirse cuando abandonó el noviciado. Estaba atrapada. Seguía viéndose con él.

«No, prima, nunca saldré de esta historia si me quedo aquí».

Soledad le respondió: «La distancia ayuda a olvidar, es cierto. Pero el olvido no llena el vacío del alma, Carmen. Y no recobrarás la paz hasta que no encuentres con qué llenar ese vacío. Aquí lo intentaste con Dios, utilizándolo como un amor sustitutivo de otro, y aprendiste que Dios no es sustitutivo de nada. Encuentra algo que llene ese vacío de verdad. No te vayas solo por el afán de poner tierra de por medio. Vete a buscar algo más que el olvido». Carmen le contó que no esperaba encontrar nada. No había en ella ningún afán educativo, ni solidario, ni misionero que justificara su decisión. Nada de eso era lo que la empujaba a irse. Su marcha solo era un acto de desesperación. Soledad le respondió con una cita de Miguel de Unamuno: «Jamás desesperes, aun estando en las más sombrías aflicciones, pues de las nubes negras cae agua limpia y fecundante».

La lluvia torrencial que caía en Dakar cuando el carguero atracó en el puerto, durante la primera escala del viaje le hizo recordar aquella frase. El agua era limpia, desde luego. De su fecundidad no estaba segura en absoluto.

Cogió un taxi y le dijo al conductor que la llevara a cualquier sitio de la ciudad. Le daba igual adónde. Estuvo un buen rato dando vueltas, sin rumbo fijo, y cada vez que veía un lugar atractivo ordenaba que el coche se detuviera para poder contemplarlo con detenimiento. Se enfrentaba a la visión de aquella imponente belleza como si pretendiera convertir cada imagen en el bocado de un nuevo alimento espiritual capaz de sustentar el crecimiento de una vida interior completamente desconectada de su pasado.

El movimiento de la gente por las calles seguía patrones diferentes a los de Madrid. Allá todo el mundo se dirigía a alguna parte, venía de un sitio para encaminarse a otro de acuerdo a un plan predefinido. Aquí la circulación parecía más espontánea. Los peatones seguían trayectos cambiadizos, caminaban sin prisas, se movían con cierta ingravidez, como si danzaran al son de una música muda que les llevaba a derecha o izquierda, más rápido o más lento, sin necesidad de ceñirse a una coreografía previamente establecida. Entonces sintió el impulso de formar parte de ella, de mezclarse como una más en aquel torrente de colorido brillante, de estética maravillosa, de anarquía organizada. Deseó ser raptada por la naturalidad del mundo negro que acababa de conocer y, sin pensárselo dos veces, le pidió al taxista que le enseñara su casa. El hombre accedió sin mostrar extrañeza. Allí, Carmen tomó el primer cuscús de su vida.

Cuando llegó al barco y relató su peripecia, todos se llevaron las manos a la cabeza. «¿Cómo se te ha ocurrido semejante dislate?», le dijeron sus compañeros. Ir a casa de un extraño, en África, indefensa y sola, parecía más un acto de locura que de aprendizaje. Podían haberla violado, robado, malherido... Eso, como poco. La vida de los extraños no valía mucho en Senegal. Al oírlo supo que tenían razón, pero ella jamás tuvo noción de peligro. Nunca se le pasó por la cabeza que algo así pudiera pasarle. «Debe ser que soy una insensata impenitente», les respondió encogiéndose de hombros. Luego comprendió que no había sido un acto de arrojo, sino de indiferencia, de desapego a la vida, de desprecio a la supervivencia, lo que la indujo a actuar de ese modo.

Antes de tomar la decisión de ir a África ponderó muy en serio la idea del suicidio. Pensó en ello detenidamente durante bastante tiempo. No tenía claro si la había desechado por cobardía o por coherencia con las ideas religiosas que hasta ese momento habían inspirado su conducta en la vida. Ninguna de las dos respuestas resultaba plenamente satisfactorias.

Desde luego, no le había faltado valor para tratar de eludir las vacunas que podían ayudarle a prevenir las enfermedades infecciosas que menudeaban en Costa de Marfil, ni para haber batallado con los responsables de Volontaires du Progrès el destino del Congo, su primera opción, cuando supo que era el país con mayor índice de mortalidad del continente negro.

Por otro lado, tampoco la imprudencia temeraria se compadecía bien con las enseñanzas de su fe católica. Así que la verdadera razón por la que había renunciado al suicidio no tenía que ver, a su juicio, ni con la idea del valor ni con la mera sujeción a una pauta de moral estricta. Al menos, no solo con una de ellas. Carmen se inclinaba a pensar que ambos factores se entrecruzaban: ya que no le estaba permitido quitarse la vida, rogaba a Dios que fuera Él quien se la arrebatara y, de paso, le allanaba el camino dándole facilidades para que pudiera hacerlo sin tener que recurrir a procedimientos excepcionales. ¿Acaso beber el agua de las pozas y prescindir de la quinina no era un acto de provocación al cielo para que le mandara la malaria?

Un día, el médico de la misión vio cómo arrojaba la quinina al suelo, después de haber bebido agua encharcada, y le previno de las consecuencias de sus actos.

—Al año, un millón de personas mueren en África por haber hecho lo que acabas de hacer tú —le dijo.

—¿Y qué es lo que he hecho? —preguntó ella, visiblemente azorada al verse sorprendida por el médico.

—Comprar casi todas las papeletas de una rifa cuyo premio gordo es el paludismo.

—No le temo a la muerte. Soy una mujer centenaria.

—¡Tienes veintiún años!

—La vejez no se mide en años.

—La del alma, tal vez. Pero mi especialidad son los cuerpos.

—Una especialidad frustrante. Al final, todos morimos.

—¿Qué sabes tú de la muerte?

—Que es liberadora.

—¡Y dolorosa!

—Eso depende del dolor que te reserve la vida.

—Te diré algo del dolor que tal vez no sepas. Primero tendrás fiebre, escalofríos, sudoración y jaquecas. Luego vendrán las náuseas y los vómitos. La tos se hará crónica. Verás sangre en las heces. La ictericia provocará insuficiencia renal o hepática y antes de entrar en coma los trastornos del sistema central te provocarán espasmos musculares que harán que te retuerzas como un pez fuera del agua. Esa es la crónica menos romántica de una muerte por paludismo. ¿Sabes de dónde viene esa palabra?

—No.

—Del término latino *palus*, que significa ciénaga. Tú acabas de beber en una y luego te has deshecho de la quinina que sirve para matar los parásitos que podía haber en ella. ¿Me puedes explicar a qué juegas?

—A salir de la muerte.

—De la muerte no se sale, Carmen. La muerte es irreversible.

—No hablo de esa muerte.

—Ya sé que no hablas de esa muerte. Hablas de otra. De otra que sí tiene cura… si vives lo suficiente.

—No creo que sea mi caso.

—¿Has leído *El velo pintado*?

—No.

—Pues deberías. Es una novela de Somerset Maugham. Te la regalaré. Y desde ahora te llamaré Kitty. Cuando la leas comprenderás por qué. Pero a cambio te pido que hagas algo por mí…

—¿De qué se trata? —preguntó Carmen, recelosa.

El médico le tendió otra dosis de quinina y se la puso en la mano.

—De que te tomes esto. ¿Lo harás?

Carmen, después de meditarlo, asintió con la cabeza.

—Lo haré —dijo, mirando a la cara a Philipe.

Casi tres años después, durante una excursión a Abiyán, un joven arquitecto francés, Norbert Bonnay, volvió a hablarle de *El velo pintado*. Habían estado toda la mañana juntos, sorteando los puestos callejeros que abarrotaban las calles de Yapougon, uno de los barrios más populares de la ciudad, mientras bailaban a su alrededor decenas de chiquillos tratando de venderles pañuelos, cerillas y mazorcas de maíz recién asadas.

Cuando el joven arquitecto juzgó que sus pies se habían hinchado lo suficiente y que sus pulmones ya no soportaban más vaharadas de banana frita y costra de pescado, propuso buscar un transporte que les devolviera al centro urbano. Carmen había oído hablar de los *gbaka,* microbuses habilitados para cargar a dieciocho personas, alegremente decorados con frases crípticas y dibujos infantiles, que se abrían camino a una velocidad temeraria entre maquis, puestos de alloco, sastrerías ambulantes y expositores cargados de extensiones de colores para el pelo. Las estadísticas de sus siniestros recordaban a los partes de guerra. A pocos metros, uno de ellos aguardaba a tener completo el pasaje para ponerse en marcha. Un muchacho, artísticamente colgado de la puerta abierta, cobraba los pasajes y anunciaba a voces el destino del viaje.

—*Parc national du Banco! Parc national du Banco!*

Durante media hora, los cuerpos de Carmen y Norbert fueron expuestos a violentos zarandeos en todas direcciones: a un lado en las curvas, al otro en las contracurvas, hacia delante en los frenazos, hacia atrás en los acelerones, hacia arriba en los baches y hacia abajo en los rasantes. No parecían seres vertebrados en un transporte público sino peleles de trapo en una batidora. Al fin, llegaron sanos y salvos, aunque ligeramente mareados y lívidos, dando gracias por seguir en el mundo de los vivos, a la espesura de la reserva tropical de Abiyán.

—De haber sabido que nos iban a moler los huesos —dijo Norbert— habría buscado un palanquín para que nos trajeran en andas, como a Kitty en Mei-Tan-Fu. Es más lento, pero mil veces más apacible.

Carmen se preguntó si la referencia a la protagonista de *El velo pintado* había sido casual o si respondía a alguna clave privada que Norbert y Philipe habían establecido al hablar de ella.

—¿Por qué supones que he leído *El velo pintado*? —preguntó, creyendo que le tendía una trampa.

—No lo supongo, lo sé —respondió el joven arquitecto francés—. Llevas una copia en tu bolso. Lo he visto cuando lo has abierto para pagar los pasajes del *gbaka*.

Era el ejemplar que le había regalado Philipe tres años antes. Carmen lo llevaba siempre consigo porque le ayudaba a recordar su propia metamorfosis. Como Kitty, ella también se había desprendido de la pompa emocional de su antigua vida y fue capaz de encontrar el perdón enfrentándose a la trágica realidad de su entorno. Como Kitty, también ella había regresado a la vida después de desafiar a la muerte en una ciénaga olvidada de la mano de Dios.

—Me lo regaló Philipe —dijo mientras sacaba el libro del bolso.

Buscó la dedicatoria y la leyó en voz alta: «Para mi amiga Kitty, la centenaria más guapa de África, esta maravillosa dosis de quinina para el alma».

—¿Qué significa?

—Significa que el tiempo es difícil de medir cuando estás rota por dentro…

—Philipe no es solo un buen médico para los cuerpos enfermos, es un amigo que sabe cómo sanar heridas más profundas.

—Lo sé por propia experiencia —dijo Carmen.

El paseo les fue adentrando en el parque por veredas estrechas, que al principio serpenteaban entre arbustos y colas de tres o cuatro metros de altura, escoltadas en todos los flancos por multitud de orquídeas de formas y colores distintos. Los lirios trepadores de pétalos azules se enroscaban a los troncos de los árboles, que iban creciendo de diámetro a medida que la fronda se hacía más espesa. Las cúpulas de las tecas, los algarrobos y las acacias estaban a veinte metros del suelo. Luego las bóvedas vegetales se hacían aún más altas. Había sambas con fustes de cinco metros de circunferencia cuyas copas doblaban esa altura. Poco a poco, el olor a gasolina, a banana frita, a fogata y a basura que llegaba de Abiyán fue dando paso al olor de la selva. El ruido de los coches y del trajín urbano se amortiguó hasta desaparecer del todo. La quietud turbadora de la espesura, tejida de ruidos misteriosos, se apoderó de sus estados de ánimo. Una extraña sensación de euforia, a la que Philipe solía llamar la adrenalina de la naturaleza, hizo que Norbert abriera los brazos, tratando de abarcar la belleza del paisaje, mientras clamaba a voz en grito:

—*Merci, Dieu, pour une œuvre si belle!* —Carmen no respondió—. Dios es el gran arquitecto del universo —ratificó Norberto, mirándola fijamente—, ¿tú no lo crees así?

—Me he cansado de darle carácter trascendente a conceptos como la belleza —dijo ella—. La belleza me interesa porque sirve para hacer más llevadera la vida del hombre aquí y ahora, no porque sea la obra del gran arquitecto del más allá.

—¿Y si ese gran arquitecto la hubiera creado justamente para eso, para hacernos la vida más llevadera, dónde estaría entonces la diferencia?

—En el punto de vista. A ti te interesa su origen, la divinidad que se supone que la creó. A mí me interesa su destino, la humanidad que la contempla. ¿De qué sirve la belleza de una tierra virgen? ¿Qué utilidad tiene si no cumple un papel en la vida de los hombres?

—¿Y si el hombre no creyera que hay belleza virgen aguardándole en alguna parte de la creación, qué aliciente tendría para salir a buscarla?

—¿Y por qué tiene que salir a buscarla? A mí no me interesa lo que pueda haber más allá del mundo en el que vivo. Me interesa la vida que empieza y termina aquí, en este momento preciso, en esta coyuntura social determinada, en esta lucha concreta. Para mí no hay más vida que esta, no hay más lucha que la que aquí se da...

—¿Qué clase de lucha?

—Una lucha solidaria, transformadora. La lucha que une a todos aquellos que han asumido que la salvación del hombre es el otro, está en el otro, en los otros. La de los hombres que unen su destino al de los otros hombres, la de los hombres que se sienten amarrados al destino de la humanidad entera.

—Te lo digo como arquitecto, Carmen: si solo aspiras a la belleza que el hombre pueda fabricar con sus manos para hacer mejor la vida de los otros hombres, condenas a la humanidad a un mundo horrible.

—Y yo te respondo como hija del Siglo de las Luces, Norberto: si aceptas la resignada espera del más allá como panacea curativa de los males del mundo, condenas a la humanidad a una resignación indolente.

—¿Entonces no crees que la curación pueda estar más allá del mundo creado por los hombres?

—No, no lo creo.

—¿Ves ese árbol que tenemos delante? —preguntó Norberto, señalando una cola de cuatro metros—. Su resina se usa para tratar las hemorroides. ¿Y esos arbustos trepadores que se enroscan a las tecas? Sus tallos tienen una savia potable que se utiliza para la taquicardia y la inflamación de los ojos. Estás rodeada por todas partes de curación que viene de un mundo no creado por los hombres. El aroma de la madera de hierro rojo alivia el dolor de cabeza, el mango africano permite adelgazar de forma considerable... ¿Quieres que siga?

—¿Quién te ha enseñado todo eso?

—La búsqueda de lo que esconde la creación desvinculada del hombre.

—¡O sea, la ciencia del hombre! —concluyó Carmen con voz triunfal.

—La ciencia de unos hombres que no siguen tu credo antropocéntrico —matizó Norberto.

—No sé mucho de botánica —admitió Carmen—. El único árbol que me llamó la atención cuando vine aquí fue el árbol de Judas, un pariente cercano del algarrobo, de tronco muy delgado. Según dice la tradición fue el que eligió el apóstol traidor para ahorcarse después de vender a Cristo por treinta monedas de plata. Hay muchos árboles de esa clase por esta zona del país.

—Me temo que ese árbol no tiene propiedades curativas.

—Te equivocas. Sirve para curar el remordimiento, la opresión y la angustia.

—Siempre que creas que la muerte es el final de todo…

—Eso es lo que creo. Ya te lo he dicho, para mí no hay más vida que esta.

—Hablas como la Carmen que conocí hace tres años. Creía que esa mujer había desaparecido.

—Al contrario. Aquella Carmen no tenía nada por lo que luchar y vino aquí en un acto de desesperación esperando que el más allá curara su sufrimiento. Ahora soy otra. África me ha enseñado que puedo contribuir a cambiar el mundo mejorando las condiciones de vida de las personas que tengo cerca. Eso le ha dado un nuevo sentido a mi vida. Por fin he descubierto qué significa eso que tan pomposamente llamamos conciencia social.

A lo lejos comenzó a escucharse un leve rumor de tambores.

—Yo lo llamaría proyecto vital —dijo Norberto—. Es lo que nos amarra a la vida.

—Te lo concedo. África me ha dado un motivo para amarrarme a la vida.

—Como China se lo dio a Kitty…

—Kitty unió su destino al de los otros hombres que sufrían a su lado, sí. Y eso dio sentido a su vida, es cierto. Allí encontró lo que tú llamas un proyecto de vida. Pero ella, además, encontró también al hombre que había perdido. Redescubrió a Walter. La historia de Kitty es más romántica que la mía.

—Tal vez aún puedas descubrir aquí al hombre de tu vida…

—Al hombre de mi vida hace años que lo descubrí y ya no me pertenece —respondió Carmen con una sombra de tristeza bailándole en los ojos.

Siete meses antes, cuando le llegó la noticia de que Ramón se iba a casar con Genoveva Hoyos, hermana de su amiga Teresa, no fue una sombra de tristeza, sino un mar de lágrimas lo que acudió a sus ojos. Si creía que África podía curar las heridas de su alma devastada, aquel día comprendió que estaba en un error. Nunca sanaría del todo. El recuerdo de Ramón, el rastro indeleble de su voz, del calor de sus manos, de su forma de mirar, del olor de su piel, de su descaro frente al mundo, no era un tumor que pudiera extirpar el transcurso del tiempo. Tal vez fuera capaz de encapsularlo, de desactivar su maligna capacidad de seguir extendiendo el daño que la había roto por dentro, pero jamás podría librarse de él, como ocurre a veces con las balas que se alojan en un punto del cerebro inaccesible a la cirugía.

Pilar Serrano-Suñer, hermana de Ramón, le escribió a Daloa para darle la noticia. Después de enjugar sus lágrimas, Carmen recordó la Nochevieja de 1958 en casa de los duques de Elda. Finalmente, María Victoria Martínez de Irujo y Artazcoz, hija del duque de Sotomayor, consorte del duque de Almodóvar y cuñada de la duquesa de Alba casaba a una hija suya con un plebeyo. Era verdad que no quería condenarla al desprecio de los hombres que buscan la autenticidad en el matrimonio... ¿Pero y él? ¿Ramón buscaba un matrimonio auténtico? ¿Se casaba enamorado de verdad? Lo cierto es que se disponía a cumplir buena parte de los planes que había diseñado siete años antes: se iba a casar con una joven de la aristocracia, rubia, de ojos azules y modelada por dentro con el barro del descreimiento. No era la hija pequeña de los marqueses de Llanzol, pero se le parecía mucho.

¿Bastaba con eso? ¿Era suficiente el color de los ojos, el brillo de un título nobiliario y el remedo de un temperamento rebelde?

¿Era lo de menos que la novia que subiera al altar no fuera ella? ¿Acaso era esa la parte intercambiable del plan?

Siete meses después, esas preguntas aún atormentaban sus pensamientos.

Creyó que el hecho de leer la noticia de la boda en la prensa podría ayudarle a archivar la historia en el anaquel de los asuntos resueltos y por eso le pidió a su amiga Catali que le enviara la reseña del *ABC* tan pronto como se publicara. Cuando la recibió, la leyó un par de veces con frialdad indolora.

Otras viejas preguntas regresaron a su memoria.

Sí, después de todo —se dijo—, Ramón tendría que soportar el resto de su vida la sospecha general de que le deslumbraba el oropel de los linajes de la aristocracia. ¿O tal vez había buscado la copia más parecida al amor original?

Una vez más era una estupidez juzgar por las apariencias. «Ser y parecer son verbos distintos», se dijo a sí misma en voz alta.

Luego hizo ademán de romper el recorte de prensa, que llevaba fecha del 27 de octubre de 1966, pero no pudo. En lugar de eso lo dobló cuidadosamente y lo guardó entre las páginas del ejemplar de *El velo pintado* que le había regalado Philipe. Con el paso de los días llegó a aprendérselo de memoria:

> En la iglesia de San Fermín de los Navarros se celebró ayer la boda la señorita Genoveva de Hoyos y Martínez de Irujo con don Ramón Serrano-Suñer y Polo, abogado del Colegio de Madrid. Bendijo la unión el teniente párroco de la Concepción, quien pronunció una sentida plática y leyó un expresivo telegrama con la bendición de su santidad.
>
> La encantadora desposada lucía traje de raso con el cuerpo bordado y adorno de lo mismo sujetando el largo velo de tul. Entró en el templo del brazo de su padre y padrino, el duque de Almodóvar del Río, y el novio del de su madre, doña Zita Polo de Serrano-Suñer.

> Después de la ceremonia religiosa, verificada ante una imagen de la Virgen del Pilar, los invitados se trasladaron al hotel Ritz, donde se sirvió un espléndido «cock-tail».

—Al hombre de mi vida hace años que lo descubrí y ya no me pertenece —repitió Carmen ante la mirada atónita de Norbert.

El sonido de los tambores se hacía más intenso a medida que se acercaban al lugar del que procedía.

—En las aguas del río que cruza este parque —dijo Norbert— habitaba un genio que, según la leyenda, sanaba los espíritus. Es una creencia que aún perdura. Por eso se siguen celebrando muchas ceremonias de purificación en el lugar conocido como la laguna del Gbangbo, que es hacia donde nos dirigimos. Si nos damos prisa podremos ver la danza del genio. Verás a los chamanes entrar en trance al ritmo desaforado de los tambores y podrás pedirles que te devuelvan al hombre de tu vida. Tal vez así tu historia se parezca más a la de Kitty…

—Jamás pediría eso —respondió Carmen con sequedad.

Norbert sonrió con disimulada satisfacción. A pesar del gesto sombrío de su amiga, la noticia de que su corazón seguía disponible le animó a redoblar sus requiebros.

—Mejor —concedió—. Los genios de los ríos piden sacrificios horribles para conceder sus favores. —Carmen respondió con un gesto de extrañeza y Norbert le contó la leyenda de la reina Poku—: Ossei Tutu, rey de Ghana, murió sin descendencia a principios del siglo XVIII. Le sucedió en el trono su sobrino por vía materna. Entre los ashanti, el hijo de la hermana de un rey muerto tenía más derecho al trono que el hijo de un hermano. El sobrino de Ossei Tutu murió pronto y heredó el trono su hermana Abla Poku. Pero su tío Itsa, disconforme con esa línea de sucesión, se rebeló contra ella y desencadenó una guerra civil. Abla Poku tuvo que huir con su familia, sus siervos y sus fieles soldados. Los fugitivos caminaron días y noches. El grupo de perseguidores les pisaban los talones. Finalmente, llegaron a la orilla del río Komoé, la frontera natural entre Ghana y Costa de Marfil. Estaban agotados. Las lluvias del invierno habían hecho crecer tanto las aguas del río que resultaba imposible vadearlo. La reina Abla Poku, en un acto desesperado, mandó llamar al hechicero de la tribu y, levantando los brazos al cielo, le ordenó: «Dile al genio del río que nos deje pasar». Pero el anciano respondió con tristeza: «Reina, el río está enojado, y no nos dejará pasar hasta que le hayamos dado en ofrenda lo que más queremos». Inmediatamente, las mujeres tendieron sus adornos de oro y marfil en el suelo y los hombres entregaron toros y carneros. Pero el hechicero rechazó todas estas ofrendas y dijo, más triste aún: «¡Lo que más queremos es a nuestros hijos!». Ella no tenía hijos y, por supuesto, nadie estaba dispuesto a sacrificar a los suyos. Parecía imposible satisfacer la demanda del río enojado. Estaban perdidos. Las tropas de Itsa se acercaban. Entonces, la hermana de Alba Poku se ofreció a sacrificar a su única hija. Todos se vistieron con adornos de oro. La madre de la niña sollozaba. Abla Poku le dijo: «Debo sacrificar a tu hija para lograr la supervivencia de nuestra tribu. Antes que esposa o madre, una reina es sobre todo una reina». Ante la mirada dolorosa de los soldados y los sirvientes, a pesar del llanto desgarrador de su hermana, Abla Poku levantó a la niña por encima de ella, la miró por última vez y, dándose la vuelta, la lanzó a las rugientes olas del río. Inmediatamente después, como por arte de magia, las aguas se calmaron y enormes hipopótamos se juntaron espalda con espalda para servir como puerta de entrada a la otra orilla. Justo después del paso de la tribu, el río regresó a su bravo oleaje y los hipopótamos desaparecieron. A pesar de la explosión de alegría de sus protegidos, la reina Abla Poku no podía dejar de sollozar por la muerte de su sobrina. Entre lamentos repetía una y otra vez la palabra *Baouli*, que en ashanti significa «el niño murió». De ahí procede el nombre de la tribu *baulé*, la más numerosa de Costa de Marfil.

—Una de las cosas que más me gustan de África —dijo Carmen— es el feminismo que rezuman sus leyendas. La que me has contado es la misma historia del pueblo elegido ante las aguas del mar Rojo, pero aquí el papel de Moisés no lo desempeña un hombre, sino una mujer.

—Según eso, Costa de Marfil es la tierra prometida.

—¿Te extraña? —preguntó Carmen, señalando con ambos brazos la belleza de la espesura tropical que les rodeaba.

—¿Crees que Moisés sabía adónde llevaba a los israelitas durante el Éxodo?

—Si creemos lo que dice la Biblia, sí. Yavé le prometió a Abraham que sus descendientes morarían en la porción de tierra que hay entre la costa de Egipto y el río Éufrates. Moisés les llevó hasta allí.

—¿Y tú lo crees?

—No del todo. Yo creo que los grandes viajes de los hombres, en el río de la vida, no siguen un rumbo predeterminado. Son siempre aventuras improvisadas. Los más afortunados saben más o menos hacia qué punto cardinal les gustaría dirigir sus pasos, pero ignoran el lugar exacto en el que se encuentra su tierra prometida. Los pocos que llegan a ella lo hacen por pura casualidad. Los que van al norte acaban encontrándola al sur. Y los que van al este, en el oeste. La vida nos lleva a lugares insospechados.

—¿Eso te ha pasado a ti?

—No lo dudes. Yo me empeñaba en ir en dirección prohibida, aunque sin saberlo, a un lugar en la vida muy distinto a este, en compañía de personas muy distintas a vosotros.

—¿Y has ganado con el cambio?

—En términos generales, sí.

Norbert iba acercándose poco a poco al punto de la conversación que le interesaba. El tañido de los tambores ya sonaba muy cerca. Estaban llegando a la laguna del Gbangbo. Procurando que Carmen no se diera cuenta, ralentizó levemente el paso. Necesitaba un poco más de tiempo para poder decirle lo que llevaba en mente desde que salieron de Daloa.

—¿Lo dices por alguien en especial?

Carmen siguió caminando en silencio. Norbert pensó que tal vez estaba arriesgando demasiado.

—¿Ese alguien tiene que ser en singular? ¿No puede haber más de uno? —preguntó al fin.

—¡Claro que sí! —mintió él.

—En ese caso lo digo por varios. Por casi todos. Vengo de un mundo en que a las personas no se las juzga por lo que son, sino por lo que tienen. Aquí nadie tiene casi nada. No hay sitio para la hipocresía.

—El caso, Carmen —empezó a decir Norbert haciendo un esfuerzo supremo por imponerse a la indecisión—, es que me gustaría que supieras…

—¡No sigas! —dijo ella dando a entender que sabía lo que su amigo tenía en la cabeza—. Lleguemos a la laguna antes de que el genio se canse de danzar.

Cuando llegaron, un hombre con una máscara de cartón con barba negra y antifaz de pintura blanca sobre los ojos aullaba desde la rama de un árbol. Cuatro hombres vestidos con túnicas de bazin bordadas a mano lo bajaron en volandas. Nada más pisar la tierra, su cuerpo comenzó a agitarse al ritmo de los tambores rituales con movimientos espasmódicos que hacían trepidar su falda de paja.

—Las máscaras —le explicó Norbert a Carmen— son la representación de los espíritus protectores revelados en los sueños. Cuanto más espectacular es su danza, más demuestran que su magia viene del más allá. Ellos creen que esas demostraciones de fuerza y habilidad solo las pueden hacer los espíritus.

De vez en cuando, los hombres de las túnicas bordadas se acercaban al hombre de la máscara y le daban instrucciones al oído. Obediente al susurro, él se encaramaba a la techumbre de palma de una choza decorada con motivos esotéricos y daba volteretas al ritmo de la percusión. Los jefes de la tribu observaban la danza sentados en el suelo.

—Acabará reventado si sigue bailando así —dijo Carmen—. ¿Tiene que bailar durante mucho tiempo?

—Si estuviéramos en un poblado dan, tal vez. Pero esto tiene más de reclamo pintoresco que de ceremonia auténtica. Dentro de un rato cesarán los tambores y las mujeres de la tribu se acercarán a nosotros para invitarnos a compartir su comida.

—¿Y hemos de aceptar su invitación?

—Si te gusta la carne especiada de agutí, serpiente o rata del bosque con salsa de palma, sí.

—¡Nooooo!

—También puedes elegir pangolín con salsa de maní.

—Vámonos de aquí antes de que nos inviten a quedarnos. Además, el cielo se está empezando a poner peligrosamente oscuro.

Cuando se fueron, el hombre de la máscara aún seguía bailando con el mismo ímpetu que al principio.

Volvieron sobre sus pasos por el mismo sendero que a la ida, pero a un ritmo más vivo, procurando mantenerse unos pasos por delante de la tormenta que se avecinaba. Antes de llegar a la parada del *gbaka,* a la entrada del parque, empezó a lloviznar. Con el primer trueno, las compuertas del cielo se rasgaron y un aguacero torrencial se desplomó de golpe sobre sus cabezas. Cruzaron la calle a grandes zancadas y entraron en el hotel du Parc. Una vez en el *lobby* se miraron el uno al otro con cara de no saber qué hacer. Estaban chorreando. La ropa se les pegaba al cuerpo.

—Lo más sensato —dijo Norbert— sería que subiéramos a una habitación, nos ducháramos, dejáramos que se secara la ropa y mientras tanto comiéramos algo del servicio de habitaciones. Ya sé que la proposición suena muy atrevida, pero te aseguro, Carmen, que mi intención no es…

—Me parece bien —sentenció ella sin dejarle acabar la frase.

A los pocos minutos, Carmen ya estaba tomando una ducha de agua tibia en el baño de una habitación individual de la tercera planta. Se tomó su tiempo. Dejó que el chorro entonara su cuerpo y luego lo enjabonó dos veces a conciencia con la única pastilla de jabón de tocador que encontró en el lavabo. Al terminar cogió su ropa, la sumergió bajo una lámina de agua en el fondo de la bañera y la enjabonó también con meticuloso esmero. La aclaró, la escurrió doblándola en espiral con toda la fuerza de sus manos y la colgó en una percha que había cogido del armario. Entreabrió la ventana para que entrara el aire y enganchó la percha en el pomo. Luego enrolló la toalla de manos en su cabeza, a modo de turbante, y envolvió su cuerpo en la grande, desde las clavículas hasta un poco más arriba de las rodillas. El tamaño no daba para más. «¡Voy a salir!», gritó antes de abrir la puerta que comunicaba con la habitación para no pillar a Norbert desprevenido.

El joven arquitecto estaba sentado en la cama, con la espalda apoyada en el cabecero, y se alzó como un resorte al verla aparecer en el umbral. Se había quitado la camisa pero los pantalones, empapados, seguían en su sitio. La visión de Carmen le dejó sin aliento. Con los hombros desnudos y la mayor parte de las piernas al descubierto, parecía una diosa ebúrnea, descalza y desprotegida. Ella advirtió el efecto fascinador que había provocado en su amigo pero hizo lo posible por romper el encantamiento conjurando el silencio con naturalidad.

—Me temo que no hay más toallas y que la pastilla de jabón ha quedado reducida a una viruta transparente. Hay que pedir que nos suban más de ambas cosas —dijo mientras se dirigía con determinación al teléfono de la mesilla.

—¿No te importa lo que puedan pensar?

—¿A ti te importa?

—La mujer eres tú. Es tu reputación la que está en juego, no la mía. A mí me envidiarán. A ti te juzgarán. Ya sabes cómo van estas cosas...

A Carmen no se le había ocurrido mirarlo de esa forma. Solo había estado con un hombre a lo largo de toda su vida. Su conducta moral no era precisamente un dechado de promiscuidad. Ni estaba acostumbrada a proyectar la imagen de *femme fatale* ni había previsto que la vida pudiera colocarla en una situación como aquella. Era evidente que a Norbert le gustaba y que el hombre llevaba toda la mañana buscando la oportunidad y el modo de decírselo. A Carmen le parecía guapo y culto, y saltaba a la vista que se trataba además de una buena persona —solidaria, trabajadora, inquieta, íntegra—, pero a pesar de ello tenía claro que no era el hombre de su vida. Lo tenía casi todo, salvo la capacidad de mirar al mundo sin esos anteojos de trascendencia exagerada que le llevaban siempre a solemnizar hasta el más pequeño detalle cotidiano. Su obsesiva preocupación por darle a cada cosa su sentido último, por hacer que cada pieza encajara en el diseño de un plan superior, ajeno a la voluntad del hombre, dotaba a su forma de ser de una intensidad demasiado indigesta para el estómago existencial de Carmen. Podía decirse que en la sublime cabeza de Norbert no cabía la idea del azar, ni siquiera la de la causalidad intrascendente. La nimiedad, la oquedad del tiempo, la búsqueda de la mera supervivencia, el encanto de lo trivial, no eran conceptos que cupieran en su esquema de vida.

Para Carmen, la ruptura con Ramón no había supuesto solo el alejamiento de un hombre, sino de todos los hombres. Durante mucho tiempo creyó que jamás volvería a sentir atracción física por ninguno. Ahora sabía que estaba equivocada. Debía reconocer que Norbert despertaba en ella un deseo sexual que había dado por perdido. Le sorprendió descubrir que algo así pudiera sucederle de nuevo. Desde luego, era mucho más de lo que esperaba volver a sentir, aunque no lo suficiente para enamorarse por segunda vez. Para eso no bastaba la pasión física ni la pasión intelectual. Solo la unificación de ambas podía colmar la nostalgia de la clase de amor que se le escapó a los diecisiete años. Ella sabía que ese amor existía de verdad porque lo había conocido. Y además, a fondo. No era el truco lunático de una quimera. Era la nostalgia de algo auténtico lo que le llevaba a buscarlo más allá de lo que Norbert podía ofrecerle. No pararía hasta identificar algo parecido a lo que sintió con Ramón o, en su defecto, vagaría por un desierto amoroso el resto de su vida.

—Ya lo he pensado —dijo al fin— y debo decir que mi reputación me importa un bledo. Voy a pedir toallas y jabón.

Descolgó el teléfono e introdujo el dedo índice en el número 9 del disco de marcar. Antes de que pudiera completar el giro, Norbert se abalanzó sobre ella, le arrebató el auricular y colgó de nuevo.

—Pero a mí sí que me importa tu reputación —dijo—. Me ducharé y me envolveré en la sábana hasta que se seque la ropa.

Se levantó de un salto y sin dar tiempo a que Carmen pudiera llevarle la contraria, tiró con fuerza de las dos sábanas de la cama y las llevó consigo a rastras hasta el cuarto de baño. Carmen se sentó en el colchón y aguardó a que saliera.

¿Qué iba a decirle a Norbert cuando saliera del baño y le declarara su amor? Estaba segura de que iba a hacerlo y no quería lastimar sus sentimientos. Era un buen amigo. ¿Le diría que tenía el alma destrozada por dentro? ¿Que aún no había aprendido a vivir? ¿Que sabía cómo moverse en el mundo de las ideas, del pensamiento, de la amistad, de la energía, del arte, pero que no tenía ni idea de cómo manejar sus sentimientos? ¿Que había ido a África porque no quería vínculos con ninguna raíz que le conectara con las cosas que hasta entonces le habían sido afines? ¿Que no tenía ganas de instalarse en una covacha propia?

Aún andaba en esas cavilaciones cuando se abrió la puerta y Norbert apareció con el pelo mojado, envuelto en una sábana. Parecía un senador romano.

—¿Qué tal estoy? —preguntó a la vez que posaba ante ella con gesto patricio.

—Como Bruto antes de apuñalar a César: casi en estado líquido —respondió ella sin atreverse a decirle que la sábana mojada se le había pegado al cuerpo y era un remedio transparente, y por lo tanto inútil, para tapar su desnudez.

—He aprovechado el poco jabón que quedaba para lavar la ropa. La he escurrido todo lo bien que he podido y ahora la colgaré en una percha, como has hecho tú, para que se seque. Te enseñaré un truco para que se quiten las arrugas.

Mientras Norbert iba al armario para coger la percha, Carmen preguntó:

—¿Qué truco es ese?

—Vapor. Cerramos las ventanas y la puerta del baño, abrimos a caño abierto los grifos de agua caliente de la bañera y del lavabo y dejamos que la condensación haga su trabajo.

Mientras el truco de Norbert acreditaba su eficacia, él se sentó al lado de ella en el otro lado de la cama, y se puso una almohada en el regazo para darle más consistencia a la cobertura de sus partes blandas.

—Cuéntame algo de ti que nadie sepa —le pidió Carmen.

Él se echó a reír como si estuviera bromeando.

—De pequeño quería ser bombero.

—Eso, no. Algo en serio.

—Me gusta el sabor del pintalabios.

—¿Has besado a muchas chicas?

—No me refiero a eso. Me gusta el pintalabios sin más. A veces, cuando nadie me ve y tengo una barra a mano, la chupo como si fuera un caramelo.

Carmen cogió su bolso, que estaba sobre la mesilla, y volcó su contenido en la cama. Cayeron sobre el colchón pañuelos de papel, el ejemplar de *El velo pintado*, una polvera, un manojo de llaves, varias monedas de veinticinco francos, un abanico de tela, una fotografía de dos novios en la puerta de una iglesia, un cepillo de púas y una barra de labios.

—Demuéstramelo —dijo con la barra en la mano.

Norbert aceptó el reto. Hizo girar la base hasta que emergió un trozo de carmín, lo acercó a la boca, le dio una chupada y se la devolvió.

—Sabe a pétalo de flor de geranio —dijo.

—¿También te gusta chupar geranios?

—Solo cuando no tengo barras de labios a mano.

—¿Qué más cosas te gustan?

—Las bodas —respondió Norbert, señalando la fotografía que estaba sobre el colchón de la cama—. ¿Puedo verla?

—Son Pilar de Borbón, la hermana del príncipe de España, y su marido —dijo Carmen mientras le acercaba la foto para que pudiera examinarla—. Se casaron hace unos días en la iglesia de los Jerónimos de Lisboa. Ella es amiga mía y me ha enviado la foto por correo.

—Tienes amigos importantes. Supongo que fue doloroso romper con ese ambiente para venirte aquí.

—Ya te he dicho que prefiero juzgar a las personas por lo que son, no por lo que tienen. Ni el poder ni la influencia hacen mejores a los seres humanos.

—¿Y no te gustaría tener una foto como esa en la que la novia fuera tú?

—Hubo un momento de mi vida en que sí me hubiera gustado.

Sin que pudiera evitarlo, recordó el recorte del *ABC* que guardaba entre las páginas de *El velo pintado*. ¡Cuánto hubiera deseado, meses atrás, que el nombre que aparecía en la reseña, junto al de Ramón, no fuera el de Genoveva de Hoyos sino el suyo!

—Tal vez yo podría hacer que lo desearas de nuevo —dijo Norbert, tragando saliva.

—No pensemos ahora en eso —respondió Carmen mientras acercaba sus labios a los de su amigo.

Se quitó la toalla y se quedó desnuda.

El algodón húmedo rezumó un olor cálido que le recordó otro momento. Tardó un instante en caer en la cuenta de que correspondía a aquella noche, en la habitación de un hotel de París, en que también se quitó la toalla al salir del baño.

Ramón abrió los ojos como platos. Vació su vaso de whisky de un trago y lo dejó tambaleándose sobre la repisa del mueble bar. Empezó a hablar con excitación.

—Si somos valientes nada se interpondrá entre nosotros.

—No es cuestión de valentía, Ramón —dijo ella—. La valentía solo se necesita para hacer las cosas que nos cuestan, no las que son inevitables.

—Tienes razón, son inevitables.

Un botón de nácar de la camisa salió despedido por la moqueta del suelo. Luego saltó a la pata coja para quitarse un calcetín. Cambió de pierna para quitarse el otro. Tropezó con el borde de la cama y cayó de lado sobre el colchón. Carmen se sentó junto a él y comenzó a hurgar en su pelo con el dedo índice tratando de hacerle tirabuzones en el flequillo.

—Lo he intentado, Ramón —dijo con voz suave—. Con todas mis fuerzas. He tratado de olvidarte. Me fui a un convento, a Suiza, a París… Pero mi prima Soledad tiene razón: el olvido no llena el vacío del alma. ¡No hay nada que pueda llenar el hueco que tú ocupas en mi vida!

—Es inútil tratar de impedir lo inevitable, Carmencita. Te quiero con toda mi alma. Más de lo que temo la amenaza del infierno. Más de lo que deseo el mismísimo cielo.

Carmen le quitó los pantalones y los tiró al suelo. Le rodeó la cintura con las piernas y se sentó en su regazo.

—Yo te mostraré lo que es el cielo —dijo.

Norbert supo en todo momento que durante el rato que pasó junto a Carmen solo había estado cerca de su cuerpo. Su cabeza, tan lejana, tan ausente, tan ajena a él, había tenido otro dueño. Nada de aquello había sucedido en el mismo tiempo y en el mismo lugar.

Al regresar a Daloa, Carmen se detuvo frente al almendro malabar que, a su llegada a África, tantas veces había mirado sin ver. No lo veía porque estaba muerta. El día que por fin lo vio supo que estaba curada.

Desde entonces llevaba muchos meses mirándolo con fijeza. Sus hojas grandes, ovoides, de color verde oscuro, proporcionaban una sombra densa. La madera del tronco era roja, sólida, resistente al agua. Se utilizaba para construir canoas. A ella le gustaba pensar, mientras exploraba el recorrido de sus ramas más recónditas, que seguiría viva mientras fuera capaz de capturar todos los detalles.

Aquella tarde, sin embargo, las lágrimas se lo mostraron borroso.

XXVII

Madrid, viernes, 11 de febrero de 1977

El 31 de enero, Carmen comió con Santiago Carrillo en casa de Xosé Cribeiro, un poeta galleguista amigo de ambos que vivía con su mujer, Concha, nieta de Miguel de Unamuno, cerca del Rastro.

Carmen acudió a la cita con un fular en la cabeza para que nadie la reconociera. «¿Ya ha llegado Graimon?», preguntó cuando le abrieron la puerta. «¿Quién en Graimon?». Carmen dudó. «¿No es ese el nombre clandestino de Carrillo?». Cribeiro se partió de risa. «¡Raimon, Carmen! ¡Su nombre clandestino es Raimon!».

A Carrillo también le divirtió la confusión. «No se apure, señorita —le dijo—, desde que me quité la peluca he dejado de usar ese nombre. Puede usted llamarme Santiago. O Carrillo, como más le guste». Carmen optó por llamarle don Santiago.

Solo había pasado una semana desde la matanza de Atocha.

Carrillo contó los detalles de la masacre. Uno de los abogados laboralistas que logró sobrevivir, Alejandro Ruiz, le había hecho un relato completo de lo sucedido cuando fue a visitarle al hospital Primero de Octubre.

Ángel Rodríguez Leal, un despedido de Telefónica que trabajaba como recepcionista en el despacho laboralista, salió de la oficina en cuanto finalizó la reunión de dirigentes sindicales de transportes. Cuando ya estaba a punto de coger el metro recordó que había olvidado algo y regresó a recogerlo. Debían de ser las diez y media de la noche. Llamó a la puerta y le abrió uno de los ocho abogados que permanecían dentro. Dos desconocidos se abalanzaron contra la puerta y encañonaron a Ángel con enormes pistolones. Mientras le apuntaban, le preguntaron: «¿Dónde está Navarro?». Él dijo que no lo sabía. Entonces le llevaron a la sala donde estaban los demás. Los abogados vieron entrar a Ángel encañonado por los dos asaltantes y se pusieron de pie. «Poneos de cara a la pared y levantad las manos», les dijeron mientras les apuntaban con sus armas. «¿Dónde está Navarro?». Ellos respondieron que ya se había ido.

Mientras uno de los terroristas continuaba apuntando a los retenidos, el otro se dedicó a registrar los despachos y a cortar las líneas telefónicas. Sonó un disparo y todos se pusieron muy nerviosos. «¿Qué coño ha pasado?», le preguntó el atacante a su compañero cuando este regresó a la sala. El interpelado respondió: «Nada, que se me ha disparado la pistola sin querer. Eso es todo». Y luego, dirigiéndose de nuevo a los encañonados, les volvió a preguntar dónde estaba Navarro.

Al parecer, en ese momento Ángel Rodríguez Leal reconoció a uno de sus verdugos. Alejandro Ruiz, que estaba a su lado, se percató de ese detalle.

«Me dijo —contó Carrillo— que atando cabos había llegado a la conclusión de que los pistoleros pudieron ser los mismos que habían estado por la mañana esgrimiendo sus armas en la sede del Sindicato Vertical con motivo de la huelga del transporte. Ángel estuvo allí y les vio. Cuando uno de los asesinos se dio cuenta de que le había reconocido empezó la masacre. Dice Alejandro que se le paró el tiempo y la vida cuando ambos cruzaron sus miradas».

Sin mediar palabra, el atacante comenzó a disparar. Su compañero le imitó. Hubo dos oleadas distintas de disparos. La primera se produjo mientras las víctimas estaban de pie. Fue algo brutal. Los disparos sonaban seguidos, destrozando las cabezas y los pechos de los cuerpos que caían abatidos, amontonándose unos sobre otros.

En la segunda oleada, tiro a tiro, los asesinos fueron rematando a todo el que se movía.

«También hubieran rematado a Alejandro Ruiz —explicó Carrillo— si el cuerpo del pobre Enrique Valdevira no le hubiera caído encima. Eso le salvó. Y también el hecho afortunado de que un bolígrafo que le había regalado Ángel Rodríguez Leal por la mañana desvió la trayectoria de la bala que iba dirigida a él».

Concha de Unamuno había estado en el funeral de las víctimas acompañando a su marido. Estaba impresionada por la cantidad de gente que se congregó en la calle, por sus gestos de rabia contenida, por los centenares de coronas que escoltaron los féretros, por el silencio casi religioso de la multitud mientras despedía con el puño en alto a los abogados muertos. «No puedo dejar de llorar cuando lo recuerdo», dijo mientras se secaba las lágrimas con el dorso de las manos.

Carmen escuchó el relato con añoranza. Le hubiera gustado asistir, pero le prometió a Suárez que no lo haría si, a cambio, el Gobierno autorizaba un funeral público por las víctimas del atentado.

«Lo que no sabes —le dijo Carrillo a Concha de Unamuno— es que ese funeral que tanto te emocionó fue posible, en gran medida, gracias a la ayuda que nos prestó Carmen».

Era verdad. Al día siguiente del atentado, el Gobierno estuvo literalmente a la deriva. No sabía qué hacer. Tenía miedo de los disturbios. En el Ministerio de la Gobernación daban por hecho que el Partido Comunista iba a reaccionar en la calle de forma virulenta. Martín Villa urgía la prohibición provisional de cualquier manifestación pública. El decano del Colegio de Abogados, Antonio Pedrol Rius, quería que la capilla ardiente se instalara en la Sala de Togas del Colegio pero el ministro de Justicia, Landelino

Lavilla, no se le ponía al teléfono. Tierno Galván acudió a La Moncloa para interceder ante Suárez. Fue inútil. Los familiares de las víctimas reclamaban que el funeral fuera público. Nadie atendía su demanda. El Gobierno ni siquiera se había preocupado de hacerles llegar el pésame. Fueron horas de confusión y de pánico. A la desesperada, Pedrol llamó a Carmen y le contó lo que estaba pasando. «Le imploro que nos ayude, señorita», le dijo. Carmen se armó de valor. Ya era casi de noche cuando se plantó ante Suárez. En la puerta del despacho se cruzó con José Mario Armero.

En ese momento, Carrillo interrumpió el relato de Carmen y le dijo: «Era lógico que Armero estuviera con Suárez en esos momentos de confusión. Él es el enlace que utiliza el Gobierno para comunicarse con nosotros».

Carmen recibió la revelación con asombro. Jamás imaginó que el abogado madrileño pudiera ser el intermediario entre su señorito y el Partido Comunista. Ahora entendía por qué frecuentaba tanto el palacio de La Moncloa.

Cuando entró en el despacho del presidente —prosiguió narrando Carmen—, le dijo: «Me ha llamado Pedrol y me ha dicho que no se le pone nadie al teléfono en el Ministerio de Justicia y que ha tratado de hablar contigo sin ningún éxito. Quiere hacer el funeral. No el Partido Comunista, sino el Colegio de Abogados. Me parece indecente que no deis la cara. Lo de Atocha ha sido horrible, es el momento más tenso de la Transición y es ahora cuando tienes que estar a la altura. Si no autorizas el funeral no solo demostrarás que eres un cobarde, sino que además tienes mala entraña».

Suárez no estaba para aquel tipo de aseveraciones ofensivas y dio la conversación por finalizada. Antes de abandonar el despacho, Carmen le advirtió: «Lo autorices o no, habrá funeral. Y yo asistiré como una ciudadana más».

Al cabo de un rato, Suárez fue a su encuentro y le preguntó: «Si lo autorizamos no irás, ¿verdad?».

Ella aceptó el trato. Lo hizo con todo el dolor de su corazón, pero lo hizo. Por la noche escribió en su diario:

> *Estoy agotada, espantada por las matanzas. El Gobierno está falto de reacción. Resulto cada vez más incómoda. Siento impotencia.*

Cuando Carmen finalizó su relato, Carrillo tomó la palabra para contar cómo se habían vivido aquellas horas amargas en el seno de su partido.

La decisión unánime de todos los dirigentes del Comité Central fue categórica: debían reaccionar, no podían acobardarse. El partido tenía que salir a la calle, dejarse ver, hacer una gran demostración de fuerza sin recurrir a la violencia ni caer en la provocación de la ultraderecha.

«Le pedimos a Armero —contó el líder comunista— que le trasmitiera al Gobierno el mensaje de que en el funeral no habría incidentes si permitía que el dispositivo de seguridad lo controláramos nosotros. Armero nos respondió que los ministros se oponían de manera inflexible, pero que Suárez era más receptivo a nuestra demanda y albergaba la esperanza de que al final diera su brazo a torcer. Y la verdad es que lo hizo. Hay que reconocer que se jugó el tipo. De haberse producido algún altercado, los militares no se lo hubieran perdonado y ahora estaría, probablemente, soportando una situación imposible. Se fio de nosotros. Ese es un detalle que habla mucho en su favor».

La tarde del funeral, con cien mil personas en la calle, el jefe del dispositivo policial que vigilaba de lejos la manifestación de duelo, se acercó al responsable de seguridad del Partido Comunista. Había recibido instrucciones concretas y se disponía a obedecerlas sin pestañear. Para sorpresa de propios y extraños, el policía se cuadró delante del comunista y le dijo mientras le saludaba con gesto marcial: «¡Estoy a sus órdenes!».

«Desde ese momento —dijo Carrillo— todos tuvimos claro que Suárez iba a cumplir su parte del trato. Fue un gesto muy valiente por su parte. La situación política no podía ser más delicada. Los GRAPO retenían secuestrados a Oriol y a Villaescusa y acababan de asesinar a tres guardias civiles y de herir gravemente a otros tres, la extrema derecha y la policía habían causado la muerte de dos jóvenes en otras tantas manifestaciones estudiantiles y la matanza de Atocha tensaba la cuerda de la convivencia cívica hasta límites difícilmente soportables. En esas condiciones de suma dificultad, que el presidente del Gobierno se fiara de nuestra palabra era un gesto que reflejaba la firmeza de su apuesta por la democracia. Al principio no le creíamos, pero después de aquello la sinceridad de sus propósitos ya no ofrecían ninguna duda».

La sobremesa se alargó hasta las cuatro de la tarde. La intimidad de los testimonios que la habían amenizado hizo que a la hora del café los comensales conversaran como amigos de toda la vida.

—¿Queréis una copa de chinchón? —preguntó Xosé Cribeiro en tono de guasa.

—No me gusta el chinchón —respondió Carmen.

—A mí tampoco —añadió Carrillo—. Detesto las bebidas anisadas.

—¡Entonces lo que os dijisteis en el Ritz de Barcelona fue una bravuconada! —dijo Concha de Unamuno.

—De eso, nada —protestó Carmen—. Fue el resultado de una decisión muy meditada. El whisky era una bebida snob, el vodka tenía connotaciones soviéticas y el chinchón era una bebida popular muy poco sospechosa. ¿Qué hubierais dicho vosotros en mi lugar?

Todos rieron abiertamente la ocurrencia.

—Si necesitáis algo, no dudéis en pedirlo —dijo Cribeiro.

Y los dos anfitriones abandonaron la habitación.

—¿Podrá usted decirle a Suárez que hemos estado almorzando juntos? —le preguntó a Carmen el líder comunista cuando se quedaron solos.

—Naturalmente que sí.

—¿Está usted segura de que no le costará el empleo?

—¿Por qué piensa eso?

—Tal vez Suárez lo considere una traición.

El gesto de Carmen se endureció.

—Yo no estoy traicionando a Suárez. No he venido a contarle a usted ningún secreto. Solo he venido a escucharle. Como española, estoy convencida de que eso es lo que hay que hacer.

—¿Y qué es exactamente lo que le interesa escuchar?

—Todo lo que usted quiera contarme.

—Pues solo le diré una cosa. Lo único que pido es poder hablar cara a cara con Suárez. Hace tiempo que lo he solicitado y solo me dan excusas. Creo que ya no tiene sentido que sigamos hablando a través de intermediarios. Quiero hablar directamente con Suárez. Estoy cansado de esperar. Esto tiene que ir más deprisa.

—Lo comprendo perfectamente.

—¿Lo comprende? —preguntó el líder comunista con cara de sorpresa.

—Claro que sí. ¿Eso le sorprende?

—Me sorprende mucho. Es usted la primera persona que no me pide que tenga paciencia.

—Yo soy una ciudadana con fe. Creo en mi rey y él ha dicho que es el rey de todos los españoles.

—Pero no es el rey quien puede legalizarnos.

—Usted sabe tan bien como yo cuál es el problema. El rey y Suárez temen la reacción de los militares.

—El Partido Comunista no quiere ser un elemento perturbador. Tras el funeral por las víctimas de la matanza de Atocha ha quedado clara cuál es nuestra actitud y cuál es la actitud general de la sociedad española. La ciudadanía lo que quiere es democracia. Está harta de sustos mortales. La legalización del PC no afectaría negativamente a la situación política del país. Lo negativo sería su no legalización.

—Trasmitiré su mensaje, don Santiago.

—¿Y está segura de que eso no le traerá problemas?

—Estoy segura —mintió Carmen mientras se despedía de él.

La reunión acabó a las seis y veinte y Carmen pasó el resto del día pensando cómo iba a contarle a Suárez lo que acababa de suceder. ¡Ella y Carrillo juntos durante cinco horas seguidas! Estaba prácticamente segura de que tendría que volver a dimitir.

Las relaciones con su señorito estaban muy deterioradas. La prueba evidente de que Suárez confiaba cada vez menos en ella era que ni siquiera le había querido contar que era José Mario Armero quien hacía de mensajero entre el Gobierno y los comunistas. Llevaban una larga temporada saliendo a bronca por conversación.

Por la mañana, Carmen le preguntó a su secretaria:

—¿Cómo me ves?

—¿Puedo decir la verdad? —quiso saber Carmina Díaz antes de responder.

—¿Tan mal estoy?

—Como si esta noche te hubiera arrullado una hormigonera.

—En ese caso no habría dormido peor. Estate preparada. Voy al despacho del presidente a decirle algo que le va a disgustar una barbaridad. A lo mejor hoy es mi último día en esta casa.

Pero no lo fue.

Suárez aguantó el tipo mejor de lo que ella esperaba.

—¿Dónde ha sido la comida? —fue lo primero que le preguntó después de haber digerido la noticia.

—En casa de unos amigos.

—¿Qué amigos?

—No te lo voy a decir.

—¿Por qué fuiste?

—Porque yo como con quien me da la gana.

—Y yo no como con quien no debo.

—Yo me he limitado a trasmitirte un mensaje. Después, tú harás lo que quieras.

El toma y daca llevaba camino de acabar en el desaire de costumbre, pero en esta ocasión, antes de perder los estribos, uno y otro hicieron el esfuerzo de dominar su genio.

Sin premeditarlo, Carmen dijo algo que contribuyó a moderar el tono de la conversación:

—Tu enlace no funciona.

Suárez acusó el golpe sin exteriorizar emoción alguna. El fundamento de su autoridad se apoyaba en manejar mejor información que sus interlocutores. Ahora se sentía en desventaja.

—¿Qué sabes tú de mi enlace?

Carmen tuvo la tentación de responderle que lo sabía todo, empezando por el nombre y acabando por el contenido de los recados que trasmitía en nombre del Gobierno, pero prefirió ser prudente para no echarle más leña al fuego.

—Solo que es portador de demasiadas excusas —respondió.

A Suárez, un punto de lividez le asomó al rostro.

—La prioridad es ganar tiempo —dijo.

—¿Por eso mareas la perdiz?

—¡A ti que más te da! Así los distraigo.

—No lo podéis evitar. Os pesa le censura de la dictadura. Es a lo que estáis acostumbrados.

—No empieces con eso, Carmen. ¡Ni que tú vinieras de la pata del Cid de la democracia! A ver si te vas a creer esa historia de que eres la musa de la reforma.

La musa de la reforma era el título de una columna reciente del periodista Francisco Umbral en *El País*. Que su señorito la mencionara fue como un fogonazo de luz que iluminó la oscuridad del enfrentamiento. Carmen sintió que el azote de los celos había llevado a Suárez a marcar su territorio con un gesto de mando y supo que el deterioro de la relación entre ambos ya no tenía solución.

Aquella noche escribió en su diario:

Cada día entiendo menos al señorito. Se diría que me tiene miedo. Miedo a que mi libertad, mi actitud, le resulte peligrosa para su carrera. Los celos aparecen en el horizonte.

A pesar de todo, pensó Carmen al cerrar el diario, la conversación había transcurrido por unos derroteros más pacíficos de lo que ella esperaba. Aún recordaba lo que ocurrió la última vez. Los nervios se fueron de madre y la porfía terminó a grito limpio. Suárez parecía desbordado por los acontecimientos. Apenas dormía. Tenía los nervios a flor de piel. Carmen había entrado en su despacho para decirle que la revista *Interviú* iba a publicar una entrevista con Antonio Oriol y, al oírlo, a él se le demudó el rostro. Parecía al borde del soponcio.

—¿Una entrevista en pleno secuestro? —preguntó completamente descompuesto.

—Con fotos incluidas —ratificó Carmen.

—¡Eso no se puede publicar! Es una burla al Gobierno y a la policía. El mensaje que mandaríamos sería catastrófico: los periodistas pueden llegar a Oriol, hablar con él, fotografiarle tranquilamente, y sin embargo las Fuerzas de Seguridad del Estado no saben dónde buscarle.

Carmen sabía que Suárez tenía razón. También ella le había dicho lo mismo al director de la revista cuando se presentó en su casa y le dio la noticia.

Ya estaba dormida cuando sonó el teléfono.

—Necesito hablar contigo —le dijo—. Es muy urgente.

—¿Pero tú sabes qué hora es?

—Las dos de la madrugada.

—¿Y no me lo puedes decir por teléfono?

—No. Es un tema muy serio. Tengo que verte en persona. Me acompañarán dos abogados de mi empresa.

Carmen se puso un jersey encima del camisón, fue a la cocina a prepararse un café y, media hora después, recibió a los tres visitantes intempestivos. Venían de parte del periodista Eliseo Bayo con una copia de la entrevista que le había hecho a Antonio Oriol en el mismo piso donde el GRAPO le tenía secuestrado. También llevaban fotografías.

—¿Pero qué pretendéis que haga con esto?

—Nuestra obligación —dijo uno de los abogados— es poner este material en conocimiento de las autoridades antes de que se publique. Queremos salvar la responsabilidad penal de la empresa.

—¿Os habéis vuelto locos o qué os pasa? Yo esto no lo puedo coger en mi casa. Tenéis que ir a entregarlo al Ministerio de la Gobernación.

—Martín Villa no quiere recibirnos —explicó el director de *Interviú*.

—¿Y en vista de eso acudís a mí?

—Eres la jefa del gabinete del presidente. No tenemos otra manera de llegar a él.

—Esta entrevista no puede publicarse.

—De eso es de lo que queremos hablar con Suárez.

—Lo único que puedo hacer por vosotros —les dijo Carmen— es ir por la mañana a hablar con él y contarle lo que me habéis dicho. Pero yo, desde luego, no me hago cargo de este material. Eso, ni loca.

—Nos basta con eso.

Suárez escuchó el relato de Carmen con atención. Luego repitió:

—Eso no puede publicarse.

—En eso estamos de acuerdo. Pero dime qué quieres que haga.

Después de meditarlo unos segundos, el presidente le respondió:

—Que llames a Martín Villa y le digas que se le ponga al teléfono al director de *Interviú*. Pero insisto: ese reportaje no se puede publicar de ninguna manera.

Si la conversación hubiera acabado ahí, si Carmen no hubiera pedido permiso para informar a la familia de Oriol de la existencia de la entrevista, el encontronazo final no se habría producido. Ni Suárez hubiera tenido que negarle a Carmen la autorización que solicitaba, ni Carmen hubiera tenido que reprocharle a Suárez su falta de humanidad. La escalada de reproches no habría terminado en batalla campal. Pero la conversación no terminó ahí y Carmen pidió permiso para hablar con los Oriol.

—Tienen derecho a saber que hay pruebas de que sigue vivo.

—¡Ni hablar! Si se enteran de que la prensa ha dado con él acabará sabiéndolo todo el mundo.

—Serán discretos si se lo pedimos.

—¿Discretos? Ya viste lo que pasó la última vez.

Suárez se refería a la conversación que había mantenido el hijo mayor de los Oriol con uno de los secuestradores de su padre a través de la centralita telefónica del diario *El País*. Fue poco después del secuestro. Los terroristas mandaban sus comunicados a la redacción del rotativo madrileño y habían establecido con él un canal de comunicación efectivo. En una nota anunciaron su disposición a hablar con la familia del rehén. Exigieron que el contacto se confirmara a través de un anuncio en clave en el periódico. Durante la breve conversación, el hijo de Oriol perdió los estribos. El secuestrador se negó a dejarle hablar con su padre y él le replicó a voz en grito: «Sois unos hijos de puta, cabrones, nos las pagaréis». Toda la redacción se enteró de lo que estaba sucediendo.

—Es inhumano que no les digamos lo que sabemos —insistió Carmen.

—Es lo más prudente —replicó Suárez.

—Todos los días me llama Teresa Hoyos, la mujer de Lucas de Oriol, para preguntarme si tenemos noticias del tío de su marido.

—Pues dile que no las tenemos.

—¡No puedo mentirle! Somos amigas desde los años de colegio.

—Sí puedes. Es más: debes hacerlo.

—¡No podemos negarle esa información a la familia!

—La entrevista no se publicará, los terroristas se lo tomarán a mal, Oriol correrá más peligro. ¿Crees que le ayudaría el hecho de que todo esto trascendiera?

—No trascenderá.

—Sí trascenderá.

—Yo te lo garantizo.

—Tú no puedes garantizar nada. No estoy dispuesto a correr el riesgo.

—¡Estamos hablando de la angustia de una familia!

—¡Hay cosas más importantes! —estalló el presidente del Gobierno.

—¿Por ejemplo, qué? ¿Tu imagen? ¿Tu prestigio? ¿Tu cargo?

—Ya está bien, Carmen. Déjalo estar.

—No pienso dejarlo estar. No tienes derecho a jugar con los sentimientos de los seres humanos que sufren por culpa de nuestra incapacidad para proteger a sus seres queridos.

—Y tú no tienes derecho a cuestionar todo lo que yo hago colocándote permanentemente en un plano de superioridad moral.

—Sí lo tengo. Soy la jefa de tu gabinete y mi obligación es decirte lo que nadie se atreve a decirte.

—Ya lo has dicho. Ahora, vete.

—¡Desde luego que me voy! Esto apesta a dictadura. Aquí no hay quien respire.

Después de aquello estuvieron varios días sin dirigirse la palabra.

El 11 de febrero, la racha del viento cambió y las malas noticias dejaron paso a las buenas.

Ese día, Carmina Díaz alertó a Carmen de que algo estupendo estaba a punto de suceder. El bisbiseo entre las secretarias fue decantando el rumor de que la policía iba a liberar en pocas horas a Oriol y Villaescusa. La operación estaba en marcha.

Carmen no acabó de creérselo. El presidente del Gobierno seguía con su actividad cotidiana. Ni en su agenda ni en su conducta había indicios que avalaran esa conjetura. Los reyes regresaban de un viaje oficial a Roma a la una y media de la tarde. Suárez iba a ir a recibirles al aeropuerto de Barajas y estaba previsto que luego almorzara a solas con don Juan Carlos en el palacio de La Zarzuela. Si se estaba a la espera de una gran noticia, nadie había previsto ningún protocolo especial para su advenimiento.

Pero Carmina Díaz estaba en lo cierto. Pasadas las dos y media de la tarde, Suárez telefoneó a su mujer desde el palacio de La Zarzuela para comunicarle que acababan de rescatar al teniente general Villaescusa. Amparo Illana se lo dijo a Aurelio Delgado, que a su vez se lo dijo a su secretaria, Ana Leyva, que a su vez corrió la voz por los despachos de La Moncloa. La noticia del rescate de Antonio Oriol, hora y media después, se divulgó por el mismo procedimiento.

Suárez regresó a Moncloa a media tarde. Ya habían trascendido algunos detalles de la acción policial.

Villaescusa estaba en un piso franco en el municipio de Alcorcón. A las dos y diez, cuatro miembros de la Brigada Central llamaron a la puerta. Lo primero que vieron fue «a un verdadero cachalote, de 1,80 de estatura», con una metralleta cargada y a punto para disparar. Uno de los policías le dijo: «Que no se mueva nadie», y el terrorista, sorprendido por la rapidez de los acontecimientos, y sabiéndose en minoría, se dejó caer sobre un tresillo cercano a la puerta. El general estaba en otra habitación, cerca de una mesita camilla, y creyó que se trataba de una parodia montada por sus captores. Uno de los policías le dijo: «Deme un abrazo, que ya está usted rescatado». Al verle dudar, le mostró su placa. Luego, camino de la Dirección General de Seguridad, Villaescusa comentó: «Es que, de verdad, con la pinta que tenéis, he creído que se trataba de un paripé. Pensé que veníais a pegarme dos tiros. Me habían dicho que si llegaba la policía, yo sería el primero en caer». Tras ese comentario, rompió a llorar.

La entrada al piso en el que estaba Antonio Oriol, en el barrio de Vallecas, tuvo lugar sobre las cuatro menos veinte. Los agentes también llamaron a la puerta. Les abrió una mujer joven, de unos veinte años, que trató de cerrar de golpe cuando supo que eran policías. El brazo de uno de ellos se interpuso entre la hoja y el marco, y en medio de la acción se le escapó un disparo. Oriol estaba en el interior de la casa junto a uno de sus secuestradores y un bebé de once meses. Había varias armas preparadas para disparar. Otro miembro del comando había salido a la calle poco tiempo antes. Oriol se despidió de la muchacha dándole un beso en la mejilla.

—El comportamiento de Oriol durante su secuestro —le contó Suárez a Carmen cuando se quedaron solos en el despacho, cerca de la medianoche— ha sido imperdonable. Ha estado casi sin vigilancia durante gran parte del cautiverio, custodiado por una mujer y un bebé de un año, y en ningún momento ha intentado escapar. En las cartas que escribía hablaba de sus captores como si fueran jóvenes soñadores llenos de nobles ideales. Decía que se respetaban mutuamente, que jugaban a las cartas, que no le trataban mal, que eran poco menos que unos angelitos dispuestos a cambiar el mundo. Cuando he hablado por teléfono con él le he dicho que se iba a comer, una por una, todas las cartas que ha escrito en estos dos meses. Y, desde luego, se las comerá.

—¿No estás siendo muy duro? —le dijo Carmen, sorprendida por la dureza de su juicio.

—Ha felicitado a todo el mundo, incluida la Virgen de Lourdes, y ni siquiera ha tenido una palabra de agradecimiento para los policías que le han rescatado y que, por cierto, han hecho un trabajo impecable. Hay que reconocer que Martín Villa acertó al poner al frente de la investigación al comisario Conesa.

—Es un tipo con una reputación lamentable. Hablan de él como un sádico que tortura a los presos sin piedad.

—Puede ser. Pero en este caso nos ha librado de una buena. Tiene una red de informadores que ha resultado muy útil.

Un agente doble que trabajaba para los servicios argelinos y los españoles, reclutado por el comisario Conesa en 1965, había logrado meter la nariz en el GRAPO gracias a la relación que los cabecillas de la banda mantenían con el movimiento independentista canario MPAIAC, financiado por Argel. Durante un tiempo, el líder del MPAIAC, Antonio Cubillo, ayudó al GRAPO en todo lo que pudo. El agente doble era el hombre de Cubillo en Madrid. Gracias a él, Conesa conoció la identidad de algunos colaboradores de la banda terrorista. Los detuvo y los interrogó. La brutalidad de sus métodos hizo el resto.

—¿Cuántos detenidos hay? —quiso saber Carmen.

—Hay muchos detenidos, pero son duros de pelar. Hemos pillado al jefe del grupo, pero no lo hemos hecho público. La prensa no lo sabe y es mejor que sea así para que no se vaya al traste el resto de la operación.

—¿Y si ese Conesa es tan eficaz —preguntó Carmen—, por qué no investiga también la matanza de Atocha?

—Porque si en la matanza de Atocha, como creemos, hubo complicidad policial, Conesa no tendrá ningún interés en llegar al fondo de la investigación. Él fue durante muchos años el máximo responsable de la Brigada Político Social, un auténtico nido de policías franquistas, y lo normal es que tuviera que investigar, interrogar y detener a muchos de sus antiguos colaboradores. Creemos que también están implicados personajes conocidísimos de la vida política española. Todos son de la extrema derecha. Pero no adelantemos acontecimientos. Ahora lo importante es que podamos llegar a las elecciones en un clima de orden.

—El clima de orden es muy importante. Pero la credibilidad también.

—Lo sé.

—Tienen que estar abiertas a todos los partidos.

—Lo sé.

—¿Sabes ya que esta mañana Ramón Tamames ha presentado en el Ministerio de la Gobernación la documentación necesaria para pedir la legalización del Partido Comunista?

—Lo sé.

—¿Y qué piensas hacer?

—Hemos enviado la documentación a la asesoría jurídica del ministerio para ver qué opciones legales tenemos. Lo normal es que la última palabra la tenga el Tribunal Supremo.

A Carmen le sorprendió que Suárez no hubiera sacado a relucir la acostumbrada mueca de fastidio con que saludaba sus preguntas sobre la participación electoral del Partido Comunista. Y aún le sorprendió más la ambigüedad de la respuesta. Era la primera vez que dejaba la puerta entreabierta a que el PC pudiera ser legalizado.

—¿Qué esperas que diga el Supremo?

—Poco puedo esperar de sus componentes.

—¿Y por qué no les presionas?

—¡Porque no puedo! Los jueces son y deben ser independientes.

—¡Pero no han sido elegidos democráticamente!

—Nosotros tampoco.

En ese momento sonó el teléfono. Era el ministro Martín Villa. Acababan de detener al comando del GRAPO —tres hombres y una mujer— que el día anterior había asesinado a un inspector de policía en Barcelona.

—¡Un día redondo! —comentó Carmen al conocer la noticia.

—Uno de los detenidos está dándonos información muy valiosa.

—Conesa estará haciendo de las suyas.

Al acabar la frase, se estremeció.

Suárez la miró con extrañeza.

—¿Te ocurre algo?

—Hoy he recibido otro anónimo de la Triple A. Todos los fascistas son tal para cual.

—¿Pero sigues con protección, verdad?

—No. Me cansé de los guardias civiles franquistas que me puso Cassinello y les di esquinazo. No soporto estar vigilada.

—Eso es una temeridad, Carmen. Mañana hablaré con Cassinello para que te vuelva a poner escolta.

—Te pido por favor que no lo hagas.

—¿Has vuelto a ver al tipo que te seguía?

—¿Al Che? ¡No! Parece que se lo ha tragado la tierra, gracias a Dios.

—No te confíes, Carmen. No deberías jugar con esas cosas.

XXVIII
Madrid, tres días de diciembre de 1959

El sábado 26 de diciembre, Ramón pisó a fondo el acelerador del flamante Mini Morris que le acababan de regalar por su dieciocho cumpleaños. La aguja del velocímetro alcanzó los ciento veinte kilómetros por hora.

—¿No vamos demasiado deprisa? —preguntó Carmen.

—¿Tienes miedo, Carmencita?

—Por supuesto que no.

El coche, recién importado de Inglaterra, era de color blanco y tenía un motor de 850 centímetros cúbicos. Ramón quiso estrenarlo enseguida y le propuso a Carmen ir a comer a Navacerrada.

—¿Qué te parece el buga?

—Que huele demasiado a nuevo.

—¿Quieres que te lo deje probar?

—¿Te atreverías?

—No lo dudes.

—¡Una mujer al volante! ¿Y si nos ve la Guardia Civil?

—Ya hemos hecho cosas prohibidas otras veces.

—Pero no en público.

—¡Y no tan peligrosas!

—¿Estás diciendo que si condujera yo correríamos peligro?

—A ver, dime, ¿tú sabes conducir?

—No.

—Pues entonces, ¿a qué viene esa pregunta tan tonta?

—No debe ser muy difícil. Si tú eres capaz de hacerlo, yo también.

—Podría enseñarte, sí. Soy un buen profesor.

—Y yo mejor alumna.

—Puede ser divertido. Peligroso, pero divertido.

—¿Y de eso no tendría que confesarme, no?

—Depende.

—¿De qué depende?

—El quinto mandamiento prohíbe hacer daño a la vida de los demás y a la propia.

—Entonces solo tendría que confesarme si tuviéramos un accidente.

—Me parece que ponerse en riesgo ya es materia de confesión.

—Eso es en el sexto.

—En todos, Carmencita, en todos. A la Iglesia no le hace ninguna gracia la imprudencia temeraria.

—Pues este viaje lo es.

—¿Por el riesgo de accidente?

—Por todo, Ramón, por todo.

Llegaron al restaurante a las dos de la tarde. Era un caserón de piedra de dos plantas con un tejado a dos aguas de pizarra oscura situado al borde de la carretera. Las máquinas quitanieves habían formado muros de nieve de casi un metro de altura a ambos lados de la calzada. El restaurante estaba en el arcén de la izquierda, un par de kilómetros antes de llegar a la entrada del pueblo. En medio de la nieve, semienterrado en la blancura que dominaba el paisaje, parecía la ceja enarcada de un gigante hundido en la tierra.

Aparcaron el coche en una explanada lateral, blanca como la estepa rusa, y se dirigieron al interior del edificio.

—Mira bien dónde pisas —dijo Ramón—. Hay placas de hielo debajo de la nieve y puedes resbalar.

—Lo mismo te digo.

El comedor del restaurante era una estancia amplia y acogedora. En la pared del fondo había una chimenea de boca grande y jambas laterales de ladrillo visto. Tenía capacidad para una docena de mesas, que estaban vestidas con manteles de cuadros rojos y blancos. Cuando Ramón vio que estaban todas ocupadas, se quedó parado. No había previsto que pudiera pasar. Antes de que Carmen le recriminara su falta de previsión, una mujer de cara sonrosada acudió en su ayuda.

—No se preocupen —les dijo—. No tendrán que esperar mucho. Hay un par de mesas que ya casi han acabado.

—No suponía que las mesas se ocuparan tan temprano —sostuvo Ramón.

—Y normalmente no sucede —respondió la dueña del local mientras se secaba las manos en su delantal a juego con los manteles de las mesas—. Hoy la gente se ha dado más prisa para que no les pille la nevada que está a punto de caer.

—¿Está a punto de caer una nevada? —preguntó Carmen.

—Una muy grande, según el pronóstico de la estación —aclaró la mujer.

—¿Cuándo cree que podremos comer?

—En quince o veinte minutos. Si se dan un paseo, en un pispás les arreglo una mesa y cuando vuelvan ya lo tienen todo a punto. Si quieren les voy asando un lechón y así no pierden más tiempo.

Ramón miró a Carmen para ver si aceptaba la propuesta. Ella asintió con la cabeza y el plan quedó convenido.

Cuando volvieron a salir al exterior se dieron cuenta de que había comenzado a nevar. Los copos eran pequeños y aún caían con mansedumbre. La sensación térmica no era excesivamente fría.

Dieron un paseo por los alrededores, entre pinos silvestres y enebros. Ramón le contó a Carmen que ese lugar estaba repleto de leyendas ancestrales, protagonizadas por héroes y monstruos, y ella le siguió la corriente con gesto de fingida credulidad. A los veinte minutos, la intensidad de la nevada les obligó a regresar al interior del restaurante. Los copos ya eran grandes como puños.

—¡Os habéis calado hasta los huesos! —les dijo la mujer de la cara sonrosada al verles entrar.

—¡Es una nevada espectacular! —dijo Carmen, estremeciéndose bajo su abrigo de lana marrón.

—Acercaos a la chimenea. Ya está todo preparado, pero no es bueno que os sentéis a la mesa estando tan mojados o cogeréis una pulmonía. Ahora os doy unas servilletas limpias para que os sequéis bien la cabeza.

Cuatro mesas estaban ya desocupadas y los ocupantes de otras tantas se daban prisa para volver cuanto antes a la carretera. En la mesa más alejada de la puerta, en el fondo de una de las esquinas, un cincuentón vestido con chaqueta y corbata charlaba animadamente con una rubia mucho más joven que él. La actitud de la chica era demasiado cariñosa para tratarse de una secretaria. En la mesa de al lado, otro cincuentón de pelo blanco, este vestido con un mono azul, leía el *Marca* ajeno a la furia de la tormenta.

Carmen y Ramón permanecieron un largo rato en silencio mirando las llamas de la chimenea como si fueran jóvenes hipnotizados tratando de entrar en contacto con los espíritus de sus ancestros. Ramón se quitó el jersey y la lana húmeda rezumó un olor cálido que a Carmen le resultó familiar. Enseguida se acordó del día de su cumpleaños, en San Sebastián, cuando sus cuerpos rodaron entre hortensias y acabaron dándose besos, tumbados en el suelo, con sabor a *foie* y a champán francés.

Unos minutos más tarde, con entusiasmo dispar, se enfrentaron a sendas raciones de lechón asado con guarnición de patatas fritas.

—No tengo hambre —dijo Carmen.

—Para variar —respondió Ramón.

Las mesas seguían desocupándose a ritmo acelerado.

Mientras ella hurgaba en el plato con desgana, Ramón trinchaba el lechón con entusiasmo.

—Cuéntame la leyenda más terrorífica de este lugar —le pidió Carmen.

—Eso fue cuando vino la bruja Morgana —respondió él sin vacilar.

—¿La hechicera de la isla de Avalon?

—La misma.

—¿Y por qué vino de tan lejos? ¿Qué buscaba en Navacerrada?

Ramón, entonces, cogiendo leyendas de aquí y de allí, construyó el relato más imaginativo que pudo.

Morgana vino a buscar la púa que una golondrina arrancó de la frente de Cristo para aliviar su dolor en la cruz. La trajo volando desde Jerusalén. Voló tres mil cuatrocientos kilómetros antes de desplomarse cerca de aquí. Al lugar donde cayó le llaman el monte de la golondrina. Un pastor que cojeaba de la pierna derecha encontró su cuerpo sin vida y optó por dejar que el paso del tiempo lo descompusiera. Pero los días transcurrían y los síntomas de descomposición no aparecían. Intrigado por el misterio, el pastor se acercó renqueando hasta el cadáver del pájaro para observarlo de cerca y vio que llevaba una púa en el pico. Al tratar de cogerla se pinchó sin querer en el dedo, pero de la herida no brotó sangre. Se pinchó más veces, pero de los pinchazos nunca brotaba sangre. Entonces la guardó en el bolsillo de su túnica, envuelta en un pedazo de lino, como si fuera un tesoro. A la mañana siguiente, al levantarse del camastro, se dio cuenta de que la cojera le había desaparecido. El contacto con la púa había curado su enfermedad. Descubrió que la púa tenía propiedades curativas y a partir de entonces la utilizó para sanar a los seres queridos que caían enfermos.

Pasado el tiempo, una avalancha arrasó su casa y él y la reliquia se perdieron para siempre. Solo sobrevivió la leyenda.

Siglos después, esa leyenda llegó a oídos de Morgana. La hechicera de Avalon se propuso venir a buscar la púa milagrosa para resucitar a su hijo Mordered, que había muerto durante el combate que libró con Arturo cuando fue a reclamarle lo que era suyo como hijo natural del rey. Morgana y Arturo eran hijos de la misma madre, la duquesa de Gorlois. Una noche, Morgana se hizo pasar por Ginebra y sedujo a Arturo. Mordered fue el fruto de ese amor incestuoso y eso le convertía en el heredero del reino.

Cuando Morgana llegó a Navacerrada soplaba un viento huracanado y se refugió en la casa sobre cuyos cimientos se construyó esta, varios siglos después. El viento no cesaba de soplar y ella no podía salir a buscar la púa. Comprendió que el hechizo que agitaba el viento, tal vez obra de Merlín, no pararía mientras ella permaneciera aquí. No le quedó más remedio que volver a Avalon sin lo que había venido a buscar. Pero antes de irse lanzó una terrible maldición sobre este lugar. Hizo un conjuro para que las personas que pisaran este suelo quedaran condenadas a no encontrar jamás lo que buscan.

—¿Y esa maldición ahora también nos afecta a nosotros? —preguntó Carmen, sin dar señales de incredulidad.

—Estamos en el mismo lugar donde Morgana hizo el conjuro.

La intensidad de la nevada había oscurecido el día. El interior del local estaba teñido por la luz sepia que se filtraba sin fuerza a través de las ventanas de cuarterones.

Después de calibrar el impacto que su historia improvisada había causado en Carmen, Ramón pidió de postre manzanas asadas con azúcar moreno, vino y canela.

—¿Y usted, señorita? —preguntó la dueña del restaurante.

—Una manzanilla.

De repente se abrió la puerta del comedor y un señor con gorra de plato y traje de color gris dijo desde el umbral, dirigiéndose al acompañante de la rubia cariñosa:

—Ya le he puesto las cadenas al coche. Cuando usted quiera, don Damián.

—Vamos enseguida, Roberto. Muchas gracias —respondió el hombre.

Ramón miró a Carmen con los ojos como platos y luego le preguntó a la dueña cuando pasó junto a él:

—¿Hacen falta cadenas?

—Huy, ya lo creo. Con esta nevada es imposible moverse sin ellas.

Carmen comprendió enseguida el fondo del problema.

—¿Qué vamos a hacer? —le preguntó a Ramón, tratando de ocultar su inquietud.

—No tengo ni idea.

—¿No tenéis cadenas? —inquirió la mujer.

—Soy novato —se disculpó Ramón—. El coche lo estrenamos hoy y es evidente que me falta mucha experiencia.

—Mal asunto —dijo ella—. A ver cómo podemos arreglarlo.

—¿No podemos comprar unas? —quiso saber Carmen.

—Ni podéis llegar hasta el pueblo, ni hay nada abierto a estas horas.

Entonces se giró hacia el hombre del mono azul que leía el *Marca*: «¡Ramiro!», gritó.

Ramiro levantó la mirada del diario.

—¿Qué pasa?

—Estos chicos no tienen cadenas. ¿Puedes ayudar?

Ramiro miró fijamente a Ramón y le preguntó:

—¿De qué equipo eres, chaval?

Ramón dudo un instante antes de responder:

—Del Madrid.

—Entonces, tal vez pueda. ¿Has visto lo que dice la prensa del 3-1 al Stade de Reims en Orán?

—No. Aún no me ha dado tiempo.

Ramiro leyó en voz alta: «El Real Madrid sigue siendo el mejor equipo de Europa. Hemos vuelto a ver jugar al verdadero Di Stefano, el número uno del mundo».

—Es un fenómeno —convino Ramón, con el único propósito de merecer la ayuda de su samaritano.

—A ver, yo os puedo dejar las mías, pero tiene que ser dentro de tres horas. Ahora necesito moverme con mi coche, eso es impepinable. Cuando termine de trabajar, son vuestras. Vivo cerca de aquí y puedo volver a mi casa caminando.

—Es usted muy amable —dijo Carmen.

—¿Y cómo se las podremos devolver? —preguntó Ramón.

—No hace falta que me las devuelvas. Mañana es domingo y no necesito el coche. El lunes compraré unas nuevas.

—En ese caso, déjeme que yo se las pague.

—Ya hablaremos esta tarde de eso. Llegaré sobre las siete.

—Aquí podéis quedaros hasta que yo me vaya —dijo la mujer de las mejillas sonrosadas—, pero a las seis tengo que cerrar. De verdad que lo siento.

—No importa, no se apure —repuso Ramón—. De seis a siete podemos esperar en el coche con la calefacción puesta. Solo es una hora y estaremos bien.

—¿De acuerdo, entonces? —preguntó el madridista.

—De acuerdo —respondió Ramón.

—Entonces, asunto arreglado —dijo la mujer mientras se dirigía a la cocina.

Durante el rato que estuvieron solos delante de la chimenea, Ramón se ocupó de mantener el fuego encendido. De vez en cuando se ponía de rodillas y colocaba troncos de encina sobre las brasas.

Siempre tenía mejor aspecto, pensó Carmen, cuando las circunstancias requerían que se comportara como un muchacho y un hombre al mismo tiempo. El calor de las llamas hizo brotar sabañones en sus mejillas.

Frente al hogar estuvieron leyendo durante más de una hora. Él devoraba *Los hechos del rey Arturo y sus nobles caballeros*, de John Steinbeck, y ella hacía lo propio con una vieja edición inglesa de *Cumbres borrascosas* en la que aún figuraba Ellis Bell como nombre del autor. «¿Por qué crees que elegiría Emily Brontë un nombre masculino como pseudónimo?», le había preguntado Carmen a Ramón. «Porque a su hermana mayor, Charlotte, le dijeron que la literatura no era asunto de mujeres ni debería serlo nunca». Carmen inquirió irritada: «¿Y quién fue el idiota que dijo semejante estupidez?». Ramón le contestó: «Un poeta laureado que se llamaba Robert Southey. Su opinión llevó a las tres hermanas Brontë, que querían publicar un libro conjunto de poemas románticos, a esconder su verdadera identidad bajo nombres masculinos que respetaran al menos sus verdaderas iniciales. Por eso Emily se hizo llamar Ellis».

A Carmen le fascinaba que Ramón tuviera respuesta para todas sus preguntas. Y aunque a veces le invadía la sospecha de que se inventaba lo que no sabía, su capacidad de dar gato por liebre con el aplomo con que solía hacerlo le provocaba tanta admiración como su vasta cultura. A veces, sus invenciones eran un prodigio de imaginación. Recordó a la hechicera de Avalon y sonrió.

A las seis de la tarde, la dueña del restaurante, con un abrigo oscuro en lugar del delantal a cuadros, se acercó a ellos con cara apenada y les dijo que, sintiéndolo mucho, tenía que cerrar. Carmen y Ramón le dijeron que no se preocupara en absoluto. Se deshicieron en agradecimientos por la ayuda prestada y salieron al coche para esperar a Ramiro. La nevada no había disminuido de intensidad.

Cuando estuvieron dentro del Mini Morris, la temperatura de la cabina les pareció glacial. Ramón arrancó el motor, en punto muerto, y activó el dispositivo de la calefacción. Luego encendió las luces interiores. El reflejo frente a la oscuridad hacía oscilar sus sombras en los cristales de las ventanillas.

Sin necesidad de hablarlo en voz alta, ambos decidieron que lo mejor que podían hacer era seguir leyendo hasta que llegara su salvador con las cadenas prometidas. Si ponían la música de la radio y dejaban que la conversación progresara en medio de la intimidad que les ofrecía el coche recién estrenado, con la nieve y la penumbra como únicos testigos, los dos sabían cómo acabaría la escena.

Carmen volvió a la acción de *Cumbres borrascosas*.

El amor de Heathcliff con Catherine, criados como hermanos en Wuthering Heights, había devenido en una pasión torrencial, pero la estancia de la chica en casa de los Linton, tras el accidente con el perro, amenazaba con destruirlo. Prefería a la Catherine salvaje. Desde que se había hecho una señorita refinada no había quién la soportara.

En un momento dado, una ráfaga de viento zarandeó el coche.

Carmen recordó el huracán que contuvo a Morgana y le vinieron a la cabeza los términos de su maldición. El miedo la apartó de la lectura e hizo que apoyara su cabeza en el hombro de Ramón para sentirse protegida. Se quedó inmóvil en esa postura durante un buen rato. Presentía el peligro. Sabía que estaba a punto de cruzar un punto de no retorno, una frontera invisible entre el deseo y el deber. Pensó en Catherine y se dijo a sí misma que no se dejaría amaestrar por los mismos modales que la convirtieron a ella en una estúpida señorita.

Ramón estaba tenso. La expectación agitaba su ritmo respiratorio. También él presentía el peligro. Se afanaba por leer las últimas páginas de *Los hechos del rey Arturo y sus nobles caballeros*, pero la imaginación le había llevado muy lejos de Camelot.

—Tengo miedo —dijo Carmen.

—No tengas miedo, Carmencita —respondió él.

—Lee un rato en voz alta.

Ramón obedeció:

Cuando Merlín vio a Nyneve, la doncella que sir Pellinore había traído a la corte, supo que se encontraba con su destino, pues en su pecho de anciano el corazón brincó como el corazón de un mozo y su deseo se impuso a la edad y la sabiduría. Merlín deseó a Nyneve más que a la vida, tal como lo había previsto, y la acosó sin darle reposo. Y ella, usando de sus poderes sobre este Merlín idiotizado por la vejez, ofreció su compañía a cambio de las artes del mago. Merlín no ignoraba la verdad de los hechos y conocía la fatídica culminación, pero su corazón enloquecía por la Doncella del Lago y nada podía hacer por evitarlo.

Entonces, Carmen alzó la cara y puso sus labios junto a los de Ramón hasta que no quedó una pizca de espacio entre ellos.

Al día siguiente, domingo 27, Carmen fue a misa de doce a la iglesia de la Concepción. Llegó con tiempo suficiente para pasar antes por el confesionario. Ya se estaba convirtiendo en una ingrata costumbre. Empezaba a darle vergüenza. Siempre la misma canción: cuando Ramón y ella se quedaban solos, el hervor de la sangre tomaba el control de la voluntad y los besos se hacían más largos, las distancias más cortas y los ojales abotonados más escasos. Al principio Carmen se lo contaba a don Miguel con la cara encendida, luego comenzó a buscar otros confesores para diversificar el bochorno y ahora ya casi le daba igual quién escuchara sus infracciones contra la virtud de la castidad.

—Ave María purísima.

—Sin pecado concebida.

Carmen le contó al sacerdote, sin entrar en muchos detalles, lo que había sucedido en el coche la tarde anterior y el sacerdote le explicó que tan malo era pecar como colocarse en grave riesgo de hacerlo.

—Sí, ya sé que a la Iglesia no le hace ninguna gracia la imprudencia temeraria —respondió ella, recordando lo que le había dicho Ramón camino de Navacerrada.

—Hay que plantear la batalla lejos de las murallas del castillo. Las derrotas allí son menos graves.

—¿Y eso cómo se consigue?

—Lo hemos hablado muchas veces, Carmen. Procurad no quedaros a solas. Id a sitios concurridos.

—¡Pero, don Miguel, eso es ridículo!

—Lo que es ridículo es la ofensa a Nuestro Señor.

—Nuestro Señor nos ha hecho de carne y hueso.

—Y además nos ha dado inteligencia y voluntad.

—No quiero engañarle, don Miguel. Si ese es el precio que tengo que pagar para que Dios me perdone, no sé si quiero que lo haga. Ya me ha pasado muchas veces y me volverá a pasar porque no pienso renunciar a estar a solas con mi novio de vez en cuando. Lucharé para no caer, eso sí. Pero no evitaré su compañía en solitario. En eso, se lo digo de verdad, no tengo ningún propósito de enmienda.

—Sí, sí lo tienes. Te conozco bien y sé de sobra que lo tienes, aunque ahora creas lo contrario.

—La Iglesia no me puede pedir que haga las cosas sin entenderlas. Y no creo que eso esté mal. No hacemos daño a nadie.

—Te lo haces a ti misma. Tu cuerpo es templo del Espíritu Santo y no puedes mancillarlo con manifestaciones de cariño que están reservadas para el matrimonio. Lo sabes muy bien, Carmen. Te conozco desde que eras una niña.

—El problema, padre, es que ya no lo soy. Ahora soy una mujer. Tengo prácticamente la misma edad que tenía mi hermana cuando se casó.

—Eso lo hace todavía más peligroso —sentenció el sacerdote, antes de darle la absolución.

Aquella tarde, después de comer, Carmen le contó a Ramón su trance penitencial mientras hacían cola en el Palacio de la Música para ver *Los diez mandamientos*, que solo llevaba una semana en cartel y ya había batido todos los récords de taquilla. Sobre sus cabezas, Charlton Heston, con barba blanca y túnica roja, blandía las tablas de la ley, bordeadas por la luz de un rayo que impactaba contra ellas, ante las aguas turbulentas del mar Rojo engullendo a las tropas del faraón.

—Lamento que hayas tenido que pasar por eso otra vez.

—Dice don Miguel que cada vez se hará más peligroso.

—Intentaré portarme bien, te lo prometo —le dijo Ramón, poniendo cara de chico formal.

—Pues yo, en cambio, no te prometo nada.

El patio de butacas estaba a reventar. Se apagaron las luces. Las primeras imágenes del *Nodo* se proyectaron sobre las cortinas rojas que cubrían la pantalla panorámica mientras aún se estaban descorriendo con lentitud ceremoniosa. El cuarto reportaje del noticiario, tras las buenas previsiones económicas para 1960, la inauguración de un convento dominico diseñado por Miguel Fiscal en la carretera de Burgos y una miscelánea de anécdotas en las que se veía a Perico Chicote preparando un cóctel montado en un poni en la pista del circo Price, daba cuenta del temporal de nieve que estaba asolando Navacerrada. Al ver las imágenes, Carmen y Ramón intercambiaron una mirada de complicidad y él la envolvió en el abrazo de su abrigo de lana sin que ella opusiera ninguna resistencia.

Comenzó la película y el silencio se hizo sepulcral. Una voz en *off* retumbó en la sala:

Los hijos de Israel cayeron bajo la dominación de los egipcios y sus vidas fueron amargas en tan dura esclavitud y sus llantos llegaron hasta Dios y Dios los oyó y depositó en Egipto, en la humilde choza de Amram y Yochabel, la semilla de un hombre destinado a llenar su corazón y su espíritu con la ley de Dios, un hombre que se alzaría él solo contra su imperio.

Mientras tanto, la luz del sol iluminaba la tierra a través de las nubes. Los egipcios esclavizaban a los hebreos. La canasta de Moisés recién nacido cruzaba el Nilo y llegaba al regazo de la hija del faraón.

El brazo de Ramón seguía sobre los hombros de Carmen.

En la primera bobina, al faraón se le ve orgulloso de sus dos hijos. El de su propia sangre, Ramsés, es arrogante y ambicioso. Yul Brynner lo borda. El hijo adoptado, Moisés, es honesto e inteligente. Charlton Heston hace el papel de su vida. La princesa Nefertari ama al segundo y desprecia al primero. Anne Baxter no puede estar más guapa.

—¿Qué puede más —susurró Carmen—, la sangre o la admiración?

—La admiración, no lo dudes —le respondió su novio.

—¡Chist! —les mandó callar el espectador que tenían detrás.

Las imágenes grandiosas del Egipto de cartón piedra de Cecil B. de Mille provocan la admiración del público. De vez en cuando se escuchaban exclamaciones de asombro.

—¿Te está gustando? —le preguntó Ramón a Carmen durante el descanso.

—Mucho. ¿Pero te has fijado que han censurado un par de besos?

—¿Cómo lo sabes?

—Porque los besos de amor no pueden ser tan cortos.

Las dos horas de la segunda parte pasaron tan deprisa como las dos horas de la primera.

Las siete plagas han asolado Egipto. Por fin, las dos mujeres que aman a Moisés se encuentran frente a frente. Séfora le dice a Nefertari: «Tú le perdiste cuando se fue a buscar a Dios. Yo, cuando le encontró».

Carmen volvió a estremecerse.

—¿Tú crees que la obediencia a lo que Dios nos pide puede alejarnos de las personas que amamos?

—No. Yo creo que es justo al revés.

—¡Chist! —volvió a protestar el espectador de detrás.

Cuando las aguas del mar Rojo se separan para dejar paso a los judíos, la sala se rinde en un aplauso espontáneo. Los egipcios perecen. Luego, Dios escribe los Diez Mandamientos en unas tablillas de piedra y se los entrega a Moisés. Mientras tanto, el pueblo elegido adora al becerro de oro. Finalmente, cuatro horas después del inicio, Moisés sube al cielo y un letrero recuerda la obligación de cumplir la palabra de Dios:

Así quedó escrito y así se cumplirá.

Carmen y Ramón fueron caminando por la Gran Vía, mientras comentaban algunas escenas de la película, hasta una cafetería recién inaugurada que tenía fama de ser la más innovadora de todo Madrid. La decoración, a base de escay, lámparas ahumadas y acero, había traído un soplo de aire americano al vetusto Madrid de finales de los cincuenta. Se llamaba Nebraska. Empujaron las puertas abatibles de cristal y se sentaron en una de las mesas del fondo.

—¿Qué te ha impresionado más de la película? —quiso saber Carmen.

—¿Aparte de la grandiosidad de la producción?

—Sí, aparte de eso.

—Me han gustado muchas escenas, pero Anne Baxter está muy bien cuando le dice a Heston: «Te he maldecido cada vez que Ramsés me estrechaba entre sus brazos».

—La cara de ella cuando él la rechaza es un prodigio de decepción.

—Él le dice que ha visto la luz cegadora de Dios. Después de eso ya no está para tonterías.

—¡Y además se ha casado con una pastora!

—Bueno, eso también. Aunque no creo que eso le importara mucho a la reina, la verdad.

—¿Tú preferirías a una pastora antes que a una reina?

—Creo que me daría lo mismo.

—¿Estás seguro?

—Sí.

—En ese caso, te has ganado un regalo.

Hurgó en el bolso, sacó una cajita envuelta en papel turquesa con un lazo blanco y se la dio.

—¡Es de Tiffany! —dijo Ramón mientras quitaba el envoltorio

—Recién traído de la Quinta Avenida. *Especially for you.*

Eran unos gemelos. Una paloma de Afrodita de nácar, ensartada sobre un sello de cuarzo con bordes de oro. Ramón los miró con detenimiento antes de decir:

—Me gustan mucho, Carmencita. Son preciosos.

Se acercó a su cara y le dio un beso en los labios.

—Un regalo atrasado de cumpleaños. Tenía que esperar que alguien fuera a Nueva York para traerlos.

—Afrodita, como sabes…

—Es la diosa del amor —le cortó ella—. Sí que lo sé.

—No es exactamente la diosa del amor. No del amor romántico, quiero decir. Es la diosa de la lujuria, del deseo, del sexo. Surgió de la espuma del mar ya adulta, núbil, absolutamente deseable.

—¿Tú crees que yo soy núbil y absolutamente deseable?

—No tengo ninguna duda. De hecho, tengo un regalo preparado para ti que responde bastante bien a esa pregunta.

—¿Y cuándo me lo vas a dar?

—El día 31.

—¡No! Ese día no puede ser. Mis padres han decidido que pasemos fin de año fuera de Madrid. Creo que vamos a París.

—¿Y cuándo pensabas decírmelo?

—Me enteré anoche. Iba a decírtelo ahora.

—Bueno, no importa. Pensaba dártelo el 31 porque es el día en que se hacen los grandes propósitos para el año siguiente, pero puedo dártelo mañana mismo, si quieres.

—Sí, quiero.

—Pues quedamos mañana a las diez en el Manila de Goya.

—¿Y no me vas a dar una pista de lo que es?

—Por supuesto que no, Carmencita, por supuesto que no.

El lunes 28, el cielo de Madrid amaneció encapotado por un manto de nubes negruzcas que apenas permitía que llegara luz a la calle. Carmen salió de casa con un abrigo largo y un pañuelo en la cabeza anudado al cuello para prevenir que la lluvia, si llegaba el caso, la sorprendiera desprotegida. Caminaba más veloz que de costumbre, sin detenerse frente a los escaparates. De vez en cuando alargaba o acortaba los pasos para no pisar los charcos que se habían formado en la acera.

Llegó a la cita con Ramón unos minutos antes de la hora convenida, pero cuando entró en la cafetería vio que él ya estaba sentado en una de las mesas del fondo. Al acercarse se percató de que había sobre la mesa una cámara de fotos en una funda de cuero marrón con la marca Yashica repujada en el exterior.

—Voy a hacerte un reportaje fotográfico —le dijo él, al ver la cara de extrañeza de su amiga.

—¡No pienso posar! —protestó ella mientras se quitaba el pañuelo de la cabeza.

—No quiero que lo hagas.

Después de quitarse el abrigo y de dejarlo doblado en la silla de al lado, tomó el sobre que Ramón sostenía en la mano. Luego se sentó delante de él.

—¿De qué se trata? —preguntó mientras le echaba un vistazo al sobre por ambos lados.

—Ahora lo verás. Léelo despacio y deja que te haga unas fotos mientras lo haces —le pidió a la vez que sacaba la máquina de la funda.

—¿La leo ahora o espero a que pidamos algo?

—Lo que tú prefieras.

—Entonces, la leo ahora.

Rasgó el sobre con cuidado y sacó la cuartilla que había dentro. El texto estaba escrito a mano con una estilográfica de tinta azul.

Cuando empezó a leer, *crap, crap*, tuvo la extraña sensación de que el sol había horadado la cortina cenicienta del cielo y que su luz poderosa mandaba la oscuridad al confín más alejado de la tierra.

> *Los dos sabemos que antes o después he de pedirte que te cases conmigo. Bueno, pues ha llegado el momento. No pido que sea la mía, junto a la tuya, una vida cómoda. Si lo fuera, sería señal de que has rendido tus ganas de batalla. Eso no puede suceder. Quiero ser un escudero leal que enarbole el estandarte de tus causas y el compañero valiente que te ayude a ganarlas. No le temo al calor que supondrá vivir sin aire acondicionado, ni al hambre que me hará pasar tu ayuno permanente, ni al acero que se asomará a tus ojos cuando te enfades conmigo, ni al esfuerzo que me costará tener respuestas para todas tus preguntas, ni, por supuesto, al riesgo que tendré de correr hasta llegar a la guarida donde se esconde el lunar que hay al final de tu espalda…*

Carmen sonrió, *crap, crap*, y el obturador de la Yashica parpadeó dos veces.

> *… Solo le tengo miedo a la idea de perderte. Todos los hombres se aferran a la convicción de que para cada uno de ellos las leyes*

de la probabilidad son canceladas por el amor. Hasta Merlín, que sabía con toda certeza que una muchachita tonta iba a ser la causa de su muerte, no vaciló en seguirla cuando llegó el momento. Yo también te seguiría, como hizo él con Nyneve, aunque supiera que por el hecho de hacerlo iba a acabar en el infierno...

Crap, crap, crap. A Carmen le acababa de salir esa arruga concreta en el entrecejo que delataba el esfuerzo que estaba haciendo para contener la emoción que bailaba en sus ojos.

... Guardaré tus secretos, te confiaré los míos. Construiremos un mundo propio a salvo de las asechanzas del mundo. Cásate conmigo, Carmencita, y seré el filo de tu espada y, si es preciso, la sangre de tu herida. Mi felicidad depende de tu cercanía. Quiero pasar el resto de mi vida contigo. ¿Qué te parece la idea? Si te parece bien, cuando acabes de leer esta carta, mírame a los ojos y hazme una promesa. La que tú quieras. Solo te pido que sea una promesa que puedas cumplir hasta el fin de nuestros días. Esa promesa y estas fotos serán los testigos de nuestro compromiso. Te quiero tanto que hasta la mano se me agarrota cuando lo escribo.

Cuando acabó de leer la carta, Carmen mantuvo la vista sobre la cuartilla durante un buen rato, *crap, crap, crap, crap, crap,* y luego buscó la mirada de Ramón.

—Te prometo —le dijo con tono solemne— que empezaré cada día pronunciando tu nombre.

Diez minutos después, los dos estaban en el despacho parroquial de la Concepción explicándole a don Miguel la firmeza de su propósito.

—¿No vais demasiado deprisa? —les preguntó el sacerdote.

—¿Tú tienes miedo? —le preguntó Ramón a Carmen.

—Por supuesto que no.

—Ya sé que tu hermana no era mucho mayor que tú cuando se casó hace dos años —dijo don Miguel, dirigiéndose a ella— y que tu madre también se casó muy joven, pero sí puedo decir que ellas lo hicieron con hombres hechos y derechos que ya tenían su vida profesional resuelta. Ramón solo tiene dos años más que tú y todavía no ha terminado la carrera. No son situaciones comparables.

—Nosotros no nos casamos pensando en lo que han hecho los demás —objetó Ramón.

—Y además nos casamos enamorados.

—Todo eso está muy bien, Carmen, pero eres menor de edad y no puedes hacer nada sin el consentimiento de tus padres.

—Pues lo obtendré. Conocen a Ramón desde que era un niño. Saben que lo nuestro no es un capricho pasajero de hace un cuarto de hora. De una forma o de otra, llevamos juntos desde los seis años.

—¿En qué consiste el consentimiento? —preguntó Ramón—. ¿Qué es lo que tienen que firmar los padres de Carmen?

—La boda canónica —le explicó el sacerdote— también tiene efectos civiles. Y, por lo tanto, el papeleo es doble. Si queréis, os dejo una nota con todos los requisitos necesarios para completar el expediente, la revisáis con vuestros padres y volvemos a hablar cuando lo hayáis hecho. ¿Os parece bien?

Ramón y Carmen salieron de la iglesia con la nota en el bolsillo, seguros de que se enfrentaban a un trámite burocrático que no iba a revestir mayores contrariedades.

Carmen soltó la noticia a la hora de comer.

—¡Me caso! —dijo, sin ser consciente de que acababa de soltar otra Little Boy sobre Hiroshima.

El grito de alegría de su hermano Antonio aún puso más en evidencia el efecto devastador que la noticia produjo en sus padres. Primero cruzaron una mirada furtiva de complicidad. Luego quedaron mirándose el uno al otro sin saber qué hacer. Silenciosamente, con visibles gestos de inquietud, se preguntaban qué podían decir y cómo hacerlo. Pero ninguno de los dos se atrevió a tomar la iniciativa. Al ver lo lívida que se había puesto su madre, el hermano mayor, Francisco, preguntó en voz alta:

—¿Qué pasa?

Carmen aguardaba la respuesta sumida en el desconcierto más absoluto.

Ninguno de sus padres respondió. En lugar de eso, la marquesa de Llanzol se levantó de su silla apresuradamente. Las patas arañaron el suelo y el arañazo sonó como una descarga de furia. Lanzó la servilleta sobre la mesa con violencia y abandonó el comedor como alma que lleva el diablo. Su marido la siguió. Antes de abandonar la habitación se volvió hacia Carmen y le dijo:

—Luego hablaremos, hija.

Sus palabras trasmitían una amarga ternura. No estaba enfadado. Preocupado, sí. Abatido, incluso. Desolado. Carmen pensaba a toda velocidad. Algo no iba bien. De hecho, algo iba rematadamente mal. Y lo que quiera que fuese había convertido a su madre en el Vesubio y a su padre en el gobernador de Pompeya.

Al rato sonó el teléfono y su tía Carmen le dijo que necesitaba hablar con ella con urgencia.

—Es mejor que vengas a casa. Aquí hablaremos con más tranquilidad —le dijo la tía a su sobrina.

—¿Qué sucede, tía? ¿Qué está pasando? —Su voz estaba cargada de angustia.

—Es mejor que vengas, Carmen. No tiene sentido que hablemos por teléfono.

De camino a casa de su madrina, Carmen fue repasando mentalmente el argumentario que iba a utilizar para vencer la resistencia inesperada que había despertado en sus padres la idea de la boda. Para empezar, no era demasiado joven. Su hermana Sonsoles ya llevaba dos años casada y solo tenía dos más que ella cuando su cuñado Eduardo la llevó al altar. Por otra parte, ella no buscaba lo que buscó su madre en el matrimonio. Ni tenía que salir de una situación económica comprometida ni aspiraba a que hubiera blasones en el dintel de la puerta de su casa. Y, sobre todo, estaba enamorada. Enamorada de verdad. No con el amor adolescente de la primera calentura. Ramón y ella se conocían desde que eran niños y habían descubierto juntos la amistad, la naturaleza, el afecto, la inteligencia, la ternura, la atracción, la sensualidad, el amor. ¡Un amor insustituible! Lo que les unía era una globalidad que pocas veces se encontraba en la vida. Que Ramón y ella iban a casarse antes o después era un hecho incuestionable. ¿Qué sentido tenía demorarlo? Cuando descubres que quieres pasar el resto de tu vida con alguien, lo mejor que puede suceder es que el resto de tu vida empiece cuanto antes.

Pero Carmen de Icaza no quería hablar con su ahijada de nada de eso. No importaba su edad, ni si el título del novio era nobiliario o universitario. Tampoco la globalidad de su amor era un factor a tener en cuenta.

—¿Conoces al fraile Tomás? —le preguntó después de abrazarla.

Carmen negó con la cabeza.

—Creo que nos vimos hace unos años en San Sebastián —dijo el fraile.

—No lo recuerdo.

—Es un fraile dominico muy querido a quien conozco desde hace tiempo. Uno de los hombres más sabios que he tenido la fortuna de tratar a lo largo de mi vida.

—¿Y por qué está aquí? ¿Qué es lo que pasa, tía Carmen?

—Lo que pasa, Carmencita, es que no te puedes casar con Ramón. Es absolutamente imposible.

Carmen se sobrepuso al primer impacto con un gesto reflejo de rebeldía. Sin tratar de entender lo que estaba pasando, se revolvió contra la prohibición lanzando un desafío:

—¡Eso ya lo veremos! ¿Quién me lo va a impedir?

—Nadie quiere perjudicarte, hija mía —terció el fraile dominico.

—¿Qué es lo que pasa? ¿Por qué no me puedo casar con Ramón?

Y entonces, sin paños calientes, Carmen de Icaza le explicó el porqué.

En aquel instante preciso, cuatro palabras hicieron que el cuerpo de Carmen se quebrara por dentro como lo hubiera hecho la rama de un árbol al recibir un peso mayor del que puede soportar. Un chasquido interior precedió al fallo de los sentidos. Las imágenes se le hicieron borrosas, los sonidos se distorsionaron, su propia saliva le supo a bilis. Los cuerpos de su tía Carmen y del fraile dominico parecieron situarse detrás de un cristal traslúcido que difuminaba sus siluetas hasta convertirlas en contornos fantasmagóricos, y de sus bocas brotaban voces silenciosas, frases sin volumen, que se perdían en el aire como si fueran muecas de mimos terroríficos. La habitación se derretía. Parecía uno de los relojes blandos que pintaba Dalí. Carmen trataba de devolver la realidad al instante previo, cuando el futuro aún era un presagio feliz, pero el pasado ya era un barco sin amarras que se alejaba de ella sin remisión. En cinco minutos, las certezas que hasta entonces la habían mantenido a salvo saltaron por los aires.

Ay, madre, ¿por qué le diste alas a tus sueños imposibles?

De golpe, ya nada era como antes. Todo adquiría un significado nuevo y desolador.

Las rodillas donde jugaba de niña a montar a caballo.

Las palabras amables del hombre de los ojos azules.

Los besos del hombre que amaba por encima de todas las cosas.

Ay, madre, madre, ¿por qué fuiste tan insensata y no me lo hiciste saber?

Las piernas dejaron de sostenerla y cayó al suelo. La luz del mundo se apagó y cerró los ojos. La confusión se apoderó de su cabeza y perdió el sentido. Lo último que vio, antes de desmayarse, fue una columna de humo perdida en el horizonte. Luego, nada. Absolutamente nada.

XXIX

Madrid, martes, 3 de mayo de 1977

Aquella noche, sentada bajo la estrecha vigilancia del Che Guevara que dominaba la habitación asomado al póster de la pared, Carmen escuchaba con desinterés el discurso televisado en el que Adolfo Suárez estaba anunciando su decisión de presentarse como candidato independiente a las elecciones generales que el Gobierno había convocado para el 15 de junio.

> *Se me encargó la misión de llevar a buen puerto la reforma política de nuestro país, y debo comparecer a juicio público cuando se establece la primera consulta democrática.*

En otras circunstancias, esa idea de «misión cumplida» que sobrevolaba el discurso la hubiera llenado de orgullo. Por primera vez en cuarenta años los españoles iban a poder elegir libremente a sus gobernantes sin restricciones ideológicas de ninguna clase. Una vez legalizado el PC, ningún partido político quedaba excluido de la contienda electoral. Era un triunfo democrático sin paliativos. Algo inimaginable cuando Suárez llegó a la presidencia del Gobierno, once meses antes, camuflado entre los lanceros que debían preservar la supervivencia del Movimiento, y ella le acompañó, recelosa y esperanzada, dispuesta a derribar la puerta del miedo.

Si su señorito hubiera dado un paso atrás después de haber firmado el decreto de convocatoria de las elecciones, si hubiera cumplido su palabra de no empañar la neutralidad del proceso manteniendo alejada la maquinaria del poder de sus intereses particulares, ahora ella no estaría escuchando sus palabras como si procedieran de algún lejano planeta de otra galaxia. Pero Suárez había roto su palabra. La había engañado. Lo peor de sentirse traicionado no es el dolor del descubrimiento en sí, sino la sensación de orfandad que invade la conciencia. De golpe, el sentimiento de pertenencia, y la seguridad que emana de él, dan paso a una extraña zozobra, a una lejanía irreversible que se apodera de la visión de las cosas.

Ahora, Suárez le hablaba desde aquella lejanía infinita.

Creo modestamente tener el derecho y al mismo tiempo el deber de identificarme públicamente, y no a escondidas, con aquellas personas que desde una posición de centro pretenden ofrecer a los electores lo que ha sido una constante de mi Gobierno, una alternativa política que tienda a evitar peligrosos enfrentamientos.

¿El deber? Carmen se revolvió en su asiento. No, Adolfo. El sentido del deber nos lleva a enfrentarnos con nosotros mismos, a rebelarnos contra la propia voluntad. Tú no estás cumpliendo un deber, estás ennobleciendo argumentalmente la satisfacción de un deseo.

Como si hubiera leído su pensamiento, él respondió desde el otro lado de la pantalla:

Ruego a todos ustedes, y muy especialmente a las fuerzas políticas, que me hagan el honor de creer que es una decisión muy meditada, muy consultada, ciertamente incómoda y con evidentes riesgos. No voy a buscar una solicitud de respaldo personal. Nunca he perseguido en mis acciones de gobierno pedir nada para mí.

Carmen sabía que la decisión de Suárez de presentarse a las elecciones se había ido decantando progresivamente en los dos últimos meses. Gracias a la locuacidad de Javier González de Vega, que a menudo hacía de traductor de las visitas extranjeras, había ido siguiendo el rastro de su reflexión interior. El 17 de marzo le dijo al encargado de negocios de Estados Unidos que iba a legalizar el Partido Comunista y que él no tendría más remedio que presentarse a las elecciones para evitar que la vida política se radicalizara por el antagonismo entre la derecha y la izquierda.

—¿Seguro que dio por hecho que se presentaría? —quiso saber Carmen cuando González de Vega se lo contó.

El jefe de protocolo no respondió con palabras. Miró a Carmen con fijeza, ladeando ligeramente la cabeza, encogió los brazos y giró las muñecas hasta que las cuencas de las manos quedaron boca arriba. En lenguaje corporal, aquella reacción significaba algo parecido a un con-quién-te-has-creído-que-estás-hablando. A González de Vega no le gustaba que pusieran en duda su profesionalidad.

Al día siguiente Carmen quiso saber si Suárez ya hacía en público el mismo discurso que en privado y le preguntó a bocajarro si se iba a presentar a las elecciones. La respuesta que obtuvo no fue concluyente: «No estoy seguro de que quiera hacerlo —respondió—, pero a lo mejor es el único modo de detener el proceso de involución que se ha puesto en marcha». A Carmen siempre le pareció fascinante la capacidad que tenía su jefe para vestir de necesidad la persecución de un deseo.

El 19 de marzo, González de Vega volvió a darle información privilegiada. Carmen sabía que Gaston Thorn, el primer ministro luxemburgués, se había reunido con Suárez y que el jefe de protocolo de Moncloa había hecho de traductor durante la entrevista. Enseguida, Carmen puso en marcha su particular protocolo indagatorio.

—¿Cómo va el francés del presidente, Javier? —le preguntó de manera informal, aprovechando un encuentro que no tuvo nada de casual a pesar de las apariencias.

—No tan rápido como debería. Lleva un mes con la profesora que le busqué, pero no se le notan demasiados avances. Me parece que le cuesta concentrarse en las clases.

Carmen captó sin dificultad la velada referencia de González de Vega a la belleza de la profesora. Suárez había pedido que fuera joven y guapa. «Así, mi amor propio de tío me obligará a esforzarme más», dijo para justificar el requisito. Al saberlo, Amparo Illana comentó: «Típico de él».

—Me han dicho que está casada y tiene un hijo pequeño —dijo Carmen con ánimo tranquilizador.

González de Vega no se sentía cómodo hablando con Carmen de la atracción que pudiera sentir el presidente del Gobierno por las mujeres guapas, casadas o no. Ya le había dado suficientes disgustos el reportaje que él mismo gestionó con la revista *Semana* para desmentir los rumores de crisis en el matrimonio Suárez-Illana. Amparo estuvo sin dirigirle la palabra durante una larga temporada por haberse metido donde nadie le llamaba. En gran parte, los rumores nacieron a raíz del nombramiento de Carmen como directora de gabinete del presidente. Tenía la sensación de estar mentando la soga en casa del ahorcado.

—En todo caso —dijo para sacar la conversación de terrenos pantanosos—, es una magnífica profesora.

—Mientras el señorito te tenga cerca —respondió ella con intención descaradamente aduladora—, no hay problema. Tú llenas muchos huecos en esta casa, ya lo sabes. Es una suerte tenerte aquí.

González de Vega agradecía sobremanera cualquier testimonio que le sirviera para reforzar su autoestima. Desde la mudanza al palacio de La Moncloa había pasado por momentos muy duros. Lito no consintió en habilitarle un despacho en el edificio principal del complejo y le relegó a un escondrijo oscuro y alejado en el pabellón donde se instalaron las dependencias administrativas. Estuvo a punto de dimitir por sentirse tan poco valorado. Carmen sabía qué tecla debía tocar para que se sintiera importante. Eso era algo, debía reconocerlo, que había aprendido de su jefe.

—¿Qué te ha parecido Thorn?

—Me ha parecido un hombre muy lúcido.

—Y un gran demócrata —añadió Carmen—. A su padre le acusaron de dinamitar una red ferroviaria para frenar el avance de los nazis durante la Segunda Guerra Mundial y a él le detuvieron en 1943, cuando solo tenía veinticinco años, por colaborar con la resistencia.

—Ahora entiendo por qué demostró tanto interés en saber qué pensaba hacer Alejandro con el Movimiento.

—¿Ah, sí?

Carmen tiraba de la cuerda procurando que la conversación no derivara en un interrogatorio.

—Cuando Alejandro le dijo que la Secretaría General del Movimiento iba a quedar definitivamente desmantelada la semana que viene, a Thorn se le iluminó la cara.

—Era el último vestigio fascista que quedaba en Europa occidental —le comentó Carmen, haciéndose violencia para no recriminarle una vez más su tendencia a magnificar la identidad de Suárez con ínfulas macedonias.

—A los que vivieron la guerra les espanta que la convivencia pueda volver a radicalizarse.

—¿Por qué dices eso?

—Porque exteriorizó la inquietud que le provocaba el hecho de que en España pudiera producirse un encontronazo entre la derecha y la izquierda. Le aconsejó al presidente que tratara de evitarlo.

—¿Y le sugirió cómo hacerlo?

—Le dijo abiertamente que debía presentarse a las elecciones para que hubiera una opción de centro que pudiera amortiguar el choque entre los que no quieren que nada cambie y los que todavía viven anclados en el marxismo.

Carmen imaginó la cara de satisfacción que debió de poner Suárez al escuchar el consejo del presidente luxemburgués, pero no hizo ningún comentario en voz alta para no entorpecer la conversación.

—Supongo que le diría lo mismo que al encargado de negocios norteamericano…

—No con tanta firmeza. Al americano le dijo que iba a presentarse a las elecciones. Sonó a decisión tomada. A Gaston Thorn, en cambio, solo le dijo que lo estaba considerando. Le contó que según las últimas encuestas hay entre un 65 y un 70 por ciento de españoles que se consideran de centro y que no saben a quién votar. Enseguida se pusieron de acuerdo en que alguien debía ocupar ese espacio.

Al oírlo, Carmen confirmó su tesis de que Suárez ya estaba trabajando abiertamente en la constitución de una plataforma electoral, de carácter centrista, que acabara con la sopa de siglas que se estaba apoderando del panorama político. Distintos partidos socialdemócratas, liberales y democristianos pugnaban por presentarse a las próximas elecciones.

El 20 de marzo supo que la noche anterior, durante una cena muy concurrida, el vicepresidente del Gobierno, Alfonso Osorio, había planteado la necesidad de apostar por el liderazgo electoral de Suárez en detrimento del que se estaba construyendo en torno a José María de Areilza. Del lunes 21 al viernes 25 desfilaron por Moncloa los jefes de filas de los grupos mejor organizados. A todos ellos se les ofreció, antes o después, un puesto en el Gobierno.

Álvarez de Miranda, Fernández Ordoñez, Pío Cabanillas, Joaquín Garrigues, Ignacio Camuñas... Todos ellos aceptaron el planteamiento del presidente del Gobierno: «Conmigo se puede llegar al triunfo, sin mí solo alcanzaréis un piadoso olvido».

A pesar de todo, Suárez no acababa de decidirse. El 31 de marzo aún andaba deshojando la margarita de su candidatura electoral. Así se lo confirmó al presidente de Irlanda, en otra conversación en la que Javier González de Vega ofició como traductor.

Carmen se hizo de nuevo la encontradiza para sonsacarle información de primera mano.

—¡Cuánto te quiere el profesor Tierno Galván! —le dijo con voz zalamera.

Como si hubiera invocado la fórmula mágica del «Ábrete, Sésamo», el jefe de protocolo enseguida le dio acceso a su intimidad.

—¿Has estado con él? —preguntó mientras pintaba en su rostro una sonrisa de oreja a oreja.

—Fui al mitin que dio en la plaza de toros de Vistalegre el domingo pasado. Ver a los ciudadanos gozando de la libertad recién estrenada ha sido una de las cosas más emocionantes que me han pasado en los últimos años. Al final me acerqué a darle un abrazo. Me dio recuerdos para ti. Me dijo que te quiere mucho.

—¡Y yo a él, eso ya lo sabes! —Luego se interrumpió de golpe, como si un pensamiento perturbador hubiera sacudido su conciencia.

Carmen adivinó el motivo de la zozobra.

—No debes torturarte —le dijo—. Hiciste bien en no acudir. Al señorito no le habría gustado.

—¡Pero tú sí que fuiste!

—Sí, y me costó una bronca de padre y muy señor mío.

Era la verdad. En realidad, no había sido solo una bronca, habían sido dos. El viernes 25, a las diez de la noche, Suárez la llamó a su casa para preguntarle si se había afiliado al PSP. Estaba enfadado. Carmen supo enseguida que manejaba la información que le hacían llegar las personas de Moncloa que la estaban espiando desde hacía un mes.

A finales de febrero, tras la entrevista que mantuvieron el día 27 Suárez y Carrillo en casa de José Mario Armero, advirtió que alguien revolvía en los cajones de la mesa de su despacho. Desde entonces comenzó a hacer sus anotaciones en clave para que nadie supiera con quién hablaba por teléfono ni de qué. Pero sus cautelas servían para poco. Luego, ella misma era incapaz de entender lo que había escrito y Suárez seguía puntualmente informado de sus conversaciones telefónicas. Un día le dijo: «Últimamente estás hablando mucho con Pilar Brabo». Ella llamó a su amiga comunista, miembro del Comité Central del PC y persona de confianza de Santiago Carrillo, y le pidió que dejara de telefonearla con tanta insistencia. «Creo que el señorito desconfía. Tiene celos», le dijo.

El día anterior a la llamada de Suárez cometió el descuido de dejarse olvidada su agenda en el despacho. El hecho de que le preguntara por su afiliación al PSP demostraba con claridad que alguien la había leído.

«Creo que te lo han explicado mal —respondió ella—, yo no he escrito en mi agenda que me haya hecho del PSP. Ni siquiera he hablado con Tierno de ese tema. Lo que he escrito es que llevo un tiempo pensando en hacerme del PSP, en el supuesto de que Tierno se decida a presentarse a las elecciones. Dile a quienes fisgonean en mis cosas que al menos lean bien las cosas que escribo».

El lunes 28 la bronca fue todavía peor. Al enterarse de que Carmen había acudido al mitin de Tierno en Carabanchel la llamó al despacho y le dijo: «Llevas una larga temporada haciendo cosas muy peligrosas. Filtras noticias a la prensa, metes la nariz en las audiencias del rey y hablas con tus amigos de izquierdas de cosas que no debes». Carmen sabía exactamente a qué se refería y trató de desmontar, una a una, las tres acusaciones. «Primero —refutó con voz airada—: el artículo que publicó tu amigo Abel Hernández anunciando que te presentarías a las elecciones tras la legalización del PC no lo inspiré yo. Busca al filtrador en otra parte. Segundo: que el rey haya recibido a Tierno sin tu consentimiento, por mucho que a mí me parezca una buena decisión, es cosa suya, no mía. Tu obsesión por tener el monopolio político del monarca me recuerda mesianismos afortunadamente pretéritos. Y tercero: yo hablo con quien me da la gana. Que mis planteamientos son de izquierdas es algo que sabes desde hace muchos años. Me parece que a ti todo el mundo te parece peligroso».

La bronca acabó con una seria advertencia de Suárez: «Si sigues por ese camino, atente a las consecuencias».

Aquella noche, Carmen escribió en su diario:

Comenzamos con las amenazas. Eso es prueba de su autocracia.

A Javier González de Vega no le consoló saber que a Carmen le había caído una reprimenda por haber ido al mitin de Tierno.

—Me siento mal por no haber ido a ver al Viejo Profesor —dijo con pesadumbre—. Si tú has soportado una bronca por haber ido, yo, que soy un amigo más antiguo, debería haber hecho lo mismo.

—Él sabe que hubiera sido una imprudencia por tu parte. Y es evidente que su afecto por ti no se ha resentido en absoluto.

—¿Qué tal estuvo el acto?

—Tierno estuvo formidable. Hará falta un adversario duro para hacerle frente. A ver si el señorito se decide. ¿Tú cómo le ves?

Carmen había llevado la conversación al punto que le interesaba. El jefe de protocolo esbozó un gesto de complicidad y con la liturgia típica de quien va a trasladar una confidencia, respondió:

—Al primer ministro irlandés le ha dicho que prefiere no presentarse a las elecciones, pero reclama el derecho de hacerle saber al electorado cuál será el sentido de su voto.

Si eso era verdad, pensó Carmen, Suárez aún estaba a tiempo de cumplir la promesa que le hizo de no presentarse a las elecciones para que el proceso democrático echara a andar sin interferencias interesadas del Gobierno. Por la noche se fue a la cama con esa idea gravitando en su cabeza.

Al día siguiente, primero de abril, el panorama cambió por completo.

El Tribunal Supremo se declaró incompetente para pronunciarse sobre la legalización del PC y le devolvió la patata caliente al Gobierno.

Cuando los comunistas solicitaron la inscripción de su partido en el registro de asociaciones políticas, el 11 de febrero, el Ministerio de la Gobernación paralizó el procedimiento hasta que la justicia aclarara si sus estatutos incurrían o no en un supuesto de irresponsabilidad penal. El Consejo de Ministros trasladó la consulta al Supremo. Todo el mundo esperaba, Suárez incluido, que el alto tribunal ratificara la imposibilidad legal de atender la solicitud de los comunistas, pero contra pronóstico los magistrados resolvieron que esa valoración no era materia de su competencia.

Lejos de ser una mala noticia, la postura de los jueces le brindaba a Suárez la gran oportunidad de cumplir la promesa que le había hecho a Santiago Carrillo cinco semanas antes.

—Hemos estado jugando este año una partida de ajedrez y usted ha ido avanzando sus peones de forma que ha condicionado mi juego —le dijo el presidente del Gobierno al secretario general del Partido Comunista nada más estrecharle la mano por primera vez.

Pasaban pocos minutos de las seis de la tarde. Domingo, 27 de febrero. Estaba anocheciendo y la lluvia seguía cayendo con fuerza sobre la finca de Pozuelo de Alarcón donde los dos líderes políticos mantenían una reunión secreta.

Ana Montes, la mujer de José Mario Armero, aparcó el Seat 1600 azul de sus hijas frente al portal de la casa de Santiago Carrillo siguiendo las instrucciones que había recibido de su marido, a las cinco en punto de la tarde. Estaba sola en el coche y le temblaba el pulso. Inesperadamente, un hombre joven se asomó a la ventanilla y le preguntó a bocajarro: «¿Espera usted a Santiago Carrillo?». La mujer se asustó. Temió que fuera un simpatizante de la ultraderecha dispuesto a descerrajarle un tiro en la nuca. El joven advirtió el miedo bailándole en los ojos y se apresuró a tranquilizarla: «No se preocupe —le dijo—, soy uno de sus hijos. Mis hermanos están en un coche aparcado un poco más atrás. Vamos a seguirla durante unos minutos para asegurarnos de que todo está bien». Ana Montes aceptó la idea, pero impuso una condición innegociable: «Podéis seguirnos hasta que os aseguréis de que nadie nos vigila, pero luego tendréis que retiraros porque yo me he comprometido a que nadie sepa dónde se va a celebrar la reunión».

Carrillo bajó a cara descubierta a los pocos minutos y se sentó en el asiento del copiloto. Durante más de un cuarto de hora, el Seat azul estuvo dando vueltas por Madrid sin rumbo fijo. Los hijos del secretario general del PC no les perdían de vista. Ana le dijo a su acompañante: «Si sus hijos no dan media vuelta, don Santiago, yo no le llevaré al lugar de la reunión. He recibido instrucciones muy concretas de que nadie nos siga». Cuando el coche se detuvo en un semáforo, Carrillo bajó la ventanilla y ordenó a sus hijos, con un gesto expeditivo, que abandonaran la persecución.

Mientras tanto, en el bar de Pozuelo Refresco San José, a cien metros de una gasolinera en la carretera de Aravaca, José Mario Armero aguardaba la llegada del presidente del Gobierno. Suárez llegó a la hora convenida. Armero se subió al coche oficial y guio al conductor hacia su chalé de veraneo, situado en el número 29 del camino viejo de Majadahonda. Era el lugar elegido para la reunión secreta. El chalé se llamaba Santa Ana y solo el director general de Seguridad y dos hombres de su confianza sabían lo que iba a suceder en su interior pocos minutos más tarde.

Los policías fueron los primeros en llegar, pero se equivocaron de sitio y entraron en el jardín del chalé contiguo. La confusión les hizo temer que los vecinos les descubrieran.

Suárez y el anfitrión llegaron pocos minutos más tarde.

A las seis y diez, con ligero retraso respecto al horario establecido, llegó el Seat azul que transportaba a Carrillo.

—Hemos estado jugando este año una partida de ajedrez y usted ha ido avanzando sus peones de forma que ha condicionado mi juego —le saludó el presidente del Gobierno.

Cuando Pilar Brabo le contó a Carmen los pormenores del encuentro no omitió ningún detalle. «Tu jefe —le dijo— solo bebió café y se fumó una cajetilla de Canarios. La reunión duró seis horas. El mío bebió whisky y consumió dos cajetillas de Peter Stuyvesant. Se cayeron bien. Santiago afirma que Suárez es un maestro en las distancias cortas».

Armero hizo ademán de dejarles a solas, pero Suárez le pidió que se quedara. Carrillo aceptó.

El comunista, después de los saludos, fue directo al grano:

—Vengo a presionar para que el presidente nos legalice antes de que se celebren las elecciones.

La partida había comenzado.

—Esa decisión levantaría una polvareda en el Ejército que podría conducir a España a un golpe de Estado —esgrimió a la defensiva el presidente del Gobierno.

—España ha madurado mucho. Los ciudadanos quieren paz y democracia.

—Por eso hay que andar con pies de plomo. Dentro de dos o tres años la situación será más estable y las Fuerzas Armadas habrán asumido la dinámica del cambio político. Entonces la legalización del PC ya no será un problema.

Carrillo subió la apuesta:

—Si yo no me presento, las elecciones carecerán de legitimidad y su reforma hacia la democracia no será creíble.

—Y si yo no le legalizo, no tendrá presencia en las instituciones y no podrá influir en el proceso constituyente.

—Si no nos legaliza, desacreditaremos las elecciones, aunque sea colocando urnas de cartón con nuestras candidaturas en los colegios electorales. Movilizaremos a todos nuestros apoyos para hacer fracasar el cambio.

—Lo que yo le propongo es que se presente como independiente. Esa fórmula nos ahorraría muchos problemas a corto plazo.

—¿Presentarme como independiente? Ni así, ni vestido de lagarterana. Ya le hice llegar esa postura al rey hace semanas a través de Areilza. Aquí hemos venido a hablar de política con pe mayúscula.

El tira y afloja había llegado a un punto que no admitía componendas. Alguien debía ceder en su postura para evitar que la conversación se atascara y, lo que aún sería peor, para que el proceso político entrara en una vía muerta. De los dos posibles boicots que amenazaban el cambio, Suárez tenía alguna posibilidad de desactivar el que patrocinaban los militares. Después de todo, él era el presidente del Gobierno y el rey ostentaba el mando supremo de las Fuerzas Armadas. El que planteaban los comunistas, en cambio, excedía por completo a su capacidad de control. Respiró hondo y se lanzó al vacío:

—¿Si les legalizamos, aceptarán la bandera nacional, la monarquía y la unidad de España?

Carrillo soltó una bocanada de humo de tabaco holandés y sacudió el pitillo que tenía en la mano para que la ceniza cayera mansamente en el cenicero. Tras elegir bien las palabras, respondió:

—Nosotros somos republicanos, pero aceptaremos la monarquía siempre y cuando esta apueste por la democracia. Lo importante ahora no es el debate entre monarquía o república, sino la elección entre dictadura o democracia, y nosotros estamos claramente con la segunda. Si el rey asume la monarquía parlamentaria y constitucional, nosotros le apoyaremos. Me consta que él ya lo sabe.

A las doce de la noche, después de un forcejeo suave en las formas y firme en las posiciones de fondo, Suárez y Carrillo alcanzaron un pacto de caballeros: habría legalización antes de las elecciones de junio, pero los comunistas adquirían el firme compromiso de moderar sus mensajes electorales y las movilizaciones públicas.

«Cuando Santiago nos hizo el resumen de la conversación —le dijo Pilar Brabo a Carmen—, estaba exultante. No dejaba de decirnos que pronto saldría el sol».

La decisión del Tribunal Supremo de no inmiscuirse en el trámite de la legalización del PC le daba al Gobierno la posibilidad de dar un definitivo golpe de mano. Ese mismo 1 de abril, Suárez decidió que fuera la fiscalía del Tribunal Supremo la instancia encargada de decidir si los estatutos del Partido Comunista incurrían en algún supuesto de ilicitud penal. De no ser así, el Ministerio de la Gobernación podría autorizar su inscripción en el registro de asociaciones políticas y la legalización quedaría oficialmente consumada. En previsión de que las circunstancias le permitieran utilizar esa vía, el presidente del Gobierno ya había hablado con el fiscal del Supremo y tenía fundados motivos para pensar que el buen fin de su propósito no corría peligro.

Ese fue el hecho que disipó de un plumazo las dudas sobre su futuro electoral. «Si juegan todos, yo también —les dijo a los miembros del Gobierno durante la reunión del Consejo de Ministros—. He decidido presentarme como candidato independiente a las elecciones del 15 de junio».

Carmen se enteró de la decisión presidencial a última hora de la tarde y llamó por teléfono a su amigo Antonio Senillosa para contársela. No dejaba de ser paradójico. ¡Suárez había decidido vincular su suerte a la del Partido Comunista! El solo hecho de pensarlo hizo que una amarga sonrisa se asomara a sus labios.

Un mes después, las palabras de Suárez en televisión hicieron que aflorara el mismo gesto.

Yo, señores, no solo no soy comunista sino que rechazo firmemente su ideología, como la rechazan los demás miembros del gabinete que presido. Pero sí soy demócrata, y sinceramente demócrata. Y pienso que nuestro pueblo es lo suficientemente maduro como para asimilar su propio pluralismo. Mal podríamos intentar que el Estado fuera sólido si no lo creyéramos capaz de albergar a todas las fuerzas políticas que aceptan su legalidad.

Al oírlo, Carmen volvió a removerse en su asiento. ¡Cuántas veces la había mandado callar por decir eso mismo en su presencia!

¿Lo ves, Adolfo? No es que yo no tuviera razón, es que a ti no te convenía dármela.

¿No es preferible contabilizar en las urnas lo que, en caso contrario, tendríamos que medir sobre la base de algaradas callejeras? ¿No es preferible que el Partido Comunista de España acepte públicamente las bases de nuestra convivencia, en lugar de verse obligado a luchar para destruirlas a fin de encontrar por esa vía un lugar en el mapa político español?

Mientras formulaba esas preguntas, al presidente del Gobierno se le dibujó una pequeña arruga en la frente. La luz de los focos la convirtieron en un destello fugaz, en el reflejo de un misterioso enigma. Carmen tuvo claro que no era producto del énfasis de la interrogación, sino del vértigo que le provocaba el miedo a adentrarse en un mundo desconocido.

Cuando acabó el discurso, sonó el teléfono. Era el rey.

—¿Lo has visto?

—Sí.

—Hay que reconocer que es todo un seductor.

—A mí no me lo parece.

—Eso es porque tú eres una castigadora.

—No me gusta su mesianismo. Se cree el ombligo de la historia.

—Piensas como Tierno Galván.

—Ojalá fuera la mitad de lista que él.

—¿Sabes lo que me dijo cuando vino a verme anteayer?

—No. Lo único que me contó es que el rey tiene el mismo don de trato que su padre. No quiso darme más detalles de la conversación.

—Me dijo que temía que mi papel en la Transición quedara oscurecido con los años y que todos los tantos se los llevara Adolfo.

—No tengo duda de que él hará lo posible para que así sea. Pero el tiempo le pondrá en su sitio. Más importantes que él han sido, por este orden, el pueblo español, el rey y Santiago Carrillo.

—Tierno es un hombre listo —dijo el rey, resistiendo la tentación de impugnar la prelación que Carmen había establecido—. Me alegro de que haya sido el primer líder de la oposición en pisar La Zarzuela.

—Es importante que haya sido el primero, sí. Aunque Suárez no lo entienda. Tierno es profesor, es un hombre pausado que le da sosiego a la oposición y trasmite confianza a los ciudadanos. Y, sobre todo, es amigo de don Juan. No viene con el cuchillo entre los dientes a cargarse la monarquía.

—¿Te ha sentado mal que la prensa haya dicho que recibí a Tierno a instancias del presidente del Gobierno?

—Estoy acostumbrada a que las cosas se escriban de ese modo. Esta noche, en su discurso, Suárez ha dicho algunas cosas sobre la legalización del Partido Comunista que, cuando era yo quien las decía, me costaban unas broncas formidables.

—Eso son gajes del oficio.

—Hasta hace muy poco, Suárez era contrario a legalizar a los comunistas.

—No seas injusta. Él era partidario de la legalización pero le tenía mucho miedo, igual que yo, a la reacción del Ejército. Quienes sí se opusieron hasta el final fueron Alfonso Osorio y Torcuato Fernández-Miranda.

Juan Carlos sabía muy bien de lo que hablaba. A finales de febrero, tras la entrevista que había mantenido con Carrillo en casa de José Mario Armero, Suárez se plantó en Zarzuela y dijo que había llegado el momento de legalizar el Partido Comunista. «Carrillo mantiene el compromiso que le hizo llegar a través de Ceaucescu —le dijo Suárez al rey— y aceptará la monarquía y la bandera roja y gualda». Juan Carlos le respondió: «Conozco bien a los militares y no tenemos que darles la impresión de que maniobramos a sus espaldas. Me gustaría hablarles yo mismo de este asunto, pero debes ser tú, en calidad de presidente del Gobierno, quien les ponga al corriente de nuestras intenciones. Debes explicarles que el PC es un partido minoritario cuyo prestigio no haríamos más que incrementar manteniéndolo en la clandestinidad».

El 4 de abril, lunes santo, los dos vicepresidentes y los ministros de Gobernación, Justicia y Secretaría del Gobierno acudieron al despacho de Suárez. «Ha llegado el momento de legalizar al PC —les dijo—, y conviene hacerlo de forma inmediata. Hay que aprovechar la Semana Santa. O ahora o nunca».

El vicepresidente político, Alfonso Osorio, se manifestó en contra. Ni le gustaba la vía elegida, ni la oportunidad del momento ni el desdén del riesgo. A su juicio, idéntico al que Torcuato Fernández-Miranda le había manifestado a Suárez días atrás, ampararse en el criterio único de la fiscalía suponía hacer una interpretación demasiado laxa del código penal. Además, la decisión debía discutirse en el seno del Consejo de Ministros, una vez que se hubieran celebrado las elecciones generales, para que contara con el aval democrático del resto de los partidos y los militares tuvieran menos argumentos para rebelarse.

Suárez zanjó la cuestión con autoridad: «No hay tiempo que perder. Está en juego la credibilidad de la reforma».

De los riesgos que habían enumerado Osorio y Fernández-Miranda, el que más le inquietaba era el del posible golpe militar. De acuerdo a la petición que le había hecho el rey, la víspera de la legalización quiso llamar uno a uno a los tres ministros militares para adelantarles lo que iba a pasar al día siguiente y el porqué de su conveniencia. El teniente general Gutiérrez Mellado le dijo: «Es preferible que no nos saltemos la cadena de mando. Debo ser yo quien hable con ellos en calidad de vicepresidente para Asuntos de la Defensa». Suárez accedió a la petición de su número dos, pero estableció una cautela específica: «Diles que yo estaré en mi despecho dispuesto a aclararles cualquier duda que tengan».

Ninguno de los tres ministros le llamó.

La legalización del Partido Comunista se conoció a las diez menos cuarto de la noche del sábado santo, 9 de abril. A esa hora, el Ministerio de la Gobernación confirmó el rumor que había puesto en circulación a las seis de la tarde la agencia Europa Press: el PC había quedado inscrito, con el número 125, en el folio 156 del registro oficial de asociaciones políticas.

A las doce del mediodía, el fiscal del Tribunal Supremo había reunido a la junta de fiscales de sala para evacuar el informe que tres días antes le requirió el Gobierno. Pasadas las cinco, los reunidos respaldaron por unanimidad la redacción de un simple párrafo de tres líneas que resolvía la cuestión más espinosa de la agenda política de la Transición:

Oída la junta de fiscales generales, evacuando el informe que le ha sido interesado, no se desprende ningún dato que determine de modo directo la incriminación del PC en cualquiera de las for-

mas de asociación ilícita que define y castiga el artículo 172 del código penal en su reciente redacción.

Desde el momento en que la noticia se hizo oficial, los teléfonos de los ministros militares no pararon de sonar. Muchos compañeros de armas comenzaron a urgirles para que abandonaran el Gobierno en señal de protesta. Los ministros del Ejército y del Aire resistieron las presiones a duras penas. El de Marina, Gabriel Pita da Veiga, anunció su dimisión el lunes día 11. A Suárez le costó tres días encontrar a algún almirante que estuviera dispuesto a sustituirle. El 14 de abril, un día antes de que el nuevo ministro tomara posesión de su cargo, el Consejo Superior del Ejército hizo pública una nota en la que expresaba «la profunda y unánime repulsa del Ejército» ante la legalización de los comunistas. En las salas de banderas, el ruido de sables era ensordecedor.

La misma tarde del día 9 de abril, a las siete menos cuarto, el rey llamó a Carmen por teléfono. A pesar del ambiente levantisco en los cuarteles, estaba de buen humor.

—¿Te gustaría vivir en Moscú?

—Hace demasiado frío.

—Muchas veces he tenido la tentación de mandarte allí, sin billete de vuelta, para que dejaras de dar la tabarra con lo de la legalización del PC.

—¡Para lo que ha servido!

Con voz triunfal, el rey replicó:

—¡Te equivocas! Quiero que seas la primera en saber que el Gobierno acaba de inscribirlo en el registro de asociaciones políticas. Desde hace unos minutos, ya es un partido legal.

Carmen tardó unos segundos en reaccionar. El júbilo se amotinó en su garganta. Finalmente, exclamó:

—¡Sábado rojo! ¡Se acabó la dictadura fascista!

Una sonora carcajada llegó desde el otro punto del hilo telefónico. El rey, todavía entre hipidos, le respondió:

—¿Ves ahora por qué te llamo Nuestra Señora de Termidor? Nos has llevado del terror de la dictadura a la etapa constituyente.

Carmen aceptó la exageración sin oponer resistencia. Sabía que las zalamerías del rey eran interesadas. Aunque su aportación al cambio político había sido modesta, el tamaño del mérito no importaba. Por pequeño que fuera, cabía en él una gigantesca porción de orgullo y estaba dispuesta a enarbolarlo sin cortapisas. Era feliz. Hacía mucho tiempo que no se sentía tan bien. Dejó a un lado los problemas que le alejaban de su jefe y cedió al impulso de felicitarle por la valentía que había demostrado. «¿Quién te lo ha contado?», fue la respuesta que recibió. El chaparrón de frialdad bajó a Carmen de la nube. Ella acusó el desplante. Con acerada altivez, replicó: «Su majestad el rey Juan Carlos Primero». Y, sin más, colgó el teléfono.

Estaba claro que la distancia entre ellos se había hecho irreversible.

Un mes después ya era infinita. El discurso televisivo que Suárez acababa de pronunciar presentándose ante la sociedad civil como factor de equilibrio de una España partida en dos mitades le pareció el eco de una grabación enviada desde otro planeta en una extraña cápsula del tiempo.

De repente, las palabras del rey la devolvieron a la tierra:

—Ahora que has conseguido tu objetivo y que ya no hay riesgo de instrumentalizar nuestra relación, podrías verme como el hombre que soy. Un hombre lleno de debilidades…

—Usted me recuerda, majestad, los versos de Benedetti: «¡Quién lo diría! Los débiles de veras nunca se rinden».

—¿Entonces no ves ninguna posibilidad de que humanicemos nuestra relación?

—Ninguna.

—En ese caso, Carmen, tendré que rendirme.

Cuando colgó el teléfono, la cabeza comenzó a darle vueltas. Estaba claro que Suárez y el rey, los dos motores que impulsaban el cambio político desde dentro de la estructura política del franquismo, reflejaban una imagen borrosa de su gran pasión por la libertad. La que ella anhelaba no podía ser el fruto de una concesión graciosa de la autoridad de turno. Nadie podía darla o quitarla a su antojo como si fuera su dueño. La libertad es una seña de nacimiento que marca la identidad de todos los hombres. De todos por igual. Sin barreras de raza o de clase. Ni de sangre. Ojalá lo hubiera tenido tan claro veinte años antes, cuando la muralla de una simple convención cultural, de una moda dictada por los prejuicios del hombre, la separó del otro gran amor de su vida. La negación del primer amor le privó del segundo: al renunciar a la libertad renunció al hombre de su vida. El precio que pagó fue demasiado alto. Entonces entendió que la libertad es un hábito que se adquiere. Ella lo había intentado. Suárez y el rey, no. Ambos estaban acostumbrados a disponer de los demás como si fueran porteadores de la suya. Y ella, por supuesto, solo era una ganapán más de su concurrida corte. El rey creía tener el derecho de llevarla a la cama, y Suárez el de tirarla a la basura después de haberle sacado toda su utilidad. ¡Menuda pareja!

Salió a la calle y fue al encuentro de Elizabeth Guth. Convinieron por teléfono en verse en la rotonda del Palace a las diez de la noche. Ya había oscurecido, pero el último reflejo de luz crepuscular aún reverberaba en el cielo. La brisa era fresca y llevó a su cara un soplo de vida.

Cruzó la calle de Alcalá, dejando a la derecha la plaza de la Independencia, y se adentró en el parque del Retiro por la puerta de Hernani. A la izquierda quedó el templete de música. Bordeó la mitad del estanque y giró por el paseo de las estatuas. Apenas quedaban algunos paseantes caminando a buen ritmo para salir del recinto antes de que cayera sobre él la noche cerrada. Frente a la mesa de un quiosco, ya sin clientela, una pareja de novios alargaba el último beso. En el paseo había poco movimiento. Los reyes de España vigilaban desde sus pedestales. Contra la negrura, sus siluetas dibujaban formas tétricas. A Carmen no le extrañaba que Isabel de Farnesio las hubiera retirado de la cornisa del Palacio Real tras soñar que se le derrumbaban encima. Era una pesadilla cómica: una italiana sepultada bajo el peso mineral de los monarcas españoles, la *finezza* de Parma bajo el adoquín de Madrid. Pensó en las veces que Juan Carlos le había dicho que no era de piedra y entonces se forjó en su cabeza el enunciado de un sencillo vaticinio: «Algún día no serás otra cosa». Saludó la ocurrencia arqueando las cejas y siguió a paso vivo hasta la puerta de España.

Poco antes de llegar, entre las sombras, creyó oír las pisadas de alguien que se ocultaba tras ella. Giró el cuello sin dejar de caminar y aún aceleró un poco más el ritmo de la marcha. Buscó en su bolso, a tientas, el espray de pimienta. Al identificarlo se tranquilizó. En el asfalto se sintió más segura. Cruzó Alfonso XII y bajó por Antonio Maura hasta la plaza de la Lealtad. Aún se volvió un par de veces para ver si la seguían. Estaba inquieta. Aunque no vio nada sospechoso, su intuición le decía que algo no iba bien. Al otro lado de la Castellana había más movimiento de gente. Enfiló la Carrera de San Jerónimo y llegó a la entrada del hotel.

Elizabeth Guth la esperaba sentada en un pequeño sofá, bajo la impresionante cúpula de cristal coloreado de la rotonda. Después de los saludos, la periodista le dijo:

—Tienes cara de haber visto un fantasma.

—Más bien de no haberlo visto —replicó Carmen—. Tengo la impresión de que hay alguien que me vigila, pero no consigo sorprenderle con las manos en la masa.

—¿Y por qué te arriesgas a caminar sola?

—Porque, ¿de qué sirve la libertad si no puedo disfrutar de ella?

Un camarero se acercó a la mesa y les preguntó qué querían tomar. Elizabeth pidió una cerveza. Carmen, un *gin-tonic*.

—Supongo que querrás que hablemos del discurso de tu jefe.

—No tengo mucho interés, la verdad. Y, además, no creo que siga siendo mi jefe durante mucho tiempo.

La periodista miró a su amiga con cara de incredulidad.

—¿Qué estás diciendo? —le preguntó.

—Dimití hace un mes. Era mi segunda carta de dimisión. Al señorito tampoco le convino tramitarla en aquel momento. Estaba a punto de legalizar al Partido Comunista y no le interesaba que se montara ningún lío. Pero ahora que ya ha dado el paso, y después de anunciar esta noche que se presenta a las elecciones, no me necesita para nada. Es cuestión de días que deje de estar a su lado.

—Pero tú le das credibilidad democrática…

—Sí. Y también demasiados quebraderos de cabeza. Me prometió cuando fui a trabajar con él que no se presentaría a las elecciones. Ha roto su promesa y él sabe que nunca se lo perdonaré. No quiere cerca a Pepito Grillo. Ya no soporta que le lleven la contraria.

—Pues lamento decirte que en televisión ha estado convincente. Sus argumentos han sonado razonables. Ni es buena la polarización que puede salir de las elecciones ni ha desaparecido el riesgo de involución. Él parece un buen antídoto para contrarrestar esos riesgos.

—No hay tanto riesgo de involución como dicen —dijo Carmen mientras hundía con la uña del dedo índice un cubito de hielo en el *gin-tonic* que le acababan de servir—. Lo del peligro comunista es algo que solo está en su cabeza. El pueblo español no siente ese peligro. Los hombres ya se visten con camisas rosa. Yo conozco la calle. Él no. Le ha perdido el pulso. El otro día me confesó que ya no lee la prensa para ahorrarse las críticas. Se ha quedado a oscuras. Él sí que ve fantasmas por todas partes.

—¿A qué fantasmas te refieres?

—Hace unos días, durante un funeral, me preguntó si me había afiliado al Partido Comunista.

Elizabeth apuró el sorbo de cerveza y antes de dejar el vaso en la mesa, sin limpiarse el rastro de espuma que le quedó entre la nariz y la boca, respondió:

—Muchos lo piensan. Has sido desde el principio su gran valedora.

—Pero Suárez no me lo preguntó por eso —explicó Carmen—. Me lo preguntó porque los espías que abren los cajones de mi despacho y escuchan mis conversaciones telefónicas se lo hicieron creer.

—¿Te siguen por la calle y te espían en tu despacho?

—Sí.

—¿Estás segura?

—¡Pero cómo no voy a estarlo si la otra noche me sacó de la cama para leerme la transcripción literal de la conversación que había mantenido desde el teléfono de mi despacho con Antonio Senillosa!

El incidente al que Carmen se refería tuvo lugar a la una de la madrugada del 1 de abril. Ella sabía que Suárez, para eliminar competencias incómodas que pudieran dificultar su decisión de presentarse a las elecciones, estaba torpedeando la constitución del partido que impulsaban José María de Areilza y Pío Cabanillas con ayuda de los llamados democristianos incorruptos. Carmen informaba puntualmente a Antonio Senillosa, colaborador íntimo de Areilza, de las maniobras que se habían puesto en marcha para boicotear el proyecto. Esa misma tarde había descolgado el teléfono para decirle:

«Suárez ha dicho hoy en el Consejo de Ministros que ya es seguro que se presenta a las elecciones. Y todos le apoyan. Dile a Areilza que todos los que os bailaban el agua hasta hace unos días ya se han pasado a su proyecto. Creen que tienen más oportunidades de ganar bajo el paraguas del poder que partiéndose la cara en un partido creado desde abajo. En las últimas reuniones ya lo han planteado abiertamente: o se está con Suárez o con Areilza. Entre ellos hay incompatibilidades insalvables y los dos no caben en el mismo corral. Hay que apostar por el gallo que más cacarea, y todos han llegado ya a la convicción de que ese gallo es mi señorito, no el tuyo. En los últimos días han ido pasando por aquí, uno a uno, todos los pesos pesados que os apoyaban, Antonio. Ya no os queda nadie leal. Lo siento por España, pero es así. Areilza es una buena cabeza, un intelectual que ha leído mucho y que tiene ideas democráticas. Suárez no ha leído nada más que las aventuras del Capitán Trueno y todo lo que sabe de política se lo enseñó el Movimiento. Ha sido un buen desmontador del franquismo, pero crear una democracia le va a resultar un poquito más difícil».

Suárez le leyó a Carmen, de una tirada, la transcripción completa de sus palabras, sin importarle que la labor de espionaje de sus colaboradores quedara al descubierto. Ella, braceando aún contra el sueño que acababan de interrumpirle, no daba crédito a lo que estaba sucediendo. «Así que es verdad que estoy bajo vigilancia», dijo con voz lúgubre. El presidente del Gobierno pasó por alto el comentario, fingiendo que no lo había oído, y enhebró una retahíla de reproches en un tono crecientemente iracundo.

—¿Qué te dijo? —le preguntó Elizabeth cuando llegaron a este punto del relato.

—De todo —respondió Carmen—. Me acusó de inspirar los artículos periodísticos que estaban insinuando su predisposición a presentarse a las elecciones, de contarle a todo el mundo lo que pasaba en el palacio de La Moncloa y de abrirles el despacho del rey a líderes de la oposición sin pasar por el tamiz del Gobierno. Me dijo que me consideraba una Mata Hari y que ya no podía confiarme ningún secreto. ¡Cómo si yo me acostara con él y le sacara la información retozando entre las sábanas! Entre que no soy de derechas y no quiero comerme los percebes, no hay quien le aguante.

—¿Y qué le respondiste tú?

—Que no debía preocuparse por mí porque en el partido que estaba creando había gente más peligrosa que yo y que serían ellos quienes acabarían apuñalándole por la espalda.

—¿Es lo que piensas?

—No te quepa duda. Solo le ven como a un líder de usar y tirar. Cuando lleguen al poder buscarán el liderazgo de alguien más preparado que él. Se lo dije y se puso como una furia. No soporta que no le consideren intelectualmente.

—Tal vez deberías haber aceptado la embajada que te ofreció el ministro de Asuntos Exteriores a mediados de marzo.

—¿Para qué? Yo lo que quiero es irme a casa, que nos devuelvan la libertad y que nos dejen en paz.

Siguieron hablando durante un buen rato. Carmen le contó su reciente cena con el ministro alemán Hans Matthöffer en Casa Alkalde. Había venido a Madrid para discutir con los líderes del PSOE el enfoque de su campaña electoral y la llamó por teléfono para conocer su opinión. Ella previno a Suárez de la cena, para que no pensara que le estaba ocultando algo, y él le comentó: «Eso es que quiere acostarse contigo». «Estos se creen —añadió Carmen— que la mujer solo sirve para la cama. Debe ser la cultura fálica o la falta de sesos». Las dos amigas rieron abiertamente.

Pasado un rato, Elizabeth consultó su reloj de pulsera y al darse cuenta de la hora que era se levantó de su asiento como un resorte.

—¡Dios mío —exclamó— llego tarde al programa de radio de la cadena SER! Me han citado a las doce de la noche y solo faltan diez minutos.

Carmen le propuso que compartieran un taxi. Primero irían a los estudios de la emisora, en la calle Gran Vía, y luego el taxista la llevaría a su casa en López de Hoyos.

Durante el recorrido apuraron la conversación.

—Ahora que mi señorito ya se ha quitado la careta anunciando su candidatura, nada me impide afiliarme al PSP. Hablaré con Tierno la semana que viene para que me inscriba.

—¿Crees que tendrá un buen resultado electoral?

—No. El partido que se va a colar en las elecciones es el PSOE.

—¿Te presentarás como candidata?

—¿Cómo voy a hacerlo? No puedo dañar públicamente la imagen de Suárez.

—Si quieres que te diga la verdad, no acabo de entenderlo.

El coche, al final de la calle Cedaceros, giró a la derecha por Alcalá y se paró en un semáforo frente al edificio que había albergado hasta un mes antes la sede de la Secretaría General del Movimiento. Aún era visible la marca que había dejado el emblema falangista del yugo y las flechas en la fachada principal después de haber estado allí durante cuarenta años. La noche del 8 de abril, solo unas horas antes de la legalización del Partido Comunista, una brigada de obreros procedió a desmontar la insignia, de diez metros de altura, fabricada en madera y pintada de rojo. Su huella había podido más que la mano de pintura con que trataron de ocultarla y afloraba a la superficie como un espectro.

Carmen, con la frente apoyada en el cristal de la ventanilla, se quedó mirando la marca hasta que el taxi volvió a ponerse en marcha.

—Las buenas intenciones no bastan —dijo exteriorizando sus pensamientos—. Para cambiar las cosas y que desaparezca el rastro de la dictadura hará falta tiempo y determinación.

—¿Y no quieres seguir ayudando a Suárez para que lo consiga?

—Ya le he ayudado bastante. Y tú a mí también, por cierto. Gracias por haberme echado una mano en mi trabajo.

—No hace falta que me las des. Me has facilitado mucho el mío. Estés donde estés, seguiremos siendo amigas.

Cuando Elizabeth Guth se alejó del taxi, Carmen tuvo la sensación de que una etapa de su trayectoria profesional se estaba alejando con ella.

Un cuarto de hora más tarde llegó a su casa. Pagó al taxista, se bajó del coche y buscó en el bolso las llaves del portal. Había pocas personas en la calle. Una de ellas se detuvo entre las sombras y eso le llamó la atención.

No pensó en ello, no lo analizó. Simplemente reaccionó al instante ante la intuición de que aquella figura en particular no debía estar allí. Por segunda vez en el mismo día, sintió pánico. Tenía todos los músculos en tensión, hasta el punto de que le dolían.

La figura se puso en camino hacia ella y sus rasgos fueron adoptando una forma conocida a medida que se acercaba. Carmen se quedó agarrotada. Mientras su mente le decía que no iba a pasar nada, su instinto le decía que corría serio peligro.

Oyó el sonido de los pasos, vio al hombre acercarse cada vez más deprisa. Hundió la mano en el bolso y enarboló el espray de pimienta dispuesta a defenderse.

En el último instante, el hombre detuvo en seco su carrera, sacó una pistola de la funda que ocultaba su chaqueta y apuntó hacia la portezuela de un coche que estaba aparcado junto al portal.

—Sal de ahí con las manos a la vista si no quieres que te meta una bala en la tripa, hijo de puta —gritó.

¿Pero a quién le estaba hablando? Carmen no veía a nadie en el interior del coche. Estaba vacío.

El tipo que empuñaba el arma era Pablo, el policía que le había puesto Cassinello de escolta meses atrás y que ella había despedido a las pocas semanas, harta de su arrogancia fascista. Ahora parecía haberse vuelto loco y encañonaba a un fantasma.

Misteriosamente, la portezuela se abrió de repente y apareció el cuerpo de una persona que se ocultaba en el suelo de la parte trasera. Primero enseñó las manos, luego asomó la cabeza y a continuación, como el de un reptil, salió culebreando el resto de su cuerpo. Cuando estuvo fuera, el hombre quedó tendido boca abajo, con la nariz pegada a la acera y las puntas de las botas encaramadas al marco inferior de la puerta del coche. Iba vestido con pantalones vaqueros y una chaquetilla militar de color caqui. Tenía el pelo largo, oscuro, ligeramente rizado. Durante la maniobra no dijo ni media palabra.

Pablo se acercó con cuidado y, sin dejar de apuntarle, le cacheó el cuerpo desde los tobillos hasta la nuca.

—Levántate despacio —le ordenó.

El hombre obedeció sin rechistar. Hizo palanca en el suelo con las palmas de ambas manos hasta quedar de rodillas y luego, con los brazos en alto, se puso en pie. Carmen solo le veía la espalda. No era muy alto, pero sí bastante corpulento.

—No tienes nada contra mí —gritó asustado.

La voz era grave y áspera.

—Eso ya lo veremos —repuso el policía.

Carmen se dio cuenta que aún empuñaba el espray de pimienta en la mano.

—¿Puedo ayudar? —preguntó.

—Dime si le conoces.

—¡No le veo la cara!

Entonces, Pablo dijo en voz alta:

—Date la vuelta muy despacio.

Él giró sobre sus talones y Carmen, por fin, pudo mirarle a los ojos.

La sorpresa le hizo retraer el cuello como si alguien hubiera dado un brusco tirón a su cola de caballo.

—Sí le conozco —anunció sin apartarle la mirada—. Somos viejos amigos. Es el Che Guevara.

XXX
Madrid, jueves, 16 de junio de 1977

Después de guardar una cola de cincuenta minutos en el número 66 de la calle Luis Cabrera, Carmen votó por primera vez en su vida el miércoles 15 de junio de 1977 a las once y cuarto de la mañana.

Por la tarde llamó a Suárez.

—No vais a ganar.

—Te equivocas.

—Ganará la izquierda por goleada.

—Ya lo veremos.

A pesar de que Carmen ya no trabajaba en Moncloa, su relación con Suárez no se había interrumpido del todo. No se veían las caras desde el 9 de mayo, seis días después de que él anunciara en televisión su decisión de presentarse a las elecciones, pero hablaban por teléfono de vez en cuando. Lo habían hecho tres veces en el último mes.

El 9 de mayo cayó en lunes. El viernes anterior, *La Vanguardia* había dado la noticia de la afiliación de Carmen al PSP en una pequeña nota perdida en páginas interiores. Al día siguiente, el sábado 7, una enorme foto suya, en la que aparecía con un abanico en la mano, ilustraba un lacónico titular de portada en *Diario 16*:

«Es socialista». Durante todo el fin de semana, su teléfono no dejó de sonar. A todos los amigos que la llamaron les dijo lo mismo: «Si Suárez ya ha hecho pública su pertenencia a la UCD, no hay ningún impedimento para que yo milite en el partido de Tierno».

Cuando llegó a Moncloa, al día siguiente, todos le apartaban la mirada. Nadie se acercó a saludarla.

Suárez la llamó a su despacho y le dijo: «Tu situación aquí es insostenible. Debo pensar qué hago contigo. Cuando lo tenga claro, te lo diré». Fue una conversación breve. Ya habían discutido hasta la saciedad en ocasiones anteriores. No tenían mucho más que decirse.

La noche electoral, el diario *El País* organizó un cóctel por todo lo alto que congregó a doscientos invitados. La mayoría de ellos compartían el pronóstico de Carmen. Aunque *El País* les había convocado a un «encuentro informativo», lo cierto es que la información brillaba por su ausencia. La lentitud del escrutinio era desesperante y las conversaciones tenían que abastecerse de apuestas particulares inspiradas en la intuición y en los propios deseos. La impresión general de políticos, intelectuales y artistas era que la izquierda, sumados los votos de socialistas y comunistas, iba a ganar con cierta claridad la batalla de las urnas.

A las once y media llegó a la fiesta Felipe González. Irradiaba optimismo. «Si el pueblo quiere que accedamos al poder, en el caso de que nos convirtamos en la primera fuerza política, asumiremos esa función sin preocuparnos por la reacción del Ejército. Tengo una confianza ilimitada en él y sé que acatará el sentir popular».

Carmen iba prendida del brazo del comunista Fernando Claudín. Al alejarse del corrillo que orbitaba alrededor del secretario general del PSOE, distinguió una voz familiar a su espalda que comentaba con desenfado: «Este muchacho no conoce al Ejército. Si sigue acuartelado es porque está absolutamente seguro de que la izquierda no llegará esta noche al poder». Carmen giró el cuello y miró con interés al autor de la frase. Ramón Serrano Suñer le devolvió la mirada y al instante regresó sin más a la conversación con sus acompañantes. Carmen le dijo a Claudín:

—Los analistas del partido único no entienden nada.

A las dos y media de la madrugada se divulgó la extrapolación de los resultados electorales que un grupo de expertos adscritos al Ministerio de la Gobernación había elaborado a partir del recuento de las cien primeras papeletas de un número selectivo de urnas. A juicio de sus autores se trataba de una estimación muy fiable que se ajustaría con bastante exactitud al escrutinio definitivo. Según ese cálculo, la coalición electoral liderada por Suárez, que había acudido a las urnas con el nombre de Unión de Centro Democrático (UCD), obtendría el 35 por ciento de los votos, 13 puntos más que el PSOE de Felipe González, 22 por ciento, y 20 más que el partido de Fraga Iribarne (AP), 13 por ciento. La cuarta posición sería para los comunistas de Carrillo, 8 por ciento, y la quinta para el PSP de Tierno Galván, 5 por ciento.

Carmen no le dio al vaticinio demasiado crédito. Cuando Aurelio Sánchez Tadeo corrió a contárselo, ella le respondió:

—Os hacéis trampas en el solitario. Los dos partidos socialistas y los comunistas sumarán más votos y mejor porcentaje que esos dos perros con distintos collares que son el centro y la derecha.

Al rato, Rafael Fraguas, el redactor de *El País* que la había entrevistado en el mes de noviembre, acudió a su encuentro y le preguntó:

—¿Qué le has hecho a Sánchez Tadeo? Va por ahí diciendo que eres más roja que los cuernos del diablo.

Fraguas y Carmen habían trabado una buena amistad durante los últimos meses. Hacía poco que él le había traído de París un chubasquero amarillo forrado de azul. Ella solía ponérselo para protegerse de la lluvia.

El 12 de mayo lo llevaba puesto. Era una tarde fría. Fraguas la llamó por teléfono y quedaron en verse en el parque del Oeste.

Carmen aparcó su Renault-5 de color naranja, se anudó a la garganta una bufanda que le llegaba casi hasta los pies y acudió a su encuentro sin saber cuál era el motivo de la cita. Después del saludo, el periodista le dijo: «Te han destituido, Carmen».

Ella le miró con cara de perplejidad y él se dio cuenta de que no sabía nada.

Solo habían transcurrido tres días desde su última conversación con Suárez.

Esa misma noche, la agencia Cifra difundió la noticia a todos sus abonados. Televisión Española la incluyó en la segunda edición del telediario.

—¿Más roja que los cuernos del diablo? Para Tadeo el feo cualquier persona que no vaya con camisa azul se tiene que parecer al diablo.

«Con los vestidos del diablo» era el titular del artículo que había publicado el *Frankfurter Allgemeine Zeitung*, el 14 de mayo, valorando la destitución de Carmen:

> *La joven y rubia mujer que ocupaba un lugar tan alto en el régimen representaba para muchos extremistas de derecha el mismísimo diablo. Su cese demuestra que la crítica y la liberalidad todavía tienen fronteras entre los jefes de Gobierno españoles.*

—¿Pero acaso le has echado azufre al pobre Sánchez Tadeo para que despotrique tanto?

—No. Solo le he dicho que están intoxicando a la gente y que los resultados definitivos les amargarán la noche.

—No creas que tanto —replicó Fraguas—. Según avanza el escrutinio parece que las cosas le están yendo bien a Suárez.

Con el 15 por ciento de los votos escrutados, UCD estaba por encima del 40 por ciento y el PSOE en el 25. La diferencia era aún mayor que la que habían pronosticado los expertos del Ministerio de la Gobernación.

—Eso no acaba así ni de broma —refutó Carmen—. El sesgo es enorme porque el voto rural se computa antes que el urbano. Ya verás cómo cambia el panorama cuando empiecen a entrar los resultados de las grandes ciudades. Allí el voto es menos conservador.

—No hay duda de que hubieras sido una buena asesora.

—No hay duda de que hice bien en no querer serlo.

El sábado14 de mayo, citando fuentes próximas a la propia interesada, *Diario 16* publicó una nota diciendo que Carmen se marchaba del gabinete de Presidencia para desempeñar el cargo de asesora especial del presidente para Centroeuropa. Al leerlo, Carmen se indignó. Y dado que nadie la había llamado para hablarle de su cese o de su nuevo destino, ni Suárez ni ninguno de sus fieles escuderos, ella tampoco iba a descolgar el teléfono para renunciar a un cargo que, oficialmente, nadie le había ofrecido. Cogió una hoja de papel y escribió una carta dirigida al presidente del Gobierno:

> *Ninguna fuente próxima a mí ha podido confirmar a la prensa mi nombramiento como asesor especial para Centroeuropa porque las únicas fuentes próximas a mí son mis secretarias y ellas no han dicho nada. La prensa se referirá, tal vez, a fuentes que considera próximas a mí, sin serlo. Si esas fuentes no próximas a mí me hubieran consultado antes de filtrar la noticia, me habrían oído decir que no albergo ninguna intención de aceptar un nombramiento como asesor especial. Ni de Centroeuropa ni de ninguna otra cosa. Me doy por cesada como jefe de gabinete a través de los medios de comunicación. Dame tú por descartada para el nuevo cargo a través de esta carta de dimisión. La tercera que te escribo en tres meses y medio.*

El domingo 15, un motorista le llevó una carta firmada por Suárez comunicándole el cese. Si se trataba de establecer una competición epistolar, él se reservaba el último sobre.

Cuando le contó a sus amigos la visita del motorista, les dijo: «Eso de mandar al motorista es muy demócrata. Pero para mí ha sido muy desagradable. Primero, por la injusticia. Después, porque yo siempre he creído en la fuerza de la palabra. Si tú tienes un problema con quien sea, con tu marido, con tu hijo, pues lo hablas y aclaras las cosas. A mis espaldas, sin consultarme, dijeron que yo me iba del gabinete de Presidencia para ocuparme de algo más importante todavía: ¡iba a ser asesora del presidente del Gobierno! Las dos secretarias que llevé no han querido quedarse. Las tres hemos salido como habíamos entrado: con una mano delante y otra detrás».

—Hubieras sido una buena asesora —insistió Rafael Fraguas.

—No, no lo hubiera sido. ¿Y sabes por qué?

—¿Por qué?

—Porque hubiera dicho siempre lo que pienso, y eso a Suárez no le gusta. Él no quiere oír la opinión de los demás, lo que quiere es que los demás refrenden la suya.

—Pues esta noche parece que los electores van camino de refrendarla.

—Es posible que gobierne porque la división de la izquierda le favorece. Carrillo ha llevado el peso de la oposición al franquismo y Tierno acapara el prestigio de las ideas, pero quien tiene los votos es Felipe. El problema es que es demasiado pronto para que todos acepten su liderazgo. Lo harán más adelante. Hasta entonces, quien sale beneficiado es Suárez. Será la minoría mayoritaria y le corresponderá el encargo de formar Gobierno. Pero no durará mucho: el centro es una bomba de relojería.

Eso mismo le había dicho a Suárez, el 2 de junio, en la segunda conversación telefónica que mantuvieron después de su cese: «El centro es una bomba de relojería. Pronto saltará por los aires. Es la mezcla de muchas ambiciones personales con la única amalgama del apego al poder. Cuando lo vean en peligro, tus colegas te acuchillarán y lucharán entre ellos para heredar tu puesto. Si al menos me hubieras hecho caso…».

Suárez sabía muy bien a qué se refería. Cuando Carmen le arrancó la promesa de no fundar un partido, y mucho menos desde el poder, le explicó que los partidos necesitaban tener una cierta tradición democrática para estar a la altura de las circunstancias. En la conversación del 2 de junio le dijo: «Puestos a incumplir el pacto que habíamos suscrito, deberías haber pactado con la democracia cristiana de Joaquín Ruiz-Giménez. Es un partido de derechas, sí, pero al menos tiene algo de solera democrática». La respuesta de Suárez fue terminante: «Yo no soy de derechas, Carmen. Soy de centro. Y tampoco soy democristiano. Puedo colaborar con ellos, pero no soy uno de ellos».

A las cuatro y media de la madrugada, Carmen se despidió de Rafael Fraguas y abandonó la redacción de *El País* en compañía de Raúl Morodo, el *alter ego* de Tierno Galván, con la intención de darse una vuelta por la fiesta electoral que había organizado el PSP en el hotel Velázquez. El Viejo Profesor les había dicho que acudiría alrededor de las cinco y media de la mañana y querían estar allí para recibirle.

Cuando llegaron al hotel, un periodista del diario *Ya* se acercó a Carmen y la llevó a un lugar apartado del bullicio.

—¿Es verdad que Suárez ha financiado la campaña de Tierno? —le preguntó.

Carmen le miró de arriba a abajo con gesto displicente.

—¿Has bebido más de la cuenta?

—Te lo pregunto en serio, Carmen —dijo el periodista—. Tengo una fuente que afirma que Raúl Morodo y Andrés Cassinello se reunieron antes de la campaña para fijar una estrategia de colaboración.

—¿Qué fuente es esa?

—Sabes muy bien que no te lo puedo decir —respondió, y añadió—: Según las noticias que me llegan, el dinero que os cuesta la publicidad de la campaña se lo paga directamente UCD a la agencia Contrapunto. ¿Es eso verdad?

—¡Pero cómo va a ser verdad semejante disparate!

—También hay rumores de que Suárez y Tierno se han reunido en secreto recientemente.

—Yo ya no trabajo con Suárez.

—¿Y no te parece una extraña coincidencia que dejes de trabajar con Suárez para unirte a un partido que le roba votos al PSOE?

—¿Qué estás insinuando?

—Yo no insinúo nada, Carmen. Solo hago mi trabajo. Preguntar no es ofender, ¿verdad?

—Eso depende de la pregunta.

—La pregunta ya te la he hecho. ¿Es verdad o no?

Aquella situación era el colmo del surrealismo. Todavía no se habían acallado los rumores de que era una espía de la KGB y ahora empezaba a circular la patraña de que era la espía de Suárez en el partido de Tierno. Resopló movida por la indignación. ¡Con la cantidad de rapapolvos que había tenido que soportar en Moncloa por su aproximación al PSP! Aún resonaban en sus oídos los gritos del presidente del Gobierno por haber desplegado toda su capacidad de influencia para que el rey recibiera a Tierno en audiencia oficial antes que a ningún otro líder de la oposición. ¡Y ahora resulta que lo había hecho para ayudar a la UCD! Ella, que era la principal detractora de esa plataforma de intereses megalómanos, ¿iba a pasar a la historia como su caballo de Troya en el mundo de la izquierda? Por ahí, desde luego, no estaba dispuesta a pasar.

—¡Vete a la mierda! —le dijo al periodista del *Ya*.

Se dio media vuelta y le dejó con la palabra en la boca.

¿Qué había hecho para merecer la fama que querían colgarle? ¿Ella espía? ¿Espía de qué?

Tres semanas antes, el sábado 23 de mayo, estaba secándose el pelo en el cuarto de baño de su casa cuando sonó el teléfono. Era

Encarnita, la mujer de Tierno. «¿Qué pasa, Carmen, qué es eso?», le preguntó. Carmen, todavía con las puntas calientes por efecto del secador, no sabía de qué le estaba hablando. «No te entiendo, Encarnita, ¿a qué te refieres?». Y Encarnita le aclaró: «A lo del arresto domiciliario». Carmen no salía de su asombro. «¿Qué arresto domiciliario?», inquirió. La respuesta la dejó de piedra: «El tuyo». «¿El mío? Pero si acabo de llegar de la calle y vuelvo a salir de inmediato para asistir a una reunión».

En realidad, no era una reunión en sentido estricto. Era una cita con un amigo para tomarse una caña en un quiosco de la Casa de Campo.

Ella llegó antes que él, ordenó la caña de cerveza y unas patatas fritas y le pidió prestado al cliente de al lado el ejemplar de *El Alcázar* que llevaba consigo. En la columna que firmaba Varela se leía que Carmen, según unos, estaba bajo arresto domiciliario y, según otros, no podía abandonar Madrid por orden policial. Se sospechaba que podía ser una espía del Este, una agente comunista infiltrada en el equipo del presidente del Gobierno que había tratado de emular el ejemplo de Günter Guillaume, un miembro de los servicios de inteligencia de Alemania Oriental que llegó a ser secretario personal del presidente alemán Willy Brandt. Guillaume fue detenido en abril de 1974 y Brandt cayó en desgracia por haber tenido un espía comunista en su círculo íntimo. Un mes después tuvo que dimitir de su cargo.

La fuente de la que bebía *El Alcázar* era un artículo que había aparecido días antes en el periódico francés *L'Aurore* bajo el título «Estupor en Madrid: la eminencia roja que manipula a Suárez a su antojo». El autor, Philippe Bernet, daba por hecha la militancia comunista de Carmen y, entre otras cosas, afirmaba:

> *La gestión de Carmen Díez de Rivera, habida cuenta su confesionalidad política, puede revestir dimensiones de auténtico escándalo político y de catástrofe para Suárez y su política de*

acelerada liberalización, alentada y quizá orquestada por la bella Carmen, que fue una de las verdaderas cabezas políticas del palacio de La Moncloa.

Después del paseo por la Casa de Campo, Carmen volvió a su casa, consternada. El teléfono sonaba insistentemente. Una de las primeras personas en llamar fue la reina Sofía. «Qué barbaridad, Carmen. Siento mucho por lo que estás pasando», le dijo.

El rey la llamó un poco después.

—Es una burda maniobra, majestad.

—Lo sé —respondió Juan Carlos.

—Aunque fuera militante comunista, que no lo soy, no podrían arrestarme por eso. Si por militar en un partido legalizado se pudiera detener a la gente, las cárceles volverían a estar llenas.

—Sé muy bien de dónde viene el ataque.

—De la ultraderecha. ¿De dónde, si no?

—De un sector del Ejército. Hay algo que no te quería contar, pero ahora debo hacerlo...

—¿Qué es lo que no quería contarme, majestad?

El rey se tomó un respiro antes de responder a la pregunta.

—El tipo que detuvieron en el portal de tu casa —dijo por fin—, ese que te recordaba al Che...

—¿Qué pasa con él?

—Lo identificaron como miembro del Servicio de Inteligencia Militar. ¿Recuerdas el dosier elaborado por el alto Estado Mayor que Manuel Ortiz le entregó a Suárez en el mes de noviembre?

—¡Cómo lo voy a olvidar!

—Nunca lo dieron por finalizado. Pusieron a un hombre para que te siguiera durante todo este tiempo con la esperanza de poder demostrar que eras miembro del Partido Comunista.

—¡Pero Cassinello me dijo que había comprobado que no me perseguía ningún espía militar!

—El SECED y el SIM son estructuras distintas. De hecho, el que te protegía trabajaba en el SECED y el que te espiaba trabajaba en el SIM, que depende directamente de la jerarquía militar.

—¿Y de verdad creyeron que era miembro del Partido Comunista?

—Estaban convencidos. Esa información le llegó a Adolfo en varias ocasiones.

—¡Por eso me lo preguntó directamente hace unos días! —exclamó Carmen, cayendo en la cuenta del porqué de la actitud de su antiguo jefe.

—Llegaron a creer —prosiguió el rey— que tu acercamiento al PSP era una maniobra orquestada para utilizar el partido de Tierno como caballo de Troya electoral de los comunistas para el caso de que no llegara a tiempo la legalización del PC.

—Así que Suárez permitió que mis propios compañeros en Moncloa espiaran mis papeles y mis conversaciones para saber si los militares estaban en lo cierto...

—No lo descarto.

—No hay duda de que quieren boicotear las próximas elecciones presentando a Suárez como un pelele que se ha dejado manejar por intereses oscuros.

—Pero no te preocupes, Carmen, no se saldrán con la suya.

Las palabras del rey no la tranquilizaron. Lo que le había sucedido a ella dejaba claro que algunos militares aún seguían tratando de evitar que la democracia se abriera paso en España. Faltaban tres semanas para las elecciones y aún era pronto para cantar victoria. ¿Aceptarían las Fuerzas Armadas el triunfo de la izquierda?

Tras el rumor del arresto domiciliario, Suárez y su entorno se sumieron en un ominoso silencio. La noticia rebotó en dos o tres periódicos durante los días siguientes, pero nadie en Moncloa la llamó por teléfono hasta el sábado 28. Ese día, Manuel Ortiz se puso en contacto con ella para decirle que iban a redactar una nota de desmentido y que la enviarían a los medios dándole carácter de inserción obligatoria. Al subsecretario de Suárez, la respuesta de Carmen le dejó boquiabierto: «Que los periódicos estén obligados a reproducirla solo demuestra que las leyes que tenemos son propias de una dictadura. Si todo lo que se os ocurre para hacer frente a una insidia que trata de impedir el cambio de régimen es comportaros como lo hubiera hecho Franco, que Dios nos proteja».

Al rato la llamó Suárez. Fue la primera llamada que le hizo después del cese. Habían pasado diecinueve días desde que hablaron en Moncloa por última vez y cinco desde que *El Alcázar* publicó lo de su arresto.

—La nota tiene que insertarse —le dijo.

—¿Por qué? —respondió ella—. ¿Porque al fin te has dado cuenta de que el ataque va dirigido contra ti? Has tardado mucho en caerte del guindo. Llevo cinco días esperando tu llamada.

—Esperaba que tú salieras al paso con algún desmentido.

—No hubiera servido de nada. Hablé con el director de *L'Aurore,* que es el origen de todo. Me pidió disculpas y le exigí una rectificación. Por supuesto, no me hizo ni caso. Que publiquen lo que quieran.

—Por eso es importante la inserción obligatoria. Los medios españoles no pueden negarse.

—Si la nota es mía pueden hacer con ella lo que quieran.

—Aun así deberías escribirla. Muchos medios la publicarían y ahora lo importante es desvanecer cualquier duda. Solo con la nota no bastará, pero es necesaria.

—¿Y para qué me llamas? No me necesitas para obligar a los periódicos a que publiquen una nota que tú mandes.

—Te llamo porque te voy a dar una Gran Cruz. Es la mejor manera de disipar cualquier sospecha. A nadie se le pasaría por la cabeza que pudiera condecorar a una espía del Este.

—Antes muerta que cogida con una cruz. Cruces ya tengo bastantes. Si insistes en dármela, la rechazaré.

Al día siguiente, domingo 29 de mayo, el director de prensa de la Presidencia del Gobierno facilitó la nota oficial a los periódicos:

El rumor sobre el presunto arresto domiciliario de la señorita Carmen Díez de Rivera y el entorno especulativo que lo rodea es tan fantástico que, inevitablemente, tiene que tratarse de un deseo que sus autores querrían convertir en realidad. La dirección de prensa de la Presidencia del Gobierno, independientemente de las acciones judiciales que desee interponer la interesada a título particular, desmiente categóricamente estos rumores y no les da otro valor que el de una inocente tentativa de desprestigio personal creada por algún grupo político. Al propio tiempo informa que por parte de la Presidencia del Gobierno se ha dado orden de que se efectúen los estudios necesarios para ejercitar las acciones que correspondan ante una campaña de calumnias de clara intencionalidad política.

La propia Carmen se plegó al requerimiento de Suárez y aprovechó la llamada de un periodista de *Diario 16* para hacer una declaración sobre el suceso. «El grotesco rumor de que pudiera estar bajo arresto domiciliario —dijo— me produciría una cierta hilaridad si no fuera por la burda maniobra que encierra. Es evidente que el propósito no es otro que atacar, a través de mí, al presidente del Gobierno. Lo lamento. Esas personas que están detrás de esta burda maniobra deberían mostrar, si no agradecimiento, al menos respeto hacia el señor Suárez por haber escuchado la voz ciudadana que en el pasado referéndum nacional se expresó inequívocamente a favor de la reforma política».

Solo habían transcurrido quince días desde aquello y ahora, por arte de birlibirloque, había dejado de ser una espía de la izquierda dispuesta a hundir a Suárez para convertirse en una espía de Suárez dispuesta a hundir a la izquierda.

Acababa de mandar a la mierda al periodista del *Ya* cuando Raúl Morodo volvió a cruzarse con ella en el *hall* del hotel Velázquez.

—Tienes mala cara. ¿Esperabas mejores resultados? —le preguntó, creyendo que su semblante expresaba contrariedad por el avance del escrutinio.

—No es por eso en absoluto —respondió ella—. ¿Hay noticias de última hora?

—Con el 15 por ciento escrutado nos dan casi un 4 por ciento de los votos. No creo que la cosa vaya a mejorar mucho.

—¿Y a los demás?

—UCD sigue claramente por encima del 40, el PSOE está en el 25 y Fraga le saca dos puntos de ventaja a Carrillo, que ronda el 6 por ciento.

—Ya verás cómo cambian las cosas cuando empiecen a computar los votos de las grandes ciudades. Sigo convencida de que la izquierda tendrá más votos que la derecha.

Aún estaban hablando cuando la llegada de Tierno hizo que los periodistas se arracimaran en la puerta del hotel para escuchar sus declaraciones. Eran las seis menos veinte de la madrugada. El viejo profesor lucía su clásica chaqueta cruzada, de color gris claro, camisa blanca y corbata azul con lunares amarillos. Su rostro era tan apacible como el de un mayordomo inglés sirviendo rosbif en una cena de gala. «Esto va bien —dijo—. Tenemos que estar satisfechos. Hay que tener en cuenta que son unas elecciones apresuradas, en las que un 4 por ciento para nuestro partido es un triunfo inmenso. Con más propaganda hubiéramos alcanzado un puesto de primera línea. Pero de haber tenido los ochocientos o mil millones para esa propaganda, ahora tendríamos mala conciencia. El esfuerzo y la honradez del militante, dirigidos al pueblo, han hecho que el pueblo nos haya sabido elegir. Hemos tenido una buena recompensa. Suponemos un partido con futuro. A otros grupos, en cuanto les falle el dinero, les va a faltar también el entusiasmo.

Vamos a mantenernos serios e incorruptibles, como hasta ahora, y llegará el momento en que seremos los únicos que podamos resolver los problemas. ¡Viva el partido! ¡Viva el socialismo!».

Al escuchar sus palabras, Carmen se sintió orgullosa de haber unido su suerte política a la de él.

Entonces, alguien gritó: «¡Rueda de prensa del subsecretario de la Gobernación! Va a dar nuevos datos». Y todos, como un solo hombre, acudieron a la sala donde estaba la televisión.

Diez horas después del cierre de los colegios electorales solo se habían escrutado 3.233.008 de los votos emitidos, lo que equivalía al 8,18 por ciento. El subsecretario confirmó, con pocos matices, el avance que Morodo le había facilitado a Carmen pocos minutos antes.

UCD: 44,85.

PSOE: 25,18.

AP: 8, 65.

PCE: 6,11.

PSP: 3,23.

—Esto va para muy largo —le dijo Carmen a Morodo—. Voy a dormir un poco a casa de mi madre, que vive muy cerca de aquí, y ya verás cómo las cosas serán de otro color dentro de unas horas.

Salió del hotel, giró a la izquierda por Velázquez, dobló por Ayala y llegó hasta Claudio Coello. Volvió a girar a la izquierda y siguió caminando hasta la esquina con Hermosilla, donde estaba la casa familiar. Aunque la idea primitiva era dormir un rato, el paseo le despejó la cabeza y empezó a pensar que meterse en la cama no era una buena idea. La felicidad es un extraño reconstituyente que invita a vivir con los ojos abiertos. Y ella, desde luego, estaba feliz. Lo de menos era el magro resultado electoral de su partido. Lo verdaderamente importante era que España se había ganado el derecho a la libertad. Tal vez la mejor manera de celebrarlo no fuera yendo a casa de su madre, pero si la democracia recién estrenada exigía la comprensión del diferente, del español que se mueve por ideales e intereses distintos, había llegado la ocasión de predicar con el ejemplo.

Le pidió a la cocinera que le hiciera una tortilla francesa y un zumo de naranja para desayunar, lanzó los zapatos de sendos puntapiés contra el biombo de nácar que separaba un ambiente de otro y se desplomó en el sofá más mullido de la sala de estar. En la mesa de centro había recortes de prensa y dos álbumes de piel oscura con filetes dorados en el lomo. No se dio cuenta enseguida pero pasado un rato, al fijar la atención en los recortes, cayó en la cuenta de que eran noticias que hablaban de ella. Se incorporó y les echó un vistazo. Allí estaban el artículo de *El Alcázar* que propaló el rumor de su presunto arresto domiciliario, su desmentido posterior en *Diario 16*, la página del *ABC* con la nota que había difundido la dirección de prensa de Presidencia del Gobierno, una nota de *La Región* sobre el mitin que había dado en Orense el 6 de junio, y una breve crónica de *El País*, con fotografía incluida, de la fiesta que el PC había celebrado el domingo anterior en la Casa de Campo. En la foto se le veía a ella, con una sonrisa deslumbrante, junto a Dolores Ibárruri.

Al descubrir que su madre guardaba en un álbum de piel los artículos de prensa que reseñaban su actividad política, un impulso bipolar invadió su ánimo. Su corazón le empujaba a interpretar el hallazgo como un sincero testimonio de afecto materno, pero su cabeza lo codificaba como una estricta exhibición de vanidad. Sabía que presumía de haber dado a luz a la mujer más influyente de España, pero aún no era capaz de distinguir si detrás de ese sentimiento de orgullo había más amor por su hija que por ella misma. Era una pulsión extraña, un combate entre la piedad y el dolor, una sensación de indulgencia punitiva.

En el otro álbum estaban las fotos de su infancia.

La del día del bautizo, en la iglesia de la Concepción: su tía Carmen, vestida con traje oscuro de lunares blancos, la sostiene en brazos ante la mirada atenta de un monaguillo que sujeta un crucifijo de metal.

La de los cuatro hermanos sentados en el suelo con las piernas cruzadas: ella, rubia entre morenos, con el pulgar en la boca, es la única que no mira a la cámara.

Las dos de la playa de San Sebastián: en una está tumbada en la arena junto a una pelota de goma y en la otra se mesa los cabellos dorados en la orilla del mar.

La de reina mofletuda en el regazo de su madre: los labios apretados, la nariz respingona, el pañal bajo el vestido, los patuquitos de perlé...

Hoja a hoja, su cuerpo iba creciendo, su aspecto cambiaba a medida que se acercaba a la oscuridad.

Pero el álbum se detenía de golpe. No había en él ninguna foto posterior al apagón.

Tampoco los objetos o los lugares familiares de la casa le traían recuerdos del tiempo oscuro. Su voz silenciosa solo evocaba las imágenes previas a diciembre de 1959. Carmen miraba a su alrededor, sentada en el sofá de un salón solitario, rodeada de los muebles que habían sido testigos inertes de sus primeros años de vida, y solo veía en su espejo imaginario el reflejo de una vida feliz.

De repente, se sintió incompleta. Como si hubieran arrancado la parte prohibida de su biografía, la parte de la vergüenza y el tormento (y todos los horrendos anhelos, las palabras malditas y los aberrantes besos que cupieron en ella) y alguien tratara de hacer tabla rasa. Pero esa mutilación piadosa no le reconfortaba. La mayor parte de su vida, y sin duda la más auténtica, había transcurrido por las zonas prohibidas que señaliza el humano concepto del bien y del mal, que distingue lo saludable de lo pernicioso, lo amable de lo aborrecible, lo ejemplar de lo perverso. Sin esa parte de su vida, su lucha personal carecería de sentido. Todo su empeño había consistido en cambiar las reglas para que fuera legal lo que estaba proscrito. De eso trataba la lucha por la libertad. Esa era la pasión que justificaba su existencia.

Después de desayunar, con el peso de un almohadón sobre el pecho, comenzó a seguir el compás de los latidos del corazón, como si fueran vaivenes de un tira y afloja entre la impaciencia y la serenidad, y el sonido de los pasos que no iban a acercarse se fue apagando poco a poco hasta acabar sumido en el silencio de un sueño profundo.

—¡Despierta, Carmen!

Su madre estaba delante de ella.

—¿Qué hora es? —preguntó con pereza.

—Las dos de la tarde.

Los recortes de prensa y los álbumes de piel habían desaparecido de la mesa de centro.

—¿Hay noticias de los resultados electorales?

—Va ganando Suárez.

—Eso ya lo sé. ¿Pero se han acortado las distancias que había a las seis?

—Yo a las seis estaba en el séptimo cielo, hija. Ni idea. Supongo que ahora lo dirán en el telediario.

—¿Fuiste a votar?

—Sí.

—¿Y a quién votaste?

—Eso no se dice.

—¿Te gustó?

—No estuvo mal.

—¿Lo ves, mamá? Después de todo, aún le tomarás gusto a la democracia.

Carmen se sentó en el sofá, hundió sus dedos en el pelo para desanudar las greñas y miró a su madre con curiosidad.

—Ya veremos —respondió la marquesa de Llanzol mientras ocupaba una butaca enfrente de su hija.

—Ahora la libertad es para todos, no para unos pocos.

—¿Y eso tiene que gustarme?

—Deberías alegrarte por los que hasta ahora no podían hacer o decir lo que les diera la gana.

—Tú siempre has podido.

—No, mamá —respondió Carmen con ánimo retador—. En esta casa, y fuera de ella, tú has sido la única que ha podido hacer su voluntad sin tener que dar explicaciones a nadie.

—¿Aún me odias por eso?

—No te odio.

—¿Te quedas a comer?

—Si me invitas...

—Yo no puedo quedarme. Le diré a la cocinera que te prepare algo.

—¿Partida de *bridge*?

—Comida de amigas.

—Como siempre.

La marquesa de Llanzol se levantó de la butaca y le preguntó a su hija:

—¿Te veré pronto?

—Supongo que sí.

—La próxima vez, avisa.

Se inclinó ante Carmen, le besó en la mejilla y salió de la habitación.

El telediario actualizó los resultados. Con poco más de la mitad de los votos escrutados, el PSOE se había acercado mucho a UCD. La diferencia ya era solo de tres puntos. 31 a 28 por ciento. El Partido Comunista se había colocado casi un punto por encima de AP: 9,4 frente a 8,5. El PSP, en quinto lugar, estaba en el 3,6.

Carmen sumó mentalmente los porcentajes. La izquierda, 41 por ciento. La derecha, menos del cuarenta. Su pronóstico, aunque por los pelos, se había cumplido.

Salió a la calle con idea de ir a su casa para ducharse y cambiarse de ropa.

Y entonces, al doblar la esquina, se topó con él. De hecho, sus cuerpos casi chocaron el uno contra el otro.

Desde que se encontraron en el Ritz, hacía diez meses y tres semanas, siempre creyó que sus senderos volverían a cruzarse. Así que durante los días siguientes se mantuvo alerta. Buscaba su figura en las esquinas y en los cafés. Imaginaba que salía de casa y le veía salir del portal de enfrente.

Sin embargo, a medida que las semanas se convertían en meses, esa ilusión fue menguando y poco a poco perdió la esperanza de verlo entre la multitud.

Hubo un instante de duda, un tímido amago de seguir adelante fingiendo que no se habían visto.

Luego, sus miradas se trabaron como enredaderas. Durante una fracción de tiempo que escapa a la medición sensorial del ser humano, ambos permanecieron silenciosamente quietos, como si fueran estatuas humanas que contienen la respiración para que parezca que no están vivas.

Por fin, Ramón le dijo:

—Me alegro de verte.

—Yo también.

Y allí, en mitad de la calle, él volvió a tomar las manos de Carmen entre las suyas y aún las retuvo durante un instante cuando ella retrocedió. Daba la impresión de estar dilucidando consigo mismo si debía decir algo o permanecer callado. En lugar de eso, la besó.

No fue un beso enérgico, fue más bien la formulación de una pregunta.

En aquel momento habría bastado con un leve ademán de Carmen para que la estrechara entre sus brazos.

Ella estuvo tentada de inclinarse hacia adelante, pero en el último segundo se arrepintió. ¿Adónde les habría conducido?

Retiró las manos y acarició la piel áspera de su mejilla.

Se despidieron sin palabras. Ella dio el primer paso y siguió su camino. No volvió la vista atrás para mirarle. Nunca supo si él hizo ademán de detenerla o si reanudó su marcha inmediatamente.

Cuando llegó a casa revolvió el manojo de diarios que guardaba en un anaquel de la estantería y cogió el cuaderno de anillas correspondiente a 1959. Todos los cuadernos que llevaba escritos —uno por año desde que cumplió los dieciséis— tenían el mismo hilo conductor: dolor, sufrimiento, abandono, y lucha titánica por superarlo. Pero, en el de 1959, eso no era todo lo que había.

Lo abrió por la última página y leyó la promesa de empezar cada día pronunciando su nombre.

Durante una larga temporada la había cumplido. Primero, mientras luchaba en vano por apartarse de lo prohibido, la cumplió en contra de su voluntad. Luego la cumplió para recordarse a sí misma que no debía permitir que le impusieran más prohibiciones.

¿Cómo habría sido su vida prohibida si le hubieran autorizado a vivirla?

Una parte de la respuesta se perdió para siempre.

La otra, no.

Por eso luchó a brazo partido para conseguir que legalizaran al Partido Comunista. Prohibir las ideas era como prohibir los sueños. No podía permitir que cercenaran la libertad en el único ámbito donde es inexpugnable.

Recordar cada día el nombre de Ramón le ayudó durante mucho tiempo a no perder de vista su propósito.

Luego, poco a poco, la costumbre se desvaneció.

Ahora, veinte años después, al releer la promesa que escribió el día antes de quedarse a oscuras, comprendió que la costumbre se hizo innecesaria.

Si dejó de pronunciar su nombre fue porque supo que jamás lo olvidaría.

Epílogo

Siete meses antes de morir, Carmen le preguntó a su prima Soledad mientras paseaban juntas por el olivar del convento de Arenas de San Pedro:

—¿Crees que podrían enterrarme aquí?

—No puede ser. Aquí está prohibido enterrar a seglares, Carmen.

—He hecho tantas cosas prohibidas en mi vida, prima, que no sé si una más importaría demasiado.

Soledad habló con el obispo de Ávila y le convenció para que rompiera las reglas. El jueves 2 de diciembre de 1999, a mediodía, los restos mortales de Carmen fueron inhumados en el patio del convento, al lado del olivar.

Había fallecido en Madrid, a las tres menos cuarto de la tarde del lunes 29 de noviembre, tres años después de que le diagnosticaran un cáncer de mama, aparentemente insignificante, que reapareció año y medio después como cáncer de ovario incurable.

En octubre de 1983 empezaron a pasarle cosas extrañas. Carmen se sentaba en su apartamento de la calle Henares y notaba una presencia que no podía explicar. No sabía lo que era. Algo misterioso, una fuerza envolvente superior a sus fuerzas, la interpelaba una y otra vez cuando regresaba de su trabajo. Un día le dijo a su amiga Alicia Bleiberg:

—No sé lo que me está pasando, pero algo ocurre.

«Y de repente —le contó a la periodista Ana Romero poco antes de su muerte— me dije: esto debe ser cosa de Dios. Lejos de mí cualquier pensamiento de arrogancia, de lección, pero me dije que eso debía venir de Dios. Y se lo comenté a Alicia. Yo le decía: ¿tú crees que me estoy volviendo loca o que me estoy inventando algo? Y ella me decía: no, no te lo estás inventando. Algo te está pasando. Entonces, cuando me di cuenta de verdad de que aquello venía de Dios, entendí que tenía que ir a buscarlo».

Recordó el ejemplo de Charles de Foucauld y decidió ir a confesarse. No le resultó fácil. Varias veces entró y salió de diferentes iglesias. Alicia Bleiberg, que no era creyente, le habló de un sacerdote amigo suyo que frecuentaba la Institución Libre de Enseñanza. Finalmente, decidió confesarse con él. Y al arrodillarse, tal y como le ocurrió al místico francés, recuperó la fe. Entonces decidió que su segunda primera comunión, con Alicia como testigo, la haría en el convento de Arenas de San Pedro. Se lo debía a su prima Soledad, que nunca había dejado de rezar por su conversión.

Hasta 1983 estuvo trabajando en el *Nodo*. Cuando abandonó la Presidencia del Gobierno, en mayo de 1977, la destinaron al archivo cinematográfico de la calle Joaquín Costa esquina con Velázquez, muy cerca de su casa. A veces, al pararse en un semáforo, algún señor bajito, con abrigo jaspeado y bigote, le escupía o la insultaba: «¡Puta! ¡Roja! ¡Puta! ¡Roja!». Fueron años difíciles. Los periodistas no dejaban de pedirle entrevistas. A los pocos días le ofrecieron un millón de pesetas por escribir un libro contando sus experiencias.

Durante los Gobiernos de UCD, del setenta y siete al ochenta y dos, observó la política con distintos grados de implicación.

«Además de ganarme la vida —le dijo a Ana Romero—, participaba en todos los cauces de apertura que se estaban abriendo, como tantas personas de mi edad. Había que seguir peleando porque no todo estaba hecho, como la adquisición de los derechos de la mujer. Pero la política activa, con un cargo, como me ofreció Tierno en el ayuntamiento de Madrid, no. Acabé muy saturada. Me pegaron tantísimo que necesité respiración asistida durante mucho tiempo».

A partir de 1983 pasó cuatro años dando vueltas por el mundo, embarcada en un intenso viaje de transformación personal que la había convertido en una persona muy religiosa.

Impulsada por esa fe cristiana que había recuperado tras años de agnosticismo, olvidó sus querellas con Suárez. En 1987 aceptó el ofrecimiento que le hizo el expresidente del Gobierno de incorporarse a las listas del CDS al parlamento europeo. El experimento duró solo año y medio. En octubre de 1988, Suárez introdujo a su partido en la Internacional Liberal y Carmen se dio de baja. Permaneció en el Parlamento sin partido y en enero de 1989 solicitó el ingreso en el PSOE. Fue eurodiputada socialista en las legislaturas de 1989 y 1993.

En el otoño de 1996, una mamografía rutinaria detectó el primer cáncer. Medio año más tarde, el 19 de marzo de 1997, le fue amputada la mama izquierda. Era un tumor de 0,9 centímetros de longitud que permitía un pronóstico esperanzador. El 80 por ciento de las mujeres lo superan sin ninguna dificultad. Del 20 por ciento restante, la mitad lo remata con una pastilla diaria de tamoxifeno durante cinco años. Pero a Carmen el fármaco le producía sequedad en la vagina y la ponía nerviosa y solo lo tomó durante cinco días.

El segundo cáncer, este incurable, apareció año y medio después en el único ovario que le quedaba tras la operación a la que había sido sometida a finales de los setenta. En poco tiempo, la metástasis invadió el hígado y los pulmones.

«Lo peor de esta enfermedad —le dijo a Ana Romero—, además de ver cómo te vas destruyendo, es esa sensación de que, de verdad, de verdad, de verdad, estás sola».

Carmen llevaba mucho tiempo dándole vueltas a la idea de escribir unas memorias que contaran su historia, la política y la personal, y comenzó a prepararlas en 1994. Se iban a titular «Para ir al pozo, no hay que saber leer». Pero, nada más empezar a escribirlas, cayó en la cuenta de lo doloroso que sería para su madre y decidió postergar el proyecto hasta que la marquesa de Llanzol falleciera. Fue justo en 1996, cuando Sonsoles de Icaza estaba muy enferma, cuando a Carmen le detectaron el primer cáncer. Concentró todos sus esfuerzos en luchar contra la enfermedad y pospuso el proyecto literario hasta mejor ocasión.

En el verano de 1999, cuando ya sabía que le quedaba poco tiempo de vida, le pidió a la periodista Ana Romero que le ayudara a terminarlo. Durante las largas conversaciones que ambas mantuvieron, Carmen omitió a conciencia el relato de muchos detalles de su vida. Algunos, pequeños. Otros, no tanto. Así que al puzle le faltan piezas. Me hubiera gustado encontrarlas para cubrir los huecos con todo el rigor que exige el respeto a la verdad, pero las personas que hubieran podido ayudarme en esa tarea, por razones que entiendo muy bien, han preferido guardar silencio.

Este libro, por lo tanto, no ha sido el resultado de ninguna investigación periodística. Es una novela de ficción. En ella he respetado escrupulosamente las confesiones que Carmen le hizo a su biógrafa y los hechos históricos que ayudan a entenderlas. Todo lo que se cuenta sobre la Transición es verdad. Pero los huecos de la historia personal, las piezas del puzle que faltan, han sido sustituidos por recambios imaginarios. Algunas de las cosas que he contado en esta novela no reflejan la verdad de lo que ocurrió. Solo son invenciones literarias.

Hay muchas personas, vivas todavía, que nunca hicieron o dijeron lo que yo les hago hacer o decir en estas páginas. Me he metido en sus vidas, sin ocultar sus nombres, y he inventado acontecimientos que no se produjeron jamás. Si alguno de ellos coincide con la realidad es pura coincidencia. Algunas de esas situaciones imaginadas no les dejan en buen lugar o describen reacciones que tal vez les incomoden.

Si es así, les pido perdón.

En la novela aparecen algunos personajes imaginarios. Muy pocos. La inmensa mayoría son reales.

Lo fundamental de la historia de Carmen es verdad.

La crónica política de los hechos que ocurrieron en España desde el nombramiento de Adolfo Suárez, en junio de 1976, hasta la celebración de las primeras elecciones democráticas, en junio de 1977, es rigurosamente exacta.

No sé si Carmen y Ramón volvieron a verse tras la vuelta de África.

No conozco los detalles de las conversaciones que mantuvo con su padre biológico cuando este enviudó.

Solo sé que amar y sufrir fue, para Carmen, la única forma de vivir con plenitud y dignidad.

«Para mí —le dijo Carmen a Ana Romero—, el cielo no empieza en la otra vida. Esta vida es cielo. Yo no he tenido una vida fácil. Ha sido una vida de mucha lucha, de bastante sufrimiento. Pero también de mucha alegría y gozo. De un disfrute constante de la belleza, y de la poesía, de la naturaleza, y de la amistad, y del mar, y de la piel, y del olor, y de la música, y de todo eso que son fuentes infinitas de la vida, y de la satisfacción. A mí la vida me parece un don. Yo lo que he entendido es que la vida es un don».

Agradecimientos

Quiero expresar mi gratitud a Ana Romero por haberme puesto en la senda de la vida de Carmen. Y por creer en mi capacidad para novelarla sin traicionar la esencia de su autenticidad.

Gracias a Belén Ripoll y a Miriam Huerta por haberme ayudado a sujetar la brújula.

Gracias a mi hijo Luis por el tiempo que le dedicó a acompañarme.

Gracias a Luis Alberto de Cuenca por su mediación. No importa que fuera infructuosa.

Gracias a Ernesto Tarragón, el mejor de todos mis amigos, por haberme esperado durante un año de abandono.

Índice

Este libro se terminó de imprimir
en el mes de agosto
de 2017